해녀 연구총서

1

숭 실 대 학 교
한국문예연구소
학 술 총 서 48

해녀연구총서 *1*

Studies on Haenyeo(Women Divers)

문 학

이 성 훈 엮음

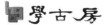學古房

해녀는 공기통 없이 바닷속에 들어가 전복, 소라, 해삼, 미역, 우뭇가사리 따위를 채취하는 여자다. 제주해녀들은 농어촌의 범상한 여인이면서도 육지의 밭과 바다의 밭을 오가며 농사를 짓는 한편 해산물도 채취한다. 제주해녀는 제주도뿐만 아니라 출가(出稼) 물질을 나갔던 한반도의 모든 해안지역과 일본에도 정착하여 살고 있다.

최근에 제주특별자치도, 제주도민, 해녀들, 학계, 언론계 등 지역사회를 중심으로 제주해녀를 유네스코 인류무형문화유산으로 등재시키기 위해 총력을 기울이고 있다. 제주해녀문화는 현재 문화재청 한국무형유산 국가목록에 선정되면서 유네스코 문화유산 등재도 구체화되고 있다. 이러한 노력에는 지역민의 참여 확대와 행정적인 측면 이외에 학술적인 측면도 중요시해야 한다. 해녀연구자로서 이 총서를 엮게 된 이유다.

해녀 연구는 크게 두 가지 방향에서 시작되었다. 하나는 구비문학적 측면에서 해녀노래(해녀노젓는소리)를 수집하고 연구한 것이고, 다른 하나는 의학적 측면에서 해녀의 인체 생리를 연구한 것이다. 이후로 해녀 연구는 차츰 여러 학문 분야로 확대되었고 요즘에는 학제간 연구도 활발히 이루어지고 있다.

그간 해녀 관련 박사논문이 의학, 문학, 인류학 분야에서 여러 편 나왔고 석사논문과 일반논문들은 수백 편이 있으나, 아직 그것들을 한데 묶어 책으로 내놓은 적은 없다. 제주해녀를 유네스코에 등재시키려고

노력하는 이때야말로 해녀와 관련된 연구 논문과 자료들을 집대성하는 작업이 필요한 시점이다. 또한 '해녀학'을 정립하기 위한 토대를 마련하고 그에 대한 논의도 필요한 때라고 본다.

　지난해 말부터 『해녀연구총서』 출간 작업에 착수하였고, 이제 일부분이긴 하나 작은 결실을 보게 되었다. 작업 과정에서 글을 찾아 읽고 선별하며 필자들을 섭외하는 일은 간단치 않았다. 『해녀연구총서』를 엮는 취지를 잘 설명했음에도 불구하고, 일부 연구자는 끝내 글의 게재를 거절해서 몇몇 글들을 싣지 못한 아쉬움은 있지만 어쩔 수 없는 일이다.

　이 총서는 해녀 관련 문학·민속학·역사학·경제학·관광학·법학·사회학·인류학·음악학·복식학 분야의 대표적인 논문들과 서평·해녀노래 사설·해녀의 생애력·해녀용어·해녀문화 등의 자료들을 한데 묶은 것이다. 타 학문 분야와 폭넓게 소통하면서 통섭하려는 요즘의 시대적 흐름에 맞게 이 총서는 해녀 연구자들에게 그간의 연구 동향을 파악하고 새로운 연구 방법을 탐구하는데 활로를 뚫어줄 것으로 기대된다.

　이 총서를 엮으면서 납활자시대에 나온 논문들은 일일이 타자 작업을 하고, 원본 논문에서 표기가 잘못된 어휘나 문장을 찾아 교정하고 교열하는 과정은 지난(至難)한 작업이었다. 한국고전종합DB의 『신증동국여지승람』과 『조선왕조실록』, 한국역사통합정보시스템과 한국고전

번역원의 원문데이터베이스 등의 원문 텍스트를 일일이 대조하면서 잘
못된 부분을 바로잡은 것과 현행 맞춤법 규정, 표준어 규정, 외래어 표
기 규정에 맞게 고친 게 그것이다. 이를테면 저자명인 "関山守彌"를
"関山寺彌"로 오기한 것이 있는가 하면, 『삼국사기』제19권 문자명왕 13
년 기록에 "小國係誠天極"을 "小口係誠天極"으로, 『고려사』제28권 충렬
왕 2년 기록에 "乃取民所藏百餘枚"를 "及取民所藏百餘枚"로, "안성맞춤"
을 "안성마춤"으로, "出稼"를 "出嫁"로, "스티로폼"을 "스티로풀"로 오기
한 것을 바로잡아 고친 게 그 예이다.

이 총서를 엮는데 많은 관심을 가져주시고 선뜻 원고를 보내주신 필
자 여러분과 책에 실린 해녀 사진을 제공해주신 사진작가 김익종 선생
님의 사모님께 이 자리를 빌려 감사드린다. 또한 인문학의 발전을 위
한다는 사명감으로 출판에 도움을 준 학고방의 하운근 사장님과 편집
을 담당한 박은주 선생께도 감사의 뜻을 전한다.

학계의 해녀 연구에 새로운 전기가 마련되기를 기대하는 마음과, 제
주해녀가 유네스코 인류무형문화유산으로 등재되기를 기원하는 염원
으로 이 총서를 세상에 내놓는다.

2014. 12.
엮은이 이성훈

목차

01

해녀노래의 사설 유형 분석

- 서 론
- 해녀노래의 기능과 사설
- 해녀노래의 사설 분석과 유형 구조
- 해녀노래의 의미 단락별 사설 유형
- 결 론

| 변성구 | 제주대학교

『제주문화연구』, 1993.

I 서 론

〈해녀노래〉는 제주도의 해녀들이 해산물을 채취하기 위해 배를 타고 작업을 나가거나 들어올 때 배의 노를 저으면서 부르는 노래로 일명 〈줌녀소리〉, 〈해녀질소리〉, 〈줌수질소리〉, 〈네 젓는 소리〉, 〈해녀뱃노래〉 등으로 일컬어지는 제주도의 대표적인 여성 노동요이다. 본토나 일본의 해녀들은 〈해녀노래〉를 거의 부르지 않기에, 본래적인 〈해녀노래〉는 제주도에서만 전승되고 있다고 할 수 있다. 이는 제주도민들이 어로생활을 시작한 상고시대부터 오늘날까지 해녀작업을 줄곧 이어왔고, 제주도의 해녀들은 제주도 연안뿐만 아니라 본토나 일본, 중국, 러시아까지 진출하여 해녀작업을 해왔으므로 그만큼 노래를 부를 기연이 많았다는 데서 연유한다.

〈해녀노래〉는 해녀들이 바닷가에서 테왁을 짚고 헤엄쳐 〈ㄱ물질〉을 나갈 때 불리기도 하지만, 이 경우는 거센 물결을 헤엄쳐 나가면서 노래를 부른다는 것은 쉬운 일이 아닐 뿐만 아니라 헤엄쳐 가는 거리와 시간이 짧기 때문에 부르는 경우가 흔치 않다. 대부분 제주도 연안에서 멀리 배를 타고 〈뱃물질〉 나갈 때이거나 또는 해녀들이 본토나 일본 등지로 출가(出稼)하는 경우 발동선이 아닌 돛배 타고 나갈 때 배 위에서 노를 저으면서 주로 부른다. 오랜 시간 동안 해녀들이 배 위에서 서로 마주 서서 노를 잡고 힘차게 밀고 당기면서 부른다는 점에서 역동성이 강한 노래이기도 하다. 따라서 〈해녀노래〉는 해녀(줌녀, 줌수)라는 제주도의 특수한 여성 집단에 의해 가창되는 구비전승물로서의 성격을 띠고 있다.

〈해녀노래〉는 노동요로서 기능과 사설·가락 등 여러 요소가 밀접한 관계 속에서 가창이 이루어지는 민요이기에, 이에 대한 연구는 다른 노동요와 마찬가지로 민속학적·문학적·음악적 측면의 연구가 가능하다. 지금까지 〈해녀노래〉에 대한 연구는 김영돈의 〈해녀노래〉의 배경, 분포, 전승과 전승자, 창법, 기능과 제재, 내용, 표현에 대한 실상 파악[1]과 조영배의 음악적인 선율선, 악곡구조, 가창형식, 리듬적 특성 등에 대한 분석[2]이 이루어져 있는데, 이것은 〈해녀노래〉에 대한 개론적인 연구의 범주에 머물러 있다.

민요는 기능·사설·가락이라는 구성 요소의 결합에 의해 성립되는 만큼, 이에 대한 입체적인 연구가 필요하다. 그것은 민요의 실상은 물론 민요 자체의 면모를 확연히 드러내 보여줌으로써 민요에 대한 이론적 체계를 확립하는 바탕이 되기 때문이다. 그러나 민요의 구성 요소마다 고유의 영역이 있고, 또한 연구 방법이나, 체계에 독자적인 면이 있기 때문에 독자 영역에 대한 연구도 이에 못지않게 중요하며, 또한 독자 영역의 연구가 선행되어야만 입체적인 연구의 가능성이 열릴 것이다.

민요는 집단 구연의 생성물이며 또한 창자마다의 언술(言述)에 따라 다르다[3]는 특성으로 인하여 끊임없이 전승·변이되고 있다. 그러기에 집단 공동의 노래이면서 동시에 개인작인 민요는 한 요종에도 다른 여러 각편(各篇)을 공유하고 있다. 이런 다양성이 민요의 특성이지만, 민요의 제요소별 연구에 있어 고려해야 할 것은 누가 어떤 상황에서 채집한, 어느 지역의 어떤 창자에 의해 불린 노래를 연구의 기본 자료로 삼느냐에 따라 연구 결과가 달라질 수 있다는 점이다.

따라서 본고에서는 〈해녀노래〉를 기능적 상황과 관련지어 사설 요

1) 김영돈, 『제주도민요연구』, 도서출판 조약돌, 1983.
2) 조영배, 『제주도 노동요 연구』, 도서출판 예술, 1992.
3) 좌혜경, 『한국민요의 사설구조연구』, 중앙대대학원박사학위논문, p.1

소에 초점을 두어 제주도의 여러 지역에서 채록된 〈해녀노래〉의 사설
을 비교·분석함으로써 제주의 해녀들에 의해 공감대가 형성된 사설
유형을 추출하고, 이를 자료로 하여 〈해녀노래〉의 사설을 통한 유형
구조와 의미 단락별 내용을 고찰하고자 한다. 이 방법은 민요 연구의
기본 자료를 추출함으로써 민요의 시학적 접근의 가능성를 보여줌은
물론 민요 연구가 문학 연구의 한 영역으로 자리매김하는 초보적인 작
업의 하나가 될 것이다.

　본고에서는 민요의 지역적인 특수성을 고려해 제주의 동부 지역인
구좌읍 동김녕리, 서부 지역인 대정읍 하모리, 한경면 고산리와 신창리,
남부 지역인 서귀포시 대포동과 예래동, 북부 지역인 한림읍 금능리,
제주시 삼도동에서 채록된 사설 중에서 체계성을 갖추고 가창된 것
을 분석의 대상으로 삼았다. 물론 이 〈해녀노래〉들은 우선 지금까지
채록된 어느 다른 마을의 민요들보다 가창된 사설이 정연한 편이고
구성요소에 따른 분석에 보다 쉽게 접근할 수 있는 것으로 생각되기
에 우선 분석 대상으로 선정한 것일 뿐, 여기에서 다룬 자료보다 더
좋은 자료가 앞으로 더 나타날 수 있는 개연성은 충분히 있다는 것
을 지적해 둔다.

 해녀노래의 기능과 사설

　민요의 기원을 노동기원설에 근거하여 파악하는 것이 가장 널리 인
정되고 있다. 따라서 민요의 사설 형성을 노동이라는 기능성과 관련지
어 살펴보는 것이 타당하다고 할 것이다. 민요는 기능의 유무, 기능의

형태에 따라 가락과 선율은 물론 사설이 달라지고 있다. 이런 점에서 민요의 구성 요소 중 기능관련 요소는 다른 요소인 사설과 음악적 요소에 직접적인 영향을 주고 있다. 따라서 현장성을 바탕으로 한, 기능에 대한 고찰 없이는 민요의 연구가 추상적 탁상 이론에 그쳐버릴 위험성이 있다고 할 것이다.

기능요와 비기능요를 비교하면 기능요는 정도의 차이는 있지만 거의 다 기능 관련 사설을 노래하고 있으나, 비기능요는 향유층의 정서에 공감대가 형성된, 서정성이 짙은 사설을 주로 노래하고 있다. 그리고 기능요라 하더라도 기능 형태와 가창 시간, 장소 등에 따라 사설에 기능 관련 사설의 비중이 차이가 있다.

〈해녀노래〉를 제주도의 노동요 중 대표적인 여성노동요인 〈맷돌·방아노래〉와 기능성과 서정성을 비교해 보면 다음과 같다.

<민요의 기능성 유무와 기능관련 사설의 비중>

기능요 : 기능성 (유) ── 기능관련 사설 중심

A형 : 기능성 (강) ── 기능관련 사설 〉 개인적 서정 사설 : 해녀노래

B형 : 기능성 (약) ── 기능관련 사설 〈 개인적 서정 사설 : 맷돌·방아노래

비기능요 : 기능성 (무) ── 서정적 사설 중심

〈해녀노래〉는 여성 노동요로서 그 사설이 기능성과 밀접한 관련을 갖고 있으므로 기능요 중 대체로 A형에 속한다. 〈해녀노래〉는 장시간 달리는 배 위에서 노를 젓는 불안정한 상황 속에서 주로 불리고 있으며, 또한 개인이 아닌 2인 내지는 2인씩 조를 이룬 3~4개조의 인원에 의해 불린다. 그리고 창법은 노동의 형태상 한 사람이 노를 밀면서 선소리를 하면 노를 맞잡은 사람이 다시 노를 밀면서 훗소리를 받는 선

후창이 가장 보편적인 창법이지만, 교환창, 독창으로도 불린다. 그러므로 〈해녀노래〉는 노를 젓는 시간과 장소, 동작이 노래의 가락이나 사설 형성에 작용하고 있다. 노를 장시간 동안 힘들게 반복적으로 젓는 동작과 달리는 배 위라는 구연 장소의 불안정성으로 인하여 〈해녀노래〉는 기능 관련 사설이 꽤 많은 편이지만, 본토로 출가하면서 불리는 경우에는 며칠이고 서로 교대하면서 노를 저어야 했기 때문에 해녀로서의 노동의 실태 외에 신세 한탄, 사랑, 인생 무상 등 해녀들의 일상 정의를 노래할 시간을 갖게 된다. 이것은 대체로 육지부로 출가한 경험을 갖고 있는 해녀가 부르는 노래의 사설을 보면 기능 관련 사설 못지않게 서정성 짙은 사설이 많이 노래되고 있다는 데서 확인된다.

　기능요에서 서정성의 표출은 사설 내용을 다양하게 하고 풍부하게 하는 결과를 낳는다. 장시간 동안 노동을 하면서 노래를 부르는 경우 기능 관련 사설만으로는 노래를 이어 나가기가 힘들며, 따라서 동작의 반복에서 오는 지겨움과 힘든 노동에서 야기되는 고통을 극복하기 위하여 자신의 생활 감정을 자연적으로 표출하게 되는 것은 당연한 일이다. 동시에 〈해녀노래〉의 전승자들은 해녀작업 외에 김매는 일, 맷돌질 등 다른 노동을 하면서 많은 민요를 불러 왔기에 다른 민요에서 부르던 사설이 〈해녀노래〉에 삽입·가창됨으로써 더욱 사설이 확대되고 풍부해지는 결과를 가져오고 있다.

 해녀노래의 사설 분석과 유형 구조

　〈해녀노래〉의 사설은 창자와 가창 기연, 가창 지역 등에 따라 다양하게 나타나고 있다. 이런 점에서 지금까지의 민요 연구는 일반화된 보편적인 사설보다는 특이하고 새로운 것을 조사・연구함으로써 민요의 특수성을 밝히려는데 초점을 두고 이루어졌다. 필자는 이 방법을 지양하고 다양한 각편을 하나의 자료로 일반화시킴에 의해 민요 본원적 연구에 접근하고자 한다. 왜냐하면 민요는 민요사회 구성원의 공동체의 노래로서 일정한 유형 구조를 가지고 전승되어 온 구비 전승물이기에 구연되는 과정에서 창자 개인의 구연 능력에 따라 새로운 사설이 첨가되고 있는 만큼 개인적인 특수성을 띤 사설만의 고찰로서는 민요의 본원적 접근에서 멀어질 가능성이 있기 때문이다. 따라서 본고에서는 〈해녀노래〉의 다양한 각편을 비교 분석하여 어떻게 구조화되어 있는지를 파악하고, 전승 주체들이 공통적으로 가창하고 인식하는 사설 유형을 추출하여 그 사설을 중심으로 내용을 살핌으로써 해녀들이 어떤 방식으로, 무엇을 주로 노래하고 있는지를 좀 더 정확히 파악해내고자 한다. 이런 방법이 한 지역에서 전승되는 민요의 보편성과 특이성을 아우르는 본원적인 연구 방법이 될 것이며, 민요 연구의 바람직한 방향라고 생각한다.

〈해녀노래〉의 사설 분석은 각편마다 후렴과 의미의 완결성을 기준으로 하여 의미 단락을 나누었다. 〈해녀노래〉는 "이여싸나 이여싸"와 같은 후렴이 의미 단락 사이에서 가창이 이루어지고 있으며, 후렴을 부르는 가운데 다음에 이어질 의미 단락을 생각해내고 있다. 다음의 예요를 통해 〈해녀 노래〉의 가창 구조를 보면 다음과 같이 도식화할 수 있다.

〈예요〉   〈가창구조〉

| 이여사나   이여사나 | ········ | 후렴 |

⇓

| 요벨젓고   요넬젓고
어딜가리   진도바당
골로나가세 | ········ | 의미 단락 |

⇓

| 이여도사나   쳐라쳐라 | ········ | 후렴 |

⇓

| 흔착손에   테왁을심고
흔착손에   빗창을심엉
흔질두질   들어간보난
저싱도가   분맹ᄒ다 | ········ | 의미 단락 |

⇓

| 이여도사나   쳐라쳐라 (자료 1) | ········ | 후렴 |

위와 같은 방법으로 사설의 의미 단락을 비교·분석하는데 분석 대상으로 삼은 〈해녀노래〉는 다음과 같다.

해녀노래 자료 목록

자료번호	전승장소	조사일시	조사자	전승자	출처
1(동김녕1)	구좌읍 동김녕리	1985.11.9.	변성구	선소리 김경생(여.56), 홋소리 김순녀(여.63)	필자 채곡
2(동김녕2)	구좌읍 동김녕리	1979.4.8.	김영돈 현용준	선소리 박순덕(여.67), 홋소리 김순녀(여.57)	대계9-1
3(삼도1)	제주시 삼도동	1980.9.25	김영돈	김영부 (여.54)	대계9-3
4(금능1)	한림읍 금능리	1989.5.24.	변성구	선소리 양선숙(여.67), 홋소리 고복춘 외 2인	필자 채록
5(금능2)	한림읍 금능리	1989.5.24.	변성구	선소리 홍준자(여.46), 홋소리 양인선 (여. 42)	필자 채록
6(신창1)	한경면 신창리	1989.5.23.	변성구	선소리 최평자(여.46), 홋소리 양명자(여.46)	필자 채록
7(고산1)	한경면 고산리	1989.5.29.	변성구	선소리 오옥례(여. 60), 홋소리 문성용 외 1인	필자 채록
8(고산2)	한경면 고산리	1989.5.29.	변성구	선소리 문성용 (여.60), 홋소리 강은일(여.60)	필자 채록
9(하모1)	대정읍 하모리	1989.5.24.	변성구	선소리 이의철(여. 67), 홋소리 김영부,김부선	필자 채록
10(예래1)	서귀포시 예래동	1982.11.14.	변성구	문복순 (여. 57)	필자 채록
11(예래2)	서귀포시 예래동	1982.11.14	변성구	현옥련 (여.41)	필자 채록
12(대포1)	서귀포시 대포동	1987.10.9.	변성구	김재일 (여.66)	필자 채록
13(대포2)	서귀포시 대포동	1987.10.9.	변성구	김옥련 (여. 67)	필자 채록

* 대계9-1: 한국구비문학대계 9-1, 한국정신문화연구원,1980. pp.220-227.
* 대계9-3: 한국구비문학대계 9-2, 한국정신문화연구원 1981. pp.486-496.

이상의 자료는 한 제보자가 동일한 시간, 동일한 장소에서 부른 노래로 편의상 〈해녀노래〉의 각편들이라고 하겠다. 달리 말하면 여러 개의 의미 단락으로 구조화된 한 편의 노래이다. 의미 단락들은 일정한 유형 구조에 따라 체계화되어 있다가 해녀들의 구연 능력과 상황에 따라 개성적으로 배열 순서를 정하면서 불리고 있다. 이런 점에 착안하여 의미 단락을 분석해 봄으로써 〈해녀노래〉 사설의 기능과의 관련성

과 더불어 어느 정도 고정체계를 유지하면서 서정성을 표출하고 있는
지를 파악할 수 있을 것이다. 위 자료의 의미 단락을 다음과 같이 분석
할 수 있다.

자료 1 (동김녕1)

(1) 해녀작업의 출발 : 요벨젓고 요녤젓고 어딜가리 진도바당 골로나가세
(2) 해녀작업의 실상 : ᄒ 착손에 테왁을심고 ᄒ 착손에 빗창을심엉 ᄒ 질두
질 들어간보난 저성도가 분맹ᄒ다
(3) 노 젓는 기백 : 요네굿댕 타령을 말라 원서중에 놀던네라
(4) 노 젓는 바다 상황 : 요놋동아 저놋동아 ᄇ 름통을 먹엇더냐 지름통을
먹엇더냐
(5) 이별 : 민첩ᄒ고 연첩ᄒ놈 대천바당 가운듸들엉 멩지돌밤 날새영가라
(6) 해녀작업의 기원 : 눈이붉은 서낭님아 앞발로랑 허우치멍 뒷발로랑
ᄆ루나잡앙 고동생복 여끗딜로 득달ᄒ게 ᄒ여줍서
(7) 노 젓는 기백 : 배똥알을 남을준딜 요네상착 남줄내가 아니로다
(8) 해녀작업의 실상 : 스무남은 설남은적의 잎산남도 물레레간다 산돌벡
돌 물레레간다
(9) 신세 한탄 : 우리나어멍 날날적의 가시나무 몽고지에 손에켕이 박으
려고 날낫던가

자료 2 (동김녕 2)

(1) 해녀작업의 출발 : 요녤젓고 어딜가리 진도바당 ᄒ 골로가믄
(2) 해녀작업의 실상 : ᄒ 착손에 빗창쥐곡 ᄒ 착손에 테왁을쥐영 ᄒ 질두질
들어간보난 저성도가 분맹ᄒ다
(3) 해녀작업의 한계 : 요물아래 은과금은 ᄁ 렷건만 형세나빠 몬ᄒ더라
(4) 신세 한탄 : 우리어멍 날날적의 해천영업 태움서로 날낫던가 가시나

무 몽고지에 손에켕이 베겻구나

(5) 해녀 작업의 기원 : 우리베에 서낭님아 앞발로랑 허위치명 뒷발로랑 오동치명 어깟덜로 득달ᄒ게 ᄒ어줍시 고동ᄉ빅 흰딜코니 기개니흡시

(6) 출가 뱃길 : 우리베는 춤나무로 짓인베라 잘도간다 춤매새끼 ᄂ는듯 가네 석은남의 덕더리ᄀ찌 요년덜아 흔ᄆ를만 가고보자

(7) 노 젓는 기백 : 요네상착 끊어진딜 가시낭이 엇일소냐 요네벤드레 끊어진딜 부산항구 아사노가 엇일손가 요네궂뎅 타령맙서 하령도 좁은 목에 기다리던 요년덜아

(8) 노 젓는 바다 상황 : 요놋뎅이 뒷을먹고 둥긋둥긋 슬쩌신고 ᄇ름통을 먹어신가 구름통을 먹엇던가 둥긋둥긋 잘올라온다

(9) 노 젓는 기백 : 잘도간다 요년덜아 일심동력 젓어나줍서 선두사공 벳머리만 돌려줍서 젓거리로 우경간다 어기여차 소리엔 베올려 가는구나 베가ᄂ려 가는구나

(10) 해녀작업의 고통 : 물에들레 들어갈적 숨비소리 기가멕혀 몬살것네

(11) 신세 한탄 : 우리어멍 날날적의 무신날에 낳앗던고

자료 3 (삼도1)

(1) 마라도 전설 : 요아기업개를 요설덕에 모셔두고 일년에 멧번씩 할망당을 댕기는 전설이여

(2) 해녀작업의 한계 : 요물아래 은과금은 ᄁ렷건만 노픈낭의 올매로다

(3) 신세 한탄 : 어떤 놈의 나는아긴 팔자전성 요리좋아 고대광실 노픈집이 부귀영화 누리고야 살건마는 우리부모 나신아긴 두렁박이 종수가 웬일이냐

(4) 해녀작업의 출발 : 이만지고 아니나가민 얼말짓고 진도바당 흔골로나 베가가리

(5) 노 젓는 기백 : 흔ᄆ를랑 높지놀고 흔ᄆ를랑 늦이놀멍 느직느직 지고

나가자

(6) 해녀작업의 실상 : 흔착손에 빗창들고 흔착손에 두렁박을 메여놓고 안여밧여 숨은여로 요내삐꾸를 녹일랴고 우리부모 날낳더냐

(7) 가족 걱정 : 해다지고 저문날에 골목골목 연기내연 초롱초롱 청ᄉ초롱 불붉히고 설으시던 낭군님이 ᄌ냑식ᄉ 츠례를알아 우는아기 ᄌᆞᆺ을 주명 ᄌ냑밥을 지는구나

(8) 노 젓는 기백 : 요내님을 놈을준딜 요네상착 놈줄내가 아니로고나 이 기야고라

(9) 노 젓는 기백 : 요네상착 부러진딜 부산항구야 가시야나무가 엇일수 가 아니로다 요벤드레 끊어나진딜 인천항구 지름줄이 엇일수가 아니 로고나

(10) 출가 뱃길 : 요목저목 홀톤목이여 시리청청 감겨나들라 잘잘가는 잡 나무베야 솔솔가는 솔나무베야

(11) 해녀작업의 기원: 수덕좋고 영급좋은 서낭님아 앞발로랑 허우치곡 뒷 발로랑 가두잡앙 생복좋은 좋은질로 가고나보자

자료 4 (금능 1)

(1) 해녀작업의 출발 : 요만을 가면은 얼마나 가리랴 진도나 바당에 흔골 로 가는다

(2) 인생무상 : 멩사십리 해당화야 꼿진다고 설워마라 오는멩년 춘삼월은 꼿도피여 번성이여 잎도돋아 볼만이여

(3) 출가 생활 : 강원도 금강산 금인줄 알앗더니 팔도야 기생은 다모여 드 는다

(4) 출가 생활 : 날ㄱ뜬 잡놈땡 요내쌀은 주는데 웨좁쌀 송펜은 ᄒ꼼썩만 주는구나

(5) 출가 생활 : 울타리 밑에다 호박을 심엇더니 호박잎이 문들거려 날만

쉐겨 가는구나

(6) 연모 : 요물속은 지픔예픔 알건마는 흔집살이 임의속몰라 절색간장 디뼈인디

(7) 노 젓는 기백 : 요네굿댕 타령말라 헌사주 요넬러라

(8) 노 젓는 기백 : 요네상착 부러진델 부산항구 곧은남이 없을소냐 요벤 드레 끊어진델 부산항구 지름노꼬가 없을소냐

(9) 출가 생활 : 강원도 금강산 금인줄 알앗더니 팔도야 기생은 다모여 드는다

(10) 이별 : 임아임아 정든임아 임아싫건 날버려라

자료 5 (금능2)

(1) 출가 뱃길 : 우리야베는 츰나무로 지은베라 츰매새끼 ᄂᆞ는듯이 잘도 나간다

(2) 신세 한탄 : 아버지 어머니 날낳을적의 요런고생 시길랴고 나를고이 기르던가

(3) 노 젓는 바다 상황 : 저놋동이 뭣을먹고 술젓는가 지름통을 먹엇느냐 ᄇᆞ름통을 먹엇느냐

(4) 이별 : 날ᄃᆞ령 가거라 날ᄆᆞ상 가러라 한양에 가실적 날만ᄃᆞ령 가거라

(5) 출가 뱃길 : 우리야베는 츰나무로 지은베라 잘도간다 츰매새끼 ᄂᆞ는 듯이 잘도간다

(6) 노 젓는 바다 상황 : 이놋동이 저놋동이 뭣을먹고 술젓는가 지름통을 먹엇느냐 ᄇᆞ름통을 먹엇느냐

(7) 노 젓는 기백 : 저라저라 저라고지여 열두신뻬 실렁거려 재기나가자

(8) 이별 : 간다네 간다네 내가돌아 가는다 요님을 두고서 내가돌아 가는구나

(9) 인생무상 : 저산천에 푸숩새는 해년마다 오련마는 우리야인생 흔번

가면 돌아올줄 몰라지네

(10) 노 젓는 고통 : 버치고 지쳔에 몬살로 구낭아

(11) 출가 뱃길 : 잘도간디 잘도가네 우리야베는 춤매새끼 ᄂᆞ는듯이 잘도
간다

(12) 이별 : 날ᄃᆞ령 가거라 날ᄆᆞ상 가거라 한양에 가실적 날만ᄃᆞ령 가거라

(13) 노 젓는 고통 : 요놈의베야 무겁도무겁다 아이고버쳔 못가키여

(14) 가족 걱정 : 우리야갈길 어서가자 바쁘가자 우는애기 기다리는데 재
기가게 지영가게

(15) 노 젓는 기백 : 허리치닥 배치닥말앙 열두신뻬 실령거려 어서가자

(16) 노 젓는 고통 : 아이고나버쳔 못지키여 글아줍서 어느사름 글ᄎᆞ렛과
흔저와근에 글아줍서

자료 6 (신창 1)

(1) 해녀작업의 출발 : 이네를젓엉 어디를가리   진도바당 흔골로간다

(2) 출가 뱃길 : 아니지영 못가는다 요목저목 울돌목가 울돌목이 정녕ᄒᆞ다

(3) 해녀작업의 고통 : 물로야뱅뱅 돌아진섬에 삼시굶엉 요물질ᄒᆞ영 흔푼
두푼 모여논금전 부량자 술잔에 다들어간다

(4) 인생무상 : 열두칸 기차는 오고야 가건마는 우리야인생 흔번가면 돌
아올줄 모르구나

(5) 해녀작업의 고통 : 요금전 벌어갖고 어느야아기 사각모자 씌울거냐

(6) 해녀작업의 출발 : 이물에는 이사공아 허릿대밋듸 화장아야 물때점점
늦어진다

(7) 인생무상 : 열두칸 기차는 오고야 가건마는 우리야인생 흔번가면 돌
아올줄 영모르네

(8) 해녀작업의 실상 : 흔질두질 헤치면서 ᄂᆞ려가면 흔번ᄂᆞ차 잘못ᄒᆞ면
ᄒᆞ단일이 허ᄉᆞ로다

자료 7 (고산 1)

(1) 출가 뱃길 : 우리베는 잘도간다 춤매새끼 늘든듯이 잘도간다

(2) 현모 · 우리님은 어딜가고 아니나 오는고 공농산전 가신님은 훈번가
　　난 또다시 돌아올줄 모르더라

(3) 해녀작업의 한계 : 요물아래 은과금은 꼴럿건만 노픈낭의 올매더라

(4) 연모 : 해다지고 정근날에 골목골목 연기만 나건마는 우리님은 어딜
　　가고 아니오는고

(5) 연모 : 초롱초롱 양사초롱 불밝힐줄 모르더라 앚아시민 임이나올카
　　누워시민 줌니나올카 임도줌도 아니나오네

(6) 이별 : 간다간다 내가돌아 가는구나 저님을 떠리고 내가돌아 가는구나

자료 8 (고산 2)

(1) 해녀작업의 출발 : 이물에는 이사공아 고물에는 고사공아 허리칸에
　　화장아야 물때점점 늦어진다

(2) 연모 : 자구내 갈매봉에 임이 든송만송 어린가장 품속에 줌이 든송만송

(3) 가족 걱정 : 정든가장 물을주나 개도야지 체를주나 어린아기 줏을주
　　나 어서장깐 가고보자

(4) 연모 : 우리님은 어디나가고 가고올줄 모르더라

(5) 출가 뱃길 : 자단베가 아니로구나 실금실짝 올라간다

(6) 신세 한탄 : 오동추야 달밝은듸 육자배기나 불러볼까 칠성바당 물질
　　ᄒ영 요내팔자나 고쳐나볼까

(7) 이별 : 임아싫건 날버리소 꼿신적의 날버리소 잎신적의 날버리소

(8) 해녀작업의 실상 : 앞ᄇᆞ름은 ᄀᆞ작ᄀᆞ치 불어나온다 뒷발로랑 가두잡앙
　　어화넝창 가고나보자 부모돌랑 돛을돌라 물질ᄒᆞ라

자료 9 (하모 1)

(1) 해녀 작업의 한계 : 요물아래 구제기전복 끌 렷건만 노픈낭의 열매더라

(2) 해녀작업 출발 : 고물에는 고사공아 이물에는 이사공아 한장에는 화
　　장아야 어서속히 물때점점 늦어나간다 저어라저어라

(3) 노젓는 기백 : 흔무를랑 둥겨가멍 흔무를랑 늦춰가멍 건너가자

(4) 노젓는 기백 : 요네상착 걲어나지면 부산항구 곧은낭이 없을소냐 요
　　네벤드레 끊어나지면 인천항구 지름줄이 없을소냐

(5) 출가 뱃길 : 지어라져라 흔목젓엉 갈티나가자 지어라져라 아니지고
　　못가리라 요목저목 울돌목을 허리알로 강여들라

(6) 출가 뱃길 : 산아산아 노픈산아 가운딜로 질이나나라 웨로나가는 요
　　네정녜야 넘고가라

(7) 출가 뱃길 : 우리야베는 솔나무베라 솔락솔락 잘도간다 춤매새끼 ᄂ
　　는듯이 잘도간다

(8) 작업 출발 : 요만지영 아니나간베 얼마나지영 베가가리 진도바당 한
　　골로나 넘어간다 넘어간다

(9) 출가 뱃길 : 우리베는 춤나무베라 뒤에오는 저베는 썩은나무 놋가릴
　　세 넘어가네 올라가네

(10) 노젓는 기백 : 스무남은 설나믄에 정는님사 남을준딜 요네상착 남줄
　　내가 아니로구나

(11) 해녀작업의 한계 : 요물아래 은과금이 끌 렷건만 노픈낭의 ᄋ름이여

(12) 해녀작업의 실상 : 흔착손에 빗창들런 흔착손에 테왁을짚고 석질넉질
　　ᄂ려간보니 저싱도가 가고나오네

자료 10 (예래 1)

(1) 해녀작업의 출발 : 요만지면 얼마나가랴 진도바당 흔골소로 어서가자

(2) 노젓는 기백 : 요벤드레 그차지면 인천항구 지름줄이 없을소냐 요네

상착 부러지면 부산항구 곧은남이 없을소냐

(3) 노젓는 기백 : 허리지닥 배지닥말앙 굽엉지엉 우리야갈길 어서가자
우리갈길은 떼산보디 머멀머라 천리보디 머멀머라

(4) 출가 생활 : 산천에 초목은 전라도 제준데 우리야몸이 지체홀때 요객
지생활이 어떨소냐 고향이 따로잇나 정이들면 고향이라 고향산천 버
려두고 타향땅을 고향을삼아 요디오란 말모른 돈아돈아 돈이좋지 아
니면은 어느누가 믿고서 여기왓나

(5) 연모 : 산천이 노파야 골속이 지프지 자그만 여자속이 얼마나 지플소냐

(6) 출가 생활 : 설룬시슬 어진즈식 버려두고 금전따라 오랏더니 아니받
을 요고생을 다받아 일천고생 다받아가네

(7) 해녀작업의 한계 : 고요흔숨 질게쉬며 지픈물속 들어가니 아이고내숨
이 바빠지고 고동생복은 쌓엿건만 숨이바빠 못흐더라

(8) 신세 한탄 : 돈아돈아 말모른돈아 부르거든 육대기중에 따라나들라
없는금전 한탄말고 잇는중을 버리지마라

자료 11 (예래 2)

(1) 신세 한탄 : 설운어멍 날날적의 무신날에 날납디가 놈광フ찌 날낳으
면 팔ᄌ좋게 고대야광실 노픈집에 앉아그네 살것인데 어떤사름 팔ᄌ
좋아 요물질을 아니나영 부모형제 맞앚아그네 오손도손 살아보리

(2) 해녀작업의 출발 : 넘어간다 올라간다 바람새에 좋다고 배질을 마세
요 저ᄀ내 정자나무 바람따라 흔드누나

(3) 노 젓는 바다 상황 : 요놋동이 저놋동이 뭣을먹고 궁긋궁긋 술져나오네
지름통을 먹엇더냐 브름통을 먹엇더냐 궁긋궁긋 술져나오네

(4) 해녀작업의 출발 : 이물에앚인 고사공아 고물에앚인 허사공아 허릿
대밋듸 자랑말고 실금실짝 잘넘어가네

(5) 노 젓는 기백 : 요나이사 멧나이랑 요네상착 버칠내가 아니로구나

(6) 해녀작업의 실상 : 두렁박을 손에끼고 수수야빗창 손에잡고 장강바당

집을삼고 흔질두질 가다보니 저싱질이 근당ᄒ여

(7) 해녀작업의 고통 : 낭군님아 낭군님아 술광담배 먹지나마소 불쌍ᄒ신 아내에랑 한강바당 집을삼고 가시야나무 봉구지에 손에야켕이 지우면서 흔푼돈도 돈이로구나 흔푼두푼 메운금전 낭군님 ᄒ루야치 술값도 부족이여

자료 12 (대포 1)

(1) 연모 : 지픈바당 한강물속 지픔야픔 알건마는 사람속의 짚고야픔 몰라진다

(2) 해녀작업의 실상 : 우리야팔잔 어떤날에 나난에 한로산을 두를랴고 두렁박을 집을삼아 한강바당 흔발두발 발아간다 발아온다

(3) 해녀작업의 고통 : 솜뚱ᄀ뜬 나의허리 정대ᄀ찌 몰라진딜 어느누가 알을소냐

(4) 신세 한탄 : 벡발보고 희롱말아 악마ᄀ뜬 이영업을 ᄒ자ᄒ니 우리가 어제청춘 오늘벡발 뒈는구나

(5) 해녀작업의 기원 : 수덕좋은 요왕님아 우리야 가는듸랑 재주대통 시겨줍서 전복좋은 엉덩개로 주제기좋은 여끗딜로 나수와줍서

(6) 해녀작업의 고통 : 물로뱅뱅 돌아진섬에 삼시굶엉 물질ᄒ영 흔푼두푼 버은금전 낭군님의 술값도 부족이여

(7) 신세 한탄 : 엿날엿적 어떤잡놈 어떤잡년이 요종ᄉ를 내우던고 내가 멩년 원수로다

(8) 해녀작업의 기원 : 그만저만 오난에 우리네 물질장소 오라젓져 첫송녜랑 수거든 천ᄉ망일게 ᄒ여줍서 만ᄉ망을 일게ᄒ여 어선물속 진진ᄒ게 내수와줍서 어선ᄀ정 돌아오게 ᄒ여줍서

(9) 해녀작업의 고통 : 할로산이 돈이라도 씰자가 없으면 허사로다 돈아 돈아 말모른돈아 돈이아니면 숨ᄎ으멍 요물질을 무사ᄒ코

(10) 신세 한탄 : 불쌍ᄒ고 가련흔 요예ᄌ딜 시간ᄀ린 요영업이여 아이고

도 생각ᄒ민 설울러라 불쌍ᄒ다

자료 13 (대포 2)

(1) 해녀작업의 기원 : 열다섯에 물질을배왕 스물나난 상군ᄒ영 윈착손에
두렁박메고 ᄂ 단손에 서수나빗창 들러짚엉 썰물나면 동의와당 광덕
왕이 들물나면 서의와당 광인왕이 전복좋은 엉덩개로 구제기 좋은 여
살로다 지붙입서

(2) 해녀작업의 고통 : 삼시굶엉 점심먹엉 점심때가 늦어가도 아니먹엉
물질ᄒ영 흔푼두푼 메운금전 낭군님술값도 부족ᄒ고 깝작구리 반일
러라

(3) 해녀작업의 출발 : 우리야갈길은 어딜러라 진도야바당 흔골소로 걸어
나가자

(4) 노 젓는 고통 : 젊은년이 심은노란 고향천리 배고판울고 늙신네가 젓
는노라 고향천리 그만두고 연해연방 굴아나주소

(5) 노 젓는 바다 상황 : 뭉쿨뭉쿨 요놋동이 지름통을 먹엇느냐 ᄇ름통을
먹엇느냐 늬큰늬큰 튄물통자션 뭉갈뭉갈 잘올라오네

(6) 연모 : 어느제민 우리님도 만나놓고 만단정을 베풀어보랴

(7) 노 젓는 고통 : 버첫구나 지첫구나 엿날말로 순다리에 줌우첫져 보리
떡에 숨이찻져

(8) 이별 : 나는싫어 천추야도박 나는싫어 날데령가소 날ᄆ상가소 돈족ᄒ
여 ᄆ음존놈 날데령가소

(9) 노 젓는 기백 : 흔멍엘지영 우리야갈길 어서나가자

이상 13편의 〈해녀노래〉를 가창된 순서대로 의미 단락을 분석한 결
과를 기능성 및 서정성과 관련하여 통합체적인 유형으로 조직화하여
그 구조를 설정해 보면 다음과 같이 전개될 수 있을 것이다.

〈해녀노래〉의 통합체적 유형 구조

A. 기능성
 가. 해녀작업의 출발
   A1 해녀작업의 출발
 나. 해녀작업의 실태
   A2 해녀작업의 실상
   A3 해녀작업의 기원
   A4 해녀작업의 한계
   A5 해녀작업의 고통
 다. 출가 과정
   A6 노 젓는 기백
   A7 노 젓는 바다 상황
   A8 노 젓는 고통
   A9 출가 뱃길
 라. 출가 생활
   A10 출가 생활

B. 서정성
 가. 해녀들의 서정
   B1 신세한탄
   B2 이별
   B3 연모
   B4 인생무상
   B5 가족 걱정
 나. 기타
   B6 전설

C. 후렴 : 이여싸, 이여사나, 이여사나 이여도사나 어기여라, 쳐라쳐라
        차라차라, 저라저라, 이기야고라, 쳐라베겨라, 힛이여
        (후렴은 위에 배열된 것들이 두 도막씩 결합되면서 의미 단락사이에
        서 규칙적으로 가창되기에 더 이상 다루지 않았다.)

위의 유형 구조는 의미 단락들 사이에 인과적, 순차적 관계가 있어서 성립된 것은 아니다. 다만 A1, A2 … B1, B2 … 등의 기호는 기능성과 서정성을 중심으로 난락을 구분 지칭하기 위한 깃일 뿐이며, 고정적인 의미는 없다. 실제 〈해녀노래〉의 각편을 보면 이 단락들이 창자에 따라 나름대로 순서를 정하면서 가창이 이루어지고 있음을 볼 수 있다.

이들 의미 단락의 분석을 통해 알 수 있는 것은 〈해녀노래〉의 사설 구조는 기능관련 사설이 중심을 이루면서 창자에 따라 개인적 서정을 노래한 사설이 중간에 삽입되어 있는 구조임을 알 수 있다. 그리고 전승 역시 이와 같은 구조를 기본으로 하여 이루어지고 있다. 의미 단락별 내용의 전개 순서는 노래마다 상이하지만 사설 구조는 대체로 해녀 작업의 출발 + 해녀 작업 실태 + 출가 과정과 출가생활 + 해녀들의 서정으로 되어 있음을 알 수 있다.

〈해녀노래〉의 이와 같은 유형 구조는 공시적으로 보아 여러 각편에 공통적으로 존재할 뿐만 아니라 통시적으로 고정적인 것이다. 동시에 유형 구조가 〈해녀노래〉에 성립된다는 사실은 구조의 논리가 널리 인정될 수 있는 보편성을 지니는 동시에, 쉽게 기억될 수 있는 체계성과 감동을 줄 수 있는 형식적 통일성을 지녔음을 의미한다.[4]

제주도에서 전승되는 〈해녀노래〉가 지역적으로 큰 차이 없이 가창되고 있음을 위의 자료 분석을 통해 살펴 볼 수 있는데, 이것은 〈해녀노래〉가 하나의 유형으로서 어느 정도 구조화되어 있음을 의미하는 것으로 볼 수 있다. 〈해녀노래〉의 구조를 기능성과 서정성의 양면으로 나누어 〈표1〉과 같이 도식화 해 볼 수 있다.

---

4) 조동일, 『서사민요연구』, 계명대학교출판부, 1983. p.72

<표1> 〈해녀노래〉의 의미 단락

자료 번호	의미단락 가창 순서	기능성	서정성	단락수
1	A1+A2+A6+A7+B2+A3+A6+A2+B1	7편	2편	9편
2	A1+A2+A4+B1+A3+A9+A6+A7+A6+A5+B1	9편	2편	11편
3	B6+A4+B1+A1+A6+A2+B5+A6+A6+A9+A3	8편	3편	11편
4	A1+B4+A10+A10+A10+B3+A6+A6+A10+B2	7편	3편	10편
5	A9+B1+A7+B2+A9+A7+A6+B2+B4+A8+A9 B2+A8+B5+A6+A8	10편	6편	16편
6	A1+A6+A5+B4+A5+A1+B4+A2	6편	2편	8편
7	A9+B3+A4+B3+B3+B2	2편	4편	6편
8	A1+B3+B5+B3+A9+B1+B2+A2	3편	5편	8편
9	A4+A1+A6+A6+A6+A9+A9+A1+A9+A6+A4+A2	12편	0편	12편
10	A1+A6+A6+A10+B3+A10+A4+B1	6편	2편	8편
11	B1+A1+A7+A1+A6+A2+A5	6편	1편	7편
12	B3+A2+A5+B1+A3+A5+B1+A3+A5+B1	6편	4편	10편
13	A3+A5+A1+A8+A7+B3+A8+B2+A6	7편	2편	9편
계		89편	36편	125편

위 각편들은 가창된 순서에 따라 의미 단락을 기호로 배열한 것으로 서로 비교해 보면 〈해녀노래〉의 완료편을 지정할 수 없고, 오직 창자에 의해 구조가 실현된 한 각편으로 존재할 뿐이지만, 기능적 사설의 중간에 서정적 사설이 삽입되어 가창이 이루어진다는 점에서 공통적이다. 또한 6, 7, 8번의 각편이 의미 단락수가 적다고 하여 〈해녀노래〉로서의 가치가 떨어지는 것은 아니다. 이것 역시 유형적 차원의 공통 주제를 구체화·특수화해서 지니고 있는 것으로 하나의 각편으로서 고유한 의미가 있다.

위 각편이 지닌 의미 단락을 기능성과 서정성의 차원에서 볼 때, 대부분의 노래들은 기능성〉서정성의 관계를 보여주고 있으나, 7, 8번 각편은 기능성〈서정성의 양상을 보여주고 있다. 그렇다 해도 이것이 〈해녀노래〉의 유형 구조에서 벗어난 것이라고 볼 수는 없으며, 이러한 특수한 형성은 의식적이든 무의식적이든 창자의 개성 및 환경에 의해서 이루어진 것으로 볼 수 있다.[5] 따라서 이것은 창자 개인의 생애력에 대한 고찰을 통해 그 특징을 파악해야 할 것이다.

 ## 해녀노래의 의미 단락별 사설 유형

〈해녀노래〉는 기능성이 강한 민요인 만큼 해녀들의 노동과 관련된 사설이 많은 동시에 고정적인 편이다. 이것은 그만큼 이 민요가 노동의 고됨을 달래기 위해 여러 사람이 어울려 끊임없이 불렸으며, 그러한 과정에서 해녀들 사이에 넓은 공감대가 형성되었다는 것을 뜻한다.[6] 비록 창민요처럼 고정화의 비중이 높지는 않지만, 위에서 분석한 각 자료에 나타난 의미 단락별 사설을 한데 모아 비교 검토해 보면 공감대가 형성된 공통적인 사설이 무엇인지를 추출해 볼 수 있을 만큼 대체로 정연한 형태를 유지하고 있다. 따라서 기능성과 관련이 깊은 사설을 중심으로 그 기본형의 추출을 시도해 보고자 한다. 왜냐하면 기능성을 지닌 사설은 노동의 동작이 동일함과 체험적 정서의 공통성으로 인해 지역과 창자를 초월하여 동일한 사설이 형성될 수 있기 때문이다. 그리고 서정적 사설은 다른 민요와 넘나들 수 있는 유동성이 있고, 창자의 개인적 체험의 정서를 주로 노래한다는 점에서 기본형을 추출하는 데는 어려운 점이 있다. 따라서 서정적 사설인 경우 어떤 내

---

5) 앞의 책, p.75
6) 조영배, 앞의 책, p.92.

용의 사설이 주로 노래되었는지, 그리고 다른 민요와 어떻게 교섭되고 있는지 그 양상을 간단히 고찰해 보고자 한다.

1. 기능적 사설의 유형

기능적 사설은 사설과 기능·창곡이 대체로 고정적 결합을 이루고 있어서 창자들 간에 기억 전승이 용이하고 사설도 어느 정도 고정 체계를 이루고 있다. 따라서 단락 별로 기본형의 사설을 추출하는 작업이 가능하다고 보며, 먼저 의미 단락별 자료의 분포를 살피면서 사설의 유형을 분석해보고자 한다. 기능적 사설을 의미 단락별로 자료를 정리하면 〈표2〉와 같다.

〈표2〉 기능적 사설의 의미 단락별 유형

의미 단락	자료 번호 *( )안은 단락 순번	편수	비고
작업의 출발	1(1),2(1),3(4),4(1),6(1),6(6),8(1),9(2),9(8),10(1),11(2),11(4),13(3)	13	14.7%
작업의 실상	1(2),1(8), 2(2),3(6),6(8),8(8),9(12),11(6),12(2)	9	10.3%
작업의 기원	1(6),2(5),3(11),12(5),12(8),13(1)	6	6.8%
작업의 한계	2(3),3(2),7(3),9(1),9(11),10(7)	6	6.8%
작업의 고통	2(10),6(3),6(5),11(7),12(3),12(6),12(9),13(2)	8	9.0%
노 젓는 기백	1(3),1(7),2(7),2(9),3(5),3(8),3(9),4(7),4(8),5(7),5(15),6(2),9(3),9(4),9(5),9(10), 10(2),10(3),11(5),13(9)	20	22.7%
바다의 상황	1(4),2(8),5(3),5(6),11(3),13(5)	6	6.8%
노 젓는 고통	5(10),5(13),5(16),13(4),13(7)	5	5.8%
출가 뱃길	2(6),3(10),5(1),5(5),5(11),7(1),8(5),9(6), 9(7),9(9)	9	10.3%
출가 생활	4(3),4(4),4(5),4(9),10(4),10(6)	6	6.8%
계		89	100%

A1 해녀작업의 출발

자료번호	단락번호	사설 (의미 단락)
1	(1)	요벨젓고 요넬젓고 어딕가릭 진드바당 골로니기세
2	(1)	요넬젓고 어딜가리 진도바당 흔골로가믄
3	(4)	이만지고 아니나가민 얼말짓고 진도바당 흔골로나 베가가리
4	(1)	요만을 가면은 얼마나 가리랴 진도나 바당에 흔골로 가는다
6	(1)	이네를젓엉 어디를가리 진도바당 흔골로간다
6	(6)	이물에는 이사공아 허릿대밋듸 화장아야 물때점점 늘어진다
8	(1)	이물에는 이사공아 고물에는 고사공아 허리칸에 화장아야 물때점점 늦어진다
9	(2)	고물에는 고사공아 이물에는 이사공아 한장에는 화장아야 어서속히 물때점점 늘어나간다 저어라저어라
9	(8)	요만지영 아니나간배 얼마나지영 베가가리 진도바당 한골로나 넘어간다 넘어간다
10	(1)	요만지면 얼마나가랴 진도바당 흔골소로 어서가자
11	(2)	넘어간다 올라간다 바람새에 좋다고 배질을 마세요 저ᄌ내 정자나무 바람따라 흔드누나
11	(4)	이물에앗인 고사공아 고물에앗인 허사공아 허릿대밋듸 자랑말고 실금실짝 잘넘어가네
13	(3)	우리야갈길은 어딜러라 진도야바당 흔골소로 걸어나가자

해녀작업 출발의 사설은 제주도 연안에서 작업 나가는 수단에 따라 배를 타고 작업장까지 나가는 〈뱃물질〉 사설과 배를 이용함이 없이 작업장까지 헤엄쳐 나가는 〈ᄌ물질〉 사설로 나뉘는데[7], 위 사설을 비교해 보면 내용상 두 가지 유형의 공통 사설을 추출해 볼 수 있다. 첫째는 작업 출발을 독촉하는 사설이다. 6(6), 8(1), 9(2), 11(4)번 사설은 같은 사설로 분류할 수 있는데, 공통적으로 뱃사공과 화장아(불때는 일꾼)에게 물때가 늦어가니 빨리 작업 나갈 수 있도록 독촉하는 내용이다. 이 사설들 중 고정성과 사설의 짜임으로 볼 때 8(1)번 사설을 기본형으로 설정해 볼 수 있으며, 나머지는 8(1)을 기본으로 하여 가창 당

---

7) 김영돈, 앞의 책, p.90.

시의 상황, 또는 창자의 구연 능력에 따라 변이된 사설형으로 볼 수 있다. 기본형으로 설정된 사설을 가창된 현장성에 따라 정리하면 다음과 같다.

　　　이물에는　　이사공아
　　　고물에는　　고사공아
　　　허리칸에　　화장아야
　　　물때점점　　늦어간다 〈8(1)〉

　이 민요는 악곡 구조의 규칙성으로 인해 음보도 2음보를 기준으로 매우 규칙적[8])으로 가창되고 있다. 따라서 추출된 사설의 기본형은 2음보 4행으로 사설이 정연하게 짜여져 있으며 의미 구성이 완결되어 있음을 볼 수 있다. 그런데 6(6)번 사설은 '고물에는 고사공아'라는 한 도막 사설이 가창되지 않음에 의해 율격이 파격을 이루고 있다. 반면에 9(2)번은 고물과 이물의 가창 순서의 바꿈은 자연스러운 변화라고 볼 수 있으나, '어서 속히'라는 구절을 첨가함으로써 의미의 완결성은 유지되고 있으나 율격이 어긋나게 되었고, 그 결과 나중에 '저어라저어라'라는 구절을 더 가창함으로써 율격을 조절하고 있다. 또한 11(4)는 이물과 대응을 이루는 이사공이 고사공으로, 고물과 대응되는 고사공이 허사공으로 변이되어 있으며, 후반부에 다른 사설을 삽입하여 가창함으로써 민요 사설의 다양성과 변이성을 보여주고 있다.
　둘째는 해녀들이 물질할 장소로 노를 저어 나가자고 권유하는 사설이다. 1(1), 2(1), 3(4), 4(1), 6(1), 9(8), 10(1), 13(3)번 사설을 비교해 보면 공통적으로 '진도바당 흔골로가자'는 내용을 노래하고 있는데, 율격과 의미의 완결성으로 보면 6(1)번을 기본형으로 설정해 볼 수 있겠다.

---

8) 조영배, 앞의 책, p.92.

이네를젓엉 어디를가리
진도바당   흔골로간다 〈6(1)〉

이 사설은 2음보 2행으로써 의미를 완결 짓고 있다. 1(1)번 사설은
'요벨젓고'라는 한 도막이 삽입됨으로써 율격이 파괴되어 있고, 2(1)은
1(1)과 거의 같으나 사설이 통사적으로 완결되지 않고 가정형으로 끝
나고 있다. 이것은 진도바다 한골로 가면 한쪽 손에 '빗창'과 또 한쪽
손에 '테왁'을 잡고 물질을 한다는 내용의 사설과 이어져있기 때문이다
(자료 2번 참조). 3(4)번은 위 기본형 중 '진도바당 흔골로간다'라는 부
분이 변이되면서 '이만지고 아니나간베 얼말짓고 베가가리'라고 부르는
사설의 중간에 삽입된, 다시 말하면 두 개의 사설이 결합되어 이루어
진 것으로 의미의 미완결성을 보여주고 있다. 이것은 9(8), 10(1)번 사
설을 보면 사설 결합의 원리를 알 수 있는 바, 9(8)은 삽입이 아닌 연결
이고, 10(1)은 두 사설의 일부 생략에 의한 결합이다. 그리고 13(3)은
기본형을 바탕으로 한 창자 나름의 사설 개조에 의한 개인적 변이형이
라고 보겠다. 이 사설에 등장하는 '진도바당'은 물론 해녀들이 본토로
출가하는 과정에 거쳐 가거나 물질했던 장소일 수 있다. 그런데 해녀
들의 이런 체험이 노래화되면서 고유지명으로서의 의미가 아니라 '해
녀들이 물질하는 바다'라는 보통명사로서의 의미로 쓰이고 있다. 그것
은 〈해녀노래〉를 살펴보면 자주 등장하는 것으로 '요 네 젓엉 어딜 가
리 한강 바당 골로 간다.', '한강 바당 배 띄와 놓곡 간장 타는 내로구
나9)', '두렁박을 집을삼아 한강바당 흔발두발 발아간다 발아온다.'10)처
럼 '바당'이란 단어 앞에 '한강'이란 고유명사를 붙여 '물질하는 넓은 바
다'를 의미하는 것과 같은 이치이다. 그런데 위의 두 유형과 대비시키

---

9) 김영돈, 『제주도민요연구(상)』, 일조각, 1981, p.241. 919, 920번 자료
10) 필자 채록, 서귀포시 대포동, 1987.10.9, 김재일(여.66). 자료 12번 참조

기에는 거리가 먼 사설이 11(2)번으로 정자나무가 바람결에 흔들리는
것으로 보아 노 젓는 일을 힘들게 하지 않아도 배가 잘 간다는 작업 출
발의 정경을 노래한 사설로 고정성에서 벗어난 개인 창자의 창의적 사
설이라고 할 만하다.

A2 해녀 작업의 실상

자료번호	단락번호	사설 (의미 단락)
1	(2)	흔착손에 테왁을심고 흔착손에 빗창을심엉 흔질두질 들어간보난 저싱도가 분멩ᄒ다
1	(8)	스무남은 설남은적의 잎산남도 물레레간다 산돌벡돌 물레레간다
2	(2)	흔착손에 빗창줴곡 흔착손에 테왁을줴영 흔질두질 들어간보난　저싱도가 분멩ᄒ다
3	(6)	흔착손에 빗창들고 흔착손에 두렁박을 메여놓고 안여밧여 숨은여로 요내삐꾸를 녹일랴고 우리부모 날낳더나
6	(8)	흔질두질 헤치면서 ᄂ려가면 흔번ᄂ차 잘못ᄒ면 흔단일이 허ᄉ로다
8	(8)	앞ᄇ름은 ᄀ작ᄀ치 불어나온다 뒷발로랑 가두잡앙 어화넝창 가고나보자 부모돌랑 돗을돌라 물질ᄒ라
9	(12)	흔착손에 빗창들런 흔착손에 테왁을짚고 석질넉질 ᄂ려간보니　저싱도가 가고나오네
11	(6)	두렁박을 손에끼고 수수야빗창 손에잡고 장강바당 집을삼고 흔질두질 가다보니 저싱질이 근당ᄒ여
12	(2)	우리야팔잔 어떤날에 나난에 한로산을 두를랴고 두렁박을 집을삼아 한강바당 흔발두발 발아간다 발아온다

〈해녀노래〉는 해녀들이 바다에 뛰어들어 전복, 소라, 미역 등 해산
물을 채취하는 작업을 하면서 직접 부르는 노래는 아니다. 이런 점에
서 이 민요는 노래와 물질 작업과는 직접적인 상관성이 없는, 배 위에
서 노를 저으면서 부르는 〈노 젓는 소리〉다. 그러나 해녀들은 노를 저
으면서 자신들의 고된 작업의 실상을 노래로 엮어 불렀다. 그것은 그
만큼 해녀들의 작업이 '저싱도가 가고나오네'처럼 목숨을 건 투쟁이었
다는 것을 의미하며, 이런 내용은 사설을 통해 충분히 파악해 볼 수 있

을 만큼 공통성을 띠고 있고, 어느 지역에서나 거의 고정화되어 있다
고 보겠다. 이 사설들은 해녀들이 물질에 필요한 도구를 들고 해산물
을 채취하러 깊은 물속으로 사백질해 들어가는 과정과 깊은 물속은 지
승과 통하는 길이었다는 것을 내용으로 하고 있다.

위 의미 단락의 사설을 비교하면 1(2), 2(2), 9(12)번 사설이 완결된
형태를 이루고 있다는 점에서 기본형으로 추출할 볼 만한데, 그 중
2(2)번을 제시하고 분석해 본다.

    흔착손에   빗창줴고
    흔착손에   테왁을줴영
    흔질두질   들어간보
    저싱도가   분뗑ᄒ다. 〈2(2)〉

이 기본형의 사설은 2음보 4행으로 작업의 실상을 명료하게 노래함
으로써 의미가 완결되어 있는데, 작업도구로서 '빗창'은 비교한 모든
사설에 공통적이고, 채취한 해산물을 넣는 '망사리'를 매달아 물위에
떠있게 하는 '테왁'은 '두렁박'을 대체한 변이로 볼 수 있고, 작업과정에
바다 속으로 잠수해 들어가는 깊이도 '흔질두질'과 '석질녀질'의 변이,
'저승도'와 '저승길', '분명하다'와 '근당하다(가깝다)'의 변이가 있을 뿐
매우 유사하다. 나머지는 개인 창작적 사설이거나 다른 사설과의 결합
양상을 보여주고 있는데, 그 중 1(8)은 비유에 의한 사설로 20여세의
젊은 나이에 물질을 한다는 내용이며, 3(6)과 12(2)번은 해녀작업과 신
세 한탄의 사설이 결합되어 이루어진 것이고, 8(8)은 여러 사설의 일부
가 혼합되는 방식으로 가창이 이루어짐으로써 하나의 의미로서의 완결
을 이루지 못하고 있는 파격적 사설로 볼 수 있다.

A3 해녀 작업의 기원

자료번호	단락번호	사설 (의미 단락)
1	(6)	눈이붉은 서낭님아 앞발로랑 허우치멍 뒷발로랑 ㅁ루나잡앙 고동생복 여끗딜로 득달ㅎ게 ㅎ여줍서
2	(5)	우리베에 서낭님아 앞발로랑 허위치멍 뒷발로랑 오동치멍 여끗딜로 득달ㅎ게 ㅎ여줍서 고동생복 한딜로나 가게나홉서
3	(11)	수덕좋고 영급좋은 서낭님아 앞발로랑 허우치곡 뒷발로랑 가두잡앙 생복좋은 좋은질로 가고나보자
12	(5)	수덕좋은 요왕님아 우리야 가는듸랑 재수대통 시겨줍서 전복좋은 엉덩개로 구제기좋은 여끗딜로 나수와줍서
12	(8)	그만저만 오난에 우리네 물질장소 오라졋쳐 첫송녜랑 수거든 천수망일게 ㅎ여줍서 만스망을 일게ㅎ여 어선물속 진진ㅎ게 내수와줍서 어선ㄱ경 돌아오게 ㅎ여줍서
13	(1)	열다섯에 물질을배왕 스물나난 상군ㅎ영 왼착손에 두렁박메고 ㄴ단손에 서수나빗창 들러짚엉 썰물나면 동의와당 광덕왕이 들물나면 서의와당 광인왕이 전복좋은 엉덩개로 구제기좋은 여살로다 지붙입서

　해녀작업을 끊임없이 해 온, 능력이 뛰어난 '상군'해녀라 해도 검푸른 바다에서의 물질은 쉬운 일이 아니며 또한 항상 순조롭게 이루어지는 것도 아니다. 그래서 해녀들은 노 젓는 과정에서 신(神)에게 해산물이 풍성한 곳으로 가게 해 달라고 기원하고 있다.

　위의 사설 6편 중 1(6), 2(5), 3(11), 12(5), 13(1)번을 의미의 완결성과 사설의 공통성을 기준으로 비교할 때 1(6)번과 12(5)번을 기본형으로 추출해 볼 수 있다.

　　　　눈이붉은　　서낭님아
　　　　앞발로랑　　허우치멍
　　　　뒷발로랑　　ㅁ루나잡앙
　　　　고동생복　　여끗딜로
　　　　득달ㅎ게　　ㅎ여줍서　〈1(6)〉

```
수덕좋은     요왕님아
우리야      가는듸랑
개수대통    시겨줍서
전복좋은     엉덩개로
구제기좋은   여깃딜로
나수와줍서  (이여사) 〈12(5)〉
```

이 사설의 공통점은 기원하는 대상인 신(神)을 부름 + 신(神)에게 기원하는 내용으로 구조화되어 있다. 해녀들이 기원하는 신명(神名)으로는 '서낭님', '요왕님', '동의와당 광덕왕, 서의와당 광인왕'이 등장하고 있는데, 특히 '서낭'과 '요왕'은 제주도 어촌에서 이루어지는 요왕굿(줌수굿), 연신맞이(선왕굿)[11]에 등장하는 신명으로서 모두 어부와 해녀들의 신앙하는, 잠수질과 어업에 관련된 신들이다. 다음으로 '앞발로랑 허우치멍 뒷발로랑 오동치멍'이라는 물질하는 동작 묘사〈1(6), 2(5), 3(11)〉, 또는 '재수대통 시켜줍서'라는 기원〈12(5)〉에 이어 해산물이 풍성한 곳, 즉 '고동생복(많은) 여깃', '전복좋은 엉덩개, 구제기좋은 여깃'으로 갈 수 있도록 해달라고 기원하고 있다.

그런데 1(6)은 2음보 5행으로 사설이 정연하나 12(5)는 사설만으로 2음보 6행을 이루지 못해 '나수와줍서' 다음에 '이여사'라는 후렴 한 도막을 불러 율격적 완성을 기하고 있는 것이 특징이다. 또한 12(8)번 사설만은 기원하는 신명이 구체적으로 제시되지 않았으나 12(5)와 같은 각 편에서 불린 것이기에 '-게 ᄒᆞ여줍서'의 대상은 곧 요왕님임을 유추해 볼 수 있으며, 물질을 하거든 행운이 있어서 풍성하게 '고동생복'을 채

---

11) 문무병, "제주민요에 나타난 무가", 『민요론집』(제2호), 민속학교 편, 민속원, 1993, p.132.

취하고 어선을 가득 채워 돌아오게 해 달라고 기원하고 있다. 그외 2(5)번과 3(11)번 사설은 1(6)번 사설이 변형 가창된 형태이며, 13(1)은 해녀작업의 실상과 신명, 신에 대한 기원의 사설들이 결합된 것으로 파악된다. 특히 신명으로서 '동의와당 광덕왕'과 '서의와당 광인왕'의 사설은 영등굿의 〈석살림〉 제차에서 부르는 〈서우젯소리〉에 자주 등장하는 사설12)이기도 하다. 이것은 해녀들에게 공통적으로 인식하는 신앙의 대상이 되고 있음을 의미하며, 민요간의 교류 양상도 보여주고 있다.

A4 해녀 작업의 한계

자료번호	단락번호	사설 (의미 단락)
2	(3)	요물아래 은과금은 ㄳ럿건만 형세나빠 몬ㅎ더라
3	(2)	요물아래 은과금은 ㄳ럿건만 노픈낭의 ㅇ매로다
7	(3)	요물아래 은과금은 ㄳ럿건만 노픈낭의 열매더라
9	(1)	요물아래 구제기전복 ㄳ럿건만 노픈낭의 열매더라
9	(11)	요물아랜 은과금이 ㄳ럿건만 노픈낭의 ㅇ름이여
10	(7)	고요ㅎ숨 질게쉬며 지픈물속 들어가니 아이고내숨이 바빠지고 고동생복은 쌓엿건만 숨이바빠 못ㅎ더라

　해녀 작업의 기량에 따라 해녀를 상군(고래잠수), 중군(중잠수), 하군(볼락잠수)등으로 구분하기도 하는데, 수심 20m까지 들어가 2분 남짓 견디는 놀라운 기량을 지닌13) 상군이라 하더라도 언제나 마음먹은 대로 해산물을 채취할 수 있는 것은 아니다. 해녀들은 보통 한번 무자맥질을 해 들어가면 30초쯤 작업을 하고 '테왁'을 붙잡고는 '호오이'아는 '숨비질소리'를 하면서 쉰 후 또다시 자맥질해 들어가 채취 작업을 한다. 그런데 물속에서 커다란 전복을 발견하고 여러 번 자맥질을 반복

---

12) 『한국구비문학대계 9-3』(제주도 남제주군 편), 한국정신문화연구원, 1983. pp.540~542.

13) 김영돈, 『제주도민요연구』, p.91.

해도 더 이상 캘 수 없는 경우가 허다하다, 심지어는 쉬 떨어지지 않는
전복 때문에 질식하여 생명을 잃게 되는 경우까지 있다. 이런 작업의
한계 체험은 하나의 한(恨)으로 응어리지고 성서화되어 노 짓는 과정
에서 노래된다. 위 사설을 비교해 보면 10(7)번을 제외하면 지역이나
창자의 차이 없이 동일한 표현을 하고 있다. 따라서 비교를 통해 다음
과 같은 사설을 기본형으로 추출할 수 있다.

요물아래   은과금은
끌 렷건만   노픈낭의
을매로다   〈3(2)〉

그런데 이 사설의 공통성은 사설 자체만으로는 2음보 율격의 통일성
을 이루지 못하고 있다는 점이다. 이것은 사설만을 기준으로 한 것일
뿐 실제 가창 과정을 보면 후렴이나 동일구를 반복함으로써 정연한 2
음보의 율격을 이루어내고 있다. 3(2)는 '요물아래' 앞에 '이기여고라'라
는 후렴을 한 도막 삽입시킴에 의해, 7(3)은 '열매더라' 위에 동일어인
'열매더라'를 반복함으로써 2음보 율격의 정연한 형태를 유지하고 있
다. 이를 다시 율격에 맞춰 가창된 형태를 제시하면 다음과 같다.

이기여고라   요물아래
은과금은   끌 렷건만
노픈낭의   을매로다

이 사설의 특징은 대부분 비유적으로 표현하고 있다는 점이다. 그 비유의 관계를 9(1)과 9(11), 10(7)과 비교하여 살펴보면 '구제기전복(고동생복) = 은과 금 = 높은 나무의 열매'의 관계로 비유가 이루어지고 있음을 볼 수 있다. 수심 깊은 바닷물 속으로 무자맥질해 들어갔다가 숨이 바빠져서 채취하지 못하고 물 위로 올라와서 '휘이'하는 '숨비질소리'(휫바람소리)를 내는 해녀들에게 있어서 소라와 전복은 가난한 생활을 윤택하게 해 줄 수 있는 은과 금처럼 소중한 것이지만 채취할 수 없다는 한계 인식을 지상의 올라갈 수 없는 높은 나무의 열매로 비유해 내고 있는 것은 그만큼 해녀들 사이에 공감대가 형성된 것으로 볼 수 있다.

A5 해녀 작업의 고통

자료번호	단락번호	사설 (의미 단락)
2	(10)	물에들레 들어갈적 숨비소리 기가멕혀 몬살컷네
6	(3)	물로야뱅뱅 돌아진섬에 삼시굴엉 요물질ᄒ영 ᄒ푼두푼 모여논금전 부랑자 술잔에 다들어간다
6	(5)	요금전 벌어갖고 어느야기 사각모자 씩울거나
11	(7)	낭군님아 낭군님아 술광담배 먹지나마소 불쌍ᄒ신 아내에랑 한강바당 집을삼고 가시야나무 몽구지에 손에야켕이 지우면서 ᄒ푼돈도 돈이로구나 ᄒ푼두푼 메운금전 낭군님 ᄒ루야치 술값도 부족이여
12	(3)	솜뚱ᄀ뜬 나의허리 정대ᄀ찌 몰라진덜 어느누가 알을소냐
12	(6)	물로뱅뱅 돌아진섬에 삼시굴엉 물질ᄒ영 ᄒ푼두푼 버은금전 낭군님의 술값도 부족이여
12	(9)	할로산이 돈이라도 씰자가 없으면 허사로다 돈아돈아 말모른돈아 돈이아니면 숨춤으멍 요물질을 무사ᄒ코
13	(2)	삼시굴엉 점심먹엉 점심때가 늦어가도 아니먹엉 물질ᄒ영 ᄒ푼두푼 메운금전 낭군님술값도 부족ᄒ고 깝작구리 반일러라

해녀들의 작업은 육지가 아닌 죽음이 상존하는 바다에서 이루어지는 만큼 아무리 강인한 인내와 초인간적인 능력을 가지고 있다 하더라도 작업에 따른 고통은 이루 말할 수 없었을 것이다. 위의 사설들은 가

난한 섬 제주도에 태어나 한강바당을 집을 삼아 하루 종일 굶기를 밥
먹듯 하면서 해산물을 채취하여 생활에 보태려고 돈을 모으지만 낭군
님의 술값마저도 부속하다는 것과 논이 아니면 바쁜 숨을 참으면서 이
런 물질을 왜 하는가라는 고통스런 삶을 주로 노래하고 있다.

　위 사설들 중 6(3), 11(7), 12(6), 13(2)를 비교해 보면 공통성을 가장
많은 지닌 기본형으로 12(6)번을 추출할 수 있다.

　　　　물로뱅뱅　　돌아진섬에
　　　　삼시굶엉　　물질ᄒᆞ영
　　　　ᄒᆞ푼두푼　　버은금전
　　　　낭군님의　　술값도
　　　　부족이여　　(이여사 시) 〈12(6)〉

　다른 사설은 이 기본형을 중심으로 하여 새로운 사설의 삽입과 개인
적 창의력에 의해 변형 가창된 것으로 볼 수 있다. 그런데 위 기본형의
사설을 보면 2음보 5행으로 율격이 이루어지고 있으나 마지막 행은 사
설만으로는 2음보격을 구성하지 못하자 후렴의 한 도막을 가창하여 2음
보 율격을 이루어 놓고 있다. 이것은 6(3)의 사설에서 '이여라쳐라'라는
후렴이 '다들어간다' 뒤에 결합되어 불리고 있는 것과 같은 경우이다.

A6 노 젓는 기백

자료번호	단락번호	사설 (의미 단락)
1	(3)	요네굿댕 타령을 말라 원서중에 놀던네라
1	(7)	배똥알을 남을준덜 요네상착 남줄내가 아니로나
2	(7)	요네상착 끊어진덜 가시낭이 엇일소냐 요네밴드레 끊어진덜 부산항구 아사노가 엇일손가 요네굿뎅 타령맙서 하령도 좁은목에 기다리던 요년덜아
2	(9)	잘도간다 요년덜아 일심동력 젓어나줍서 선두사공 뱃머리만 돌려줍서 젓거리로 우경간다 어기여차 소리엔 베올려 가는구나 베가누려 가는구나
3	(5)	흔ᄆ를랑 높지놀고 흔ᄆ를랑 늣이놀명 느직느직 지고나가자
3	(8)	요내님을 놈을준덜 요네상착 놈줄내가 아니로고나
3	(9)	요네상착 부러진덜 부산항구야 가시야나무가 엇일수가 아니로다 요밴드레 끊어나진덜 인천항구 지름줄이 엇일수가 아니로고나
4	(7)	요네굿뎅 타령말라 헌사주 요넬러라
4	(8)	요네 상착 부러진덜 부산항구 곧은남이 없을소냐 요벤드레 끊어진덜 부산항구 지름노꼬가 없을소냐
5	(7)	저라저라 저라고지여 열두신뼤 실렁거려 재기나가자
5	(15)	허리치닥 배치닥말앙 열두신뼤 실랑거령 어서가자
9	(3)	흔ᄆ를랑 둥겨가멍 흔ᄆ를랑 늦춰가멍 건너가자
9	(4)	요네상착 꺾어나지면 부산항구 곧은남이 없을소냐 요네벤드레 끊어나지면 인천항구 지름줄이 없을소냐
9	(10)	스무남은 설나믄에 정는님사 남을준덜 요네상착 남줄내가 아니로구나
10	(2)	요밴드레 그차지면 인천항구 지름줄이 없을소냐 요네상착 부러지면 부산항구 곧은남이 없을소냐
10	(3)	허리지닥 배지닥말앙 굽엉지영 우리야갈길 어서가자 우리갈길은 태산보다 더멀더라 천리보다 더멀더라
11	(5)	요나이사 멧나이랑 요내상착 버칠내가 아니로구나
13	(9)	흔멍엘지엉 우리야갈길 어서나가자

해녀들의 작업은 헤엄쳐 나가서 물질하는 〈ᄀ물질〉, 제주도 연안에서 배를 타고 먼 바다로 나가서 하는 〈뱃물질〉, 한반도 연안 곳곳으로 나가서 하는 〈육지물질〉, 그리고 특별한 경우로 해녀들이 2, 30여명이 동아리지어 배를 타고 이 섬 저 섬 다니며 물질하는 〈난바르〉등의 경우로 나눌 수 있는데14), 이때 〈ᄀ물질〉을 제외하면 예외 없이 해녀들

이 노를 저어야 했다. 특히 〈육지물질〉은 돛배를 타고 한본토까지 나가야 하기 때문에 노 젓는 일은 밤낮을 가리지 않고 이루어졌고, 따라서 해녀들의 노 젓는 일은 고뇌고노 힘는 일이었다. 해녀들은 물설이 밀려드는 검푸른 바다에서 "이여싸나 이여도싸나"하는 후렴에 맞추어 노를 밀고 당기면서 어떤 고난이라도 이겨내겠다는 의지와 기백을 노래했다. 노 젓는 기백을 노래한 사설을 비교해 보면 대체로 세 가지 유형으로 정리할 수 있다.

첫째는 정든 임이나 정조는 남에게 줄 수 있어도 내가 젓고 있는 노만큼은 남에게 줄 수 없다는 내용의 사설이다. 1(7), 3(8), 9(10), 11(5)의 사설들이 이런 내용을 노래하고 있으며 공통적으로 '요네상착'을 '남줄내가 아니로다' 또는 '버칠내가 아니로다'의 사설로 구성되어 있다. 이를 공통사설의 기본형으로 9(10)번을 설정해 볼 수 있다.

스무남은	설나믄에
정든님사	남을준덜
요네상착	남줄내가
아니로구나	(이여사나) 〈9(10)〉

둘째는 손에 잡고 있는 노의 상책(노의 윗부분)이 꺾어지거나 '벤드레'(노를 저을 수 있도록 배 멍에와 노손을 묶어 놓은 밧줄)가 끊어진다 하더라도 부산항구와 인천항구에 닿으면 대치할 수 있으니 손상될 걱정을 말고 힘껏 노를 저어보자는 내용의 사설이다. 2(7), 3(9), 4(8), 9(4), 10(2)번 사설을 비교해 보면 매우 고정적인 유형을 이루고 있는데, 이 중에 사설의 기본형으로 9(4)번을 설정해 볼 수 있다.

---

14) 사진 서재철, 글 김영돈, 『제주해녀』, 봅데강, 1990. p.124

요네상착   걸어지면
부산항구   곧은남이
없을소냐   요네벤드레
끊어나지면 인천항구
지름줄이   없을소냐 〈9(4)〉

이 유형을 분석해 보면 부산 항구와 인천 항구가 공통적으로 사설에 등장하고 있다. 이것은 해녀들이 돛배를 타고 출가를 하거나 작업을 나가는 영역이 한반도 전체에 미치고 있음과 특히 1937년에 제주도 해녀의 출가 상황을 지역별로 보면 2,801명 중 1,650명이 경상남도에 집중되어 있고,[15] 또 출가 해녀들이 서해안으로는 백령도, 소청도까지 진출하여 물질을 하고 있었기에 그들에게 부산항구와 인천항구는 노를 저어 작업을 나가는 출발지이자 휴식이 이루어지는 출가 생활의 공간이기도 했던 점에서 사설화된 것으로 풀이된다.

셋째는 허리치레 배치레 하지 말고 온몸을 움직여 힘껏 저어 물질하는 곳으로 가자는 내용의 사설이다. 5(7), 5(15), 10(3)번 사설을 비교해 보면 5(15)번을 사설의 기본형으로 설정할 만하다.

허리치닥   배치닥말앙
열두신뻬   실랑거령
어서가자   (어야차라) 〈5(15)〉

---

15) 앞의 책, p.123.

이 사설 역시 후렴 '어야차라'의 삽입에 의해 율격적으로 2음보 3행을 완결 짓고 있다. 그 이외의 것은 요 노짝이 마음에 안 든다고 타령하지 말라는 사설〈1(3), 4(7)〉과 한 고비를 힘껏 저어 작업장까지 빨리 가자고 독려하는 사설〈2(9), 3(5), 9(3), 13(9)〉로 독자적인 유형을 이루지 못하고 있다.

A7 노젓는 바다 상황

자료번호	단락번호	사설 (의미 단락)
1	(4)	요놋동아 저놋동아 ㅂ름통을 먹엇더냐 지름통을 먹엇더냐
2	(8)	요놋뎅이 뭿을먹고 둥굿둥굿 슬쩌신고 ㅂ름통을 먹어신가 구름통을 먹엇던가 둥굿둥굿 잘올라온다
5	(3)	저놋동이 뭿을먹고 술젓는가 지름통을 먹엇느냐 ㅂ름통을 먹엇느냐
5	(6)	이놋동이 저놋동이 뭿을먹고 술젓는가 지름통을 먹엇느냐 ㅂ름통을 먹엇느냐
11	(3)	요놋동이 저놋동이 뭿을먹고 궁굿궁굿 슬져나오네 지름통을 먹엇더냐 ㅂ름통을 먹엇더냐 궁굿궁굿 슬져나오네
13	(5)	뭉쿨뭉쿨 요놋동이 지름통을 먹엇느냐 ㅂ름통을 먹엇느냐 늬큰늬큰 튄물통자션 뭉갈뭉갈 잘올라오네

해녀들의 노 젓는 공간은 험난한 바다로 바람이 불고 난 후 바다에 큰물결이 넘실대며 너울져 있는 모습은 노를 젓는 해녀들에게는 인상 깊은 정경으로 각인되었을 것이다. 이것이 노 젓는 상황에서 노래되었다고 생각한다. 노 젓는 바다의 상황을 노래한 사설은 거의 지역과 창자를 초월하여 하나의 공통적 유형을 이루고 있다. '놋동이'는 바다에 너울진 큰 물결로 이 노래들은 노 젓는 일이 바다의 너울진 물결 위에서 이루어지고 있으며, 놀덩이를 의인화하여 살져 있다고 표현함으로

써 정감을 드러내고 있다. 7편의 의미 단락을 비교하면 5(6)번이 단락 간의 공통 사설을 가지고 의미가 완결되어 있다는 점에서 사설의 기본형으로 설정해 볼 수 있다.

이늦동이   저늦동이
뭣을먹고   술젓는가
지름통을   먹엇느냐
ㅂ름통을   먹엇느냐 〈5(6)〉

5(6)번 사설을 기본 유형으로 하여 2(8)에서는 'ㅂ름통'을 '구름통'으로의 대치한 것 외에 '둥긋둥긋 술쪄신고'와 '둥긋둥긋 잘올라오네'라는 사설이 더 첨가됨으로써 사설의 확대를 보여주었는데. 이런 현상은 11(3), 13(5)에서도 일어났다. 특히 13(5)에서는 '뭉클뭉클', '늬큰늬큰', '뭉갈뭉갈'이라는 의태어가 묘미 있게 구사됨으로써 생동감을 더해주고 있다.

A8 노 젓는 고통

자료번호	단락번호	사설 (의미 단락)
5	(10)	버치고 지천에 몬살로 구낭아
5	(13)	요놈의베야 무검도무겁다 아이고버천 못가키여
5	(16)	아이고나버쳐 못지키여 글아줍서 어느사름 글ㅊ렛과 ㅎ저와근에 글아줍서
13	(4)	젊은년이 심은노란 고향천리 배고판울고 늙신네가 젓는노라 고향천리 그만두고 연해연방 글아나주소
13	(7)	버첫구나 지첫구나 옛날말로 순다리에 즘우첫져 보리떡에 숨이찻져

　바다를 달리는 배 위라는 불안정한 장소에서 노 젓는 일이 이루어질 뿐만 아니라 한본토로 출가하는 경우에는 며칠이고 바다 위에서 노를 저어가야 했기 때문에 해녀들이 체험하는 노 젓는 고통은 여자로서 이겨내기에는 역부족이었을 것이다. 해녀들은 노 젓는 가운데 숨이 차고 힘에 겨워도 쓰러지지 않고 끊임없이 노래하면서 고통을 극복하려는 억척스러움을 보여주고 있다. 이 노래의 사설은 하나의 공통적으로 유형화된 것은 보이지 않으나 서로 비교해보면 대체로 '노 젓는 일이 힘에 겹다 그러니 노 젓는 일을 교대해 달라'는 내용으로 구성되고 있다. 이렇게 볼 때 5(16)번 사설을 기본형으로 설정해 볼 만하다.

아이고나버쳐	못지키여
글아줍서	어느사름
글ᄎ렛과	ᄒ저와근에
글아줍서	(아여싸나) 〈5(16)〉

　이 사설과 위 사설을 비교해 보면 5(10), 5(13)은 힘에 겹다는 내용으로만 단순히 구성되어 있으나 기본형인 5(16)과 같은 창자의 노래로 노 젓는 일이 힘겹다는 공통된 내용으로 되었다. 13(4)번은 젊은 해녀는 노 젓는 일에 배고파 울고 있고, 늙은 해녀는 고통스러우니 교대해 달라는 내용으로 대구 형식으로 짜여 있으며, 13(7)은 고되고 숨이 찬 것을 술에 취함과 마른 떡을 먹다 체함과 대비시켜 노래하고 있다.

A9 출가 뱃길

자료번호	단락번호	사설 (의미 단락)
2	(6)	우리베는 춤나무로 짓인베라 잘도간다 춤매새끼 ᄂᆞ는듯가네 석은남의 덕더리ᄀᆞ찌 요년덜아 흔ᄆᆞ를만 가고보자
3	(10)	요목저목 홀톤목이여 시리청청 감겨나들라 잘잘가는 잡나무베야 솔솔가는 솔나무베야
5	(1)	우리야베는 춤나무로 지은베라 춤매새끼 ᄂᆞ는듯이 잘도나간다
5	(5)	우리야베는 춤나무로 지은베라 잘도간다 춤매새끼 ᄂᆞ는듯이 잘도간다
5	(11)	잘도간다 잘도가네 우리야베는 춤매새끼 ᄂᆞ는듯이 잘도간다
6	(2)	아니지영 못가는다 요목저목 울돌목가 울돌목이 정녕ᄒ다
7	(1)	우리배는 잘도간다 춤매새끼 눌든듯이 잘도간다
8	(5)	자단베가 아니로구나 실금실짝 올라간다
9	(5)	지어라져라 흔목젓엉 갈티나가자 지어라져라 아니지고 못가리라 요목저목 울돌목을 허리알로 강여들라
9	(6)	산아산아 노픈산아 가운딜로 질이나나라 웨로나가는 요네정녜야 넘고가라
9	7)	우리야베는 솔나무베라 솔락솔락 잘도간다 춤매새끼 ᄂᆞ는듯이 잘도간다
9	9)	우리베는 춤나무베라 뒤에오는 저베는 썩은나무 놋가릴세 넘어가네 올라가네

돛배를 타고 본토로 출가하는 경우 노 젓는 일은 고통스럽기도 하지만, 배가 험한 바다의 파도를 타고 넘어갈 때는 신명이 일어나면서 출가하는 뱃길을 생동감 넘치게 노래할 수 있는 것이다. 이 사설을 서로 비교해 보면 첫째, 참매 새끼가 하늘을 나는 것처럼 배가 잘도 간다는 내용과 둘째, 배를 타고 울돌목(명랑해협)을 지나간다는 내용의 사설로 구성되어 있음을 알 수 있다.

첫째는 2(6), 3(10), 5(1), 5(5), 7(1), 9(7), 9(9)의 사설에 공통적으로 나타나고 있는데, 이들 중 기본형의 사설은 5(1)번을 설정해 볼 수 있다.

우리야베는　춤나무로
지은베라　　춤매새끼
ᄂ늣이　　　잘도긴디. (5(1))

이 사설은 2음보 3행으로 불려졌으나 통사론적으로 보면,

우리야베는　춤나무로　지은베라
춤매새끼　ᄂ는듯이　잘도간다

와 같이 3음보 2행의 형태로 되어 있음을 볼 수 있다. 그러나 민요는
가창이 이루어진 현장성을 바탕으로 동작과 가락의 형성 관계를 고려
하면 2음보 3행의 사설로 보는 것이 타당할 것이다. 그리고 3(10)은 '춤
나무베' 대신에 '잡나무베', '솔나무베'로의 전이가 이루어졌을 뿐이고
특이한 것은 '잘잘가는 잡나무베', '솔솔가는 솔나무베'와 같이 하여 동
음 반복에 의한 운율의 묘미를 보여주면서 변이를 이뤄내고 있다는 점
이다. 그리고 '홀튼목'은 9(5)의 '울돌목'의 발음상의 변이로 9(5)의 사설
후반부가 앞부분에 삽입됨으로써 의미의 확대가 이루어진 사설이다.
　둘째는 6(2), 9(5)의 사설로, 힘껏 저어서 물결이 센 울돌목을 넘어가
자는 내용이 공통적으로 나타나고 있는데　9(5)의 사설을 기본형으로
설정해 볼 수 있다.

지어라져라　흔목젓엉
갈티가자　　지어라져라
아니지고　　못가리라
요목저목　　울돌목을
허리알로　　강여들라 〈9(5)〉

이렇게 설정할 때 6(2)사설은 9(5)의 사설이 압축, 변형이 이루어진 사설로 파악된다. 두 사설에 공통적으로 나타나 있는 울돌목은 전라남도 화원반도와 진도 사이에 있는 물살이 거센 해협으로 해녀들이 돛배를 타고 출가하는 뱃길의 하나이다. 물살이 센 울돌목을 힘겹게 노 저어 다녔던 체험적 정서가 표현된 사설이라고 볼 수 있다.

그 외 사설은 창자의 개인적 사설로 8(5)의 '자단베'는 '춤나무베'의 변이로 높은 물마루를 넘어간다는 내용이고, 9(6)은 바다의 높은 물결을 산으로 비유하였으며, 가운데로 길이 나야 정녀(貞女)가 거센 바다를 넘어갈 수 있다는 내용을 노래하였다. 모두 출가하는 뱃길에서 체득한 경험이 바탕이 되어 노래되고 있다는 점에서 경험적 정서의 중요성을 확인해 볼 수 있다.

A10 출가 생활

자료번호	단락번호	사설 (의미 단락)
4	(3)	강원도 금강산 금인줄 알앗더니 팔도야 기생은 다모여 드는다
4	(4)	날ᄀ뜬 잡놈땡 요내쑬은 주는데 웨좁쓸 송펜은 ᄒ꼼썩만 주는구나
4	(5)	울타리 밑에다 호박을 심엇더니 호박잎이 문들거려 날만쉐겨 가는구나
4	(9)	강원도 금강산 금인줄 알앗더니 팔도야 기생은 다모여 드는다
10	(4)	산천에 초목은 전라도 제준데 우리야몸이 지체훌때 요객지생활이 어떨소냐 고향이 따로잇나 정이드면 고향이라 고향산천 버려두고 타향땅을 고향을삼아 요디오란 말모른 돈아돈아 돈이좋지 아니면은 어느누가 믿고서 여기왓나
10	(6)	설룬시슬 어진ᄌ식 버려두고 금전따라 오랏더니 아니받을 요고생을 다받아 일천고생 다받아가네

해녀 출가는 해녀 생활에서 차지하는 비중이 자못 크다.[16] 해녀들은 제주도에서의 가난한 삶을 극복하기 위해 돛배를 타고 며칠씩 노를 저

으면서 바다를 건너 본토까지 진출하여 물질을 했다. 보통 봄철에 본토로 출가하여 추석을 기점으로 하여 귀향하는 해녀들의 타향에서의 생활은 설움과 고통을 안겨 주기에 충분하다. 그리고 해녀 출가의 수된 목적은 돈을 벌기 위한 것이 명료하게 드러나고 있다. 이 글에서 다룬 자료를 보면 출가 생활을 노래한 사설이 의미 단락을 이룬 것은 13개의 자료 중 4번과 10번 자료이고, 의미 단락은 단 6편뿐으로 실상 해녀들의 출가 생활에 비해 노래된 것은 적은 편이다. 이것은 해녀들이 많이 본토로 출가했지만 출가 경험이 정서화되지 못했다는 데 기인한다고 보겠다. 이 점은 창자의 생애력을 보다 자세히 조사하는 과정을 거쳐야 분명한 이유가 규명될 과제이지만 필자가 직접 조사한 10번의 창자인 문목순은 6·25한국 전쟁 때 남편을 잃고 가정의 생계를 잇기 위해 본토는 물론이고 일본 대마도까지 물질 나갔던 눈물겨운 삶을 확인할 수 있었다. 바로 이와 같이 본토나 대마도로 출가하여 고생을 많이 했던 경험을 가진 창자는 이를 정서화할 수 있는 개연성이 높은데 그 이유가 있지 않나 생각한다. 4번 자료는 4편의 의미 단락이 출가 생활을 노래했는데, 이중 4(9)는 4(3)의 반복으로 실지로는 3편이다. 그런데 이들 단락을 한 편씩만 보았을 때보다는 3편을 연결 지어 살펴보면 출가 생활의 실상을 어느 정도 살펴 볼 수 있다. 강원도의 금강산의 '금'자와 돈을 상징하는 '금'의 연상 작용에 의한 표현이 묘미를 보이며, 돈을 벌기 위해 강원도로 출가를 했더니 아리따운 기생들도 돈을 벌려고 몰려든다는 세상사〈4(3)〉와 아리땁지 못한 자신을 '잡놈'으로 비하하면서 송편을 조금씩만 준다는 타향에서의 출가 생활의 어려움〈4(4)〉이 노래되었고, 울타리 밑에다 심은 호박잎이 싱싱하게 너풀거려 귀향

---

16) 김영돈, 『제주도민요연구』, p.90.

할 마음을 잊게 한다〈4(5)〉는 내용으로 다른 창자의 노래에서 찾아보기 힘든 개인의 체험적 정서가 강하게 표출된 것이다. 다음으로 10(4)와 10(6)도 동일 구연자에 의해 불린 사설로 출가 생활의 고된 체험을 구체적으로 생생하게 노래함으로써 출가했던 해녀라면 공감할 수 있는 내용으로 되어 있다. 두 편의 의미 단락은 공통적으로 고향 산천과 가족을 이별하고 돈을 벌려고 출가한 후 타향에서 물질하면서 받는 고생과 설움을 노래하고 있다. 두 편 모두 의미의 완결성이나 율격적인 면에서 사설이 정연하지는 않다. 그러기에 출가 생활을 고통스러움을 노래한 사설의 기본형 설정은 어렵지만 10(4)번은 출가 생활의 실상을 구체적으로 잘 보여주는 사설로 볼 수 있고, 10(6)번은 출가 해녀들의 고생하는 심정을 간명하게 노래하고 있다. 이런 점에서 10(6)번을 우선 기본형으로 설정해 볼 수 있다.

설룬ᄉ슬   어린ᄌ식
버려두고   금전따라
오랏더니   아니받을
요고생을   다받아
일천고생   다받아가네 〈10(6)〉

창자는 '요고생을 다받아'라고 불러 단락을 완결 짓지 못했음을 인식하고 다음 행에서 '일천고생 다받아가네'라고 다시 가창함으로써 단락을 완결 짓고 있다. 물론 이 단락은 앞의 10(4)번 단락에서 '우리야몸이 지체흘때 요객지생활이 어떨소냐'와 '고향이 따로잇나 정이들면 고향이지'라는 사설이 이미 불렸기에 생략된 것으로 볼 수 있다. 결국 10번 자료는 어느 한 해녀의 노래이지만, 동시에 고향과 가족을 등지고 온

갖 설움과 고통을 당하면서 돈을 벌기 위해 물질해 온, 출가 해녀들의
삶을 대변하는 노래로 볼 수 있다.

2. 서정적 사설의 유형

서정성을 노래한 사설들은 민요에 있어서의 기능·창곡·사설과의
결합 관계가 고정적이지 않은 것이 일반적인 경향이다. 이것은 대체로
창자 개인의 생애력과 가창 능력, 그리고 구연 상황에 따라 기존의 민
요 사설이 결합되거나 아니면 사설이 창조되거나 변이되는 과정을 거
쳐 새롭게 가창되기 때문이다. 〈해녀노래〉의 사설 구성은 기능적 사설
과 서정적 사설을 의미 단락을 중심으로 비교할 때 89 : 36으로 서정
적 사설은 약 30 %을 차지하고 있다. 이처럼 서정적 사설의 비중이 반
수에 달하지 못하는 것은 불안전한 장소에서 가창이 이루어지고 역동
적인 동작에 맞춰 불리는 민요이라는 데 그 이유가 있다.

그러면 다음 〈표3〉의의 서정적 사설 유형을 의미 단락별로 비교 고
찰하여 어떤 사설이 주로 가창되고 있으며 다른 민요, 또는 시가와 어
떤 교섭 양상을 보이는지 파악해보고자 한다.

〈표3〉 서정적 사설의 의미 단락별 유형

의미단락	자료 번호 * ()안은 단락순번	편수	비고
신세 한탄	1(9),2(4),2(11),3(3),5(2),8(6),10(8),11(1),12(4),12(7),12(10)	11	30.5%
이별	1(5),4(10),5(4),5(8),5(12),7(6),8(7),13(8)	8	22.3%
연모	4(6),7(2),7(4),7(5),8(2),8(4),10(5), 12(1),13(9)	9	25.0%
인생 무상	4(2),5(9),6(4),6(7)	4	11.1%
가족 걱정	3(7),5(14),8(3)	3	8.3%
기타(전설)	3(1)	1	2.7%
계		36	100%

위의 서정적 사설을 구성의 측면에서 살펴보면 ①작업실태 〈 서정, ②서정, ③서사의 세 가지 형태로 세분된다. 신세 한탄의 사설은 ①이 주류를 이루고 있으며, 이별, 언모, 인생무상, 가족 걱정은 ②에, 기타 (전설)은 ③에 해당되고 있다.

B1 신세 한탄

자료번호	단락번호	사설 (의미 단락)
1	(9)	우리나어멍 날날적의 가시나무 몽고지에 손에켕이 박으려고 날낳던가
2	(4)	우리어멍 날날적의 해천영업 태움서로 날낫던가 가시나무 몽고지에 손에켕이 베겻구나
2	(11)	우리어멍 날날적의 무신날에 낳앗던고
3	(3)	어떤놈의 나는아긴 팔자전칭 요리좋아 고대광실 노픈집이 부귀영화 누리고야 살건마는 우리부모 나신아긴 두렁박이 종ᄉ가 웬일이냐
5	(2)	아버지 어머니 날낳을적의 요런고생 시길랴고 나를고이 기르던가
8	(6)	오동추야 달밝은듸 육자배기나 불러볼까 칠성바당 물질ᄒ영 요내팔자나 고쳐나볼까
10	(8)	돈아돈아 말모른돈아 부르거든 육대기중에 따라나들라 없는금전 한탄말고 잇는중을 버리지마라
11	(1)	설운어멍 날날적의 무신날에 날납디가 놈광ᄀ찌 날낳으면 팔ᄌ좋게 고대야광실 노픈집에 앉아그네 살컷인데 어면사름 팔ᄌ좋아 요물질을 아니나ᄒ영 부모형제 맞앗아그네 오손도손 살아보리
12	(4)	벡발보고 희롱말아 악마ᄀ뜬 이영업을 ᄒ자ᄒ니 우리가 어제청춘 오늘벡발 뒈는구나
12	(7)	옛날옛적 어떤잡놈 어떤잡년이 요종ᄉ를 내우던고 내가멩년 원수로다
12	(10)	불쌍ᄒ고 가련ᄒ 요예ᄌ덜 시간ᄀ린 요영업이여 아이고도 생각ᄒ민 설울러라 불쌍ᄒ다

노동요에서의 신세 한탄은 노동의 강도에 비례한다고 할 수 있다. 노동이 벅차고 괴로우면 괴로울수록, 그리고 생활고에 찌들면 찌들수록 자신의 신세, 즉 처지와 형편에 대한 탄식은 정서화되어 노래된다.

〈해녀노래〉는 여성들의 노동요로서 해녀들의 고된 노동 속에 겪게 되는 고통의 원인을 찾았고, 또한 그 해답을 찾아내어 노래하고 있다. 그 원인은 바로 사주팔자(四柱八字)에 있다. 즉 나쁜 사주팔자를 타고 태어났기에 손이 멍들게 되는 노 젓는 일을 해야 하고, '칠성바당'에서 물질하는 고생을 한다고 자탄(自歎)함으로써 스스로 삶의 비애와 고통을 달래려고 하고 있다. 신세 한탄의 사설을 의미 단락별로 비교하여 보면 하나의 유형을 추출할 수 있고, 공통적 사설로서 보편적 정서를 표현하고 있는 3(3)번 사설을 기본형으로 설정할 수 있다.

어떤놈의   나는아긴
팔자전성   요리좋아
고대광실   노픈집이
부귀영화   누리고야
살건마는   우리부모
나신아긴   두렁박이
종수가   웬일이냐 〈3(2)〉

이 사설이 〈해녀노래〉로 불렸다고 할 수 있는 것은 '두렁박 종수'란 구절이 삽입되어 있기 때문일 뿐, 다른 노동요에도 가창되고 있다. 여기서 민요 전승 변이와 사설 형성의 한 원리를 발견해 낼 수 있다. 위 사설들을 보면 '두렁박 종수' 대신에 '해천영업', '칠성바당 물질', '악마フ뜬 요영업'등의 구절을 대치시킴에 의해 해녀 작업으로 고생하는 자신의 처지를 한탄하는 사설을 만들어내고 있다. 특히 3(3)과 11(1)은 기구한 자신의 팔자를 한탄한 사설인데, '두렁박 종수'대신에 '요물질'이라는 구절이 삽입되어 있음을 볼 수 있다. 이것은 다음의 예시 민요와 비교해 보면 그 원리의 일면을 알 수 있을 것이다.

〈뱃소리〉
어떤 놈은   八字 좋아
고대광실   높은 집에
男女奴婢   거느리고
好衣好食   하는구나
우리 八字   기구하야
漁父 몸이   되었구나[17]

이 노래가 〈뱃소리〉라는 것을 알게 해 주는 것은 마지막 행의 ‘漁父 몸이 되었구나’라는 구절이다. 만약 이를 ‘해녀 몸이 되었구나’로 대치시켜 해녀가 가창을 한다면 〈해녀노래〉로의 변이가 이루어지는 것이라고 할 수 있다. 이와 같은 원리는 기능·창곡과 고정적으로 결합되어 있지 않은 유동적 사설에서 주로 작용함으로써 요종(謠種)이 다른 민요 간에 사설의 교류가 이루어지게 될 뿐만 아니라 같은 유형 간에 있어서 기능과 밀접하게 관계된 사설에서도 적용되는 원리라고 할 수 있다.

다른 의미 단락의 사설들도 모두 기구한 팔자로 말미암아 사시사철 물질하면서 살아가는 설움과 불쌍한 자신의 처지에 대한 탄식을 내용으로 하고 있다. 특히 10(8)번과 12(4)번은 가난과 늙음에서 오는 신세의 한탄으로 다른 민요에서도 흔히 볼 수 있는 유동적인 사설형이다. 신세 한탄을 노래한 사설의 구성상의 또 하나의 특징은 노래하는 주체인 ‘나’와 ‘남’과의 대비에 의해 ‘나’의 기구한 처지를 강조하는 수법을 구사한다는 점이다.

---

17) 고정옥, 『조선민요연구』, 수선사, 1947, p.137.

나(해녀)	〈一〉	남(타인)
팔자 기구함 두렁박 종사 온갖 고생을 함		팔자 좋음 물질 안함 부귀영화를 누림

이와 같은 나와 남의 대립 구조는 기억하기 용이하고 보편적 정서에 접맥되어 있는 만큼 전승력을 얻어 여러 요종의 민요에 두루 가창되는 양상을 보여주고 있다.

B2 이별

자료번호	단락번호	사설 (의미 단락)
1	(5)	민첩ᄒ고 연첩흔놈 대천바당 가운듸들엉 멩지돌밤 날새영가라
4	(10)	임아임아 정든임아 임아싫건 날버려라
5	(4)	날ᄃ령 가거라 날ᄆ상 가러라 한양에 가실적 날만ᄃ령 가거라
5	(8)	간다네 간다네 내가돌아 가는다 요님을 두고서 내가돌아 가는구나
5	(12)	날ᄃ령 가거라 날ᄆ상 가거라 한양에 가실적 날만ᄃ령 가거라
7	(6)	간다간다 내가돌아 가는구나 저님을 떠리고 내가돌아 가는구나
8	(7)	임아싫건 날버리소 꼿신적의 날버리소 잎신적의 날버리소
13	(8)	나는싫어 천추야도박 나는싫어 날데령가소 날ᄆ상가소 돈족ᄒ여 ᄆ음존놈 날데령가소

임과의 이별은 노동요, 창민요 등 민요를 비롯하여 우리 고전시가에서 이르기까지 다양하고 풍부하게 나타나는 내용이다. 이 사설을 비교해 보면 '-하라'는 명령형과 '-하는구나'라는 감탄형의 두 가지 유형으로 으로 종결되고 있는데, 명령형의 사설은 떠나는 주체가 '임'인데 반해 감탄형의 사설은 떠나는 주체가 바로 '나'라는 점이 차이가 있다. 위 사설은 다음의 네 가지 유형으로 구분해서 살펴볼 수 있다.

① 나를 싫어하거든 젊었을 때 나를 버리고 떠나라.〈4(10), 8(7)〉

② 나 혼자 두고 떠나지 말고 데리고 가라.〈5(4), 5(12), 13(8)〉

③ 나를 두고 떠나더라도 하룻밤만이라도 함께 새우고 떠나라.
〈1(5)〉

④ 사랑하는 임을 두고서 떠나게 되었구나.〈5(8), 7(6)〉

여기서 ①,②,③은 명령형의 사설로, 떠나는 임에 대한 원망의 정서
가 표출되어 있다. 이 중 ②의 5(4)와 5(12)는 한 사람이 부른 동일한
사설이고, 13(8)은 5(4)의 사설에 창자 개인의 정서가 더 첨가되어 이루
어진 사설이다. 이와 같은 사설은 제주도의 통속민요 '이야홍'에도 찾
아볼 수 있는데 서로 비교해 보면 다음과 같다.

날ᄃ령   가거라
날ᄆ상   가러라
한양에   가실적
날만ᄃ령   가거라   〈5(3)〉

이야홍
날 데려 가거라, 날 데려 가거라 이야홍
한양천리 돌아가신 우리 성님이여[18]

이와 같이 서정적 사설은 약간의 변이를 거쳐 쉽게 다른 민요로 전
이된다는 것을 보여주고 있다.

---

18) 조영배, 『제주도 민속음악』(통속민요 연구편), 신아문화사, 1991. p.116.

④는 고향을 떠난 출가 생활을 마치고 귀향길에 오를 수밖에 없는 상황으로 말미암아 사랑하던 임을 두고 떠나게 되었다는 아쉬움과 사랑의 회한을 노래한 것으로 떠나는 주체가 '니' 즉 여성이라는 점에서 한국의 전통적인 이별시에서 찾아보기 힘든 사례라고 할 수 있다. 이것은 해녀들의 한본토 출가라는 특이한 삶을 통해 체득한 경험적 정서가 반영된 결과라고 할 수 있다.

B3 연모

자료번호	단락번호	사설 (의미 단락)
4	(6)	요물속은 지픔예픔 알건마는 흔 집살이 임의속몰라 절색간장 다썩인다
7	(2)	우리님은 어딜가고 아니나 오는고 공동산천 가신님은 흔번가난 또다시 돌아올줄 모르더라
7	(4)	해다지고 정근날에 골목골목 연기만 나건마는 우리님은 어딜가고 아니오는고
7	(5)	초롱초롱 양사초롱 불밝힐줄 모르더라 앚아시민 임이나올카 누워시민 줌이나올카 임도줌도 아니나오네
8	(2)	자구내 갈매봉에 임이 든송만송 어린가장 품속에 줌이 든송만송
8	(4)	우리님은 어디나가고 가고올줄 모르더라
10	(5)	산천이 노파야 골속이 지프지 자그만 여자속이 얼마나 지플소냐
12	(1)	지픈바당 한강물속 지픔야픔 알건마는 사람속의 짚고야픔 몰라진다
13	(9)	어느제민 우리님도 만나놓고 만단정을 베풀어보랴

사랑하는 임에 대한 그리움, 즉 연모의 정은 이별을 체험한 사람이면 누구나 갖게 되는 체험적 정서라고 하겠다. 연모의 정을 노래한 사설들을 비교해서 공통적인 유형을 찾아보면 첫째 떠난 임에 대한 그리움을 노래한 것〈7(2), 7(4), 7(5), 8(2), 8(4), 13(9)〉과 둘째 사랑하는 임의 마음을 알지 못하는 괴로움을 노래한 것〈4(6), 10(5), 12(1)〉으로 대별된다. 첫째의 사설을 살펴보면 7번 자료에 3편이나 연모의 정을 노

래하고 있는데 이것은 구연자의 개인적 정서가 유다르다는 것을 의미
한다. 특히 7(2)번은 다른 사설과는 달리 그리움의 대상이 '공통산천 가
신 임',즉 사별한 임을 그리워한다는 것으로 비애감마저 느끼게 한다.
이 사설들 중 그리움의 정서를 집약하고 율격과 의미의 완결성을 보이
는 사설로는 7(5)번을 꼽을 수 있다.

>   초롱초롱   양사초롱
>   불밝힐줄   모르더라
>   앗아시민   임이나올카
>   누워시민   줌이나올카
>   임도줌도   아니나오네 〈7(5)〉

이 사설은 두 개의 사설형의 결합에 의해 하나의 완전한 의미 단락
을 이루고 있다. 전반부 2행은 다음과 같은 민요 사설과 비교되며, 이
것은 다른 민요와의 교섭 양상의 일면을 보여준다.

>   〈모내기 노래〉
>   초롱초롱   청사초롱
>   임우방에   불밝혀라
>   임도눕고서 나도누워
>   저불끌이   누가드냐[19]

〈모내기 노래〉의 사설은 임과의 사랑을 노래한 것이지만, 〈해녀노
래〉의 사설은 '불밝일줄 모르더라'라고 하여 사랑의 상실, 곧 임의 부재

---

19) 조동일, 『경북민요』, 형설출판사, 1974. p.17.

를 노래한 것으로 그리움의 정서를 불러일으키고 있다. 후반부는 임에 대한 그리움에 잠 못 이루는 심정을 노래한 사설이다. 그리고 이 사설은 한 여인의 떠나간 임을 연모하는 형식을 빌려 쓴 정철의 가사 〈사미인곡〉의 다음 구절과도 접맥되고 있다.

〈사미인곡〉
댜른 히 수이 디여 긴 밤을 고초 안자
청등(靑燈) 거른 겻틔 뎐공후(鈿箜篌) 노하 두고
꿈에나 님을 보려 퇵 밧고 비겨시니
앙금(鴦衾)도 츠도출샤 이 밤은 언제 샐고 (星州本 〈松江歌辭〉)

밤을 지새며 임을 그리워하는 여인의 애절한 심정을 노래하는 사설이 교류가 이루어질 수 있는 것은, 이것이 하나의 보편적 정서로서 모든 사람에게 감동을 줄 수 있기 때문이다.

둘째의 사설들을 비교 분석해 보면, 첫째 사설과 마찬가지로 사설의 교류가 이루어진 유동적 사설임을 짐작케 하고 있다. 그만큼 이 사설들은 기능이나 창곡과 밀접한 관계가 없기 때문에 창자의 개인적 구연 능력에 따라 사설의 교류가 이루어지고 있음을 의미한다. 둘째 사설들 중 다른 각편과 공통성을 보이고 사랑의 괴로운 심정을 적절히 표현한 것으로 4(6)번을 지적해 볼 수 있다.

(요바당의) 요물속은
지픔예픔   알건마는
흔집살이   임의속몰라
절색간장   다썩인다 〈4(6)〉

이 사설은 12(1)과 같이 '열 길 물 속은 알아도 한 길 사람 속은 모른다.'는 속담과의 교류 양상을 보여줌은 물론 〈해녀노래〉의 다른 각편에도 가창된 사설을 찾아볼 수 있는 유동적 사설의 하나이다. 위 단락의 사설과 전승 변이의 양상을 비교하기 위해 〈해녀노래〉 중 다른 창자의 사설을 제시·비교해 본다.

　　　〈해녀노래〉
　　　요 바당의　요 물 속은
　　　지픔야픔　다 알건만
　　　혼집 살앙　임의 속 몰란
　　　간장 카는　내로구나[20]

　동일한 창자의 노래가 아니면서도 마지막 행에서만 사설의 변형이 이루어졌을 뿐 거의 같은 사설이라고 할 수 있는 데, 이것은 그만큼 이 사설이 해녀들 사이에서 공감대가 형성되어 전승되고 있다는 것을 의미한다. 사랑하는 임의 속마음을 알지 못해 괴로워하는 심정이 바다 깊이와의 대조를 통해 진솔하게 노래되었다. 이별과 연모, 즉 사랑을 주제로 하는 경향은, 민요가 검열되지 않은 가운데 서민적이고 인간적인 내용을 순수, 진솔하게 표현하는 장르적 특성임과 동시에 각국 민요의 공통된 특징이기도 한 것이다[21].

---

20) 김영돈, 『제주도민요연구(상)』, p.250, 954번 자료.
21) 정동화, 『한국민요의 사적연구』, 일조각, 1981. p.115.

B4 인생 무상

자료번호	단락번호	사설 (의미 단락)
4	(2)	멩사십리 해당화야 꼿진다고 설워마라 오는맹년 호 단일온 꼿피여 번성이여 잎두돋아 볼마이여
5	(9)	저산천에 푸숨새는 해년마다 오련마는 우리야인생 호번가면 돌아올줄 몰라지네
6	(4)	열두칸 기차는 오고야 가건마는 우리야인생 호번가면 돌아올줄 모르구나
6	(7)	열두칸 기차는 오고야 가건마는 우리야인생 호번가면 돌아올줄 영모르네

인생 무상을 주제로 하는 민요로 대표적인 것은 만가(輓歌)이지만 노동요, 정연요, 규방요, 신앙성요 등 모든 영역의 주제로 등장하고 있다.[22] 위의 자료를 보면 〈해녀노래〉 역시 다른 민요와 같이 정형화된 사설이 삽입, 가창이 이루어지고 있음을 볼 수 있다. 4(2)번 자료는 만가인 〈행상소리〉 뿐만이 아니라 제주도 민요의 〈맷돌·방아노래〉와 〈서우젯소리〉 등에도 불려지는 사설로 한국 민요에 흔히 나타나는 가장 정형화된 사설로 볼 수 있다.

이 사설과 비교하기 위해 제주도의 〈행상소리〉, 〈서우젯소리〉등의 사설을 제시한다.

〈행상소리〉

명사십리　해당화야

꼿이젓다고　설워마라

명년춘삼월　돌아오면

너는다시　안피는가

인생이라　돌아가면

---

22) 앞의 책, p.116.

두번다시   볼길없고
무정세월   다지나가니
젊은청춘이 다늙은다[23)]

〈서우젯소리〉
멩사십리   해당화야
꼿진다고   설워마라
내년삼월   봄은오면
꼿도피여   만발ㅎ고
잎도피여   번성이
뒈건마는   다시오기는
만무나ㅎ고 칭원ㅎ다
생각ㅎ니   한숨이나네[24)]

이상 두 자료와 〈해녀노래〉의 4(2)번을 비교해 보면 4(2)번은 위 두
자료의 전반부만이 불렸고 후반부가 생략되었는데, 이것은 5(9), 6(4),
6((7)의 후반부를 보면 '우리야인생 흔번가면 돌아올줄 몰라지네'라는
사설이 생략되었음을 유추해 볼 수 있다. 그리고 5(9)번 사설도 다른
민요에서 가창이 이루어지는 유동적 사설[25)]로 4(2)보다 의미가 완결되
어 있다는 점에서 그 가창 형태를 정리·제시해 본다.

---

23) 문화방송, 『한국민요대전』(제주도민요해설집), ㈜문화방송라디오국, 1992. p.293.
24) 졸고, '제주도 서우젯소리 연구', 제주대교육대학원 석사학위논문, 1986, p.66.
   24번 자료.
25) 김영돈, 『제주도 민요연구(상)』, p.169. 668번 자료. 이 자료는 〈맷돌.방아노
   래〉로 불린 것으로 5(9)와의 차이점은 '어느 당의 수룩 들엉 쫄른 멩을 잇어
   보코'라는 사설이 끝에 더 첨가되었다는 것 뿐이다.

저산천에   푸숨새는
해년마다   오련마는
우리야인생 흔 버가며
돌아올줄   몰라지네 〈5(9)〉

자연과 인생의 대조에 의해 한 번 가면 돌아오지 못한다는 인생의 무상함을 노래하고 있다. 그런데 6(4), 6(7)번 사설에서는 '저산천의 푸숨새'가 '열두 칸 기차'로 변이된 점이 차이가 있을 뿐 같은 사설이다. 그리고 이것은 동시에 4(2)의 '멩사십리 해당화'의 변형이라고도 볼 수 있다. 특히 '열두 칸 기차'라는 사설이 들어있는 6(4), 6(7)번은 사설 형성에 있어서 4(2)나 5(9)보다 오래되지 않았다는 것도 알 수 있다.

위의 4편의 의미 단락들의 공통점은 영원한 자연물과 유한한 인간의 삶을 대조시킴에 의해 인생이 무상함을 노래하고 있다. 그러나 이것은 인생에 대해 자포자기함을 의미하는 것이 아니라 무상함을 인식하고, 스스로 고된 삶을 달래면서 허무를 잊는다는 긍정적 민중 정서가 반영된 것이라고 할 수 있다.

B5 가족 걱정

자료번호	단락번호	사설 (의미 단락)
3	(7)	해다지고 저문날에 골목골목 연기내연 초롱초롱 청수초롱 불붉히고 설으시던 낭군님이 ᄌᆞ녁식ᄉᆞ 초례를알아 우는아기 ᄌᆞᆺ을주멍 ᄌᆞ녁밥을 지는구나
5	(14)	우리야갈길 어서가자 바삐가자 우는애기 기다리는데 재기가게 지영가게
8	(3)	정든가장 물을주나 개도야지 체를주나 어린아기 ᄌᆞᆺ을주나 어서장깐 가고보자

제주의 해녀들은 이른 봄이 되면 사랑하는 부모형제, 또는 남편과 자식을 고향에 남겨두고 15명에서 30명씩 동아리를 지어 한본토나 일본, 중국 등지까지 출가하여 반년쯤 물질하다 추석을 앞두고 고향으로 돌아오곤 했다. 또한 제주도 연안에서 이루어지는 〈ᄀᆞᆺ물질〉이라 해도 하루 종일 물때를 놓치지 않으려고 바다에 들어 작업을 한다. 이런 특수한 체험이 가족을 걱정하는 사설을 형성시킨 직접적인 배경이라고 할 수 있다. 노동요 중 〈맷돌·.방아노래〉가 가정에서 장시간에 걸쳐 불림으로 해서 '시집살이의 괴로움'과 '친정 부모에 대한 그리움'을 많이 노래하고 있는데 비해, 〈해녀노래〉는 '시집살이의 괴로움'보다는 오히려 가족에 대한 걱정을 노래하고 있는 것이 특징이다. 만리 타향에서 물질하면서 사는 생활은 물론 고되고 힘들지만 더욱 걱정이 되는 것은 고향에 두고 온 가족이다. 가족 중에서도 걱정하는 대상은 바로 '아기'이다. 3편의 의미 단락에 공통적으로 '우는아기', '어린아기'에 대해 걱정하는 내용이 나타나 있다. 떨어져 있는 동안은 남편이 가사(家事)는 물론 애기를 돌보는 일을 맡아서 잘하리라 여기고〈3(7)〉, 우는 아기에게 젖을 주기 위해서는 어서 빨리 노를 저어가야 하고〈5(14)〉, 귀가 후에는 남편 봉양, 개. 돼지의 먹이주기, 어린 아기 젖먹이기 〈8(3)〉 등 해녀들의 걱정은 자식에게만 머물지 않는다. 근면하고 생활력이 강한 제주 해녀들이 출가하고 귀향하는 과정을 반복하면서 체득한 체험적 정서를 진솔하게 표현한 사설이라고 하겠다.

B6 기타 (전설)

자료번호	단락번호	사설 (의미 단락)
3	(1)	요아기업개를 요설덕에 모셔두고 일년에 멧번씩 할망당을 댕기는 전설이여 (* 전설의 끝 부분임)

서정민요가 전승되는 과정에 전체적, 부분적으로 서사화되는 경우가
있다.[26] 이런 현상은 민요에서 흔히 나타나는 현상으로 3(1)번 자료는
전체적으로 서사화된 것이 아니라, 본래의 〈해녀노래〉를 부르기 전에
앞부분에서 제주도의 전설 2편을 〈해녀노래〉의 가락으로 새로운 사설
을 창작하면서 부름으로써 부분적으로 서사화되고 있다. 3(1)번 자료의
가창 순서를 다시 확인해보면 ① 서불과차(徐市過此) 전설, ② 마라도
아기업개 전설, ③해녀작업의 순서로 되어 있다. 이해를 돕기 위해 전
설을 노래한 부분을 소개하면 다음과 같다.

* '서불과차' 전설 중에서
서씨는   진씨왕께
보고를   ᄒ시는다
탐라국에   불로초를
캐여다   늘그막에
잡수시면   임금님은
천년만년   사십니다
진씨왕은   허급을
ᄒ시는다   이여도사나
* '마라도 아기업개' 전설 중에서
요말들은   아기업개는
죽어질줄   몰라놓고
저설덕에   퀴여ᄂ리자
뱃사공은   노를젓고

---

26) 서귀포시 법환동에서 1991년 6월 22일 민요학회 조사시 강기생(여.83)이 부른
〈똑딱불 미노래〉는 부모를 잃고 불미장이가 된 한 젊은이의 내력을 노래함
으로써 기존 민요와 달리 서사화되고 있다.

> 저마라도를 떠나가니
> 아기업개   양손들르고
> 방바닥이역 설덕바닥을
> 땅을치며   나를데려
> 가옵소서   울며불며
> 베려봐도   홀수엇이
> 그아기업개는   두고왔져

이 자료를 볼 때, 창자는 전설의 내용을 바탕으로 사설을 나름대로 창작해 냈다는 것을 알 수 있으며, 결국 설화의 가창에 의해 〈해녀노래〉가 부분적으로 구비서사시의 성격을 띠게 되었다고 할 수 있다. 이것은 서정민요와 서사민요의 교류양상의 일면을 보여주는 것으로, 민요 생성 및 전승의 특징이기도 한 것이다. 이에 대한 상세한 논의는 다음 과제로 미룬다.

V 결 론

지금까지 민요의 구성 요소 중 사설에 초점을 두어 13편의 〈해녀노래〉 사설을 분석하고 그 유형 구조와 사설들의 의미 단락별 유형에 따른 내용을 살펴보았다. 이것은 민요 사설의 다양성을 확인하는 작업임과 동시에 민요 사설들 중에서 일반화된 기본 사설 유형이 무엇인가를 추출하는 작업이기도 한 것이다. 이를 위해 먼저 사설과 기능과의 관계를 제주도의 여성 노동요인 〈맷돌·방아노래〉와 비교했다. 그 결과

〈해녀노래〉는 기능성이 강한 역동적인 민요로서 기능적 사설이 서정적 사설보다 비중이 높음을 알 수 있다. 그리고 서정적 사설은 기능적 사실의 중간 중간에 삽입 가창되면서 하나의 유형을 이루고 있음을 살필 수 있었다.

이를 간단히 정리하면 첫째 〈해녀노래〉는 기능성 사설의 비중이 서정성 사설보다 높고 고정적인 성격이 강하다. 둘째, 기능성 사설들은 각편들 사이에 큰 차이 없이 가창·전승되고 있다. 셋째 〈해녀노래〉의 각편들은 지역 차이에도 불구하고 동일한 유형 구조에 따라 전승이 이루어지고 있다. 이것은 〈해녀노래〉가 해녀작업의 출발 + 해녀작업의 실태 + 출가 과정과 출가생활 + 해녀들의 서정이라는 통일된 유형 구조가 나름대로 존재하기 때문이다. 이런 구조는 개인의 창작이 아니고 해녀들의 공동적, 집단적 생활을 통해 체득된 구조로서 해녀들의 생활과 감정을 표현하는 적절한 방법이 되고 있다.

의미 단락별로 사설의 유형을 분석한 결과는 해녀 작업의 실태, 출가과정 등을 노래한 기능성 사설은 각편들 사이에 공통성을 유지하면서 고정적 체계를 유지하고 있어서 사설의 기본형을 추출할 수 있었다. 이에 반해 기능성이 약한 서정적 사설들은 민중의 보편적 정서인 신세 한탄, 이별, 연모, 인생 무상 등을 주제로 하면서 다른 유형의 민요 및 시가 작품의 사설과 교류되거나, 전승되는 가운데 개인적 창자의 창작 능력에 따라 새롭게 생성되고 있음을 발견할 수 있었다.

앞으로 〈해녀노래〉는 기본형의 사설을 중심으로 시론적 접근을 통한 미학적 연구와 의미 구조,상상력의 구조, 민요의 서사화의 과정 등 〈해녀노래〉의 문학적 연구는 물론 해녀들의 생활상과 작업 실태, 작업 도구를 중심으로 한 민속학적 연구 등이 훌륭한 과제로 남는다.

● 참고문헌 ●

고정옥 : 『조신민요연구』, 수선사, 1947.

김영돈 : 『제주도민요연구』, 도서출판 조약돌, 1983.

김영돈 : 『제주도민요연구(상)』, 일조각, 1981.

문화방송 : 『한국민요대전』(제주도민요해설집), ㈜문화방송, 1992.

민요학회 편 : 『민요론집』(제2호), 민속원, 1993.

사진 서재철, 글 김영돈 : 『제주해녀』, 봅데강, 1990.

정동화 : 『한국민요의 사적연구』, 일조각, 1981.

조동일 : 『경북민요』, 형설출판사, 1974.

조동일 : 『서사민요연구』, 계명대학교출판부, 1983.

조영배 : 『제주도 노동요 연구』, 도서출판 예술, 1992.

조영배 : 『제주도 민속음악』(통속민요 연구편), 신아문화사, 1991.

『한국구비문학대계(9-3)』, 한국정신문화연구원, 1983.

문무병 : "제주민요에 나타난 무가", 『민요론집』(제2호), 민속원, 1993.

좌혜경 : "한국민요의 사설구조 연구", 중앙대대학원 박사학위논문, 1992.

02

서부 경남 해안지역 〈해녀노젓는소리〉와 그 전승소로서의 '문틀'

| 조규익 | 숭실대학교

『한국시가연구』 제18집, 2005.

Ⅰ 서 론

필자는 〈해녀노젓는소리〉1)를 현지 답사하는 도중[2004. 11. 13.~ 15./ 2005. 1. 10.~15.] 서부 경남 해안지역에서 몇몇 제보자들을 만나 대화를 나누던 중 중요한 사실 하나를 발견하게 되었다. 그들이 제주도의 〈해녀노젓는소리〉를 전승하고 재창조하는 과정에서 '문틀'이란 개념을 사용한다는 것이었다. 다음은 현지 제보자들의 말들 가운데 골자만 추린 것들이다.

> (1) 윤미자: "'해녀노젓는소리'는 노랫가락은 하나지만 가사, 즉 '문틀'은 여러 개 있지. 수십 수백 개가 있을 뿐 아니라 즉석에서 만든 문틀도 있어."2)
> (2) 고봉운: "지금 테레비에 나오는 걸 보니 '문틀' 안 맞는 게 너무 많아."3)
> (3) 정구미: "굿할 때 심방들이 노 젓는 소리를 잘해. 그들이 '문틀'을 잘 알아. 슬픈 문틀도, 기쁜 문틀도, 원망하는 문틀도 있어."4)

(1)의 '문틀'은 사설의 유형화된 표현을 말한다. 문틀이 수십·수백 개가 있다는 것은 그들이 옛날부터 전승되어오는, 고정형 사설이나 유형화된 사설들을 문틀로 이해하고 있음을 의미한다. 이와 달리 '즉석에

---

1) 〈해녀노젓는소리〉의 명칭·분포·장르적 성격 등은 김영돈(1999:162), 변성구 (1993:97), 이성훈(2002/2003) 등 선학들의 견해 참조.
2) 2004.11.13. 여, 72세/거제도 남부면 저구리 거주.
3) 2005.1.12. 남, 63세/거제군 장목면 송진포리 '궁농부락' 거주.
4) 2005.1.12. 여, 63세/거제시 장승포동 104-1 거주.

서 만든 문틀'이란 가창자의 즉흥에 의한 소산이다. 그 바탕이 되는 내용은 가창자의 개인적인 경험이고, 개인적인 경험을 바탕으로 이루어신 사실은 성령이 유동적이다. (2)에서의 문틀도 (1)과 크게 다르지 않으나, '문틀이 안 맞는다'고 한 점으로 미루어 (1)보다는 좀 더 좁은 개념으로 쓴 듯하다. 즉 〈해녀노젓는소리〉를 한다고 하면서 '이여사나-이여도사나'로 대표되는 반복구와 해녀들의 신산한 생활을 노래한 내용의 사설이 전통적인 방법으로 잘 짜여져 있지 않음을 지적한 말이다. (3)은 〈해녀노젓는소리〉가 해녀와 다른 부류의 가창자들에게도 수용될 수 있음을 암시한 말이다. 무당이 〈해녀노젓는소리〉의 문틀을 무가로 수용했으며, '슬픈 문틀·기쁜 문틀·원망하는 문틀'이 있다고 함으로써, 그녀가 말한 문틀은 내용이나 주제에 따른 사설의 유형을 지칭했음이 분명하다. 따라서 이들이 언급한 문틀은 모든 구비문학에 통용될 수 있는 보편적 양식 개념이면서 내용상으로는 구술자의 개인사가 반영된 '특수한' 부분일 수 있다는 점에서 흥미롭다.

서부 경남 해안 지역에 전승되고 있는 〈해녀노젓는소리〉 문틀의 존재 양상과 의미를 탐색함으로써 그 전승법의 일단을 밝혀보고자 하는 것이 본고의 주된 목적이다.[5]

---

[5] 논문의 분량 상 '문틀의 구조·유형·의미'에 대한 논의는 별도의 자리로 미룬다.

〈해녀노젓는소리〉와 문틀

노래를 부름으로써 노동의 박자가 보다 규칙적으로 정돈되는데, 규칙적인 신체운동은 불규칙적인 신체운동보다 힘이 덜 들 뿐 아니라 심리적으로도 즐겁게 된다는 점, 공동노동을 할 경우 행동통일을 유지하는 데 유리하다는 점 등이 노동의 현장에서 노래를 부르는 이유다.[6] 〈해녀노젓는소리〉 또한 노동요인 만큼 '노를 젓는' 기능이야말로 이 노래의 가장 중요한 성립 요인이다. 해녀들은 여러 명이 무리를 지어 배를 타고 물질의 현장으로 나가는데, 이 과정에서 상군이 노를 젓는다. 노는 대개 두 사람이 마주 서서 젓는 경우가 많으며, 상군을 제외한 나머지 해녀들은 배 위에 모여 앉아 장단을 맞추면서 뒷소리를 부른다. 노를 젓는 동작은 매우 규칙적이면서 강약의 대비가 분명하다. 이런 성격이 바로 〈해녀노젓는소리〉의 拍節的 규칙성과 연결되어 나타난다.[7]

그러나 〈해녀노젓는소리〉의 사설이 기능만으로 성립되는 것은 아니다. 사실 제주도 뿐 아니라 본토의 연안지역들에서 '노 젓는 배를 타고 물질현장에 나가는' 해녀들의 어로행위는 이미 사라진 지 오래다.[8] 따라서 현재 전승되고 있는 노래들은 해녀들의 기억 속에만 들어있을 뿐, 이 노래들의 가창 機緣은 더 이상 존재하지 않는다. 원래 가창의 기연이 존재할 때에도 '노 젓는 행위'라는 기능은 노래의 중요한 기반이었

6) 장덕순·조동일·서대석·조희웅(1979), 83~84면.
7) 조영배(1992), 89면.
8) 필자의 조사에 의하면, 70년대 초까지도 '노 젓는 배'를 이용하여 작업 현장으로 이동하는 사례들이 있었다 한다.

지만, 그것이 사설의 전부는 아니었다. 민요의 기능화는 '실무·놀이·표출'의 세 방향으로 이루어진다는 강등학(1996:24)의 설명은 〈해녀노젓는소리〉에도 부합한다. 강등학은 도리깨질 노래인 〈마댕이소리〉를 대상으로 기능화의 본질을 설명했다. 노래를 통해 도모하는 호흡의 일치와 규칙적인 리듬은 '상도리꾼―종도리꾼'들의 행동을 일치시켜 작업의 능률을 올리는데, 리듬에 맞추어 벌이는 도리깨질은 무용적 의미를 지니는 일종의 놀이다.9) 도리깨질 현장에서 〈마댕이소리〉를 부름으로써 창자들은 호흡이 일치되어 작업을 능률적으로 할 수 있고, 작업의 현장이 놀이화 되어 흥이 돋우어짐으로써 작업의 고됨을 덜어낼 수 있게 된다는 것이다.10)

〈해녀노젓는소리〉 역시 〈마댕이소리〉와 구조적으로 일치한다. 노래의 가락과 노 젓는 동작은 긴밀한 상관성을 갖고 있어 선후창이나 交唱의 창법으로 노래를 부르며 노를 저으면 동작이 일치되어 노 젓기가 한결 편안해지고 배의 속도도 빨라진다고 한다. 그에 비해 사설의 내용은 물질작업의 실태와 出稼생활의 어려움 등 해녀의 생활 뿐 아니라 애정 등 일상생활의 감정으로 이루어져 있다는 점에서,11) '기능화와 정서화'라는 노동요의 복합적 성격을 충실히 구현하는 셈이다. 기능화와 정서화는 사설의 고정성이나 유동성으로 표면화 된다. 즉 노동의 방법이나 과정이 변하지 않는 한 사설의 구연양상에도 변화를 주지 않으려는 구심력이 강하게 작용한다. 그러나 그럴수록 그 고정성으로부터 벗어나고자 하는 원심력 또한 강해진다. 그런 과정에서 사설은 내

---

9) 〈해녀노젓는소리〉에 대한 변성구(1987:232)의 설명도 〈마댕이소리〉의 이런 성격과 부합한다.
10) 강등학(1996), 26면.
11) 이성훈(2002b), 201-204면.

용적으로 유동성을 지향하게 된다. 물론 유동성이 사설의 본질이라 해도 가창자에게 절대적인 자유가 주어지는 것은 아니다. 내용적으로는 제한이 있을 수 없으나 그 유동적 사설 자체도 '노 젓는 사람들'이 호흡을 일치하는 데 기여해야 하기 때문이다. 뿐만 아니라 가창자들이 갖고 있던 경험의 폭은 사설의 유동성에 일종의 제약으로 작용한다. 해녀들은 대부분 제주도 출신이라는 동일한 지역적 연고를 갖고 있으며, 그에 따라 생활양상이나 경험의 내용 또한 거의 동일하다. 따라서 특이한 경우를 제외하고는 대부분 그들의 사고방식이 거의 획일적이다. 기능적 측면에서 분명한 고정성을 갖고 있는 〈해녀노젓는소리〉가 정서적 측면에서도 얼마간 고정적 양상을 보여주는 것은 바로 그 때문이다. 노래의 주체가 해녀로서 단일한 점, 노래의 객체인 노동이 물질로서 단일한 점, 주체가 영위하는 삶의 양상과 경험영역이 협소한 점 등은 기능적 측면이든 정서적 측면이든 모종의 틀이 노래에 작용할 수밖에 없도록 한다. 즉 '노를 저어서 물질장소로 나간다'는 것은 선택의 여지없는 조건이었다. 이러한 노동의 현장에서 가급적 힘들이지 않고 수확해야 하는 절박한 문제를 해결하기 위해 기능적인 노래를 부르는 것은 자연스러운 현상이었다. 그 과정에서 보다 기능적이면서도 정서적인 사설이 요구되었고, 그러다 보니 가창자들로서는 사설을 만들어내는 방법의 터득이 필요하게 되었다. 전승되는 공식적 구절이나 표현들은 이들에게 새로운 사설의 창안을 위한 효과적인 장치로 수용되었다. 이것을 그들은 '문틀'이란 개념으로 받아들여 구조화시킨 것이다. 선학들의 다음과 같은 견해는 이런 점을 설명하는 데 보다 효과적이다.

① 〈해녀노래〉에서 구연하는 작업상황이 不固定·不安定한 것은 유동적 사설이 고정적 사설과 더불어 상당량 끼어들기 때문이다.

고정적 사설이란 해녀질을 할 때 〈해녀노래〉의 가락으로만 부르
는 사설을 뜻한다. 이와 달리 반드시 〈해녀노래〉의 사설로 고정
되지 않은 채, 唱民謠 등으로 부르는 사설이 어쩌다가 전승기의
기호와 선택에 따라 〈해녀노래〉의 가락으로 불리는 경우는 '유동
적 사설'이라 할 수 있다.[12]

② 이 민요 사설의 상당량이 해녀 노동과 관련된 내용으로 되어 있
는 것도 작업상황의 고됨을 달래기 위함에서 나온 것으로 볼 수
있다. 또 그밖에 많이 나오는 사설 내용은 시집살이와 일상생활
의 어려운 고초를 표현한 것들이다. 며느리의 心的, 肉的 고통과
남편과의 갈등 등이 많이 노래되고 있다. 이러한 내용은 맷돌질
소리나 방아질 소리 등에서 나오는 내용과 서로 전이되는 경우
가 많다. 이 민요에 나오는 사설내용은 비교적 고정적이다. 사설
이 고정적이라고 하는 것은 그만큼 이 민요가 제주도 여성, 특히
해녀들 사이에 넓은 공감대를 형성했다는 것을 뜻한다. 오늘날까
지도 많은 제주도 여성들이 이 민요의 사설을 기억하고 있는 것
도 그만큼 공감대가 컸기 때문일 것이다.[13]

③ 노 젓는 노동의 박자를 근거로 하여 〈노젓는노래〉의 박자가 성
립되었을 것이다. 그리하여 이러한 노 젓는 동작에 적합한 리듬
인 8분의 6박자의 가락으로 후렴만을 노래하다가 차츰 물질 작업
의 실태와 出稼 생활의 어려움, 애정, 餘情 등 일상생활의 감정과
같은 의미 있는 사설이 첨가되어 오늘날과 같은 형태의 〈노 젓는
노래〉 각편이 이루어졌다고 본다. 이는 가창 機緣인 노를 저어

---

12) 김영돈(1982), 75-76면.
13) 조영배(1997), 69면.

보거나 본토에 출가하여 뱃물질을 해본 경험이 있는 해녀들은
〈노 젓는 노래〉의 어느 정도의 사설과 가락을 구연할 수 있지만,
뱃물질을 나가서 노를 저어 본 경험이 없는 해녀들은 사설은 몰
라도 가락에는 익숙해져 있어서 '이여도사나'라는 후렴만은 대체
로 부를 줄 안다는 사실을 보아도 알 수 있다.[14]

①에서 고정적 사설이란 전통적으로 해녀노래들의 범주 안에서 가
창되어오던 사설들을 말한다. 유동적 사설들은 대부분 가창자의 개성
에 의해 여타 민요들로부터 수용해온 내용의 사설들이다. 따라서 ①의
필자는 〈해녀노젓는소리〉의 주된 사설들을 대부분 고정적인 성격으로
파악하고 있음을 알 수 있다. ②의 필자 역시 일정부분 〈해녀노젓는소
리〉 사설의 유동성을 인정하면서도 고정성이 기본적 성격임을 강조하
고 있다. '물질작업의 고됨·시집살이와 일상생활의 고초·며느리로서
의 고통·남편과의 갈등' 등 가창의 주체인 해녀들이 공유하던 경험의
특수성을 노래 사설이 지니는 고정성의 원인적 요소로 보았다. 〈해녀
노젓는소리〉의 형성을 '단순→복잡화'의 과정으로 설명하고 있는 ③의
필자는 물질 작업의 실태와 出稼 생활의 어려움, 애정이나 餘情 등 일
상생활의 감정 등 의미 있는 사설이 추후로 첨가되었다고 보았다. 그
런 확장된 사설들을 바탕으로 오늘날 〈해녀노젓는소리〉의 각편들이
형성되었다는 것이다. 선학들이 공통적으로 언급하는 것이 고정적 사
설인데, 이런 사설에 해녀들이 공감하는 내용이 담겨있다고 했다. 이
고정적 사설 속에 기능적 사설과 정서적 사설이 속해있는 것이다. 기
능적이든 정서적이든 고정적 양상을 보여주는 사설들은 현존 해녀들이

14) 이성훈(2002), 207면.

공통적으로 지적하는, 바로 그 문틀이다. 사설·기능·창곡이 대체로 고정적 결합을 이루고 있어서 창자들 간에 기억과 전승이 용이한 기능적 사실과 달리 시징성을 노래한 사설들은 기능·창곡·사설과의 결합 관계가 고정적이지 않고, 기능적 사설에 비해 양적으로 떨어지긴 하나,[15] 그런 사설들 역시 내용이나 주제의 면에서 얼마간 유형적 성격을 보여주는 것은 사실이다. 문틀이 단순히 기능적 사설이나 정서적 사설 여부에 국한되는 개념이 아님은 바로 이런 점 때문이다.

〈해녀노젓는소리〉의 원형이나 기본형은 존재하지 않는다. 유형구조를 추출할 수 있는 각편들만 존재할 뿐이다. 고정적 사설만 있다면 각편들은 존재할 수 없다. 고정적 사설에 유동적 사설이 참여할 때 각편들은 비로소 만들어진다. 이런 점은 조동일(1979: 72-76)이 서사민요의 유형론에서 제시한 '고정체계면/비고정체계면'의 개념 틀과 부합한다. 비고정체계면의 특수한 형성은 의식적으로든 무의식적으로든 창자의 개성 및 그가 처한 환경에서 이루어진다는 점, 창자들이 유형구조는 바꿀 수 없으니 비고정체계면에서 그들의 말을 할 수밖에 없다는 점[16] 등은 〈해녀노젓는소리〉에서도 확인할 수 있다. 고정체계인 유형구조가 유형구조로 성립되었다는 사실은 그 구조의 논리가 보편성을 지닌 동시에 쉽게 기억될 수 있는 체계성과 감동을 줄 수 있는 형식적 통일성을 지녔음을 의미하며, 체계적이고 통일적이기에 유형구조가 설사 부주의한 창자에 의해 파괴된 채 전승된다 해도 유능한 창자가 바로잡을 수 있게 된다고 한다.[17]

---

15) 변성구(1993), 99-120면.
16) 조동일(1979), 75-76면.
17) 조동일(1979), 72면.

　〈해녀노젓는소리〉에서 고정적인 부분은 주로 기능적 사설이다. 사설의 유동적인 성향은 가창자가 지닌 경험의 폭을 바탕으로 얼마든지 넓어질 수 있다. 물론 그런 사설들도 '노 젓는' 동작의 능률에 기여해야 하기 때문에 형태상의 제약으로부터 자유로운 것은 아니다. 이처럼 〈해녀노젓는소리〉는 형태적인 측면에서 일단 닫혀 있으나, 내용적으로는 열린 성격을 지니고 있다. 따라서 그것은 외견상 〈해녀노젓는소리〉가 지닌 모순적 양태로 볼 수도 있으나, '닫힘과 열림의 상통'이라는 조화의 미학으로 해석하는 편이 타당할 것이다. 말하자면 기능적 성격과 정서적 성격이 별개의 영역이지만, 〈해녀노젓는소리〉가 추구하는 미학의 정점에서는 하나로 융합되는 모습을 보여주기 때문이다. 그 내용을 다음과 같이 그려볼 수 있을 것이다.

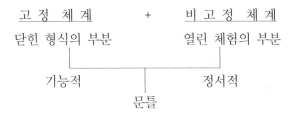

　따라서 '노 젓는 과정에서 능률을 높여 힘을 줄이고, 동시에 참여자들의 정서적 일치까지 도모하는 사설의 최소 단위 구조'를 문틀이라고 정의할 수 있을 것이다.

전승단위로서의 문틀, 그 의미와 양상

　문틀은 각편을 형성하는 근간이 되고, 그 각편들은 모여서 유형을 이루며 유형들을 관통하는 구조로부터 노래의 원형이나 기본형을 추정해볼 수 있다. 본고의 대상인 경남 서부지역의 〈해녀노젓는소리〉는 제주도 해녀들에 의해 그 지역에 전파되었으나 이성훈(2002/2003)을 제외하면 지금까지 이 지역의 노래들만을 수집·분석한 사례는 없었다. 따라서 제주도의 해당 노래들에 대한 선행연구들을 참고로 그간 수집한 이 지역의 해당 노래들의 사설을 분석하고 문틀의 존재양상과 의미를 밝히는 것이 순서일 것이다. 김영돈(1965)은 〈해녀노래〉 199수를 6개의 제재로 분류했는데, 그의 학위논문(1982: 89)에서는 이것들을 다시 16개의 소분류로 세분하여 그 비율과 함께 사설의 고정성 여부까지 밝혔고, 변성구(1993: 86)는 각편들로부터 가창구조를 추출하고 의미단락을 형성하는 제재들의 통합을 통해 유형구조를 제시한 바 있다. 그러나 이런 유형구조는 추상적으로 만들어진 이상형일 뿐이며, 이 틀이 구현된 현실적인 노래는 존재하지 않는다. 각편 자체로의 존립의미가 중요해지는 것도 그 때문이다.

　〈해녀노젓는소리〉는 8분의 6박자로 가창되며 1악구의 가락이 반복되는 구조를 갖고 있다.[18] 즉 4마디인 1악구가 2음보를 이루는 악곡의 구조가 반복되며, 현장에서는 둘 이상의 해녀가 노를 젓는 게 일반적이므로 〈해녀노젓는소리〉의 창법은 몇몇이 선후창을 하거나 交唱을 하는 것이 보통이다.[19] 가락 없이 사설을 구연하는 경우 간혹 3음보격

---

18) 이성훈(2002), 209쪽.

으로 길어지는 경우도 있으나 악곡 구조를 기준으로 할 경우 〈해녀노젓는소리〉는 2음보격이 주를 이룬다.[20] 말하자면 〈해녀노젓는소리〉 사설의 구성단위는 반행, 행, 2행 등이다. 현장에서 채보한 〈해녀노젓는소리〉의 악보는 다음과 같다.

[21)]

사설만으로 국한시킬 때 〈해녀노젓는소리〉의 기본적 표현단위는 반행이다. 그러나 음악상으로 보면 첫 악구의 둘째 마디는 첫 음보의 마지막 소리로 채워지고, 넷째 마디는 둘째 음보의 마지막 소리로 채워진다. 따라서 사설의 반행은 음악상의 네 마디와 두 음보에 해당한다. 기본적 표현단위인 반행을 세분하면 '앞 산천아'와 '날 땡겨라'의 2음보로 분할되지만, 그럴 경우 그것들은 의미적 완결성을 보여주지 않는다. 두 개의 음보가 합쳐져 반행을 형성하면서 비로소 가창자의 의도는 표면화되기 때문이다. 특히 악보에서 둘째 마디는 첫 음보의 마지막 소리가 길게 이어지면서 일종의 휴지부를 형성하는데, 그것은 노 젓는 동작의 성격상 불가피하기도 하고 그 시간에 두 번째 음보를 고안해낼 수 있게 하려는 배려이기도 하다. 노 젓는 동작이 쉽지 않고, 빨리 진

---

19) 이성훈(2002), 210쪽.
20) 이성훈(2002), 211쪽.
21) 현종순여, 63세: 경남 통영시 미수2동 257-10의 노래, 이성훈 채록, 문숙희 채보.

행될 수도 없기 때문에 1악구 4마디에 두 개 음보의 사설만 배치하고 있는 것이다. 따라서 '4 마디 1악구 2음보의 연첩'은 〈해녀노젓는소리〉의 가창단위이자 직시단위 혹은 전승단위라고 할 수 있으며 이것이 바로 문틀이다.[22)

【1】 요 넬 젓고/어딜 가리//진도 바다/한 골로 간다//[23)
【2】 저 바당에/은과 금은/깔렷건마는//높은 낭개/열매로구나//[24)

거의 모든 〈해녀노젓는소리〉들의 전승단위는 【1】과 같이 2음보격이다. 그러나 간혹 【2】처럼 3음보 반행도 나타나는 수가 있다. 그러나 이 경우의 셋째 음보는 노래 곡과는 별도로 말만으로 주워섬기는 부분이다. 즉 1악구의 둘째 마디가 길게 이어지고 나서 2악구의 첫째 마디가 시작되기 직전 이 부분은 말로 구연된다. 따라서 엄밀히 말하여 이 부분은 〈해녀노젓는소리〉로서는 일종의 기형인 셈이다. 따라서 〈해녀노젓는소리〉 각편의 기본형은 '4 마디 1악구 2음보의 연첩'이고, 앞뒤로 반복되는 후렴구가 붙어 하나의 의미는 완결된다. 창자의 능력이나 가창의 상황에 따라 노래는 얼마든지 이어나갈 수 있기 때문에, 노래의 분량이나 내용은 제한할 수 없다. 그런 이유로 〈해녀노젓는소리〉의 완결편은 있을 수 없고, 오직 각편들만 존재하는 것이다.

이처럼 〈해녀노젓는소리〉의 사설은 두 개의 음보가 모여 한 반행을,

---

22) 물론 모든 경우에 2음보가 한 악구를 이루는 것은 아니다. 악구 당 3음보 4음보가 문틀을 형성하는 경우도 적지 않다. 그러나 '노 젓는 동작'을 전제로 할 경우, '4마디 1악구 2음보 연첩'은 가장 효율적인 구조라고 할 수 있다.

23) 2005.1.12. 제보자 이순읰여, 71세: 경남 거제시 장목면 송진포리].

24) 2005.1.12. 제보자 고순금여, 84세: 경남 거제시 장승포동]

두 개의 반행이 모여 한 행을, 두 개의 행이 모여 하나의 의미단락을
완성시키는 방법으로 이루어진다. 그렇게 완성되는 사설의 형태구조가
바로 문틀이다. 그런데, 〈해녀노젓는소리〉의 이런 구성단위는 기억의
단위로 보아야 하고, 그것들을 포괄하여 지칭하는 문틀 역시 기억을
위한 인식의 틀임이 분명하다. 대체로 제보자들은 어린 시절 고향에서
부모로부터 이 노래를 배웠으며, 어로작업을 하지 않는 현재에도 노
젓는 동작과 함께 이 노래가 가창되는 것으로 보아 노동의 동작인 기
능이 이들이 갖고 있던 문틀의 기억구조를 활성화시키는 데 크게 기여
하는 듯하다.

　문틀을 중심으로 전승되어온 〈해녀노젓는소리〉가 단형의 서정요로
서 구비서사시와 다르긴 하나, 패리(M. Parry)와 로드(A.B. Lord)가 유
고슬라비아 구비서사시로부터 찾아낸 '상투어구 혹은 공식구[formula]'
의 개념25)과 상통할 가능성은 이런 점에서 충분하다. 유고슬라비아의
젊은 가창자가 악기를 사용하며 전승되는 공식구를 터득해가는 과정이
야말로 소녀가 어머니인 해녀로부터 노를 젓는 동작과 함께 〈해녀노젓
는소리〉를 터득해가는 과정과 유사하다. 로드의 설명에 의하면 맨 처
음 노래를 배우는 소년은 연주할 악기 다루는 법부터 배운다고 한다.
물론 그 악기는 그다지 복잡하지도 난해하지도 않다. 나이 든 가창자
들은 소년에게 연주법을 보여 주기도 하고 소년 스스로 그들을 따라
하기도 한다. 그런 과정에서 리듬에 관한 인상이 악기와 전통적인 선
율의 제약에 적응되는 단계가 시작되는데, 대부분 초기에 소년이 배운
리듬과 멜로디는 평생 그의 기억 속에 남는다. 그가 걸출한 가창자들
이나 연주자들로부터 따로 배우는 건 있겠지만, 그것들은 그가 처음에

25) A. B. Lord(1973), p. 4.

터득한 것들에 부가되는 것들이거나 그것들을 약간 수정하는 데 불과할 뿐이지, 그것을 대체할 수는 없다. 그와 동시에 소년은 구절들이나 선체의 행들을 기억하기도 하고 기껏은 행의 일부분을 기억하면서 노래를 부르려고 한다. 그런 다음 상당 기간 선배들이 부르는 행과 구들을 좀 더 세심하게 듣는다. 그가 스스로 노래를 연습할 때 그것들의 필요성을 이해하게 되고, 자신이 노래를 부르게 되면 의식적으로 그것들을 조절하거나 무의식적으로 비틀기도 한다. 이런 방법으로 소년은 선배들에게 전승되어온 공식구를 얻고, 그 자신의 공식구 가창 습관을 확립하게 된다. 말하자면 소년은 선배 가창자들이 해온 대로 그것을 물려받게 된다는 것이다.[26]

유고슬라비아의 소년이 구비서사시 가창자로 완성되어가는 과정은 제주도 소녀가 〈해녀노젓는소리〉 가창자로 성장해가는 과정과 이런 점에서 일치한다. 말하자면 소년이 다루는 악기와 소녀가 다루는 해녀배의 노, 소년이 선배 가창자들로부터 물려받은 연주법이나 공식구와 소녀가 해녀 어머니로부터 물려받은 노 젓는 법이나 문틀은 매우 흡사하다.[27] 따라서 〈해녀노젓는소리〉에도 유고의 서사시처럼 일련의 공식이 내재되어 있을 가능성이 없지 않다. 문틀이 공식구나 공식적 표현 그 자체이거나 그것들을 바탕으로 이루어지는 구조물일 수 있다고 보는 것도 바로 그 때문이다. '동일한 운율적 조건에서 주어진 필수적인 생각을 표현하기 위해 규칙적으로 사용되는 단어의 집단'이 로드가

26) A. B. Lord(1973), pp.33~34.
27) 대부분의 제보자들은 제주에서 어린 시절부터 물질과 함께 〈해녀노젓는소리〉를 배웠다. 예컨대, 현종순은 제주도 소섬[우도]에 살던 중 16살에 '초용'으로 울산으로 물질 나갔는데, 여기[여, 60세: 경남 통영시 사량면 금평리 619번지]도 고향인 하도에서 어른들이 하는 대로 따라 배웠다 한다.

말한 공식구다.[28] 따라서 공식구의 핵심은 '운율·가창자의 생각·단어군' 등이다. 말하자면 가창자의 의도나 생각을 운율적 동질성을 지닌 일정수의 단어들로 드러내는, 정형적 구절들이 공식구다. 이렇게 이루어진 공식구는 하나의 기억단위이면서 전승단위이고, 더 확대되면 작시단위로까지 이어진다.

로드는 노래를 배우는 유고슬라비아 소년 가창자의 예를 들었다. 어려서부터 들어온 소리의 패턴들은 그 소년이 본격적으로 가창을 시작하면서 곧바로 구체화된다. 이 때부터 그는 '노랫말의 행' 만드는 일을 배운다. 그는 다른 가창자들로부터 들은 구절들을 사용함으로써 자신의 노랫말을 만들게 된다. 그 구절들은 일련의 패턴들을 가창자의 경험 속에 각인시킴으로써 노래 스타일의 지속을 가능케 한다. 그러나 이 과정에서 가창자는 모든 구절들을 기억할 수 없고, 그럴 필요도 없다. 전통적인 패턴을 따르는 동안 그가 기억하고 있던 다른 구절들과 자신이 만들어낸 구절들을 구분할 수도 없으며, 오히려 무의식적으로는 그것들을 동일시하게 된다.

구절이 생성되는 방법에는 두 가지가 있다. 기존의 구절들을 기억하는 것이 그 하나이고, 기존의 구절들을 유추함으로써 새로운 구절들을 만들어 내는 것이 다른 하나이다. '기억하는 것'과 '만드는 것'은 노랫말을 필요로 하는 가창자가 취할 수 있는 기본 행위들이다. 그래서 가창자들은 구절 만드는 법, 즉 작시법을 반드시 배워야 한다. 가창을 하면 할수록 그런 구절들은 더욱 필요하게 되고, 그것들은 결국 창자의 마음속에 자리를 잡게 된다. 가창자는 수시로 이것들을 이용하게 되고, 그 때 비로소 공식구는 성립된다. 물론 가창자에 의해 기억된 구

---

28) A. B. Lord(1973), p.30.

절들은 노래에서 공식일 수 있지만, 그가 노래를 통해 정기적으로 사용하여 정착될 때까지는 공식으로서의 자격을 부여할 수 없다. 가창자의 초보 시절에는 자신이 민든 구절들보디 다른 가창지들로부터 얻어들은 것들이 훨씬 더 많지만, 점점 스스로가 만드는 구절들이 늘어나면서 다른 사람들로부터 얻어들은 구절은 줄어들게 된다. 말하자면 구절의 창작이 계속되면서 상대적으로 고정적인 공식구의 활용보다 스스로가 만들어내는 재주가 가창자로서의 능력 여부를 결정하게 되는 것이다.29) 그 공식구가 바로 〈해녀노젓는소리〉의 문틀과 같은 것이다. 공식은 역사적·사회적·문화적 산물로서 공동체가 공유하는 것이지만, 그 학습·변개·활용·재창조는 특정 구비시인 개인 차원의 일이다.30) 〈해녀노젓는소리〉의 문틀은 해녀사회 공유의 전승단위이자 작시단위이며, 개개 해녀들의 재창조를 위한 자료이기도 하다. 이러한 문틀은 해녀들의 기억 속에 저장되었다가 가창의 현장에서 적절히 변개·활용되는 것이 일반적이다.31)

로드의 공식구 이론을 원용하여 〈정선아라리〉를 분석한 강등학(1993)은 '어떤 의미를 나타내기 위해 서로 다른 가사에서 거듭 되풀이되어 쓰이는 표현구'를 공식구라 하고, 공식구의 특징들을 몇 가지로 제시한 바 있는데,32) 〈해녀노젓는소리〉의 문틀 분석에도 시사하는 바가 많다. 그 가운데 가사배분구조 즉 창곡과 가사를 조화시키는 기본적인 틀은 〈해녀노젓는소리〉에서도 중시된다. 가사 배분 단위에 맞추어져 구성된 가사는 가사 배분 구조는 물론 창곡의 구조와도 잘 어울

---

29) A. B. Lord(1973), p.43 참조.
30) 박경신(1991), 15면.
31) cf. W.J.Ong(1996), 95면.
32) 강등학(1993), 121면 참조.

린다는 것이다.33) 반행을 공식구의 단위로 잡는 것은 〈해녀노젓는소리〉와 일치하고, 핵심의미와 의미구조가 공식구의 전승요소인 점도 〈해녀노젓는소리〉에 시사하는 바가 크다. 공식구는 구신과 원심의 두 방향으로 활용되어 구심적 구연은 공의적 등가교환의 원리에 의해 이루어진다는 점도 〈해녀노젓는소리〉에서 개인적 공식어구들이 쓰인 경우라도 원래의 핵심의미와 의미구조는 그대로 유지된다는 점과 상통하는 일면을 보여준다.

Ⅳ 문틀 구성의 방법

반복구 '이여사나-이여도사나/처라처라' 등으로 감싸인 구조와 2음보 또는 그 변형은 〈해녀노젓는소리〉의 정체성을 보여주는 가장 중요한 조건이다. 특히 무엇보다도 '이여사나-이여도사나'는 노 젓는 해녀들 사이 혹은 해녀와 뱃사공 간의 호흡을 일치시키기 위해 내는 소리인 점에서 어떤 노래가 〈해녀노젓는소리〉임을 나타내는 결정적 조건이자 표지인 셈이다. 그러나 '이여사나-이여도사나'는 문틀 그 자체일 수 없고, 문틀을 형성하는 요소조차도 아니다. 노래를 시작하는 첫 부분과 대부분 두 행 단위로 사설이 완결되는 곳마다 삽입되어 '전렴·중렴·후렴'으로 의미적 분절의 역할만 수행할 뿐 그것이 전승단위로서의 의미를 지니는 것은 아니기 때문이다. 노래 한 수를 들어보자.

---

33) 강등학(1993), 105면.

① 이업사 이업사/이여도사나//우리 배는/잘도 간다(a)

② 비새 날 듯/참새 날 듯//우리 배는/잘도 간다(a')

③ 가시나무/무자귀에//우리 배는/잘도 간다(a')

④ 집에 들면/죽자세라//난데나문/이것이라(b)

⑤ 이엿사 이엿사/이여도사나//우리 배는/잘도 간다(a)[34]

⑤는 ①의 반복이고 ②와 ③은 ①과 ⑤의 변이형이다. 그리고 ④는 전적으로 가창자의 창안이다. 따라서 〈해녀노젓는소리〉의 정체성은 ①과 ⑤에 의해 유지된다. 이와 달리 ②와 ③은 기본형으로 보긴 어렵지만, 분명 각편의 의미를 지닌 문틀이다. 이들에 비해 ④는 완벽하게 다른 성격의 부분이다. ④만으로는 이것이 〈해녀노젓는소리〉의 한 부분인지 다른 노래의 한 부분인지 알 수 없다. 〈해녀노젓는소리〉의 유형적 특질을 가장 희미하게 보여주는 반면, 가창자의 독자성은 가장 짙게 보여주는 부분이 ④다. 그러나 ②와 ③은 〈해녀노젓는소리〉의 흔적을 보여주는 동시에 가창자의 독자성 또한 분명히 보여준다. 그러다가 ①과 ⑤에 가면 가창자의 독자성은 소멸되고 〈해녀노젓는소리〉의 본질만 오롯이 드러난다. 이것을 그림으로 보이면 다음과 같다.

---

34) 임동권(1961:50)의 「노 젓는 노래 Ⅰ」을 악구 단위로 나누고 번호를 붙인 것이다.

〈해녀노젓는소리〉의 정체성 정도

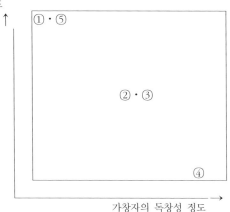

의미가 완결되는 단위인 문틀의 존재와 그 내용적 다양성을 인정하고 있다는 것, 그 문틀에 바탕을 두고 〈해녀노젓는소리〉를 가창한다는 것 등은 현장에서 만난 대부분의 제보자들로부터 확인되는 사실이다. 설사 문틀의 존재에 대한 인식을 갖고 있지 않다 해도 대부분의 제보자들은 가창하는 자리에서 자신들이 선대로부터 배운 모종의 양식개념에 충실한지를 수시로 확인하고자 했다.[35) 그러한 욕구는 그들의 내면에 오래 전부터 〈해녀노젓는소리〉의 문틀이 정착해 있었음을 암시한다. 그런데 로드가 말한 공식은 세 단계로 구체화된다. 공식구[formula]
–공식적 표현[formulaic expression]–공식적 표현 단락[36)[theme] 등이 그

---

35) 한 제보자의 노래 가운데 잘못된 점을 다른 제보자가 바로잡아 주는 경우가 종종 있는데, 이로 미루어 이들이 전승되어 내려오는 문틀을 공유하고 있음을 알 수 있다.

36) 박경신(1991: 60)은 theme을 '공식적 표현단락'이라 번역했고, 강등학(1993: 99)은 그것이 전체적인 이야기를 구성하고 있는 '작은 이야기들' 또는 '이야기의 조각들'이란 관점에서 '片話'라고 번역했다. 필자는 '공식적'이란 의미를 부

것들이다. 문틀은 로드가 말하고 있는 '공식구·공식적 표현·공식적 표현 단락'을 모두 포함하는 개념이다. 공식적 표현은 공식구에서 일부 난어들을 다른 것들로 바꿈으로써 성립된다. 공식적 표현을 통해 가창자는 공식구에서 주요 단어들을 대신할 만한 단어들이 많음을 보여주게 된다.[37] 예컨대 '욜로 요래/돌아진 섬에' 대신 '욜로나 뱅뱅/돌아진 섬에'로 바꾸거나 '저 바다에/군대환은//달달마다/고향산천' 대신 '앞 바다에/군대환은//일본 동경/왔다 갓다'로 바꾸는 것 같은 경우다. 특히 후자의 경우 '달달마다→일본 동경'['시간→장소'], '고향산천→왔다 갓다'['장소→행위']처럼 성격이 다른 어사로의 대치를 통해 내용은 크게 바뀌었으나, 원래의 구조적 의미는 크게 변하지 않았다. 즉 문틀 속에 출가해녀를 실어 나르던 일본 배 '군대환'만 남아 있으면 되기 때문에 여타 어사들의 변화나 '있고 없음'의 문제는 부차적인 요소에 불과했던 것이다.

로드에 의하면 공식들은 특수화된 시 문법의 구·절·문장이라 했다. 화자가 공식구에 숙달되고 나면, 일상어에서보다도 훨씬 덜 '기계적으로' 움직인다. 그 점은 모국어를 말할 때 의식적으로 암기한 단어와 구절들을 반복하지 않고 습관적인 사용을 통해 단어와 문장들을 터득하는 것과 같다. 특별한 문법을 사용하여 이야기를 노래하는 시인들도 이 점에서 같다. 말하자면 가창자는 어릴 때 언어를 암기하는 것 이상으로는 그 공식을 암기하지 않는다는 것이다. 습관적인 사용에 의해 그 공식은 자신이 부르는 노래의 일부가 되기 때문이다. 암기는 자신

각시킬 수 있다는 점에 착안하여 '공식적 표현단락'이란 번역어를 사용하기로 한다.
37) A. B. Lord(1973), p.35.

의 것으로 만드는 의식적인 행위이고, 자신의 것이 아니라고 여겨지도록 하는 행위가 반복이다. 이처럼 자연스러운 구비적 수단의 원칙을 따라 구비시 즉 노래의 언어는 터득되는 것이다.[38]

공식적 표현단락을 패리는 ‘전통 노래에서 공식적인 모습을 띤 이야기의 구연에 규칙적으로 사용되는 시상들의 그룹’이라 불렀다.[39] 말하자면 앞에서 말한 공식적 표현들을 일정한 원칙에 따라 연결함으로써 이들의 결합은 공고해져서 ‘거의 독립적인 하나의 표현단락’[40]을 형성하게 되는데, 그것을 공식적 표현단락이라 할 수 있다. 그러나 전승되는 〈해녀노젓는소리〉들은 斷片 차원의 각편들이 대부분이고, 경우에 따라 ‘엮음’의 가능성을 보여주는 긴 것들도 있으나 그 경우는 창자 개인의 독창적 사설이 상당 부분을 차지하고 있기 때문에 그것들로부터 공식적 표현들의 공고한 결합 양상을 발견해내기란 어렵다. 이러한 현상이 ‘노 젓는 노동’의 현실적 필요성 때문이라면, 간단히 마무리되는 ‘4마디 1악구 2음보를 이루는 악곡 구조’가 반복되어 하나의 의미가 완결되는 그 형태 자체를 공식적 표현단락이라고 할 수는 있을 것이다. 그럴 경우에는 의미적으로 비교적 완결성을 보여주는 각편들과 미완성 각편들이 구분될 터인데, 이 경우 미완성 각편들을 〈해녀노젓는소리〉의 문틀로 보기는 어려울 것이다. 어쨌든 〈해녀노젓는소리〉의 문틀에는 공식구, 공식적 표현, 공식적 표현단락 등 로드가 제시한 세 단계의 구비 전승 공식이 두루 포함된다고 할 수 있다.

그렇다면 제주도의 〈해녀노젓는소리〉가 경남 서부지역에까지 전파

---

38) A. B. Lord(1973), p.36.
39) A. B. Lord(1973), p.68.
40) 박경신(1991), 66면.

·전승된 힘은 어디에 있을까? 물론 가장 직접적인 요인은 노동에 수반되는 노래의 현실적인 필요성이었다. 그리고 현재 노 젓는 노동이 사라졌다 해도 해녀들의 기억은 가창을 가능케 하는 주된 요인일 것이다. 그러나 지금도 가창을 요구할 경우 반드시 제보자들은 맨손으로라도 노 젓는 시늉을 하는데, 비록 실제 노동은 사라졌다 해도 〈해녀노젓는소리〉가 노 젓는 노동에 반드시 수반되던 기능적 노래였음은 이런 점에서 분명해진다. 현존하는 고령의 제보자들은 대부분 노를 저어본 경험을 갖고 있다. 그들이 모두 사라져 노를 저어본 경험이나 공동체의 기억마저 사라질 경우 〈해녀노젓는소리〉 또한 사라질 것은 분명하다. 그만큼 〈해녀노젓는소리〉는 기능에 충실한 노래다. '4마디 1악구 2음보의 연첩'이라는 〈해녀노젓는소리〉의 문틀에 내포된 요인들 중 가장 두드러진 것이 '노동의 능률을 올리려는 의도'인 점만 보아도 그 사실을 알 수 있다. 현전하는 〈해녀노젓는소리〉들은 모두 각편들이고, 완결편은 찾을 수 없다. 마찬가지로 문틀 역시 어느 것이 기본형인지 알 수 없다. 앞에 제시한 기본형에 충실하면서 의미적으로 완성도를 보여주는 문틀이 기본형이라 한다면 그로부터 약간씩 변모를 보여주는 것들은 해당 문틀의 각편들인 셈이다.

해녀들이 작업의 현장에서 〈해녀노젓는소리〉를 가창하기 위해서는 기존의 문틀들을 많이 알고 있거나, 상황에 따라 수시로 만들어야 한다. 여기서 요구되는 것이 기존 문틀의 구조에 대한 이해력과 새로운 문틀의 구성능력이다. 해녀들 가운데는 제보자 현종순처럼 뛰어난 가창자도 있지만, 대개의 경우 사설 구성의 능력이나 경험들이 비슷하게 평범하다고 보아야 한다. 그렇다면 해녀들은 어떻게 현장에서 그런 노래들을 막힘없이 이어나갈 수 있었을까. 우선 '이여사나-이여도사나'의 반복구는 해녀들에게 새로운 문틀을 고안해내는 시간적 여유를 주는 부분이었다. 지금도 제보의 현장에서 그들은 새로운 문틀이 생각나지 않을 경우 '이여사나─이여도사나'만 계속 부른다. '이여사나─이여도사나'를 반복하는 동안 다음에 이을 문틀을 기억해내거나 새로운 문틀을 즉흥적으로 만들어내는 것이다.

문틀의 대부분은 이미 해녀들의 기억 속에 저장되어 있는 상태다. 어린 시절, 그들은 어른 해녀들이 가창하는 문틀을 들으면서 생각을 새롭게 나열하고 배치하는 감각을 터득하거나 생각을 표현하는 단어들의 반복적인 패턴을 기억해둔다. 운율을 본능적으로 수용하고, 단어와 단어, 구절과 구절이 이어지는 방법 또한 알게 된다. 하나의 단어는 그 소리를 통해 다음 단어를 암시하고, 한 구절은 생각의 이유나 사고의 순서 혹은 청각적 요소를 통해 다음 구절을 암시한다. 이런 과정을 겪다 보면 본격적으로 노를 젓거나 노래를 시작하기 전에 이미 어린 해녀의 내면에는 다양한 기본 문틀이 자리 잡게 되는 것이다. 물론 그 시절은 문틀의 개념이 형성되는 단계이기 때문에 썩 정확하다고 할 수는 없다. 다만 멜로디·운율·통사·음성적 패턴 등으로 지칭할 수 있는 것들이 그의 내면에 형성될 뿐이기 때문이다. 사실 해녀의 어린 시절에 정확한 문틀이 형성되지 못하는 것은 문틀이야말로 노동의 현장과 노래의 필연적 관계에 의해 형성되기 때문이다. 노 젓는 노동에 참여할 때 비로소 〈노 젓는 소리〉는 필요하고, 그 필요에 의해 문틀의 정확성은 이루어진다.

이처럼 노동과 구연의 현장에서 비로소 문틀은 확립된다. 노래가 구연되는 노동의 현장에서만 문틀은 존재하고, 명쾌한 구조를 갖출 수 있다. 물론 어린 해녀의 가족이나 공동체의 구성원들 가운데 그가 접하는 모든 선배 해녀들이 동일한 문틀을 가지고 있거나 문틀을 다루는 동일한 방법을 갖고 있는 것은 아니다. 공통의 문틀과 가창자의 개별

적인 문틀이 공존하기 때문이다. 이런 과정에서 어린 해녀는 의식적으
로 연관되는 문틀의 형태나 내용을 생각하게 된다. 그 과정을 거쳐 스
스로 노동의 현장에서 가창할 수 있는 단계에 이르렀다고 하여 자기
나름의 문틀을 곧바로 인정받는 것은 아니다. 그로부터 오랜 시간이
흘러야 비로소 그 나름의 문틀이 확립되고 공동체 안에서 인정받게 되
는 것이다.[41]

 문틀 형성의 원리

　오랜 기간에 걸쳐 터득하게 되는 문틀 형성의 원리나 전승의 방법은
몇 가지로 나누어볼 수 있다. 각편으로 존재하는 문틀이 해녀들에 의
해 선택되어 반복적으로 가창되거나 창의적인 발상으로 변환되거나 여
타 장르의 사설들이 수용됨으로써 확장되는 양상을 드러내기 때문에,
그것은 몇 가지로 범주화 될 수 있다고 본다. 선택과 환유의 원리·확
장복제와 감정이입의 원리·차용의 원리 등이 그것들이다. 선택과 환
유의 원리는 노 젓는 노동의 상황과 작업자(또는 가창자)의 정서적 요
구가 부합되거나 특정한 문틀이 하나의 각편으로 정착할 때 적용되고,
확장의 원리는 특정한 문틀을 중심으로 다양한 내용과 지향성을 지닌
사설을 반복하면서 각편의 규모를 늘려갈 때 적용된다. 또한 차용의
원리는 〈해녀노젓는소리〉 이외의 다양한 창민요들로부터 사설을 차용
하여 해녀들의 내면정서를 표출할 때 적용된다.

---

41) cf. A. B. Lord(1973), pp.32-33.

1. 선택과 환유의 원리

현실적으로 가능하지는 않겠지만, 제보자 윤미자의 말대로 이론적으로는 수백·수천 개의 문틀이 있을 수 있다. 이 가운데 무엇을 선택하느냐는 가창자의 기억 용량이나 가창능력, 노 저을 때의 상황 등에 달려 있다. 지금까지 잔존해온 수많은 각편들은 해녀들에 의해 선택된 것들이다. 만약 그것들이 선택되지 않았다면 이 시점까지 전승될 수도 없었을 것이다. 그런 점에서 선택의 원리는 〈해녀노젓는소리〉 전승의 문화적 바탕이었다.

       a. 이 놀 젓엉/어딜 가나//진도 바다/한 골로 가네
       b. 요 목 조 목/울돌목가//화룡도에/좁은 목가

a는 제보자 우점이가, b는 제보자 김경자가 각각 들려준 문틀이다. 진도는 본토 연안에 산재해 있던 출가물질 장소들 가운데 하나였고, 그곳으로 가기 위해서는 울돌목 등 물살이 거세기로 유명한 좁은 목들을 지나야 했다. 그만큼 가는 길은 험했으나 진도야말로 해산물이 풍부한 해역이었다. 그러다 보니 다른 지역의 이름들은 문틀에서 사라지고 유독 '진도·울돌목'만 남아 전승되었고, 특정 지역명칭이던 진도는 '뱃물질하는 해역 일반'을 가리키는 보통명사로 변환·정착되었다. 따라서 이 문틀의 '진도'를 남해안에 있는 특정 섬 이름으로 받아들이면 합당한 해석이 아니다. 많은 출가물질 지역들 가운데 진도는 선택된 장소이고, 그것이 들어간 문틀 또한 많은 사설들 가운데 선택된 것이다. 울돌목도 그렇다. 대개 출가해녀들을 싣고 가던 배들이 지나던 곳으로 물살이 거세어 위험했으므로, 많은 해녀들의 기억에서 사라지지

않는 지역이기도 하다. 그래서 울돌목이 문틀의 핵심으로 들어왔고, 그 장소의 위험성을 부각시키기 위해 판소리 〈적벽가〉에서 조조가 곤욕을 시트린 화용도글 끌어오기도 했다. 그러나 이 경우도 울돌목은 특정 지역 이름으로서의 그것이 아니고, 위험이 상존하던 출가물질 지역의 일반적인 물길을 환유하는 개념으로 정착된 것이다. 따라서 이 경우도 선택의 원리가 적용된 사설 구성이라고 할 수 있다. 환유는 은유와 상반적인 관계로 논의되는 사항이며 한 사물의 이름을 그것과 밀접하게 연관된 다른 사물의 이름으로 대체하는 말의 비유다.[42]

환유의 본질적 기능들 가운데 가장 두드러진 것은 '부분으로 전체를 대신함'이다. 전체를 대신할만한 부분들은 많다. 그 가운데 어느 부분을 '선택'하는가는 전체의 어느 부분에 초점을 맞추는가와 상통하는 문제다.[43] 해녀들이 출가하던 해역이 진도 뿐만은 아니었을 것이고, 지나다니던 목이 울돌목 뿐만은 아니었을 것이다. 그럼에도 〈해녀노젓는 소리〉들에는 '진도 바다/울돌목'만 언급되고, 그런 문틀이 광범위하게 가창된다. 그것은 '진도로 가는 울돌목'이 가장 험하여 그곳을 지나가는 일이 고생스러웠다는 사실에 초점을 맞춘 결과다. 많은 해역들 가운데 선택된 '진도바다 한골'은 해녀들의 대표적인 출가지였다. 따라서 그것은 보통명사화된 고유명사로서 출가해역 일반의 의미를 지닌다.

저 바다엔/은과 금도/깔 렷건만//높은 낭기/올매로다

---

42) 조셉 칠더즈 · 게리 헨치(1999), 280면.
43) G. 레이코프, M.존슨(1995), 64면.

'은과 금'은 재물이다. 바닷속에 깔린 재물은 해녀들에게 귀한 해산물을 지칭한다. 재물에 은과 금만 있을 리 없다. 그럼에도 그들은 은과 금을 들어서 귀한 해산물을 팔아 얻을 수 있는 재물을 환유한다. 환유적 개념은 한 사물이 다른 어떤 것에 대하여 갖는 관계를 통해서 그 사물을 개념화 하도록 해준다.[44] '바닷 속의 은과 금'은 단순히 해산물의 귀함만 의미하는 것은 아니다. '해녀와 은·금의 관계, 곧 은·금의 개념이나 해녀들이 채취하는 해산물이 얼마나 귀한가, 그 해산물을 채취하기 위해서 해녀들은 얼마나 고생을 하는가' 등의 관점에서 이 문틀을 생각하게 된다. 분명 선택과 환유의 원리가 작용되었음을 알 수 있다.

　　　우리 어멍/날 날 적에//무슨 날에/날 낳던고

　자신을 낳아 해녀로 길러준 어머니에 대한 원망이 이 문틀의 표층적 의미다. 그러나 이면에는 해녀로 클 수밖에 없었던 자신의 사주팔자에 대한 체념이 잠재되어 있다. '무슨 날'은 바로 자신이 태어난 날, 즉 사주팔자를 구성하는 한 요소를 언급한 것이다. 현재의 자신을 형성시킨 요소들은 많다. 그럼에도 사주팔자, 그 중에서도 '태어난 날'에 초점을 두어 자신의 일생을 환유하는 문틀이 바로 이 경우다. 대부분의 해녀들은 힘든 노동 때문에 즐거움보다는 비애를 표출하는 경우가 많다. 비애의 정서를 표현하는 소재나 문틀은 아주 많을 수 있다. 그럼에도 불구하고 '어머니/태어난 날'이라는 부분으로 '해녀 자신의 일생'이라는 전체를 대신하고 있는 것이다. 따라서 선택과 환유야말로 〈해녀노젓는소리〉의 문틀을 형성하는 두드러진 원리들 가운데 하나다.

---

44) G. 레이코프, M.존슨(1995), 68면.

2. 확장의 원리

더 이상 쪼갤 수 없는, 최소 전승단위가 문틀이다. 실제 작업의 현장에서는 다수의 문틀들이 연결되어 지속적인 가창이 이루어지겠지만, 현장 밖에서 필자가 만난 제보자들은 하나의 문틀만으로 그치거나 고작 그것들을 여러 번 반복하는 데 그치는 경우가 대부분이었다. 노래를 이어지게 만드는 요인으로서의 노 젓는 동작이 결핍되어 있었고, 또 제보자들 대부분이 노령의 은퇴 해녀들이었기 때문에 기억의 용량이나 능력에 한계가 있었다. 그러나 간혹 다수의 문틀들 사이에 즉흥적이면서도 독창적인 사설들을 끼워 넣어 현장의 분위기를 흉내내보려는 노력을 하는 경우도 있었다. 하나의 문틀로 완성되는 경우도, 복수의 문틀로 완성되는 경우도, 〈해녀노젓는소리〉의 각편들임은 물론이다. 다음의 예들을 살펴보자.

A 높은 산/성산포//외로와진/저 소나무//어느 누가/밀어서//내가 여기/오랐는고//이여싸나/이여싸나 아아//이여싸나/이여싸나 아아(1)

B 요 고생을/하면서도//누가 오라/해였서도//내가 오라/해는구나//우리 고생/하는 것은//어느 누구/알아주리//어느 부모/반겨주리//이여도싸나 아/져라쳐라//언제나 나면/우리 고향//촟아 갈까/촟아나 갈까(2)
AB 이여도싸나 아아/이여도싸나
A 새야 새야/파랑새야//녹디 남에/앉지 마라//녹디 꽃이/떨어지면//청포장시/울고 간다 아아//이여도싸나 아/이여도싸나(3)
B 이여도싸나 아아/이여도싸나 아아//해천영업/해여둠서//요 고생아/하면서도//이 산 저 산/짚은 산을//다니면서/이 물질을//누가 허라 아아/배왔느냐 하//이여싸나 아아/이여도싸나 하//져라져라(4)

이것은 거제시 장목면 송진포리의 제보자 우춘녀(A)와 이순옥(B)이 주고 받으며 부른 노래다. 여기서 (2), (4)는 비교적 널리 불려온 문틀들이다. 그러나 (1), (3)은 성격이 다른 사설들이다. (1)은 분명 우도 출신인 우춘녀의 독창적인 사설일 것으로 생각된다. 고향인 우도와 그 앞쪽에 보이는 성산포를 떠올리며 불렀을 것이다. (3)은 "새야새야/파랑새야//녹두밭에/앉지　마라//녹두꽃이/떨어지면//청포장수/울고간다"는 〈청포장수노래〉에서 따온 문틀인데, 동학 농민반란에서 녹두장군 전봉준의 실패를 슬퍼한 내용이다. 따라서 이 노래는 해녀 둘이서 기존의 문틀과 즉흥적인 사설을 엮어가며 노래함으로써 문틀의 규모와 내용의 확장을 꾀한 경우다.

두 사람의 해녀가 주고받으며 부르는 노래라 해도 이와는 형태적으로 다른 경우도 있다.

　A 이여도싸나 아아/B 져라져라/A 이여도싸나 하/B 어기여자/A 이여도싸나/B 흔 목 지고　남을 주자/A 이여도 싸나/B 이여도 싸나/A 높은 낭게/B 이여싸나/A 눈 날리듯/B 이여도싸나/A 얕은 곳에/B 이여져라/A 비 날리듯/B 이여져라/A 이여싸나/B 높은 낭기/A 이여싸/B 을매로다/A 이여싸나/B 두고두고/A 이여도싸나/B 못 먹는 건/A 이여도싸나/B 앙장군이/A 이여도싸나/B 고재러라/A 이여싸나/B 어기야자/A 이여싸나/B 어기야자/A 일본이/B 져라져라/A 동경이/B 어기야자/A 얼마나/B 어기야져라/A 좋았으면/B 어기야져라/A 꽃같은/B 우리 엄마/A 나를 두고/B 날 날 적엔/A 연락선을/B 가시나무/A 타는구나/B 몽고지에/A 이여도싸나/B 져라

경남 거제시 장승포동의 제보자 정구미(A)와 김경자(B)가 주고받으며 엮어나간 사설이다. 기존의 문틀들이 해체된 채 마디마디 끊어진

상태로 두 사람이 주고받으며 사설을 전개하고있는데, 이 경우 정해진 길이란 있을 수 없다. 특별한 내용을 담은 사설 없이 '이여도싸나'만 반복하는 것은 가창사가 미처 사실을 생각해내지 못한 경우의 궁여지책이다. 노 젓는 현장에서 해녀들은 마땅한 사설이 생각나지 않을 경우 '이여도싸나/이여사나/져라져라' 등 의미 없는 구절들을 반복하는 것이 상례다. 사실 이런 소리만으로도 노동의 규칙성을 유지시키는 데는 충분하기 때문이다. 특별한 내용을 담은 사설이나 문틀은 구체적인 표현을 통한 가창자의 내면적 욕구 충족에 기여할 뿐이다. 이 노래에서 내용 부분만 추출하면 다음과 같다.

 a. 흔 목 지고/남을 주자
 b. 높은 낭게/눈 날리듯//얕은 곳에/비 날리듯//높은 낭기/을매로다
 c. 두고두고/못 먹는 건//앙장군이/고재러라
 d. 일본이/동경이/얼마나/좋았으면/꽃같은/우리 엄마/나를 두고/날 날 적엔/연락선을/가시나무/타는구나/몽고지에[45)

 이 사설들 가운데 a와 c만 온전한 문틀의 모습을 갖추고 있고, 나머지는 각각 다른 문틀의 파편들이 어색하게 삽입되었거나 이어진 모습이다. 노동의 현장에서 문틀이 다급하게 필요함에도 수월하게 생각나지 않는 경우 기존의 문틀은 파괴된 모습으로 나올 수밖에 없고, 군데군데 빈 곳은 가창자의 즉흥적 사설로 채워질 수밖에 없다. 따라서 '복제의 원리'가 확장의 원리에 포함되는 것은 자연스럽다.[46) 특히 d의 경

---

45) 이 사설은 기존 문틀 두 개가 해체된 채 뒤섞여 있는 관계로 행 구분의 의미가 없다. 따라서 개개의 마디만 '/로 구분한다.
46) 박경신(1991: 218-227)은 무가를 대상으로 복제의 원리와 확장의 원리를 구분

우 두 개의 문틀이 혼합되는 양상을 보여준다. d를 원래의 문틀로 환원시키면 다음과 같다.

　　　d-1: 일본이/동경이//얼마나/좋았으면//꽃같은/나를 두고//연락선을/
　　　　　타는구나
　　　d-2: 우리 엄마/날 날 적엔//가시나무/몽고지에

　d-1은 A가, d-2는 B가 맡아 부르되, 서로 한 마디씩 교대로 엮어가는 형태의 특이한 양상을 보여준다. 이런 예들에서 보듯이, 비록 파괴되었다 해도 기존 문틀들이 복제되어 새로운 노래의 한 부분으로 들어가 있고, 그 나머지는 창자의 창안에 의한 새로운 사설들임을 확인할 수 있다. 물론 새로운 사설들도 반복적인 수용과 가창에 의해 새로운 문틀로 자리잡을 가능성은 얼마든지 있다. 노래를 부르는 과정에서 '이여도사나/이여사나' 등 반복적 여음으로만 한동안 지속되는 경우도 없지 않다. 문틀을 기억해낼 수 있는 능력이 모자라거나 사설 구성의 능력이 모자라는 경우 그럴 수밖에 없을 것이다. 이와 관련해서는 조영배(1997: 69)의 견해를 참조할 수 있다. 그는 〈해녀노젓는소리〉의 경우 다수가 어울려 부르는 까닭에 사설 엮음이 복잡하여 앞소리의 내용을 뒷소리가 그대로 모방하거나 앞소리는 본 사설을 연결하고 뒷소리는 후렴구만을 반복하는 방법 등이 혼합되어 나타난다고 보았다. 또한 악곡의 박절구조가 2마디씩[1음보를 이룸] 서로 대구적인 역할을 하면서 사설이 엮어지기 때문에 음보도 2음보로 되어 있다고 할 수 있으나, 사

─────────────

　　하여 논했다. 그러면서도 '복제를 통한 확장'(211/225면)에 대하여 언급함으로써 양자가 밀접하게 연결된다는 점을 암시하기도 했다.

설 길이에 따라 변하기도 하고, 1음보 기준 음절수 3~5개의 힘차게 불리는 민요인 만큼 어두운 음운변화가 다른 민요에서처럼 자주 나타나지는 않는나고 했다.[47] 〈해녀노젓는소리〉가 부연・확장될 가능성을 본질적으로 함유한 노래임은 조영배의 설명에서도 드러나고, 노동을 체험한 제보자들 모두 인정하는 점이기도 하다. 문틀의 확장은 복제와 창안의 두 행위가 동시에 작용함으로써 이루어지는 일임은 이런 점에서 분명해진다.

3. 차용의 원리

〈해녀노젓는소리〉의 창곡은 그 자체가 단순할 뿐 아니라 노동과 직결되어 있으므로 기억하기에 비교적 용이하다. 문틀의 단순함도 기억을 용이하게 한다. 그러나 노 젓는 노동의 시간에 따라서 기존의 문틀만으로 충분치 않을 때가 많다. 그럴 경우 해녀들은 즉흥적으로 사설을 만들어 불러야 한다. 그러나 대개의 경우 사설을 새로 만들기란 쉽지 않다. 그래서 '이여도사나/이여사나'만을 반복하여 부르거나 기존의 창민요 사설을 끌어들이기도 한다. 창민요란 각 지방에 전승되어오는 토속 혹은 향토민요와 달리 전문적 소리꾼들이 개발한, 일종의 예술민요로서 일반인들에게 널리 보급되어온 민요의 갈래다. 그런 노래들을 해녀들이 수용하여 〈해녀노젓는소리〉의 사설이나 문틀로 수용한 것은 어찌 보면 자연스럽고, 생산적인 방법이었다.

어떤 노래이든 〈해녀노젓는소리〉의 창곡이나 노 젓는 노동과 맞기만 하면 이 노래의 사설로 손색이 없기 때문이다. 그만큼 〈해녀노젓는

---

47) 조영배(1997), 69면.

소리〉는 문틀의 내용상 '열려있는' 노래라고 할 수 있다. 그런 점에서 〈해녀노젓는소리〉는 '기능·창곡에 의해 전승되는 민요'[48]의 대표적인 사례다.

앞에서 언급한 바와 같이 동학 농민반란 때 불리던 〈청포장수노래〉가 〈해녀노젓는소리〉에 수용되었으며, 서도 민요 〈사발가〉가 〈해녀노젓는소리〉로 수용되기도 했다.[49] 그 밖의 몇 가지 예를 더들어보기로 한다.

> a. 요 놈으 팔자/무슨 놈으 팔자길래//어뜬 년은/팔자 좋아//고대나 광실/높은 집에//떵떵거리고/살건마는//요 놈의 팔자/무슨 놈으 팔자길래//요 놈의 고생을/요렇게 하나[50]
>
> b. 저 하늘엔/잔별도 많고//요 내나 가슴은/수심도 많네//이여도싸나 아아/이여도싸나 아아[51]
>
> c. 날 버리고/가는 님은//십 리도 못 가/발 병 나고//이십 리 못 가/ 되돌아온다//이여사나/이여사나//이여도사나/이여사나[52]
>
> d. 남도 늙어/고목 되면//오던 새도/아니 오고//몸도 늙어/백발 되면 //오던 님도/아니 온다//이여사나/이여사나[53]
>
> e. 나비야/청산 가자//호랑나비도/같이 가자//가다가/해 저물면//꽃 잎에나/쉬고 가자//꽃잎에/못 쉬거든//꽃잎에/쉬고 가자/이여도 사나/이여도사나[54]

---

48) 장덕순 외(1979), 81면.
49) "석탄벡탄/타는 배는//연기만 풍풍/나건마는//요 내가슴/타는 배는//연기도 풍 풍/아니 난다"[2005.1.12. 우춘녀 제보] 참조.
50) 2005.1.12. 고순금.
51) 2005.1.12. 정구미
52) 2001.12.21. 현종순.
53) 2001.12.21. 현종순.
54) 2001.12.21. 현종순.

f. 명사십리/해당화야//꽃진다고/설워마라//맹년 이 철/춘삼월 되면//
꽃이나 피여/만발이여//이여도사나/이여사나55)

g. 아침에/우는 새는//배가 고파/운고요.//저녁에/우는 새는//임 그리
워/우는구나//이여사나/이여도사나56)

　다른 창민요로부터 사설을 차용해온 많은 예들 가운데 몇 가지만 골
라본 것이다. a는 보령지방의 '樵夫謠'57)나 기장군의 〈팔자타령〉58)에
그 연원을 둘 수 있다. 물론 이런 노래들은 약간씩의 차이를 보이면서
각 지방에 두루 분포되어 있는 창민요이기 때문에, 새삼 그 지역적 한
계를 보령지방이나 기장군으로 국한시킬 필요는 없을 것이다. 제보자
고순금이 부산 영도구 태종대에서 출생하여 19살에 장승포로 이주했음
을 감안한다면, 이런 창민요는 뱃물질과 무관한 상황에서 배웠을 가능
성도 없지 않다고 본다. b는 〈진도아리랑〉의 한 소절59)을, c는 〈아리
랑〉의 한 소절을 각각 수용하여 만든 사설들이다. d는 '나무도 늙어 고
목되면 오던 새도 아니 오고 몸도 늙어 백발 되면 오던 님도 아니 온
다'는 옛 속담을 노래 사설로 수용한 경우다. e는 다소 이채로운 경우
로서 가곡으로 불려 내려오던 〈나비노래〉60)가 어느 시기에 창민요로
수용되었고, 마지막 단계에 〈해녀노젓는소리〉로 수용되었음을 확인할
수 있다. f는 '나무꾼 노래'인 〈어사용〉61)으로부터 수용한 사설이며, g

55) 2001.12.21. 현종순.
56) 2001.12.21. 현종순.
57) 임동권(1980), 85-86면 참조.
58) 부산광역시 기장군 웹사이트(http://culture.gijang.busan.kr) 참조.
59) "청천하늘엔 잔별도 많고 우리네 가슴속엔 수심도 많다"
60) 정병욱(1966), 84면["나뷔야 靑山에 가쟈 범나뷔 너도 가쟈/가다가 저무러든
곳듸 드러 자고 가쟈/곳에서 푸對接ᄒ거든 닙헤셔나 ᄌ고 가쟈"] 참조.

는 제주도 민요 〈너영 나영〉[62]으로부터 수용된 사설이다. 이 밖에 다른 장르를 수용한 경우도 있다. 다음의 노래를 살펴보자.

　　이여사나/이여사//이 놀 젓엉/어딜 가나//이여사나/이여사나//진도
바다/한골로 가네(1)
　　시들시들/봄배추는//봄비 오기만/기다리네//옥에 갇힌/춘향이는//이
도령 오기만/기다리네(2)
　　이팔청춘/소년 몸에//할 일이/없어서//해녀 종사가/웬 말이냐//저어
라져라/어기여차//이 내
　　신세/억울하네(3)
　　우리 부모/날 날 때//무슨 날에/나를 나서//남들 사는/좋은 세상//살
아보지도/못하고//바다　　종사가/웬 말이냐(4)
　　저어야져라/어서 가자//집을 찾아/어서 가자//홀로 계신/우리 부모//
병이나 들까/염려가 되네(5)

　이것은 사천시의 제보자 우점이가 부른 노래 사설이다. 이 가운데 불완전하긴 하나 (1), (3), (4), (5)는 그동안 불려오던 문틀이거나 그 흔적을 지니고 있는, 일종의 변형된 문틀들이다. 그러나 특이한 것은 (2)다. 이 부분은 '춘향 이야기'의 모티프를 원용하여 해녀 자신의 슬픈 처지를 비유한 내용이다. '시들시들 봄배추'나 '옥에 갇힌 춘향이'는 노를 저으며 가창하는 해녀 자신을 나타내는 보조관념들이다. 이미 이 지역

---

61) 대구은행 웹사이트[http://www.daegubank.co.kr] 참조. 이곳에 제보자 송문창
　　이 부른 〈어사용〉의 한 소절이 실려 있다.
62) 네 소절로 된 〈너영 나영〉 가운데 첫 소절["아침에 우는 새는 배가 고파 울고
　　요/저녁에 우는 새는 님 그리워 운다/너영 나영 두리둥실 놀고요/낮에 낮에나
　　밤에 밤에나 쌍사랑이로구나"]이 바로 이 사설이다.

에 '춘향 이야기'가 광범위하게 전승되어 내려왔으며 해녀들도 사설의 필요성에 따라 이런 이야기를 쉽게 원용했었으리라 본다.

이상에서 살펴본 바와 같이 해녀들은 문틀이나 사설을 만들어내기 위해 다양한 방법을 사용했으며, 그 중에서도 차용의 원리는 그들에게 가장 생산적인 방법으로 인식되었던 듯 하다.

Ⅵ 결 론

서부 경남 해안지역에 전승되는 〈해녀노젓는소리〉의 문틀을 살펴보았다. 필자는 현장조사를 통하여 이 지역의 해녀들이 '문틀'의 개념을 오래 전부터 공유해왔다는 사실을 확인했다. 문틀은 〈해녀노젓는소리〉를 포함한 해녀 노래 전반, 이 지역과 제주를 포함한 해안지역 대부분의 해녀들 사이에 보편화된 하나의 양식개념이다. 로드가 제시한 공식[공식구-공식적 표현-공식적 표현단락]의 의미범주와 〈해녀노젓는소리〉 문틀의 그것은 개념상 맞아 떨어지는 것으로 보인다. 따라서 문틀은 가창자들의 기억단위, 작시단위, 더 나아가 전승단위로 간주될 수도 있다. 대부분의 제보자들은 〈해녀노젓는소리〉의 의미적·구조적 단위로서의 문틀을 체득하고 있었다. 슬픈 문틀도, 기쁜 문틀도, 원망하는 문틀도 있고, 수백·수천 개의 문틀들이 있다는 그들의 말을 미루어 보면 문틀 내용의 다양성을 짐작할 수 있다. 그러나 형식적 측면은 매우 단순하다. 〈해녀노젓는소리〉는 노 젓는 동작에 선율과 박자를 맞추기만 하면 되기 때문에 형식은 의외로 단순하다. 어떤 내용의 사설이든 '4 마디 1악구 2음보 연첩'으로 이루어지는 문틀에 앞뒤로 '이여사나

-이여도사나'의 반복구만 수반되면 〈해녀노젓는소리〉로서 손색이 없다. 그것은 이 노래가 기능요이기 때문이다. 〈해녀노젓는소리〉의 문틀이 기억단위나 전승단위로서의 공식구인 것은 노래의 선율이나 박자가 '노 젓는 노동'과 유기적인 관계를 갖고 있다는 점과, 해녀들의 간단치 않은 학습과정 등을 감안하면 알 수 있다. 어린 시절 해녀는 어른 해녀들이 노 저을 때 가창하는 것을 듣기만 하면서 노래를 익힌다. 그녀들도 간간이 노를 젓긴 하나 익숙해질 때까지 어른들이 부르는 노래를 들으며 마음에 담아둘 뿐이다. 실제로 노를 저으며 〈노 젓는 소리〉를 가창하기까지는 상당한 시간이 소요되는데, 그 과정에서 일정한 노래의 틀을 기억 속에 저장하게 된다. 가창할 때 그 틀이 재생되거나, 그 형태에 맞춘 해녀 나름의 독창적인 문틀이 만들어지기도 한다. 이 점은 유고슬라비아 구비서사시 가창자의 학습과정과 유사하다.

〈해녀노젓는소리〉는 노 젓는 기능과 뗄 수 없는 관계의 기능요이므로, 문틀의 내용이야 무엇이든 궁극적으로 노 젓는 노동에 기여하게 된다. 문틀의 형성에는 선택과 환유, 확장복제와 감정이입, 차용 등 몇 가지의 원리들이 작용한다. 선택과 환유의 원리는 노 젓는 노동의 상황과 작업자(또는 가창자)의 정서적 요구가 부합되거나 특정한 문틀이 하나의 각편으로 정착할 때 적용되고, 확장의 원리는 특정한 문틀을 중심으로 다양한 내용과 지향성을 지닌 사설을 반복함으로써 각편의 규모를 확장해갈 때 적용된다. 또한 차용의 원리는 〈해녀노젓는소리〉 이외의 다양한 창민요들로부터 사설을 차용하여 해녀들의 내면 정서를 표출할 때 적용된다.

〈해녀노젓는소리〉는 원래 '단순한 것'에서 '복잡한 것'으로 발전되어 왔다. 그 과정에서 '일과 관계되는 부분/일과 무관한 개인정서'가 하나의 구조 속에 통합되었다. 형식적 측면에서는 '이여사나-이여도사나'가

앞뒤로 반복되는 틀 속에 가창자의 정서를 노래한 부분이 끼어들어 하나의 구조로 완결된다는 점에서 분명한 '문틀'이고, 주제적 측면에서도 해녀생활의 비애나 생활고, 애정문제 등 몇 부류로 나누어진다는 점에서 그것은 또 다른 성격의 문틀이기도 하다. 노동요로서의 〈해녀노젓는소리〉가 작업의 현장에서 불리는 기능요이면서 정서적 성향을 무시할 수 없는 특징을 지니고 있는데, 그 두 가지 성향 또한 문틀의 복합성을 보여주는 단서가 되기도 한다.

이와 같이 노 젓는 노동이 이어지는 과정에서 성립되어왔고, 지금도 만들어지고 있으며, 이 노래가 지속되는 한 앞으로도 만들어질 수 있다는 점에서 문틀은 기본적으로 통시성을 지니는 실체다.

● 참고문헌 ●

강등학, 『旌善 아라리의 研究』, 집문당, 1993.

강등학, 『한국민요의 현장과 장르론적 관심』, 집문당, 1996.

권오경, 경남 동해안 일대 어로요의 현장론적 연구, 한국민요학회 제 13차
　　　동계전국학술대회 발표논문집 『한국 어업 노동요의 분포와 특성
　　　(2)』, 한국민요학회, 2005.

김영돈, 『濟州道民謠硏究 上』, 일조각, 1965.

김영돈, 제주도 민요 연구-여성 노동요를 중심으로-, 동국대 박사논문,
　　　1982.

김영돈, 『한국의 해녀』, 민속원, 1999.

박경신, 巫歌의 作詩原理에 대한 現場論的 硏究, 서울대 박사논문, 1991.

변성구, 제주도 민요의 후렴 연구, 『백록어문』 2, 제주대 국어교육과 국어
　　　교육연구회, 1987.

변성구, 해녀노래의 사설 유형 분석, 『제주문화연구』, 도서출판 제주문화,
　　　1993.

MBC, 『한국민요대전-제주도 민요 해설집-』, 문화방송, 1992.

윤치부제주 민요의 기능별 분류, 『제주교육대학교 논문집』 25, 제주교육
　　　대학교, 1996.

이성훈, 자료: 경남 통영시 해녀 〈노 젓는 노래〉 조사, 『한국민요학』 11,
　　　한국민요학회, 2002a.

이성훈, 통영지역 해녀의 〈노 젓는 노래〉 고찰, 『숭실어문』 18, 숭실어문
　　　학회, 2002b.

이성훈, 강원도 속초시 해녀 〈노 젓는 노래〉와 생애력 조사, 『숭실어문』
　　　19, 숭실어문학회, 2003a.

이성훈, 〈해녀 노 젓는 노래〉의 현장론적 연구-창자의 역할과 가창 방식

을 중심으로-, 숭실대 교육대학원 석사논문, 2003b.

이성훈, 〈해녀 노 젓는 노래〉 사설의 오기 및 어석 오류, 한국민요학회 제
　　13차 동계전국학술대회 발표논문집『한국 이입 노동요의 분포와
　　특성(2)』, 한국민요학회, 2005.

이현수, 정선아라리의 전승현장과 변이양상 연구, 대구대학교 박사학위논
　　문, 2004.

임동권,『한국민요집 Ⅰ』, 집문당, 1961.

임동권,『한국민요집 Ⅲ』, 집문당, 1975.

임동권,『한국민요집 Ⅱ』, 집문당, 1980.

장덕순・조동일・서대석・조희웅,『구비문학개설』, 일조각, 1979.

정병욱,『시조문학사전』, 신구문화사, 1966.

정병욱,『판소리 다섯 마당(해설과 주석을 단 사설집・부록-영문 해설)』,
　　한국 브리태니커 회사, 1989.

제주대 국어국문학과,『國文學報』12, 제주대학교 국어국문학과 국어국문
　　학연구회, 1994.

조동일,『서사민요연구(증보판)』, 계명대학교 출판부, 1979.

조셉 칠더즈・게리 헨치・황종연 옮김,『현대 문학・문화비평 용어사전』,
　　문학동네, 1999.

조영배,『제주도 노동요 연구』, 도서출판 예솔, 1992.

조영배, 제주도 민요의 음악양식 연구, 한국정신문화연구원 한국학대학원
　　박사논문, 1997.

해녀노래 조사・연구팀,『〈해녀노젓는소리〉 자료집 Ⅰ』(책임편집 이성
　　훈), 미간 프린트본, 2005.

현용준・김영돈,『한국구비문학대계 9-1: 제주도・제주시 편』, 한국정신
　　문화연구원, 1980.

현용준・김영돈,『한국구비문학대계 9-2: 제주도・제주시 편』, 한국정신
　　문화연구원, 1981.

현용준・김영돈,『한국구비문학대계 9-3:제주도・제주시 편』, 한국정신문
　　화연구원, 1983.

A. B. Lord, The Singer of Tales, New York : Atheneum, 1973.

G. 레이코프, M.존슨, 노양진・나익주 옮김,『삶으로서의 은유』, 서광사,
　　1995.

W.J.Ong, 이기우・임명진 역,『구술문화와 문자문화』, 문예출판사, 1995.

Roger D. Abrahams & George Foss, Anglo American Folksong Style, Prentice
　　-Hall, Inc. Englewood Cliffs, New Jersey, 1968.

Ruth Finnegan, Oral Poetry, London:Cambridge Univ. Press, 1977.

03

〈해녀노젓는소리〉 사설의 현장론적 분류와 유형

- 서 론
- 가창 기연과 구연 현장의 상황에 의한 사설의 분류
- 구연 현장의 상황과 노 젓는 동작에 따른 사설의 유형
- 결 론

| 이성훈 | 숭실대학교

『고전과 해석』 제6집, 2009.

I   서 론

〈해녀노젓는소리〉는 제주도 출신 해녀들이 제주도를 비롯한 본토 해안에서 무자맥질하여 해산물을 채취하는 이른바 '물질 작업'을 하러 돛배를 타고 물질 작업 장소까지 오갈 때나 본토로 출가(出稼)할 때 배의 양옆에서 젓는 노인 '젓걸이노'를 저으면서 부르는 노래이다. 여느 노동요의 구연 현장은 집안·논밭·산 등의 뭍이기에 구연 현장의 상황이 고정적이라고 한다면, 〈해녀노젓는소리〉의 구연 현장인 바다는 조류와 풍향·파고 등의 기상 조건에 따라 수시로 변하기 때문에 구연 현장의 상황이 유동적이다. 이처럼 〈해녀노젓는소리〉는 가변성이 많은 바다에서 가창되는 노동요이기 때문에 구연 현장의 상황을 중시하지 않을 수 없다. 이러한 점이 본고가 주목하는 이유이다.

김영돈은 『제주도민요연구상』(일조각, 1965)에 수록한 〈해녀노래〉, 즉 〈해녀노젓는소리〉 199편을 사설에 드러나는 제재를 기준으로 ① 해녀작업 출발의 노래 ② 해녀작업의 노래 ③ 해녀 출가의 노래 ④ 해녀 출가생활의 노래 ⑤ 사랑노래 ⑥ 해녀들의 여정 등으로 분류했다. 〈해녀노젓는소리〉의 제재를 구체적으로 보기 위해 해녀작업자체를 역점을 두어 위 ①~⑥의 제재를 〈표 1〉과 같이 분류하였다.[1] 이 분류는 〈해녀노젓는소리〉가 해녀들이 돛배를 타고 뱃물질 하러 오갈 때 노를 저으며 부르는 노래라는 가창기연을 고려하지 않고, 단지 사설 내용인 해녀작업자체에만 초점을 두어 분류한 것이다.

---

1) 김영돈, 「제주도민요연구—여성노동요를 중심으로—」, 동국대학교 박사학위논문, 1983, 89면.

〈표 1〉 제재에 의한 분류

제재	제재 분류
①해녀작업출발	Ⅰ.배 타 나감 Ⅱ.헤엄처 나감
②해녀작업	Ⅰ.잠수작업 Ⅱ.해산물채취 Ⅲ.고역토로 Ⅳ.탄로·무상 Ⅴ.작업목적
③해녀출가과정	Ⅰ.이향출가 Ⅱ.노 젓는 기백 Ⅲ.배와 뱃사공 Ⅳ.출가하는 뱃길 Ⅴ.출가의 목적
④해녀출가생활	
⑤애정	Ⅰ.상사 Ⅱ.연모
⑥여정	Ⅰ.신세토로 Ⅱ.일상정의

변성구는 제주도의 여러 지역에서 채록된 13편의 〈해녀노젓는소리〉의 사설을 기능적 상황과 관련지어 사설적 요소에 초점을 두어 비교 분석하여 제주의 해녀들에 의해 공감대가 형성된 사설 유형을 추출하고, 이를 자료로 하여 〈해녀노젓는소리〉의 사설을 통한 유형 구조와 의미 단락별 사설 유형과 내용을 고찰하였다. 의미 단락의 분석을 통한 사설의 유형 구조는 기능 관련 사설이 중심을 이루고 창자에 따라 개인적 서정을 노래한 사설이 중간에 삽입되는 구조라고 하면서 내용의 전개 순서는 대체로 해녀작업의 출발+해녀작업의 실태+출가 과정과 출가 생활+해녀들의 서정으로 되어 있다고 보았다. 또한 의미 단락별 사설 유형은 기능적 사설의 유형과 서정적 사설의 유형으로 나누었는데, 기능적 사설의 유형은 의미 단락별로 '해녀작업의 출발·해녀작업의 실상·해녀작업의 기원·해녀작업의 한계·해녀작업의 고통·노젓는 기백·노젓는 바다의 상황·노젓는 고통·출가 뱃길·출가 생활' 등으로 나누어 기본형의 추출을 시도했다. 반면에 서정적 사설의 유형은 '신세 한탄·이별·연모·인생무상·가족걱정·기타(전설)' 등을 주제로 하면서 다른 유형의 민요와 시가 작품의 사설과 교섭되거

나, 개인적 창자의 능력에 따라 새롭게 생성되고 있음을 밝혔다.[2]

김영돈은 제재를 기준으로 사설을 분류한 반면에, 변성구는 의미 단락별 공통 표현을 중심으로 유형을 분류했다. 이러한 분류는 〈해녀노젓는소리〉가 해녀들이 돛배를 타고 뱃물질 하러 오갈 때 노를 저으며 부르는 노래라는 가창 기연을 고려하지 않고 단지 사설 내용만을 중심으로 하여 분류한 것이다.

본고의 목적은 현장론적 입장에서 〈해녀노젓는소리〉 사설을 분류하고 유형을 나누는 데 있다. 이를 위해 〈해녀노젓는소리〉 사설을 가창 기연을 기준으로 분류하고 분석한 다음에, 구연 현장의 상황을 기준으로 분류하고 분석하기로 한다. 이를 토대로 구연 현장의 상황과 노 젓는 동작에 따른 사설의 유형을 나누어 보기로 한다. 〈해녀노젓는소리〉는 가창기연에 따라 어떤 사설이 언제 불리는가, 구연되는 현장의 상황에 따라 어떤 사설이 어떻게 불렸는가 등의 실상이 밝혀져야 제대로 분석되고 이해될 수 있기 때문이다.

II 가창 기연과 구연 현장의 상황에 의한 사설의 분류

〈해녀노젓는소리〉의 가창기연(歌唱機緣)은 해녀들이 물질 작업하러 돛배를 타고 물질 작업장까지 오갈 때나 본토로 출가(出稼)할 때 노 젓는 노동이다. 현장론적 입장에서 〈해녀노젓는소리〉의 사설을 가창기

---

2) 변성구, 「해녀노래의 사설 유형 분석」, 현지김영돈박사화갑기념논문집간행위원회편, 『제주문화연구』, 도서출판 제주문화, 1993, 81~134면.

연을 기준으로 분류하면 ① 물질하러 나갈 때, ② 물질하고 돌아올 때, ③ 본토로 출가할 때로 나눌 수 있다. 그리고 구연 현장의 상황을 기준으로 사설을 분류하면 ① 激波와 逆風일 때, ② 大波와 順風일 때, ③ 小波와 無風일 때, ④ 小波와 順風일 때, ⑤ 목項을 지나갈 때 등으로 분류할 수 있다. 또한 사설의 제재는 크게 노동 실태와 서정 표출로 나눌 수 있다. 사설 내용 자체에 역점을 두어 제재를 분류하면, 노동실태의 제재는 노 젓기, 해산물 채취, 물질 작업 실태, 출가 항로 등으로 분류할 수 있고, 서정 표출의 제재는 출가 과정, 출가 목적, 출가지 생활, 물질 작업 목적, 인생무상, 탄로, 신세한탄, 애증, 이별 등으로 분류할 수 있다. 이를 정리하면 〈표 2〉와 같다.

〈표 2〉歌唱機緣과 口演 現場의 狀況에 의한 사설의 분류

가창 기연	구연 현장의 상황
I. 물질하러 나갈 때	① 激波와 逆風일 때
	② 大波와 無風일 때
II. 물질하고 돌아올 때	③ 小波와 無風일 때
III. 본토로 출가할 때	④ 小波와 順風일 때
	⑤ 목項을 지나갈 때

제재	제재 분류
노동 실태	노 젓기, 해산물 채취, 물질 작업 실태, 출가 항로
서정 표출	출가 과정, 출가 목적, 출가지 생활, 물질 작업 목적, 인생무상, 탄로, 신세한탄, 애증, 이별, 연모

1. 가창기연에 의한 사설의 분류

가창기연을 기준으로 〈해녀노젓는소리〉 사설을 분류하면 ① 물질하

러 나갈 때, ② 물질하고 돌아올 때, ③ 본토로 출가(出稼)할 때 등으로 분류할 수 있다.

1) 물질하러 나갈 때

[1]

이여사나	우리 베가
전복 좋은	여 끗으로
미역 좋은	돌 끗으로
가게 협써	이여사나3)

[2]

수덕 좋은	선왕님아
우리 베랑	가는 딜랑
메역 좋은	여 끗으로
우미 좋은	여 끗으로
가게나 협써	이여사나
이여도사나4)	

[3]

요 년 저 년	젊은 년딜아
이 궁뎅이	놓았다가
밧을 살레	집을 살레
어서나 지라	노나 빵빵

---

3) 이성훈,「경남 통영시 해녀 〈노 젓는 노래〉 조사」,『한국민요학』제11집, 한국민요학회, 2002, 249~250면.
4) 이성훈, 앞의 글, 2002, 260면.

지여나 봐라   이여사나
져라 벡여라
어서 지고   갈 디 가자[5]

[4]
앞 산천아   날 땡겨라
뒷 산천아   날 밀어라
어서야 속히   지고 가자
물때나 점점   늦어 간다
이여사나   이여도사나[6]

[5]
이네 잠수들아   작업 준비들
어서나 허자   흔착 손에
두렁박 들렁   흔착 손에
테왁을 심엉   이어도 사나 이
흔착 손에   빗창을 심엉
흔질 두질   들어가니 이
전복을 딸까   구쟁일 딸까
이어도 사나 이   져라 배겨 이
져라 처라[7]

---

5) 이성훈, 앞의 글, 2002, 261면.
6) 이성훈, 앞의 글, 2002, 261면.
7) 제주시(조영배 채록), 『제주의 향토민요』, 제주시청, 2000, 93면.

해녀들의 물질 작업은 두 가지 경우가 있다. 하나는 미역·우뭇가사리 등의 해조류를 채취하러 가는 경우이고, 다른 하나는 소라·전복 등의 복족류(腹足類, Gastropoda)를 채취하러 가는 경우이다. 필자가 강원도 속초시에 정착한 제주 출신 해녀 이기순으로부터 채록한 바에 의하면, 1940년대만 하더라도 제주도 북제주군 조천읍 북촌리의 경우에 해녀들이 미역 채취하러 갈 때는 경찰에서 나와 돛배들을 일렬로 정렬시킨 후에 총을 쏘아서 작업 출발 신호를 알렸다고 한다.[8]

따라서 물질 나갈 때는 [1]·[2]처럼 해산물이 풍부한 어장에 도달하기를 소망하거나 기원하는 사설이 많다. 해조류 채취는 정해진 어장에서 채취하기 때문에 [3]과 같이 어장에 남들보다 먼저 도착하려고 노 젓는 일을 독촉하는 사설들이 주를 이룬다. 반면에 복족류 채취는 어장의 상황에 따라 소득이 없을 수도 있기 때문에 [2]처럼 좋은 어장에 도달하려는 소망을 기원하거나, [4]처럼 물때에 맞춰 작업을 해야하기 때문에 어장에 빨리 도착하기 위해 노 젓는 일을 독촉하기보다는 권유하는 사설들이 주를 이룬다. 또한 복족류를 채취하러 갈 때는 물질 작업장에 다다르면 [5]처럼 물질 작업 준비를 지시하는 내용의 사설을 노래하기도 한다.

---

8) 제보자, 이기순(李基順, 女, 1922년 4월 11일), 강원도 속초시 동명동, 2001년 12월 23일 필자 채록. 제보자는 제주도 북제주군 조천읍 북촌리에서 출생하여 27살에 초용으로 부산에 출가 물질을 나왔다. "우리 고향은 이제 그 때 시절에도 순경이 잇더라고. 낼 메역 조문헌다 허믄 오널 큰축항에, 또 저 동축항 서축항에서 줄을 메여, 줄을 메여가꼬, 이제 배가 다 거기 모여실 꺼 아냐. 모여시며는 총을 팡 허며는 서로 앞의 갈라꼬 허다가 옷도 안 입고 물에 빠진 사름 잇고, 수경도 안 씌고 물에 빠진 사름 잇고 그렇게 해."(이성훈, 「강원도 속초시 해녀 〈노 젓는 노래〉와 생애력 조사」, 『숭실어문』 제19집, 숭실어문학회, 2003, 484면.)

2) 물질하고 돌아올 때

[6]

우리 베에	서낭님이
만선을	시겻구나
고맙수다	고맙수다
오늘은	만ᄉ망일언
많이 ᄒ고	천금만금
벌어시메	기십 좋게
네 젓이라	어서 가자
어서 가자	쳐라쳐라9)

[7]

해 다 지고	저문 날에
골목마다	연기가 나고
하루 종일	애썻으나 하
번 거든	기가나 멕혀
어서 지고	집의 가서 허
우는 애기	줏을 주고
병든 낭군	밥을 주자
이여도사나 하	이여사 하10)

[8]

줌수나 전셍	가련ᄒ다
아칙 일찍	집을 나가

---

9) 필자 채록, 제주도 성산읍 온평리, 1986. 7. 29, 양송백(여, 1905년생)
10) 필자 채록, 강원도 속초시 동명동, 2001. 12. 23, 이기순(여, 1922년 제주도 조
천읍 북촌리에서 출생)

```
ᄒ루 종일       번 것은
기가맥히고      못 살겟구나11)
```

[9]
```
이여사나       이여도사나
저 바다엔      은과야 금은
철대같이       깔렷으나
높은 낭에      열매로다
낮은 낭에      까시로구나
이여도사나      이여사나12)
```

　해조류의 채취와는 달리 복족류의 채취량은 해녀 개개인의 물질 기량13)이나 어장이 좋고 나쁜 상황에 따라 달라질 수도 있다. 그러므로 물질하고 돌아오면서, 수확이 많았을 때는 [6]과 같이 기쁨과 의욕에 찬 사설을 노래하지만, 수확이 적을 때는 [7]과 [8]과 같이 신세를 한탄하며 실의에 찬 사설을 노래하기도 한다. 또한 바다 속에는 많은 양의 수산물이 깔려 있지만 자신의 물질 기량이 모자라서 채취할 수 없을 때는 [9]와 같이 자신의 한계를 토로하기도 한다.

　[6]은 물질하고 돌아올 때 만선이 된 기쁨을 노래했다. 전반부에는 해산물을 많이 채취하게 된 것은 선왕님의 神意에 의한 것으로 여겨 감사하는 신앙성이 드러나 있고, 후반부에는 해산물을 많이 채취하게

11) 필자 채록, 제주도 성산읍 온평리, 1986. 7. 29, 양송백(여, 1905년생)
12) 이성훈, 「경남 통영시 해녀 〈노 젓는 노래〉 조사」, 『한국민요학』 제11집, 한국민요학회, 2002, 262면.
13) 물질 기량에 따라 해녀 계층을 上軍·中軍·下軍으로 구분한다. 상군 중에서도 특출하게 뛰어난 해녀를 大上軍이라 한다.(김영돈, 『한국의 해녀』, 민속원, 1999, 92면.)

된 기쁨에 의욕에 차서 노를 젓는 상황을 노래하고 있다.14)

[7]과 [8]은 아침 일찍 바다에 나가서 저녁 무렵까지 물질을 해도 번 깃은 보잘것없음을 한탄하고 있다. [7]은 행여 배가 고파서 자신을 찾 으며 울고 있을지도 모를 자식과 저녁밥을 굶고 자신을 기다리는 병든 남편을 염려하는 애틋한 정이 드러난다. 그런데 [8]은 벌이가 부진한 원인을 어장의 좋고 나쁨, 자신의 물질 작업 능력의 우열에서 온다고 여기지 않고 전생의 인과적 숙명에서 찾고 있다.

[9]는 물질하고 돌아오면서 자신의 물질 기량이 모자람을 한탄하고 있는데, 바다 속에는 무진장 해산물이 깔렸는데도 수심이 깊어 채취하 지 못한 안타까움을 '높은 나무에 열매'로, 수심이 얕아도 장애가 많아 해산물 채취가 어렵고 힘든 일임을 '낮은 나무에 가시'라고 비유하고 있다.

3) 본토로 출가할 때

[10]
져라져라   어기야져라
요 네를 지고   어딜 가리
진도야 바당   한 골로 가자
이여사나15)

---

14) 이성훈, 「민요 제보자의 생애와 사설」, 『백록어문』 제2집, 제주대학교 국어교 육과 국어교육연구회, 1987, 327면.
15) 이성훈, 「경남 통영시 해녀 〈노 젓는 노래〉 조사」, 『한국민요학』 제11집, 한 국민요학회, 2002, 238면.

[11]
성산포야   잘이시라
멩년이철   춘삼월나민
살아시민   상봉이여
죽어지민   영이별이여16)

제주도 해녀의 우수한 재능이 도외에서 발휘된 것은 1900년경부터인
데 처음에 일본에 가고 얼마 후 나잠어업의 전혀 미개척지였던 육지
연안으로 진출하였다. 그녀들은 보통 봄 2월경 帆船에 20명에서 30명
이 한 조가 되어 타서 1명 또는 2명의 남자 사공을 거느리고 우선 전라
남도 해안으로 간다. 거기서부터 차츰 동해안으로 북상하여 9월 하순
에는 청진에 도착, 여기서부터 汽船으로 조 수확기까지에는 귀도하는
것이었다.17) 경남·강원·함경 각 도 및 일본 방면에의 출어는 발동선
편에 의해 즉각 목적지로 향하는 자도 있으나 대개는 기선편으로 부산
에 이르고 影島의 근거지로부터 목적지에 출어하는 것이 보통이었
다.18)
    제주도로 귀향할 때는 기선을 이용하는 게 일반적이었다. 그런데 본
토의 出稼對象地로 갈 때는 帆船을 이용하여 갔던 것일까. 그것은 본
토의 출가지에서 뱃물질하러 갈 때 돛배를 이용하기 위해서였다.19) 필
자가 채록한 바에 의하면, 양송백(제주도 성산읍 온평리, 1905년 우도

---

16) 김영돈, 『제주도민요연구상』, 일조각, 1965, 227면.
17) 泉靖一 著, 洪性穆 譯, 『濟州島』(1966), 제주시우당도서관, 1999, 185~186면.
18) 田口禎憙, 洪性穆 譯, 「濟州島의 海女」(『朝鮮』218號, 昭和 8年(1933) 7月),
    『濟州島의 옛 記錄-1878~1940-』, 제주시우당도서관, 1997, 81면.
19) 이성훈, 「해녀〈노 젓는 노래〉의 사설과 현장성」, 『온지논총』 제8집, 온지학
    회, 2002, 191면.

에서 출생)은 18세가 되던 1923년에 초용으로 巨濟島로 出稼했는데, 사
공 3명과 해녀 15명이 범선을 타고 바람이 불면 돛을 달고 바람이 불
지 않으면 櫓를 다섯 채 놓아서 櫓를 저으며 7일만에 거제도 미날구미
(경남 거제시 남부면 저구리 근포마을의 옛지명)에 도착했다고 한다.[20]

근세사회의 濟·京 海路는 楸子島를 경유하지 않고 곧바로 所安島
를 경유해서 珍島 碧波津을 거쳐서 서해안을 따라 올라가는 해로였다.
[10]은 제주 해녀들이 본토로 출가할 때, 맨 처음 기착지가 전라남도 진
도였음이 드러난다.[21]

[11]은 성산포항을 떠나 본토로 물질 나가는 해녀들이 생활을 위해
목숨을 건 悲壯을 역연히 노래하고 있다.[22] 내년 이맘 때에 돌아온다
는 것은 그들의 출가 기간이 일 년 여에 이르며, 아무런 사고가 없을
경우에 무사히 돌아올 수 있다는 내용 속에서 목숨을 건 해녀들의 생
존의식이 나타나 있다. 물질 작업을 하는 도중에 조그마한 실수가 있
거나, 상어를 만나게 되면 생명을 잃을 위험에 처해질 수 있다. 또한
돛배를 타고 항해 중에 풍파를 만났다면 목숨을 잃을 상황에 처할 수
도 있다. 그래서 제주도 해녀들이 고향을 떠나 본토로 출가할 때는 [11]
과 같은 사설의 노래를 구연하게 되었다고 본다.

---

20) 이성훈, 「민요 제보자의 생애와 사설」, 『백록어문』 제2집, 제주대학교 국어교
    육과 국어교육연구회, 1987, 311면.
21) 해녀들이 노를 저어 본토 出稼 對象地로 갈 때 어떤 海路를 이용했는지, 바
    다에서 겪었던 체험과 구연의 현장성은 어떻게 드러나고 있는지에 대해서는
    이성훈, 「해녀〈노 젓는 노래〉의 사설과 현장성」, 『온지논총』 제8집, 온지학
    회, 2002, 189~201면 참조.
22) 김영돈, 「제주도민요연구-여성노동요를 중심으로-」, 동국대 박사학위논문,
    1983, 93면.

2. 구연 현장의 상황에 의한 사설의 분류

구연 현장인 바다의 상황을 기준으로 〈해녀노젓는소리〉 사실을 분류
하면 ① 激波와 逆風일 때, ② 激波와 順風일 때, ③ 小波와 無風일 때,
④ 小波와 順風일 때, ⑤ 목項을 지나갈 때 등으로 분류할 수 있다.

1) 激波와 逆風일 때

[12]
이여도사나 어허 이여도사나
ㅂ름 불엉　　　절 갠 날 싯느냐
ㅂ름 부난　　　파도가 씨다
어서 젓엉　　　어서 나가자
ㅈ냑이나　　　붉은 때 ㅎ영
어린 애기　　　젓을 주라
이여도사나　　이여도사나[23]

[13]
탕댕기는　　　칠성판아
잉엉사는　　　맹정포야
몬홀것이　　　요 일이여
모진 광풍　　　불지 말라[24]

[14]
이여 사나 흥　　이여도 사나 흥

---

23) 필자 채록, 제주도 성산읍 온평리, 1986. 7. 29, 양송백(여, 1905년생)
24) 진성기, 『제주도민요』제3집, 성문프린트사, 1958, 88면.

앞보름은   고작글이 불어 오곡
뒷보름은   없어나 지네
이여 사나 흥   이어도 시니25)

배가 가는 쪽으로 부는 바람인 순풍이 불면 돛을 달고 항해하면 된
다. 하지만 역풍이 불면 노를 저어야 한다. 특히 역풍이 불거나 파도가
세면 노 젓는 일이 더욱 힘들게 된다. 이런 상황에서 힘차게 노를 저으
려면 가락은 역동적이고 사설은 직설적이게 된다.

[12]는 물질하러 나갈 때나 돌아올 때 바람이 불어 파도가 센 구연
상황에서 노 젓는 노동 실태를 노래하고 있다. "브름불엉 / 절갠날싯느
냐(바람 불어서 파도가 잔잔한 날 있느냐)"하고 반문법을 쓰고 있다.
서술형보다 의문형, 곧 반문법을 씀으로써 그 억양은 드세어지고 力動
感을 불러일으키는 데 효과적이다.26) 따라서 바람이 거슬러 불고 파도
가 세고 거친 상황에서는 자칫 해난 사고의 두려움을 갖기 쉬운데, '바
람이 불어서 파도가 잔 날이 있느냐'고 반문하고, 바람이 불기 때문에
파도가 세므로 빨리 노를 저어야 빨리 갈 수 있다고 자문자답함으로써
공포심을 떨쳐버리고 노 젓는 데 혼신의 힘을 쏟으려는 의지가 드러나
고 있다.27)

바다에서는 홀연 광풍이 불고 파도가 거세지는 상황에 처하기도 한
다. 이런 상황이 도래하면 배가 전복되어 목숨을 잃을 수도 있기에 [13]

25) 진성기, 『제주도민요』제2집, 중앙미술사프린트부, 1958, 69면.
26) 김영돈, 「해녀노래의 기능과 사설분석」, 『흔미 최정여박사송수기념 민속어문
논총』, 계명대출판부, 1983, 177면.
27) 이성훈, 「민요 제보자의 생애와 사설」, 『백록어문』 제2집, 제주대학교 국어교
육과 국어교육연구회, 1987, 327면.

은 타고 다니는 배를 七星板에, 달고 다니는 돛을 銘旌布에 비유한 것이다.

[14]는 순풍이 불다가 풍향이 바뀌어 역풍이 불어오는 상황을 노래하고 있다. 배가 가는 쪽으로 부는 바람인 順風이 불면 돛을 달고 간다. 하지만 逆風이 불면 노를 저어야만 했기 때문이다.

따라서 [12]와 [13]과 [14]는 순풍이 불 때가 아니라, 격파가 치고 역풍이 부는 상황에서 노를 저어 가는 현장을 노래한 것이다.

2) 大波와 無風일 때

[15]

이여사나	이여도사나
바람통을	마셨는지
둥긋둥긋	잘도 쎈다
기름통을	마셨는지
미끌미끌	잘도 간다
이여사나	이여도사나[28]

[16]

…전략

A	이여싸		이여싸	
B		어기여라		어기여라
A	요놋뎅이		뭣을먹고	
B		이여싸		이여도싸나

---

28) 이성훈, 「경남 통영시 해녀 〈노 젓는 노래〉 조사」, 『한국민요학』 제11집, 한국민요학회, 2002, 261면.

A 둥긋둥긋   슬찌싱고
B   이여도싸나   이여도싸니
A ㅂ름통을   믹어싱가
B   어기여라   어기여라
A 구름통을   먹엇던가
B   이여싸   이여싸
A 둥긋둥긋   잘올라온다
B   이여도싸나   이여싸
A 이여라차   이여차
B   쳐라쳐라   넘어나간다
A 잘도간다   요년딜아
B   잘도간다   요년딜아
A 일심동력   젓어나줍서
B   이여싸   이여싸
A 이여싸   이여싸
B   이여싸   이여싸
A 선두사공   뱃머리만
B   어기어   어기어
A 돌려줍서   젓거리로
B   어기여라   어기여라
A 우경간다   이여싸
B   이여도싸나   이여싸나
A 어기여차   소리엔
B   어기여   어기여라
A 베올려   가는구나
B   베올려   가는구나
A 뒤여차   소리엔
B   어기여차   어기여

A 베가ᄂ려		가는구나	
B	어기여		어기여라
A 어기요라		이여싸	
B	어기여		이여싸

하략…29)

파도를 보면 길게 줄을 지어 큰 또는 작은 산맥과 같이 들어오는 파도줄기를 黑山島에서는 '농울·넝울·놀'이라고 한다.30)

물결과 관계된 보길도의 방언에는 '물결, 넛결, 뉘, 놀, 나부리' 등의 말이 있다. '놀'은 너울의 방언형으로 바다 가운데서 태풍 등으로 밀려온 큰 파도를 뜻하며, 가끔 '나부리'라고 하는 사람도 있다. '뉘'는 잔잔한 물결 주로 바닷가에 부딪치는 것을 일컫는다. '물결'은 뉘보다는 크고 놀보다는 작은 것을 뜻한다. 주로 바다의 가운데서 일어나는 경우를 뜻한다. '넛결'은 물살이 일어나는 경우를 뜻함이 일반적이다. 이밖에도 '물살'과 '물발'이라는 말이 쓰인다. '물살'은 물이 흐르는 힘을 뜻하고 '물발'은 물이 흐르는 속도를 뜻한다. 따라서 '물살이 시다(세다)'와 '물발이 싸다(빠르다)'가 각각 다르게 쓰인다.31)

제주도에서는 바다의 사나운 큰 물결을 '놀,32) 눗고개33)'라고 한다. '놀'은 '누·너울'이라 하기도 한다. 바다의 사나운 큰 물결 덩이는 '눗둥이·눗뎅이'34)라고 한다. 또한 바다의 사나운 큰 물결 소리는 '눗소

29) 현용준·김영돈, 『한국구비문학대계』9-1, 한국정신문화연구원, 1980, 225~226면.
30) 김재원, 『서해도서조사보고』, 을유문화사, 1957, 153면.
31) 김웅배, 『전라남도방언연구』, 학고방, 1998, 293~294면.
32) 제주방언연구회, 『제주어사전』, 제주도, 1995, 105~106면.
33) 제주방언연구회, 앞의 책, 1995, 109면.
34) 제주방언연구회, 앞의 책, 1995, 109면.

리·너울소리'35)라고 한다. 흑산도나 보길도, 제주도에서 다시 말해 바다의 크고 사나운 물결을 '놀'이라 한다.

[15]는 ㅜ년 현상의 상황을 의태어를 사용하여 표현하였다. '둥긋둥긋'과 '미끌미끌'이 그것이다. 전자는 사나운 큰 물결덩이가 바람을 받아서 둥긋둥긋 일어나 파도가 거세진다는 것을 '바람통을 / 마셨는지 // 둥긋둥긋 / 잘도 쎈다'라고 표현하여 구연 현장인 바다의 상황을 노래하고 있다. 후자는 큰 물결덩이를 타고 돛배가 미끌어지듯이 미끌미끌 잘 나간다는 것을 '기름통을 / 마셨는지 // 미끌미끌 / 잘도 간다'라고 표현하여 구연 현장인 바다에서 배가 달리는 모습을 노래하고 있다.

[16]은 [15]의 사설 내용을 확장시켜 구체적으로 노래하였다. [16]의 A가 부른 사설만을 별도로 정리하면 다음과 같다.

A	이여싸	이여싸
A	요놋뎅이	뭣을먹고
A	둥긋둥긋	슬찌싱고
A	ᄇᆞ름통을	먹어싱가
A	구름통을	먹엇던가
A	둥긋둥긋	잘올라온다
A	이여라차	이여차
A	잘도간다	요년딜아
A	일심동력	젓어나줍서
A	이여싸	이여싸
A	선두사공	뱃머리만
A	돌려줍서	젓거리로

---

35) 제주방언연구회, 앞의 책, 1995, 109면.

A 우경간다   이여싸
A 어기여차   소리엔
A 베올려   가는구나
A 뒤여차   소리엔
A 베가ᄂ려   가는구나
A 어기요라   이여싸

사나운 큰 물결덩이가 바람을 받아서 둥긋둥긋 일어나 파도가 거세
진다는 것을 자문자답의 형식으로 노래한다. 즉 바다의 사나운 큰 물
결 덩이인 '늣뎅이'가 무엇을 먹고 둥긋둥긋 살졌는가? 자문하고, 바람
통을 먹었는지 구름통을 먹었는지 둥긋둥긋 잘 올라온다고 자답한다.
큰 물결이 밀려오는 상황이기 때문에 해녀들에게 일심동력하여 젓걸이
노를 저어달다고 요청한다. 한편 뱃사공에게는 뱃머리만 돌려달라고
요청하고, 해녀들에게는 억척스럽게 힘을 써서 젓걸이노를 저어서 가
자고 독촉한다. 또한 어기여차 소리에는 물결의 가장 높은 부분인 '물
마루(crest)'로 배가 올라가고 뒤여차 소리에는 '물마루 사이의 골
(trough)'로 배가 내려간다고 노래한다. 즉 물마루로 올라갈 때는 노를
당기고 물마루 사이의 골로 내려갈 때는 노를 민다는 것이다.

바람결에 따라 일어나는 물결인 風浪이 일면 돛을 달고 항해를 하면
된다. 하지만 大波와 無風일 때는 노를 저어야만 했다. 풍랑의 마루는
뾰족하고 너울의 마루는 둥그스름하다. 그러기에 바람통을 마셨는지
구름통을 마셨는지 둥긋둥긋 파도가 세다고 노래한 것이다. 따라서
[15]와 [16]은 풍랑이 칠 때가 아니라, 바람은 불지 않고 바다의 사나운
큰 물결 덩이인 '늣둥이(늣뎅이)'가 밀려오는 상황에서 노를 저어 가는
현장을 노래한 것이다.

3) 小波와 無風일 때

[17]

요 복 조 목	울돌목가
우리 베는	잘 올라간다
잘잘 가는	잣나무 베야
솔솔 가는	소나무 베야
하루 속히	돈 벌어서
우리나 제주	빨리 가자
이여도사나	져라져라
어기야디야	잘 올라간다
힘을 모아	젓어보자
이여사나36)	

[18]

우리베는	잘도나간다
솔솔가는	소나무베야
잘잘가는	잣나무베야
어가농창	가는베야
정심참도	늦어진다
어서나가자	이여도사나37)

반복(repetition)은 문장의 뜻을 강조하고 흥취나 묘미를 돋우기 위하여 같은 어구나 유사한 어구를 되풀이하는 방법38)인데, 반복은 민요에

---

36) 이성훈, 앞의 글, 2002, 243면.
37) 필자 채록, 제주도 성산읍 온평리, 1986. 7. 29, 양송백(여, 1905년생)
38) 문덕수, 『신문장강화』, 성문각, 1978, 317면.

서 구조를 이해하는데 도움이 될 뿐만 아니라[39] 내용적으로는 정서 및 旋律的 효과를 위해서 구사되는 것이 주이나, 가끔 의미의 강조를 위해서도 사용된다.[40]

[17]은 '솔솔'과 '잘잘'의 동일한 음절의 반복을 통해 운율감을 주고 있다. '가는'과 '나무베야'도 일정한 위치에서 반복된다. '잘잘'은 합성어인 '잣나무'의 어근 '잣'을 변이시켜 '잘잘'로, '솔솔'은 합성어인 '소나무'의 어근 '솔'을 '솔솔'로 반복하여 물질 작업장까지 노를 저어 가는 배의 속도감을 음성 상징어로 표현하고 있다. 이런 표현이 구비 전승되는 과정에서 창자 개개인의 구연 능력에 따라 "잘잘가는 잣나무 배야 / 솔솔가는 솔나무배야"[41], "우리야배는 솔나무배난 / 솔락솔락 잘도나간다"[42]처럼 변이시켜 구연되기도 한다. 역풍이 불거나 파도가 셀 때는 노 젓기도 힘들고 배의 속력도 느려지기 때문에 노 젓는 일에만 몰두하게 된다. 이에 반해서, 파도가 잔잔하고 바람이 멎었을 때는 노 젓기가 한결 수월해지고 배의 속력도 빨라지기 때문에 [17]과 같이 '하루 속히 돈 벌어서 우리의 고향 제주로 빨리 가자'라고 가창자의 개인적 정서까지 노래할 수 있게 된다.

[18]은 천천히 노를 저으면 점심 때를 넘겨서 물질 작업 장소에 도착

---

39) Ruth Finnegan, Oral Poetry, Cambridge University Press, 1977, p.103. "Patterns of repetition can provide structure and coherence to an oral poem — a necessary aspect in a medium as ephemeral as the spoken or sung word — but need not lead to monotony. Repetition in itself can lead to variation both in the intervening non-repeated units, and — very effectively — in strategic variation within the repeated element itself."

40) 정동화, 『한국민요의 사적연구』, 일조각, 1981, 68면.

41) 김영돈, 『제주의 민요』, 신아문화사(민속원), 1993, 221면.

42) 문화방송, 『한국민요대전 - 제주도민요해설집』, (주)문화방송라디오국, 1992, 265면.

할 수 있으므로 노를 빨리 저어 가자는 것은 파도가 잔잔한 상황에서
구연하고 있다는 사실이 드러난다.

따라서 [17]과 [18]은 작은 파도가 치고 바람이 없는 상황에서 노를
저어가는 현장을 노래한 것이다. 개인적 서정을 표출한 사설을 노래할
수 있는 것은 구연 현장인 바다가 잔잔한 상황이기에 가능한 것이다.

4) 小波와 順風일 때

[19]

순풍 불민	돗을 들고
만리 풍파	헤쳐가고
무궁 무진	나가 보자
요배 타고	버신 돈은
부모 자식	살려 보자[43]

[20]

우리가	살며는
멫백년	살리야
아맹이나	살았자
단팔십	흔이여
불었다	불었다
동남풍이	불었다[44]

[21]

낭을 베세	1낭을 베여

---

43) 진성기, 『제주도민요』 제3집, 성문프린트사, 1958, 79면.
44) 진성기, 앞의 책, 1958, 85~86면.

죽도섬에	낭을 베여
자그만	베를 보아
낙동강에	띄워 놓고
님도 타고	나도 타고
겸사겸사	유람가세
이여사나	이여도사나
이여사나[45]	

해녀들이 뱃물질을 오갈 때 역풍이 불면 노를 저어야 했지만 [19]와 같이 배가 가는 방향으로 부는 바람인 순풍이 불면은 노를 뱃파락[46]에 올려놓고 돛을 달고 항해했다. [20]은 무풍이거나 역풍이 불어오는 상황에서 노를 젓다가 순풍이 불어오기 시작한 상황을 노래하고 있다. 가창자는 아무렇게나 살아도 팔십 살 정도밖에 살 수 없는데도 불구하고 힘들게 노를 저어 물질 작업장으로 가야만 하는 자신의 처지를 한탄한다. 하지만 동남풍이 불기 시작하자 더 이상 노를 젓지 않고도 돛을 달고 갈 수 있는 상황이 된다. 그러하기에 '불었다 불었다 동남풍이 불었다'라고 반복하여 노래한다. 인생은 유한하다고 여기던 탄식은 기쁨으로 전환된다.

파도가 잔잔하면서 순풍이 아주 약하게 불어올 때는 돛을 달고 노를 젓기도 했다. 이와 같은 바다의 상황에서 해녀들은 자신이 타고 가는 배가 마치 유람선을 탄 것과 같은 안도감을 맛볼 것이다. [21]은 잔잔한 바다에서 순풍에 돛 달고 임과 함께 유람선을 타고 뱃놀이하고 싶은

---

45) 이성훈, 앞의 글, 2002, 255면.
46) 거룻배의 좌우현 위쪽에 바깥으로 둘러 붙여 있는 좁은 공간. 노·돛·돛대 등을 보관한다.

소망을 노래하고 있다.

따라서 [19]와 [20]과 [21]은 작은 파도가 치고 순풍이 부는 상황에서 노를 지어가는 민징을 노래한 것이나. 개닌석 서성을 표술한 사설을 노래할 수 있는 것도 구연 현장인 바다가 작은 파도는 치지만 순풍이 부는 상황이기에 가능한 것이다.

5) 목[項]을 지나갈 때

[22]

…전략

요목저목	흘돌목
허리나 알루	저 바당은
수왕수왕	위염햄쩌
이여도 일심	동녁허영
저 고비만	넘겨나노케
이여라	디여라
지여라 가자	이여사나[47]

[23]

족은 베에	짐 하영 시껀
진도 밧섬	한골로 가난
선게 먹을	셍각은 엇고
이내몸 살을	걱정이여[48]

---

47) 『백록어문』 제14집, 백록어문학회, 1998, 273면.
48) 김영돈, 『제주도민요연구상』, 일조각, 1965, 237면.

[24]

이목저목	지드리든
울단목이	당도혼다
이여도사나	이여도사나
좁은목에	베락치듯
넙은목에	번개치듯
젓이라	젓어보라
이여도사나	이여사나[49]

[25]

…전략

손당오름	치둘아 보난
족은 베에	짐 하영 시껀
추조 과탈	양 새에 드난
큰 오롬은	아방을 삼곡
족은 오롬은	어멍을 삼안
선게 먹을	근심 안홀곡
이내몸 살을	근심이라라[50]

[26]

…전략

우리성제	삼성제드난
등도맞고	네도맞아
그만혼믄	홀만혼다
쿵쿵지라	쿵쿵지라

---

49) 김영돈, 『제주의 민요』, 신아문화사(민속원), 1993, 264면.
50) 김영돈, 『제주도민요연구상』, 일조각, 1965, 236면.

흔머들랑   젓엉가게
쳐라쳐   쳐라쳐라
하랴…51)

[27]
… 전략
치를잡은 으으   선주야사공 으으
뱃머리만 어어   발루와나주소 으으
젓거리로 으으   젓어간다 어허
이여싸나   이여싸나
하랴…52)

[28]
하늬 심은   선두 사니
뱃머럭만   골로 놓소
젓거리로   배를 몬다
이어사나   이어사나53)

　목項은 '수도(水道)·해협(海峽)·도(濤渡)·샛바다'라고도 한다.
양쪽 2개의 해역 사이를 통하는 水路로, 灣과 外海와 연결되는 좁은 해
협에서는 특히 조류가 빠르다. 流向·유속이 변하기 쉬우며, 渦流가
생기는 경우가 많다. 우수영반도와 진도 사이의 명량해협(鳴梁海峽:울
돌목)은 아시아에서는 일본의 나루토[鳴門]해협보다 조류가 빠른 곳으

51) 김영돈, 『제주의 민요』, 신아문화사(민속원), 1993, 263면.
52) 김영돈, 앞의 책, 1993, 221~222면.
53) 화북동 운영위원회 편, 『화북동 향토지』, 화북동 운영위원회, 1991, 239면.

로 유명하며, 이충무공이 일본의 고니시 유키나가[小西行長]의 수군을
전멸시킨 전적지로 유명하다. 이들 해협은 조류가 빠르기 때문에 이
해협을 지나는 선박은 빠른 조류가 발생하는 시간을 피하고 있다.[54]
제주에서 목포나 해남군 지역으로 가는 지름길이 울돌목[鳴梁海峽]인데,
『海南縣志』에 보면, "명량은 물살이 세고 빨라 파도소리가 굉장하다.
양편에 돌산이 우뚝 서 있고 포구는 몹시 좁다."[55]고 기술하고 있다.

   [22]는 조류가 빠른 울돌목의 상황을 "요목저목 / 흘돌목 // 허리나
알루 / 저 바당은 // 수왕수왕 / 위염 햄쪄 // 이여도 일심 / 동녘허영
// 저 고비만 / 넘겨나노케(이목 저목 울돌목. 허리 아래로 저 바다는
'수왕수왕' 위험하다. 일심동력(一心同力)하여 저 고비만 넘겨나 놓자)"
라고 노래하고 있다. 또한 [23]은 진도 바깥 섬의 깊은 골인 울돌목으로
들어가니 船價를 받을 생각보다는 자신의 목숨을 구하는 게 걱정이라
고 노래하고 있다. 한편 [25]도 작은 배에 짐을 많이 실어서 관탈섬과
추자도 사이의 해협[56]에 들어가니 선가를 받을 근심은 안 하고 이 몸
이 살아날 것을 근심한다고 노래하고 있다.

   이처럼 관탈섬과 추자도 사이의 해협과 '수왕수왕' 소리를 내며 흐르
는 울돌목은 매우 위험하기 때문에 무사히 통과하려면 젓걸이노를 젓
는 해녀와 하노[57]를 젓는 사공이 一心으로 同力하여 노를 저어야만 했

54) (주)두산, 『두산세계대백과 EnCyber』, (주)두산 출판BG, 2000.
55) 鳴梁 在右水營三里之地 而水勢悍急 波聲轟殷 兩邊石山簇立港口甚狹……海
   南縣志下同 鳴梁在碧波上流 海口甚狹 水勢激湍而鳴. (『李忠武公全書』卷之
   十四 附錄六, 海南縣志).
56) 관탈섬과 추자도 사이의 해협이 위험한 물길이었다는 사실과 관련한 옛 기록
   들은 이성훈, 「해녀 〈노 젓는 노래〉의 사설과 현장성」, 『온지논총』 제8집, 온
   지학회, 2002, 181~210면 참조.
57) 뱃물질 나갈 때 바람이 불면 돛을 달고 가고, 바람이 멎거나 거슬러 불어오면

다. [27]과 [28]에서 알 수 있듯이 배가 나아갈 방향을 잡아주는 키[舵] 역할을 하는 노는 '하노'이고, 배가 나아가는 속도를 증가시켜주는 역할을 하는 노는 '섯걸이노'인데, 사공이 하노를 밀 때 해녀들은 젓걸이 노를 당겨야만 직진할 수 있기 때문이다.58) 예를 들어, 左舷과 右舷에 각각 1개씩 젓걸이노가 있는 배일 경우, 우현 船尾에 있는 하노를 사공 이 당길 때 좌현의 젓걸이노는 당기고 우현의 젓걸이노는 민다면 船首 는 좌현 쪽으로 돌아가게 된다. 이와는 반대로 노를 저으면 선수가 우현 쪽으로 돌아가게 된다. 따라서 [26]과 같이 젓걸이노를 젓는 해녀들 이 노를 같이 밀고 같이 당기야 등[背]도 맞고 櫓 젓는 동작도 일치하 여 배가 잘 나가게 된다.

이처럼 본토로 출가물질을 나갔던 해녀들은 '울돌목'은 물살이 가장 세고 빠른 위험한 곳이라는 사실을 체험했을 것이다. 그러므로 제주도 에서나 본토에서 뱃물질을 오갈 때 물결이 높거나 바람이 거슬러 불어 오면 해녀들은 울돌목에서 노 저어 본 경험을 떠올리며 '요목 조목 울 둘목가'라는 사설을 불렀을 것이다. 그래서 '요목 조목 울둘목가'라는 사설은 〈해녀노젓는소리〉에 공통적으로 드러나는 관용적 표현으로 정 착되었을 것으로 본다. 그러므로 목[海峽]과 같이 물살이 세고 위험한 곳을 지나갈 때는 [24]와 같이 빠르고 힘차게, [26]과 같이 노 젓는 동작 을 일치시켜서 노를 저어야만 했다.

따라서 [22]~[28]과 같이 목을 지나갈 때는 뱃사공과 해녀들이 일심동 력으로 노를 저어야 했던 구연 현장의 상황을 노래한 것이다. 목은 조

___

櫓를 저어서 갔다. 돛을 달고 갈 때는 '키[舵]'로, 노를 저어 갈 때는 '하노'로 돛배가 나아갈 방향을 잡았다.
58) 하노는 일반적으로 船尾 右舷 쪽에 위치한다. 사공이 노를 당기면 船首는 우 현 쪽으로, 밀면 선수는 좌현 쪽으로 움직인다.

류가 빠르고 유향과 유속이 변하기 쉬울 뿐만 아니라 와류가 생기는 경우가 많기 때문이다. 목은 구연 현장의 상황이 불안정하고 위험하기 때문에 개인적 서정을 표출하는 사설을 노래하기보다는 뱃사공과 해녀들의 역할이나 노 젓는 행위를 독촉하거나 독려하는 지시적 사설을 주로 노래한다.

 ## Ⅲ   구연 현장의 상황과 노 젓는 동작에 따른 사설의 유형

김영돈은 『제주도민요연구상』(일조각, 1965)에 수록된 〈맷돌·방아노래〉와 〈해녀노젓는소리〉의 사설 내용을 분석한 바에 따르면, 노동실태는 〈맷돌·방아노래〉가 3.4%이고 〈해녀노젓는소리〉가 51.3%의 비율이라고 했고, 민간의 情意는 〈맷돌·방아노래〉가 96.6%, 〈해녀노젓는소리〉가 48.7%의 비율이라고 하였다.[59] 이처럼 〈맷돌·방아노래〉가 〈해녀노젓는소리〉에 비해 노동실태를 노래한 사설이 극히 적은 이유는 노동과 구연현장의 특성에 기인한다고 본다.

〈맷돌·방아노래〉는 곡물을 갈기 위해 맷돌을 돌리거나 방아를 찧는 노동을 하면서 집안에서 부르지만, 〈해녀노젓는소리〉는 노 젓는 노동을 하면서 바다에서 부른다. 맷돌을 돌리거나 방아를 찧는 일이나 노 젓는 일이나 단순한 동작을 반복한다는 점에서는 같다. 그러함에도

---

59) 김영돈, 「제주도민요연구―여성노동요를 중심으로―」, 동국대 박사학위논문, 1983, 28면.

불구하고 〈맷돌·방아노래〉에 비해 〈해녀노젓는소리〉는 노동실태를 노래한 사설이 많은 까닭은 무엇 때문일까. 그것은 〈맷돌·방아노래〉의 구연현상인 집안은 안정적이고 고정적인데 반해, 〈해녀노젓는소리〉의 구연현장인 바다는 불안정하고 유동적이기 때문이다. 즉 바다는 풍향이나 풍속과 같은 기상 상태나 조류나 파도와 같은 해상 상태가 수시로 변할 수 있기 때문에 노동 실태를 노래한 사설이 많고 제재 또한 다양하다.

노동요는 노동 행위와 노래가 밀착된다. 〈맷돌·방아노래〉의 경우는 창자가 맷돌을 돌리거나 방아를 찧어 곡물을 가루로 모두 분쇄하면 노동이 끝난다. 하지만 〈해녀노젓는소리〉의 경우는 가창자가 돛배의 노를 저어 물질 작업장에 도착하였다고 노동이 끝나는 게 아니다. 해녀의 직업 노동인 해산물을 채취하는 물질 작업을 해야 한다. 다시 말해서 물질 작업장까지 돛배의 '젓걸이노'를 젓는 일이 1차적인 노동이라면, 해산물을 채취하는 물질 작업은 2차적인 노동이다. 그러므로 〈해녀노젓는소리〉 사설은 〈맷돌·방아노래〉 사설보다 노동실태를 노래한 사설의 비율이 압도적일 수밖에 없다.

〈해녀노젓는소리〉 사설 중에 노동실태를 노래한 것은 고정적인데 반해 생활감정을 노래한 것은 사설의 넘나듦이 심해서 유동적이다. 〈해녀노젓는소리〉의 사설 내용이 노 젓는 노동이나 물질 작업과 직접적인 관련이 있으면 '수렴형 사설'이라 하고, 사설 내용이 노 젓는 노동이나 물질 작업과는 직접적인 관련이 없고 가창자의 심정에 따라 다른 요종의 사설을 임의로 차용하여 부르거나 가창자 개인의 체험과 정서를 형상화하고 있으면 '발산형 사설'이라 하기로 한다.[60]

---

60) 김영돈은 〈해녀노래〉 가락으로 〈해녀노래〉를 부를 때에만 따라붙는 고정된

앞에서 〈해녀노젓는소리〉 사설의 제재는 사설 내용 자체에 역점을
두어 크게 노동 실태 제재와 서정 표출 제재로 나누었다. 노동실태의
제재는 노 젓기, 해산물 채취, 물질 작업 실태, 출가 항로 등으로 분류
할 수 있고, 서정 표출의 제재는 출가 과정, 출가 목적, 출가지 생활,
물질 작업 목적, 인생무상, 탄로, 신세한탄, 애증, 이별, 연모 등으로 분
류할 수 있다. 노동 실태를 제재로 한 사설은 수렴형 사설에 속하고 서
정 표출을 제재로 한 사설은 발산형 사설에 속한다.

수렴형 사설은 노 젓는 노동이나 물질 작업과 직접적 관련이 있기
때문에 사설 내용이 고정적이고 폐쇄적이다. 노동 실태와 사설 내용이
서로 일치함으로써 관용적 표현의 사설이 많다. 즉, 공식어구가 많아
사설의 유형화가 뚜렷하고 전승력 또한 강하다. 발산형 사설은 노동
실태와 직접 관련이 거의 없고 생활 감정을 노래하기 때문에 사설 내
용이 유동적이고 임의적이다. 다른 요종의 사설을 임의로 차용하여 부
르는 만큼 사설의 넘나듦이 심하다. 발산형 사설은 다른 요종의 사설
을 차용한 경우와, 가창자의 개성이나 생애 및 체험과 정서에 따라 사

사설은 '固定的 사설', 다른 일을 하거나 놀면서 부르는 민요의 사설이 〈해녀
노래〉 사설로 끼어 드는 것은 '流動的 사설'이라고 하였다.(김영돈, 『한국의
해녀』, 민속원, 1999, 188면.) 이창식은 유희요의 연행조건과 작시원리를 논의
하면서, 연행에서 놀이와 노래가 서로 일치하거나 노래가 놀이에 관련이 직
접적이면 演行附合型 遊戱謠이고, 놀이와 노래가 일치하지 않거나 놀이에 따
라 다른 현장의 노래를 임의로 끌어와서 불려지면 開放指向型 遊戱謠이라고
규정한 바 있다.(이창식, 『한국의 유희민요』, 집문당, 1999, 43면.) 변성구는
해녀노래의 의미 단락별 사설 유형을 고찰하면서, '기능적 사설'은 해녀작업
실태와 출가과정의 노젓는 일이 〈해녀노래〉의 중심내용을 이루고, '서정적 사
설'은 다른 민요와 넘나들 수 있는 유동성이 있고, 창자의 개인적 체험의 정
서를 주로 노래한다고 하였다.(변성구, 「해녀노래의 사설 유형 분석」, 현지김
영돈박사화갑기념논문집간행위원회편, 『제주문화연구』, 도서출판 제주문화,
1993, 99면.)

설을 개인적으로 창작한 경우로 나눌 수 있다.

구연 현장의 상황과 노 젓는 동작에 따라 〈해녀노젓는소리〉의 사설 유형을 분류하면 〈표 3〉과 같다.

〈표 3〉 구연 현장의 상황과 노 젓는 동작에 따른 사설 유형

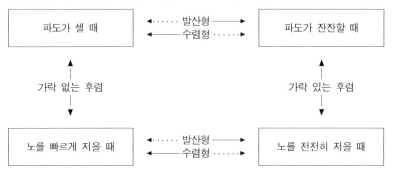

〈해녀노젓는소리〉의 사설을 노 젓는 노동 현장의 상황을 고려하여 살펴보기로 한다. 먼저 파도가 세거나 노를 빠르게 저어야 할 때는 '이여싸, 져라져라, 져라벡여라'와 같은 가락 없는 후렴을 부른다. 또한 〈해녀노젓는소리〉를 부르다가 노 젓는 노동에 흥이 나거나 도취되었을 때도 가락 없이 후렴구만을 소리친다. 그러다가 의미 있는 사설을 부르기도 하는데, 사설 내용은 노 젓는 노동과 물질 작업 실태와 부합되는 게 대부분이다. 다시 말해서 발산형 사설보다 수렴형 사설을 중심으로 가창한다. 사설 내용이 노 젓는 일을 독려하고 지시적 기능을 수행하기 위한 하나의 방편이 될 수 있기 때문이다.

다음으로 파도가 잔잔하거나 노를 천천히 저을 때는 '이여도사나, 이여사나, 이여싸'와 같은 가락 있는 후렴을 부른다. 사설 내용은 수렴형 사설보다 발산형 사설을 중심으로 가창한다. 구연 현장인 바다가 안정

된 상황이기 자신의 신세를 한탄하거나 애정 문제 같은 생활 감정을 노래하기에 적합하기 때문에 그렇다.[61]

Ⅳ 결 론

이상에서 〈해녀노젓는소리〉를 현장론적인 입장에서 가창 기연과 구연 현장 상황을 기준으로 사설을 분류하고 분석한 다음에, 구연 현장의 노 젓는 동작에 의한 사설의 유형을 논의해 보았다. 〈해녀노젓는소리〉는 가창기연은 뱃물질을 오가거나 본토로 출가(出稼)할 때 노 젓는 노동이고, 그 구연 장소가 조류와 풍향·파고 등의 기상 조건에 따라 수시로 변할 수 있는 바다이기 때문에 가창 기연과 구연 현장의 상황을 중시하여 사설의 유형을 분류하는 것이 중요하다는 사실을 확인하였다.

가창 기연을 기준으로 〈해녀노젓는소리〉 사설을 분류하면 ① 물질하러 나갈 때, ② 물질하고 돌아올 때, ③ 본토로 출가(出稼)할 때 등으로 분류할 수 있다. '물질하러 나갈 때'의 사설은 해산물이 풍부한 어장에 도달하기를 소망하거나 기원하는 사설, 어장에 남들보다 먼저 도착하려고 노 젓는 일을 독촉하거나 권유하는 사설, 물질 작업 준비를 지시하는 사설 등이 있다. '물질하고 돌아올 때'의 사설은 자식과 남편

---

61) 〈해녀노젓는소리〉 사설에 발산형 사설이 많은 이유에 관해서는 이성훈, 「〈해녀노젓는소리〉 사설의 교섭양상」, 『한국민요학』 제22집, 한국민요학회, 2008, 199~249면 참조.

을 걱정하는 사설, 해산물을 많이 수확하게 된 기쁨이나 수확이 적어
신세를 한탄하는 사설, 해산물 채취의 어려움이나 물질 기량이 모자람
을 도고히는 사설 등이 있다. '본토로 출가할 때'의 사설은 출가대상지
로 가는 해로와, 생활을 위해 목숨을 걸고 출가 물질 나가는 목적 등을
노래한 사설들이 있다.

구연 현장인 바다의 상황을 기준으로 〈해녀노젓는소리〉 사설을 분
류하면 ① 激波와 逆風일 때, ② 激波와 順風일 때, ③ 小波와 無風일
때, ④ 小波와 順風일 때, ⑤ 목項을 지나갈 때 등으로 분류할 수 있
다. '激波와 逆風일 때'의 사설은 파도가 세면 위태로운 상황에 처하게
되므로 노 젓는 데 혼신의 힘을 쏟으려는 사설이 주를 이룬다. 노 젓는
일이 힘들수록 가락은 역동적이고 사설은 직설적이 되기 때문이다. '大
波와 無風일 때'의 사설은 구연 현장인 바다의 상황이나 배가 달리는
모습을 노래하는 사설이 많다. 구연 현장인 바다에 바람은 없고 큰 물
결인 '놀'이 치므로 노를 젓는 동작은 완만한 편이기 때문이다. '小波와
無風일 때'의 사설은 가창자의 개인적 정서를 노래하는 사설이 많다.
激波와 逆風이 불 때보다 노 젓기가 한결 수월해지고 배의 속도도 빨
라지기 때문이다. '小波와 順風일 때'의 사설은 소망이나 안도감과 같
은 개인적 정서를 노래하였다. 바다가 잔잔하고 순풍이 불면 돛 달고
갔지만 순풍이 아주 약하게 불어올 때는 돛을 달고 노를 저었기 때문
이다. '목項을 지날 때'의 사설은 자신의 목숨을 염려하는 사설, 사공
과 해녀들이 一心同力하여 노를 젓는 사설이 많다. 목은 물살이 세고
빠르기 때문이다.

노 젓는 노동 현장의 상황을 고려하여 〈해녀노젓는소리〉 사설의 유
형을 살펴보면 파도가 세거나 노를 빠르게 저어야 할 때는 '이여싸, 져
라져라, 져라백여라'와 같은 가락 없는 후렴을 부른다. 사설은 발산형

사설보다 수렴형 사설을 중심으로 가창한다. 사설 내용이 노 젓는 일을 독려하고 지시적 기능을 수행하기 위한 하나의 방편이 될 수 있기 때문이다. 파도가 잔잔하거나 노를 천천히 저을 때는 '이여도사나, 이여사나, 이여싸'와 같은 가락 있는 후렴을 부른다. 사설은 수렴형 사설보다 발산형 사설을 중심으로 가창한다. 구연 현장인 바다가 안정된 상황이기 자신의 신세를 한탄하거나 애정 문제 같은 생활 감정을 노래하기에 적합하기 때문에 그렇다.

● 참고문헌 ●

1. 자료

김영돈, 『제주도민요연구상』, 일조각, 1984, 227면.

문화방송, 『한국민요대전 - 제주도민요해설집』, (주)문화방송라디오국, 1992, 265면.

이성훈, 「강원도 속초시 해녀 〈노 젓는 노래〉와 생애력 조사」, 『숭실어문』 제19집, 숭실어문학회, 2003, 484면.

이성훈, 「경남 통영시 해녀 〈노 젓는 노래〉 조사」, 『한국민요학』 제11집, 한국민요학회, 2002, 249~250면.

제주방언연구회, 『제주어사전』, 제주도, 1995, 105~106면.

제주시(조영배 채록), 『제주의 향토민요』, 제주시청, 2000, 93면.

진성기, 『제주도민요』제2집, 중앙미술사프린트부, 1958, 69면.

진성기, 『제주도민요』제3집, 성문프린트사, 1958, 88면.

화북동 운영위원회 편, 『화북동 향토지』, 화북동 운영위원회, 1991, 239면.

2. 논저

김영돈, 「제주도민요연구-여성노동요를 중심으로-」, 동국대학교 박사학위논문, 1983, 89~93면.

김영돈, 「해녀노래의 기능과 사설분석」, 『혼민 최정여박사송수기념 민속어문논총』, 계명대출판부, 1983, 177면.

김영돈, 『제주의 민요』, 신아문화사(민속원), 1993, 221면.

김영돈, 『한국의 해녀』, 민속원, 1999, 92면.

김웅배, 『전라남도방언연구』, 학고방, 1998, 293~294면.

김재원, 『서해도서조사보고』, 을유문화사, 1957, 153면.

변성구, 「해녀노래의 사설 유형 분석」, 현지김영돈박사화갑기념논문집간

행위원회편,『제주문화연구』, 도서출판 제주문화, 1993, 81~134면.

이성훈,「〈해녀노젓는소리〉 사설의 교섭양상」,『한국민요학』 제22집, 한
국민요학회, 2008, 199~249면.

이성훈,「민요 제보자의 생애와 사설」,『백록어문』 제2집, 제주대학교 국
어교육과 국어교육연구회, 1987, 327면.

이성훈,「해녀 〈노 젓는 노래〉의 사설과 현장성」,『온지논총』 제8집, 온지
학회, 2002, 191면.

이창식,『한국의 유희민요』, 집문당, 1999, 43면.

정동화,『한국민요의 사적연구』, 일조각, 1981, 68면.

(주)두산,『두산세계대백과 EnCyber』, (주)두산 출판BG, 2000.

현용준・김영돈, 『한국구비문학대계』9-1, 한국정신문화연구원, 1980,
225~226면.

田口禎熹, 洪性穆 譯,「濟州島의 海女」(『朝鮮』218號, 昭和 8年(1933) 7月),
『濟州島의 옛 記錄-1878~1940-』, 제주시우당도서관, 1997, 81면.

泉靖一 著, 洪性穆 譯,『濟州島』(1966), 제주시우당도서관, 1999, 185~186면.

Ruth Finnegan, Oral Poetry, Cambridge University Press, 1977, p.103.

04

〈해녀노젓는소리〉 사설의 교섭양상

- 서 론
- 노동요 사설과의 교섭
- 유희요와 의식요 사설과의 교섭
- 결 론

| 이성훈 | 숭실대학교

『한국민요학』 제22집, 2008.

I   서 론

　민요 사설이 교섭되는 양상을 파악하려면 구전현장의 상황을 위주로 텍스트를 연구하는 방법인 이른바 현장론의 방법(Contextual Approach)을 원용해 볼 필요가 있다.[1] 민요는 민중이 생활의 필요에 의해 부르는 노래이기 때문이다. 민중들이 민요를 부르는 이유는 일, 의식, 놀이의 필요성에서 비롯되는 것이다. 이에 민요의 기능은 민중들의 삶과 내용에 따라 노동의 기능, 의식의 기능, 유희의 기능으로 자연스레 대별된다.[2]

　후렴은 민요의 형식적 특징을 결정하고, 각편을 각편답게 만들도록 한다.[3] 민요의 후렴이 장르의 중요 구성요소 가운데 하나라면, 그것 또한 장르의 기능적 필요성에 맞추어 형성되었을 것이다. 그리고 민요의 후렴이 기능에 맞추어 구성된 것이라면 그것은 장르와 쉽게 변하지 않는 굳어진 관계를 맺고 있다고 보아야 할 것이다. 민요의 장르가 후렴을 구속한다는 것은 민요의 후렴이 어느 하나의 유형으로 고정되어 있음을 의미한다.[4] 〈해녀노젓는소리〉의 후렴은 "이여도사나", "이여싸나" 등의 유형으로 고정되어 있다. 이러한 〈해녀노젓는소리〉의 후렴은 다른 요종과 구별 짓는 변별적 요소가 된다.

---

1) 이창식, 「민요와 시가의 교섭양상-〈방아타령〉계 각편들을 중심으로-」(동국대 석사학위논문, 1984), 5쪽.
2) 강등학, 「민요의 현장과 장르의 기능」, 『한국민요의 현장과 장르론적 관심』(집문당, 1996), 14쪽.
3) 이창식, 앞의 글, 15쪽.
4) 강등학, 앞의 글, 37쪽.

선율도 민요의 음악적 특징과 각 지역의 토리를 결정짓는 요소일 뿐만 아니라 다른 요종과 구별 짓는 요소의 하나이다. 〈해녀노젓는소리〉의 신율은 대부분 하행하고, 선법은 레로 종지하는 레선법을 기본형으로 한다. 또한 대부분의 경우 리듬은 6/8박자로 되어 있는데, 한 마니에 여섯 개의 ♪는 세 개씩 묶어지므로 3소박 2박자가 된다.[5] 이러한 〈해녀노젓는소리〉의 선율은 다른 요종과 구별 짓는 변별적 요소가 된다.

하지만 동일한 내용의 사설일지라도 가창기연에 따라 노동요나 유희요의 사설로 부르기도 한다. 따라서 후렴과 선율, 가락에 의한 분류가 요종 분류의 합리적인 기준이 될 수 있다고 본다. 다시 말해 사설의 '내용'에 의한 분류보다는 '기능'에 의한 분류가 바람직하고, '기능'에 의한 분류보다는 '선율'에 의한 분류가 더 바람직하다고 본다. 다른 요종의 사설을 삽입하여 부르는 교섭양상을 보이기 때문이다. 즉 민요는 민중이 생활상의 필요에 의해 부르는 노래이기 때문에 구연현장의 상황이나 가창자의 개성과 심리적 상태에 따라 다른 요종의 사설을 차용하여 부르기도 한다. 즉 기능과 내용은 다른 것이기[6] 때문이다. 따라서 〈해녀노젓는소리〉 사설이 '수렴형 사설'이건 '발산형 사설'[7]이건 간

---

5) 문숙희, 「서부경남에 전승된 제주도 〈해녀노젓는소리〉의 음악적 고찰」, 『한국민요학』 제16집(한국민요학회, 2005), 149쪽.

6) 강등학, 앞의 글, 15쪽.

7) 〈해녀노젓는소리〉 사설 중에 노동실태를 노래한 것은 고정적인데 반해 생활감정을 노래한 것은 사설의 넘나듦이 심해서 유동적이다. 〈해녀노젓는소리〉의 사설 내용이 노 젓는 노동이나 물질 작업과 직접적인 관련이 있으면 '수렴형 사설'이라 하고, 사설 내용이 노 젓는 노동이나 물질 작업과는 직접적인 관련이 없고 가창자의 심정에 따라 다른 요종의 사설을 임의로 차용하여 부르거나 가창자 개인의 체험과 정서를 형상화하고 있으면 '발산형 사설'이라 하기로 한다.
김영돈은 〈해녀노래〉 가락으로 〈해녀노래〉를 부를 때에만 따라붙는 고정된

에 "이여도사나", "이여싸나" 등의 후렴이 있고, 〈해녀노젓는소리〉의 선율과 리듬으로 가창하였다면 모두 〈해녀노젓는소리〉 사설로 보아야 한다.

그렇다면 〈해녀노젓는소리〉 사설 가운데 어떤 내용의 사설은 〈해녀노젓는소리〉의 고유한 사설이고, 어떤 내용의 사설은 다른 요종으로부터 차용한 사설이냐는 문제가 남는다. 민요의 사설 내용이 특정 요종의 고유한 본원적 사설로 볼 수 있는가에 대해서는 논란의 여지가 있는 것도 사실이다. 그렇지만 노동요의 기능을 고려한다면, 특정 요종의 기능이나 노동 실태와 관련이 있는 사설은 본원적 사설로 볼 수도 있다.

사설 내용이 노 젓는 노동이나 물질 작업과 직접적인 관련이 있는 '수렴형 사설'은 〈해녀노젓는소리〉의 고유한 사설이라고 본다. 그리고 사설 내용이 노 젓는 노동이나 물질 작업과는 직접적인 관련이 없고 가창자의 심정에 따라 다른 요종의 사설을 임의로 차용하여 부르거나 가창자 개인의 체험과 정서를 형상화하고 있는 '발산형 사설'은 대개 다른 요종으로부터 차용한 〈해녀노젓는소리〉 사설이라고 본다.

사설은 '固定的 사설', 다른 일을 하거나 놀면서 부르는 민요의 사설이 〈해녀노래〉 사설로 끼어 드는 것은 '流動的 사설'이라고 하였다[김영돈, 『한국의 해녀』(민속원, 1999), 188쪽]. 이창식은 유희요의 연행조건과 작시원리를 논의하면서, 연행에서 놀이와 노래가 서로 일치하거나 노래가 놀이에 관련이 직접적이면 演行附合型 遊戲謠이고, 놀이와 노래가 일치하지 않거나 놀이에 따라 다른 현장의 노래를 임의로 끌어와서 불려지면 開放指向型 遊戲謠이라고 규정한 바 있다[이창식, 『한국의 유희민요』(집문당, 1999), 43쪽]. 변성구는 해녀노래의 의미 단락별 사설 유형을 고찰하면서, '기능적 사설'은 해녀작업 실태와 출가과정의 노젓는 일이 〈해녀노래〉의 중심내용을 이루고, '서정적 사설'은 다른 민요와 넘나들 수 있는 유동성이 있고, 창자의 개인적 체험의 정서를 주로 노래한다고 하였다[변성구, 「해녀노래의 사설 유형 분석」, 현지김영돈박사화갑기념논문집간행위원회 편, 『제주문화연구』(도서출판 제주문화, 1993), 99쪽].

〈해녀노젓는소리〉 사설의 교섭양상은 두 가지로 나눌 수 있다. 하나
는 다른 요종의 사설을 그대로 단순 차용하여 사설을 구성하는 것이고,
다른 하나는 설화와 같은 전승물이나 다른 요종의 사설을 활용하거나
차용하여 내용을 확장하거나 새로운 사설을 덧붙여 사설을 구성하는
것이 그것이다. 전자는 '단순 차용형 사설'로, 후자는 '확장 차용형 사
설'이라 부르기로 한다.[8]

〈해녀노젓는소리〉 가창자가 '단순 차용형 사설'로 노래하는 것은 다
른 요종의 사설 가운데 인간의 보편적 감정과 관련된 익숙한 내용의
사설이거나 기억하기 쉽고 선호하는 내용의 사설만을 취사선택하기 때
문이라고 본다. 반면에 〈해녀노젓는소리〉 가창자가 '확장 차용형 사설'
로 노래하는 것은 자신만의 독특한 체험이나 정서에 기반하여 독창적
인 내용의 사설로 엮어서 부르려는 의욕이 강하기 때문이라고 본다.
가창자 이기순이 자신의 생애력을 구술하면서 〈해녀노젓는소리〉 사설
에 대해 언급한 다음의 내용도 이를 방증한다.

> (제) : 해녀노래는 그자 팔자 흔탄 해영, 그자 갖다가 붙이면 다 뒈는
> 거야. 다 붙이는 거야. 다른 건 없어.

---

8) 조규익은 〈해녀노젓는소리〉 사설에 〈사발가〉, 〈청포장수노래〉, 〈팔자타령〉,
〈진도아리랑〉, 〈아리랑〉, 〈어사용〉, 〈너영나영〉 등의 사설이 수용되고 있음을
확장의 원리와 차용의 원리로 논의하였지만 본격적인 사설의 교섭양상으로
진전시키지는 못하였다. 이는 '문틀'의 개념을 전승단위이자 작시단위로 설정
하여 〈해녀노젓는소리〉의 전승방법과 양식 및 공식구를 구명하면서 이루어진
논의의 일부 결과이기 때문이라고 본다[조규익, 「문틀의 존재와 의미」, 조규익
·이성훈·강명혜·문숙희, 『제주도 해녀노젓는소리의 본토 전승양상에 관한
조사·연구』(민속원, 2005), 12~82쪽].

(조) : 예.

(제) : 다른 거 뭐 유행가처름 이레 붙이고 저레 붙이는 게 아니고, 그
     자 팔저 흔탄을 허믄, 물에도 가믄, 그자 설룬 노래만 나오곡.9)

인용문에서 보듯이, 이기순은 자신의 팔자를 한탄하여 부르는 것이
면 모두 〈해녀노젓는소리〉가 된다고 말한다. 또한 사설은 유행가처럼
일정한 순서나 규칙이 정해진 게 아니고 어떠한 사설이라도 갖다 붙이
면 된다고 말한다. 다시 말해 〈해녀노젓는소리〉 사설은 고정적으로 정
해진 특정한 사설은 없고, 사설 내용이 어떠하든지 간에 구연 상황에
따라 가창자의 심정을 〈해녀노젓는소리〉 가락과 선율로 부르면 모두
〈해녀노젓는소리〉라는 것이다. 〈해녀노젓는소리〉가 자탄가의 성격이
강한 것도 바로 이러한 이유 때문이다.

이는 〈해녀노젓는소리〉 사설 가운데 해녀 작업과 관련된 고정적 사
설뿐만 아니라 물질 작업과는 아무런 관계가 없는 서정적 성격의 유동
적 사설이 많은 사실과 무관하지 않다. 또한 제주도 출신 해녀들이 본
토 동·서·남해안 지역에 집단적으로 이주·정착하여 적응하는 과정
에서 본토인과 교류하게 된 것도 〈해녀노젓는소리〉 사설이 본토 민요
의 사설과 교섭하게 되는 주요한 원인 중의 하나라고 본다. 〈해녀노젓
는소리〉 사설이 다른 요종의 사설과 교섭양상을 보이는 이유도 여기에
있다.

이제 노동요, 유희요, 의식요의 사설이 〈해녀노젓는소리〉 사설에 교
섭되는 양상은 어떠한지 살펴보기로 한다. 〈해녀노젓는소리〉 사설의

---

9) 이성훈, 「강원도 속초시 해녀 〈노 젓는 노래〉와 생애력 조사」, 『숭실어문』 제
  19집(숭실어문학회, 2003), 502쪽.

교섭양상은 단순 차용형 사설과 확장 차용형 사설로 나누어 논의하기로 한다. 〈해녀노젓는소리〉 사설의 교섭양상을 통해 해녀들이 어떠한 요종의 시설을 차용하고 있는지와 어떤 내용의 사설을 선호하는지도 알 수 있을 것이다.

노동요 사설과의 교섭

1. 단순 차용형 사설

〈해녀노젓는소리〉 사설이 다른 노동요의 사설과 교섭되는 단순 차용형 사설의 양상은 두 가지다. 하나는 〈해녀노젓는소리〉의 수렴형 사설이 다른 노동요 사설로 단순 차용하여 삽입되는 것이고, 다른 하나는 다른 노동요의 사설이 〈해녀노젓는소리〉의 발산형 사설로 단순 차용하여 삽입되는 것이 그것이다.

먼저 〈해녀노젓는소리〉의 수렴형 사설이 다른 노동요의 사설로 단순 차용하여 삽입되는 양상부터 살펴보기로 한다.

> [1] 젊은 청춘에 / 홀 일도 웃언 // 줌녀로 / 태여나시냐 // 우리 어멍 / 날 설어 올 적 // 어느 바당 / 메역국 먹엉 // 입입마다 / 거리어 성고10)
>
> [2] 서른 어머니 날배힐적에 // 어느바다의 메역(甘藿)을먹어 // 바람

---

10) 김영돈, 『제주도민요연구상』(일조각, 1965), 260쪽.

　　일적 절일적마다 // 구을니여 못사라서라 // 영해바다 가업는바
　　다 // 어느날 온갓 이라살이11)

　[3] 이어이어 / 이어도하라 // 우리아방 / 우리어멍 // 날설렁 / 나을
　　적에 // 어느바당 / 메역국먹엉 // 입입마다 / 바람일적 // 절일적
　　/ 마다 // 입입마다 / 놀리니 // 정신굿게 / 나눈고 // 이어이어 /
　　이어도하라12)

　[4] 설룬 어멍 / 날 설아 올 적 // 어느 바당 / 메역국 먹곡 // 절국마
　　다 / 날 울럼싱고 // ᄇᆞᄅᆞᆷ 불 적 / 절 일 적마다 // 궁글리멍 / 못
　　사는구나13)

　제주도 민요 중에 풍부한 사설 내용을 갖고 있는 것은 〈맷돌·방아
노래〉와 〈해녀노젓는소리〉이다. 〈맷돌·방아노래〉가 시집살이의 어려
움을 노래한 것이 주류를 이룬다면 〈해녀노젓는소리〉는 노 젓는 노동
과 물질 작업 실태를 노래한 사설이 중심이다. 〈해녀노젓는소리〉 사설
은 〈맷돌·방아노래〉 사설뿐만 아니라 유희요의 여러 요종의 사설과
교섭되는 양상을 보인다.

　사설 내용만으로 본다면 [1]~[4]는 모두 〈해녀노젓는소리〉 사설로 볼
수 있다. 하지만 [1]~[3]은 〈해녀노젓는소리〉 사설이고 [4]는 〈방아노래〉
사설이다. [1]~[3]에 나타난 '바당, 메역, 좀녀, 바람, 영해바다, 절' 등은
해녀들의 물질 작업이나 구연 현장인 바다의 상황과 관련이 있는 어휘
들이다. 이들 어휘를 통해서 본다면 [1]~[3]은 〈해녀노젓는소리〉 수렴형
사설이다. 이러한 [1]~[3]의 〈해녀노젓는소리〉 사설이 [4]의 〈방아노래〉

---

11) 미상, 「해녀의 노래-제주도민요-」, 『별건곤』 제6권제7호(제42호)(개벽사,
　　1931), 3쪽.
12) 임동권, 『한국민요집』 V (집문당, 1980), 97쪽.
13) 김영돈, 앞의 책, 39쪽.

사설에 삽입되고 있다. 한편 [3]의 '이어이어 / 이어도허라'는 〈방아노래〉의 후렴구인데, 〈해녀노젓는소리〉 사설에 삽입되고 있다.

[4]는 기난과 생활고를 노래하고 있다. 제주도 해녀들은 물질 작업과 농사일을 함께 하는 게 일반적이다. 돗배의 노를 저으며 물질 작업을 나갈 때 자신의 신세를 한탄하며 불렀던 〈해녀노젓는소리〉 사설을 방아를 찧으며 부르는 〈방아노래〉사설에 삽입함으로써 생활고를 한탄하는 사설 형성이 자연스럽게 이루어지고 있다. 이는 반농반어인 제주도의 노동 환경적 특성과 무관하지 않다.

[5] 섬(島)의절(波)은 울어도근심 // 바다절도 울어도 근심 // 한아동생 물넘겨노하 // 병(病)이 잇슬 근심이러라[14]
[6] 이여도사나어허 / 이여도사나 // ㅂㄹㅁ불엉 / 절갠날싯느냐 // ㅂㄹㅁ부난 / 파도가세다 // 어서젓엉 / 어서나가자 // ᄌ냑이나 / 붉은때ᄒ영 // 어린애기 / 젓을주라 // 이여도사나 / 이여도사나[15]
[7] 바당 절이 / 울어도 근심 // 섬윗 절이 / 울어도 근심 // 흔낫 동싱 / 물 우희 놓앙 // 빙도 웃이 / 장석이라라[16]
[8] ㅂㄹㅁ 불엉 / 절 갠 날 시멍 // 하늘 울엉 / 배 갠 날 시랴[17]

[5]와 [6]은 〈해녀노젓는소리〉 사설이고, [7]과 [8]은 〈방아노래〉 사설이다. [5]의 '섬, 절(波), 바다'와 [6]의 'ㅂㄹㅁ, 절, 파도' 등의 어휘를 통해 볼 때 [5]와 [6]은 〈해녀노젓는소리〉 수렴형 사설이다. [7]은 [5]의 사설

14) 미상, 앞의 글, 3쪽.
15) 『백록어문』 제2집(제주대학교 사범대학 국어교육과 국어교육연구회, 1987), 395~396쪽.
16) 김영돈, 앞의 책, 81쪽.
17) 위의 책, 206쪽.

을, [8]은 [6]의 'ᄇᄅᆷ불엉 / 절갠날싯느냐' 사설을 단순 차용하여 부른 것임을 알 수 있다.

[9] 산지물에 / 놀아난숭애 // 저건내연 / 동잘라보난 // 다리울님전 / 진행을말라 // 닭이아닌 / 인닭이러라[18]

[10] 산짓물에 놀아난 숭어 // 심어 내연 등 줄란 보난 // 아니 먹을 사슴이러라 // 먹어 노난 근심이 되고 // 근심 재완 아니든 줌은 // 들언 노난 날 샐 줄 몰라라[19]

[11] 산짓물광 / 가락쿳물에 // 놀아나는 / 서숭에 시연 // 심어 내연 / 등 줄란 보난 // 아니 먹을 / 서숭에라라[20]

[9]와 [10]은 〈해녀노젓는소리〉 사설이고 [11]은 〈방아노래〉 사설이다. [9]와 [10]의 사설이 [11]의 사설에 단순 차용하여 교섭되는 양상을 보인다.

다음으로 다른 노동요의 사설이 〈해녀노젓는소리〉의 발산형 사설로 단순 차용하여 삽입되는 양상을 살펴보기로 한다.

[12] 가시오름 / 강당장 칩의 // ᄉᆡ 콜 방에 / 새 글럼서라 // 우리 성제 / 삼 성제 드난 // 다숫 콜도 / 새 맞암서라 // 각단밧듸 / 우리통 박 둣[21]

[13] 가시울음 / 강당장집에 // 시클방에 / 새문어서라 // 정경구진 / 이내몸가난 // 요속꼴로 / 내마침서라[22]

---

18) 임동권, 『한국민요집』 Ⅳ(집문당, 1979), 191쪽.
19) 진성기, 『제주도민요』 제2집(중앙미술사프린트부, 1958), 58쪽.
20) 김영돈, 앞의 책, 162쪽.
21) 위의 책, 200쪽.
22) 임동권, 『한국민요집』 Ⅳ(집문당, 1979), 191쪽.

[12]는 〈방아노래〉 사설이고 [13]은 〈해녀노젓는소리〉 사설이다. [12] 의 사설을 이해하기 위해서는 南濟州郡 表善面 加時里의 康堂長傳說[23] 이 삽입되어 있다. "싁 콜 방에, 새 글럼서라, 다슷 콜, 새 맞암서라" 등 의 어휘는 방아 찧는 일과 관련된 어휘들이다. 이들 어휘를 통해서 [12] 는 〈방아노래〉의 수렴형 사설임을 알 수 있다. 제주도 특유의 '남방에 (나무방아)'를 찧음에 있어서 '콜'이란 방아 찧는 사람들의 절굿공이의 수효의 단위이다. 두 사람이 찧으면 '두콜방에', 세 사람이 찧으면 '싁콜 방에' 또는 '세콜방에, 네 사람이 찧으면 '늬콜방에'라 한다. 따라서 [13] 은 [12]의 사설을 단순 차용한 것이다.

> [14] 오롬에 돌광 / 지세어멍은 // 둥글어 댕기당도 / 살을메 난다 //
>   놈의 첩광 / 소낭긔 ㅂ룹은 // 소린 나도 / 살을메 웃다 // 버륵
>   버륵 / 살마꼿은 // ᄒ를 피영 / 웃어나 진다[24]
> [15] 놈의 첩광 / 소남기 ㅂ룹은 // 소린나도 / 살을매 엇고 // 지서멍
>   광 / 오름의 돌은 // 둥글다동 / 살을매 나네 // 이여싸 하[25]

[14]는 〈방아노래〉 사설이고, [15]는 〈해녀노젓는소리〉 사설이다. 사 설 내용으로 볼 때 [15]는 [14]의 사설을 단순 차용해서 부른 것이다. 즉 [15]는 〈방아노래〉 사설을 〈해녀노젓는소리〉 선율로 부른 것이다. 〈해 녀노젓는소리〉의 후렴 "이여싸 하"가 그것이다.

---

23) 康堂長傳說은 다음과 같다. "康堂長은 소문난 부자였지만, 매몰찬 過慾이 화 를 불러일으킨다. 탁발승을 홀대했다가 강당장을 패망시키려는 탁발승의 꾀 에 발목이 잡혀 先墓를 옮긴다. 그랬더니 갖은 怪變이 일어나면서 강당장 집 은 급작스레 망하고 만다."
24) 김영돈, 앞의 책, 145쪽.
25) 이성훈, 앞의 글, 495쪽.

[16] 가시오롬 / 강당장 칩의 // 숫시제와 / 들이젠 ᄒ난 // 매인 쉐가 / 울 넘엄서라 // 앚인 솟이 / 걸음을 걷곡 // 튼은 둑이 / 고기약 ᄒ다 // 기시린 돗이 / 둘음을 둘곡 // 벳긴 개가 / 옹공공ᄒ고 // 보끈 콩이 / 새 움이 난다26)

[17] 가시오롬 / 강당장 칩의 // 숫시 들언 / 망ᄒ젠 ᄒ난 // 짓만 부뜬 / 도폭을 입곡 // 펜지만 부뜬 / 망건을 씨곡 // 망만 부뜬 / 갓을 씨곡 // 목만 부뜬 / 보선을 신곡 // 둘멩이만 부뜬 / 신을 신곡27)

[18] 가시오름 / 강당장집에 // 슨시좋아 / 다리제허난 // 백긴개도 / 인공공허고 // 고린독새긴 / 울담을넘고 // 튼은독 / 꼬약허고 // 고냉이는 / 노름허고 // 도새끼는 / 패랭이쓰고 // 송애기는 / 퉁소를불고 // 아찐속시 / 가롬을돌고28)

[19] 가시오름 / 강당장집에 // 승시재에 / 들재는하난 // 트는닥도 / 고끼욕한다 // 이여이여 / 이어둥하라29)

　[16]과 [17]은 〈방아노래〉 사설이고 [18]과 [19]는 〈해녀노젓는소리〉 사설이다. '가시오름 / 강당장집'은 康堂長傳說와 관련이 있는 〈방아노래〉와 긴밀하게 결합되는 관용구이다. 이러한 관용구를 사용한 [16]과 [17]의 사설 내용으로 미루어 볼 때 [18]과 [19]는 〈방아노래〉 사설을 단순 차용한 발산형 사설임이 확연하게 드러난다.

---

26) 김영돈, 앞의 책, 199~200쪽.
27) 위의 책, 199쪽.
28) 임동권, 앞의 책, 191쪽.
29) 임동권, 『한국민요집』 Ⅴ(집문당, 1980), 97쪽.

[20] 근심 제완 / 아니 든 줌은 // 누어 노난 / 새는 중 몰란 // 새는 날엔 / 어멍이 오멍 // 새는 둘엔 / 아방이 오랴 // 새나 마나 / 흔가지라라30)

[21] 근심겨워 안이든잠은 // 날이 샌줄 몰ㄴ라한다 // 새는날에 어머니오며 // 새는달에는 아버지오랴31)

[22] 강남서도 / 놀아 온 새야 // 일본서도 / 놀아 온 새야 // 오늘 가져 / 널 가져 흔 게 // 청대 입희 / 춘 이실 ㄴ련 // 놀개 젖언 / 못 놀암서라32)

[23] 강남서도 / 돌아온새여 // 강남서도 / 돌아온새여 // 오늘가저 / 놀가저하난 // 청단이실에 / 날개를젖언 // 못놀암서라 / 이여도 허라33)

[24] 숨풀 속의 / 앗인 꿩은 // 불이나 드카 / 근심이여 // 홀로 앗인 / 이내몸은 // 빙이나 드카 / 근심이여 // 앞 마당에 / 모닥불은 // 어느제 봐도 / 나 신세여34)

[25] 수풀 속에 / 앉은 꿩은 // 불이나 날까 / 근심이고 // 홀로야 계신 / 우리 부모 // 병이 들까 / 근심이다 // 이여사나 / 이여도사나35)

[26] 요 산 저 산 / 양 산 중에 // 숨풀 속에 / 산짐승은 // 불이 나카 / 근심인가 // 홀로 이신 / 요내몸은 // 빙이 드카 / 근심인가36)

30) 김영돈, 앞의 책, 96쪽.
31) 미상, 앞의 글, 3쪽.
32) 김영돈, 앞의 책, 101쪽.
33) 임동권, 『한국민요집』 IV(집문당, 1979), 194쪽.
34) 김영돈, 앞의 책, 158쪽.
35) 이성훈, 「경남 통영시 해녀 〈노 젓는 노래〉 조사」, 『한국민요학』 제11집(한국민요학회, 2002), 253쪽.
36) 김영돈, 앞의 책, 260쪽.

[20], [22], [24]는 〈방아노래〉이고, [21], [23], [25], [26]은 〈해녀노젓는소리〉 사설이다. [20], [22], [24]의 "청대, 새, 수풀, 산짐승" 등의 어휘는 해양이나 물질 작업과 관련된 소재가 아니다. 전술한 바와 같이 〈방아노래〉의 사설을 〈해녀노젓는소리〉 사설로 불렀음을 알 수 있다.

제주민요에는 동일 가락 속에 다양한 사설이 표현되고, 동일 사설로 다양한 기능을 표출한다. 맷돌 방아작업에서 불렸던 시집살이노래는 잠녀들이 물질을 하면서도 부르고, 술추렴을 하고 신세타령을 하며 노는 자리에서도 불린다[37] 사실은 〈방아노래〉 사설과 〈해녀노젓는소리〉 사설이 교섭양상을 보이게 되는 문화론적 입장과 맥을 같이 한다.

2. 확장 차용형 사설

〈해녀노젓는소리〉 사설이 다른 노동요의 사설과 교섭되는 확장 차용형 사설의 양상은 두 가지다. 하나는 〈해녀노젓는소리〉의 수렴형 사설이 다른 노동요 사설로 확장 차용하여 삽입되는 것이고, 다른 하나는 다른 노동요의 사설이 〈해녀노젓는소리〉의 발산형 사설로 확장 차용하여 삽입되는 것이 그것이다.

먼저 〈해녀노젓는소리〉의 수렴형 사설이 다른 노동요의 사설로 확장 차용하여 삽입되는 양상부터 살펴보기로 한다.

> [1] 좁은 배에 짐 하영 식건 // 추자 과탈 섬 중에 드난 // 큰 과탈랑
> 아방을 삼고 // 족은 과탈 어멍을 삼고 // 뭄 고개랑 개남을 삼고

---

37) 허남춘, 「「서사민요」란 장르규정에 대한 이견ー제주 시집살이 노래를 중심으로ー」, 현지김영돈박사화갑기념논문집간행위원회 편, 『제주문화연구』(도서출판 제주문화, 1993), 74쪽.

　　// 절 고개랑 지방을 삼고 // 선개 먹을 욕심은 아니고 // 이 몸
　　살을 근심일러라38)
　　[2] 족은 베에 / 짐 하영 시껑 // 실실ᄇᆞ름 / 샛ᄇᆞ름 불민 // 나 오라
　　방 / 베 놓앙 가게 // 두 과탈 / 양 새에 드난 // 칠성판만 / ᄌᆞ물
　　암서라 // ᄌᆞ묵ᄌᆞ묵 / ᄌᆞ물암서라39)

　　[1]은 〈해녀노젓는소리〉 사설이고 [2]는 〈방아노래〉 사설이다. 제주
도에서 추자도 사이의 바다인 제주바다를 건널 때는 무사 항해를 기원
하는 고사를 지내기도 했다. 그만큼 추자도 부근 해역에서 표류했다는
기록도 최부의『표해록』을 비롯한 여러 기록들이 있다. [1]은 〈해녀노
젓는소리〉 구연 현장인 제주도에서 본토로 출가하는 뱃길의 위험성을
노래한 수렴형 사설이다. 이러한 사설이 [2]의 〈방아노래〉 사설에 교섭
되고 있다. '작은 배에 짐을 많이 실어서 슬슬 바람 동풍이 불면 내 오
라버니 배 놓아 가게. 두 과탈섬 양 사이에 드니 칠성판만 잠기고 있더
라(족은 베에 / 짐 하영 시껑 // 실실ᄇᆞ름 / 샛ᄇᆞ름 불민 // 나 오라방
/ 베 놓앙 가게 // 두 과탈 / 양 새에 드난 // 칠성판만 / ᄌᆞ물암서라).'
라고 노래한다. 화자는 자신이 본토로 출가물질을 나갈 때 추자도와
관탈섬은 위험한 해역이었다는 사실을 체험한 바가 있기 때문에, 방아
를 찧으면서도 자신이 체험한 사실을 떠올리며 뱃일을 하는 오라버니
가 위험에 처하지 않을까 걱정하고 있다. 추자도와 관탈섬[火脫島] 사
이의 해역을 동풍이 불어 돛을 달고 빠르게 통과하여 본토에 안전하게
도착하기를 기원하고 있다.

---

38) 진성기,『제주도민요』제1집(희망프린트사, 1958), 150쪽.
39) 김영돈, 앞의 책, 80~81쪽.

다음으로 다른 노동요의 사설이 〈해녀노젓는소리〉의 발산형 사설로
삽입되어 확장되는 양상을 살펴보기로 한다.

    [3] 전처소박 / 兩妾한놈아 // 大川바다 / 가운데드렁 // 치를일형 /
        달간밤새라 // 밤에들고 / 밤에난임아 // 어느골 / 뉘람등알리 //
        청살밖에 / 청버들낡에 // 이름성명이나 / 적어두멍가라 // 원수
        살곡 / 신사랑간다 // 요원같이도 / 소리도나더라[40]
    [4] 전처 구박 / 양첩흔 놈아 // 대천 바당 / 가운디 들엉 // 안개 유
        영 / 둘 진 밤 새라[41]

[3]은 〈해녀노젓는소리〉 사설이고 [4]는 〈방아노래〉 사설이다. 사설
내용으로 볼 때 [4]는 노 젓는 노동이나 물질 작업과는 직접적인 관련
이 없고 가창자의 체험이나 정서를 노래한 발산형 사설이다. 즉 전처
를 구박한 남편에 대한 원망을 노래한 발산형 사설이다. [3]은 [4]의 사
설 '전처 구박 / 양첩한 놈아 // 대천 바다 / 가운데 들어 // 안개에 길
잃어 / 달 진 밤 새어라'를 단순 차용하면서 단지 '안개 유영(안개에 길
잃어)'를 돛배의 항해와 관련된 '치를 일형(키[舵]를 잃어)'으로 바꾸었
을 뿐이다. 그러면서 [3]은 [4]의 사설 내용을 심화하여 노래한 확장 차
용형 사설이다.

40) 임동권, 『한국민요집』 II(집문당, 1974), 215~216쪽.
41) 김영돈, 앞의 책, 95쪽.

유희요와 의식요 사설과의 교섭

유희요와 의식요의 사설이 〈해녀노젓는소리〉의 발산형 사실로 삽입
되기도 한다. 〈해녀노젓는소리〉 사설에 유희요 사설이 삽입되는 이유
는 부산남구민속회가 용당동에서 채록한 〈해녀노젓는소리〉 사설에 대
해 제주해녀 양춘심이 언급한 다음의 내용에서 찾을 수 있다.

> 부산광역시 용당동에 정착한 제주해녀 양춘심(1934년 생)은 어머니
> 와 함께 12세부터 물질을 했는데, 3월부터 8월말까지 물질하면 제주도
> 보다 벌이가 좋았으며 당시 감만동에 있는 군수기지보급창에서 근무를
> 하던 남편 이정우(1935년 생) 씨를 만나 결혼한 후 용당에 정착했다고
> 한다. 옛날에는 물질 나갈 때 해녀들이 노를 저으면서 '이여도사나'라
> 는 노래를 하곤 했으나 점차 동력선이 나오면서 이 노래는 사라지게
> 되었다.
> 노랫말은 고정된 가사가 있는 것이 아니라, 해녀들이 일상 생활 속
> 에서 우러나오는 감정을 곡에 붙여 만든 것이라며 한 곡 멋들어지게
> 불러주었다. 또 수심가, 청춘가 등 다른 노래 가사를 차용해 부르기도
> 했고, 해녀 수입이 좋을 때 선주가 한턱내면 잔치판에서 이런 노래를
> 부르며 놀기도 했다고 한다.[42]

인용문에서 보듯이, 양춘심은 〈해녀노젓는소리〉는 고정된 사설이
있는 것이 아니고 해녀들의 일상생활 속에서 우러나오는 감정을 〈해녀
노젓는소리〉의 가락과 선율로 부르는 것이라고 한다. 또한 수심가, 청

---

42) 부산남구민속회, 『남구의 민속과 문화』(부산남구민속회, 2001), 514쪽.

춘가 등 유희요의 사설을 차용해 부르기도 한다는 것이다. 제주도에서
불리는 유희요 사설뿐만 아니라 본토에서 불리는 유희요의 사설을 차
용하기도 한다.

본토 출가물질 경험이 있는 제주도에 거주하는 해녀나 본토에 이주
·정착 해녀들은 제주도에서 널리 가창되는 유희요를 접할 수 있는 환
경에 놓여 있었다. 뿐만 아니라 본토 동·서·남해안 지역으로 출가물
질을 나오거나 집단적으로 본토에 이주·정착하여 적응하는 과정에서
해녀들이 본토인과 교류를 하게 된 것도 본토에서 널리 가창되는 유희
요를 접할 수 있는 계기가 되었다. 〈해녀노젓는소리〉 사설이 유희요
사설과 교섭양상을 보이는 이유도 바로 여기에 있다.

유희요와 의식요의 사설이 〈해녀노젓는소리〉 사설에 교섭되는 양상
은 두 가지다. 하나는 유희요와 의식요의 사설이 〈해녀노젓는소리〉의
발산형 사설로 단순 삽입된 단순 차용형 사설이고, 다른 하나는 유희
요와 의식요의 사설이 〈해녀노젓는소리〉의 발산형 사설로 삽입되어
사설 내용이 덧붙여진 확장 차용형 사설이 그것이다. 〈해녀노젓는소
리〉 발산형 사설로 삽입되는 유희요와 의식요의 사설은 인생무상, 탄
로, 신세한탄, 애증, 이별, 연모 등을 제재로 한 사설에 한정시켜 교섭
양상을 논의하기로 한다.

1. 단순 차용형 사설

유희요와 의식요의 사설이 〈해녀노젓는소리〉의 발산형 사설로 단순
삽입된 단순 차용형 사설의 양상은 어떠한지 살펴보기로 한다.

첫째, 인생무상을 노래한 사설이다.

[1] 우리가 살면은 몇백 년 사느냐 살아 생전에 사업을 이루세[43]

[2] 인생이 살면은 백에백년을 사실소냐 / 아무리살아야 에루와 팔십
팔십여년[44]

[3] 우리가 살면 / 멧백년이나 살소 // 딘필'ᆸ 살려고 / ㅇ 지람이랜
말가[45]

[4] 우리가 살며는 // 몇백년 살리야 // 아맹이나 살았지 // 단 팔십
흔이여 // 불었다 불었다 // 동남풍이 불었다[46]

[5] 어기여라 / 어기여라 // 어기여라어어 / 어기여라 히 // 우리가 /
살면은 // 멧백년을 / 살련말고 히 // 막상이 / 살아봐도 히 // 단
백년도 / 못사는 // 초로인생 / 아니로구나 히 // 이여도사 시[47]

[6] 이어사 // 우리가 살면은 // 얼마나 살거나 // 막상에 살아야 //
단팔십 산다[48]

[7] 이여도 사나 이여도 사나 우리가 살민 몇 백년을 살댄말고 / 막살
민 산다 헌들 단 팔십년 살을 것을 / 이여도 사나 이여도 사나[49]

[8] 우리가 살면 몇백년 몇십년 살거나 // 많이나 살아야 단 팔십사는
구나 // 이어 사나 어기야 디야[50]

[1]은 경기도 민요 〈청춘가〉 사설이고 [2]는 제주도 민요 〈동풍가〉 사
설이다. 또한 [3]은 제주도 민요 〈행상노래(염불소리)〉 사설이고 [4]~[8]

43) 이창배, 『가요집성』(홍인문화사, 1976), 259쪽.
44) 김영돈, 『제주의 민요』[신아문화사(민속원), 1993], 210쪽.
45) 위의 책, 234쪽.
46) 진성기, 『제주도민요』 제3집(성문프린트사, 1958), 85~86쪽.
47) 현용준·김영돈, 『한국구비문학대계』 9-3(한국정신문화연구원, 1983), 446쪽.
48) 예술연구실, 『한국의 민속음악-제주도민요편』(한국정신문화연구원, 1984), 123쪽.
49) 『국문학보』 제13집(제주대학교 인문대학 국어국문학과, 1995), 276쪽.
50) 부산남구민속회, 앞의 책, 515쪽.

은 〈해녀노젓는소리〉 사설이다. 사설 내용으로 볼 때 [4]~[8]은 노 젓는
노동이나 물질 작업과는 무관한 〈해녀노젓는소리〉 발산형 사설이다.
[4]~[8]의 화자는 널리 가창되었던 유의요 〈청춘가〉와 〈동풍가〉의 사설,
의식요 〈행상노래〉의 사설을 단순 차용하여 "우리가 살면 몇 백 년을
산다는 말인가"하고 자문한 다음에 "많이 살아야 팔십 년 산다"고 자답
하면서 인생무상을 노래하고 있기 때문에 그렇다고 본다.

둘째, 늙음을 한탄한 사설이다.

> [9] 세월아 네월아 오고가지 말어라 // 아까운 이내 청춘 다 늙어간
> 다[51]
>
> [10] 세월아 네월아 오고가지를 말아 // 아까운 내청춘이 다 늙어간
> 다[52]
>
> [11] 세월아 네월아 갈철 봄철아 오고가질 말아라 // 알뜰한 이내 청
> 춘이 다 늙어를 간다[53]
>
> [12] 세월아 / 네월아 // 가지를 / 말아라 // 아까븐 / 요내청춘 // 다
> 늙어 / 가는고나 // 이여싸 / 이여도하야[54]
>
> [13] 무정 세월 / 가지 마라 // 아까븐 / 요 내 청춘 // 다 늙어지네
> / 이여사나 // 져라져라 / 여기야져라[55]
>
> [14] 세월아 봄철아 오고가지 마라 장안의 호걸이 다 늙어 간다[56]
>
> [15] 세월아 봄 철아 // 오고야 가지를 // 말거라 말거라 // 장안의 호

---

51) 김연갑, 『아리랑-그 맛, 멋 그리고…』(집문당, 1988), 308쪽.
52) 김연갑, 『아리랑』(현대문예사, 1986), 301쪽.
53) 위의 책, 126쪽.
54) 문화방송, 『한국민요대전-제주도민요해설집』((주)문화방송라디오국, 1992),
245쪽.
55) 이성훈, 앞의 글, 248쪽.
56) 이창배, 앞의 책, 278쪽.

　　　　걸이 // 다 늘어 지는다57)

　[9]는 서울·경기 〈청춘가(아리랑타령)〉 사설이고 [10]은 〈진도아리
랑〉 사설이고 [11]은 〈정선아라리〉 사설이다. [12]와 [13]과 [15]는 〈해녀
노젓는소리〉 사설이다. [14]는 경기도 민요 〈양산도(陽山道)〉 사설이다.
[12]와 [13]은 [9]와 [10]의 사설을 단순 차용하여 부른 사설이고, [15]는
[14]의 사설을 단순 차용하여 부른 사설이다.
　셋째, 자신의 신세를 한탄한 사설이다.

　　　[16] 청천 하늘엔 잔별도 많고요 이내 가슴엔 희망도 많구나58)
　　　[17] 청천 하늘엔 별고 이내 가슴엔 수심도 많다59)
　　　[18] 청청흔 / 하늘엔 // 즌별도 / 많구요 // 이내야 / 가심속엔 // 수
　　　　　심도 / 많구나 // 이여도사나 / 이여싸나60)
　　　[19] 청청헌 / 하늘엔 // 잔별도 / 많것마는 // 요 내야 / 가슴에는 //
　　　　　잔 수심도 / 많구나 // 이여사나 / 이여도사나61)

　[16]은 경기도 민요 〈청춘가〉 사설이고 [17]은 경기도 민요 〈아리랑〉
사설이다. [18]과 [19]는 〈해녀노젓는소리〉 사설이다. [18]과 [19]는 [16]과
[17]의 사설을 단순 차용하여 부른 사설이다.

---

57) 진성기, 『제주도민요』 제1집(희망프린트사, 1958), 133쪽.
58) 이창배, 앞의 책, 260쪽.
59) 위의 책, 255쪽.
60) 『국문학보』 제9집(제주대학교 인문대학 국어국문학과 국어국문학연구회,
　　1989), 197쪽.
61) 이성훈, 앞의 글, 240쪽.

[20] 그 노인이 비록 귀는 절벽같이 먹었을망정 닫은 문을 박차면서
　　여보아라 청춘들아 너희가 본래 청춘이며 낸들 본래 백발이냐
　　백발 보고 웃지 마라 나도 엊그저께 청춘소년행락하였건만 금일
　　백발 원수로다 무정세월 여류하여 가는 봄도 가고 올 줄 알건마
　　는 인생 한번 늙어지면 왜 젊질 못하는가 사람마다 생각하면 한
　　심하고도 절통하구료 어제 오날 성턴 몸이 저녁내로 병이 드니
　　실낱 같은 약한 몸에 태산 같은 병이 드니 부르나니 어머니요
　　찾는 것은 냉수로다 인삼 녹용 약을 쓰나 약 효험이 있을손가
　　판수 불러 경 읽은들 경 덕이나 입을손가[62]

[21] 아침에는 / 성헌 몸이 // 저녁에는 / 벵은 드난 // 불르는 건 / 어
　　머니로다 / 춫는 것은 / 냉수로구나 하 // 이여싸 하 / 어기여싸
　　나 하 // 쳐라쳐라 하 / 이여도쳐라 하 // 이여싸나 하 / 이여도
　　싸나 하[63]

[22] 어젯날은 / 성탄 몸에 // 오늘날은 / 빙이 드난 // 불르는 건 / 어
　　멍이곡 // 춫는 것인 / 넹수로고나[64]

[23] 바늘 ᄀ뜬 / 약한 몸에 져라 // 황소 ᄀ뜬 / 병이 들어 // 임 오시
　　라고 / 편지를 하니 져라 // 약만 쓰라고 / 답장 오네 져라 이 //
　　어기야자 져 / 잘도 간다[65]

　[20]은 불교가사 〈회심곡(悔心曲)〉 사설이다. [21]~[23]은 〈해녀노젓는
소리〉 사설이다. 주지하듯이 〈회심곡〉은 인간의 탄생과 늙음 그리고

62) 이창배, 앞의 책, 401쪽.
63) 이성훈, 「강원도 속초시 해녀 〈노 젓는 노래〉와 생애력 조사」, 『숭실어문』 제
　　19집(숭실어문학회, 2003), 501~502쪽.
64) 김영돈, 『제주도민요연구상』(일조각, 1965), 265쪽.
65) 이성훈, 「〈해녀노젓는소리〉 사설」, 조규익・이성훈・강명혜・문숙희, 『제주도
　　해녀노젓는소리의 본토전승양상에관한조사・연구』(민속원, 2005), 305쪽.

병이 들어 죽음에 이르고 저승에 가서 심판을 받는다는 내용을 순차적
으로 구성한 작품이다.66) [21]과 [22]는 [20]의 '늙음탄식'을 노래한 단락
의 밑줄 친 부분을 다수 차용하여 사설을 구성하고 있다. 다만 [23]은
[20]의 밑줄 친 부분의 일부 사설을 단순 차용한 다음에, "병든 자신의
처지를 하소연하는 편지를 임에게 보냈지만 무정한 임은 약만 쓰라는
답장만 보내왔다"고 신세 자탄하고 있다.

심한 나잠노동에 종사하고 있는 여자들은 아무리 몸이 건강하다고
는 하지만 극도의 피로감념(强迫觀念)으로 인하여 갖은 질병을 얻어야
만 했다. 그래서 그들은 1년에 한 번 아니면 두 번 가족으로부터 떨어
져서 한라산 약수물을 먹으며 휴양을 해야만 하는 것이다. 해녀들은
그 물을 몸에 끼얹고 먹고 하면서 충분히 휴양한다. 특히 城板岳 또는
御乘生 두 곳의 약수를 잠수의 병에 좋은 효과가 있다고 전하고 있
다.67)

해녀들은 물질 작업을 하면서 얻은 병 때문에 고통을 받는 게 일쑤
다. 젊었을 때 건강했던 몸이 나이가 들면서 병약해지는 것은 자연의
순리이다. 그렇지만 [21]과 [22]의 화자는 자신이 병약해진 것은 젊은 시
절부터 물질 작업을 해왔기 때문이라 여기고 있는 듯하다. 부유한 집
안에서 태어났더라면 물질을 배우지도 하지도 않았을 것인데, 가난한
집안에서 태어났기 때문에 생활의 방편으로 물질을 하지 않을 수 없었
다. 자신이 물질 작업을 하게 된 것을 팔자로 여기거나 어머니 탓으로
돌리는 "젊은 청춘에 / 홀 일도 웃언 // 줌녀로 / 태여나시냐(젊은 청춘

---

66) 이영식, 「장례요의 〈회심곡〉 사설 수용 양상-강원도를 중심으로-」, 『한국
     민요학』 제15집(한국민요학회, 2004), 253쪽.
67) 강대원, 『해녀연구』 개정판(한진문화사, 1973), 45쪽.

에 할 일이 없어 해녀로 태어났느냐)",(68) "우리 어멍 / 날 설어 올 적 //
어느 바당 / 메역국 먹엉 // 입입마다 / 거리어성고(우리 어머니 날 설
어 올 적 어느 바다 미역국을 먹어 입입마다 갈리었던고)",(69) "설룬 어
멍 / 날 날 적에 // 해천 영업 / 시길려고 / 나를 낳나(서러운 어머니
나를 낳을 적에 해천영업을 시키려고 나를 낳나)"70)와 같은 사설을
노래하는 이유도 여기에 있다. 따라서 [21]과 [22]의 화자는 젊어서부터
물질을 한 결과 병을 얻게 되었다고 자신의 신세를 한탄함과 동시에
늙음을 한탄하고 있다.

사설 내용으로 볼 때, [23]은 화자가 젊었을 때 부르던 사설이고, [21]
과 [22]는 화자가 늙었을 때 부른 사설이라고 할 수 있다. 병약해져서
찾는 대상이 [23]은 임을 찾는 반면에 [21]과 [22]는 어머니를 찾고 있기
때문에 그렇다고 본다.

[24] 여보시오 사자님네 노자도 갖고 가세 만단개유 애걸한들 어느
사자 들을손가 애고 답답 설운지고 이를 어이 하잔 말가 불쌍하
다 이내 일신 인간하직 망극하다 명사 십리 해당화야 꽃 진다고
설워 마라 명년 삼월 봄이 오면 너는 다시 피련마는 우리 인생
한번 가면 다시 오기 어려워라 북망산 돌아갈 제 어찌할꼬 심산
험로 한정없는 길이로다 언제 다시 돌아오랴 이 세상을 하직하
니 불쌍하고 가련하다71)
[25] 명사는 십리에 해당화야 // 꽃이나 진다고 설워마라72)

68) 김영돈, 앞의 책, 259쪽.
69) 위의 책, 260쪽.
70) 이성훈, 「경남 통영시 해녀 〈노 젓는 노래〉 조사」, 『한국민요학』 제11집(한국
민요학회, 2002), 245쪽.
71) 이창배, 앞의 책, 402쪽.

[26] 명사십리 해당화야 꽃진다고 슬퍼말아라[73]

[27] 명사십리 해당화야 꽃진다고 서러마라 // 명년 춘삼월 다시 보네[74]

[28] 명사십리 해당화야 // 잎이신나고 실웨를미라 // 명년춘삼월이 돌아오면 // 꽃이피며는 또다시잎피네[75]

[29] 이어도사나 이어사 이어도사 // 명사십리 해당화야 꽃진다고 설워마라 // 내년 춘삼월~ 돌아오면 잎도피고 꽃도피고 // 우리인생 한번가면 다시오기는 만무로다 // 이어사~ 이어도사~ 이어사[76]

[30] 명사십리 / 해당화야 // 꼿진다고 / 설워 마라 // 맹년 이 철 / 춘삼월 되면 // 꼿이나 피여 / 만발이여 // 이여사나 / 이여사나 // 이여도사나[77]

[24]는 〈회심곡(悔心曲)〉 사설이다. [25]는 경기도 여주지방 모심기노래인 〈어리랑타령〉 사설이다. [26]은 강원도 〈정선아라리〉 사설이다. [27]은 강원도 강릉지방 모심기노래인 〈자진아라리〉 사설이다. [28]은 전라도 〈진도아리랑〉 사설이다. [29]~[30]은 〈해녀노젓는소리〉 사설이다.

[29]와 [30]은 모두 〈회심곡〉의 '신세자탄' 단락의 밑줄 친 사설을 일부 차용하고 있다. '명사십리 해당화'는 시가문학에서 관용적 표현으로 쓰인다. 자연물인 해당화는 해마다 춘삼월이 되면 꽃이 피는 영원한 존재이지만 우리 인생은 한번 가면 다시 돌아올 수 없는 유한한 존재

72) 김연갑, 『아리랑』(현대문예사, 1986), 258쪽.
73) 김연갑, 앞의 책, 128쪽.
74) 위의 책, 59쪽.
75) 위의 책, 298쪽.
76) 『백록어문』 제15집(백록어문학회, 1999), 228~229쪽.
77) 이성훈, 앞의 글, 257쪽.

임을 강조하기 위해 〈회심곡〉 사설을 〈해녀노젓는소리〉 사설로 차용
한 것으로 이해된다. 따라서 이 사설은 죽으면 돌아올 수 없음을 토로
하고 있다는 점에서 신세 자탄의 성격을 띤다고 할 수 있다.

〈해녀노젓는소리〉 사설 중에는 자탄가의 성격을 띤 '발산형 사설'이
많다. 〈회심곡〉의 사설 가운데 '늙음탄식'과 '신세자탄' 단락의 사설을
〈해녀노젓는소리〉 사설에 단순 차용한 것은 사설 구성이 용이하다는
점에 기인한다고 본다. 〈회심곡〉의 사설들은 일반인에게는 생소한 내
용으로 구성되어 있지만, 〈해녀노젓는소리〉 사설에 차용된 〈회심곡〉
의 사설들은 해녀들에게 익숙한 내용이고 낯설지 않은 사설이기 때문
에 해녀들은 기억하기가 쉬웠을 것이다.

넷째, 임에 대한 애증을 노래한 사설이다.

> [31] 바람은 불수록 점점 추워져 가고 // 정든님은 볼수록 정만 더 드
> 네[78]
> [32] 바람은 불수록 물결을 치고 // 님은 볼수록 정이든다[79]
> [33] 바람은 / 불수록 // 찬질만 / 나고요 // 임은 / 볼수록 // 깊은 정
> 만 / 드는구나 // 이여사나[80]

[31]은 강원도 〈정선아라리〉 사설이고 [32]는 전라도 〈진도아리랑〉
사설이다. [33]은 〈해녀노젓는소리〉 사설이다. [33]은 [31]과 [32]의 사설
을 단순 차용하여 임에 대한 사랑을 노래한 사설이다.

---

78) 김연갑, 앞의 책, 99쪽.
79) 위의 책, 303쪽.
80) 이성훈, 「서부경남지역 〈해녀노젓는소리〉 조사」, 『숭실어문』 제21집(숭실어
    문학회, 2003), 396쪽.

190   해녀연구총서(문학)

[34] 우수야 경칩에 대동강 풀리고 정든 임 말씀에 내 가슴 풀린
다.81)

[35] 우수야 경칩에 대동강이 풀리고 // 우리님의 말 한마디에 이내
속이 풀리네.82)

[36] 우수나 경첩에는 대동강이 풀리고 // 정든님 연사말씀에 내속이
풀리네.83)

[37] 이여도사나 / 이여도사나 // 우수야경칩에 / 대동강풀리곡// 정
든임의말씀에 / 요내속풀리는구나// 이여도사나 / 이여도사나84)

[34]는 경기도 민요 〈청춘가〉 사설이고 [35]는 강원도 〈정선아라리〉
사설이다. [36]은 강원도 〈춘천아리랑〉 사설이고 [37]은 〈해녀노젓는소
리〉 사설이다. [37]은 [34]~[36]의 사설을 단순 차용한 사설이다. 임은 보
면 볼수록 깊은 정이 들지만 임의 무심코 내뱉은 한마디에 마음의 상
처를 받기도 한다. 그래서 임과 갈등 관계에 놓이기도 하지만 따뜻한
임의 말 한 마디에 모든 것이 풀린다고 [37]은 노래하고 있다.

[38] 술과 담배는 내 심정을 아는데 // 심중에 그대 당신은 내 심정을
모르네85)

[39] 술가야 / 담배는 // 내 심중을 알건마는 // 한 품에 든 임은 // 내
심중을 / 몰라나 주네 // 이여사 / 이여도사나 아86)

81) 이창배, 앞의 책, 259쪽.
82) 김연갑, 앞의 책, 101쪽.
83) 위의 책, 45쪽.
84) 필자채록, 제주도 남제주군 성산읍 온평리, 송연월(여·71), 1986. 8.10[이성
훈, 「민요 제보자의 생애와 사설」, 『백록어문』 제2집(제주대학교 국어교육과
국어교육연구회, 1987), 320쪽].
85) 김연갑, 『아리랑-그 맛, 멋 그리고…』(집문당, 1988), 320쪽.

[38]은 강원·이북지방 〈얼얼이〉 사설이고 [39]는 〈해녀노젓는소리〉 사설이다. [39]는 [38]의 사설을 단순 차용하여, 술과 담배는 자신의 심정을 알지만 자신을 심정을 몰라주는 임이 야속하기만 하다고 노래하고 있다.

[40] 석탄백탄 타는 데 연기나 펄썩 나지요 이내 가슴 타는 데 연기도 김도 안 나네[87)

[41] 석탁 백탁 타는데 / 연기만 펄펄 나구요 / 요내 가슴 타는데 / 연기도 김도 없구나[88)

[42] 석탄 벽탄 / 타는 데는 // 검은 연기 / 나건마는 // 요 내야 심정 / 타는 데는 // 어느야 누가 / 알아 주랴 // 이여사나 / 이여사나[89)

[43] 석탄 벽탄 / 타는 데는 // 검은 연기 / 나건마는 // 요 내야 심정 / 타는 데는 // 연기도 김도 / 아니 나네 // 이여사나 / 이여도사나[90)

[44] 석탄 백탄 / 타는 데는 져라 // 연기 김만 / 나건마는 // 요 내야 가슴 / 타는 것은 져라 // 연기 김도 / 아니나 난다 져 // 겉을 타야 / 남이 알지 져라 // 올려 졌던 / 요 넬 져라 져 // 쏙 타는 줄 / 누가 알고 져라 이 // 어기야자 져 // 열두 신뻬 / 실랑거령 져 // 갈 디 가자 져라 / 어기야자[91)

86) 이성훈, 「〈해녀노젓는소리〉 사설」, 조규익·이성훈·강명혜·문숙희, 『제주도 해녀노젓는소리의 본토 전승양상에 관한 조사·연구』(민속원, 2005), 285쪽.
87) 이창배, 앞의 책, 263쪽.
88) 成慶麟·張師勛, 『조선의 민요』(國際音樂文化社, 1949), 25쪽.
89) 이성훈, 「경남 통영시 해녀 〈노 젓는 노래〉 조사」, 『한국민요학』 제11집(한국민요학회, 2002), 238~239쪽.
90) 위의 글, 259쪽.
91) 이성훈, 「〈해녀노젓는소리〉 사설」, 조규익·이성훈·강명혜·문숙희, 『제주도

[40]~[41]은 경기도 민요 〈사발가(砂鉢歌)〉 사설이고 [42]~[44]는 〈해녀
노젓는소리〉 사설이다. [42]와 [43]은 현종순이 부른 〈해녀노젓는소리〉
사설인데, [42]는 2001년 12월 20일 채록한 사설이고 [43]은 2002년 8월
18일 채록한 사설이다. [42]의 "석탄 벽탄 / 타는 데는 // 검은 연기 / 나
건마는 // 요 내야 심정 / 타는 데는"은 [40]과 [41]의 사설과 같다. 하지
만 [42]의 뒷부분은 "연기도 김도 / 아니 나네"로 노래하여 [40]과 [41]의
"연기도 김도 안 나네"와는 다르게 노래하고 있다. 그런데 [43]은 [40]과
[41]의 사설을 단순 차용하고 있다. 이는 현종순이 사설 내용을 창작하
여 부른 것이 아니라 예전에 부르던 유희요 〈사발가〉의 사설을 단순
차용하여 부른다는 사실이 드러난다. 자신의 애타는 심정을 몰라주는
임을 원망하거나 탓하지만은 않는다. 자신의 용모가 빼어남을 뽐내기
도 한다. 다음에 인용한 사설이 그것이다.

[45] 산천초목 / 속입이 난듸 // 귀경 가기 / 반가워라[92]
[46] 산천초목 / 속입이 난디 // 구경 가기 / 얼화 반갑도다 // 꼿은
　　꺼꺼 / 머리에 꽂고 // 입은 따서 / 얼화 입에다 물어 // 산에 올
　　라 / 들 귀경가니 // 천하일색은 / 얼화 내로구나 // 날 오라ᄒ네
　　/ 나를 오라ᄒ네 // 산골처녀가 / 얼화 날오라 ᄒᆞᆫ다 // 돌아오
　　는 / 반둘처럼 // 도리주머니 / 띄와놓고 // 만수무강 / 글자를
　　새겨 // 수명장수 / 끈을 달아 // 정든임 오시거든 / 얼화 띄와나
　　봅시다.[93]
[47] 꼿은 꺼껑 / 머리에 꼬주곡 // 입은 타당 / 입에 물곡 // 산에 올

　　해녀노젓는소리의 본토전승양상에 관한 조사·연구』(민속원, 2005), 302쪽.
92) 김영돈, 앞의 책, 332쪽.
93) 김영돈, 『제주의 민요』(신아문화사, 1993), 606쪽.

랑 / 들 귀경 가자94)

[48] 이여사나 / 이여사나 // 산천초목 / 속입난듸 // 구경가기 / 참좋
구나 // 이여사 / 이여도사95)

[49] 산천초목 / 성잎이난다 // 구경가기 / 반가와진다 // 반갑더라 /
반갑더라96) 〈성산 노젓는 소리 - 발판찧는 소리〉

[50] 이여사나 / 이여도사나 // 이여사나 // 꼿은 따다 / 머리에 꽂고
// 입은 따다 / 입에 물고 // 산에 올라 / 내려다 보니 // 천하일
색이 / 내로구나 // 이여도사나 / 쳐라쳐라97)

[51] 잎은 따다 / 입에 물고 // 꼿은 따다 / 머리에 꽂고 // 산에 올라
/ 내려다보니 // 천하 일색이 / 내로구나 // 이여사나 / 이여도사
나 // 이여도사나 / 이여사나98)

[45]~[46]은 제주도 민요 〈산천초목〉 사설이다. [47]은 〈行喪노래〉 사
설이다. [48]~[51]은 〈해녀노젓는소리〉 사설이다. 유희요(창민요) 〈산천
초목〉에 대한 김영돈의 견해를 요약해서 제시하면 다음과 같다.99)

"〈산천초목〉은 제주도 창민요의 하나로서 희귀하게 전승된다."고 하
면서, "한본토의 산타령계 민요의 특징을 짙게 띠고 있는 민요로 보인
다."고 하였다. 또한 "이 민요의 사설은 京畿 및 西道 立唱의 〈놀량〉,
南道 〈花草사거리〉의 첫머리 사설인 '산천초목 속입이 난듸 구경 가기

94) 김영돈, 『제주도민요연구상』(일조각, 1965), 354쪽.
95) 『백록어문』 창간호(제주대학교 사범대학 국어교육과 국어교육연구회, 1986),
172쪽.
96) 임석재, 『임석재 채록 한국구연민요-자료편(해설·악보·가사)-』(집문당,
1997), 174쪽.
97) 이성훈, 「경남 통영시 해녀 〈노 젓는 노래〉 조사」, 『한국민요학』 제11집(한국
민요학회, 2002), 247쪽.
98) 위의 글, 253쪽.
99) 김영돈, 『제주의 민요』(신아문화사, 1993), 120~125쪽.

가 반갑도다'와 같고, 신재효본 〈가루지기타령〉이나 〈흥부가〉에 나오
는 거사 사당패가 부르는 雜歌의 사설인 '山川草木이 成林한듸 귀경가
기 질겁쓰다'나 '산천초목이라 성림한듸 귀경가기 질겁도다'와 비슷하
다는 점에서 예전의 한본토의 민요가 제주도로 흘러들어와서 오늘날까
지 變異되면서 전승되는 것이 아닌가 한다."고 하였다. 그러면서 〈흥부
전〉이나 〈가루지기타령〉에서 "山川草木이 成林한듸"가 제주도에 들어
와서 구전되는 동안, "산천초목 속입 난다", "산천초목 성림이난다"로도
변모된 듯이 보인다고 하였다.

[48]~[51]은 〈해녀노젓는소리〉 사설인데, [45]~[46]의 유희요 〈산천초
목〉 사설과 일치한다. 따라서 〈해녀노젓는소리〉 사설 중에 발산형 사
설인 [48]~[51]은 〈산천초목〉의 사설을 단순 차용한 사설이다. 이 가운
데 [50]과 [51]은 현종순이 부른 사설이다. "잎은 따다 입에 물고"와 "꽃
은 따다 머리에 꽂고"의 구연 순서만이 바뀌었을 뿐이다. [50]과 [51]은
[45]~[47]의 사설을 단순 차용하여 꽃으로 머리를 단장한 자신의 용모가
빼어남을 뽐내고 있다.

이처럼 자신의 용모가 빼어나기 때문에 시집을 가더라도 초라하게
가지는 않겠다고 노래하기도 한다. 다음에 인용한 사설이 그것이다.

[52] 갈라믄 가고 말라믄 말제 // 집세기 신고서 시집을 갈까[100]
[53] 가면은 가고 말면은 말았지 초신을 신고야 씨집을 갈소냐[101]
[54] 가믄은 / 가곡 // 말믄은 / 말앗지 // 초신을 / 신어근 // 씨집 가
   랜 / 말이우꽈[102]

100) 김연갑, 『아리랑』(현대문예사, 1986), 302쪽.
101) 이창배, 앞의 책, 370쪽.
102) 김영돈, 『제주도민요연구상』(일조각, 1965), 329쪽.

[55] 가면 가고요 / 말면은 말지 // 초신을 신고서 / 시집을 간댄말
가[103]

[56] 가면은가고 말면은말앗지 이혜요 // 초신신고서 에헤라 씨집을
가나[104]

[57] 가면은 / 가고요 // 말면은 / 말앗지 // 초신을신고서 / 에라와
시집 갈거나[105]

[58] 가면은가고요 / 말면은말앗지 // 찝신을신고서 / 씨집을가나[106]

[59] 어허 가면 가고요 / 말면 말앗지 // 초신을 신고서 / 씨집을 가
느냐 // 에헤에 에헹이~이혜요 // 사랑아 내동동 내사랑만 가노
라[107]

[60] 이여도사나 / 이여도사나 // 이여도사나 / 이여도사나 // 가면은
가고 / 말면은 말지 // 짚신을 신고 / 시집을 가리 // 이여도사나
/ 이여도사나 // 이여도사나 / 이여도사나 // 이여도사나 / 이여
도사나 // 어정 칠월 / 동동 팔월 / 제주도 갈 날이 / 멀지 않앗
구나 // 이여도사나 / 이여도사나 // 선물 사고 / 돈 짊어지고 //
고향 산천 / 언제나 가리 // 이여도사나 / 이여도사나[108]

　[52]는 전라도 〈진도아리랑〉 사설이다. [53]~[55]는 제주도 민요 〈오돌
또기〉 사설이다. [56]은 제주도 민요 〈질군악〉 [57]은 제주도 민요 〈중
타령〉 [58] 제주도 민요 〈사랑가〉 사설이다. [59]는 제주도 민요 〈동풍
가〉 사설이다. [60]은 〈해녀노젓는소리〉 사설이다. [60]은 유희요 [52]~

---

103) 김영돈, 『제주의 민요』[신아문화사(민속원), 1993], 385쪽.
104) 위의 책, 616쪽.
105) 위의 책, 620쪽.
106) 위의 책, 625쪽.
107) 위의 책, 622쪽.
108) 이성훈, 「서부경남지역 〈해녀노젓는소리〉 조사」, 『숭실어문』 제21집(숭실어
문학회, 2005), 404쪽.

[59]의 사설을 단순 차용하고 있다.

〈오돌또기〉는 오늘날 제주도의 대표적인 창민요로서, 그 구성진 가락은 이미 전국에 알려졌으며 제주도민이 대체로 부를 줄 안다. 〈오돌또기〉는 그 사설보다도 그 싱그럽고 뛰어난 선율이 생명이다.109) 이 민요는 12/8박자, 굿거리 장단에 맞는데, 앞소리 4장단, 뒷소리 4장단으로 앞뒷소리가 균형이 잡힌 章節形式으로 되었다. 構成音은 la, do, re, mi, sol, la이고, 全音 5음계로 되었고, re로 終止되며 전형적인 la旋法으로 되었다. 主要音은 re, mi, la로 界面調的 골격이 보인다. 선율형이 자유스러운 점, 리듬이 다양한 변화를 갖는 점, 균형잡힌 형식 등 모든 점으로 봐서 제주도 민요 중에 가장 세련되어 있다. 매우 흥겹고 명랑한 느낌을 준다.110)

유희요의 사설을 단순 차용하여 임에 대한 사랑과 연모만을 노래하는 것은 아니다. 임에 대한 미움과 심지어 증오를 노래하기도 한다. 뱃일 나간 남편이 돌아오지 않기를 바라면서 또 다른 임을 찾기도 한다. 다음에 인용한 사설이 그것이다.

> [61] 우리집 서방님은 명태잡이 갔는데 // 바람아 강풍아 석달 열흘만 불어라 // 보름만 살다 죽게111)
>
> [62] 우리집 서방님으노 행경도 명태바리로 갔는데 // 샛바람아 불거들라 석달열흘마 불아라 // 밤사촌오륙촌 되거들랑 너도사 오너라112)

---

109) 김영돈, 앞의 책, 118쪽.
110) 이보형, 「민속예술」, 『한국민속종합조사보고서 : 제주도편』(문화재관리국, 1974), 297~298쪽.
111) 김연갑, 『아리랑-그 맛, 멋 그리고…』(집문당, 1988), 320쪽.
112) 김연갑, 『아리랑』(현대문예사, 1986), 347쪽.

[63] 바람아 / 강풍아 // 불지를 / 말어라 // 우리집 / 서방님이 // 멩
테 잡으러 / 갔는데[113]

[64] 바람아 / 강풍아 // 석 덜 열흘만 / 불어라 // 우르집 / 서방님 //
멩테 잡으러 / 갔는데 // (그래까꼬 계속해 이여싸 들어가면 돼)
이여사나 / 이여사나[114]

[61]은 강원도 〈엮음아라리〉 사설이고 [62]는 경상도 월성지방에서 전
승되는 〈아리랑(영월정승노래)〉 사설이다. [61]의 화자는 함경도로 명
태잡이 간 남편이 어선이 동풍에 밀려 돌아오지 않기를 바라고 있다.
그러면서 [62]와 같이 다른 임을 만나 애정을 나눌 수 인연이 있기를 기
대하기도 한다.

[63]과 [64]는 경상남도 거제시에 거주하는 윤미자가 부른 사설이다.
윤미자는 [63]을 부른 다음에 "그 멩테 잡으레 갔는데….''라고 말하면서
더 사설을 이어나가질 못했다. 그래서 필자는 완결된 사설 내용을 듣
고 싶어서 "멩테 잡으러 갔는데, 그 다음에. 저 바당에 군대환은 뭐 둥
둥둥 그거 이어서 같이 한 번 해 보십써."하고 물었다. 그러자 윤미자
는 "바당 바당 / 넓은 바당 // 둥둥 떠 있는 / 저 군함아 // 너는 날 뽀
면 / 본승만숭 // 나는 널 뽀면 / 쏙만 탄다."고 노래한 다음에 "그래가
이여사 들어 가고."라고 말했다. 필자는 다시 "계속해 봅써."하고 더 불
러 달라고 말하자, 윤미자는 "쏙만 탄다 / 이여싸 // 바람아 / 강풍아 //
불지를"만을 부르고 "엉, 불지를 말아, 그기. 멩테 잡으러 가는 건 바람

---

113) 이성훈, 「〈해녀노젓는소리〉 사설」, 조규익·이성훈·강명혜·문숙희, 『제주
도 해녀노젓는소리의 본토 전승양상에 관한 조사·연구』(민속원, 2005),
286~287쪽.
114) 위의 글, 287~288쪽.

아 강풍아 설 덜 열흘만 불어라."라고 말하면서 더 이상 사설을 이어나
가지 못했다. 이에 필자는 "한 번 해 보세요."라고 또다시 요청했다. 그
리지 윤미자는 [64]이 사설만 부르고 더 이상 이어나가질 못했다. 따라
서 [63]과 [64]의 가창자인 윤미자는 [62]의 1행과 2행의 사설은 알고는
있었지만 3행의 사설은 기억하지 못하고 1행과 2행의 사설만을 단순
차용하여 불렀다고 본다. 이는 〈해녀노젓는소리〉 발산형 사설이 다른
요종의 사설을 차용하여 부르는 경우가 많다는 사실을 다시 확인한 셈
이다.

다섯째, 이별을 노래한 사설이다.

[65] 일본 대판이 얼마나 좋아서 // 꽃같은 나를 두고 연락선을 탔느
냐[115]
[66] 이여사나 아아 / 이여도사나 아아 // 일본 동경이 / 얼마나 좋아
아아 // 꽃 같은 나를 두고 / 연락선을 타고 // 이여사나 / 이여
사나[116]
[67] 일본 동경이 / 얼마나 좋아 // 꼿 같은 / 나를 두고 // 연락선을
/ 탄더냐 // 져라져라 / 어기야져라 // 이여사나 / 이여도사나[117]

[65]는 서울·경기지역의 〈청춘가(아리랑타령)〉 사설이고 [66]과 [67]
은 〈해녀노젓는소리〉 사설이다. [66]과 [67]은 [65]의 사설을 단순 차용
하여 자신을 버리고 떠나는 임을 원망하는 발산형 사설이다.

여섯째, 戀慕를 노래한 사설이다.

---

115) 김연갑, 『아리랑-그 맛, 멋 그리고…』(집문당, 1988), 308쪽.
116) 이성훈, 앞의 글, 302쪽.
117) 이성훈, 「경남 통영시 해녀 〈노 젓는 노래〉 조사」, 『한국민요학』 제11집(한
국민요학회, 2002), 243~244쪽.

[68] 푸릇푸릇 봄배차는 찬이슬오기만 기다리고 // 옥에갇힌 춘향이
　　는 이도령올때만 기다린다.118)

[69] 시들버들 / 당배추는 // 봄비 올 때 / 기다리고 // 옥에 가둔 / 춘
　　향이는 // 이도령 올 때 / 기다린다 // 이여사나 / 져라져라 // 어
　　기야져라119)

　[68]은 충청도 충주지방 〈아리랑 타령〉 사설이고 [69]는 〈해녀노젓는
소리〉 사설이다. 임과 잠시 이별하였지만 임이 돌아오기를 간절히 기
다리는 마음으로 노래하고 있다. '시들시들한 봄배추'는 봄비가 내리기
를 기다리듯이 '옥에 갇혀있는 춘향이'는 이도령이 오기만을 애타게 기
다린다. 춘향이와 이도령의 이야기는 누구나 익히 알고 있는 이야기일
뿐만 아니라 [68]은 〈아리랑 타령〉으로 널리 불려오던 사설이다. 따라
서 [69]의 가창자 현종순은 자신의 외로운 처지를 〈춘향전〉 이야기의
모티프를 원용하여 사설 창작하였다고 볼 수도 있지만 널리 전승되어
내려오던 〈아리랑 타령〉의 사설을 단순 차용하여 불렀다고 본다. 이는
현종순이 구연한 103편의 사설120) 가운데 많은 각편이 유희요의 사설
을 차용하여 부르고 있는 것과 무관하지 않다.

　[70] 개야 개야 검둥개야 밤사람보고 짖지마라 개야 개야 검둥개야
　　　밤사람보고 짖지마라 남의 눈에 띄지 않게 슬금 살짝 오신 임을
　　　느닷없이 내달아서 컹컹 짖어 쫓게 되면 야반삼경 깊은 밤에 고
　　　대하던 우리 임이 하릴없이 돌아서면 나는 장차 어찌할거나121)

118) 김연갑, 『아리랑』(현대문예사, 1986), 271쪽.
119) 이성훈, 앞의 글, 248쪽.
120) 이성훈, 앞의 글, 235~265쪽.
121) 이창배, 앞의 책, 292쪽.

[71] 개야 개야 검둥개야 개야 개야 검둥개야 가랑잎만 달싹해도 짖
는 개야 청사초롱 불 밝혀라 우리 임이 오시거든 개야 개야 검
둥개야 개야 개야 검둥개야 짖지를 마라 멍멍 멍멍 짖지를 마
라122)

[72] 개야 개야 / 검둥개야 // 밤 손님 / 오거들랑 // 짖지를 / 말아라
// 몰르쿠다 / 이여사나 // 이여사나123)

[73] 개야개야 / 개삼동개야 // 밤사람은 / 다도둑이냐 // 밤사람봉 /
함부로 // 주치지말라 / 이여도허라124)

[74] 개야 개야 / 개삼동개야 // 밤 사름은 / 다 도독이냐 // 밤 사름
보경 / 그저 주끄지 말라125)

　[70]은 경기도 민요 〈사설 난봉가(辭說難逢歌)〉 사설이고. [71]은 경상
도 민요 〈통영(統營) 개타령〉 사설이다. [72]와 [73]은 〈해녀노젓는소리〉
사설이고 [74]는 제주도 〈방아노래〉사설이다. [72]와 [73]이 [70]과 [71] 및
[74]의 사설을 차용하여 불렀다기보다는 [74]도 [70]과 [71]의 사설을 차
용하여 불렀다고 보는 게 타당하다. 앞에서 언급한 바와 같이 〈방아노
래〉 사설과 〈해녀노젓는소리〉 사설은 서로 교섭되기 때문이다.
　[72]~[74]는 [70]~[71]의 사설을 단순 차용하여 밤에 찾아오는 사람이라
고 해서 모두 도둑이 아니고 임이 올 수도 있으니 개야 무조건 짖지 말
라고 노래하였다. 다시 말해서 밤에 올지도 모르는 임을 기다리는 연
모의 정을 노래한 발산형 사설이다.

122) 위의 책, 349쪽.
123) 이성훈, 앞의 글, 263쪽.
124) 임동권, 『한국민요집』 IV(집문당, 1979), 194쪽.
125) 김영돈, 『제주도민요연구상』(일조각, 1965), 159쪽.

[75] 새로 한시에 오라고 우데마게를 주었더니 // 일, 이, 삼, 사를 모
　　　르고 열두시에 왔네[126]

[76] 열두시에 오라고 금시계 준께 // 1, 2, 3, 4 몰라서 한시에 오
　　　네[127]

[77] 열두시에 / 오라고(A) // 우데매끼 / 주엇더니(A) // 일이삼수 /
　　　몰르기로(A) // 새로스시 / 오랏구나(A) // 어기야뒤 / 지여라백
　　　여(A)[128]

[78] 열두 시에 / 오라고 // 오두마게를 / 주엇더니 // 일이삼사 / 몰
　　　라서 // 새로 한 시에 / 오랏구나 // 이여사나 / 이여도사나 //
　　　어기야져라 / 이여도사나[129]

　　　[75]는 강원도 〈정선아라리〉 사설이고 [76]은 전라도 〈진도아리랑〉
사설이다. [77]과 [78]은 〈해녀노젓는소리〉 사설이다. [75]와 [77]과 [78]의
손목 시계를 뜻하는 '우데마게', '우데매끼', '오두마께'는 '우데도께(うで
ーどけい[腕時計]'의 訛傳이다. [77]과 [78]은 [75]와 [76]의 사설을 단순
차용하여 부른 사설이다. 사랑하는 임에게 손목시계를 선물하며 만날
약속을 하였건만, 임은 약속한 시간보다 늦어서 만나는 장소에 도착했
다. 화자는 임에게 연모의 정을 품고 있었기에 약속에 늦은 임을 원망
하지 않고 임이 숫자를 몰라서 늦게 왔다고 자기 합리화를 하고 있는
발산형 사설이다.

　　　일곱째, 相思를 노래한 사설이다.

126) 김연갑, 앞의 책, 113쪽.
127) 위의 책, 296쪽.
128) 김영돈, 「민요」, 『한국민속종합조사보고서(제주도편)』(문화공보부 문화재관
　　　리국, 1974), 366쪽.
129) 이성훈, 앞의 글, 258쪽.

[79] 京城市ᄉ 불은 消防隊가ᄭ고 / 요내가슴 불은 어느郎君이써줄
가130)

[80] 서울 장안 불 붙은 거는 소방대가 끄지 // 요내 가슴 불 붙은 것
은 어느 누가 끄나131)

[81] 이삼층양옥(二三層洋屋)집에 붓는불은 // 소방대(消防隊)로나ᄭ
지 // 나의가삼 붓는불어늬누가ᄭ나132)

[82] 이층집에 / 불이나나면 // 소방대로나 / 끄지만은 // 나의가슴에
/ 불이나면 // 어느누가 / 끼여줄까133)

[83] 십 삼 도야 / 불 난 것은 // 소방데로나 / 끼우건마는 // 요내 속
에 / 불 난 것은 // 어느 누게 / 끼와 주리134)

[84] 이여싸나 / 저산천에 // 불난것은 / 비나오면 // 꺼지건만 / 청청
과수 // 속타는건 / 물을준델 // 끌수가시냐 / 이여싸나135)

[85] 일본 동경 / 불난것은 // 신문에나 / 보도나 되고 // 요 내야 가
슴 / 불난 것은 // 어느나 누구 / 알아나 주리 // 이여도사나 히
/ 이여도사나 히 // 이여도사나136)

[86] 부산항에 / 불난 것은 // 대한민국이 / 다 알건만 // 요 내야 가
슴 / 불난 것은 // 어느야 누가 / 알아주나 // 이여도사나 / 져라
져라 // 어기야져라 / 쳐라백여라 // 이여사나137)

---

130) 김연갑, 앞의 책, 387쪽.
131) 김연갑, 『아리랑-그 맛, 멋 그리고…』(집문당, 1988), 325쪽.
132) 김연갑, 『아리랑』(현대문예사, 1986), 212~213쪽.
133) 임동권, 『한국민요집』 IV(집문당, 1979), 191~192쪽.
134) 김영돈, 『제주도민요연구상』(일조각, 1965), 253쪽.
135) 김영돈, 『제주의 민요』[신아문화사(민속원), 1993], 326~327쪽.
136) 이성훈, 「〈해녀노젓는소리〉 사설」, 조규익·이성훈·강명혜·문숙희, 『제주도
해녀노젓는소리의 본토 전승양상에 관한 조사·연구』(민속원, 2005), 294쪽.
137) 이성훈, 「경남 통영시 해녀 〈노 젓는 노래〉 조사」, 『한국민요학』 제11집(한
국민요학회, 2002), 251쪽.

[79]는 〈아리랑〉 사설이고 [80]은 〈정선아라리〉 사설이다. [81]은 함경도 원산 〈新調어랑타령〉 사설이고 [82]~[86]은 〈해녀노젓는소리〉 사설이다. [82]~[86]은 〈아리랑〉 사설을 차용하여 부른 발산형 사설임을 알 수 있다. 도시에 난 불은 소방대가 끄고 산천에 난 불은 비가 끄지만 자신의 가슴 속에 난 불은 어느 누가 끄겠는가라고 자문하고 있다. 화자의 가슴 속에서 타는 불을 끌 수 있는 사람은 임밖에 없다는 것을 노래한 사설이다. 즉 임을 간절하게 그리워하는 相思를 노래한 사설이다.

[87] 밤에밤에 우는새는 님이그려서 울지마는 // 낮에낮에 우는새는 배가고파서 우느냐[138]

[88] 아침에 우는새는 배가고파 울고요 // 저녁에 우는새는 님이 그리워 운다[139]

[89] 아침에 우는새 배가고파 울고요 // 저녁에 우는새 임그려 운다[140]

[90] 아척에 우는샌 배가고파 울고요 // 즈녁에 우는새는 임을그려서 운다[141]

[91] 아침에 / 우는 새는 // 배가 고파 / 울고요 // 저녁에 / 우는 새는 // 임 그리워 / 우는구나 // 이여사나 / 이여도사나[142]

[87]은 〈원산아리랑(어랑타령)〉 사설이고 [88]은 전라도 〈진도아리랑〉 사설이다. [89]와 [90]은 제주도 민요 〈너녕나녕(너냥나냥)〉 사설이고

138) 김연갑, 앞의 책, 209쪽.
139) 위의 책, 294쪽.
140) 문화방송, 『한국민요대전 - 제주도민요해설집』((주)문화방송라디오국, 1992), 356쪽.
141) 현용준·김영돈, 『한국구비문학대계』 9-2(한국정신문화연구원, 1981), 470쪽.
142) 이성훈, 앞의 글, 259쪽.

[91]은 〈해녀노젓는소리〉 사설이다.

〈너녕나녕〉은 제주도 전역에서 발견된다. 제주민요의 음악적 특징과 일맥상통하는 면이 있어서 제주사람들이 즐겨부르는 창민요다.[143] 〈너녕나녕〉은 〈오돌또기〉, 〈이야홍〉과 더불어 제주 전역에서 널리 나타나는 창민요이다.[144] 그럼에도 불구하고 김영돈은 〈너냥나냥(너녕나녕)〉은 제주도 고유의 민요는 아니고 언제부터 어찌하여 〈너냥나냥〉이 제주도 민요라 착각하게 되었는지도 알 길이 없다고[145] 하였다. 하지만 〈너냥나냥〉의 "아침에 우는새는 배가고파 울고요 // 저녁에 우는새는 님이 그리워 운다."는 사설은 〈아리랑〉의 사설로도 불리었음을 [87] 과 [88]의 사설을 통해서 알 수 있다. [89]와 [90]의 〈너냥나냥〉은 [87]과 [88]의 〈아리랑〉과 다른 가락과 부른다. 하지만 사설 내용은 같다. 따라서 [91]은 〈너냥나냥〉이나 〈아리랑〉 사설로 널리 불려오던 사설 내용을 단순 차용하여 부른 것으로 볼 수 있다.

2. 확장 차용형 사설

먼저 유희요와 의식요의 사설이 〈해녀노젓는소리〉의 발산형 사설로 삽입되어 사설 내용이 덧붙여진 확장 차용형 사설의 양상을 살펴보기로 한다.

첫째, 자신의 신세를 한탄한 사설이다.

---

143) 문화방송, 앞의 책, 272쪽.
144) 위의 책, 357쪽.
145) 현용준·김영돈, 앞의 책, 470쪽.

[1] 앞강에 뜬 배는 고기잡이 배구요 / 뒤강에 뜬 배는 님실은 배라146)

[2] 앞강에뜬배는 / 나를신고갈배 // 뒷강에뜬배는 / 임이나신고갈배여147)

[3] 앞강에 뜬 배는 임을 실러 온배요 // 뒷강에 뜬 배는 나를 실러 온배요148)

[4] 앞강에뜬배는 / 낙소장배 // 뒤ㅅ강에뜬배는 / 님실은배요 // 눈물은지면 / 漢江水되고 // 한숨은쉬면은 / 束南風되고 // 노래는 부르면 / 치를잡고149)

[1]은 〈몽금포타령〉 사설이고 [2]는 제주도 민요 〈오돌또기〉 사설이다. [3]은 전라도 〈진도아리랑〉 사설이고 [4]는 〈해녀노젓는소리〉 사설이다.

[4]는 [1]~[3]의 사설 "앞강에 뜬 배는 낙소장배 뒷강에 뜬 배는 님 실은 배요."를 단순 차용한 다음에 "눈물은 떨어지면 한강물이 되고 한숨은 쉬면 동남풍이 되고 노래를 부르면 키[舵]를 잡는다."고 자신의 신세를 한탄하는 사설을 덧붙인 확장 차용형 사설이다.

둘째, 임에 대한 애정을 노래한 사설이다.

[5] 간다 하면은 아주를 가며 아주 간다고 널 잊을소냐150)

[6] A. 내가가면 / A. 아주간다 // A. 아주간들 / A. 잊일소냐151)

---

146) 중국음악가협회 연변분회, 『민요곡집』(연변인민출판사, 1982), 218쪽.

147) 김영돈, 앞의 책, 601쪽.

148) 김연갑, 앞의 책, 314쪽.

149) 임화, 『조선민요선』(학예사, 1939), 239쪽.

150) 이창배, 앞의 책, 260쪽.

151) 『백록어문』 창간호(제주대학교 사범대학 국어교육과 국어교육연구회, 1986),

[7] 간댕 ᄒ든 / 아주 가멍 // 아주 간딜 / 닐 잊히랴 // 너는 죽엉 / 나부 뒈곡 // 나는 죽엉 / 꼿이 뒈민 // 꼿과 나분 / ᄒᆞᆫ 골에 간 다[152]

[5]는 경기도 민요 〈청춘가〉 사설이고 [6]과 [7]은 〈해녀노젓는소리〉 사설이다. [5]와 [6]의 A가 부른 사설은 대동소이하다. 다만 [7]은 [5]의 물음에 대한 답변을 덧붙인 사설이다. 죽어서도 꽃과 나비가 되어 만나겠다는 것이다. 그만큼 임을 잊을 수 없고 임에 대한 사랑이 절대적이라는 내용으로 확장시키고 있다.

이러한 애정은 죽은 남편에 대한 애틋한 정으로까지 확대되어 노래하기도 한다. 다음에 인용한 사설이 그것이다.

[8] 부령 청진 간 임은 돈 벌면 오지요 북망산천 간 임은 언제나 오시나[153]

[9] 富嶺 淸津 가신 郎君은 돈이나 벌면 오잔소 // 共同山川 가신 郎君은 언제나 오시나[154]

[10] 부령청진(富寧淸津) 가신님 돈벌면오고 // 공동묘지(共同墓地) 가신님 언제나오나[155]

[11] 부령 청진 가신 낭군 // 돈을 벌엉 오건마는 // 공동 산천 가신 낭군 // 언제 나민 오실 말고 // 식게 때나 돌아오민 // ᄒᆞᆫ번 상봉 ᄒᆞ여 볼카 // 허고 허망ᄒᆞᆫ 일이여[156]

174쪽.

152) 김영돈, 『제주도민요연구상』(일조각, 1965), 252쪽.
153) 이창배, 앞의 책, 260쪽.
154) 김연갑, 앞의 책, 128쪽.
155) 위의 책, 212쪽.
156) 진성기, 『남국의 민요』(정음사, 1977), 127쪽.

[12] 부령천진 / 가신님으로 // 돈을별엉 / 오건마는 // 공동묘지 / 가
신님은 // 식계때만 / 오는구나 // 이여도사나 / 이여도사나157)
[13] 부령청진 / 가신님은(B) // 돈이나벌문 / 오건마는(B) // 공동묘
지 / 가신님은(B) // 즤ᄉ때나 / 돌아나오네(B) // 이엿사나 / 이
엿사나(B)158)

[8]은 경기도 민요 〈청춘가〉 사설이고 [9]는 강원도 〈정선아리리〉 사
설이다. 또한 [10]은 함경도 원산 〈新調어랑타령〉 사설이고 [11]~[13]은
〈해녀노젓는소리〉 사설이다. [11]~[13]은 [8]~[10]의 사설 "부령청진(富寧
淸津) 가신님 돈벌면오고 // 공동묘지(共同墓地) 가신님 언제나오나."
하고 자문하는 사설을 단순 차용한 다음에 "제사(식계, 즤ᄉ) 때나 돌
아오면 한번 상봉하여 볼까"라고 자답하는 내용을 덧붙인 확장 차용형
사설이다. 죽은 남편에 대한 애틋한 정과 다시 만날 수 없는 허무의 정
을 노래하고 있다.

[14] 날 다려 가거라 날 모셔 가거라 한양의 낭군아 날 다려 가거
라159)
[15] 날다려 가거라 나를 모셔가거라 // 함경에 정든사랑에 나를다
모셔가거라160)
[16] 날 ᄃ랑 가 도라 // 날 ᄃ랑 가 도라 // 늘 ᄃ랑 갈 ᄆ심 // 열
백번 시여도 // 본 가장 성외예 // 몬 ᄃ랑 갈키여 // 가기랑 갈

157) 임동권, 『한국민요집』 IV(집문당, 1979), 187쪽.
158) 김영돈, 「민요」, 『한국민속종합조사보고서 : 제주도편』(문화공보부 문화재관
리국, 1974), 368~369쪽.
159) 이창배, 앞의 책, 260쪽.
160) 김연갑, 앞의 책, 203쪽.

지언정 // 정이랑 두엉 가라[161]

[17] 해천 영업 안식일 놈아 // 날 대령 가거라 // 고동 생복 고동 내
사 싫어 // 해천 영업 안식일 놈아 // 날 대령 가거라[162]

[18] 님아 님아 정든 님아 // 해천영업 안시길 님 // 날 두랑 가 줌서
// 날 모상 가 줌서 // 천초 도박 내사 말다 // 줌복 구젱기 내사
말다 // 천리라도 님 뜨랑 가곡 // 만리라도 님 뜨랑 가곡 // 예
주의 종부는 님 뜨른 종부[163]

[14]는 경기도 민요 〈청춘가〉 사설이고 [15]는 강원도 〈원산아리랑(어
랑타령)〉 사설이다. [16]~[18]은 〈해녀노젓는소리〉 사설이다.

[16]~[18]은 [14]~[15]의 사설 "날다려 가거라 나를 모셔가거라."를 단순
차용한 다음에 "고동, 생복, 천초, 도박, 구젱기는 싫다 // 바다의 일을
안 시킬 사람아 나를 데리고 가거라."는 내용을 덧붙인 확장 차용형 사
설이다. 다시 말해서 임에게 자신을 데리고 가 달라고 애원만 하는 게
아니라 해녀의 일을 시키지 않을 임이면 나를 데리고 가 달라고 자신
의 요구 사항까지 노래한 확장 차용형 사설이다.

[19] 임 실러 갈 적엔 반돛을 달고요 임 신고 올 적엔 온돛을 단다
네[164]

[20] 앞 니물에 절이 놀고 // 뒷 니물에 네가 놀고 // 삼 대선을 세와
놓고 // 님 실르레 가실적인 // 촌 돛대를 둘아 놓고 // 님 실르
고 오실적인 // 반 돛대를 둘아 놔도 // 배질 흥기 영 좋더라 //

161) 진성기, 『남국의 민요』(정음사, 1977), 123쪽.
162) 진성기, 『제주도민요』 제3집(성문프린트사, 1958), 91쪽.
163) 진성기, 『남국의 민요』(정음사, 1977), 124~125쪽.
164) 이창배, 앞의 책, 317쪽.

잘도 간다 잘도 간다[165)

[19]는 황해도 민요 〈몽금포 타령(夢金浦打令)〉 사설이고 [20]은 〈해녀노젓는소리〉 사설이다. [20]은 [19]의 "임을 실어서 갈 적에는 반돛을 달고 임을 싣고 올 적에는 온돛을 단다."는 사설을 차용한 다음에, 임을 실은 배가 바다를 달리는 모습의 내용을 덧붙인 확장 차용형 사설이다. 즉 "(배의 머리인) 이물에는 파도가 놀고 (배의 뒷부분인) 고물에는 櫓가 논다. (돛대를 세 개 세운 배인) 삼대선의 (큰 돛대를) 세워 놓고 임 실으러 갈 때는 찬 돛대를 달아 놓고 임 싣고 올 때에는 반 돛대를 달아 놓아도 배질하기 아주 좋더라. 잘도 간다. 잘도 간다."라고 노래하고 있다. 사랑하는 임을 실고 오기 때문에 노 젓는 고통도 감수할 수 있다는 것이다. 임에 대한 애정을 사실적으로 묘사하고 있다.

셋째, 출가 목적을 노래한 사설이다.

[21] 높은 산 상상봉 외로운 소나무 // 내 몸과 같이도 홀로이 섰네[166)

[22] 노픈산 상상봉 웨로 산 저 솔나무 // 너 혼자 에리화 웨로이 삿구나[167)

[23] 노픈 곳 / 산상에 // 웨로 산 / 소낭아 // 나도야 / 널ㄱ찌 // 웨로이 / 삿고나[168)

[24] 높은 산 / 성산포 // 외로와진 / 저 소나무 // 어느 누가 / 밀어서 // 내가 여기 / 오랐는고 // 이여싸나 / 이여싸나 아아[169)

165) 진성기, 『제주도민요』 제1집(희망프린트사, 1958), 134~135쪽.
166) 중국음악가협회 연변분회, 앞의 책, 283쪽.
167) 김영돈, 『제주도민요연구하』 이론편(민속원, 2002), 227쪽.
168) 김영돈, 『제주도민요연구상』(일조각, 1965), 261쪽.

[21]은 〈진도아리랑〉 사설이고 [22]는 제주도 민요 〈산천초목〉 사설
이다. [23]과 [24]는 〈해녀노젓는소리〉 사설이다. [23]은 [21]과 [22]의 사
설을 단순 차용한 사설이지만, [24]는 [21]과 [22]의 전반부 "높은 산 상
상봉 외로운 소나무"를 단순 차용한 다음 "어느 누가 밀어서 내가 여기
오랐는가?"라는 사설을 덧붙인 확장 차용형 사설이다. [24]의 화자는 누
가 밀어서 여기에 온 것이 아니고 금전 때문에 본토로 출가 물질을 나
오게 되었다고 노래한 것이다. 다시 말해서 출가 물질을 나온 이유와
목적을 노래하고 있다고 볼 수 있다. 본토 출가 목적이 금전 획득에 있
다는 사실은 다음에 인용한 사설에서 구체적으로 드러난다.

[25] 산도 설고 물도 선데 누굴 바라고 어허얼싸 나 여기 왔나[170]

[26] 산천이 좋아서 내 여기를 왔냐 // 임사는 곳이라고 내여기를 왔
제[171]

[27] 산 설고 물도 선데 무엇하러 나 여기왔나 // 임자 당신 하나만
바래서 나 여기 왔소.[172]

[28] 산도 설고 물도 설은 // 요 곳을 어디라서 // 내 여기를 오랐더
냐 // 임이 있는 곳이라서 // 내 여기를 오랐더냐 // 산천이 고와
서 // 산천 구경 오랐더냐 // 내 년이 잘 낳서 // 내 여기를 오랐
더냐 // 악마 곹은 요 금전에 // 몸을 따라 오고 보니 // 무한 흔
고통과 // 압박을 돌게 받네[173]

---

169) 이성훈, 「〈해녀노젓는소리〉 사설」, 조규익·이성훈·강명혜·문숙희, 『제주
도 해녀노젓는소리의 본토전승양상에관한조사·연구』(민속원, 2005), 292~
293쪽.
170) 이창배, 앞의 책, 282쪽.
171) 김연갑, 『아리랑』(현대문예사, 1986), 293쪽.
172) 위의 책, 98쪽.
173) 진성기, 『제주도민요』 제1집(희망프린트사, 1958), 129~131쪽.

[29] 산도 설고 / 물도 선 듸 // 어디란 / 일로 와시니 // 돈일러라 /
   돈일러라 // 말 모른 / 돈일러라 // 돈의 전체굿 / 아니민 // 내
   가 요디 / 무사 오리174)

[30] 멩치 에에 / 이십팔년에 에에 // 나노난 으으 / 요모양인가 에에
   // 우리부모 으으 / 날날적에 에에 // 영활볼려고 으으 // 낫건마
   는 으으 // 요지경이로고나 으으 / 이여싸나 // 산도설고 으으 /
   물도선 으으 // 타향땅의 으으 / 뭘보레 에에 // 내가갓던고 으
   으 / 이여싸니로고나175)

[25]는 경기도 민요 〈군밤타령〉 사설이고 [26]은 전라도 〈진도아리랑〉
사설이다. [27]은 강원도 〈정선아리랑〉 사설이고 [28]~[30]은 〈해녀노젓
는소리〉 사설이다. [30]은 1980년에 채록된 〈해녀노젓는소리〉 사설이
다. 채록 당시 제보자 김금련의 나이는 86세이다. 따라서 제보자가 태
어난 해는 명치 28년, 즉 1895년이다. 가창자는 "명치 28년에 태어나서
요 모양인가. 우리 부모가 나를 낳을 적에는 영화를 보려고 낳지마는
요 지경이로구나. 산도 설고 물도 선 타향 땅에 무엇을 보러 내가 갔던
가."하고 자탄한다. 주지하듯이 1895년은 일본 낭인들에 의하여 명성황
후가 시해 사건이 있었던 해이고 단발령(斷髮令)이 선포된 해이기도
하다. 그만큼 시대 상황이 어지러울 때 태어났다. 여기서 가창자는 명
성황후 시해 사건과 단발령 선포를 의식해서 명치 28년에 태어났다고
노래하였다고 보기보다는 자신의 기구한 운명을 드러내기 위한 장치로
태어난 해를 노래하였다고 본다. 이는 [28]과 [29]에서 보듯이 돈을 벌어
가난에서 벗어나기 위해 산도 설고 물도 선 본토로 출가 물질을 나와

---

174) 김영돈, 앞의 책, 243~244쪽.
175) 현용준·김영돈, 『한국구비문학대계』9-2(한국정신문화연구원, 1981), 469쪽.

야만 했던 저간의 사정을 토로하는 것이다. 따라서 [30]은 〈군밤타령〉
의 사설을 차용하고, 여기에 자신의 신세와 처지를 한탄하는 사설을
덧붙인 것이라고 본다.

넷째, 노 젓기를 독려하는 사설이다.

> [31] 일락서산(日落西山)에 해써러지고 // 월출동정(月出東庭)에달이
> 솟네176)
> [32] 일락은 서산에 해떨어지고 월출동령에 저기 저 달이 막 솟아온
> 다177)
> [33] 일락은 서산에 해떨어지고 월출동령에 달 솟아온다178)
> [34] 일락서산 해떨어지고 월출동령에 달 솟아온다179)
> [35] 일락서산에 해떨어지고 월출동령에 달이 솟아 여봐라 사농공상
> 직업 중에 우리 농부가 제일일세180)
> [36] 월추야 / 동경에 // 돌이 / 떠도는구나 // 일락서산에 / 해가지는
> 구나181)
> [37] 일락서산 해는 지고 // 월출동경 둘이나 뜨네 // 이여싸나 히182)
> [38] 해는보난 / 일낙서산 // 뚝떨어지고 // 나갈질이 / 어디던고 //
> 발은버던 / 울럼더니 // 월출동녕 / 달솟아올라 // 이허도사나 /
> 시 - // 철아철아 / 시 -183)
> [39] 해는 보니 일락 서산 다 들었구나 // 어서나 져라 쿵쿵 져라 //

176) 김연갑, 앞의 책, 35쪽.
177) 이창배, 앞의 책, 270쪽.
178) 위의 책, 278쪽.
179) 위의 책, 322쪽.
180) 위의 책, 361쪽.
181) 임동권, 『한국민요집』 IV(집문당, 1979), 187쪽.
182) 오성찬, 『제주의 마을16 표선리』(도서출판 반석, 1996), 87쪽.
183) 김사엽·최상수·방종현, 『조선민요집성』(정음사, 1948), 324쪽.

서쪽 나라로 넘어간다. // 이여도사나184)

　[31]은 〈강원도 아리랑〉 사설이고 [32] 경기도 민요 〈방아타령〉 사설
이다. [33]은 경기도 민요 〈양산도(陽山道)〉 사설이고 [34] 평안도 민요
〈수심가(愁心歌)〉 사설이다. [35]는 전라도 민요 〈잦은 농부가〉 사설이
고 [36]~[38]은 〈해녀노젓는소리〉 사설이다.

　[36]과 [37]은 "일락서산에 해는 지고 월출동령에 달 솟아온다."는 [31],
[32], [33], [34], [35]의 사설을 단순 차용하고 있다. 하지만 [38]과 [39]는
"해는 보니까 일락서산에 다 들었다."는 사설을 단순 차용한 다음에
[38]은 "내가 갈 길이 어디더냐 발을 뻗어 (정판185)을 치면서) 울렸더니
월출동령에 달 솟아온다."고 노래하였고, [39]는 "어서나 저어라 쿵쿵
저어라 서쪽 나라로 (해가) 넘어 간다."고 노래하였다. 이는 물질 작업
을 마치고 돌아오면서 빨리 귀항하자고 노 젓기를 독려한 〈해녀노젓는
소리〉 수렴형 사설로 볼 수도 있지만 유희요의 사설을 확장 차용한 발
산형 사설로 보는 게 타당하다고 본다.

　　[40] 남문을 열고 파루를 치니 계명산천이 밝아 온다186)
　　[41] 남문 열고 바라둥당 치니 / 계명산천에 달이 살작 밝았네187)
　　[42] 앞문을 / 열어서 // 바래를 / 치여허니 // 계명산 / 산천이 // 다
　　　　밝아 / 오는구나 // 이여사나 / 이여도사나 // 몰르쿠다 / 이여사

184) 오성찬, 『제주의 마을4 호근·서호리』(도서출판 반석, 1986), 111쪽.
185) 낚시거루의 이물간 다음간의 밑널빤지, 여닫게 되어 있으며 노 저을 때 디
　　디어 서는데, 그 밑에는 漁具나 채취한 해산물을 넣어 둠[김영돈, 『제주도민
　　요연구상』(일조각, 1965), 241쪽].
186) 이창배, 앞의 책, 286쪽.
187) 성경린·장사훈, 앞의 책, 72쪽.

나188)

　[40]과 [41]은 경기도 민요 〈경복궁타령〉 사설이고 [42]는 〈해녀노젓는
소리〉 사설이다. [42]의 가창자 현종순은 〈경복궁타령〉 사설을 차용하
고 있는데, '남문'을 '앞문'으로, '파루'를 '바래' 부른 것은 전승 과정에서
의 착오로 보인다. 현종순은 "(사설을) 모르겠다. 이여도사나"하고 부른
것은 예전에는 아는 사설이었지만 지금은 기억하지 못한다고 노래하고
있기 때문에 그렇다. 아무튼 〈경복궁타령〉 사설을 〈해녀노젓는소리〉
사설로 차용하여 부른 것은 아침이 밝았으니 어서 빨리 물질 작업을
나가야 한다는 점을 상기함과 동시에 물질 작업장에 남보다 빨리 도착
하려면 노를 빨리 저어야 한다는 확장 차용형 사설로 부른 것으로 짐
작된다. 다음의 인용한 사설도 노 젓기를 독려하는 사설이다.

> [43] 저 건너 갈미봉에 비가 몰려 들어온다 우장을 두르고 지심 매러
> 　　갈거나189)
> [44] 저 건너 갈미봉 // 안개구름 속에 // 비 묻어 온다 // 雨裝을 허
> 　　리에 두르고 // 지심 매러 갈꺼나190)
> [45] 저 건너 // 갈미 복에 // 엉긴 대구덕에 // 낙지발 // 등기듯 //
> 　　비가 듬숙 // 밀려 온다 // 이여허라 // 이여허라191)
> [46] 저디 건너 / 갈미봉에 // 엉긴 구덕 / 낙지 발 등기듯 // 비가 듬
> 　　쑥 / 밀려 온다192)

---

188) 이성훈, 「경남 통영시 해녀 〈노 젓는 노래〉 조사」, 『한국민요학』 제11집(한
　　국민요학회, 2002), 262~263쪽.
189) 이창배, 앞의 책, 356쪽.
190) 임동권, 『한국민요집』 VI(집문당, 1981), 120쪽.
191) 김영삼, 『제주민요집』(중앙문화사, 1958), 28~29쪽.

[43]은 전라도 민요 〈육자배기〉 사설이고 [44]는 강원도 삼척지방의 〈모심기소리〉 사설이다. [45]와 [46]은 〈해녀노젓는소리〉 사설이다.

한국민요에서 갈미봉과 비는 함께 따라다닌다. '갈미봉'이라는 산이름은 강원도 정선군과 함경남도 단천군에 있다. 김무헌은 제주도를 제외한 본토지역에서의 갈비봉 소리의 분포도를 작성하였다. 다시 말해 1986년까지 수집된 자료에 따르면, 54수의 작품이 평남과 함북을 제외하고 전국적으로 분포되어 있으며, 전라도를 수위로 충청도, 경남, 경기의 순으로 볼 수 있으니, 모내기 노래를 비롯한 노동요, 곧 농업노동요는 중서남으로 교류되었음을 추측할 수 있다[193]고 하였다.

[44]의 〈모내기소리〉 소재로 쓰인 갈미봉과 비가 [45]와 [46]의 〈해녀노젓는소리〉 사설에 차용되고 있다. 본토에서 경제 활동의 근간은 농경이 중심이 되지만, 제주도에서는 해녀의 물질 작업이 중심이 된다. 비가 산봉우리로 몰려 올 때 농부가 느끼는 정서는 신나는 것으로 그들의 실존과 관계가 깊은 농경사회의 삶의 핵이다.[194] 반면에 망망대해에서 비구름이 몰려온다는 것은 해녀의 생명과 직결되는 일이기 해녀가 느끼는 정서는 해난 사고의 두려움과 공포감이다. 물질 작업을 하다가 비바람이 칠 것 같으면 작업을 중단하고 귀항한다. 바람이 불어 파도가 잔잔한 날이 없듯이 바람이 불면 파도 또한 거칠어지기 때문이다.

논농사에서 비는 필수적인 요소이며 유익하지만, 물질 작업에서 비는 불필요한 요소이며 작업을 방해하는 요인이 된다. 비를 몰아오는

192) 김영돈, 『제주도민요연구상』(일조각, 1965), 240쪽.
193) 김무헌, 『한국 노동 민요론』(집문당, 1986), 130~131쪽.
194) 김무헌, 『한국 민요 문학론』(집문당, 1987), 284쪽.

바람은 농업우장을 허리에 두르고 지심 매러 가지만, 해녀들은 물질 작업을 중단하고 육지로 돌아와야만 한다. 따라서 [45]와 [46]은 [44]의 길미봉과 비를 소재로 한 사설을 확장 차용한 발산형 사설이다.

Ⅳ 결 론

이상에서 〈해녀노젓는소리〉 사설의 교섭 양상에 관해 살펴보았다. 논의한 바를 요약하면 다음과 같다.

〈해녀노젓는소리〉와 〈방아노래〉는 사설을 서로 차용해서 부르고 있음을 알 수 있었다. 그렇다면 이러한 교섭 양상이 발생한 원인으로 무엇일까. 그것은 제주도 해녀들이 처한 생활 환경 및 생업과 무관하지 않다. 제주도 해녀들은 거의가 농업을 겸한다. 그 兼業率은 약 99%에 이른다. 여느 농부처럼 영농하는 사이에 물때에 맞춰 이웃 해녀들과 함께 물질을 하면서 부수입을 얻고 家計를 돕는다. 거의가 主農副漁요, 가다가 主漁副農인 해녀들이 없는 바 아니지만, 어쨌든 해녀질만 전업하는 경우는 극히 드물다.[195] 이처럼 제주도 해녀들은 물질 작업과 농사일을 함께 하기 때문에, 민요를 부를 때 자신이 알고 있는 사설 내용을 요종에 구분 없이 부르게 되었다고 본다.

〈해녀노젓는소리〉 사설은 유희요와 의식요의 사설을 차용하고 있지만 주로 유희요 사설을 차용하고 있었다. 〈해녀노젓는소리〉 가창자들

---

195) 김영돈, 「제주도민요연구-여성노동요를 중심으로-」(동국대 박사논문, 1983), 95~96쪽.

은 유희요의 사설 가운데 자신이 선호하거나 익히 들어서 잘 알고 있는 내용의 사설을 차용하여 부른다는 사실도 확인하였다. 차용한 사설의 제재는 주로 인생무상, 탄로, 신세한탄, 애증, 이별, 연모 등이었다.

본토 출가물질 경험이 있는 제주도에 거주하는 해녀나 본토에 이주·정착 해녀들은 제주도에서 널리 가창되는 유희요를 접할 수 있는 환경에 놓여 있었다. 뿐만 아니라 본토 동·서·남해안 지역으로 출가물질을 나오거나 집단적으로 본토에 이주·정착하여 적응하는 과정에서 해녀들이 본토인과 교류를 하게 된 것도 본토에서 널리 가창되는 유희요를 접할 수 있는 계기가 되었다고 본다. 〈해녀노젓는소리〉 사설이 유희요 사설과 교섭양상을 보이는 이유도 바로 여기에 있다.

● 참고문헌 ●

『국문학보』 제9집, 제주대학교 인문대학 국어국문학과 국어국문학연구회, 1989.

『국문학보』 제13집, 제주대학교 인문대학 국어국문학과, 1995.

『백록어문』 창간호, 제주대학교 사범대학 국어교육과 국어교육연구회, 1986.

『백록어문』 제2집, 제주대학교 사범대학 국어교육과 국어교육연구회, 1987.

『백록어문』 제15집, 백록어문학회, 1999.

강대원, 『해녀연구』개정판, 한진문화사, 1973.

강등학, 「민요의 현장과 장르의 기능」, 『한국민요의 현장과 장르론적 관심』, 집문당, 1996.

김무헌, 『한국 노동 민요론』, 집문당, 1986.

_____, 『한국 민요 문학론』, 집문당, 1987.

김사엽·최상수·방종현, 『조선민요집성』, 정음사, 1948.

김연갑, 『아리랑-그 맛, 멋 그리고…』, 집문당, 1988.

_____, 『아리랑』, 현대문예사, 1986.

김영돈, 「민요」, 『한국민속종합조사보고서(제주도편)』, 문화공보부 문화재관리국, 1974.

_____, 「제주도민요연구-여성노동요를 중심으로-」, 동국대 박사논문, 1983.

_____, 『제주도민요연구상』, 일조각, 1965.

_____, 『제주도민요연구하』 이론편, 민속원, 2002.

_____, 『제주의 민요』, 신아문화사(민속원), 1993.

김영돈, 『한국의 해녀』, 민속원, 1999.

김영삼, 『제주민요집』, 중앙문화사, 1958.

문숙희, 「서부경남에 전승된 제주도 〈해녀노젓는소리〉의 음악적 고찰」, 『한국민요학』 제16집, 한국민요학회, 2005.

문화방송, 『한국민요대전 - 제주도민요해설집』, (주)문화방송라디오국, 1992.

미　상, 「해녀의 노래 - 제주도민요 - 」, 『별건곤』 제42호, 개벽사, 1931.

변성구, 「해녀노래의 사설 유형 분석」, 현지김영돈박사화갑기념논문집간 행위원회편, 『제주문화연구』, 도서출판 제주문화, 1993.

부산남구민속회, 『남구의 민속과 문화』, 부산남구민속회, 2001.

성경린 · 장사훈, 『조선의 민요』, 국제음악문화사, 1949.

예술연구실, 『한국의 민속음악 - 제주도민요편』, 한국정신문화연구원, 1984.

오성찬, 『제주의 마을16 표선리』, 도서출판 반석, 1996.

＿＿＿, 『제주의 마을4 호근 · 서호리』, 도서출판 반석, 1986.

이보형, 「민속예술」, 『한국민속종합조사보고서 : 제주도편』, 문화재관리국, 1974.

이성훈, 「〈해녀노젓는소리〉 사설」, 조규익 · 이성훈 · 강명혜 · 문숙희, 『제 주도 해녀노젓는소리의 본토전승양상에관한조사 · 연구』, 민속원, 2005.

＿＿＿, 「강원도 속초시 해녀 〈노 젓는 노래〉와 생애력 조사」, 『숭실어문』 제19집, 숭실어문학회, 2003.

＿＿＿, 「경남 통영시 해녀 〈노 젓는 노래〉 조사」, 『한국민요학』 제11집, 한국민요학회, 2002.

＿＿＿, 「민요 제보자의 생애와 사설」, 『백록어문』 제2집, 제주대학교 국 어교육과 국어교육연구회, 1987.

＿＿＿, 「서부경남지역 〈해녀노젓는소리〉 조사」, 『숭실어문』 제21집, 숭 실어문학회, 2003.

이영식, 「장례요의 〈회심곡〉 사설 수용 양상 - 강원도를 중심으로 - 」, 『한국민요학』 제15집, 한국민요학회, 2004.

이창배, 『가요집성』, 홍인문화사, 1976.

이창식, 「민요와 시가의 교섭양상 - 〈방아타령〉계 각편들을 중심으로-」, 동국대학교 대학원 석사학위논문, 1984.

_____, 『한국의 유희민요』, 집문당, 1999.

임동권, 『한국민요집』 Ⅱ, 집문당, 1974.

_____, 『한국민요집』 Ⅳ, 집문당, 1979.

_____, 『한국민요집』 Ⅴ, 집문당, 1980.

_____, 『한국민요집』 Ⅵ, 집문당, 1981.

임석재, 『임석재 채록 한국구연민요-자료편(해설·악보·가사)-』, 집문당, 1997.

임 화, 『조선민요선』, 학예사, 1939.

조규익, 「문틀의 존재와 의미」, 조규익·이성훈·강명혜·문숙희, 『제주도 해녀노젓는소리의 본토 전승양상에 관한 조사·연구』, 민속원, 2005.

중국음악가협회 연변분회, 『민요곡집』, 연변인민출판사, 1982.

진성기, 『남국의 민요』, 정음사, 1977.

_____, 『제주도민요』 제1집, 희망프린트사, 1958.

_____, 『제주도민요』 제2집, 중앙미술사프린트부, 1958.

_____, 『제주도민요』 제3집, 성문프린트사, 1958.

허남춘, 「「서사민요」란 장르규정에 대한 이견-제주 시집살이 노래를 중심으로-」, 현지김영돈박사화갑기념논문집간행위원회 편, 『제주문화연구』, 도서출판 제주문화, 1993.

현용준·김영돈, 『한국구비문학대계』 9-2, 한국정신문화연구원, 1981.

_____, 『한국구비문학대계』 9-3, 한국정신문화연구원, 1983.

05

〈海女노래〉의 機能과
辭說分析

| 김영돈 | 제주대학교

『한국문학연구』 제6·7집, 1984.

I 서 론

해녀의 발상지라 볼 수 있는 제주도에는 세계적으로 관심을 끄는 해녀가 3만 가까이 밀집되어 있다. 그들 특유의 작업 기량이 주목될 것은 물론이거니와, 이들이 부르는 역동적인 민요 〈海女노래〉 역시 국내외에서 유례를 볼 수 없는 裸潛漁業時의 〈뱃노래〉여서 우리의 관심을 끈다.

해녀는 한국과 일본에 국한하여 분포되어 있는데, 본격적인 〈海女노래〉는 제주도 해안 마을에서만 전승되는 女性勞動謠다. 〈海女노래〉는 그 사설로 보아 〈맷돌・방아노래〉와 함께 제주도 민요의 쌍벽을 이룬다. 〈해녀노래〉는 이미 작업과 분리되었으므로 人爲條件에 따라서야만 구연되고 수집될 수 있다. 自然的 歌唱機緣이 사라지기는 했지마는, 그 시기가 오래되진 않았으므로 해안마을 50대 이상 해녀들 가운데서는 아직도 전승된다.

〈海女노래〉는 주고 낚싯거루나 돛배를 타고 물질 오갈 때, 해녀들 여럿이 노를 저으면서 구연되는 노래였다. 특히 본토 연안으로 出稼하러 나가거나 돌아올 때에는 晝夜長川 불렀었다. 두 분 이상이 노를 저으며 부르는 것이 일반이므로 〈海女노래〉 역시 先後唱을 하거나 交唱을 하는 게 보통이요, 獨唱하는 경우는 드물다. 櫓를 젓는 작업이 집단으로 이루어지기 때문이다. 各篇(verson)을 불러 가는 순서는 그 前篇에 드러난 이미지나 어휘로 말미암은 聯想作用에 따르는 倂行體(parallelism by linking)의 경우를 드물게 볼 뿐, 고정되어 있지는 않다.

〈海女노래〉는 주로 배를 타서 櫓를 저으며 부르는 일종의 〈뱃노래〉이기 때문에 제주도 민요의 主宗인 〈맷돌・방아노래〉와 함께 古今東西 同軌인 最古・普遍의 謠種이다. 유독 海女集團만이 부른다는 점에

서 세계에 유례없는, 珍重한 〈海女노래〉의 전승은 제주도 민요의 特異
性과 秀逸性을 드러내는데, 그 연구 과제는 海女研究와 더불어 漢拏山
처럼 쌓였다. 황무지 상태인 〈海女노래〉에 대한 연구가 활성화되기를
바라면서 여기에서는 우선 다음 몇 가지만을 고찰할까 한다.

1. 〈海女노래〉가 지니는 기능은 어떠한가. 〈海女노래〉 사설은 무엇
   을 제재하고 있으며, 그 사설의 제재로 보아 그들의 集團意識은
   어떻게 요약되는가.
2. 〈海女노래〉 사설이 지니는 내용은 어떠한가. 그 사설 내용에 담
   긴 해녀들의 생활과 실태는 어떠한가.
3. 〈海女노래〉 사설의 표현은 어떠하며, 그 표현 방법에 두드러지게
   드러나는 특징은 무엇인가.

본 논문에 인용되는 민요 자료는 拙著『濟州島民謠研究 上』(一潮閣,
1965)에서 간추렸으며, 인용 민요 各篇 그 끝머리에 밝힌 숫자는 그 책
의 자료 번호다.

Ⅱ 〈海女노래〉의 機能·題材

〈海女노래〉가 지니는 機能은 어떠하며 무엇을 題材하고 있는가.
濟州島연안에서 '뱃물질'하러 오갈 때, 또는 韓半島 각 연안으로 물
질 오갈 때 탄 배의 노를 저으면서 그들은 〈海女노래〉를 불렀다. 해녀
들이 出稼할 때에는 흔히 돛배를 이용했다. 바람이 멎어 배가 느리거

나, 바람이 거슬러 불어올 경우에는 해녀들이 힘써 노를 저어야만 했고, 노를 젓는 동작에 맞추어 〈海女노래〉를 生動感 넘치게 口演했다. 〈海女노래〉를 힘차게 부를 때 일제히 규칙적인 동작으로 노를 저어갈 수 있는가 하면, 노를 젓기가 한결 편해지고 사설 내용에 도취된 채 스스로를 鼓舞하며 격려한다. 곧 음악적 율동이 사설에 곁들이기 때문에 해녀들은 노래를 흥겹게 부르며 노를 저어가는 사이에 노를 젓기는 썩 즐겁고 가벼워지며, 그들의 건강하고 切實한 삶을 새로이 인식한다. 노동요는 이처럼 지루하고 고통스럽기까지 한 노동을 치르며 口演에 참여하는 청중들에게 發興과 助興, 그리고 審美的 快樂을 불러일으킬 수 있는 방법을 가장 뚜렷이 보여준다.[1]

농어민들은 갖가지 노동과 더불어 숱한 노동요를 부름으로써 일을 한결 즐거이 치르게 될뿐더러, 행동이 규칙적으로 이루어져서 덜 지루하고 힘이 덜 든다.[2] 또한 행동 통일이 됨으로써 일군들이 노래에 맞춰 질서 있게 일할 수 있다. 이는 작업과 밀착된 勞動謠의 機能이다. 노동요를 機能謠의 大宗으로 삼는 까닭도 실로 여기에 있다. 노동요 가운데도 노래가 노동하는 동작과 밀착되는 경우가 있고 그렇잖은 경우가 있다. 노동과 勞動謠의 密着度는 노동의 형태에 따른다. 단조롭고도 억세게 되풀이되는 작업이면서 여럿이 함께 치르는 작업은 노동

1) Work songs are a particularly clear example of the way in which oral poetry can create excitement and aesthetic pleasure in a participatory audience doing tedious or even painfully laborious work. This comes out in many descriptions of work songs and their functions.(Ruth Finnegan: *Oral Poetry*, Cambridge Univ. Press, 1977, p.218.)
2) Chanteys and other work songs directed the energies of workers or relieved the tedium of labor.(George List. "Folk Music", *Folklore and Folklife*, ed. Richard M. Dorson, the Univ. of Chicago Press, 1972. p.376.)

하는 동작과 더욱 밀착되고, 완만하고 가벼운 작업이면서 한둘이 치르는 작업일 경우에는 노동하는 동작과 덜 밀착된다. 〈海女노래〉가 前者라면 〈맷돌・방아노래〉는 後者다. 이처럼 노동의 動作과 민요 口演狀況이 밀착되는 한편, 〈海女노래〉의 口演은 직업장소가 고정되어 있지 않고 작업인원이 많아 不安定된 상태이므로 그 사설은 〈맷돌・방아노래〉의 그것에 비하여 덜 가다듬어진다.

〈海女노래〉의 사설은 어떻게 분류되는가. 필자는 『濟州島民謠硏究 上』에 〈海女노래〉 199편을 수록하면서 그 사설을 다음과 같이 분류했었다.

> ① 海女作業 出發의 노래(16편)
> ② 海女作業의 노래(38편)
> ③ 海女 出稼의 노래(64편)
> ④ 海女 出稼生活의 노래(19편)
> ⑤ 사랑노래(37편)
> ⑥ 海女들의 餘情(25편)

이 분류는 사설에 드러나는 題材에 기준했다. 해녀질 그 자체에 터전하여 노래한 ①~④ 에 비하여 ⑤⑥은 해녀질에 직결되지 않은 채, 그들이 나날이 부딪치는 생활감정만을 노래했다. ①~④ 가운데, ①・②는 海女作業實態를 다루었고, ③・④는 海女出稼를 폭넓게 제재했다. 비교적 ①~④에서는 노동실태를 노래하는 비율이 높고, ⑤⑥에서는 日常生活의 情感을 담은 내용이므로 그 사설이 流動的이다.

> (1) 뭄짱으랑   집을삼앙
>   눗고개랑   어멍을삼앙

요바당에	날살아시민
어느바당	걸릴웨시랴
	(816)

〈語釋〉 모사반뎅일랑　집을 삼아
　　　놀고갤랑　　어머닐 삼아
　　　요 바다에　　내 살았으면
　　　어느 바다　　걸릴 리 있으랴

(2) 돈아돈다	무정훈돈아
눈어둔돈아	귀막은돈아
불르거든	돌아나오라
산이노판	못왐시냐
물이지펀	못왐시냐
길을몰란	못왐시냐
	(1009)

〈語釋〉 돈아 돈아　　무정한 돈아
　　　눈 어두운 돈아　귀먹은 돈아
　　　부르거든　　돌아나 오라
　　　산이 높아　　못 오느냐
　　　물이 깊어　　못 오느냐
　　　길을 몰라　　못 오느냐

(1)은 勞動實態를 노래하는 사설이요, (2)는 生活感情을 노래하는 사설이다. 모자반뎅이를 집을 삼고 놀고개를 어머닐 삼고~마치 거친 바다를 집안처럼, 怒濤를 어머니의 따스한 체온처럼 관념하는 (1)은 그대로 해녀들의 노동실태를 노래한 것이라면, (2)는 돈의 필요를 절규하듯 노래한다. (2)는 굳이 〈海女노래〉가 아니더라도 다른 노동요에서, 혹은 타령에서도 노래될 수 있는 사설이다. (2)와 같은 사설은 반드시 해녀

질을 하면서 〈海女노래〉의 가락으로만 고정되지는 않는다. ①~④에는 거의 (1)같은 사설로 채워졌으며, ⑤⑥은 (2)와 같은 사설이 대부분이나. 機能·唱曲·辭說의 관계를 두고 固定的 結合을 '＝'로, 流動的 結合을 '≠'로 표시한다면, ①~④의 경우는 機能＝唱曲＝辭說로 표현되며, ⑤⑥의 경우는 機能＝唱曲≠辭說로 정리할 수 있다.3)

〈海女노래〉의 題材를 구체적으로 보기 위해 해녀작업자체를 역점을 두어 위 ①~⑥의 제재를 자세히 분류하면 다음과 같다.

海女노래의 題材

題材	題材分類	篇數	比率	要素
① 海女作業出發	Ⅰ. 배 타 나감	11	5.5%	機能, 唱曲, 辭說이 대체로 固定的 結合
	Ⅱ. 헤엄쳐나감	5	2.5	
② 海女作業	Ⅰ. 潛水作業	8	4.0	〃
	Ⅱ. 海産物採取	12	6.0	
	Ⅲ. 苦役吐露	9	4.5	
	Ⅳ. 嘆老·無常	4	2.0	
	Ⅴ. 作業目的	5	2.5	
③ 海女出稼過程	Ⅰ. 離鄕出稼	5	2.5	〃
	Ⅱ. 노 젓는 氣魄	29	14.6	
	Ⅲ. 배와 뱃사공	9	4.5	
	Ⅳ. 出稼하는 뱃길	15	7.5	
	Ⅴ. 出稼의 目的	6	3.0	
④ 海女出稼生活		19	9.6	〃
⑤ 愛情	Ⅰ. 想思	16	8.1	機能, 唱曲은 固定的 結合이나 辭說은 流動的
	Ⅱ. 戀慕	21	10.6	
⑥ 餘情	Ⅰ. 身世吐露	9	4.5	〃
	Ⅱ. 日常情意	16	8.1	
計		199	100%	

資料：金榮敦；『濟州島民謠研究 上』

---

3) 張德順 外, 『口碑文學槪說』, 一潮閣, 1971, pp.79~81.

위의 題材 ①·②는 연안에서의 물질을 제재하는가 하면, ③·④는 제주도 해녀들이 本土 沿海 出稼를 제재한다. 출가는 제주도 해녀생활에서 차지하는 비중이 큰데 위의 자료편수만 보더라도 〈海女노래〉의 40%에 육박한다.

①은 이른바 '뱃물질'로서, 연안에서 배를 타고 작업장까지 나가는 사설과 배를 이용함이 없이 작업장까지 헤엄쳐 나가는, 이른바 'ᄀᆞᆺ물질' 할 경우의 사설로 나누어진다.

(3) 요네젓엉	흔저가게
우리베는	잼도재곡
놈의베는	뜸도뜨다
수덕좋고	제수좋은
우리베야	흔저가게
벵지바당	실ᄇᆞ름불라
	(824)
〈語釋〉 요 노 저어	어서가자
우리 배는	재기도 하고
남의 배는	뜨기도 하다
수덕 좋고	재수 좋은
우리 배야	어서 가자
명주바다	실바람 불어라

노를 저어 작업장까지 나가는 모습이 평탄하게 그려졌는데, 역시 위험이 도사린 바다라 배의 身數도 중시된다.

題材 ②에서는 해녀작업 전반이 제재로 드러난다. 해녀들이 해녀기

구를 챙기고 水深 깊이 무자맥질하는 모습, 身命 걸고 해산물을 캐는
實狀과 苦難이 노래되고, 억척스리 벌어들인 소득으로써 궁핍한 생계
에 이바시하는 잔잔한 喜悅도 드러낸다. 유례 드문 해녀작업의 困苦를
토로하면서 無常을 노래하고 嘆老하기도 한다.

(4) 유리잔을	눈에다부치곡
테왁을	가심에안곡
무쉐빗창	손에찌곡
지픈물속	들어보난
수심줌복	하서라마는
내숨쫄란	못ᄒ여라
	(834)
〈語釋〉 유리 안경4)	눈에다 붙이고
'테왁'5)을	가슴에 안고
무쇠 '빗창'6) 손에 끼고	
깊은 물속	들어보니
水深 전복	많더라마는
내 숨 짧아	못하더라

---

4) 海女들이 작업할 때 끼는 眼鏡. 이른바 '눈'이라 하는데, 지난날의 小型雙眼鏡
   은 '족세눈'이라 하고, 지금 쓰이는 大型單眼鏡은 '왕눈(큰눈)'이라 한다. '족세
   눈'은 또한 '궤눈'(舊左邑 漢東里 製品)과 '엄쟁이눈'(涯月邑 舊嚴里 製品)으로
   나누어진다.
5) 박의 씨통을 파내어서 말리고 구멍을 막아서 海女들이 바다에서 작업할 때
   타서 헤엄치는 물건.
6) 전복을 따는 길쭉한 쇠붙이.

'눈'(眼鏡)·'테왁'·'빗창'은 해녀들의 主武器다. '테왁' 밑에는 해녀들이 채취한 漁貝藻類를 넣는 그물자루가 달리는데, 이를 '망시리'(혹은, '망사리'·'망아리')라 한다. 이밖에 해조류를 베는 낫인 '정게호미'와 섬게·문어 따위를 캐는 갈쿠리 모양의 도구 '굴각지'(호맹이·가꾸리) 등이 있는데, 海女服을 입어 물안경을 끼고 '테왁'을 지니면 해녀들의 작업준비로서는 어엿하다. 바닷속 깊이 무둥퉁하게 살찐 전복은 보이는데도 숨이 짧아 따지 못한다는 안타까움을 노래했으니 水深 20m까지 들어가 2분 남짓 견디는 놀라운 技倆을 지닌 그들이지만 언제나 意欲을 못 따르는 아쉬움이 있다. 한번 무자맥질하면 해녀들은 보통 30초쯤 작업한 다음 水面에 솟는다. '테왁'을 붙잡고 '호오이'하는 소리를 지르면서 한껏 숨을 들이킨다.[7]

해녀들이 돛배를 타고 本土 각 연안으로 나가는 일은 며칠씩 海原에서 지새어야 하는 목숨 건 투쟁이었다.

<table>
<tr><td>(5) 성산포야</td><td>잘이시라</td></tr>
<tr><td>멩년이철</td><td>춘삼월나민</td></tr>
<tr><td>살아시민</td><td>상봉이여</td></tr>
<tr><td>죽어지민</td><td>영이벨이여</td></tr>
<tr><td></td><td>(871)</td></tr>
<tr><td>〈語釋〉 城山浦야</td><td>잘 있거라</td></tr>
<tr><td>명년 이 철</td><td>춘삼월 나면</td></tr>
<tr><td>살았으면</td><td>상봉이네</td></tr>
</table>

---

7) 이 소리를 '솜비질소리'·'솜비소리'·'솜비'·'숨비질소리'·'숨비소리'·'숨비'라 하는데, 이때 몸속에 축적돼 있는 탄산가스를 5~10초 동안 過度換氣하고 심호흡을 한 다음, 다시 물속으로 뛰어든다.

죽어지면	영 이별이네
(6) 돈아돈아	말모른돈아
돈의전체굿	아니민
노곡두만강	어디라니
부량청진	어디라니
부량청진	오란보난
"이나그네	늘래들어옵지기
제주안간	늘래들어옵지기"
	(939)
〈語釋〉 돈아 돈아	말 모른 돈아
돈의 까닭	아니면
露國 豆滿江	어디더냐
富寧 淸津	어디더냐
富寧 淸津	와서보니
"이 나그네	날래 들어옵지기
제주 안간	날래 들어옵지기"[8]

(5)는 海女出稼 出發時의 意志를, (6)은 出稼生活의 한 斷面을 노래 했다. 城山浦港을 떠나 本土로 물질 나가는 해녀들은 생활 위해 목숨을 건 悲壯을 역연히 노래하는가 하면, 먼 곳 富寧・淸津까지 물질을 나간 제주해녀들은 이러 고생이 生計 때문임을 새삼 확인한다. 해녀작업 자체와는 관련없이 愛情 등 일상생활에서 겪는 느낌을 제재한 예를 보기로 하자.

---

8) 제주도 海女들을 맞이하는 咸鏡道 婦人들의 인사말에 대한 흉내.

```
    (7) 가다오다          만난님은
       굴묵낭정반에        모믈펌벅
       예문예장          디린님은
       은낭푼에          츕쑬펌벅
                      (983)
 〈語釋〉 가다 오다         만난 임은
       느티나무 쟁반에      메밀 범벅
       예문 예장         드린 임은
       은 양푼에         찹쌀 범벅
    (8) 서룬어멍          날날적의
       헤도둘도          웃인날에
       나를낳아          놓아싱가
       나일롬을          불르지말라
       나일롬을          불러나보난
       ᄌ죽ᄌ죽          눈물이라라
                      (992)
 〈語釋〉 젊은 어머니        날 낳을 적에
       해도 달도         없는 날에
       나를 낳아         놓았는가
       내 이름을         부르지 말라
       내 이름을         불러나 보니
       글썽글썽          눈물이더라
```

(7)에서 잠깐 스치는 애인을 "느티나무 쟁반에 메밀 범벅"으로, 百年偕老할 夫婦를 "은 양푼에 찹쌀 범벅"이라 비유하고 있음도 마뜩하다. 찌든 가난 속에 날마다 거친 海原에서 시달려야 하는 자신은, 필경 해

도 달도 없을 적에 태어났을 것이니, 어엿한 이름인들 있겠느냐는 自嘲自卑의 노래 (8)도 깊이 있다. 되풀이하거니와 (7)·(8)의 내용은 반드시 해녀작업과 더불어 불리는 〈海女노래〉의 가락에만 따르는 사설일 수는 없다. 다른 노동요나 唱民謠로도 끼어들 수 있는 유동적인 사설들이다.

 ## 〈海女노래〉의 辭說 內容

〈海女노래〉의 사설이 지니는 그 내용은 무엇이며, 그 사설내용에 담긴 해녀들의 實態는 어떠한가. 그 제재에 따라 '海女作業出發·海女作業·海女出稼過程·海女出稼生活' 등 항목별로 간추린 사설들을 통하여 해녀들의 實相을 살피기로 한다('愛情·餘情'은 海女生活만을 노래하는 내용이 아니므로 생략한다).

1. 海女生活의 出發

四面環海의 제주도의 뭍은 제주도민의 활동무대의 일부에 불과하다. 제주도의 沿海를 밭의 연장으로 擴散하는 海女가 해안마을마다 분포됨으로써 그들의 일터에는 뭍과 바다의 구획이 없다.

<blockquote>
(9) 요바당의   요뭄야개
    날주어시민   어느바당
    어듸라도   걸릴것가
</blockquote>

(817)

〈語釋〉 요 바다에   요 모자반 모가지
        날 주었으면   어느 바다
        어디라도   걸릴 것인가

　내다보아도 둘러보아도 아득히 水平線만 보일뿐, 滄茫하기만 한 大
海原에 던져진 몸뚱이는 곧 滄海一粟. 이 거대한 바다에 도전하려면 엄
청난 巨軀였어야 하겠다고 希願하면서 너풀거리는 모자반덩이마저 내
肉身化되기를 바란다. 해녀들로서는 漁場은 곧 밭의 연장이다. 농사를
짓는 陸上田畓만이 밭이 아니라, 어장 또한 엄연한 그들의 밭이다.

　일반인들로서야 바다라면 거친 怒濤헤치며 배나 떠다니는 恐惶마저
따르는 異色境이라 생각하지마는, 해녀들로서는 生計를 잇는 日常作業
場으로서의 뜻이 第一義的 觀念이다. 해녀들의 밭은 바다까지 뻗친다.
해녀들은 '뭍의 밭'과 '바다의 밭'을 共有하는 셈이니, 뭍의 地境마다 이
름이 따르듯, 바다 곳곳에도 이름이 붙는다. 물속에 온통 잠겼거나 그
일부가 水平 위에 솟은 暗礁, 이른바 '여'만 하더라도 하나하나에 모두
이름이 지어졌다. 海女漁場(裸潛漁場), 곧 第一種共同漁場 곳곳에 이름
이 따르고, '여'마다 命名되었다는 사실은 그만큼 그 바다가 '여'가 그들
의 生業과 밀착되었음을 말해주는 근거다. 바다는 밭이나 진배없는 제
주도 여인들의 일터이니, 바다에서 부딪는 온갖 일이 집안의 일로 둔
갑한다. 바다에서 거추장스레 뭉쳐 너풀거리는 모자반덩이가 내 몸뚱
이길 바라는 표현을 보았거니와, 海原을 모질게 불어젖히는 바람은 해
녀들의 밥이요, 물결은 그들의 집안이라 헤아린다. 그들은 실로 "모자
반덩일랑 집을 삼아서, 놀고갤랑 어머닐 삼아서" 바다에 산다. 소섬(半
島)은 집의 기둥이요, 청산(城山日出峰)은 집의 문이라 보기도 한다.

그들의 작업장은 독수리의 양 날개처럼 뭍과 바다에 뻗쳐 있듯이 해녀들은 거의가 농업을 겸한다. 그 兼業率은 무려 99%에 이른다. 해녀들은 해녀작업만 하고 營農은 않는 것처럼 여긴다면 이는 큰 착각이다. 여느 농부처럼 영농하는 사이에 물때를 맞춰 이웃 해녀들과 함께 물질을 하면서 부수입을 얻고 家計를 돕는다. 거의가 主農副漁요, 가다가 主漁副農인 해녀들이 없는 바 아니지만, 어쨌든 해녀질만 專業하는 경우는 극히 드물다.

2. 海女作業

(10) 너른바당	앞을재연
흔질두질	들어가난
저승길이	왓닥갓닥
	(832)
〈語釋〉 너른 바다	앞을 재어
한 길 두 길	들어가니
저승길이	오락가락
(11) 혼벡상지	등에다지곡
가심앞이	두렁박차곡
흔손에	빗창을줴곡
흔손에	호미를줴곡
흔질두질	수지픈물속
허위적허위적	들어간다
	(835)
〈語釋〉 魂帛箱子	등에다 지고

가슴 앞에　　　　　'두렁박'9) 차고
한 손에　　　　　　'빗창'을 쥐고
한 손에　　　　　　낫10)을 쥐고
한 길 두 길　　　　깊은 물에
허위적허위적　　　　들어간다.

　해녀질은 그대로 바다에 생명을 건 생업이다. 이들은 보통 水深
15~20 피트에서 작업하지만, 필요한 경우면 70피트까지도 들어간다.
극성스런 加波島의 해녀를 현지 조사했던 바, 열길 이상 潛水할 수 있
는 해녀도 무려 10명에 달했다.11) 더구나 제주 해녀는 일단 물속에 잠
기면 물속에서 평균 30초 정도 머물지만, 필요한 때에는 2분 남짓 견딘
다. 水深 깊이 들어가서 이처럼 오래 견딜 수 있고, 추운 겨울에도 해
녀질을 할 수 있는가 하면12) 한 달 평균 15일 이상 작업할 수 있으며
分娩 때문에 작업을 중단하는 일 없이 분만 전날까지도 물질할 수 있
는 능력 등은 실로 超人間的이어서 제주 해녀를 더욱 세계적 존재로
이끈다.
　제주 해녀의 초인간적 능력은 자못 驚異的이어서, 사람들은 흔히 이
들에게 유다른 血統 이라도 있는 듯, 특별한 遺傳的 素質이라도 있는

---

9) '테왁'. 海女들이 바다에서 작업할 때 타서 헤엄치는 도구.
10) 낫 비슷하게 만들어진 미역 따위를 캐는 海女器具로서 '정게호미'라 한다.
11) 濟州大學, 『國文學報』 제6집, 濟州大學 國語國文學會, 1974, p.169.
12) 홍석기 박사(延世大醫大敎授)와 Hermann Rahn 박사(뉴욕州立大學敎授)가
　　'Scientific American' 誌 1967년 5월호에 공동집필한 바 "The Diving Women of
　　Korea and Japan"에 따르면, "海女들은 水溫이 82.8°F인 물속에서 세 시간 동
　　안 전율을 일으킴이 없이 견딜 수 있으나, 일반여자는 그 水溫의 水中에서 이
　　미 전율을 일으키며, 정상 남자의 경우 88°F에서 전율을 일으킨다."고 지적하
　　고 있다.

듯 착각한다. 그들 곁에서 해녀들의 日常을 관찰할 때면, 다른 여인들과 마찬가지로 농사짓고 凡常히 살면서 필요에 따라 물질하는 것뿐이 내, 해녀들의 이런 능력이 단순한 訓練이냐, 遺傳的 素質이냐 함은 論難對象일 수 없음을 알게 된다. 유다른 혈통이나 유전적 소질이란 아예 있을 수 없기 때문이다.[13)]

"너른 바다의 앞을 재어[곧 水深을 헤아리면서] 한 길 두 길 들어가니 저승길이 오락가락"한다든가, "타다니는 七星板아, 이어사는 銘旌布야"하는 울부짖는 절규, "魂帛箱子 등에다 지고"하는 등의 처절한 사설이 숱하게 쏟아질 만큼, 제주 해녀들은 그들의 生業에 생명을 건다. 바닷가 마을에서도 이따금씩 물질하다가 목숨마저 잃는 비극도 있다. 온 世人들은 제 生業이 疊疊苦難이더라도 잔잔한 보람으로 일을 치르는 터인데, 현지조사에 따르면 해녀들의 가장 큰 기쁨은 물속에서 커다란 전복을 발견했을 그 찰나라 한다. 무엇과도 바꿀 수 없는 그 歡喜와 意欲에만 사로잡힌 채, 예를 들면 쉬 떨어지지 않는 전복 탓 등으로 아쉽게 질식하여 자칫 생명을 앗는 慘禍마저 빚는 경우도 있다.

> (12) 산뛰는건　　　　웅매로다
> 　　 여뛰는건　　　　베로구나
> 　　 요바당에　　　　은광금이
> 　　 번질번질　　　　끌려서도

---

13) 위의 "The Diving Women of Korea and Japan"에서도 "우리들이 연구한 한도 내에서 보면, 잠수부들이 특별히 잠수작업에 적합한 遺傳的 素質을 가지고 있다는 점을 발견하지 못하였다. 다시 말하면, 한국농부의 딸들도 잠수부들의 딸들처럼 장기간의 훈련으로 숙련된 잠수부가 될 수 있는 것이다. 그러므로 訓練과 經驗이 중요하다고 본다."고 지적한 바 있다.

노끈낭긔	올매로다
	(840)
〈語釋〉 산 뛰는 건	雄馬로다
여 뛰는 건	배로구나
요 바다에	은과 금이
번질번질	깔렸어도
높은 나무의	열매로다
(13) 구젱기랑	잡거들랑
닷섬만	잡게ᄒ곡
전복이랑	잡거들랑
ᄋᆞ든섬만	잡게홉서
못사는	우리팔ᄌ
ᄒᆞᆫ번아주	고쳐보게
	(838)
〈語釋〉 소랄랑	잡거들랑
닷 섬만	잡게 하고
전복일랑	잡거들랑
여든 섬만	잡게 하오
못 사는	우리 팔자
한번 아주	고쳐 보게

바닷속에 金銀같은 海産物이 깔렸어도 높은 나무의 열매일 뿐, 마음 대로 채취할 수는 없다. 소라 닷 섬, 전복 여든 섬 잡는 건 現實일 수 없는 그들 필생의 꿈이다. 제주 해녀의 쓰라림은 『朝鮮王朝實錄』을 비롯, 李健의 『濟州風土記』・趙觀彬의 『悔軒集』・申光洙의 『石北集』 소재 〈濟州潛女歌〉[14]등 선인들의 기록에도 잘 나타났다. 世宗 때의 濟

州 按撫使 奇虔은 매섭게 추운 겨울날, 성안을 순시하던 중 벗은 채 바
닷속으로 뛰어드는 해녀들의 苦楚를 직접 보고난 다음, 이리도 고생스
레 캐어내는 해신물을 차마 먹을 수 있겠느냐고 제임히는 동안 끝내
소라·전복 먹기를 사양했었다는 일화15) 라든가, 正祖 또한 "매양 採
鰒의 苦役을 헤아리건대 어찌 全鰒 먹을 생각이 있으리요"하고 歎痛한
노래16) 등은 그 뜻이 도탑다.

　　예부터 제주 해녀들은 生死를 걸어 얻은 소득을 貢獻하는데 갖은 困
苦를 다 겪었으니 이는 李健의 『濟州風土記』의 기록으로써도 짐작할
수 있다.

　　　海産只有生鰒·烏賊魚·粉藿·玉頭魚等 數種 又有名不知數種魚外
更無他魚 其中所賤者藿也 採藿之女 謂之潛女 自二月以後至五月以前
入海採藿 其採藿之時 則所謂潛女 赤身露體 遍滿海汀 持鎌浮海 倒入海
底 採藿曳出 男女相雜 不以爲恥 所見可駭 生鰒之捉亦如之 如是採取 應

---

14) 申光洙, 『石北集』, 〈濟州潛女歌〉, "耽羅女兒能善泅 十歲已學前溪游 土俗婚姻
重潛女 父母誇無衣食憂 我是北人聞不信 奉使今來南海遊 城東二月風日暄 家
家兒女出水頭 一鍬一等一瓠子 赤身小袴何曾羞 直下不疑深靑水 紛紛風葉空
中投 北人駭然南人笑 擊水相戲橫乘流 忽學鳧雛沒無處 但見瓠子輕輕水上浮
斯須湧出碧波中 急引匏繩以腹留 一時長嘯吐氣息 其聲悲動水宮幽 人生爲業
何須此 爾獨食利絶輕死 豈不聞陸可農鹽山可採 世間極險無如水 能者深入近
百尺 往往又遭飢蛟食 自從均役罷日供 官吏雖云與錢覓 八道進奉走京師 一日
幾駄生乾鰒 金玉達官庖 綺羅公子席 豈知辛苦所從來 纔經一嚼案已推 潛女潛
女 爾雖樂吾自哀 奈何戲人性命 累吾口腹 嗟吾書生 海州靑魚亦難喫 但得朝
夕一蔬足"(李能和, 『朝鮮女俗考』, p.262.)

15) 金錫翼의 『耽羅紀年』(1918, 卷2, 世宗25年條)에 보면, 다음과 같은 기록이 보
인다. "按撫使奇虔 性執而廉謹 州産鰒魚採于海 民甚苦之 虔曰 民之受病如是
吾忍食諸 竟不食"

16) "每想採鰒之苦 豈有啖鰒之思 況沿邑之供一鰒 費爲數十金云 數若過千百 則
其費當爲中人幾家産乎"(『弘齋全書』卷168.)

官家所徵之役 以其所餘典賣衣食 其爲生理之艱苦 已不足言 而若有不廉
之官 恣生貪汚之心, 則巧作名目 徵索無算 一年所業 不足以應其役 其官
門輪納之苦 吏胥舞奸之弊 罔有紀極 況望其衣食之資乎 由是之故, 若値
貪官, 則所謂潛女輩 未有不丐乞者 見之可傷.

지난날 제주해녀들이 엄청난 해산물을 관가에 바칠 때에는 포악한
관리들이 심히 탐관오리하는 폐단마저 겹쳐서 해녀들을 거지꼴로 만들
었는가 하면, 定量을 어겼을 때에는 심지어 官衙에 불려가 棍杖을 맞
는 일도 예사였음이 靜軒 趙貞喆의 노래에서 또한 切痛하게 드러냈다.

潛女衣裳一尺短
赤身滅沒萬頃波
邇來役重魚難得
鞭撲尋常幾處衙[17]

해녀의 옷은 겨우 한자 남짓한데
알몸으로 만경창파에 물질을 하네
멀리 와 일이 고돼도 고기 못 잡으니
기나긴 채찍을 몇 군데 마을에서 맞는다뇨

심지어는 그 부모와 낭군까지도 끌려가 棍杖으로써 催促당했다. 섣
달 바다의 찬기가 뼈에 사무치면서 잡힌 마을의 해산물도 官家强納이
너무 호돼, 내어진 마음에 어찌 먹을 수 있겠는가고, 아예 앞으로는 이
처럼 고생스레 잡는 전복일랑 客飯床에 올리지 말라고 趙觀彬도 그의

---

17) 趙貞喆, 『靜軒瀛海處坎錄』卷4, '耽羅雜詠' 其17.

『悔軒集』에서 功功히 노래했다[18].

 그래서 世宗 때의 濟州牧 土貢品目에도 全鰒·引鮑·槌鮑·條鮑 등이 끼어 있음을 본다. 어씨 선복뿐이랴. 濟州의 眞珠는 高句麗·後魏에 이르기까지도 그 진가가 알려짐으로써 元에서도 사람을 시켜 이를 구했던 일이 있었다.[19] 高麗 文宗 때에는 耽羅에서 大眞珠 2枚를 바쳤는데 '夜明珠'라 일컬었다 한다.[20]

 肅宗 28년(1702) 7월 12일의 濟州守臣의 狀啓에 따르면, 漁業·船運을 부업으로 하는 이와 그의 아내 潛女[해녀]는 해마다 30필의 해산물을 貢納해야 하는 과중한 책임량을 감당하기 어렵다고 호소하고 있다. 槌鰒·오징어·粉藿 등을 進上하는 일 외에도 本官將士의 給食과 公私接待가 겹치므로 몇 해를 더 지탱하기 어렵다는 하소연인데, 그 시달림은 不可名狀이다.

 肅宗二十八年壬午七月辛酉 先是 濟州守臣狀言(中略) 又言所謂漁戶兼行船格妻 稱潛女 一年納官者 浦作不下二十疋 潛女亦至七八疋 一家內夫婦所納 幾至三十餘疋 而槌鰒各種烏賊魚粉藿等役 皆自此出營 本官

---

18) 林惟幹採珠耽羅 不得 乃取民所藏百餘枚 還于元.(『高麗史節要』卷19, 忠烈王 2年 6月條)

19) 文宗三十三年十一月壬申 耽羅句當使尹應均獻 大眞珠二枚 光曜如星 時人謂 夜光珠.(『高麗史』世家 卷8, 文宗 2年條)

20) 潛水女潛水女 赤身潛水無寒暑 臘月海氣冷徹骨 手摘決明于彼渚 昨日摘今日摘 決明大小不盈百 女兮女分何自苦 身役又兼官令促 爺孃桎梏郞亦笞 不及明朝大患隨 水寒病作未暇顧 往往驚墮腹中兒 苦無如苦無如 何必決明海多魚 海雖多魚皆讓味 誅求最急一村漁 豈獨黃堂鼎俎侈 爲是朱門苞苴美 苞苴多少生愛憎 黜陟分明判於此 女本弱力力已竭 欲訴天門遠未達 客莫笑客莫笑 在昔紅顏今赤髮 耽羅謫者舊達官 目見不覺發一嘆 我則仁心未忍唊 莫將決明登客盤.(趙觀彬:『悔軒集』)

將士支供及公私酬應 又在此數之外 若不別樣變通 此類之得支數年難矣
請得本道會錄常平廳 耗田米三百石 以爲資納之地 備局覆奏 賣鬻者贖還
事許施 而仍嚴禁令以絶弊習 進上給價事 以爲每年三百石 實有難繼之憂
限三年劃給 俾令存本取利 永久補役 上可之.(『肅宗實錄』 卷37, 28年 7
月條).

"魂帛箱子 등에다 지고"(835) "저승길을 오락가락"(832)하는 그들에게
지난날에는 가혹한 强貢마저 덮쳤었으니, 그들의 쓰라림은 실로 감내
하기 벅찼다.

(14) 우리부모	날날적의
헤도돌도	엇일적의
나를낳아	놓아싱가
어떤사름	팔제좋앙
고대광실	노픈집의
진담뱃대	물고앗앙
수랑방에	줌을자리
헤녀팔젠	무신팔제라
혼벡상지	등에지곡
푸린물속을	왓닥갓닥
	(854)
〈語釋〉 우리 부모	날 낳을 적에
해도 달도	없을 적에
나를 낳아	놓았는가
어떤 사람	팔자 좋아
고대광실	높은 집에

긴 담뱃대　　　물고 앉아
사랑방에　　　　잠을 자리
해녀 필진　　　무슨 팔사라
혼백상자　　　　등에 지고
푸른 물속을　　　오락가락

　기구한 자신은 태어났던 그 時刻에 해도 달도 사라졌으리라는 표현
으로써 할 말은 다 했다. 오랜 세월 全鰒을 貢獻하는 데는 大中小로 分
定했었던 듯, 갖추기 어려운 大全鰒은 減量해 주기를 바라기도 했다.21)
金尙憲의 『南槎錄』에 기록된 바, 海女所産의 貢案만 보더라도 자못 구
체적이면서 엄청나다.22) 海女들만이 아니라, 진상하는 전복 수량이 엄
청날뿐더러, 憑公營私하는 汚吏들의 행패에 못내 겨운 제주 어부(浦作
輩)들은 도망갈 수밖에 없었다. 流亡·溺死하다가 남은 이들도 홀아비
로 지내다 죽는 수가 많았다. 설령 이웃에 홀아비가 있더라도 여인들
은 기어이 漁夫의 妻가 되길 바라지 않았기 까닭이다.23)

---

21) 楊震曰 濟州全鰒之産 今則不如古矣 但於詳定 有大中小之分 故該司依例而受
　之 其中大全鰒 所難備者 量減何如.(『中宗實錄』卷32, 13年 3月條)
22) 本州貢案每年別進上 槌鰒三千三十貼 條鰒二百五十貼 引鰒九百十注之 烏賊
　魚六百八十貼 司宰監貢物 大灰全鰒五百貼 中灰全鰒九百四十五貼 小灰全鰒
　八千三百三十貼 別貢物 大灰全鰒一千貼 中灰全鰒七百貼 大靜 大灰全鰒五百
　貼 中灰全鰒二百五十貼 旌義 灰全鰒五百貼 中灰全鰒一百九十五貼 此皆取辨
　於三邑浦作 而其他海菜及守令封送之數 不在此限 一島物力殆盡於此矣.(金尙
　憲:『南槎錄』)
23) 余按 本州城中 男丁五百 女丁八百 女丁者 濟州之語也 盖男丁甚貴 若遇事變
　守城 則選民家健婦 發立堞口稱爲女丁 三邑同 然州俗多並畜妻妾 然浦作輩多
　有鰥而老死者 問其故 本州所貢鰒魚之數極廣 官吏之憑公營私 又且倍筵 浦
　作輩不堪其役 流亡溺死十存二三 而徵歛供應 不減於舊 以此其身則長在海中
　其妻則長在獄中含寃耐苦之狀 不可勝言 故雖有鄰居鰥婦 寧願乞食自終 不欲

強貢의 弊야 이젠 古談이지만, 雪寒風의 한겨울에도 시퍼런 海原에 무자맥질하는 해녀들의 苦役은 짐작되고 남는다. 그래서 이들은 超人의 鬪志로 生業을 이어왔다. 해안에서 무리지어 와자지껄하는 모습이나, 이제는 썩 드문 일이지만 율동에 맞춰 싱그럽게 노를 젓는 밝은 표정을 볼 때면 이내 어림되듯, 해녀들은 물질의 千苦萬難을 오히려 즐겁게 치르는 현명한 知慧도 지닌다. 〈海女노래〉가 노 젓기와 더불어 불리어지는 뜻도 여기 있으니, 이는 모든 노동요가 지니는 소중한 기능이다.

해녀는 古來로 濟州 水産業의 中樞다. 해녀수는 제주도 수산인구의 3분의 2에 이르는가 하면, 해녀에 따른 漁獲量이나 漁獲高도 水産總漁獲高의 반에서 3분의 2를 늘 확보해 온다. 이 점은 1920년대에도 한 가지로 水産總額의 5분의 3은 해녀들의 손에 따라 마련된다고 李能和도 지적한 바 있다.[24]

제주 해촌의 소녀들은 10살이 지나면서 헤엄치기와 무자맥질을 익힌다. 자그만 해녀기구와 더불어 이들은 여름 한 철 물질 익히는 것이 유희요 생활이다. 바다가 그들의 집이요 마당이며, 집 울타리는 멀리 펼쳐진 水平線이다. 날이면 날마다 '테왁'을 바구니에 넣고 떼지어 몰려든 소녀들은 滄海를 벗삼아 무자맥질한다. 서툰 솜씨라 소라·미역을 제격으로 딸 수 없으니, 캐어져도 그만 못 캐어도 그만이다. 이러한 사이에 下軍海女로 자라는데, 곧 해녀는 그 技倆의 차이에 따라 下軍(하줌수·하줌녜)·中軍(중줌수·중줌녜)·上軍(상줌수·상줌녜)으로 나누어진다. 어린 소녀들이 물질을 거의 외면하는 경향이 짙어 가지만,

爲浦作人妻也云.(金尙憲 :『南槎錄』)
24)　李能和 :『朝鮮女俗考』, p.263.

아직도 물질이 극성스런 마을의 국민학교 고학년 소녀라면 여름 한 철 바다를 집마당 삼고 學資 自給하는 自辯의 애들도 있다. 이러한 소녀들의 소남스런 삶은 다음의 미쁜 노래에서도 본다.

(15) 어느제민　　　　　열다숫나경
　　　비양도섬의　　　　짓넙은메역
　　　가시테로나　　　　웬기레가코
　　　　　　　　　　　　(847)

〈語釋〉 언제면　　　　　열다섯 나거든
　　　　飛揚島섬의　　　 깃 넓은 미역
　　　　가시뗏목으로나　 옮기러 갈꼬

3. 海女出稼過程

　제주 해녀들은 제주도 연안에서만 작업하는 것이 아니라, 本土와 외국으로도 熱血히 出稼했었다. 그들은 19세기말 甲午更張을 전후하여 釜山·東萊·蔚山 등 慶尙南道지방으로 나가기 비롯했으니, 그곳에는 풍성한 해산물을 캘 해녀들이 없었기 때문이다. 우뭇가사리 등 해조류의 이용도가 불어나면서 부산 등지를 근거지로 한 海藻商들과 客主들이 부쩍 늘어갔다. 이들은 해마다 연초가 되면 제주도를 드나들면서 前渡金을 내준다든다 食料品·生必品 등의 先給을 미끼로 숱한 해녀들을 모집해 갔다. 제주 해녀들은 韓半島 각 연안, 주로 동해안을 누비며 北上하여 해방이 되면서 경상북도 九龍浦·甘浦·良浦 등지로 몰려갔다. 더구나 日本의 對馬島·靜岡·高知·長崎·三重·東京·愛媛·德島·神奈川·鹿兒島·島根·千葉 등지에도 이르렀는가 하면

中國 山東省의 青島와 遼東半島의 大連, 심지어는 러시아의 블라디보스토크(Vladivostock)에까지도 진출했었다. 그들은 東海岸을 비롯 本土 각 연안에 이르지 않는 곳이 없었으며, 대견스럽게도 日本·中國·러시아까지 出稼했던 것이니, 그야말로 그들의 행동반경은 제주도를 거점으로 아세아 4개국에 뻗쳤었던 것이다.

연약한 여인들로서 아세아 4개국에 해녀 작업차 뻗쳐나갔던 그 패기와 의지도 놀랍지만, 그 수효도 자그만치 1920~1930년대의 경우 5천 내외에 이르렀었다.[25] 5천에 달하는 해녀들이 해마다 봄이면 국내외 연안으로 나갔다가 가을에 돌아오곤 했었으니, 이는 곧 候鳥 같은 島民 大移動이었던 것이다.

예전 해녀들이 出稼할 때에는 돛배·發動船·汽船으로 나갔었지만, 가까운 本土 각 연안에는 거의가 돛배를 이용했었다.

```
(16) ᄇ룸일랑          밥으로머곡
     구룸으로          똥을싸곡
     물절이랑          집안을삼앙
     설룬어멍          떼여두곡
     설룬아방          떼여두곡
     부모동싱          이벨ᄒ곡
     한강바당          집을삼앙
     이업을            ᄒ라ᄒ곡
     이내몸이          탄생ᄒ든가
                      (870)
```

25) 『濟州島一覽』, 濟州島廳, 1939, pp.11~18.
田口禎憙 : "濟州島の海女", 『朝鮮』, 1933 7月號.

〈語釋〉　바람일랑　　　　밥으로 먹고
　　　　구름으로　　　　똥을 싸고
　　　　믈결일렁　　　　집안을 삼아
　　　　젊은 어머니　　　떼어 두고
　　　　젊은 아버지　　　떼어 두고
　　　　부모 동생　　　　이별하고
　　　　한강 바다　　　　집을 삼아
　　　　이 업을　　　　　하라 하고
　　　　이내 몸이　　　　탄생하던가

　생활 위해 바다에 死活을 건 그들에게는 바람이 곧 밥이고, 짙푸른
바다와 성난 怒濤가 바로 집안이다. 客主에 따라 모집된 해녀들은
15~30인이 패가 되어 出稼地로 떠나는데, 돛배에는 선주와 선원 두셋
이 함께 탄다. 젊은 부모 동생을 떼어둔 채, 漢拏山을 등에 지고 대천
바다를 집을 삼아, 밤낮 노를 저으며 며칠씩 창망한 바닷길을 달린다.

　(17)　열두뻬를　　　　놀려근에
　　　　요네착을　　　　젓어보게
　　　　요벤드레　　　　근차진딜
　　　　신사라가　　　　씨져시냐
　　　　요내홀목　　　　부러진딜
　　　　부산벵원장　　　씨져서냐
　　　　　　　　　　　　(882)
〈語釋〉　열 두 뼈를　　　놀려서는
　　　　요 노짝을　　　　지어보자
　　　　요 '벤드레'26)　　끊어진들
　　　　신서란이 씨　　　말랐더냐

요내 손목　　　　　부러진들
부산 병원장　　　　씨말랐더냐

신서란과 釜山 병원장에 기댄 채 '벤드레'나 손목이 상할까 염려 말
고 힘껏 노를 젓자는 매서운 의지요 勸力이다.

4. 海女出稼生活

出稼地에서 제주 해녀들은 몇몇씩 그곳 民家의 방을 얻어 반년쯤 자
취생활을 한다. 出稼地 주민들과 비슷한 言動·習俗을 익혀 保護色을
마련하며, 20~30인이 한 반을 이뤄 지내면서 班長을 둔다. 반장은 인솔
자와의 연락 및 반원의 疾病·事故·權益을 돌본다.

出稼地에서의 물질 역시 제주도에서와 같은 技法. 6개월 出稼期間에
물질하는 날은 대충 그 반절인 90일쯤이다. 水溫이 너무 차거나, 물살
이나 파도가 거칠 때에는 작업할 수 없기 때문이다. 쉬는 날이면 뜨개
질을 하거나 집주인 일을 돕든지 談笑로써 소일한다. 이런 잔잔한 즐
거움은 고향의 찌든 생활의 울에서 훌훌히 벗어나서 오히려 시원히 물
질 나가기를 바라는 한 동기가 된다.

제주 해녀의 出稼半徑은 해방이 되면서 本土로 국한되었고, 出稼人
員도 해마다 수천 명에 이르렀다. 출가대상지도 慶南에서 慶北 중심으
로 옮아갔다[27]. 慶北 九龍浦·甘浦·良浦 등 3개 漁協管內, 이른바 裁

---

26) 낚시거루나 돛단배 등의 노를 저을 수 있도록 배 멍에와 노손을 묶어 놓은
밧줄.
27) 趙東一의 『慶北民謠』(螢雪出版社, 1976)에 보면, 그물 당기며 부르며 <가래소
리>(p.97, 200번의 자료)에 '비바리'가 등장한다. 경북 영덕면 노물동(老勿里)

定地區[28] 중심으로 상당수의 해녀가 해마다 移動·雲集했었다. 錢主
와 引率者 등의 不當收奪로 말미암아 그들의 權益은 몹시 유린되었으
며 민만찮게 사회문제화되기도 했다.

	(18) 어느제나	나민두어
	흔들죽장	시백인물질
	철장ㅎ영	어정칠월
	동동팔월	돌아오민
	폿짐설렁	내고장가리
		(978)
〈語釋〉	언제나	나면은
	한 달 줄곧	때 정한 해녀질
	거둬 꾸려	어정 칠월
	동동 팔월	돌아오면
	봇짐 챙겨	내 고장 가리

出稼生活을 5~6개월 치르고 음력 8월이 되면 身命 걸어 벌어들인 收
益을 쥔 채, 추석 직전에 귀향한다는 待望으로 출가해녀들은 가슴 설
레인다.

에서 채집한 민요인데, 아마 제주 해녀의 出稼에 따라 어휘가 전파된 듯하다.
28) 1956년 1월, 그곳에 해마다 물질 나가는 제주 해녀의 권익을 옹호하기 위하여
入漁慣行을 裁定받기에 이르렀다. 그 내용은 水産業法 제69조에 따른 것으로
서 ① 陽南·甘浦·良浦·九龍浦·大甫 각 어업협동조합(나중에 陽南漁協은
甘浦漁協에, 大甫漁協은 九龍浦漁協에 각각 흡수되었음.) 享有共同漁場 全域
에, ② 裸潛의 어업방법에 따라, ③ 5월 1일부터 8월말까지, ④ 天草·銀杏草
·櫻草·貝類 채취를 위하여 ⑤ 제주 해녀 1,070명이 입어할 수 있는 관행을
인정한 것이다.

출가해녀의 수효가 나날이 줄어드는 오늘날이긴 하지만, 出稼가 끊기지 않는 한, 그 權益問題는 그림자처럼 따라다닐 것이요, 1세기 가까이 쌓인 출가에 따른 逸話는 漢拏山 같다. 출가가 제주 해녀들에게 지니는 비중과 뜻이 큰 만큼 이에 따른 민요도 숱하다.

Ⅳ 〈海女노래〉의 辭說表現

〈海女노래〉의 사설표현에 두드러지게 드러나는 특징을 간추려 보기로 한다. 〈海女노래〉 사설의 題材는 노를 젓는 노동생활과 직결되는 내용이 반을 넘으므로 그들의 심정을 노래하는 사설은 그 제재의 多樣性부터 〈맷돌·방아노래〉에 미칠 수 없다. 힘차게 되풀이되는 노 젓기 동작과 함께 불리는 〈海女노래〉는 그 가락이 억세듯이 그 사설 또한 直說的이요 力動的인 것이 특색이다.

앞에서 들었던 자료(17), 곧 "열두뻬를 놀려근에/요네착을 젓어보게//요벤드레 근차진딜/신사라가 씨져서냐//요내홀목 부러진딜/부산병원장 씨져서냐"-이 사설은 그냥 읽어 갈 게 아니라, 口演實態 그대로 힘차게 노를 젓는 시늉과 더불어 〈海女노래〉 가락을 흉내내며 노래해 볼 일. 억센 운율의 강렬함이 이내 몸에 와 닿을 것이다. 이처럼 구전문학의 實相은 역시 곧 口演되는 상황에서 특히 機能이 뚜렷한 민요일 경우면, 唱者 및 作業에 이 노래가 어떻게 기능하는가, 어떤 모습의 唱法인가. 어떤 경우에 어떤 사설이 어떻게 불리는가 따위의 實狀이 밝혀져야 제대로 분석되고 이해될 수있다. 따라서 가급이면 現場論的 조사방법이 바람직한 까닭도 바로 여기에 있다.

```
        (19) 정든님이사            놈을준덜
             요네착사              놈주리아
                                  (877)
  〈語釋〉 정든 님이야            남을 준들
         요 노짝이야             남을 주랴


        (20) 요어깰               놓앗다근
             논을사카             밧을사카
             놀릴데로             놀려보자
                                  (878)
  〈語釋〉 요 어깨를            놓았다가
         논을 살까             밭을 살까
         놀릴 대로             놀려 보자
```

　저절로 힘이 솟는 싱싱하고 生産的 內容의 사설들, 은근한 뜻이 內在되었거나 隱喩가 동원되었다기보다 情意의 吐露에 자못 直敍的이다. 정든 님이야 남을 주는 한이 있더라도 요 노짝이야 남에게 빼앗기겠느냐는 反話的 표현 앞에 우리는 옷깃을 여미게 된다. 요 어깨를 쓰지 않고 두어두었다가 소용이 따로 없는 일, 논도 밭도 살 수 없는 일, 힘껏 놀려 보자는 覇氣와 현실적 사고에도 주목해야 한다.

　그 사설의 종결어미는 〈海女노래〉의 경우, 敍述形보다 흔히 反問法 곧 疑問形을 쓴다. (19)의 "놈주리아"·(20)의 "논을 사카 밧을 사카"처럼 반문법을 씀으로써 그 억양은 드세어지고 生動感을 불러일으키는 데 효과적이다. 이 글에서 인용된 민요만 하더라도 (1)·(2)·(6)·(8)·(9)·(15)·(16)·(17) 등이 한결같이 의문형을 쓰고 있다. 海女出稼過程을 노래한 〈海女노래〉 가운데 특히 노를 젓는 氣魄만을 모아 놓은 각편을

필자의 『濟州島民謠研究 上』에서는 한 군데로 (875~903번의 자료 29
편) 묶어 놓았는데, 반 남짓 반문법을 쓰고 있다.

字數律字에만 얽매어 韻律을 논의할 바 못되지마는 제주도민요의
자수율은 4·5조가 〈맷돌·방아노래〉에 두드러진데,[29] 〈海女노래〉의
경우는 4·4조가 주장이다.

〈海女노래〉는 작업과 아주 밀착되어 불리고, 그 사설은 活力 넘치는
가락에 따르기 때문인 줄 안다.

V 결 론

이상 제주도 특유의 〈海女노래〉의 기능과 사설을 개관해 보았는데,
논의 결과를 요약해 볼까 한다.

첫째, 〈海女노래〉는 櫓를 젓는 동작과 아주 밀착되어 口演됨으로써
그들의 노동을 한결 가볍고 즐겁게 이끄는 기능이 두드러진다. 〈海女
노래〉의 사설은 그들의 물질 모습(海女作業實態 및 海女出稼實態)과
물질과는 상관 없는 일상적인 情感을 제재하는 경우도 나누어진다. 日
常的 情感을 노래하는 사설은 반드시 해녀작업할 때에 〈海女노래〉의
가락으로 불리지만은 않는 流動的인 성격을 띤다.

---

29) 高橋亨의 『濟州島の民謠』(天理大東洋學研究所, 1974)에서는 84%, 필자의 『濟
　　州島民謠研究 上』에서는 50.4%(평균 36.8%)에 해당된다.(鄭東華, 『韓國民謠
　　의 史的研究』, 一潮閣, 1981, p.32)

둘째, 〈海女노래〉 사설이 지니는 基調에는 바다를 집안이나 밭과 다름없이 관념하는 경향이 짙게 드러나며, 해녀작업을 決死的으로 끌어가는 意志가 뚜렷하다. 제주 해녀만이 지니는 超人的 技倆이 두드러지고 특수한 遺傳的 素質은 없다. 해녀가 제주도 수산업에서 차지하는 비중은 크며, 家庭經濟에 이바지하는 힘도 만만치 않다. 그들의 作業實相과 意慾·苦楚·希願 등이 사설 속에 잘 드러나며, 어려운 實情에 과감히 대처해 나가는 自彊不敗의 信念이 도탑다. 아시아의 바다를 제 마당처럼 여기며 전승하는 海女出稼에 따르는 사설은 出稼過程과 出稼生活을 제재하는 바, 〈海女노래〉 가운데 상당한 비중을 차지한다.

셋째, 〈海女노래〉의 사설은 力動的이요 直說的인 색채가 짙다. 疑問終結形과 4·4조의 字數律은 이런 특색을 더욱 두드러지게 한다.

국내외에서 관심이 쏠리는 海女의 實相과 관련하면서 濟州 海女 特有의 〈海女노래〉를 그 기능과 사설에 역점 두어 개관해 보았다. 작업과 밀착되는 〈海女노래〉 사설의 제재와 내용을 통하여 身命을 걸고 생업에 임하는 숙연함과 차돌 같은 그들의 意志를 확인하였다. 이 논문은 필자가 오랫동안 海女들의 생활과 그들의 민요를 직접 몸으로 부딪치며 수집하고 느끼고 분석하는 가운데 쓰여졌다. 한국민요의 경우 자료수집은 제법 이루어졌지마는 그 理論定立은 說話·판소리에 비해서도 퍽 뒤떨어진 점이 이 연구 진행의 첫째 장애였다. 그리고 海女硏究 자체가 아직 진척되지 못했다는 점 역시 둘째 장애로 들어야겠다. 다만 이 논문은 민요를 前文學 혹은 非文學으로 다루거나 자칫 化石·殘留·脫歷史視하는 오해를 씻고 珍重視되는 海女硏究에 다소 이바지되리라 自慰한다. 〈海女노래〉 및 海女를 둘러싼 많은 과제는 필생의 과업으로 미루어 둔다.

06

해녀노래의 표현과 주제

- 서 론
- 해녀노래의 표현 특질
- 해녀노래의 주제
- 결 론

| 양영자 | 제주대학교

『영주어문』 제6집, 2003.

I 서 론

  일노래들은 세태의 변화와 함께 점차 일에서 분리되어 왔다. 삶의 현장에서 일이 자취를 감추면서 일노래 자체가 없어진 경우도 많고, 일은 남아 있지만 노래가 떨어져 나간 경우도 있다. 오늘날 해녀와 물질은 여전히 남아 있지만 해녀노래는 물질에서 떨어져 나가 버렸다. 뱃물질을 아예 하지 않게 되고 굿물질 관행조차 변모하게 되면서 노래를 부를 만한 환경은 자연스레 사라질 수밖에 없게 되었다. 요즘 해녀들은 노래 없이 숨비질만 반복하며 물질을 하고, 출가물질도 여객선을 타거나 비행기를 이용하여 다닌다. 젊은 해녀들이 애써 물질소리를 배워보려 하지만 노동 행위가 사라진 상황에서 사설만을 작위적으로 구연하는 데는 한계가 있어 보인다.

  이제 해녀노래는 인위적 조건에서 제보자의 기억에 의존해서만 들을 수 있게 되었다. 그렇다고 해도 해녀노래가 지닌 문학적 가치나 문화의 의미는 여전히 값지다. 해녀노래에는 독특한 세계가 들어 있고, 그 사설 속에는 제주해녀의 삶과 기개가 담겨 있다. 우리 삶 속에 싱싱하게 살아 있는 사설들은 한결같이 우리 삶을 풍요롭게 하는 원동력이 되어 왔다. 해녀노래야말로 제주여성들의 삶을 반영한, 시정신이 살아 있는 문학테스트라 할 수 있다. 제보자의 기억 속에만 남아 있는 노래이거나, 혹은 텍스트화 하여 문자로만 존재할지라도 해녀노래는 제주도에서만 전승되어 온 세계적으로 독특한 노래임에 틀림없다.

  이 글은 김영돈의 『제주도민요연구 上』[1]의 민요들을 대상으로 하

---

1) 김영돈(1965), 『제주도민요연구 上』, 일조각.

여, 해녀노래 각편을 하나의 시 텍스트로 보고 해녀노래의 문학성을
탐구한 것이다. 해녀노래의 표현특질을 찾아보고, 제주해녀들의 삶의
양식, 사고체계와 관련하여 해녀노래에 표출된 주제를 찾아봄으로써
해녀노래의 문학성을 밝히고자 하였다.

Ⅱ 해녀노래의 표현 특질

민요에 대한 문학적 연구는 주로 민요를 구비시의 관점에서 이해하
고 민요의 문학적 특질을 탐구하는 방향으로 진행되어 왔다.

조동일은 민요가 율격을 지니고 있다는 점에서만 일상 언어와 다른
것이 아니라, 일상 언어와 다른 문체상의 특징이 있고 그 문체상의 특
징을 공식적 표현, 관용적 표현, 차용적 표현 세 가지로 나누어 민요의
문학적 특질을 고찰한 바 있다.[2]

김대행은 민요의 형태가 일상 담화와는 다른, 민요 자체가 가지고
있는 질서에 의해 재구성된 것으로 보았다. 민요와 똑같은 내용을 산
문으로 바꾸면 심층구조는 같으나 표층구조는 달라지는데, 이렇게 다
른 표층구조에 민요의 특질이 있다고 하였다. 그것이 민요에 민요로서
의 특성을 부여하는 구조인데, 그 가운데서 특히 구성에 관여하는 구
조는 병렬의 구조로 보았다.[3]

강등학은 정선아라리의 분석과 고찰을 통하여 구비문학의 전통과

---

2) 조동일(1970), 『서사민요연구』, 계명대학교출판부.
3) 김대행(1980), 『한국시의 전통 연구』, 이우출판사.

관습이 작품의 생산에서 수용에 이르는 모든 작업, 곧 장르 수행에 이르는 필요한 모든 사항에 존재하는 것 가운데 작시 공식(作詩公式)이 구비시가의 시 구성에 거듭 사용되어온 장치들임을 확인한 바 있다.[4]

노래의 미적 구현은 음성이라고 하는 외형적 요소가 시간적 전개 위에서 질서화됨으로써 성취된다고 할 수 있고, 이것이 바로 말과 노래의 차이를 규정하는 중요한 부분이 된다.[5] 해녀노래도 다른 민요들과 마찬가지로 일정한 외형적 유기성을 유지하면서 그 질서 안에서 사설을 운용해 나간다. 해녀노래야말로 문학적 특질을 갖추고 전승되어온 문학적 산물로서 구비시, 노래시로서의 면모를 갖추고 있다.

1. 공식구를 활용한 표현

공식적 표현은 민요가 일상 언어와는 구별되어 문학작품일 수 있게 하는 데 중요한 구실을 한다. 기록문학 작품이라면 공식적 표현이 없어도 작품으로 인식되는 데 별 지장이 없으나, 구비문학 작품은 문자라는 매개체가 없이 창자와 청자가 바로 대하며 구술로 전승되기에 사정이 다르다. 구비문학에서는 공식적 표현이 개입함으로써 작품의 형식적 통일성이 용이하게 보장될 수 있게 한다. 또한 창자로 하여금 쉽게 기억하고 청자로 하여금 쉽게 이해할 수 있도록 한다.[6]

민요의 공식적 표현은 현실의 단순한 제시가 아니라 현실을 허구적으로 반영하는 문학작품일 수 있게 한다. 민요에는 어떤 의미를 나타

---

4) 강등학(1988), 『정선 아라리 연구』, 집문당.
5) 김대행(1991), 『시가시학연구』, 이화여자대학교출판부. p.19.
6) 조동일(1970), 앞의 책.

내기 위하여 행 또는 반행 단위의 가사배분 구조에 맞춰 공식구가 등
장하며, 서로 다른 가사에서 거듭 되풀이되어 쓰인다. 해녀노래에도 이
터한 공식구들이 나타나는데, 공식구를 적절하게 운용함으로써 가사를
구성해낸다.

> 1.1 베똥알을   늠을 준덜
>   <u>요 네착사</u>   늠을 주랴

> 1.2 정든 님이사   늠을 준덜
>   <u>요 네착사</u>   늠을 주리아

줍수들이 물질을 나갈 때는 '네(노)'를 저어 가는데, 그만큼 물질에서
'네'는 놓쳐서는 안 될 중요한 도구이다. 그것은 부(富)의 획득을 위한
도구이기도 하지만 생명선이기 때문이다. 그러니 사랑하는 임, 여성의
정조를 주어버리는 한이 있더라도 '네' 만큼은 손에 쥐고 있어야 하는
것이다.

이때 공식구가 개입한다. 1.1과 1.2에서 보듯이 '요 네착사'라는 표현
구를 공동으로 활용하고 있다. 그리고 이 공식구는 일정한 상황이 되
면 언제든지 되풀이되어 쓰일 수 있다.

> 1.3 준둥알을   늠을 준덜
>   <u>요 네야 상책</u> 늠을 주랴

> 1.4 요 벤드레   그차진덜
>   <u>요 노야 상책</u> 부산항에
>   녹보줄이   떨어지랴

1.5	요 네 상착	떨어진덜
	가시낭이	엇일 말가

1.1 ～ 1.5의 공식구들은 겉으로 드러난 모습은 똑같지 않다. 그러나 '네/노', '상착/상책/착(사)'이 각각 같은 의미를 담고 있다는 점에서 일치하며 그 의미도 일치한다. 표현 대상과 실질적인 의미가 같아서 일정한 의미와 기능을 수행하고 있음을 알 수 있다. 이러한 공식구는 동일한 유형의 서로 다른 표현구로서 어떤 의미를 나타내기 위한 시적 장치, 곧 의장(意匠)이라고 할 수 있다.[7]

1.6	요 벤드레	떨어진덜
1.7	요 벤드레	그차진덜
1.8	요 돛대가	부러진덜
1.9	요 네차락	벗어나진덜

가창자들은 공식구만을 따로 배우는 것은 아니고 다른 사람들의 노래를 듣는 사이 자연스럽게 익히게 된다, 자신이 노래를 부를 때는 노래를 들었던 경험과 기억이 지속적인 영향력을 행사도록 한다. 1.6 ～ 1.9에서 보듯 가창자들은 공식구와 굳어진 관계에 있는 연고성 있는 단어들을 선택하여 활용함으로써 사설을 재구성하고 있다. 공식구는 쉽게 변하지 않기 때문에 어떠한 단어를 선택하든지 공식구의 핵심을 벗어나지 않는 한 인정되므로 강한 전승력을 갖게 된다. 이러한 경향은 단어만이 아니라 행 단위의 공식구에도 보편적으로 적용된다.

---

7) 강등학, 앞의 책.

공식구의 변이는 창자들이 그들의 의도와 문맥에 따라 단어를 달리 선택하고 문법 요소들을 조절하는 데서 빚어진다. 공식적 표현은 현실을 대립적인 것으로 또는 율동적인 것으로 반영하기 위해 필요하며, 현실을 전형화 시키는 효과적인 표현방식이다.[8]

공식구는 그 자체로 전승력을 갖추고 되풀이되는 독립된 구비전승물이라고 할 수 있다. 전승 공동체의 문화적 배경, 시대적 감각, 창자의 삶의 조건과 밀접한 관련을 가지며 전승양상이 변이하기도 하기 때문이다. 동일한 유형의 가사도 창자의 구성과 구연의 상황에 따라 달리 불릴 수 있는 것처럼 공식구도 창자와 문맥에 따라 달라질 수 있다.

2. 통사구조를 활용한 표현

하나 또는 둘 이상의 어휘가 모이면 통사구조를 이룬다. 이것은 하나의 완결된 문장일 수도 있고, 구(句)일 수도 있는데, 이 통사구조가 민요의 표현에 도움을 줄 수 있다. 여러 가지 가능한 상황에서 어느 하나가 거듭 사용되어 굳어짐으로써 통사구조는 공식으로 성립된다. 어떤 창자가 자신이 전달하고 하는 통사구조를 미리 틀 잡아놓고 익혀둔다면 훨씬 쉽게 작시(作詩) 할 수 있게 된다.

2.1   어느야 님이   날 막아주멍
      어느 부모가   날 막아주리

2.1은 ‖관형어+주어+목적어+서술어‖의 성분 배열에 의한 통사구

---

8) 조동일, 앞의 책.

조이다. 동일한 핵심어에 의해 병렬이 이루어지는 것은 민요의 기본적인 구성원리로 작용한다.9) 이 노래에서는 '날 막아주멍'이라는 핵심어구가 반복되는 동일한 통사구조를 드러내고 있다.

> 2.2 물도 싸민   여을이 난다
>   낭도 싸민   ᄀᆞ를이 난다

> 2.3 흔 손에   빗창을 줴곡
>   흔 손에   호미를 줴곡
>   큰 여으로   들어가라
>   족은 여으로   들어가라

2.2는 ‖ 주어+서술어+주어+서술어 ‖ 의 통사구조를, 2.3은 ‖ 관형어+부사어+목적어+서술어 ‖ 의 통사구조를 보이고 있다. 2.2에서 주어와 서술어는 각 단위의 핵심 성분이다. 핵심 성분을 포함한 "~(허)민 ~다" 같은 통사구조는 가창 의도에 따라 얼마든지 병렬관계를 늘여 확장해나갈 수 있다. 2.3처럼 대구를 이루며 병렬관계를 확장해 나갈 수도 있다.

> 2.4 요 산천이   꿩이나 좋앙
>   내가 요디   오라서냐
>   임이 신   곳이난에
>   내가 요디   오라서냐
>   인심이   좋아근에
>   내가 요디   오라서냐

9) 김대행(1980), 『한국시의 전통 연구』, 이우출판사.

악마ᄀ뜬　　　요 금전 ᄯ란
내가 요디　　오릿노라

　2.4에서처럼 통사구조가 연쇄적으로 거듭 활용됨으로써 노래가 성립
되기도 한다. 해녀노래의 통사구조는 매우 다양하게 형성된다는 것을
알 수 있다. 한 가창자가 부르는 해녀노래 각편에 다양한 통사구조가 자
유롭게 혼재하며 운율을 형성한다. 그리고 노래를 부르는 상황에 따라
한 행이 단어만으로, 다음 행은 통사구조가 교차적으로 불리기도 한다.
　해녀노래의 작시 과정에서는 다음과 같은 통사구조가 자주 활용된다.

‖ 주어+서술어+주어+서술어 ‖
　　　　　나도 늙엉 고목 뒈민/물이라도 아지민
‖ 관형어+주어+부사어+서술어 ‖
　　　　　놀단 생이 아니 오곡/놀단 궤기 아니 놀곡
‖ 부사어+서술어+관형어+주어 ‖
　　　　　물에 들민 솜비질 소리/산에 가민 우김새 소리
‖ 관형어+주어+관형어+주어 ‖
　　　　　우리 베는 소낭베여/ᄂᆞᆷ의 베는 숙대낭 베라
‖ 관형어+목적어+관형어+목적어 ‖
　　　　　저 바당를 한질 삼고/저 절고개 지방 삼아
‖ 관형어+목적어+본용언+보조용언 ‖
　　　　　어린 아기 떼여 두곡/늙은 부뮈 떼여 두곡
‖ 부사어+목적어+본용언+보조용언 ‖
　　　　　요 네착을 젓어보게/요 벗들 네착을 버칠것가
‖ 관형어(부사어)+독립어+부사어+서술어 ‖
　　　　　네 앞년아 앞 돌아사라/요 벗들아 혼디 가게

위의 해녀노래의 통사구조들을 살펴보면 가사배분구조에 맞추어 통사 성분을 일정하게 배정하고 있음을 알 수 있다. 가사 구성에서 중요한 것은 가락과의 조화라고 볼 때 가창자는 자신의 생각을 어법에 맞게 정리해 나가면서 곡에 맞는 문장을 배분하는 일도 해내야 한다. 가창자는 자신의 생각을 주어진 통사구조에 맞추어 정리해 나감으로써 작시의 부담을 덜 수 있으므로 통사구조가 줄곧 선택되고 지속력을 가지며 전승되는 것이다. '이 내 몸도 늙어지민'이나 '내 숨 쫄란 못ㅎ여 서라'와 같이 전반 행에 복잡한 통사구조를 보이는 경우도 많다. 제2 배분 단위의 관형어나 주어를 제1박에, 나머지를 제2박에 배분하여 노래함으로써 통사구조의 효용성을 증대시고자 하는 것이다.

해녀들은 물질 수행에 맞춰 노래하고 작시하는 구비시인들이다. 해녀들은 노래를 할 때 통사구조를 적절히 활용함으로써 노동의 절차를 알리거나, 일의 속도감을 살리며, 노동 행위에 경쾌감을 불러일으켰다.

3. 반복적 표현

리듬, 율격, 병행 등은 음운, 통사, 의미 등의 반복에서 오는데, 반복 이야말로 시에서 발견되는 가장 두드러진 특징 중 하나이며 시의 본질적인 특징이라고 할 수 있다. 반복은 반복의 구조가 가사배분구조에 맞추어져 굳어짐으로써 성립한다.

해녀노래는 2음보 연속체의 열린 구조를 가지고 있다. 공식적 2행 구조 또는 3행 구조로 굳어진 고정된 노래가 아니면서도 각 행에 설정된 의미나 상황은 서로 대응되거나 이어져 결합되는 양상이 정연히 드러난다. 필자는 해녀노래의 구조가 원래는 공식적 2행 구조를 가지는 노래였을 것이나 노동시간, 창자의 구연능력과 심리적 상황에 따라 길게 늘여서 불린 것이 아닌가 추정하고 있다.

해녀노래의 가사 구성에서 반복이 시적 표현을 위한 기본적인 장치
보 자주 활용되고 있다. 해녀노래의 반복의 양상은 음운, 어휘, 통사
등 형태적 반복에서부터 의미의 반복까지 다양하게 나타난다.

> 3.1 떳져 떳져   호매선 떳져
> 배야 배야   이내 배야
> 꿈아 꿈아   이내 꿈아
> 돈아 돈아   무정흔 돈아

3.1은 행 단위의 반복적 표현들이다. 동일한 어구의 반복은 필연적
으로 의미구조의 동일성을 가져온다. 행 단위의 가사는 크게 두 토막
으로 나뉘어 배분되는데 거의 그대로 반복의 단위를 활용하고 있다.
이는 가사배분 구조를 인식하고 있는 가창자라면 누구나 쉽게 체득할
수 있는 것이다.

그런데 반복적 표현은 반행과 행, 반복되는 단위의 수에 따라 조금
씩 다른 특성을 보인다.

> 3.2 퐁당퐁당   물질ᄒ게
> 차륵차륵   잘도간다
> 왈각잘각   잘도간다

3.2에서는 전반 행과 같은 반복적 표현이 후반 행에서 잘 보이지 않
는다. 이것은 후반 행의 구조적 특성에서 기인한다. 후반 행은 행 단위
의 표현을 마무리 짓는 기능을 맡고 있기 때문에 대개 서술어를 포함

하게 되므로, 가사배분 단위를 기준으로 하여 서술어가 되풀이되는 통사구조를 가질 수밖에 없기 때문이다.

3.3   흔착손에   테왁을 들고
      흔착손에   빗창 들언

3.3은 각 토막을 구성하는 어휘들이 부분적으로 다르게 선택되면서도 통사구조는 동일하고 음절수도 거의 균형을 이루고 있다. 같은 어휘의 반복은 아니지만 같은 의미의 반복인 셈이다. 3.3에서 '흔착손에'의 반복이 형태면에서 동일한 반복이라면, '테왁'과 '빗창'은 모두 물질에 소용되는 도구인 만큼 같은 의미의 반복으로 보아도 좋을 것이다. 같은 의미의 반복은 의미의 풍성한 수식을 이룸으로써 장식적 이미지를 형성하고, 첨삭을 가능하게 하는 효과를 낸다. 동일한 의미의 반복적 병렬을 해치지만 않는다면 얼마든지 더 길어질 수 있고, 또 그 중 어떤 부분이 생략되어도 의미에 손상이 가지 않는다. 첨삭을 마음대로 할 수 있음이 반복적 병렬로 된 민요의 형식미이기도 하다.[10]

해녀노래는 대부분 2행이 반복적인 표현을 사용하고 있다. 이는 해녀노래가 혼자 부르기 보다는 노를 저으며 일 동작에 맞춰 선후창이나 교환창의 방식으로 부르는 것을 선호하기 때문으로 보인다. 해녀노래의 창자가 가사배분구조의 속성을 터득한 상태라면 자신이 구현하고자 하는 의미를 전달하기 위해 충분히 반복적 표현을 공식으로 활용할 수 있다는 것을 말한다. 하지만 이러한 반복은 대개 2행을 넘지 않는다. 간혹 3행까지 반복되기도 하나 그 경우는 3행에서 다른 어휘를 선택하

---

10) 김대행, 앞의 책.

거나 다른 통사구조를 선택하는 변형을 구사한다

가창자가 자신의 생가을 소리에 맞게 언어 기호로 바꾸어 나가는 일은 문학적 형상화의 일환이다. 이러한 맥락에서 해녀노래에 나타나는 반복적 표현은 해녀노래의 사설이 시의 미적인 효력을 획득하게 하는 전통적인 의장으로 작용하고 있음을 의미한다.

4. 병행체 표현

세계의 거의 모든 시에서 병행이 발견되는 것으로 보아 병행체 표현은 가장 보편적인 시 구성의 의장 가운데 하나라고 할 수 있다. 竝行(parallelism)은 기본적으로 반복(repetition)의 한 형태로서 서로 대응되는 한 쌍으로 구성되며, 행을 기본 단위로 하여 구성되는 일이 많다. 또한 병행되는 두 행 가운데 제2행에는 제1행의 구성요소 중 일부가 바뀌는 것이 보편적인 특성이다. 이렇게 특정 장르에서 전통적으로 활용해 온 병행의 틀을 병행체라고 한다.[11]

해녀노래에는 다양한 병행체 표현이 나타난다.

① 대등형 병행체

대등형 병행체는 똑같은 의미나 상황이 행을 단위로 하여 거듭 되풀이되는 것이다. 즉, 의미나 상황의 단순한 반복이다.

> 4.1 물에 들민   숨비질 소리
>   산에 가민   우김새 소리

---

11) 강등학, 앞의 책.

```
4.2  총각 차라      물에 들게
     양석 싸라      섬에 가게
     이여싸 소리엔   닷 올라온다
     뒤여싸 소리엔   베 솟아온다


4.3  물은 점점      들어가곡
     흔저 뻘리      ᄌᆞ디 가게
     숨이 쫄랑      호이치멍
     흔저 뻘리      ᄌᆞ디 가게
```

4.1~4.3은 대등형 병행체에 의해 구성된 가사들이다. 4.1은 행 사이의 의미나 상황을 대등하게 나열하고 있다. 1행에서 사용된 단어들이 2행에서 거듭 활용되며, 통사구조도 되풀이되고 있다. 병치되는 두 행은 등가 관계를 이루고 있다. 4.2는 1행과 2행이, 3행과 4행이 병행을 이룬다. 4.3은 하나의 의미를 완성하는 1+2행과 3+4행이 병행을 이루며 반복된다 어떤 경우에서든. 병치를 이루는 각 항목들은 역시 등가항을 이룬다.

② 대립형 병행체

대립형 병행체는 행을 단위로 하여 병치하는 틀을 이룬다. 그 점에서는 대등형 병행체와 같다. 가사배분구조를 반복하는 경향을 보이지만, 병치된 사항들의 성격은 서로 대조적이다.

```
4.4  우리 배는      잼도 재곡
     ᄂᆞᆷ의 배는     뜸도 뜨다
```

4.5 ᄂᆞ려갈 땐   눈물이곡
     올라올 땐   ᄒᆞᆫ숨이여

4.6 돈아 돈아   말 모른 돈아
     돈 읏고 보민   적막강산
     돈 싯고 보민   금수강산
     돈 실 적읜   성님성님
     돈 떨어지민   자네야네

  4.4에는 우리 배와 남의 배의 성능이, 4.5는 물질하러 바다 속으로
들어갈 때의 심정과 올라올 때의 심리 상태가, 4.6에는 돈 있을 때와
없을 때의 세태가 대조되고 있다. 병치되는 사설들의 대립적인 성격은
창자의 구연상황이나 심리적 동인에 따라 다양하게 나타날 수 있다.
  그런데 4.6에서 보듯 대부분 긍정적인 가치와 부정적인 가치가 병치
되고 있지만 순서에는 관계없이 병치되고 있음을 알 수 있다. 2행과 3
행은 돈이 있음/없음, 4행과 5행은 없음/있음이다. 이는 창자의 인식
문제이다.

  ③ 보완형 병행체

  보완형 병행체는 제2행에서 새로운 정보를 삽입하여 제1행의 내용
을 보충하여 완결짓는 방식이다.

4.7 돈일러라   돈일러라
     말모른   돈일러라

4.8 너로구나   너로구나
     아미영부레도   너로구나

4.9 꿈아꿈아   이내 꿈아
     무정ᄒ신   꿈이구나

　4.7~4.9의 가사들은 2행에 새로운 내용을 첨가함으로써 전체적인 표현을 마무리짓고 있다. 2행의 전반 행을 새로운 내용으로 채우고, 후반 행은 1행의 어떤 것을 반복하는 구조이다.

　해녀노래의 반복의 단위 수는 둘이다. 이는 맷돌 노래를 비롯한 다른 노래에서도 두루 나타나는 보편적인 현상이다. 1행과 2행의 구조를 합해 보면 해녀노래의 보완형 병행체는 aa+ba 유형의 두 토막 형식 노래임을 알 수 있다. 해녀노래에는 다양한 병행체가 나타나고 있는데, 그 중에서 보완형 병행체는 드물게 나타나는 편이다.

④ 연결형 병행체

　연결형 병행체는 행들을 일정한 의미의 맥락으로 얽히도록 하는 과정에서 두 행 가운데 어느 하나가 다른 하나를 논리적으로 구속시키는 결과를 가져온다. 그러나 행 사이의 논리적 구속관계는 다양할 수 있지만, 이 가운데서 보편성을 갖춘 것들은 가창자들의 마음속에 이미 굳어진 감각으로 자리하고 있어서 작시 공식으로서의 의의를 갖게 된다.

4.10 임으로 ᄒ영   벵든 몸은
      약방 약도   무효로다

4.11 산이 노팡   몬 오커정
      물을 튼근   건니옵서
      물이지펑   몬 어커정
      베를 튼건   건나옵서

4.12 우리야 청춘   놀아난 딘
      비늘이 떨어정 흔적이여
      기셍년이   놀아난 딘
      담뱃재 떨어정 흔적이여

4.12 나도 늙엉   고목 뒈민
      놀단 생이   아니 오곡
      물이라도   묽아지민
      놀단 궤기   아니 놀곡
      이내몸도   늙어지민
      물질ᄒ기   어렵고나

　　4.10은 2행에서 어떤 상황을 내용으로 하고 있으며, 1행은 그에 대한 이유를 추측하는 내용으로 되어 있다. 즉, 1행은 2행의 의미에 논리적으로 구속되어 있는 입장에 있다. 4.11~13도 같은 맥락이다. 가창자의 심리적 상황이나 좀 더 시적으로 길게 부연하고자 하는 의도에 따라 연속체로 나타난다. 그 과정에서 대등한 통사구조를 반복적으로 사용하는데 이처럼 행들이 맺고 있는 의미와 논리적인 관계가 일정하게 굳어져 거듭 활용되는 행간 구조를 연결체라고 할 수 있을 것이다.

　　연결체에는 어떤 특정한 어미가 자주 활용되는 경향이 있다. 이는 창자들의 관습적인 어투에서 비롯되는 것으로 규범적인 것은 아니지만, 실제 노래를 할 때는 연고성 있는 대표적인 어미들을 선택하여 쓰는 경우가 많다. 해녀노래에 두루 나타나는 대표적인 연고성 어미들의 예를 들면 다음과 같다.

- 이유/상황(-근,민 /-다)　바당동끗 지나가민/등바당을 다 넘어간다
- 가정/단정(-덜/-냐,하랴)　쓰무나문 설나문에/요네상착 줄소냐,
- 가정/명령(-들랑,-커겅/-곡,흡서,라)
　　　　　　　　　　　전복이랑 잡거들랑/요든 섬만 잡게흡서
- 가정/의문(-민/-리)　상 나졍 날ㄱ찌 ㅎ민/누게 상 나저도 ㅎ리
- 전제/제안(-에/-게)　열두뻬를 놀려근에/요 네착을 젓어보게
- 금지/명령(-곡/-라)　뒤엣 섬이랑 멀어지곡/앞의 섬이랑 ᄇ디여지라
- 원인/결과(-난/이여,네)　요내몸이 저울아지난/은광 금도 서불쌍이여

연고성 어미를 활용함으로써 일종의 추상화된 구조인 연결체를 보다 구체적으로 인식하여 기억할 수 있게 된다. 대부분의 연결체는 행 사이의 논리적, 의미적 맥락에 바탕을 두고 있으면서 행 사이의 통사적 관계가 굳어져서 이루어진 것들이다.

해녀노래에서 관용적으로 사용해온 병행의 틀은 해녀노래의 속성과 전통에 따라 마련된 고유한 의장으로서 의의를 지닌다. 그리고 해녀노래 사용된 병행체 表現은 넓은 바다에서 노를 저어가 물질하는 해녀들

의 물질 관행과 전통에 따라 스스로 체득하고 마련한 시적 장치라고
하겠다.

5. 몇 가지 시 模型

시 모형은 행 사이의 구조뿐만 아니라 행 내의 통사구조, 의미구조,
어휘 등이 일정한 위치에 굳어져 있는 것으로, 거듭 되풀이되어 사용
되는 가사 구성의 틀을 말한다.

해녀노래의 시 모형은 2행 구조와 밀접한 관련이 있는데 행 끝에 일
정한 어휘가 고정되어 있어 가창자들의 사설 구성에 구체적인 윤곽을
그려준다.

5.1 돌이 하곡   늬가 한 건
     임이엇인   탓이로다

5.2 돈 들엉도   못 산 건
     청노에   지집이여
     정들엉동   못 산 건
     가당오당   만난 임이여

5.3 밥을 먹당   남은 것은
     개 도새기   줘버리곡
     옷을 입당   남은 것은
     내불어   두건마는
     본 가장   실픈 것은
     백년이   원수로다

5.4 십 삼 도야　　불 난 것은
　　　소방데로나　　끼우건마는
　　　요 내 속에　　불 난 것은
　　　어느 누게　　끼와 주리

　5.1은＿＿＿＿(-것은) /＿＿＿＿＿(-로다) 의 시 모형을 보여준다. 5.2~5.3은
5.1의 기본적인 시 모형을 확장한 것이다. 시 모형을 확장하면서 가창
자의 심리상태에 따라 5.2에서처럼 어미가 바뀌거나, 5.3처럼 부연하는
시구가 첨가되기도 하면서 시는 더욱 풍요로워진다.

　5.4＿＿＿＿(-은) /＿＿＿＿(-마는) //＿＿＿＿(-은) /＿＿＿＿(-리,로다,왐져)
처럼 2행의 통사구조가 다시 병행을 이루며 시상을 확장해 나가기도
한다. 5.4는 해녀노래의 붙박이 사설로 보기는 어렵고, 어느 노래에나
끼어들기 쉬운 사설이다. 자신의 신세를 한탄하는 상황은 어떤 노동에
서도 표출되기 마련인데 이러한 사설이 나타나는 것은 창자가 자신의
생각과 정서를 좀 더 진솔하게 표현할 수 있는 분위기가 형성되고 그
만큼 노래에 몰입하고 있음을 의미한다.
　대부분 해녀노래의 시 모형은 2행이 병행을 이루고, 그 2행이 또 한
번 병행을 이루는 통사구조를 보인다. 이는 노를 젓는 동작과 가창 방
식 등과도 밀접히 관련된다.

　　　이유:＿＿＿＿＿(체언) /＿＿＿＿＿＿(-곡)
　　　상황:＿＿＿＿＿(-는) /＿＿＿＿＿＿(-로구나)

　5.5 (썰물에랑　　동의와당
　　　　들물에랑　　서의와당)

한강바당   베띄와놓곡
간장타는   내로구나

서술: _____ (-는) / _____ (-다,나)
서술: _____ (-는) / _____ (-다,나)

5.6 우리 배는   잘도 간다
    춤매새끼   잼도 재다
    바당에도   ᄆ를이 싯나
    지붕에도   상ᄆ를 싯나

가정: _____ (-에) / _____ (-건)
명령: _____ (-에) / _____ (-라)

5.7 서울러레   정든베 놓건
     멩지바당   실ᄇ름 불라
     갈치바당   갈ᄇ름 불라

  해녀노래는 2행이 병행을 이루는 통사구조가 가창자의 가창 능력에
따라 끝없이 이어지는 형식을 취한다. 기기에 5.5에서처럼 주 화제를
부연하는 시행이 첨가되기도 하고, 5.6처럼 서술어를 바꾸어가며 변형
의 미를 살리기도 한다. 대부분 해녀노래 시 모형이 2행 구조를 이루지
만 5.7이 3행 구조로 이루어진 것처럼 2행을 이루지 않는 경우도 생겨
날 수 있다. 동일한 통사적 구조와 의미가 반복될 때 첨삭을 통해 시의
묘미를 더하기 위한 시적 운용 능력이 작용한 것이다 .

이유:_____ (-안/언) / _____ (-안/언,고)
결과:_____ (-안/언) / _____ (-라)

5.8 흔착 손에   테왁들고
    흔착 손에   빗창들언
    흔 치 두 치   ᄂ려가난
    용왕 ᄎ지   나 ᄎ지여

5.9 베렝이서   베 짓어 놓안
    섭지 오란   섭 돌아 놓고
    도께 오란   돗 돌아 놓고
    한수풀 오란   한석ᄒ여 놓고
    ᄌ물캐 오란   좀 ᄒ꼼자고
    신촌 오란   신 삼아 신언
    산지물 간   물 줴여먹언
    산지바당   베 놓아 두언
    손당오름   치돌아 보난
    족은 베에   짐 하영 시껀
    추ᄌ 과탈   양 세에 드난
    큰 오름은   아방을 삼곡
    족은 오름은   어멍을 삼안
    선계 먹을   근심 안ᄒ곡
    이내 몸 살을   근심이라라

   5.8은 해녀노래에 가장 많이 등장하는 유형의 시 모형이다. 배를 타
고 험한 바닷길을 오가는 과정을 표현하고 있다. 물질도구와 물질행위
가 '이유'와 '결과'라는 시 모형의 질서 속에서 적절히 용해되고 있다.

5.9의 시 모형은 '-안/-곡'이 끝없이 이어진다. 가창자의 의도와 시적 상황(물질 환경)에 따라 더욱 확장할 수도 있다. 하지만 '-안/-곡'의 끊임없는 확장은 모두 마지막 행을 향하여 상황을 제시하거나 이유를 설명하는 구실을 하는 데 귀결되고 있다. 5.9의 주 화제는 마지막 행 '이내 몸 살을 근심이라라'에 있다. 나머지 행들은 지역적 특성을 열거하고 물질행위를 서술하는 구실을 할 뿐이다. 이러한 유형은 제주민요의 각 노래마다 많이 등장하는 시 모형이다.

Ⅲ   해녀노래의 주제

　오늘날 노래는 사람들의 일상생활과 유리된 채 문화적 소모품으로만 기능하고 있다. 경제 논리에 지배되어 사람이 상품의 소비자로서만 인식되는 현대사회의 사회구조 속에서 노래는 이미 삶의 현장을 이탈하여 상품화 대상이 되고 말았다. 노래는 더 이상 삶의 현장이나 노동 현장에서 '부르는' 대상이 아니라, 음반이나 기기 등을 통해 '듣는' 대상이 되었다. 이에 따라 오늘날의 노래들은 단편적이고 편향적이며 왜곡된 삶을 반영하는 데 그치는 경우가 많다. 노래가 일상생활을 고르게 반영하지 못하게 됨에 따라 사람들의 일상 정서를 올곧게 살려내지 못하고 통속적 정서만 자극하게 되면서 현대사회의 노래들은 '사랑'과 '이별' 일색으로 주제의 편향이 심한 편이다.
　우리 민요의 주제는 매우 다양하다. 민요만큼 다양한 주제를 갖고 있는 장르나 노래는 쉽게 발견되지 않는다. 민요의 주제가 폭넓게 나타나는 것은 주제의 편향성이 덜하다는 것, 즉, 민요의 주제가 그만큼

개방되어 있다는 것을 뜻한다.[12]

땀 흘려 일하며 삶의 터전을 일궈내는 곳, 사람과 일이 함께 하는 곳이면 항상 일노래가 존재해온 것을 보면, 우리 조상들은 삶과 일(노동)과 문학을 함께 향유하며 살아왔다고 할 수 있다. 제주민요는 여성요가 대부분인데, 그 중에서도 ᄀ레ᄀ는소리(맷돌노래), 검질매는소리(김매는노래), 물질소리(해녀노래) 등에 다양한 삶의 주제들이 표출되어 문학적 향기를 느끼게 한다. 이들은 한결같이 삶의 토대 위에서 형성된 노래들로서 제주 여성의 일·생활·삶·인식을 반영한 문화적 산물이다. 이 노래들이야말로 삶을 영위하게 한 생활기제이자 즉생활적인 생활문학이라고 할 수 있다.

해녀노래는 존재 자체가 세계적으로 유일무이 할 뿐만 아니라 그 문학적 위상 또한 빼어나다. 제주여성들의 삶과 사고체계, 행동양식 등이 이 노래에 반영되어 있어 생활문학으로서의 가치와 의미를 더해준다. 제주도의 여성들은 바다밭을 일구며 가족과 생계를 책임져 온 강인함과 투지의 표상이라 할 만하다. 특히 해녀들은 세계적으로 '물질'이라는 고된 노동과 그 어려움을 해녀노래로 승화시켰다. 열악한 자연환경과 삶의 조건을 이겨낼 수 있었던 데는 노래의 구실이 컸다.

1. 물질의 실태와 어려움

해녀노래에는 물질의 실태와 어려움이 고스란히 담겨 있다. 김영돈은 해녀노래를 해녀작업 출발의 노래(16편), 해녀작업의 노래(38편), 해녀 출가의 노래(64편), 해녀 출가생활의 노래(19편), 사랑노래(37편), 해

12) 강등학(2000), "민요의 이해", 『한국 구비문학의 이해』, 월인.

녀들의 여정(25편) 등 제재별로 묶어 분류해 놓았다.[13] 가창자가 가창하는 동안 여러 사설이 왔다 갔다 하면서 불렀을 테지만, 이 분류는 물질의 어려움을 하소연한 노래의 사설이 많이 등장한다는 것을 시사한다.

해녀노래에는 곡절 많은 사연과 일상의 어려움, 자신의 신세한탄이 많다. 넓은 바다에서 물질을 하는 고충과 물질의 이모저모가 노래 사설로 쏟아져 나오면서 이들의 정서는 한결 후련해진다.

혼백상지	등에다 지곡
가심 앞의	두렁박 차곡
흔손에	빗창을 줴곡
흔손에	호미를 줴곡
흔질 두질	수지픈 물속
허위적허위적	들어간다

해녀들의 물질은 죽음을 각오한 절박한 노동이다. 바다 속 깊이 들어가 물질하다보면 불의의 사고로 목숨을 잃을 수도 있다. 죽음을 무릅쓰고 생업에 뛰어드니 혼백상자를 등에 지고 뛰어드는 것이나 마찬가지이다. 그래서 "너른 바당 앞을 재연/ 흔질 두질 들어가난/저승질이 왔다갓닥/이여싸나 이여싸나" 하는 사설이 관용적으로 등장한다. 두렁박과 빗창, 호미는 물질의 주요도구이다. 때론 이들 대신 테왁이나 망시리가 등장하기도 한다. 해녀의 연장들을 잘 이해하면 사설은 한층 의미 있게 다가온다. 해녀 자신들이 해산물을 채취하는 데 쓰이는 연장들을 노래에 사용함으로써 노동의 구체성이 잘 드러나고 있다.

---

13) 김영돈(1965), 『제주도민요연구 上』, 일조각.

해녀노래는 생산 활동에 구체적으로 이바지한다.

물은 점점	들어가곡
흔저 뽈리	곳디 가게
숨이 쫄랑	호이치멍
흔저 뽈리	곳디 가게

해녀들이 물옷을 입고 물속 깊이 자맥질하여 들어가는데, 물질 능력이 뛰어난 상장군(대장군)일 때는 열두 길이나 들어가서 해산물을 캔다. 그리고 그 물 속에서 2분 정도 견디면서 전복, 소라를 캔다. 숨이 짧아 '호오이~' 소리치며 물 밖으로 솟구쳐 오른다. 물이 점점 썰물이 되어 들어오니 어서 안전하게 가로 나가자는 소리이다.

모든 일노래가 그렇듯 해녀노래도 실질적인 삶에 이바지하는 기능요이다. 노래가 일의 고통을 차단할 뿐만 아니라 생산 활동에 있어서 순간순간 활력을 불어넣는다. 또한, 일상적 삶에서 부딪히는 여러 가지 실정을 토로함으로써 자기 자신의 위상을 확인하고 삶의 의욕을 확인하게 된다. 이를 통해 노래가 단지 일의 능률을 올리는 데만 머무르지 않고 노래하는 이의 삶의 고달픔을 해소하고 승화하는 구실도 함을 알 수 있다.

우리 부모	날 날적의
무신날에	날 나싱고
흔짝손에	테왁들고
흔짝손에	빗창들언
흔치 두치	ㄴ려가난
용왕ᄎ지	나 ᄎ지여

ㄴ려갈 땐	눈물이곡
올라올 땐	한숨이여

"우리 부모 날 날적의/무신날에 날 나싱고"하는 사설은 고레ㄱ는소리든 검질매는소리든 제주 여성 민요의 어디에나 관용적으로 끼어드는 사설이다. 해녀노래인 경우는 "가시낭 몽고지에/손 터지우젠 날 나싱가(가시나무 몽고지에 손 찌르게 하려고 날 낳는가)" 혹은 "설룬부모 날 날적의/무신날에 날 나싱고/ 태완난 건 안여 밧여/숨은여로 정들랴고/태완 낫나(설운 부모 날 낳을 적에 무슨 날에 날 낳는가 태워 난 건 안여 밧여 숨은여에 정 들려고 태워 낳는가)"하는 사설들이 이어지면서 자신의 신세를 원망하게 된다.

베렝이서	베 짓어놓안
섭지오란	섭 돌아놓고
도께오란	돗 돌아놓고
한수풀오란	한석 ㅎ여놓고
ㅈ물캐오란	좀 ㅎ꼼 자고
신촌오란	신 삼아 신고
산지물간	물 줴여먹언
산지바당	베 놓아두언
손당오롬	치돌아보난
죽은베에	짐 하영시껀
큰 오롬은	아방을 삼곡
죽은 오롬은	어멍을 삼안
선게 먹을	근심 안ㅎ곡
이내몸 살을	근심이라라

제아무리 억센 해녀들이지만 물질의 괴로움과 힘듦은 신세한탄으로
이어지기 마련이다. 눈물과 한숨과 시름을 노래에 실어 보내는 여성들
의 모습이 노래에 투영되어 나타난다. 물질 경로와 지형이 사실에 오
롯이 반영되어 물질 실태를 잘 들여다볼 수 있다.

죽음을 담보로 한 여성들의 품삯이 남편들의 술값에 다 들어간다는
푸념이 담긴 다음의 노래는 제주 여성들의 고단했던 삶의 한 편린을
들여다보게 한다.

뱅뱅	돌아진 섬에
삼시 굶으멍	물질ᄒ연
ᄒ푼 두푼	모은 금전
정든님 술값에	다들어가네
돈아돈아	말모른 돈아
돈 웃고보민	적막강산
돈 싯고보민	금수강산
돈 실 적원	성님성님
돈 떨어지민	자네야네
돈아돈아	무정한 돈아
눈어둔 돈아	귀막은 돈아
부르거든	돌아나오라
산이노판	못왐시냐
물이지펀	못왐시냐
질을몰란	못왐시냐

자기 고향을 떠나 만리타향에서 깊은 물속에 뛰어들어 물질을 하는
까닭은 돈 때문이다. 그런데 야박하고 냉정한 게 돈이다. 돈 없을 땐

적막강산, 돈 있고 보면 금수강산이며, 돈 있을 적엔 추켜세우다가 돈 없으면 야박하게 돌아가는 게 세상인심이다 그런 돈은 '말 모른 논, 귀 막은 논, 눈 어두운 돈'으로 제 주인을 쉽게 찾아오지 않는 무정하고 무심한 존재이다. 물이 깊어서 못 찾는 것인지, 산이 높아서 못 찾는 것인지, 길을 잊고 돌아오지 못하는 것인지, 속 타는 여자의 심사를 아랑곳하지 않는다. 간절하고 애틋한 마음이 사랑하는 이를 기다리는 것과 똑같다.

강원도	금강산
금인 중	알안에
우리 긔주	헤녀덜이
돌곳마다	눈물졈겨

돈아돈아	말모른 돈아
돈의 전체굿	아니민
노곡 두만강	어디라니
부량청진	어디라니

우리나	고향은
제주야	성산폰디
잠깐	몸지체
오사까	동성국
십이번지에	사는고나

　제주 해녀들은 제주 해안에서만 물질을 하지 않고 육지나 일본 등으로 바깥물질(출가물질)을 하면서 생계를 이어갔다. 가족과 떨어져 오

랜 시간 견뎌야하는 바깥물질은 더욱 외로움과 자탄을 자아내게 하는 일이었다. 반 년 이상 혹은 일 년 동안 바깥물질을 하는 동안 때로는 그곳에서 붙박이가 되어 사는 경우도 허다했다. 그러나 고향으로 돌아가고 싶은 마음은 눈물과 한숨을 자아내게 한다. 제주해녀들이 해산물을 캐기 위해 머무는 돌 끝마다 눈물이 지고, 돈 때문에 강원도, 두만강, 오사카 등지를 떠돌며 물질을 해야 하는 신세에 대한 진한 서글픔이 묻어난다. 이렇듯 해녀노래에는 물질의 고달픔과 어려움이 생생하게 그려지며, 자신의 신세를 토로하는 사설들이 노동의 실태에 기초하여 구체적으로 나타난다.

2. 자연과의 동화

해녀들이 노동을 하는 곳은 바다밭이다. 그래서 해녀노래의 사설에는 바다와 하나가 되어, 바다를 거스르지 않고 동화되면서 오히려 바다를 자연스럽게 이용하는 지혜로움이 담겨 있다. 물질을 출발하면서 부르는 노래이다.

몸쫑으랑	집을 삼앙
눗고개랑	어멍을 삼앙
요바당에	날 살아시민
어느 바당	걸릴 웨시랴

모자반으로 집을 삼고 놀고개(파도)로 어머니를 삼아 바다에서 살아가는 삶을 천연덕스럽게 묘사하고 있다. 시퍼렇고 험난한 바다를 집안처럼, 어머니처럼 편안한 존재로 인식하고 있는 것이다. 어차피 바다밭

을 의지하여 살아갈 바에는 바다가 두려운 대상이 아니라 삶의 일부처
럼 친숙하게 여겨야 어느 바다든 걸리지 않고 왕래한 수 있다는 생각
이 내우 슬기롭다.

어떤 사름	복도좋앙
앗아 살리	우리네는
ㅂ름이랑	밥으로 먹곡
구룸으로	똥을 싸곡
물절이랑	집안 삼앙
부모동싱	떼여두곡
오늘날도	물에 든다

바람일랑 밥으로 먹고, 구름으로 똥을 싸고, 물결은 집안 삼는다는
표현이 절묘하다. 자연을 거역하는 것이 아니라 자연과 동화되어 혼연
일체가 되는 너그러운 태도가 일품이다. 자신도 자연의 일부로서 물에
뛰어드니 자연과 일치를 이루고 있는 셈이다. 그러니 물질에 장애물이
되는 놀(파도)마저도 나와 일치되지 않으면 안 될 존재다.

요놋둥이	무싱거먹언
술쳐싱고	이여싸나
숨통을	걸어싱가
부즛통을	걸어싱가
궁긋궁긋	잘 올라온다

조그만 돛대에 기대어 노를 젓는 해녀들에게 놀덩이는 두렵고 무서
운 존재이다. 바다의 큰 물결인 '놀'이 뭉클쿵클 올라오는 것을 보고 무

엇을 먹고 저렇게 살이 올랐는지, 인삼을 먹었는가, 부자통을 걸었는가
하는 비유가 맛깔스럽다. "요놋둥이 저놋둥이/뭣을 먹고 뭉칼뭉칼/지
름통을 먹엇는가/슴통을 먹엇는가/ᄇ름통을 먹엇는가(요 파도넝이 지
파도덩이 무엇을 먹고 뭉클뭉클 기름통을 먹었는가 삼(인삼)통을 먹었
는가 바람통을 먹었는가)"하는 사설을 보면 놀덩이가 커가는 것이 마
치 자기 집 귀한 아들 커가는 모습을 지켜보는 사랑스러움이 배어 있
는 듯이 여겨지기도 한다. 여기에 이르면 자연은 정복해야 할 대상이
아니라 인간의 삶과 공존하며 동화될 수 있는 대상물로 자리한다. 그
러니 "소섬으랑 지둥삼곡/청산으랑 문을 둘곡/한두물에 물밀어오듯/세
끼청산/누울린다(소섬은 기둥삼고 청산에는 문을 달고 한두물에 물 밀
어오듯 새끼청산 누린다"하며 바다 지경이 한 집안으로 인식되는 것은
당연한 일이다.

요 네 젓엉	흔저가게
우리베는	잼도재곡
ᄂ의 베는	뜸도 뜨다
수덕좋고	제수좋은
우리 배야	흔저가게
멩지바당	실ᄇ름불라

바다야말로 해녀들의 삶의 터전이며 안식처이다. 그 바다는 멩지바
당(명주바다)이며, 그 위를 지나는 우리 배는 '수덕 좋고 재수 좋은' 것
이다. 그래서 해녀들은 물결을 잘 이용하여 물질을 하자고 "쏠물에랑
앞개가곡/들물에랑 뒷개가곡/흔 물거리 젓엉가게(썰물에는 앞개에 가
고 들물에는 뒷개에 가고 한 물거리 저어가자"하고 노래한다.

미역감테	휘칙휘칙
홍합대엽	비쭉비쭉
줌북고롱	방글방글
한번 캐연	맛을 보난
일천간장	시르르흔다.

이 노래처럼 '휘칙휘칙, 비쭉비쭉, 방글방글' 하는 의태어들을 잘 구사하여 시적 묘미를 더해주는 사설들이 해녀노래에는 자주 등장한다. 자연과 일치되고 동화되는 모습은 바다에 존재하는 모든 대상물에 대한 예찬으로 이어지고, 그 대상물에 의탁하여 시름과 고통, 외로움을 잊을 수 있게 된다.

3. 삶의 태도와 교훈

해녀노래는 물질의 모습과 고달픔, 보람 등이 배어들어 있을 뿐만 아니라 해녀노래를 부르는 사람들의 가치관과 사고방식을 들여다보게 하여 더욱 가치 있다. 이는 모든 일노래가 노래를 부르는 사람들의 의식세계를 담고 있으며 철저히 민중적인 것과도 통한다. 해녀노래에는 제주 여성들의 합리적 사고와 삶의 태도가 담겨 있을 뿐만 아니라 노래를 통해 삶의 교훈을 전달한다.

낭도 늙엉	고목뒈민
놀단 생이	아니오곡
물이라도	묽아지민
놀단 궤기	아니 놀곡
이내 몸도	늙어지민

물질ᄒᆞ기   어렵고나

　나무도 고목이 되면 새가 아니 날아들고, 물도 지나치게 맑아지면 놀던 고기가 아니 놀듯이, 아무리 물질이 어렵고 힘든 일이지만 늙으면 물질하기도 어렵다는 깨달음이 담겨 있다. 그러니 할 수 있을 때, 현재에 충실하라는 메시지다. 자신에게 주어진 직분을 제때 잘 해내는 것이야말로 인생의 보람이고, 각각 자신이 처한 환경에서 자신의 일을 사람답게 해낼 때 그것은 더 이상 힘든 일이 아니라 '놀음'이 될 수도 있는 것이다.

물절ᄄᆞ랑	베질ᄒᆞ기
선주사공	놀음이곡
밧데들렁	밧 잘 갈기
농부아비	놀음이곡
붓대 들렁	글잘쓰기
선부의	놀음이여

　선주 사공은 물결 따라 배를 잘 젓는 일, 농부는 쟁기 들고 밭을 잘 가는 일, 선비는 붓 들어 글을 잘 쓰는 일이 각각 자신답게 사는 일이라는 것은 자신의 직분에 안분지족 하는 자족성이 드러나고 있다. '안민가'의 '民다이, 臣다이, 君다이' 하는 표현과 비교할 때 훨씬 덜 교조적이면서, 문학적이고 교훈적이다. 이러한 사설은 현실에 충실하며 소박하게 살아가는 사람들의 합리적 사고에 기반하지 않고는 나오기 힘든 표현이다. 이러한 표현은 현실적이고 대중적인 지지를 통해 관용적인 표현으로 자리잡게 된다.

지붕에도	ᄆ를이 싯나
이팔청춘	ᄆ를 웃일 만가
ᄌᆞᆺ고나가게	베겨나가게
요 ᄆ를을	젓고나가게
아니나 젓엉	몬 가더라
젓일데로	젓어나가게

　힘에 부치는 파도를 만났을 때는 인생의 고비를 맞이한 세상살이에
비유하여 교훈을 주고 있다. 지붕에 마루가 있듯이 우리네 인생 이팔
청춘에도 고비가 있다. 물질도 편하기만 하지는 않은 것이다. 거센 풍
랑을 만났을 때도 인생의 고비를 만났을 때와 같다. 앞으로 저어나가
지 않으면 그 자리에서 풍파에 뒤집혀 가라앉고 말 것이다. 아니 저으
면 한 발짝도 앞으로 나가지 못하는 게 세상살이의 이치임을 해녀노래
의 사설은 가르치고 있다.
　때론, 늙어 가는 자신의 처지와는 달리 변함없이 새롭게 재생하는
자연의 위대함에 굴복하는 모습도 보인다.

찌끈 물은	가다나온다
노끈 남긔	욜매나ᄀᆞ찌
보고도고	못 먹는고나
요내 심은	웃어나져도
요 물 속은	젊어나진다

악담부담	버신돈은
안고나가나	지고나 가나
서산의	지는 헤는

누게심으로	막을 수 시코
우리가	흔푼두푼
알뜰이	벌어놓으믄
일문갑수	대황로로
날 끄려	주리아
초록멩지	당사줄로
날 무꺼	주리아
지와로	봉토싸랴
은전으로	제절노랴
백전으로	산담을 둘르랴
ᄒᆞ당봐도	쓸데엇인
허구허망	ᄒᆞᆫ일이여

무한한 자연의 힘 앞에서 유한한 존재인 인간은 스스로를 겸손하지 않을 수 없고, 자연의 순리에 따르지 않을 수 없는 것이다. 억척스럽게 벌어놓은 돈도 저승까지 갖고 갈 수는 없는 법, 가는 세월을 막을 수는 없는 게 인간의 유한한 삶이다. 알뜰히 돈을 벌어놓은들 죽어서 땅으로 돌아갈 때는 대항라로 감싸줄 리 없으며, 초록 명주로 몸을 꾸려줄 리 없고, 기와로 봉토를 만들어줄 리 없으며, 돈으로 계절을 놓고, 산담을 둘러줄 리 없다. 그러니 우리 인생은 허망할 수밖에 없다. 하지만 인생이 허무하니 아무렇게나 살다 가겠다는 것이 아니라 열심히 모아 삶을 꾸리되 허욕과 낭비로 허망한 생을 살지 않겠다는 현실주의적 사고, 우리 삶의 진중성은 바로 여기에 그 원천이 들어 있다.

해녀노래의 경우 바깥물질을 나갈 때는 여럿이 힘을 모아 노를 저어야 하므로 노래에도 당연히 공동체의식이 반영된다.

우리 배는	잘도 간다
춤매새끼	노는듯기
우리 싱제	삼성제가
들어사난	네도 맞곡
베도 맞안	잘도 간다

함께 호흡을 맞추고 노를 젓는 동안 버겁기만 한 노 젓기의 고달픔
은 차단되고 신명과 흥겨움으로 환치된다. 노를 저으며 '이여싸나 이여
싸나'를 일제히 부름으로써 힘이 솟고 노 젓는 동작을 가지런히 맞출
수 있다. 앞으로 잘도 나가는 배를 참매가 나는 듯이 빠르다는 비유 또
한 힘을 합친 데서 나오는 것이다.

요벗들아	흔디가게
저 굿디랑	내 몬저 강
메역이랑	내 몬저 호겨
울산 강	돈 벌어당
가지 늧인	큰 집 사곡
멍에 느린	큰 밧 사곡
제미나게	살아보게

함께 배를 타고 나가 물질을 하여 처마 늘인 큰집도 사고, 밭머리가
긴 큰 밭도 사는 것은 비단 혼자만의 꿈은 아니다. 한 배에 몸을 싣고
떠나는 여성들 모두의 희망이고 꿈이다. 현재도 해녀들은 절대 혼자서
는 물질을 나가지 않는 게 불문율로 지켜지고 있다. 해녀들 세계에서
냉엄하게 존재하고 있는 질서의식 등은 그들만의 강한 공동체 의식에
서 나온 것들이다.

요벤드레	끊어나지민
인천항구	녹보줄이
없을소냐	
요네상착	부러지건
부산항구	곧은 남이
없을소냐	
ㄱ라ㄱ라	이여도싸나
잘넘어간다	잘넘어간다
요동무덜	그만ᄒᆞ민
홀만ᄒᆞ다	이여싸나

배에 탄 사람들은 운명공동체일 수밖에 없다. 함께 힘을 합쳐 노를 저으니 닻줄이 끊어지고 노가 부러질 정도로 힘이 철철 넘쳐난다. 벤드레(밧줄)가 끊어지면 인천 항구에서 녹보줄을 사면 될 터이고, 상착(노)이 부러지면 부산 항구에 들러 곧은 나무를 사서 쓰면 될 일이다. 이렇게 동무들이 함께 힘을 합치니 배가 잘 넘어가고 일도 힘들지 않아서 할 만하다. 만리창파에서 바다와 맞서 힘을 모아 노를 저어 가는 여성들의 모습을 충분히 그리고도 남는다.

"요년저년 잡을년아/대동강에 목벨년아/아기날 때 ᄆᆞ루줴듯요/요 네착을 ᄃᆞ겨보자(요 년 저 년 잡을년아 대동강에 목 벨 년아 아기날 대 힘을 짜내듯이 요 네를 당겨보자)"하며, 아기 낳을 때 힘을 쓰듯 노를 당겨보자는 사설이 등장한다. '잡을년'은 한 배지기일 수도 있고, 자신일 수도 있고 타자를 가리킬 수도 있다. 힘든 노동을 이겨보자는 데서 부러 강한 어조를 사용하였다. 힘든 노동의 현장이 느껴져 눈물겹지만, 한편으로 그 슬픔을 차단하는 역동적이고 생동감 넘치는 힘이 느껴진다. 이처럼 해녀노래의 사설들은 해녀들이 물질에서 겪는 삶의 문제와 고통에 패배하는 것이 아니라 현실의 불합리를 줄여가며 삶의 진보를 이루는 데 기여해 왔다고 할 수 있다.

4. 여유와 멋

여성에게 물질은 생사를 오락가락 하는 힘든 노동이다. 그렇게 힘든 노동이어서 그 대가도 컸으며 많은 여성들이 물질을 하여 번 돈으로 집도 사고 밭도 몇 떼기 사들이는 예가 허다했다. 그러나 물질이 힘든 일로만 여겼더라면 많은 여성들은 쉽게 물질을 포기하였을 것이다. 해녀들은 물질을 안 하면 여기저기 쑤신다고 하며 즐겨 물질에 나서기도 하고, 나이든 할머니들이 쉽게 물질을 놓지 못하는 이유도 물질에서 느끼는 기쁨과 멋이 있기 때문이다.

한강 바당	네를 젓엉
이 섬일 가민	점복이 시카
저 섬일 가민	진주가 시카
풍덩 빠젼	들어간 보난
궤기딜은	모다나 들엉
벗을 삼앙	놀젠해라

전복이 있을까, 진주가 있을까 하여 들어가 봤더니 고기들이 모여들며 벗 삼아 놀자고 한다는 표현은 예사로운 표현이 아니다. 힘든 노동 상황에서 이런 노래가 나올 수 있을까 하는 의문이 들 정도로 순수하고 아름답게 느껴진다. 이는 필시 생활과 사고의 여유에서 나오는 멋이다.

젊은년	젓는 네랑
궁둥이가	들싹들싹
젊은놈	젓는 네랑
요레 솔락	저레 솔락

노 젓는 모습을 남녀 신체의 특징에 따라 희화화하는 여유도 부려본다. 이런 사설이 불릴질 때면 노 젓기의 고통은 어느덧 잊고, 배는 한바탕 자지러진 웃음으로 일렁인다.

어서오랭	눈을 친다
어서오랭	손을 친다
눈치는된	야밤의 가곡
손치는된	헤낮의 간다
놀지나 좋긴	살장구복판
밥먹지 좋긴	부산여관
밤자리 좋긴	큰아기복판
큰아기 얼골은	붉어사좋곡
칠팔월 복성귀	벗어사좋곡

일밖에 모르는 해촌 여성들이지만 그들에게도 정감이 있고 사랑의 감정이 싹튼다. 눈웃음을 치는 데는 밤에 가고, 손뼉을 치는 데는 대낮에 간다는 표현도 멋스럽거니와 '놀기 좋은 데는 살장구 복판, 밥 먹기 좋은 데는 부산 여관, 밤 자리 좋은 데는 큰아기 복판' 하고 거침없는 애정을 표현하기도 한다. 전체가 비유로 빚어진 한 편의 시로 보아도 좋을 듯하며, 애정을 노래했으되 조야하지 않고 여유가 느껴진다.

큰여으로	들엉가카
죽은여으로	들엉가카
세헤세사	가나보게
큰여으랑	가거들랑
큰궤나	만나지민
족은여으랑	가거들랑
우둥퉁퉁	슬친 줌북
어물어물	기염시민
이 죽창을	쏘지말고
슬짝 줏엉	놓당보경
망시리만	ᄀ득ᄒ라
날도 좋다	날도 좋다
바당의서	씨원ᄒ게
희염치명	놀아보게
ᄒ를헤원	이 바당에
큰절이나	일지 말민
물 소곱에	들명나명
고운 걸랑	주워놓앙
우리 애기	방뒤 주마
이디로도	바당고개
저디로도	먹돌고개
고우머근	거칠고나
이 엉장일	기여들게
기여들민	금궤이나
혼자 ᄒ거	희염서라

　큰여, 작은여를 들락날락 하면서 살찐 전복을 발견하고도 죽창으로 찌르지 않고 살짝 주워담겠다는 예쁜 마음이 드러난다. 날씨가 좋아

물결이 거세지지만 않는다면 하루 종일이라도 들면서 나면서 물놀이를 하고 싶다는 염원이 담겨 있다. 고운 것은 주워 아기 장난감으로 주고 싶다고 노래한다. 전복이나 소라가 모두 돈으로만 환산된다면 물질은 참으로 지루한 싸움이 될 것이다. 그러나 전복을 주워 망시리에 담는 살뜰한 마음, 고운 것을 아기 장난감으로 주고 싶은 마음, 바다 속에 금궤가 들어있다고 믿는 마음들을 물질이라는 노동에 함몰되지 않는 여유에서 나오는 것이다. 물질이 돈을 위해 생사를 넘나드는 노동인데도 이런 마음이 일어난다는 마음의 여유야말로 제주해녀들의 멋스러움이라고 하겠다.

5. 사랑과 그리움

어느 나라의 노래를 보더라도 '사랑' 만큼 유행을 타지 않는 고정적인 주제는 없다. 우리 민요에도 일노래, 유희요 가릴 것 없이 사랑을 노래한 것들이 많다. '사랑'은 인간이 평생 짊어지고 가야할 숙명적인 멍에이고 삶의 본질적인 문제라서 그런 것인지, 힘든 상황일수록 사랑이 더욱 애틋해지는 탓 때문인지, 해녀노래에도 사랑을 노래한 사설들이 많다.

해녀노래에는 특히 가족에 대한 사랑을 노래한 사설이 많이 등장한다. 이는 해녀들의 물질이 힘들고 게다가 반 년 이상을 바깥물질에서 보내게 되어 가족들과 헤어져 생활해야 하는 탓인 듯하다.

한로산을　　　등에지곡
대천바당을　　집을 삼앙
부모동성　　　이벨홀적원

손수건인딜　　　아니 젖이랴

　한라산을 뒤에 두고 드넓은 바다를 집으로 삼아 바깥물질을 떠나는 애틋한 심정이 그려져 있다. 고향을 버리고 부모형제와 이별한다는 것은 여간 서글픈 일이 아니다. 10살이 되면 으레 자맥질을 해서 물질을 했던 게 관행이었으므로 아직 어린아이 티를 벗지 못한 소녀들이 힘든 물질에 나갔음을 알 수 있다. 생계와 생존의 문제에 떠밀려 망망대해로 나가지만 아직도 부모형제의 사랑이 필요한 시기였다.

ㅂ름이랑　　　밥으로먹곡
구룸으로　　　똥을 싸곡
물절이란　　　집안을 삼앙
설룬어멍　　　떼여두곡
설룬 아방　　　떼여두곡
부모동　　　　이벨ᄒ곡
한강바당　　　집을 삼앙
이업을　　　　ᄒ라ᄒ곡
이내몸이　　　탄생ᄒ든가

　뭍에 도착하기까지 며칠이 걸릴지도 모르는 바다 한가운데서 바람, 구름, 물결에 시달리는 게 해녀들의 삶이다. 그러다보니 어머니, 아버지, 부모형제에 대한 애틋한 그리움에 사무쳐 자신의 신세를 한탄하게 된다. 도대체 무슨 영화를 바라 이 험난한 길을 떠나왔는가 생각하면 자신의 신세가 처량하고 그리움은 더욱 사무쳤을 것이다.

어린애기　　　떼여두곡

늙은부뮈	떼여두곡
정든낭군	떼여두곡
돈 아니믄	나 무사오리
돈아돈아	말모른 돈아
귀막은 돈아	눈어둑은 돈아

아차 하는 실수로 죽음에 다다를 수 있는 상황이 언제든 놓여있으므로 임도, 부모도 자신을 지켜주지 못할 것을 생각하니 더욱 그립고 애달프기까지 하다.

우리가	이영저영ᄒ당
ᄒ번 어차	실수뒈민
우알등을	무꺼놓고
소방산천	쳇대우희
둥시렁ᄒ게	갈 적의는
어느야 님이	날막아주멍
어느 부모가	날막아주리

물질하는 여성의 안타까운 심정을 토로하게 하는 것으로 남편에 대한 그리움이 한몫을 차지 한다.

바당끗은	금금ᄒ고
고향산천	뒤에 두엉
지픈 바당	창창ᄒ 무르
설운 낭군	냉겨두엉
얼음ᄀ뜬	물살에다
무신일로	이모양인고

사랑하는 가족과 남편에 대한 사무치는 그리움을 달래며 물질하면서도 오로지 생각은 고향으로 달려간다. "종달새 울믄/봄 온중 알라/벳빙귀 불믄/임온 중 일타"니 님편을 그리워하기도 하고, 부모형제, 님편, 아기가 있는 고향에 대한 그리움을 하소연하기도 한다.

그런데, 해녀노래에 이렇듯 가족을 노래한 것이 많은 것은 현대사회의 대중가요와 비교할 때 매우 깊은 의의를 갖는다. 대중가요의 주제인 사랑과 그리움은 그 대상이 연인에 치중되어 있고, 내용도 왜곡된 애정관이나 태도를 표현하는 것이 많은 게 오늘날의 현실이다. 하지만 민요에는 사람살이에 관계된, 자신의 주변에 존재하는 소중한 사람들에 대한 사랑과 그리움이 소박하면서도 정겹게 표현된다. 부부, 시부모, 자녀, 동서, 며느리 등을 대상으로 한 가정문제, 가족에 대한 원망과 사랑 등은 해녀노래, 고레ᄀᆞ는소리, 검질매는소리 등 제주도 민요뿐만 아니라 한국 민요에도 두루 나타나는 특징이다. 이러한 현상이 민요가 아닌 시조나 가사, 잡가 등 다른 장르에서 쉽게 찾아볼 수 없는 것을 보면, 그만큼 민요가 진솔하고 즉생활적인 문학임을 말하는 것이다.

6. 꿈

언어에 힘이 있다고 믿는 의식이 노래라는 형태를 통해 표출되어 온 것은 인류의 역사에서 공통적으로 발견된다. 어떤 종교든 집단적으로 입을 모아 비념을 하거나 기도를 하면서 소망이 성취되길 기원하는 것도 언어에 주술성이 있다고 믿는 보편적인 관념의 반영이라고 볼 수 있다. 아이들이 어울려 노는 곳에만 가도 언술적 주술 행위들을 금방 확인할 수 있는 것을 보면 나약한 아이들조차 언술의 힘을 선험적으로 학습하는 것인지도 모른다.

험한 바다에 몸을 던져 물질을 하며 저승길을 왔다 갔다 하는 해녀들은 자신의 꿈을 즐겨 노래에 실어 표현했다. 자신들의 소망이 이루어질 것이라는 꿈은 힘든 현실을 초월하는 초인적인 힘을 발휘하고 그 꿈을 이루기 위해 바다로 몸을 던지게 한다.

질질가는	소낭긔 배야
잘잘가는	잡낭귀 베야
일만 줌녀	거두와시껑
만냥태수	냉기레 간다

이 노래에는 말이나 노래의 주술성에 힘입어 소원을 성취해보려는 강력한 염원이 들어 있다. '질질 가는 소나무 배야/잘잘 가는 잡나무 배야' 하고 소리 높여 부르다보면 배는 어김없이 잘 나아가리라 확신하며 배가 미끄러지듯 잘 나가듯이 세상일이 잘 풀릴 것이라는 자기 암시가 담겨 있다. 더욱이 해녀들이 탄 배가 미역, 전복, 소라 등을 풍성히 캐서 萬兩太守가 되리라는 해녀들의 소망이 해녀들을 신명나는 물질에 나서게 하여 일하는 보람과 의욕, 자신감을 거듭 환기하고 확인하고 있다.

마을 어귀의 서낭신에게 "서낭님아 서낭님아/궤기얼케로 다울려 줍서/고래사니 올라온다" 라고 노래하기도 한다. 고기를 바위 위로 쫓아주기를 비니 고래들이 올라온다는 사설이다. 해녀노래는 언술이 매우 주체적이다. 이는 해녀들이 자신의 문제를 자신의 시각과 정서로 노래하고 있기 때문이다.

구젱기랑	잡거들랑
닷섬만	잡게 ᄒ곡
전복일랑	잡거들랑
요든섬만	잡게흡서
못사는	우리 팔ᄌ
흔번 아주	고쳐보게

　소라를 다섯 섬이나 잡게 해주고, 전복을 여든 섬이나 잡게 해서 팔자를 아주 고쳐보자는 야무진 염원이 담겨 있다. 그래서 '꿈도 야무지다'는 말이 생긴 것인지는 모르나 이 꿈은 헛된 것만은 아니다. 열심히 물에 들고나다 보면 언젠가는 팔자를 고쳐 행복한 미래가 열릴 것이라는 꿈다운 꿈을 안고 사는 것이다. 살다 보면 행복해질 것이라는 꿈, 이 꿈은 오늘날의 사람들이 행복하기 위해 사는 것과는 매우 대조적이다. 실제로 물질로 자녀들의 학교공부를 시키고 밭도 몇 마지기 사서 집안을 일군 무용담 같은 해녀들의 생애사를 듣다보면 꿈은 이루기 위해 있는 것이라는 느낌이 든다. 해녀들의 꿈과 소망을 노래에 실어 표현한 사설이 많은 것은 그만큼 일이 힘들다는 것이나 현실에 패배하지 않고 야무지게 살아왔던 제주여성들의 강인함을 시사하는 것이기도 하다.
　지금까지 해녀노래에 표출된 다양한 주제들을 살펴보았다. 해녀노래의 주제가 개방될 수 있었던 것은 해녀들의 일상생활을 대상으로 하였기에 가능한 것이다. 삶에 토대를 두지 않은 노래, 삶에서 유리된 노래, 상품으로 팔리는 노래에서는 좀처럼 발견하기 어려운 것들이다. 그만큼 해녀노래는 해녀들이 물질에서 겪는 모든 일들과 감정·정서를 반영한 문학적, 문화적 산물이었다는 것을 의미한다. 해녀노래야말로 생활의 노래이자, 여성 자신의 노래이며, 동시에 여성들의 삶을 의미 있게 해온 노래라고 할 수 있다. 해녀노래의 다양한 주제와 풍부한 내용은 해녀노래의 문학성을 가멸지게 하는 데 기여했다고 볼 수 있다.

Ⅳ　결 론

　제주민요의 사설 한 편 한편에는 제주의 자연, 사회, 관습, 생업, 경제, 신앙 및 제주사람들의 심의현상(心意現象)이 뭉뚱그려져 표현되고 있다. 제주민요의 모습은 곧 제주의 모습이요, 제주민요의 특색은 곧 제주의 특색이다. 제주만이 지니는 유다른 빛깔을 민요 사설 속에 압축한다. 우선 해녀노래가 제주 해녀에 의해서 불린다는 사실 자체가 제주의 빛깔이다.[14] 더욱이 해녀노래는 제주에만 존재하는 독특한 노래로 다분히 제주적인 노래이며, 제주사람들의 심성을 반영하고 있는 노래이다.

　이 글은 해녀노래의 표현특질을 찾고 나아가 해녀노래의 사설에 담긴 주제를 살펴봄으로써 해녀노래의 문학성을 탐색해 보고자 하였다.

　우선, 해녀노래 역시 다른 민요와 마찬가지로 구비시가 갖는 문학적 특질을 갖추고 전승되어온 문학적 산물임을 표현 특질을 통해 살펴보았다. 해녀노래에 나타나는 공식구를 활용한 표현, 통사구조를 활용한 표현, 반복적 표현, 병행체의 표현들을 살펴보고 몇 가지 시 모형을 찾아보았다. 이를 통해 해녀노래의 공식구들은 의미를 나타내기 위한 시적 장치로 사용되며, 현실을 전형화 시키는 효과적인 방식으로 사용됨을 알 수 있었다. 해녀노래의 통사구조들은 가창자가 자신의 생각을

---

14) 김영돈(1996), '해녀와 관련된 민속', 『제주의 해녀』, 제주도.

어법에 맞게 정리해 나가면서 사설을 잇는 데 부담을 덜어줄 수 있어 줄곧 선택되고 지속력을 가지며 전승되어 왔다. 이들 통사구조를 적절히 활용함으로써 노농의 설자를 알이거나 일의 속도감을 살리며, 노동행위에 경쾌감을 불러일으키는 구실도 하였다고 볼 수 있다. 반복적 표현들은 의미구조의 동일성을 가져오고 가창자가 쉽게 체득할 수 있게 하는 구실을 하고 있음을 확인하였다. 또, 해녀노래 각편에는 다양한 병행체 표현이 나타난다. 대등형 병행체, 대립형 병행체, 보완형 병행체, 연결형 병행체 등이 나타나는데, 다양한 병행체 표현들은 해녀들의 물질 관행과 전통에 따라 스스로 체득하고 마련한 시적 장치임을 살펴보았다. 해녀노래에 나타나는 몇 가지 시 模型도 찾아보았다.

다음으로 해녀노래의 주제를 살펴보았다.

해녀노래의 주제는 "물질의 실태와 어려움, 자연과의 동화, 삶의 태도와 교훈, 여유와 멋, 꿈" 등으로 정리해 보았다. 해녀노래의 풍부한 내용과 다양한 주제는 해녀노래의 문학성에 기여하고 있으며 해녀노래가 즉생활적인 생활문학임을 짐작하게 한다. 해녀노래는 주제가 다양하게 개방되어 있는데, 이는 해녀노래가 해녀들 자신의 일상생활을 대상으로 하여 자신의 정서를, 자신의 느낌으로 노래하는 생활문학이기 때문에 가능한 것이다. 대중가요의 주제가 편향성을 지닌 데 반해 해녀노래의 주제가 매우 다양하다는 것은 현대사회에서 갖는 의의와 시사하는 바가 크다.

이 글은 해녀노래의 표현특질과 주제의 다양성을 통해 문학성을 찾고자 하였다. 그러나 작품의 분석과 해설에 머물고 미적 범주에까지 나아가지 못한 아쉬움이 남는다. 해녀노래의 문학성을 구명하는 밀도 있고 진지한 글이 되기 위해 보완되어야 할 것이다.

◦ 참고문헌 ◦

강등학(1988), 『정선 아라리 연구』, 집문당.

강등학(2000), "민요의 이해", 『한국 구비문학의 이해』, 월인.

김대행(1980), 『한국시의 전통 연구』, 이우출판사.

김대행(1991), 『시가시학연구』, 이화여자대학교출판부. p.19.

김영돈(1965), 『제주도민요연구 上』, 일조각.

김영돈(1996), '해녀와 관련된 민속', 『제주의 해녀』, 제주도.

조동일(1970), 『서사민요연구』, 계명대학교출판부.

07

서부 경남지역 〈해녀노젓는소리〉의 전승과 변이양상

- 서 론
- 〈해녀노젓는소리〉의 전승양상
- 〈해녀노젓는소리〉 사설의 변이양상
- 〈해녀노젓는소리〉 창자의 특성과 사설의 특징
- 결 론

| 이성훈 | 숭실대학교

『한국언어문화』 제27집, 2005.

Ⅰ   서 론

서부 경남지역은 남해시, 사천시, 통영시, 거제시, 진주시 등을 포함한 지역을 통칭한다. 이들 지역은 제주도 출신 해녀들이 밀집된 지역으로, 본토에 전승되는 〈해녀노젓는소리〉의 양상을 고찰하기 위한 중요한 지역 중의 하나이다. 서부경남 제주도민연합회는 거제, 남해, 삼천포, 남해, 진주도민회로 5개 단위 도민회를 연합하고 있으며, 특히 통영지역의 제주출신 해녀 200여명이 1999년 9월 16일 국내 최초로 사단법인 통영나잠제주부녀회를 설립하였다. 지역별 거주 현황은 거제 800명, 남해 200명, 사량 80명, 삼천포 800명, 진주400명, 통영 2000명, 기타 720명 등 5000여명이다. 주로 수산업을 생계로 함으로 통영, 거제, 삼천포, 남해의 해안지방에 집중적으로 분포되어 전체의 60% 이상을 차지하고 있다. 현재 나잠어업에 종사하는 해녀는 12% 남짓이다.[1)]

〈해녀노젓는소리〉는 제주도뿐만 아니라 본토의 모든 해안 지역에도 전승되고 있는데, 현재 裸潛漁業에 종사하는 제주출신 해녀가 집중적으로 분포된 지역은 서부경남지역이다. 따라서 서부경남지역 〈해녀노젓는소리〉의 전승과 변이양상을 고찰하려는 이유가 여기에 있다.

기존의 〈해녀노젓는소리〉에 대한 논의는 제주도에서 채록된 자료를 중심으로 하고 있다. 이는 본토에 정착한 해녀들로부터 〈해녀노젓는소리〉를 수집하기 시작한 것은 최근의 일이고,[2)] 수집된 지역은 경상남도

---

 * 이 논문은 2004년도 한국학술진흥재단의 지원에 의하여 연구되었음.(KRF-2004-072-AS2027)
 1) 필자채록, 경남 사천시 서금동, 2004. 4. 25. 이창조(서부경남제주도민연합회 회장).

통영시, 부산광역시, 울산광역시, 강원도 속초시・삼척시 등에 한정돼
있다는 데 기인한다. 본토에 정착한 해녀들로부터 수집한 자료의 양이
零星한 깃은 돛배의 櫓를 서어본 성험이 있는 해녀의 수는 극소수만이
생존해 있기 때문이다.

민요 소리꾼은 생활의 담당자이면서 구연의 주체이다. 그런 만큼 제
보자의 생애가 구연한 민요의 사설 속에 부분적으로나마 투영되는 것
은 당연한 일이다. 그러므로 소리꾼 개인이 구연한 민요 사설의 이해
를 위해서도 제보자 개인의 생애 연구는 요청되는 것이다. 그간 제보
자 생애력과 출가물질 사례의 조사는 많은 진척이 있었다.3) 제보자에
대한 조사 연구의 토대 위에서 민요 사설에 대한 올바른 분석과 연구
가 가능한 것이라면 제보자에 대한 독자적 연구는 지극히 당연한 일이

2) 현재까지 본토에서 채록한 〈해녀노젓는소리〉 자료가 학계에 보고된 지역은
경상남도 통영시, 부산광역시, 울산광역시, 강원도 속초시・삼척시 등이다.
수록된 자료의 출처를 들면 다음과 같다.
울산대학교 인문과학연구소, 《울산울주지방 민요자료집》, 울산대학교출판
부, 1990 ; 강원도 동해출장소, 《강원 어촌지역 전설 민속지》, 강원도, 199
5 ; 강한호, 〈해녀 민속 문화의 이동에 관한 연구 −경남 사량도의 구비문학을
중심으로−〉, 부경대학교 교육대학원 석사논문, 1999 ; 부산남구민속회, 《남구
의 민속과 문화》, 부산남구민속회, 2001 ; 李東喆, 《江原 民謠의 世界》, 국
학자료원, 2001 ; 이성훈, 〈경남 통영시 해녀 〈노 젓는 노래〉 조사〉, 《韓國民
謠學》 第11輯, 韓國民謠學會 2002 ; 이성훈, 〈강원도 속초시 해녀 〈노 젓는
노래〉와 생애력 조사〉, 《崇實語文》 第19輯, 崇實語文學會, 2003.
3) 金榮敦・金範國・徐庚林, 〈海女調査研究〉, 《耽羅文化》 제5호, 제주대학교
탐라문화연구소, 1986 ; 한림화, 《제주바다 潛嫂의 四季》, 한길사, 1987 ; 김
영돈, 《한국의 해녀》, 민속원, 1999 ; 이성훈, 〈강원도 속초시 해녀 〈노 젓
는 노래〉와 생애력 조사〉, 《崇實語文》 第19輯, 崇實語文學會, 2003 ; 김영
・양징자, 정광중・좌혜경 譯, 《바다를 건넌 조선의 해녀들》, 도서출판 각,
2004. ; 제주도여성특별위원회, 《구술(口述)로 만나는 제주여성의 삶 그리고
역사》, 제주도, 2004.

다. 제보자 연구는 기록문학의 작가 연구와도 같다.

  판소리는 전승에 관한 특정인으로부터의 전수 현황을 구체적으로
알 수 있지만, 민요의 경우는 그렇지 않다. 민요는 특정인에 의해 전수
받고 전승되는 일이 거의 없기 때문이다. 판소리 창자의 판소리에 관
한 학습의 계통과 내력에 대한 조사와 연구는 구체적으로 가능하다.
하지만 민요의 창자는 판소리와는 달리 전문소리꾼이 아닌 일반 민중
이고, 노동을 하면서 민요를 듣고 배운 게 전부이므로, 민요의 전승과
정과 제보자에 대한 연구는 난해하다.

  민요 제보자 연구의 필요성이 제기된 것은 조동일의 『서사민요연구』
에서부터이다.[4] 이러한 조동일의 견해는 민요 연구의 새로운 방향을
제시했다는 점에서 의의를 갖는다. 하지만 개별 제보자의 생애와 민요
의 전승양상을 총체적으로 고찰하기보다는 민요 전승론의 관점에 한정
시켜 논의를 전개함으로써 본격적인 제보자 연구로는 나가지 못했다.
개별 제보자의 생애와 민요에 대한 관심은 이성훈,[5] 나승만,[6] 강진옥[7]
에 의해 이루어졌다.

---

4) 趙東一, ≪敍事民謠研究≫, 啓明大學校出版部, 1983, pp.127~150.

5) 李性勳, 〈민요 제보자의 생애와 사설〉, ≪白鹿語文≫ 제2집, 제주대학교 국어
   교육과 국어교육연구회, 1987.

6) 나승만, 〈신지도 민요 소리꾼 고찰〉, ≪도서문화≫ 14집, 목포대학교 도서문
   화연구소, 1996 ; 나승만, 〈노화도 민요 소리꾼들의 생애담 고찰〉, ≪도서문
   화연구≫ 17집, 목포대학교 도서문화연구소, 1997 ; 나승만, 〈민요 소리꾼의
   생애담 조사와 사례 분석〉, ≪口碑文學研究≫ 제7집, 한국구비문학회, 1998 ;
   나승만, 〈삶의 처지와 노래 생산 양식의 상관성〉, ≪島嶼文化≫ 제16집, 목포
   대학교 도서문화연구소, 1998 ; 나승만, 〈전남 내륙지역 민요 소리꾼의 생애
   담 분석과 전통민요의 전승맥락〉, ≪우리말글≫ 통권27호, 우리말글학회,
   2003.

7) 강진옥, 〈여성 민요 창자 정영업 연구〉, ≪口碑文學研究≫ 제7집, 한국구비문
   학회, 1998.

본고는 서부경남지역에 정착한 제주출신 해녀와 본토출신 해녀의 생애와 〈해녀노젓는소리〉 사설을 통해 〈해녀노젓는소리〉의 본토 전파와 전승양상을 조사 연구하는 것이 목적이다. 이러한 목적을 달성하기 위하여 제보자의 생애력을 토대로 먼저 〈해녀노젓는소리〉의 전승양상을 본토 전파 시기, 가창기연의 단절 시기, 〈해녀노젓는소리〉를 배우게 된 동기 등을 살펴본 다음에, 둘째로 〈해녀노젓는소리〉 사설의 변이양상을, 셋째로 통영시에 거주하는 현종순과 거제시에 거주하는 윤미자를 중심으로 창자의 특성과 사설의 특징을 살펴보기로 한다.

이 작업을 위하여 5회에 걸쳐 현지조사를 수행하였으며, 대상지역은 서부경남지역이다. 공동 답사한 기간은 2005년 1월 10일부터 14일까지이다.

Ⅱ 〈해녀노젓는소리〉의 전승양상

1. 본토 전파 시기와 가창기연 단절 시기

서부경남지역의 〈해녀노젓는소리〉의 전승 양상을 논의하려면 그 형성문제에서 시작하지 않을 수 없다. 구비문학의 모든 갈래가 그렇듯이, 제주도 민요인 〈해녀노젓는소리〉도 언제부터 제주도에서 불리워지기 시작했는지 분명하지 않다. 다만 錦南 崔溥(1454~1504)의 〈耽羅詩 三十五絶〉 중에 二十絶8)를 통해서 적어도 15세기에는 〈노젓는소리〉가 제

---

8) 底處一聲送櫓歌 迓船來趂疾於梭 蓬窓揭了問前程 舘在朝天影蘸波 배 밑에서

주도에서 불리워졌다는 단초를 제공한다. 물론 二十絶시의 "櫓歌"가 현재 전승되고 있는 〈해녀노젓는소리〉라고 단정하는 데는 무리가 있을 수 있다. 이 "櫓歌"는 格軍들이 부르는 노래이기 때문이다. 괸리니 사신을 싣고 제주도와 본토를 오가는 돛배의 노를 저었던 자가 바로 격군이다. 하지만 필자는 이 "櫓歌"가 현재 전승되고 있는 〈해녀노젓는소리〉의 원형일 것이라고 본다. 〈해녀노젓는소리〉는 해녀뿐만 아니라 뱃사공도 같은 가락과 사설을 부르고 있기 때문이다.

　일반적으로 물질은 해녀만이 하는 것으로 알려져 있지만 사실은 그렇지 않다. 17세기 李健의 『濟州風土記』(인조 7년, 1629년)에 보면 남녀가 어울려 미역과 전복을 채취했다는 기록이 있다.

　　해산(海産)에는 단지 생복(生鰒), 오적어(烏賊魚), 분곽(粉藿), 옥두어(玉頭魚) 등 수종이 있고, 이외에도 이름 모를 수종의 물고기가 있을 뿐으로 다른 어물(魚物)은 없다. 그 중에서도 천(賤)한 것은 미역을 캐는 여자를 잠녀(潛女)라고 한다. 그들은 2월 이후부터 5월 이전에 이르기까지 바다에 들어가서 미역을 채취한다. 그 미역을 캐낼 때에는 소위 잠녀가 빨가벗은 알몸으로 해정(海汀)을 편만(遍滿)하며, 낫(鎌)을 갖고 바다에 떠다니며 바다 밑에 있는 미역을 캐어 이를 끌어올리는데, 남녀가 상잡(相雜)하고 있으나 이를 부끄러이 생각하지 않은 것을 볼 때 놀라지 않을 수 없다. 생복을 잡을 때도 역시 이와 같이 하는 것이다.[9]

한 목소리로 배 젓는 노래 / 마중 나온 배 북과 같이 빨리 다가와 / 봉창을 걷어 올려 앞길이 얼마인지 묻노라니 / 조천관(朝天舘) 초루의 그림자 물에 비치네. (李 增, 金益洙 譯, ≪南槎日錄≫, 濟州文化院, 2001, p.210.) 이 시는 崔溥가 1488년 1월 濟州推刷敬差官으로 제주에 왔을 때 지었다.(李元鎭, 김찬흡 외 7인 譯, ≪譯註 耽羅志≫, 푸른역사, 2002, p.196.)

위 기록으로 볼 때 물질 작업은 해녀만 한 게 아니라 남녀가 함께 했다는 사실을 알 수 있다. 따라서 필자는 〈해녀노젓는소리〉는 원래 사공이 부르는 넌 섯을 세수노에서 뱃불질 나갈 때나 본토로 출가할 때, 사공이 부르는 "이어도사나" 또는 "이어싸나"와 같은 후렴을 해녀들이 모방하면서 자신들의 한탄스런 삶을 사설로 엮어서 불렀다고 보는 게 필자의 입장이다. 이에 대한 구체적 논의는 후일의 과제로 남겨두기로 한다.

이와 같이 제주도에서 〈해녀노젓는소리〉가 불리워졌는지 그 형성시기를 구체적으로 입증할 수는 없지만, 본토에서의 형성시기와 가창기연의 단절 시기를 통한 전승양상은 분명하게 제시할 수 있다. 〈해녀노젓는소리〉의 본토 전파와 형성 시기는 제주도 해녀의 본토 출가 시기와 맞물려 있기 때문이다. 康大元은 1889년경에는 靑山島를 비롯하여 완도, 부산, 영도, 거제도, 남해의 돌산, 기장, 울산, 경북 일대까지 出稼하였다고 했다.10) 본토 출가 제주 해녀에 대한 언급은 『개벽』제39호(1923년 9월 1일)에 乙人의 「盈德은 엇더한 지방?」11), 『삼천리』제1호(1929년 6월 12일)에 金科白의 「女人國巡禮, 濟州道海女」12)이 있다.

---

9) 海産只有 生鰒 烏賊魚 粉藿 玉頭魚等數種 又有名不知數種外 更無他魚. 其中 所賤者藿也 採藿之女 謂之潛女. 自二月以後至五月以前 入海採藿 其採藿之 時則 所謂潛女 赤身露體 遍滿海汀 持鎌採海 倒入海底 採藿曳出 男女相雜 不 以爲恥 所見可駭 生鰒之捉亦如之.(李 健, 金泰能 譯, 〈濟州風土記〉, ≪耽羅 文獻集≫, 제주도교육위원회, 1976, p.198.)
10) 康大元, ≪海女硏究≫, 韓進文化社, 1973, p.43.
11) 乙 人, 〈盈德은 엇더한 지방?〉, ≪開闢≫ 제39호, 開闢社, 1923, p. 119. '해 녀들의 활동'에 대한 단편적인 글이 실려 있다.
12) 金科白, 〈女人國巡禮, 濟州道海女〉, ≪三千里≫ 創刊號, 三千里社, 1929, pp. 22-23. 여기서 필자 김두백은 "꼿가튼 二萬 裸婦가 굴캐며 勞動하는 勇姿. 안 해가 남편을 먹여 살나나? 그네의 명조관렴은 엇든가?"라는 서두로 '해녀의

이로 미루어 볼 때 제주 해녀들의 본토 출가물질은 늦어도 19세기말부터는 본격적으로 시작되었고, 〈해녀노젓는소리〉도 이 때부터 본토로 전파되었다고 본다. 제주 해녀들이 본토로 출가할 때나 본토 연안의 섬으로 물질작업 나갈 때는 돛배를 이용했는데, 이때 노 젓는 동작에 맞추어 〈해녀노젓는소리〉를 불렀기 때문에 그렇다. 2005년 현재 서부 경남지역에서 〈해녀노젓는소리〉가 전승되는 지역은 사천시 서금동·동금동, 통영시 사량면·미수동, 거제시 남부면·장목면·장승포동·능포동 등지이다.

다음으로 〈해녀노젓는소리〉의 가창기연은 돛배의 노를 젓는 노동을 할 때이다. 돛배가 발동선으로 대체됨으로 말미암아 〈해녀노젓는소리〉의 가창기연이 단절된 시기를 살펴보기로 한다.

우점이는 경상남도 사천시 신수도에서 태어났는데, 양친은 모두 제주도 출신이다. 현재 경상남도 사천시 서금동에 거주하는 우점이의 제보에 의하면,[13] 지금은 사천시 서금동 八浦선착장에서 동력선을 타고 뱃물질 나가지만, 1968년까지는 돛배를 타고 노를 저어 사천시 八浦 앞바다에 산재한 늑도, 신수도, 마도, 딱섬, 신섬 일대로 뱃물질 나갔다고 한다. 또한 사천시 서금동 삼천포항에서 신수도까지 가는데 걸리는 시간은 동력선으로는 20분 정도이고, 돛배로는 1시간 30분에서 2시간 정도 걸린다고 한다.

윤계옥은 제주도 우도면 출생했고, 양친 모두 제주도 출신이다. 현재 경상남도 사천시 동금동에 거주하는 윤계옥의 제보에 의하면,[14]은

外樣, 작업실태, 〈해녀노젓는소리〉의 구연 현장, 출가지에서의 삶 등에 대해 보고 들은 바를 기술하고 있다.

13) 필자 채록, 경남 사천시 서금동, 2005.1.10. 우점이, 여·69세.

14) 필자 채록, 경남 사천시 동금동, 2005.1.10. 윤계옥, 여·77세.

27살 되던 해인 1943년까지 〈해녀노젓는소리〉를 불렀다고 했다. 윤계옥과 우점이가 구연한 사설을 의미단락별로 나눈 각편의 수는 각각 2편과 5편이나.

우춘녀는 제주도 우도면에서 태어났고, 양친 모두 제주도 출신이다. 현재 경상남도 거제시 장목면 송진포리에 정착한 우춘녀의 제보에 의하면,[15] 물질은 7살에 배우기 시작했고, 제주도 우도면에서는 돛배를 타본 적이 없다고 했다. 21살에 초용으로 남해도와 울산에 출가물질을 나왔는데 동력선을 타고 뱃물질 다녔다고 했다. 27살에 거제시 장목면 송진포리로 이주하여 정착했다. 27살 무렵부터 약 5년 동안(1963년부터 1968년까지) 장목면 송진포리 宮農마을 포구 앞바다에 있는 백도, 이수도, 학섬으로 돛배를 타고 뱃물질 나갔다고 하며 〈해녀노젓는소리〉 이때 배웠다고 했다. 송진포리 궁농마을 포구에서 백도까지 가는데 걸리는 시간은 동력선으로는 15분 정도이고, 돛배로는 1시간 10분 정도 걸린다고 한다. 그리고 이수도까지는 가는데 걸리는 시간은 동력선으로 10분 정도이고, 돛배로는 40분~45분 정도 걸린다고 한다. 끝으로 학섬까지 가는데 걸리는 시간은 동력선으로는 6분 정도이고, 돛배로는 20~25분 정도 걸린다고 한다.

김수녀는 제주도 남제주군 성산읍 신산리에서 태어났고, 양친 모두 제주 출신이다. 현재 경상남도 거제시 거제시 장승포에 정착한 이수녀의 제보에 의하면,[16] 10살 무렵부터 해수욕 다니며 헤엄치는 것을 배웠고, 물질은 17~18세 때부터 배웠다. 20살에 결혼하여 제주에서 살다가 26살에 초용으로 거제시 능포로 출가 물질을 왔다. 27살에 거제시

15) 필자 채록, 경남 거제시 장목면 송진포리, 2005.1.12. 우춘녀, 여·69세.
16) 필자 채록, 경남 거제시 장승포동, 2005.2.19. 김수녀, 여·73세.

장승포로 이주하여 정착했다. 제주도에 있을 때는 돛배를 타고 뱃물질 나간 적이 없기에 〈해녀노젓는소리〉 배우지 못했다고 한다. 거제시 능포에서 약 1년 동안 돛배를 타고 뱃물질 나닌 적이 있고, 27살 되던 1959년에 거제시 장승포로 이주해서도 약 1년간 돛배를 타고 뱃물질 다녔다고 한다. 〈해녀노젓는소리〉는 이때 들었는데, 노를 저으며 불러 보지는 못했다고 한다. 선배 해녀들은 노 젓는 게 서툰 김수녀에게 노를 젓지 못하게 했다고 한다. 그 후 1960년부터는 동력선을 타고 뱃물질 다녔는데, 70살까지 물질했다고 한다.

위의 사례로 볼 때 서부경남지역 중에 거제시와 사천시의 경우, 〈해녀노젓는소리〉의 가창기연인 돛배의 노젓는노동은 1960년대 말까지 이어졌고, 그 후는 동력선의 등장으로 단절됐다고 하겠다.

2. 〈해녀노젓는소리〉를 배우게 된 동기

해녀들은 물질을 배우면서 그와 동시에 〈해녀노젓는소리〉를 배우기 시작한다. 〈해녀노젓는소리〉는 '뱃물질' 하러 오갈 때 돛배의 노를 저으며 주로 부르는데, 간혹 'ᄀᆞᆺ물질' 하러 갈 때 헤엄치며 부르기도 한다. 서부경남지역에 정착한 제주출신 해녀들이 〈해녀노젓는소리〉를 배우게 된 동기는 크게 두 가지이다. 하나는 제주도에서 'ᄀᆞᆺ물질' 하러 갈 때 물질작업장까지 헤엄쳐 가며 배운 경우와, 다른 하나는 본토에 출가해서 '뱃물질' 하러 오갈 때 돛배의 노를 저으며 배운 경우가 그것이다. 서부경남지역에 정착한 해녀들 중의 대다수는 제주에서 'ᄀᆞᆺ물질' 하러 갈 때보다 본토에서 '뱃물질' 하러 오갈 때 〈해녀노젓는소리〉를 배웠다고 한다. 그러면 〈해녀노젓는소리〉를 배우게 된 두 가지 동기를 구연현장과 관련시켜 현장론적 입장에서 살펴보기로 한다.

먼저 제주도에서 물질작업장까지 헤엄쳐 가서 하는 물질인 이른바 '굿물질' 하러 갈 때 〈해녀노젓는소리〉를 배우게 된 동기부터 살펴보기로 한다. 제주노에서는 본토에서와는 달리 주로 굿물질을 했다. 제주도에는 제주본도에 딸린 부속섬이 몇 개 없기 때문에, 본토에서처럼 연안의 섬으로 뱃물질 가는 경우보다 연안의 어장으로 굿물질 가는 게 일반적이다. 따라서 물질을 배우기 시작한 하군 해녀들은 선배인 상군 해녀들과 함께 물질작업장까지 헤엄쳐 굿물질 하러 다니는데, 이때 선배 상군해녀들이 부르는 〈해녀노젓는소리〉를 듣고 배우게 된 것이 그 동기가 된다.

그러면 제주도에서 해녀들이 굿물질 갈 때, 물질작업장까지 어떻게 헤엄을 쳤고 어떠한 방식으로 〈해녀노젓는소리〉를 불렀는지 살펴보기로 한다. 예전에 제주도에서 해녀들이 '굿물질'하러 갈 때는 물질작업장까지 한 줄로 줄지어 헤엄쳤는데, 두 팔로 테왁[17]을 가슴에 안고, 두 다리로 바닷물을 차며 헤엄친다. 줄의 앞부분에는 물질 기량이 뛰어난 이른바 상군 해녀가, 중간부분에는 물질 기량이 미숙한 이른바 하군 혹은 똥군 해녀가, 끝부분에는 상군 혹은 중군 해녀가 헤엄친다. 이때 맨 앞에서 테왁을 안고 헤엄치는 상군 해녀는 물질작업장까지 인도하는 역할을 한다. 그 뒤를 따르는 해녀는 앞에서 헤엄치는 해녀의 엉덩이 부분에 테왁을 붙이고 헤엄친다. 이렇게 한 줄로 줄지어 헤엄치며 〈해녀노젓는소리〉를 부르는데, 맨 앞에서 헤엄치는 상군 해녀가 앞소리를 메기면 중간과 끝부분에서 헤엄치는 해녀들은 뒷소리를 받는다.

---

17) 박의 씨통을 파내고 구멍을 막아서 해녀들이 작업할 때 바다에 갖고 가서 타는 물건.(濟州方言研究會, 《濟州語辭典》, 濟州道, 1995, p.566.) 두렁박이라고도 하는데, 현재는 모두 발포스티렌수지인 스티로폼(styrofoam)이 그 재료다.

가창 방식은 주로 되받아 부르기(同一先後唱)나 메기고받아 부르기(先後唱)의 방식으로 부르고, 간혹 주고받아 부르기(交換唱) 방식으로도 가창한다.

이처럼 제주도에서 ᄀᆞᆺ물질 나갈 때 헤엄치며 〈해녀노젓는소리〉 배운 게 전부인 해녀들은 뱃물질 나갈 때 노를 저으며 〈해녀노젓는소리〉를 배운 해녀들보다 가창할 기회가 적었던 것은 사실이다. 해변에서 연안의 물질작업장까지 헤엄쳐 나가는 거리가 가깝기 때문에 〈해녀노젓는소리〉 구연 시간이 짧고, 구연 현장인 바다가 물결이 치는 상황이기 때문에 그렇다. 따라서 이들이 단편적인 내용의 사설을 가창하는 까닭도 바로 여기에 있다.

필자가 2005년 1월 11일 채록한 통영시 사량면 금평리 거주하는 김생순(여·54, 제주도 북제주군 우도면 출생)·고한백(여·59, 제주도 북제주군 우도면 출생)·김순열(여·60, 제주도 북제주군 구좌면 하도리 출생)과 2005년 2월 18일에 채록한 거제시 장목면 장목리에 정착한 강영희(59세, 제주도 남제주군 표선면 하천리 출생)는 헤엄쳐서 ᄀᆞᆺ물질 나갈 때 〈해녀노젓는소리〉를 배웠다고 한다. 이들의 제보에 의하면 고향인 북제주군 우도면과 구좌면 하도리, 남제주군 표선면 하천리에서는 돛배를 타고 물질 나가는 경우는 거의 없고 주로 헤엄쳐서 ᄀᆞᆯ물질을 나갔다고 한다. 사정이 이렇다보니 〈해녀노젓는소리〉의 가창기연은 드물 수밖에 없었다. 따라서 그들이 구연한 사설의 내용이 지극히 제한적이고 단편적일 수밖에 없는 이유가 여기에 있다고 본다.

필자는 1986년 7월 29일 제주대학교 사범대학 국어교육과 성산읍 온평리 학술조사 때 민요조사반의 일원으로 참여했다. 이때 제주도 남제주군 성산읍 온평리에 거주하는 제보자 양송백(여·81)에게 "ᄀᆞᆺ물질하러 갈 때 헤엄치며 부르는 노래는 없냐?"고 묻자, 양송백은 〈해녀노젓는소리〉 [1]을 불러주었다.

[1]

이여사나	이여사나
물이남져	어서히라
이여도사나	
물이간다	쓴물이간다
동바당데레간다	이여도사나
든물나건	서바당타게
이여도사나	쳐라쳐라
이여도사나	이여도사나
물이난다	쓴물나건
동바당타게	든물나건
서바당타고	이여도사나
저어라	이여사나
이여사나	이여사나[18]

　제보자에 의하면 테왁을 가슴에 안고 헤엄칠 때도 〈해녀노젓는소리〉를 부르는데, 뱃물질 오갈 때처럼 자주 부르지는 않는다고 한다. 헤엄치며 부르는 〈해녀노젓는소리〉는 물결이 치는 상황에서 노래하기 때문에 호흡을 길게 뺄 수 없고, 또한 헤엄치는 동작에 맞추어 구연하기 때문에 뱃물질 나갈 때 부르는 〈해녀노젓는소리〉에 비하여 비교적 가락의 템포가 빠르다. 그리고 이러한 구연상황 하에서 혼자만이 구연하기 때문에 사설이 가다듬어지지 않고 구연 빈도 또한 드물다.[19]

---

18) 이성훈, 〈민요 제보자의 생애와 사설〉, ≪白鹿語文≫ 제2집, 제주대학교 국어교육과 국어교육연구회, 1987, pp.327~328.

[1]은 "물이남져 / 어서히라(물이 난다 어서 헤엄쳐라)"라고 지시적
사설을 노래하고 있다. 이는 조류를 이용하여 물질작업장으로 헤엄쳐
갈 때의 상황을 드러난다. "쏜물이간다 / 동바당데레간다(썰물이 간다
동쪽 바다로 간다)"고 조류의 흐름을 노래한 다음에 "쏜물나건 / 동바
당타게 // 든물나건 / 서바당타고(썰물이 나면 동쪽바다를 타고 밀물이
나면 서쪽바다를 타고)" 라고 노래했다. 이는 굿물질을 나갈 때 물질작
업장까지 조류의 흐름을 이용하여 헤엄쳐 가는 것을 노래하고 있다.
돛배를 타고 노를 저으며 뱃물질 나갈 때도 조류를 이용하기는 마찬가
지였다. 돛배의 櫓를 젓거나 헤엄쳐서 물질작업장으로 갈 때 潮流를
거슬러 가기란 무척 어렵고 힘이 많이 들기 때문이다. 하지만 潮流를
이용하여 돛배를 저어가거나 헤엄쳐서 물질작업장으로 간다면 훨씬 수
월할 뿐만 아니라 힘이 덜 든다. 濟州島 근해의 潮汐干滿의 차는 다도
해 방면의 높고 낮음과 큰 차가 없고 겨우 1m내외로 漲潮[밀물]는 서쪽
으로, 落潮[썰물]는 동쪽을 향하여 흘러간다.20) 다시 말해서 남해에서
는 밀물은 동쪽에서 서쪽으로, 썰물은 서쪽에서 동쪽으로 조류가 흐르
는 현상을 이용하면 매우 효과적이다. 부산에서 밀물초에 출발하면 제
주, 서거차도에 도착할 때까지 계속 순조를 타고 경쾌하게 항해할 수
있으며 그만큼 항정 단축은 물론 유류 절약의 가져올 수 있을 것이
다.21) 이처럼 조류를 이용하여 물질작업장까지 헤엄쳐 가거나 돛배의
노를 저어가는 것은 물질 경험이나 해상생활 경험이 많은 해녀나 사공
들이 바다 생활의 체험을 통해 터득한 해양지식이라고 하겠다.

19) 이성훈, 앞의 글, p.328.
20) 泉靖一, 洪性穆 譯, 《濟州島》, 濟州市愚堂圖書館, 1999, p.81.
21) 朴清正, 《물때》개정증보판, 일중사, 1998, p.128.

다음으로 본토에서 물질작업장까지 돛배를 타고 노를 저어 가서 하는 물질인 이른바 '뱃물질' 하러 갈 때 〈해녀노젓는소리〉를 배우게 된 동기를 살펴보기로 한다. 본토에서는 제주도에서와는 달리 주로 뱃물질을 했다. 서부경남지역에는 많은 섬들이 산재해 있기 때문에, 제주도에서처럼 연안의 어장으로 굿물질 가는 경우보다 연안에 산재한 섬으로 뱃물질 가는 게 일반적이다. 그만큼 굿물질 나갈 때보다 가창기연인 노 젓는 시간이 길었다. 따라서 물질을 배우기 시작한 하군 해녀들은 선배인 상군 해녀들과 함께 물질작업장까지 돛배를 타고 노를 저어 뱃물질 하러 다니는데, 이때 선배 상군해녀들이 부르는 〈해녀노젓는소리〉를 듣고 배우게 된 것이 그 동기가 된다.

그러면 본토에서 해녀들이 뱃물질 갈 때, 물질작업장까지 어떻게 노를 저었고 어떠한 방식으로 〈해녀노젓는소리〉를 불렀는지 살펴보기로 한다. 돛배를 타고 뱃물질 나갈 때 〈해녀노젓는소리〉의 가창방식은 반드시 짝소리로 한다. 짝소리로 가창하게 된 근거를 돛배의 구조와 구연 현장의 특성에서 찾아야 한다.[22] 예전에 해녀들이 뱃물질 나갈 때 탔던 돛배의 櫓는 대부분 3개나 5개이다. 櫓가 3개인 경우는 '하노(하네)[23]'가 1개이고 '젓걸이노(젓걸이네)[24]'가 좌현과 우현에 각각 1개씩 있다. 또한 노가 5개인 경우는 '하노'가 1개이고 '젓걸이노'가 좌현과 우현에 각각 2개씩 있다. 이 중에 船尾 오른쪽 가장자리에서 젓는 櫓인

---

22) 돛배를 타고 뱃물질 나갈 때 〈해녀노젓는소리〉를 짝소리로 가창한 이유에 관한 자세한 내용은 이성훈, 〈〈해녀 노 젓는 노래〉의 가창방식〉, 《溫知論叢》第9輯, 溫知學會, 2003, pp.40~42.를 참고할 것.

23) '하노(하네)'는 돛배의 뒤쪽 가장자리인 고물에서 젓는 노이다. '젓걸이노'보다 크고 무거우며 돛배가 나아가는 방향을 잡아주는 키[舵]의 역할을 한다.

24) '젓걸이노(젓걸이네)'는 돛배의 좌현과 우현에 옆으로 나온 부분인 뱃파락에서 젓는 노이다. 돛배가 나아가는 속도를 증가시켜주는 구실을 한다.

'하노'는 남자 뱃사공이 젓고, 배의 양쪽 옆에 나온 부분인 뱃파락에서 젓는 櫓인 '젓걸이노'는 해녀들이 젓는다. '하노'는 '젓걸이노'보다 크고 무거울 뿐만 아니라 배가 나아갈 방향을 잡아주는 키[舵] 역할을 하고, '젓걸이노'는 배가 나아가는 속도를 증가시켜주는 역할을 한다.25) 그러므로 좌현과 우현에서 젓걸이노를 젓는 해녀들이 노를 같이 밀고 같이 당기면서 노 젓는 동작이 일치될 때 돛배가 한 방향으로 곧장 나아갈 수 있고, 또한 船尾에서 하노를 젓는 뱃사공도 돛배가 나아갈 방향을 수월하게 바꿀 수 있게 된다. 따라서 〈해녀노젓는소리〉의 구연 현장인 바다가 잔잔하거나 안전한 해역을 지날 때는 좌현에서 젓걸이노를 젓는 해녀들과 우현에서 젓걸이노를 젓는 해녀들이 짝을 나누어 짝소리로 〈해녀노젓는소리〉를 가창한다. 반면에 파도가 높거나 조류가 빠른 묵[海峽]처럼 위험한 해역을 지날 때는 船尾 오른쪽 가장자리에 하노를 젓는 남자 뱃사공과 좌·우현에서 젓걸이노를 젓는 해녀들이 짝을 나누어 짝소리로 〈해녀노젓는소리〉를 가창한다.26)

[2]

치를잡은 으으	선주야사공 으으
뱃머리만 어어	발루와나주소 으으
젓거리로 으으	젓어간다 어허
흥당말민 에에	놈이나웃나 아하
흔ᄆ를만더 에에	젓어나가게 에에

25) 이성훈, 〈〈해녀 〈노 젓는 노래〉의 사설과 현장성〉, 《溫知論叢》 제8집, 溫知學會, 2002, p.203.

26) 이성훈, 〈〈해녀 노 젓는 노래〉의 가창방식〉, 《溫知論叢》第9輯, 溫知學會, 2003, pp.40~41.

이여도싸 처라처[27]

[2]는 돛배의 방향을 잡는 것은 사공이고, 배의 속도를 내는 것은 해녀들이라는 사실이 드러난다. 하노를 젓는 사공과 젓걸이노를 젓는 해녀들의 역할을 지시적 사설로 노래하고 있다.

서부경남지역과 같이 다도해 지역에서는 물질작업장까지 무동력선인 돛배를 타고 나가서 하는 물질인 '뱃물질'을 주로 했다. 특히 사천시 서금동 삼천포항 일대와 거제시 장목면·남부면·장승포동 일대가 그렇다. 다만 통영시의 경우는 예전부터 동력선을 이용한 뱃물질을 갔다. 통영시 미수동의 경우 일찍부터 동력선을 이용한 것은 통영시 미수동에서 출발하여 인근 연안의 섬으로 뱃물질을 나간 게 아니고, 통영시 연안에 산재한 한산도·사량도·욕지도·매물도 등지에 거주하며 뱃물질보다는 주로 곳물질을 다니다가 거주 환경이 나은 통영시 미수동 지역으로 이주해서 뱃물질을 다녔기 때문이다. 따라서 통영시 미수동에 거주하는 현종순·현영자의 제보에 의하면 통영시 미수동에서는 예전부터 동력선을 이용해서 뱃물질을 다녔다고 한다. 제보자 현종순(여·63세, 제주도 우도면 출생)의 경우는 울산에서 돛배를 이용해 약 1년간 뱃물질 나간 게 전부이다. 그러함에도 불구하고 현종순이 구연한 사설을 의미단락별로 나누었을 때 각편의 수가 무려 103편이었다.[28] 이처럼 현종순이 구연한 사설의 내용이 풍부한 것은 제보자 현종순이 낙천적 성격의 소유자일 뿐만 아니라 가창 능력이 뛰어난 점과

27) 金榮墩, 《濟州의 民謠》, 新亞文化社(民俗苑), 1993, pp.221-222.
28) 현종순이 구연한 103편은 이성훈, 〈경남 통영시 해녀 〈노 젓는 노래〉 조사〉, 《韓國民謠學》 第11輯, 韓國民謠學會. 2002, pp.237-265에 수록된 자료를 참고할 것.

무관하지 않다.

 ## 〈해녀노젓는소리〉 사설의 변이양상

　서부경남지역에 전승되는 〈해녀노젓는소리〉 사설은 체언과 용언의
연결어미가 변이되는 양상을 보일 뿐만 아니라 후렴구도 변이되는 양
상을 보인다. 이러한 변이양상이 나타나게 된 이유를 제보자의 생애력
과 관련시켜 체언과 용언의 연결어미가 변이되는 양상을 살펴본 다음
에 후렴구가 변이되는 양상을 살펴보기로 한다.

　[3]
　이여도사나　　　　　이여도사나
　우리 어멍　　　　　　날 날 적에
　해천영업　　　　　　배울라꼬
　날 낳던가　　　　　　이여도사나
　이여사나　　　　　　이여도사나

　이여사나　　　　　　이여사나
　요 물 아래　　　　　은과 금은　　　　　깔렸건만
　노픈 낭게　　　　　　열매로구나
　이여도사나

　우리 엄마　　　　　　날 날 적에
　요 영업　　　　　　　시길라꼬

날 낳던가   이여도사나²⁹⁾

[4]
이여도사나   이여도사나
이여도사나
요넬 젓엉   어디로 가리
대천바당   한가운데
가운데 들엉   둘 진 둘밤
날 새여 간다
이여도사나   이여도사나
이여이여   이여도사나
이여도사나³⁰⁾

[5]
저 바다엔   물이 쩨여서
올라갈라꼬 허믄   힘들겠다
이여차   우리배는
잘도 간다   이여도사나
이여도사나   저어라져라
잘도 간다³¹⁾

[6]
우리 부모   나를 놓아
가시나 나무   몽고지에

29) 필자채록, 경남 거제시 남부면 갈곶리, 2005.2.19. 김갑연, 여·73세.
30) 팔자채록, 경남 거제시 남부면 다대리 다포마을, 2005.2.19. 우삼덕, 여·83세.
31) 필자채록, 경남 사천시 동금동, 2005.1.10. 윤계옥, 여·77세.

손에 퀭이	지울라고
나를 놓아	길랐던가
이어도사나	

술가야	담베는
내 심중을	알건마는
한품에	든 임은
내 심중을	몰라나 주네
이여사나	이여싸
이여사나	이여싸
바람은	불수록
찬질만	나고요
임은	볼수록
깊은 정만	드는구나
이여사나	
이여도	사니야
이여도	사니야
이여사나	이여사나

꼳아 꼳아	곱은 꼳아
필 작에는	곱기 피고
질 작에는	석게 진다

오동통	저 발동기	
서양 기계도	돌아가는데	
우리 배는	주먹치기	배로구나
정든 님	줄라고	
술 받아	이고요	

고개 장난	치다가	쏟아 뻤네
고개 장난	치다가	쏟은 술은
보리띤물	같애도	맛만 좋네32)

[3]의 제보자 김갑연은 1934년 경남 삼천포 앞바다에 있는 신도에서 출생했다. 김갑연의 부모님의 고향은 삼천포인데, 김갑연은 부모님이 모두 돌아가신 후 8살이 되던 해에, 삼천포로 출가물질을 왔던 제주도 출신 해녀를 따라 제주도 우도면 연평리로 이주했다고 한다. 김갑연은 우도에서 생활하다가 16살 때부터 물질을 배웠고, 23살에 초용으로 부산으로 출가물질을 왔다. 그 후 거제시 남부면 갈곶리(해금강)에 정착해서 살고 있다. 김갑연은 남부면 갈곶리에서 돛배를 타고 노를 저어 남부면 다대리까지 가서 물질을 했는데, 〈해녀노젓는소리〉는 이때 제주도 출신 해녀들이 부르는 〈해녀노젓는소리〉를 듣고 배웠다고 했다. 김갑연은 제주도 우도면에서 청춘시절을 다 보낸거나 다름이 없다. 하지만 김갑연은 곳물질 하러 갈 때 〈해녀노젓는소리〉를 배운 게 아니고, 뱃물질 하러 오갈 때 〈해녀노젓는소리〉를 배웠기 때문에 그녀가 부르는 〈해녀노젓는소리〉의 사설 내용은 제주도 출신 해녀들 못지않게 내용이 옹골차다.

[4]의 제보자 우삼덕은 경남 통영시 욕지도 출생했다. 9살 때 부모님이 돌아가시자 부모님의 고향인 제주도 북제주군 우도면으로 가서 살았는데, 물질은 12살 때부터 배웠다고 한다. 23살에 거제시 남부면 다대리 다포마을로 이주해 와서 현재까지 살고 있다. 〈해녀노젓는소리〉는 다포마을에서 병대도, 속칭 열두손대로 돛배를 타고 노 저으며 뱃

---

32) 필자채록, 경남 거제시 남부면 저구리, 2004.11.13. 윤미자, 여·71세.

물질 다닐 때 배웠다고 한다. 현재는 몸이 아파서 물질을 그만 두었지만, 82세까지 물질했다고 한다. 노를 저어 뱃물질 나간 것은 1966년도까지였다고 하며, 그 당시 다포마을, 속칭 작은다대에는 돛배가 3척 있었다고 한다.

[3]의 제보자인 김갑연과 [4]의 제보자인 우삼덕은 출생한 지역과 제주도로 이주하게 된 동기 및 물질 배운 지역이 같을 뿐만 아니라, 경남으로 이주한 시기 또한 유사하다. 서부경남지역에서 출생했고, 부모님 사후에 제주도 우도면으로 이주했으며, 제주도 우도에서 물질을 배웠고, 23살에 본토로 출가물질을 나와 서부경남지역에 정착했다는 사실이 그것이다. 다만 우삼덕의 부모는 제주도가 고향이고 김갑연의 부모는 경상남도가 고향이라는 점이 다를 뿐이다. 따라서 우삼덕은 제주도가 고향인 부모에게서 어린 시절부터 제주방언을 익힐 수 있었다. 그 결과 우삼덕은 제주방언에 남아있는 'ㆍ'를 정확히 발음할 수 있었다고 본다. 하지만 김갑연은 경남 삼천포(현재 사천시)가 고향인 부모에게서 어린 시절을 보냈고, 제주도에서 생활한 것은 약 15년에 지나지 않는다. 그러므로 김갑연은 제주도방언에 사용되는 어휘의 의미는 어느 정도 익힐 수는 있었지만, 발음까지 정확하게 익혔다고 볼 수 없다. 이는 김갑연이 제주방언에 남아있는 'ㆍ'를 'ㅏ'로 발음했다는 점에서 그렇다. 사정이 이러하기에 우삼덕은 제주방언으로 〈해녀노젓는소리〉를 불렀지만, 김갑연은 제주방언과 경상남도방언을 섞어서 〈해녀노젓는소리〉를 불렀다는 점에서 서로 다른 양상을 보인다.

그러면 김갑연이 구연한 사설과 우삼덕이 구연한 사설이 어떻게 다른 양상을 보이는지 구체적으로 살펴보기로 한다. 제주방언의 특징 중의 하나인 'ㆍ' 음은 제주도 출신 고령층을 중심으로 아직까지도 남아있다. 우삼덕은 'ㆍ'의 발음을 정확히 한 반면에 김갑연은 'ㅏ'로 발음

330   해녀연구총서(문학)

했다는 점에서 다른 양상을 보인다. 申斗憲이 "제주도민요의 내용상 특질의 하나로 제주도방언 그대로의 표현이다"[33]라고 지적한 바 있듯이 제수도 출신해녀들이 본토에 이주하여 정착했다고 하더라도 〈해녀노젓는소리〉는 제주방언으로 부른다.

[3]의 제보자 김갑연이 구연한 "요 물 아래 / 은과 금은 / 깔렸긴만"이라는 사설에서 "깔렸건만"은 현재 '깔렸건만'으로 발음하는 경우도 있다. 하지만 제주도 출신 해녀들 중에 고령층은 현재까지도 제주방언 'ㆍ'의 음가를 살려 '낄렷건만'의 형태로 발음하는 게 일반적이다. 그런데, [3]의 제보자는 'ㆍ'음을 살려 '낄렷건만'으로 발음하지 않고 "깔렸건만"으로 노래했다. 이에 반해서 [4]의 제보자는 'ㆍ'음을 정확하게 발음하여 〈해녀노젓는소리〉를 불렀다. 즉 "대천바당 / 한가운데 // 가운데 들엉 / 둘 진 둘밤 // 날 새여 간다"라는 사설에서 "둘 진 둘밤"을 '달 진 달밤'이라고 가창하질 않고 'ㆍ'의 음가를 살려 "둘 진 둘밤"으로 발음했다. 현우종은 제주도 방언 'ㆍ'음의 음가를 개구도, 최고점, 음향분석을 통하여 [ɔ]와 유사한 것으로 추정한 것[34]처럼 'ㆍ'의 음가는 제주도 사람이 아니면 제대로 발음하기 어려운 음이다. 한 개인이 구사하는 언어의 발음은 어린 시절에 형성된다고 본다면, 우삼덕은 'ㆍ'음을 'ㆍ'로 발음한 것과는 달리 김갑연은 'ㆍ'음을 'ㅏ'로 발음한 것은 두 제보자가 말을 배우기 시작한 어린 시절에 놓여 있던 언어적 환경과 무관하지 않다고 본다. 우삼덕은 어린 시절부터 제주방언을 구사하는 부모 슬하에서 성장했기 때문에 제주방언의 발음에 친숙할 수 있는 언어

33) 申斗憲, 〈濟州島民謠의 研究〉, 단국대학교 대학원 석사논문, 1961, p.81.
34) 현우종, 〈제주도 방언 「ㆍ」음가의 음성학적 연구〉, ≪耽羅文化≫ 제7호, 제주대학교 탐라문화연구소, 1988, p.55.

적 환경에 놓여 있었지만, 김갑연은 경상방언을 구사하는 부모 슬하에서 성장했기 때문에 제주방언의 발음에 친숙할 수 있는 언어적 환경에 놓여 있지 않았다는 것이 그것이다.

[3]의 사설에는 제주방언과 경상방언의 체언과 용언의 어미 형태가 쓰이고 있다. 제주방언 어휘가 사용된 것은 "우리 어멍 / 날 날 적에", "노픈 낭게 / 열매로구나"의 "어멍", "노픈 낭게"이다. 경상남도방언 어휘가 사용된 것은 "해천영업 / 배울라꼬", "요 영업 / 시길라꼬"의 "배울라꼬", "시길라꼬"와 "우리 엄마 / 날 날 적에 // 요 영업 / 시길라꼬"의 "엄마"이다. [4]의 사설에는 제주방언의 체언과 용언의 어미 형태가 쓰이고 있다. "가운데 들엉 / 둘 진 둘밤"의 "둘"과 "요넬 젓엉 / 어디로 가리"의 "-엉"이 그것이다.

먼저 제주방언 어휘가 사용된 것부터 살펴보기로 한다. '어머니'의 제주방언은 "어멍"이다. '높다'의 제주방언은 '노프다'이다.[35] 표준어 '높은'을 제주방언 표기법으로 표기하면 "노픈"이 된다. 제주방언에서는 '나무'는 고려시대의 어형이라 할 수 있는 '낭'形 이 아직도 쓰여지고 있고 또 조선시대의 語形 '나모'도 흔히 사용되어진다. 그러나 가장 빈번히 사용되는 것은 '낭'語形인데, 이 어형은 '남'과 '나모'의 중간 시대에 사용된 어형이다.[36] 그러므로 "낭게"는 '나무에'라는 의미로서 가장 일반적으로 사용되는 말이다. '달[月]'의 제주방언은 "둘"이다. 종속적 연결어미 '-어서'의 제주방언은 "-엉"이다. 이처럼 [3]의 제보자가 제주방언 어휘를 사용한 것은 제보자의 부모가 경상남도 출신임에도 불구하고 8살부터 23살까지 제주도 우도면에 살았다는 사실과 무관하지 않

35) 濟州方言研究會, ≪濟州語辭典≫, 濟州道, 1995, p.103.
36) 玄平孝, ≪濟州島方言研究≫ 論攷篇, 二友出版社, 1985, pp.450-451.

다. 또한 [4]의 제보자가 제주방언에 쓰이는 용언의 연결어미뿐만 아니라 체언의 ' · '음을 정확히 발음한 것은 부모가 제주도 출신이었던 사실과 무관하기 않다.

다음으로 경상남도방언을 사용한 것은 용언의 연결어미와 체언이다. 용언의 연결어미를 사용한 것은 "배울라꼬", "시길라꼬"의 "-라꼬"이다. 경상남도방언에서 쓰이는 연결어미 '-라꼬'는 제주방언에서 '-ㄹ라고', '-ㄹ려고'의 형태로 사용된다. 다시 말해 제주방언에서 '-ㄹ라고'나 '-ㄹ려고'는 받침 없는 용언 어간에 붙어서 장차 하고자 하는 뜻을 나타내는 연결어미이다.37) '배우려고'와 '시키려고'는 제주방언에서 '배울라고', '배울려고'와 '시길라고', '시길려고', '시킬려고'의 형태로 사용하는 게 일반적이다. 그런데 [3]의 제보자는 경상남도방언의 연결어미"-라꼬"38)를 사용하여 "배울라꼬", "시길라꼬"로 노래했다. 이는 [5]의 제보자 윤계옥이 "올라갈라꼬"로 가창한 것도 마찬가지다. 체언을 사용한 것은 "엄마"이다. '어머니'는 제주방언에서는 '어멍'이라 하고,39) 경상남도방언에서는 '엄마·옴마·오매'라고 한다.40) [3]의 제보자는 '어멍'과 '엄마'를 혼용하고 있다. "우리 어멍 / 날 날 적에 // 해천영업 / 배울라꼬"와 "우리 엄마 / 날 날 적에 // 요 영업 / 시길라꼬"의 "어멍"과 "엄마"가 그것이다.

[3]의 제보자 김갑연은 제주방언 어휘인 "어멍", "노픈 낭게"를 사용할 뿐만 아니라, 경상남도방언 어휘인 "배울라꼬", "시길라꼬", "엄마"를 사

---

37) 濟州方言硏究會, 앞의 책, p.166.
38) 語文硏究室, ≪韓國方言資料集Ⅷ≫(慶尙南道篇), 韓國精神文化硏究院, 1993, p.305.
39) 濟州方言硏究會, 앞의 책, p.389.
40) 語文硏究室, 앞의 책, p.128.

용하고 있다. 이는 제주도 〈해녀노젓는소리〉가 서부경남지역으로 전
파되면서 어떤 양상으로 변이가 이루어지고 전승되는지를 보여준다.
앞에서 살펴본 바와 같이 [3]의 제보자 김갑연은 제주도 우도면에서 물
질을 배우며 제주방언을 익혔고, 거제시 남부면 갈곶리에서 다대리로
뱃물질 갈 때 제주도 출신 해녀들로부터 〈해녀노젓는소리〉를 듣고 배
웠다. 하지만 김갑연은 태어난 곳이 경남 삼천포 신도이고, 정착한 곳
은 거제시 남부면이다. 2005년 현재 73세인 김갑연의 생애 가운데 제주
도에서 살았던 기간은 고작해야 15년에 불과하다. 따라서 [3]의 사설을
통해서 제주도 〈해녀노젓는소리〉가 서부경남지역으로 전파되어 전승
되는 동안 체언과 용언의 어미에서 변이양상이 나타나고 있음을 알 수
있다. 사설의 어휘 중에 '어머니'를 지칭하는 제주방언 '어멍'과 경상남
도방언 '엄마'를 혼용하고 있고, 제주방언의 연결어미 '-ㄹ랴고'·'-ㄹ
려고'를 경상남도방언의 '-라꼬'로 변이시켜 사용하고 있는 것이 그것이
다. 이는 제주도 〈해녀노젓는소리〉가 서부경남지역으로 전파되면서 제
주방언이 경상남도방언으로 변이되어가는 과도기적 양상을 보여준다.

　[6]의 제보자인 윤미자는 1934년 제주도 우도면에서 출생하여 6살에
어머니와 함께 경남 거제시 남부면 저구리로 이주해 와서 현재까지 살
고 있다. 윤미자의 출생지는 제주도이지만, 사실상 고향은 거제도라고
볼 수 있겠다. 따라서 [6]의 제보자인 윤미자는 [3]의 제보자인 김갑연과
마찬가지로 〈해녀노젓는소리〉 사설의 체언과 용언까지도 경상남도 방
언을 사용하고 있다. "나를 놓아, 술가야, 끝아 끝아", "필 작에는", "쏜
아 뺐네", "보리띤물" 등이 그것이다. 出産하다의 의미인 이른바 '낳다'
를 활용하면 제주방언에서는 표준어와 같이 "낳아"라고 발음하는데, 제
보자는 경상방언인 "놓아"로 발음했다. 또한 제보자는 '술[酒]과야'를 "술
가야"로 발음한 것은 거제시의 경우 '-과야'를 '-가야'로 발음하기 때문

이다. '꽃'의 제주방언은 '꼿'인데, 제보자는 '꽃'의 경남 거제시 방언인
"끝"[41]으로 발음했다. '버리다'의 경상남도 방언은 고성·남해의 경우
는 '뺐나[p'í : t'ɑ]'나 사천의 경우는 '삐렀다[p'írit'ɑ]'가 쓰인다.[42] "쏟아
뺐네"를 제주방언으로 발음하면 "쏟이 버렸져", "쏟아 부렷져"이다. 보
리쌀을 씻어 낸 뿌연 물인 '보리뜨물'을 제주방언으로는 '보리뜬물'이라
고 하는데 경상방언인 "보리띤물"로 발음했다. 따라서 [6]의 제보자인
윤미자가 [3]의 제보자인 김갑연보다 경상방언의 발음을 더 많이 사용
한 것은 어린 시절인 6살에 제주도에서 경상남도 거제시로 이주하여
정착한 사실과 무관하지 않다.

끝으로 후렴구가 변이되는 양상을 살펴보기로 한다. 〈해녀노젓는소
리〉의 후렴구인 '이여도사나'나 '이여사나'는 악곡 구조로 볼 때 한 마
디에서 가창되는 게 일반적이다. [6]의 제보자 윤미자는 후렴구 "이어사
나", "이어도사나"를 한 마디로 부르다가 "이여도사나"를 두 마디로 나
누어 "이여도 / 사니야"라고 가창했다. 이는 〈해녀노젓는소리〉의 후렴
구 '이여도사나'까지도 "이여도사니야"로 변이되어 가는 양상을 보여준
다. 이는 [6]의 제보자에 한정된 사례로 〈해녀노젓는소리〉가 서부경남
지역으로 전파되면서 후렴구까지도 변이양상을 보인다고 일반화할 수
는 없다. 하지만 제주도에서 수집된 〈해녀노젓는소리〉 자료와는 다르
게 서부경남지역에서는 후렴구도 변이되는 양상을 보여준다는 점에서
는 주목할만 하다.

이상에서 살펴본 바와 같이 [6]의 제보자처럼 비록 출생지는 제주도
일지라도 경상남도에서 오랫동안 생활했거나, [3]의 제보자처럼 경상남

---

41) 語文硏究室, 앞의 책, p.181.
42) 語文硏究室, 앞의 책, p.307.

도에서 출생하고 잠시 제주도에서 생활했을지라도 부모의 고향이 경상남도인 경우는 어린 시절부터 경상남도방언을 익히게 되는 언어적 환경에 놓였기 때문에 〈해녀노젓는소리〉 사설을 경상남도 방언으로 구연한다는 사실을 확인했다. 따라서 제주도 민요인 〈해녀노젓는소리〉가 서부경남지역에 전파되어 전승되는 동안 사설의 체언과 용언의 연결어미가 경상방언으로 변이가 이루어지고 있음을 발견할 수 있었다. 또한 후렴구인 '이여도사나'를 두 마디로 나누어 가창함으로 말미암아 '이여도 / 사니야'로 변이될 수 있음을 알았다.

Ⅳ 〈해녀노젓는소리〉 창자의 특성과 사설의 특징

〈해녀노젓는소리〉 전승과정에서 개별 창자의 특성이 사설의 변이를 일으키는 한 요인이 된다고 하면, 창자의 특성은 〈해녀노젓는소리〉 사설의 창작 능력 및 가창 능력과 밀접한 상관관계가 있을 것이다. 따라서 창자는 사설의 창작 능력과 가창 능력에 따라 적극적 창자와 소극적 창자로 구분할 수 있다.

적극적 창자는 노래 부르기를 즐기고 우수한 기억력과 재능을 지녔기에, 전승을 충실히 보존할 뿐만 아니라 자기대로의 창작을 할 수 있는 사람이다. 소극적 창자는 이와는 달리 노래 부르는 자리에 참석하기는 하나 듣는데 열중하는 편이고, 재능이 적어서 전승을 잘 보존하지 못하며 창작력도 빈약한 사람이다.[43] 따라서 적극적 창자는 사설

---

43) 趙東一, 앞의 책, p.133.

창작 능력과 가창 능력이 뛰어난 반면에, 소극적 창자는 그렇지 못한 사람이다.

본장에서는 통영시에 거주하는 현종순과 거제시에 거주하는 윤미자를 중심으로 〈해녀노젓는소리〉 창지의 특성과 사설의 특징을 제보자의 사설 창작 능력과 가창 능력면에서 살펴보기로 한다.

1. 현종순의 경우

필자는 경상남도 통영시 미수동에 정착한 제주출신 해녀인 현종순으로부터 〈해녀노젓는소리〉를 채록하기 위해 2차에 걸쳐 현지조사를 수행했다. 1차 현지조사는 2001년 12월 20일~21일까지 이틀간 조사했고, 2차 현지조사는 2002년 8월 18일에 조사했다. 2차 현지조사를 갔을 때, 현종순은 그동안 잊었던 사설의 기억을 되살리고, 옛날에 불렀던 〈해녀노젓는소리〉의 사설을 메모지에 기록한 것을 보여주었다. 1차 현지조사와 2차 현지조사를 갔을 때 현종순이 구연한 사설을 의미단락으로 나눈 각편 수는 103편이다.[44] 현지조사 갔을 때 현종순과 대담한 내용 중에 일부만 들면 다음과 같다.

> (조사자) 물질을 배울 때는 그 누구한테 지도를 받았수까?
> (제보자) 지도하나마나 외할망과 살명 동네사람들과 같이 가서 여름되면 해수욕도하고 그냥 배운거지 누가 가르치고 말고 그런 거 없어.
> (조사자) 주로 하는 거는?

---

44) 이성훈, 〈경남 통영시 해녀 〈노 젓는 노래〉 조사〉, ≪韓國民謠學≫ 第11輯, 韓國民謠學會, 2002, pp.235-265.

(제보자) 주로 하는 거는 미역, 우미, 천초. 창해 갖고 고기 썰러 댕기고. 12살에 물질배우기 시작하니, 16살 때 잘하니 객지로 가기 시작한거지 육지로.

(조사자) 처음 12살에 배우고 16살부터 육지로 가고, 노래는 16살 때?

(제보자) 노 젓는 노래 배운 것이 열여섯 살에. 울산서 육지서 가기 시작해서 잡탕가 부르다가 해녀노래 막 부른기라.

(조사자) 몇 살까지 그 노래를 배웠나? 그 노래를 실제로 노 저으면서 배운 거는?

(제보자) 열여섯 살에 배운거라.

(조사자) 언제까지?

(제보자) 일년 정도.

(조사자) 그 후에는 배 안 젓고?

(제보자) 안 저었어. 울산 간 뒤에. 동력선 타느라고. 열여섯 살에 가네 어명도 없지, 그냥 혼자 외로우니깐, 노만 지면 막 노래가 나오는 거야. 막 수심가가 나와. 가사가 있거나 그런 것도 없고 자기 속으로 '한탄가'다 이거야.

위의 인용문에서 보는 바와 같이 현종순은 12살에 제주도 북제주군 우도면에서 물질을 배웠다. 16살에 초용[45])으로 경북 울산으로 출가물질을 나갔다. 그녀는 울산에서 돛배를 타고 노를 저어 뱃물질 나갈 때 〈해녀노젓는소리〉를 배웠다고 한다. 이처럼 〈해녀노젓는소리〉의 가창 기연은 노 젓는 노동이다. 경북 울산에서 노를 저으며 〈해녀노젓는소리〉를 불렀던 기간이 1년에 불과함에도 불구하고, 여타의 창자와는 다

---

45) 제주 해녀가 처음으로 제주도에서 바깥(육지)으로 出稼해서 물질 작업을 하면서 지내는 일.

르게 그녀가 구연한 사설을 의미단락으로 나눈 사설의 각편 수는 103편에 이른다. 이는 현종순의 가창 능역이 뛰어난 점도 있지만, 구연한 사설은 해녀의 물질 작업과 직접적인 관련이 있는 사설은 드물고 자탄가 성격의 사설이 대부분이기 때문이다. 현종순은 〈해녀노젓는소리〉의 사설은 고정돼 있지 않고 유동적이기 때문에 수심가, 한탄가의 성격을 띤다고 했다.

　현종순은 16살에 경북 울산으로 초용을 가서 1년간 돛배의 노를 저으며 뱃물질 오갈 때 〈해녀노젓는소리〉를 배웠을 뿐이다. 그 후로는 돛배의 櫓를 저어 뱃물질 나가본 적이 없다. 현재까지 동력선을 타고 뱃물질을 다닌다. 이러한 현종순이 현재까지 많은 〈해녀노젓는소리〉의 사설을 기억하고 있는 것은 그녀의 생애력과 무관하지 않다. 마치 [9]과 같은 삶의 연속이었고, 그러한 삶이 뇌리 속에 각인되어 있었기 때문에 삶의 한을 노래한 서정적 사설을 풍부하게 가창할 수 있었다고 본다. 따라서 현종순은 이러한 모습은 그녀가 적극적이며 활달한 성격을 소유한 적극적 창자로서의 면모를 갖추었다고 본다.

[7]

이여사나	이여도사나
저 바다옌	은과야 금은
철대같이	깔렷으나
높은 낭에	열매로다
낮은 낭에	까시로구나
이여도사나	이여사나[46]

---

46) 이성훈, 앞의 글, p.262.

[8]

이여도싸나 아아	이여싸나 아아	
져라쳐라		
이 바당에	은과 금은	
깔렷건마는	어기야차	
져라쳐라		
이여도싸나 아아	저 바당에	
이 바당에	은과 금은	
깔렷건마는	이여싸나	
높은 낭게	열매로구나	
이여싸나	쳐라쳐라	

이여도싸나 아아	이여싸나 아아	
저 바당에	은과 금은	깔렷건마는
이여차	쳐라쳐라	
높은 낭게	열매로구나	
이여싸나	이여싸나47)	

[9]

일본 동경이	얼마나 좋아
꼿 같은	나를 두고
연락선을	탄더냐
져라져라	어기야져라
이여사나	이여도사나48)

---

47) 필자 채록, 경남 거제시 장승포동, 2005.1.15. 고순금, 여·84세.
48) 이성훈, 앞의 글, pp.243-244.

[10]

이여싸나 아아	이여도사나 아아
일본 동경이	얼마나 좋아
꽃 같은	나를 두고
연락선을	타고
이여싸나	이여싸나[49]

[7]은 "저 바다엔 / 은과야 금은 // 철대같이 / 깔렷으나 // 높은 낭에 / 열매로다 // 낮은 낭에 / 까시로구나"(저 바다에는 은과 금이 철대같이 깔려있으나 높은 나무에 열매로구나 낮은 나무에 가시로구나)라고 하여, 바다 속에는 수많은 해산물이 널려 있는데도 물질 기량이 모자라 채취하지 못하는 안타까움을 노래했다. 여기서 '은과 금'은 미역이나 우뭇가사리보다는 소라나 전복을 상징한다고 본다. 전복은 조류가 드나드는 해안 및 수심 20~30m 정도에 있는 암초나 여울목 속의 돌 밑에 숨어 서식하기 때문에 미역이나 우뭇가사리를 채취하는 것보다 소라나 전복을 채취하는 것이 더 어렵고 힘들기 때문이다. 이러한 사실을 구체적으로 언급하면 이렇다.

해녀들이 물질 작업은 크게 미역·우뭇가사리 등의 해조류를 채취하러 가는 경우와 소라·전복 등의 복족류(腹足類, Gastropoda)를 채취하러 가는 경우로 나눌 수 있다. 해조류는 정해진 일정 기간 동안 지정된 어장에서만 채취할 수 있기 때문에 그 소득이 보장되지만, 복족류는 그 소득이 보장되지 않고 헛될 수도 있다.[50] 필자가 강원도 속초시

---

49) 필자 채록, 경남 거제시 장승포동, 2005.1.15. 고순금, 여·84세.
50) 해녀들이 막연히 소라·전복 등을 캐는 작업을 해녀 사회에서는 '헛물에 들다'라고 한다.

에 정착한 제주 출신 해녀 이기순으로부터 채록한 바에 의하면, 1940년
대만 하더라도 제주도 북제주군 조천읍 북촌리의 경우에 해녀들이 미
역 채취하러 갈 때는 경찰에서 나와 돛배들을 일렬로 정렬시킨 후에
총을 쏘아서 작업 출발 신호를 알렸다고 한다.[51] 이처럼 해조류는 암
반에 붙어 서식하기 때문에 일반적으로 서식지가 정해져 있고, 해조류
채취 작업장은 비교적 수심이 얕은 곳이다. 하지만 복족류는 먹이감인
감태가 많은 곳의 바위에 붙어 서식하며 서식지를 이동하기 때문에 채
취하는 게 어렵고, 복족류 채취 작업장은 해조류 채취 작업장보다 수
심이 비교적 깊다. 전복은 미역을 채취하는 것보다 힘들고 어렵다는
사실은 李益泰의『知瀛錄』에도 기록된 바, "進上하는 말린 전복인 搥
引鰒을 전복 잡는 잠녀는 90명에게 전적으로 책임을 지웠는데, 늙고
병들어 거의가 담당할 수 없게 되었다. 미역을 캐는 잠녀는 800명에 이
르는데, 물속에 헤엄쳐 들어가 깊은 데서 미역을 캐는 것은 전복 캐는
잠녀와 다름이 없다. 하지만 익숙하지 못하다고 핑계를 대어 위험한
것을 고루 피하려고만 한다. 이 잠녀들의 괴로움의 차이는 현격하게
다르다. 따라서 장래에 전복잡는 사람이 없게 될 것을 걱정하고 또 均
役을 시키고 전복잡이를 익히도록 권장하여 미역 캐는 잠녀에게 추인

---

51) 제보자, 이기순(李基順, 女, 1922년 4월 11일), 강원도 속초시 동명동, 2001년
　　12월 23일 필자 채록. 제보자는 제주도 북제주군 조천읍 북촌리에서 출생하
　　여 27살에 초용으로 부산에 출가 물질을 나왔다. "우리 고향은 이제 그 때 시
　　절에도 순경이 잇더라고. 낼 메역 조문헌다 허믄 오널 큰축항에, 또 저 동축
　　항 서축항에서 줄을 메여, 줄을 메여가꼬, 이제 배가 다 거기 모여실 꺼 아냐.
　　모여시며는 총을 팡 허며는 서로 앞의 갈라꼬 허다가 옷도 안 입고 물에 빠
　　진 사름 잇고, 수경도 안 쓰고 물에 빠진 사름 잇고 그렇게 해."(이성훈, 〈강
　　원도 속초시 해녀 〈노 젓는 노래〉와 생애력 조사〉, 《崇實語文》 第19輯, 崇
　　實語文學會, 2003, p.484.)

복을 나누어 정하였다."[52]고 하였다.

[7]은 현종순의 뛰어난 사설 창작 능력에 의해 사설의 내용이 확장된 구조를 보여준다. 기왕의 간행된 자료집에는 [8]와 같이 "높은 닝에 / 열매로다(높은 나무에 열매로구나)"로 각편의 의미단락이 끝나는 게 일반적이다. 그런데 현종순은 "높은 낭에 가시로구나 낮은 나무에 가시로구나"라고 대구 형식의 완결된 구조를 취하는 것으로 주목할 필요가 있다. 따라서 현종순은 사설의 창작과 사설의 구조에도 남다른 관심을 갖고 있다는 점을 보여주는데, 이는 현종순이 적극적 창자라는 사실을 반증한다.

필자가 2005년 1월 15일 경상남도 거제시 장승포동에서 채록한 고순금이 가창한 사설은 [8]과 [10] 총 3편이었는데, 중복된 의미단락을 제외하면 구연한 각편의 수는 2편에 지나지 않았다. [8]은 "저 바당에 / 은과 금은 / 깔렷건마는 // 높은 낭게 / 열매로구나"라는 동일한 사설을 두 번 반복하여 부르고 있을 뿐 더 이상 사설을 확장하여 부르지 못했다. 다만 [10]의 사설 "일본 동경이 / 얼마나 좋아 // 꽃 같은 / 나를 두고 // 연락선을 / 탄더냐"만을 부를 뿐이었다. 따라서 고순금은 현종순이 구연한 103편의 사설 중에 겨우 [7]과 [9]의 사설만을 기억하는 것으로 보아 재능이 적어서 전승을 잘 보존하지 못하며 창작력도 빈약한 소극적 창자라는 사실이 드러난다.

[7]~[10]은 〈해녀노젓는소리〉 사설이 전승되는 양상의 일면을 보여준다. "일본 동경이 / 얼마나 좋아"라는 사설 다음에는 "꽃 같은 / 나를

---

52) 李益泰, 金益洙 譯, 『知瀛錄』, 濟州文化院, 1997, p.85. 進上搥引鰒專責於採鰒潛女九十名而老病居多不能支堪. 採藿潛女多至八百遊潛水中深入採藿無異採鰒女. 而稱以不習抵死謀避均. 是潛女苦歇懸. 殊爲慮將來採鰒無人. 且欲均役而勸習採鰒分定搥引鰒於藿潛.(李益泰, 『知瀛錄』, 增減十事. 肅宗22[1696년])

두고 // 연락선을 / 탄더냐"라는 사설로, "저 바당에 / 은과 금은 / 깔렷건마는"라는 사설 다음에는 "높은 낭게 / 열매로구나"라는 사설로 이어지는 고정적 사설의 형태로 전승되고 있다는 점을 보여준다. 결국 〈해녀노젓는소리〉 사설의 전승은 2음보격의 첫 행을 단위로 이루어진다고 볼 수 있다. 다시 말해서 첫 행의 사설을 기억하고 있으면 둘째 행의 사설은 고정된 형태로 불려지기 때문에 동일한 사설 내용이 전승된다는 점이다. 따라서 〈해녀노젓는소리〉 사설의 의미 단락은 한 행이 2음보격이고, 2행이 하나의 각편이 되는 구조가 기본 형식임이 드러난다.

이상에서 살펴본 바와 같이 고순금은 고정적 사설로 전승되는 〈해녀노젓는소리〉의 사설만을 부른 소극적 창자에 지나지 않고, 현종순은 고정적 사설로 전승되는 〈해녀노젓는소리〉의 사설에 새로운 사설 내용을 덧붙여서 대구 형식의 완결된 구조로 사설을 창작하여 가창할 수 있는 적극적 창자라는 사실이 드러난다.

2. 윤미자의 경우

제주도 우도가 고향인 윤미자는 "아버지가 일찍 세상을 떠나시는 바람에 살기가 어려워 여섯 살 때 어머니를 따라 지금의 거제시 남부면 저구리 대포마을로 이사 왔다"고 했다. 그녀는 집안 살림을 돕기 위해 열다섯 살에 물질을 배우기 시작했다고 한다. 사공과 함께 매물도, 가을도, 병대도(속칭 손대도), 욕지도 등지를 목선에서 사공과 함께 목선을 타고 노를 저으며 물질을 다녔다. 〈해녀노젓는소리〉는 이때 배웠다고 한다. 대담 내용을 일부만 들면 다음과 같다.

(조사자) 예전에 그러면은 고향이 제주도 어디시꽈, 원래.

(제보자) 고향? 제주도 저 소섬.

(조사자) 소섬. 무슨 동?

(제보자) 거가 본대 우리 고향이라고 했는데, 어릴 작에 한 멧 살 때 데리고 나와나 논께로. 그랑께로 외갓집은 비양이고 우린 하동이고, 그때는 하동이 비양이라지 하동 하동.

(조사자) 거기서 태어나셔 가지고 물질을 시작하신 게 몇 살 때부터?

(제보자) 인자 물질은 그때 어릴 작 여섯 살 때 옴마가 여기 데꼬 나와 가지고. 여로 바로 여 와가리. 물질은 그런데 그때만 해도 딱할 때가 됐는께, 다섯 살 묵어서 쪼끔썩쪼끔썩 배와가꼬 마.

(조사자) 그럼 학교는 이동네 댕기고?

(제보자) 학교는 저 명사 학교도 올케 못났써예. 우리 일본시대 댕길 작에 일본 사 학년 일 학기 댕길 때나 해방이 됐삐고. 그때 딱 나 돼노니께 한글 이거는 몰라써예

(조사자) 물질은 그때?

(제보자) 열다섯 살 묵어서 그땐 여기 마 어른이고 아고 마 전부 그때는 여 할 때가 대 논께. 원 돈은 안 벌어도 그마. 하는 사람들 따라다니며 고만 쪼끔썩 목욕삼아 해수욕삼아 해가지고 배와가꼬. ……. 육지사람들도 그 당시만 해도 많이 배와가지고. 하는 사람도 있고 안하는 사람도 있고.

(조사자) 그러면 육지사람들은 보통 몇 살 때부터 물질을 제주사람한테 배웠는지

(제보자) 그때도 그 우리하고 같이 우리 나이 된 사람들은 얼추 그래 가지고 하고, 또 우리 밑에 사람들은 또 마 우리보다도 나가 많이 묵어서 배우고 마 그래껬지.

(조사자) 주로 뭐를 잡았어요.

(제보자) 그때는 뭐 우무, 미역하고. 요샌 켄쟈 헛물이라 케가꼬 뭐.

전복 고동 뭐 했지만도. 그 당시에는 천초하고 미역하고 곤
푸 그런거 하고 또 어데 그런거 하다가 또 합자, 돌합자.

(조사자) 헛무레는 언제부터 본격적으로 시작되신고 마씀

(제보자) 헛물한 지 참 오래 됐으예.

(조사자) 도박, 천추하다가 헌물 시작한 거는 …

(제보자) 지끔도 천추는 합니다. 미역도 가끔 지금 먹는 건 하고. 하
지만은도 헛물한 지는 한 20년 넘기 됐는가.

(조사자) 음. 20년.

(제보자) 네, 쫌 오래댔지예. 20년도 더 댔지예.

(조사자) 여기에서 그 물에 배타고 어느 동네로 나가 났습니까.

(제보자) 우리 여 배를 타면은 여 산 넘어를 가면은 저 가을. 그때는
우리가 그 사선타고 나가서 할 때는 그때는 아무 딜 가 가
지고 해가꼬. 또 반절해올 때도 있꼬. 그냥 해 다 묵는 때
도 있고. 그때는 별로 이 바당을 사고 팔고 그런 거는 별로
없었거든요. 우리 거정 때는요. 요 섬은 저 매물도로 가던
가 가을도, 기미새, 여 딱섬, 저 손대도, 저 욕지꺼정 뭐뭐
뭐 안 갔다온 데 없이 우리 다 갔다왔으에. 배로 타 가지고,
사선 타 가지고 사선, 나뭇배에 노 저가꼬. 노 저 가지고 남
자 저 어른이. 밑네 젓는 남자 어른 하나.

(조사자) 밑네 하나.

(제보자) 젓고 그담에는 여자들 서이 너이썩 다 등을 맞춰가꼬 그래
가꼬. 그땐 하더라케도 머 다 젊었실 때 대논께로 노래도
잘 하고 그 먼 데 가도 해가 지든 짜르든 아직 일찍 가면은
또 작업해가꼬 집에 들어오고 그때 당시는 이는 헛물에 그
런 걸 안 하고 전부다 미역 그런 거 조급썩 해와가꼬 부치
고 뭐. 그래가꼬.

[11]

술가야	담배는
내 심중을	알선마는
한품에	든 임은
내 심중을	몰라나 주네
이여사나	이여싸
이여사나	이여싸
바람은	불수록
찬질만	나고요
임은	볼수록
깊은 정만	드는구나
이여사나	
이여도	사니야
이여도	사니야
이여사나	이여사나53)

[12]

이어싸	이어도사나
저어라져라	이기야 져라
잘도 간다	우리나 배는
우리 배는	솔나무 배가
소리솔솔	잘 넘어가고
느그나 배는	참나무 배가
차리찰찰	잘도 간다
이여사나	이여도사나
이여사54)	

53) 필자 채록, 경남 거제시 남부면 저구리, 2004.11.13. 윤미자, 여·71세.

[13]

우리 베는	잘도나간다
솔솔 가는	소나무베야
잘잘 가는	잣나무베야
어가농창	가는베야
정심참도	늦어진다
어서나가자	이여도사나[55]

[14]

수덕 좋은	선왕님아
우리 베랑	가는 딜랑
메역 좋은	여 끗으로
우미 좋은	여 끗으로
가게나 헙써	이여사나
이여도사나	
잘잘 가는	잣나무 베야
솔솔 가는	소나무 베야
우리나 베는	잘도 간다
이여사나	이여도사나
이여사나[56]	

54) 필자 채록, 경남 거제시 남부면 저구리, 2004.11.13. 윤미자, 여·71세.
55) 이성훈, 〈민요 제보자의 생애와 사설〉, ≪白鹿語文≫ 제2집, 제주대학교 국어교육과 국어교육연구회, 1987, p.325.
56) 이성훈, 〈경남 통영시 해녀 〈노 젓는 노래〉 조사〉, ≪韓國民謠學≫ 第11輯, 韓國民謠學會, 2002, p.260.

[15]

이여사나	이여사나
이여두사나	이어시니
어딘 가믄	고동 전복
많은 딜로	가나 보까
져어라져라	이여도져라
잘도 간다	우리 배는
잘도 간다	이여도사나
이여사	져라져라
이여져라	

저 바다엔	물이 쎄여서
올라 갈라꼬 허믄	힘들겠다
이여차	우리 배는
잘도 간다	이여도사나
이여도사나	저어라져라
잘도 간다57)	

〈해녀노젓는소리〉는 8분의 6박자의 선율로 가창하는 게 일반적이다. 즉 한 마디는 ♪음표 6개로 이루어지므로, 가창할 때는 적절한 음절의 수는 6개 정도가 적절하다. 그런데 [11]의 제보자인 윤미자는 한 마디로 가창할 수 있는 6개의 음절로 이루어진 구를 3음절의 2개의 단어로 나누어 두 마디로 가창했다. "바람은 / 불수록 // 찬질만 / 나고요"가 그것이다. 또한 5개의 음절로 이루어진 구까지도 2개의 단어로 나누어 가창했는데, "임은 / 불수록"이 그것이다. 이것은 다음과 같은 형식으

---

57) 필자 채록, 경남 사천시 동금동, 2005.1.10. 윤계옥, 여·77세.

로 가창하는 게 일반적이다.

바람은 불수록　　　찬질만 나고요
임은 볼수록　　　　깊은 정만　　　드는구나

이처럼 윤미자는 악곡구조로 볼 때 한 마디로 가창할 수 있는 사설을 두 마디로 나누어 가창했다. 이러한 양상은 후렴구인 '이어도사나'를 가창할 때도 한가지였다. 즉 〈해녀노젓는소리〉의 후렴구는 "이여도사나", "이여사나" 등을 사용하는 게 일반적인데 [11]의 제보자 윤미자는 후렴구를 "이어사나", "이어도사나"라고 부르다가 "이여도 / 사니야"라고 부른 것이 그것이다. 이는 앞장에서 후렴구의 변이양상으로도 살펴본 것이다.

돛배가 물결을 헤치며 나가는 모습은 고정적 사설로 굳어진 [13]의 "우리 베는 / 잘도나간다 // 솔솔 가는 / 소나무베야 // 잘잘 가는 / 잣나무베야"나 [14]의 "잘잘 가는 / 잣나무 베야 // 솔솔 가는 / 소나무 베야 // 우리나 베는 / 잘도 간다"와 같이 3개의 문장으로 이루어진 2음보 3행 형식의 관용적으로 표현으로 노래하는 게 일반적이다. 그런데 [12]의 제보자인 윤미자는 "우리 배는 / 솔나무 배가 // 소리솔솔 / 잘 넘어가고 // 느그나 배는 / 참나무 배가 // 차리찰찰 / 잘도 간다"와 같이 2개의 문장으로 이루어진 2음보 4행 형식으로 확장시켜 노래했다. 다시 말해서 [13]과 [14]와 같이 3개의 문장으로 된 3행 형식의 사설을 [12]와 같이 2개의 문장으로 된 4행 형식의 사설로 확장시키면서 '1행, 2행'과 '3행, 4행'이 대구형식이 되게 노래했다. 즉 "우리 배는"과 대구가 이루어지도록 "느그나 배는"을 덧붙이고, "솔솔 가는"과 "잘잘 가는"을 "소리솔솔 / 잘 넘어가고"와 "차리찰찰 / 잘도 간다"와 같이 2음보의 사설로 확장시켜 두 마디로 노래하고 있다. 따라서 윤미자는 가창 능력과 사설 창작 능력과 가창능력이 뛰어난 적극적 창자라는 사실을 보여준다.

또 다른 측면에서 보면 [13]과 [14]는 돛배가 날리는 모습을 의태어 "솔솔", "잘잘"로 표현한 다음에 돛배의 만든 재료인 "소나무", "잣나무"를 노래한다. 즉 '솔'과 '잘'의 음성적 반복을 통해 음악적 리듬감을 준 다음에, 배를 만든 나무 재료인 소나무의 /소-/, 잣나무의 /잣-/이라는 유사한 음절 반복을 통해 작업장까지 저어가는 배의 속도감을 음성 상징으로 표현58)했다고 볼 수도 있다. 이에 반해서 [12]는 돛배의 나무 재질을 먼저 노래한 다음에 돛배의 속도감을 의태어 "소리 솔솔", "잘잘"을 사용하여 노래했다고 본다면, 달리는 배의 속도감을 어순을 바꿔서 노래하는 변이양상으로 볼 수도 있겠다.

[15]는 윤계옥(여·77세, 경남 사천시 동금동)이 가창한 사설이다. 제보자 윤계옥은 후렴 "져어라져라 / 이여도져라"을 부른 후에 "잘도 간다 / 우리 배는 // 잘도 간다 / 이여도사나"만을 가창하고 더 이상 사설을 이어나가지 못했다. 〈해녀노젓는소리〉 사설의 의미단락은 [13]과 [14]에서 보는 것처럼 "잘잘 가는 / 잣나무 베야 // 솔솔 가는 / 소나무 베야"와 같은 사설에 "우리나 베는 / 잘도 간다"라는 사설이 이어지는 게 보통이다. 그런데, [15]의 제보자 윤계옥은 "잘도 간다 / 우리 배는 // 잘도 간다"라는 사설만을 부른 후에 후렴구 "이여도사나"만을 가창했다. 이는 윤계옥이 "잘도 간다 / 우리 배는 // 잘도 간다"라는 사설에 이어지는 사설 내용을 망각했다고 볼 수 있다. 따라서 윤계옥은 재능이 적어서 전승을 잘 보존하지 못하며 창작력도 빈약한 소극적 창자라

---

58) 이성훈, 〈민요 제보자의 생애와 사설〉, ≪白鹿語文≫ 제2집, 제주대학교 국어교육과 국어교육연구회, 1987, p.326.

고 할 수 있다.

　이상에서 살펴본 바와 같이 윤미자는 악곡 구조로 볼 때 한 마디로 가창되는 게 일반적인 사설을 두 마디로 나누어 가창하기 위해 사설 내용을 확장시키고 있다. 결국 윤미자는 사설 창작 능력과 가창 능력이 뛰어난 적극적 창자로서의 면모를 갖춘 제보자라고 할 수 있다.

Ⅴ 결 론

　이상에서 서부경남지역 〈해녀노젓는소리〉의 전승과 변이양상에 대해 고찰해보았다. 논의한 바를 간추리면 다음과 같다.

　제주도 해녀의 본토 출가는 1889년경에는 青山島를 비롯하여 완도, 부산, 영도, 거제도, 남해의 돌산, 기장, 울산, 경북 일대까지 出稼했다. 제주 해녀들의 본토 출가물질은 늦어도 19세기말부터는 본격적으로 시작되었고, 〈해녀노젓는소리〉도 이 때부터 본토로 전파되었다고 할 수 있다. 또한 서부경남지역 중에 거제시와 사천시의 경우 〈해녀노젓는소리〉의 가창기연인 돛배의 노 젓는 노동은 1960년대 말까지 이어졌고, 그 후는 동력선의 등장으로 단절되었다.

　서부경남지역에 정착한 제주출신 해녀들이 〈해녀노젓는소리〉를 배우게 된 동기는 크게 두 가지이다. 하나는 제주도에서 ᄀᆞᆺ물질 나갈 때 물질작업장까지 헤엄쳐 가며 배운 경우와, 다른 하나는 본토에 출가해서 뱃물질 나갈 때 노 저으며 배운 경우가 그것이다. 서부경남지역에 정착한 해녀들의 대부분은 제주에서보다는 본토에서 배운 게 대부분이다.

　제주도에서 ᄀᆞᆺ물질 나갈 때 헤엄치며 〈해녀노젓는소리〉 배운 게 전부인 해녀들은 단편적인 내용의 사설을 가창했다. 해변에서 연안의 물질작업장까지 헤엄쳐 나가는 거리가 가깝기 때문에 〈해녀노젓는소리〉 구연 시간이 짧고, 구연 현장인 바다가 물결이 치는 상황이기 때문에 그렇다.

본토에서 물질작업장까지 돛배를 타고 노를 저어 가서 하는 물질인 이른바 '뱃물질' 하러 갈 때 〈해녀노젓는소리〉를 배운 해녀들은 비교적 풍부한 내용의 사설을 가창했다. 서부 경남지역에서는 연안에 산재한 섬으로 뱃물질 나갔기 때문에 가창기연인 노 젓는 시간이 길었다는 데 기인한다. 다만 창자의 특성에 따라 구연한 사설 내용이 풍부하거나 그렇지 않을 수도 있는데, 이는 제보자의 사설 창작 능력 및 가창 능력과 상관관계가 있다고 본다.

서부 경남지역에 전승되는 〈해녀노젓는소리〉 사설은 체언, 용언의 연결어미, 조사가 변이되는 양상을 보일 뿐만 아니라 후렴구도 변이되는 양상을 보였다. "배울라꼬·시길라꼬·술가야" 등의 용언 어미와 조사, "나를 놓아·쏟아 뺐네" 등의 용언, "끝아 끝아·필 작에는·보리띤물" 등의 체언이 변이되는 양상을 보인다. 또한 후렴구인 '이여도사나'를 2음보격으로 "이여도 / 산이야"로 변이시켜 가창하는 양상을 보였다.

제보자가 제주도에서 출생했더라도 경상남도에서 오랫동안 생활했거나, 경상남도에서 출생하고 잠시 제주도에서 생활했을지라도 부모의 고향이 경상남도인 경우는 어린 시절부터 경상남도방언을 익히게 되는 언어적 환경에 놓였기 때문에 〈해녀노젓는소리〉 사설을 경상남도 방언으로 구연한다는 사실을 확인했다.

현종순은 고정적 사설로 전승되는 〈해녀노젓는소리〉의 사설에 새로운 사설 내용을 덧붙여서 대구 형식의 완결된 구조로 사설을 창작하여 가창할 수 있는 적극적 창자였다. 윤미자는 악곡 구조로 볼 때 한 마디로 가창되는 게 일반적인 〈해녀노젓는소리〉의 사설을 두 마디로 나누어 가창하며 사설 내용을 확장시킨 것은 사설 창작 능력과 가창 능력이 뛰어난 적극적 창자라고 하겠다.

• 참고문헌 •

康大元. 1973. 《海女硏究》, 韓進文化社.

강진옥. 1998. 〈여성 민요 창자 정영업 연구〉, 《口碑文學硏究》 제7집, 한국구비문학회.

강원도 동해출장소. 1995. 《강원 어촌지역 전설 민속지》, 강원도.

강한호. 1999. 〈해녀 민속 문화의 이동에 관한 연구 -경남 사량도의 구비 문학을 중심으로-〉, 부경대학교 교육대학원 석사논문.

金枓白. 1929. 〈女人國巡禮, 濟州道海女〉, 《三千里》 創刊號, 三千里社.

金榮敦·金範國·徐庚林. 1986. 〈海女調査硏究〉, 《耽羅文化》 제5호, 제주대학교 탐라문화연구소.

金榮墩. 1993. 《濟州의 民謠》, 新亞文化社(民俗苑).

김영돈. 1999. 《한국의 해녀》, 민속원.

나승만. 1996. 〈신지도 민요 소리꾼 고찰〉, 《도서문화》 14집, 목포대학교 도서문화연구소.

나승만. 1997. 〈노화도 민요 소리꾼들의 생애담 고찰〉, 《도서문화연구》 17집, 목포대학교 도서문화연구소.

나승만. 1998. 〈민요 소리꾼의 생애담 조사와 사례 분석〉, 《口碑文學硏究》 제7집, 한국구비문학회.

나승만. 1998. 〈삶의 처지와 노래 생산 양식의 상관성〉, 《島嶼文化》 제16집, 목포대학교 도서문화연구소.

나승만. 2003. 〈전남 내륙지역 민요 소리꾼의 생애담 분석과 전통민요의 전승맥락〉, 《우리말글》 통권27호, 우리말글학회.

朴淸正. 1998. 《물때》 개정증보판, 일중사.

부산남구민속회. 2001. 《남구의 민속과 문화》, 부산남구민속회.

申斗憲. 1961. 〈濟州島民謠의 硏究〉, 단국대학교 대학원 석사논문.

語文硏究室. 1993. 《韓國方言資料集Ⅷ》(慶尙南道篇), 韓國精神文化硏究院.

울산대학교 인문과학연구소. 1990. ≪울산울주지방 민요자료집≫, 울산대
　　학교출판부.

乙 人. 1923. 〈盈德은 엇더한 지방?〉, ≪開闢≫ 제39호, 開闢社.

李 健. 金泰能 譯. 1976. 〈濟州風土記〉, ≪耽羅文獻集≫, 제주도교육위원회.

李東喆. 2001. ≪江原 民謠의 世界≫, 국학자료원.

이성훈. 1987. 〈민요 제보자의 생애와 사설〉, ≪白鹿語文≫ 제2집, 제주대
　　학교 국어교육과 국어교육연구회.

이성훈. 2002. 〈경남 통영시 해녀 〈노 젓는 노래〉 조사〉, ≪韓國民謠學≫
　　第11輯, 韓國民謠學會.

이성훈. 2002. 〈해녀 〈노 젓는 노래〉의 사설과 현장성〉, ≪溫知論叢≫ 제8
　　집, 溫知學會.

이성훈. 2003. 〈강원도 속초시 해녀 〈노 젓는 노래〉와 생애력 조사〉, ≪崇
　　實語文≫ 第19輯, 崇實語文學會.

이성훈. 2003. 〈〈해녀 노 젓는 노래〉의 가창방식〉, ≪溫知論叢≫第9輯, 溫
　　知學會.

李元鎭. 김찬흡 외 7인 譯. 2002. ≪譯註 耽羅志≫, 푸른역사.

李益泰. 金益洙 譯. 1997. 『知瀛錄』, 濟州文化院.

李 增. 金益洙 譯. 2001. ≪南槎日錄≫, 濟州文化院.

제주도여성특별위원회. 2004. ≪구술(口述)로 만나는 제주여성의 삶 그리
　　고 역사≫, 제주도.

濟州方言研究會. 1995. ≪濟州語辭典≫, 濟州道.

趙東一. 1983. ≪敍事民謠研究≫, 啓明大學校出版部.

현우종. 1988. 〈제주도 방언 「·」음가의 음성학적 연구〉, ≪耽羅文化≫
　　제7호, 제주대학교 탐라문화연구소.

玄平孝. 1985. ≪濟州島方言研究≫ 論攷篇, 二友出版社.

김영·양징자. 정광중·좌혜경 譯. 2004. ≪바다를 건넌 조선의 해녀들≫,
　　도서출판 각.

泉靖一. 洪性穆 譯. 1999. ≪濟州島≫, 濟州市愚堂圖書館.

08

〈해녀노젓는소리〉
辭說의 誤記 및 語釋의 誤謬

- 서 론
- 〈해녀노젓는소리〉 사설의 오기
- 〈해녀노젓는소리〉 어석의 오류
- 결 론

| 이성훈 | 숭실대학교

『한국민요학』 제16집, 2005.

I　서 론

〈해녀노젓는소리〉[1]의 연구는 음악적, 문학적, 민속학적 측면에서 이루어져 왔다. 문학적, 민속학적 측면에서 〈해녀노젓는소리〉를 바로 연구하려면, 우선 사설의 의미를 올바로 파악하지 않고서는 정확한 연구를 기대할 수 없다. 무슨 말인지 모르고 어찌 문학적 혹은, 민속학적 연구를 기대할 수 있겠는가. 이와 같이 〈해녀노젓는소리〉를 해석하고 연구함에 있어 부닥치는 어려움은 사설을 구성하는 어휘들의 의미가 난해하다는 점, 자료집마다 사설의 표기 방식이 다르다는 점이다. 이러한 이유로 〈해녀노젓는소리〉의 사설이 도대체 무엇을 노래한 것인지 제대로 알 수 없다.

본고는 기왕의 수집된 〈해녀노젓는소리〉 자료들 중에서 사설의 오기나 어석의 오류로 인하여 해석상 논란의 여지가 있는 몇 개의 語辭를 다시 들여다봄으로써 〈해녀노젓는소리〉 사설의 수집과 표기에 대한 이제까지의 접근 방법에 반성의 계기를 마련하고자 시도하는 것이다.

그간 〈해녀노젓는소리〉를 포함해서 제주도 민요자료는 상당량 수집・주석되어 왔으나, 상당수의 수집자나 주석자들이 사설의 오기와 어석의 오류를 범해왔으며, 그런 오기나 오류들은 제대로 수정된 적이 없다. 그 결과 〈해녀노젓는소리〉 연구에 있어서 가장 기초적인 작업이라고 할 수 있는 민요자료집에 수록된 〈해녀노젓는소리〉 사설의 오기

---

1) 〈해녀노래〉, 〈해녀요〉, 〈해녀가〉, 〈해녀 노 젓는 노래〉, 〈잠녀가〉 등의 명칭이 있으나, 필자는 노래의 기능이 드러나도록 '〈해녀노젓는소리〉'라는 명칭을 사용하고자 한다.

및 주석의 오류에 대한 선행 연구는 전무한 실정이다. 이는 한국민요 모든 요종의 경우도 마찬가지다. 〈해녀노젓는소리〉 사설의 의미를 이 해하는네 있이서 기초가 되는 이런 작업이 이루어지지 않았던 것은 〈해녀노젓는소리〉의 연구자가 극소수이고, 사설 내용 또한 해녀와 어 업에 관한 특수 어휘가 많은 것이 한 원인이기도 하다.

따라서 〈해녀노젓는소리〉의 본질을 파악하고 사설의 체계적인 정리 를 위해서도 사설의 오기 및 주석의 오류에 대한 고찰은 필요한 작업 이다. 이는 기록문학에서 말하는 텍스트의 확정과도 같은 것이다. 사 설의 오기 및 어석의 오류가 바로잡히지 않은 상태에서 〈해녀노젓는소 리〉를 연구한다는 것은 자칫 〈해녀노젓는소리〉의 본질이나 실상과는 동떨어진 주변적인 피상적 고찰이나 이해에 머무를 수 있는 위험성이 있다.

기왕에 수집된 〈해녀노젓는소리〉의 자료들 중에서, 1929년에 金枓白 이 「女人國巡禮, 濟州島海女」[2]에 소개한 자료가 최초의 것으로 보인 다. 이후 여러 선학들에 의해 상당량의 〈해녀노젓는소리〉가 수집 정리 되었다. 제주도 출신 학자로는 秦聖麒,[3] 金榮敦[4]이, 본토 출신 학자로 는 金思燁·崔常壽·方鐘鉉,[5] 林和,[6] 金永三,[7] 任東權,[8] 임석재[9]가,

2) 金枓白, 「女人國巡禮, 濟州島海女」, 『三千里』 創刊號(三千里社, 1929), 22~23쪽.
3) 秦聖麒, 『濟州島民謠』 제1집(희망프린트사, 1958); 秦聖麒, 『濟州島民謠』 제2 집(중앙미술사프린트부, 1958); 秦聖麒, 『濟州島民謠』 제3집(성문프린트사, 1958).
4) 金榮敦, 『濟州島民謠研究上』(一潮閣, 1965); 金榮墩, 『濟州의 民謠』(新亞文化 社(民俗苑), 1993).
5) 金思燁·崔常壽·方鐘鉉, 『朝鮮民謠集成』(正音社, 1948).
6) 林 和, 『朝鮮民謠選』(學藝社, 1939).
7) 金永三, 『濟州民謠集』(中央文化社, 1958).
8) 任東權, 『韓國民謠集』(東國文化社, 1961) 및 『韓國民謠集Ⅰ』(集文堂, 1974);

일본인 학자로는 高橋亨[10)이 수집한 자료들이 그것이다.

초창기에 수집된 〈해녀노젓는소리〉 자료, 제주도 출신이 아닌 선학들이 수집한 자료, 학부생들이 현지 조사한 자료 중에는 사설의 오기나 어석의 오류가 간혹 보인다. 이는 제주방언의 난해함과 더불어 해녀 직업 및 해양 관련 어휘에 대한 지식이 부족하거나, 민요 제보자가 구연한 사설을 정확히 듣지 못한 것이 그 원인이기도 하다. 심지어 金榮敦도 『濟州島民謠研究上』(一潮閣, 1965)를 펴낼 때, 교정 도중에도 그 어석을 몇 차례 고치기까지 했다[11)고 했다.

본토 사람에게 있어서 제주방언은 그 발음이 생소할 뿐만 아니라 그 의미 또한 난해하다. 제주방언이 일상 대화가 아닌 노래로 불려질 때는 제대로 알아듣지 못하기 일쑤이고, 노랫말 중에 생소한 어휘의 경우는 더욱 그러하다.

이에 본고는 기존 민요자료집에 수록된 〈해녀노젓는소리〉 사설의 어휘가 오기된 사례와 어석이 잘못된 사례를 들고, 바로잡는 데 그 목적을 두었다.

任東權, 『韓國民謠集Ⅱ』(集文堂, 1974); 任東權, 『韓國民謠集Ⅳ』(集文堂, 1979) ; 任東權, 『韓國民謠集Ⅴ』(集文堂, 1980).
9) 임석재, 『임석재 채록 한국구연민요-자료편(해설·악보·가사)』(집문당, 1997); 한국정신문화연구원, 『임석재 채록 한국 구연민요 자료집』(서울: 민속원, 2004).
10) 高橋亨, 『濟州島の民謠』(天理大學 東洋學硏究所, 1968).
11) 金榮墩, 「민요 요사 속에 담긴 유별난 제주 방언」, 『東岳語文論集』 제29집(동악어문학회, 1994), 54쪽.

Ⅱ 〈해녀노젓는소리〉 사설의 오기

〈해녀노젓는소리〉 사설의 오기는 제보자가 부른 사설의 어휘를 수집자가 정확히 듣지 못했다고 여겨지는 경우와, 민요자료집을 編著할 때 原著와는 다르게 사설의 어휘를 잘못 수록한 경우가 있다. 수집자가 사설을 오기하게 된 원인은 제보자가 가창한 사설의 어휘와 내용을 제대로 알지 못하거나 정확히 청취하지 못한 데 있다고 보이는데, 필자의 자료수집 경험에 비추어 보아도 그러하다. 왜냐하면 〈해녀노젓는소리〉의 사설은 그 내용이 유형화되어 있어서 고정적인 경우가 많고, 개인적인 체험이나 정서를 노래한 경우는 극히 드물기 때문이다. 또한 현장에서 채록할 때 한 제보자가 사설의 어휘나 구절을 잘못 불렀을 경우에는 여타의 제보자들이 잘못 불렀다고 지적하기도 한다.

물론 제보자의 잘못된 제보에 따른 사설의 오류가 있을 수 있다. 민요의 특징 중에 사설의 '유동성'이 있다는 것은 주지의 사실일 뿐만 아니라, 민요 사설은 듣고 배우는 것이고, 때에 따라서는 구연상황이나 정서에 맞게 제보자 자의로 사설을 바꾸어 노래할 수 있기 때문이다. 그러므로 〈해녀노젓는소리〉의 사설이 구전되는 동안 몇몇 어휘가 訛傳될 가능성은 다분히 있다.

따라서 본장에서는 먼저 수집자가 잘못 청취하여 사설의 어휘가 오기된 것으로 보이는 사례를 살펴본 다음에, 구전되는 동안 사설의 어휘가 訛傳된 것으로 보이는 사례를 살펴보기로 한다.

먼저 수집자가 잘못 청취하여 사설의 어휘가 오기된 것으로 보이는 사례부터 살펴보기로 한다.

[1]

총각　싸라　섬에나　들게

량식　싸라　섬에나　가게

정심　싸라　고지나?　가게

날죽건　　숯바테　무더

궁녀　신녀　물주람　말가12)

[2]

요년들아　저서도라

요늬짝이　불내진들

서늘꽃이　없을만가13)

　　[1]의 자료를 『三千里』에 소개한 金枓白은 제보자에 대한 인적 사항
이나 수집 지역을 밝히지 않았다. 다만 本土의 어느 해안에서 제주해
녀들로부터 채록한 것으로만 보인다. 「女人國巡禮, 濟州島海女」의 기
사 내용 중 일부를 들면 다음과 같다.

　　천길만길되는 바닷물을 쑬코드러가 그밋테쌜린 바위에서밥꺼리를
　차자내는이가海女이다 濟州島方面은 勿論이려니와 『생복』이나 『고동』
　이잡히는 海岸方面을다녀본사람이면 누구나다 – 이러한 潛水의職業을
　가진 勞動婦人을보앗슬것이다14) … 일흔봄으로부터 느진가을까지에風
　浪이나고요한날이면언제든지 바다한가운데서異常한노래를부르며 잠박
　곡질하는海女를볼수잇스니散髮한얼골만이　白鳩와벗이되어 蒼浪에쓰다

---

12) 金枓白, 앞의 글, 23쪽.

13) 林　和, 앞의 책, 240쪽.

14) 金枓白, 앞의 글, 22쪽.

가는휘 - 하는소리와 한가지로 물속에 사라지고 죽지나안앗는가의심하
는동안에어느듯 생복을손에쥐고 젓가슴까지물박그로내어놋는그들의作
業光景으로보는사람으로人魚나아닌가疑心케한다 이러한勞働을 四五十分
繼續한後에는附近섬이나바위에나와 불을피우고 물속에얼엇든몸을말리
면서 그들의獨特한音調로노래를부른다15)

金枓白은 또한 제주도 방언의 난해함에 대해 다음과 같이 언급하고
있다.

더구나그들의出生地가全部濟州島인싸닭에 言語風俗이陸地와懸殊한
点이업지안으니 高低淸濁이外國語와가티들리는그들의말씨라든지 健壯
한半裸體로붓거림도업시男子사이로濶步하는그들의習俗이 對하는사람
의耳目을 놀라게하지안울수업다16)

이처럼 제주도 방언이 本土 출신 학자들에게는 난해한 것이었기에
제주 방언을 기록함에 있어 오기할 가능성은 다분히 있다고 본다. 그
것이 수집한 노래의 사설일 경우는 더욱 그러하다. 이제 사설의 어휘
가 오기된 사례를 구체적으로 살펴보기로 한다.

[1]의 "총각 싸라 섬에나 들게"는 '총각 차라 물에나 들게'의 誤記로
보인다. "총각"은 "해녀들이 예전에 무자맥질하면서 작업하기에 편리하
도록 머리털을 비녀없이 머리 위에 쪽지고 이멍거리라는 끈으로 이마
에서 뒷머리로 넘겨 묶는 머리 모습의 하나"이다.17) 따라서 김주백은

---

15) 같은 글, 23쪽.
16) 같은 글, 22쪽.
17) 濟州方言硏究會, 『濟州語辭典』(濟州道, 1995), 543쪽.

제보자가 "총각 차라"라고 가창한 것을 "총각 싸라"라고 "총각"이란 어휘의 의미를 모르기 때문에 "량식 싸라"나 "정심 싸라"와 같은 음으로 파악하여 "싸라"로 오기했다고 본다. 또한 "곳바테 무더"의 경우도 "섬에나"와 같이 형태소를 밝혀서 "곳밭에 묻어"라고 끊어적기를 하지 않고 소리나는 이어적기를 한 점도 주목할 만한 하다.

또한 [1]의 "고지나"는 "수풀에나"의 의미이다. 그런데, 수집자인 金料白은 "고지나"에 "?"를 덧붙여서 수록했다. 이것은 "고지"라는 제주 방언의 의미를 모르기 때문에 "?"표를 붙인 것으로 보인다. "고지"는 '수풀'을 뜻하는 제주방언이다. '고지'가 '수풀[藪]'을 뜻하는 제주방언이라는 사실은 李元鎭의 『耽羅志』(1653)에도 보이는데,[18] 이기문은 이 단어의 어원에 대해서 확실한 말을 할 수 없다[19]고 했다. 이것은 조선시대에도 본토인에게는 제주방언이 난해했다는 사실을 입증한다.

[2]의 "서늘꽃이"는 "선흘고지"의 誤記이다. [2]의 수집자는 제보자가 "선흘고지"라고 가창한 것을 "서늘꽃이"로 오기한 것이라고 본다. '선흘'은 제주도 북제주군 조천읍 선흘리이다. 제주민요에 선흘리의 숲을 '서늘고지'라고 관용적 표현으로 많이 쓰인다. 이 '선흘'은 울림소리 사이에서 'ㅎ'이 약화되어 '서늘'로 발음된다. 또한 '고지' 또는 '곶이'는 '수풀'의 제주방언인데, 수집자는 '곶이'를 중세어 '곶[花]이'로 잘못 인식하여 "꽃이"라고 오기한 것으로 보인다. 따라서 수집자는 "서늘"이 지명이라

---

18) 사투리는 이해하기 어렵다. 앞이 높고 뒤가 낮다.…주기(州記)에는 이상한 말이 많으니, '서울'을 '서나' '숲'을 '고지' '산'을 '오름'이라 한다.(村民俚語難澁先高後低…州記語多殊音 以京爲西那 以藪爲高之 以岳爲兀音…李元鎭, 『耽羅志』)

19) 이기문, 「濟州方言과 國語史 硏究」, 『耽羅文化』 第13號(제주대학교 탐라문화연구소, 1993), 151쪽.

는 사실과 "고지"가 "숲"이라는 점을 몰랐기 때문에 '서늘고지' 또는 '선흘고지'라고 표기해야 할 것을 "서늘꽃이"로 오기했다고 본다.

[3]
총각찾아 물에돌제
양석싸라 섬에가게
명주바당에 쓸바름불라
모란탄전 배놓아가게[20]

[4]
總角찾아 물에들제
양석싸라 섬에가게
명주바당에 쓸바름불나
모란탄전 배노아가게[21]

[3]은 任東權의『韓國民謠集Ⅱ』(集文堂, 1974.)에 수록된 789번 자료의 일부분이다. 이 789번 자료는『韓國民謠集Ⅱ』216~217쪽까지 "〈海女謠3〉"으로 수록된 자료인데, 歌尾에 출전을 "(濟州地方)"이라고만 밝혀 자칫 임동권이 채집한 자료로 오인할 여지가 있다. 이 789번 자료는 林和의『朝鮮民謠選』(學藝社, 1939) 239~242쪽까지 수록된 자료를 인용한 것인데, 출전을 밝히지 않았기 때문이다. 이는 任東權이『韓國民謠集Ⅱ』를 간행하면서 출전을 누락한 것으로 보인다.『韓國民謠集Ⅱ』범례에 "文獻을 引用한 資料는 歌尾에 單行本에 限해서 出典을 밝혔으

---

20) 任東權,『韓國民謠集Ⅱ』(서울: 集文堂, 1974), 216쪽.
21) 林 和, 앞의 책, 239쪽.

며, 出典의 略符號는 다음과 같다. …民選 林 和 編 朝鮮民謠選…"라고 명시했을 뿐만 아니라 『韓國民謠集Ⅱ』 72~73쪽까지 수록된 "〈김매는 노래7〉"의 歌尾에 "(大邱地方) 民選89"라고 출전을 밝혔기 때문이다.

任東權 編著인 [3]의 "총각찾아 물에돌제", "쓸바름불라", "배놓아가게"는 林和原著인 [4]에는 "總角찾아 물에들제", "쓸바름불나", "배노아가게"로 수록되어 있다. 원저의 "물에들제"를 "물에돌제"로 기록된 것은 책을 간행하면서 교열작업을 제대로 하지 않은 것이 원인이라고 본다. 하지만 原著의 "쓸바름불나", "배노아가게"를 "쓸바름불라", "배놓아가게"로 기록한 것은 임동권이 자의로 原著와는 다르게 사설의 어휘를 어법상 맞게 고친 것으로 보인다.

[4]의 "總角찾아 물에들제"는 '총각차라 물에들게'의 오기로 보인다. 이미 언급한 바와 같이 "총각"은 해녀들이 무자맥질하면서 작업하기에 편리하도록 머리를 묶는 모습의 하나로, 제보자가 머리를 쪽지다의 의미인 "차라[佩]"로 가창한 것을 "찾아[索]"로 오기한 것으로 보인다. 그리고 "물에들제"는 "물에들게"를 편집이나 교정을 잘못하여 오기한 것으로 보인다. '제'는 문맥적 의미로 볼 때 '적에'의 준말로 보는 것보다 동사 어간에 붙는 하게체의 명령형 종결어미 '-게'로 보는 게 타당하다고 여겨지기 때문이다. 따라서 수집자는 제보자가 '총각차라 물에들게'라고 부른 것을, '總角찾아 물에들제'로 오기했다고 본다.

[5]
용왕님아 용왕님아
우리배에 가는 댈랑 제수대통 시켜 주시오
이어사야 이어사
참매새끼 놓는 듯이 놓는 배야

어서가자 어서가
용왕님아 용왕님아
우리배 가는데는 물건두 많ㄱ 자리두 좋은데로
닿을 돗게 해주소서
이어사나 이어이어 이어사나[22]

[5]는『강원 어촌지역 전설 민속지』(강원도, 1995)에 처음 수록되었
고, 李東喆,『江原 民謠의 世界』(국학자료원, 2001)에 재수록 되었다.
이 자료는 1995년 4월 30일 이동철 교수의 지도 아래 관동대학교 〈민
요조사반〉이 삼척시 원덕읍 갈람1리에서 제보자 양애옥(여, 41세)으로
부터 채록되었다. 정리는 국어교육과 2년 장중석이 맡았는데, 사설을
제주방언으로 표기하지 않고 표준어로 재정리했다고 본다. 왜냐하면
양애옥은 제주도가 고향인 해녀로서, 본토에 정착한 제주출신 해녀들
은 〈해녀노젓는소리〉를 부를 때는 모두 제주방언으로 부르기 때문이
다. [5]의 사설 중에 "우리배에 가는 댈랑 제수대통"과 "닿을 돗게 해주
소서"를,『江原 民謠의 世界』에서는 "우리배 가는 델랑 재수대통"와
"닻을 놓게 해주소사"로 바로잡았다. 하지만 "참매새끼 놓는 듯이 놓는
배야"의 "놓는"은 '날다[飛]'는 의미인데, 제보자가 "ᄂᆞ는"으로 노래한 것
을 "놓는"으로 잘못 청취하여 오기한 것으로 보인다. 제주인들은 '날다'
를 '늘다'로 말한다. 예컨대 관용표현으로 "기도 못ᄒᆞᆫ 게 늘쟁 ᄒᆞ다."
가 있는데, 이는 '기지도 못하는 것이 날려고 한다'는 말이다.
[5]의 사설 표기는 제보자가 제주방언으로 노래한 것을 표준어로 번
역하여 옮긴 듯하다. "시켜 주시오"와 "해주소서"를 제주방언에서는 "시

---

22) 강원도 동해출장소,『강원 어촌지역 전설 민속지』(강원도, 1995), 228~229쪽;
   李東喆,『江原 民謠의 世界』(국학자료원, 2001), 217쪽.

커줍서"와 "해줍서"로 말한다. '-ㅂ서'는 받침 없는 동사 어간에 붙어서, '합쇼'할 자리에 그 행동하기를 바라는 대자존대(對者尊待)의 명령법 어미이다.[23] 예컨대 '삼촌 어떻게 내 살게 해 주십시오.'를 제주어로는 "삼춘 어떵 날 살게끔 어떵해 줍서."라고 말한다. 〈해녀노젓는소리〉는 제주도뿐만 아니라 본토의 해안지방에서도 전승되고 있는데,[24] 〈해녀노젓는소리〉의 가락은 한 가지인데 지역이나 부르는 전승자에 따라 조금씩은 차이가 있다.[25] 또한 사설은 본토에 정착한 해녀일지라도 반드시 제주방언으로 〈해녀노젓는소리〉를 부른다. 그것은 동일 방언 사용자끼리는 상호의사 소통력과 동질의식을 갖고 있기[26] 때문에 그렇다. 따라서 [5]는 〈해녀노젓는소리〉의 사설을 정리한 자가 제주방언을 표준어로 번역하여 수록한 것으로 볼 수 있다.

이처럼 제주방언 사설을 현대어 표기로 바꿔 일반의 필요에 좇았던 자료집으로는 1960년에 간행된 秦聖麒의 『오돌또기』[27]를 들 수 있다.

---

23) 濟州方言硏究會, 앞의 책, 245쪽.
24) 현재까지 본토에서 〈해녀노젓는소리〉를 채록하여 학계에 보고된 지역은 경상남도 통영시, 부산광역시, 울산광역시, 강원도 속초시·삼척시 등이다. 수록된 자료의 출처를 들면 다음과 같다.
강원도 동해출장소, 『강원 어촌지역 전설 민속지』(강원도, 1995); 강한호, 「해녀 민속 문화의 이동에 관한 연구-경남 사량도의 구비문학을 중심으로」(부경대학교 교육대학원 석사논문, 1999); 부산남구민속회편, 『남구의 민속과 문화』(부산남구민속회, 2001); 울산대학교 인문과학연구소, 『울산울주지방 민요 자료집』(울산대학교출판부, 1990); 李東喆, 『江原 民謠의 世界』(국학자료원, 2001); 이성훈, 「경남 통영시 해녀 〈노 젓는 노래〉 조사」, 『한국민요학』 제11집(한국민요학회, 2002); 이성훈, 「강원도 속초시 해녀 〈노 젓는 노래〉와 생애력 조사」, 『숭실어문』 제19집(숭실어문학회, 2003).
25) 金榮敦, 『濟州島民謠硏究-女性勞動謠를 中心으로』(동국대학교 대학원 박사학위논문, 1983), 72쪽.
26) 문순덕, 「제주방언의 보존과 활용 방안」, 『영주어문』 제6집(영주어문학회, 2003), 116~117쪽.

이 『오돌또기』는 1977년에 『南國의 民謠』[28]로 서명을 바꿔 재간행 되었는데, 『오돌또기』에서 밝히지 않았던 제보자와 수집지역 및 일시를 명시했고, 세주노 민요의 개관을 넛붙였다. 또한 『오돌또기』에서 민요 사설의 표기를 '·'는 그에 가까운 음으로, 어휘는 현대 표준어 철자 표기로 바꿨던 것을 제주방언으로 다시 바꿔서 수록했다. 이는 민요 사설은 제보자가 부른 그대로 표기하여 자료집의 가치를 살리려는 의도이다.

[6]
산짓물에 놀아난 숭어
심어 내연 등 줄란 보난
아니 먹을 사슴이러라
먹어 노난 근심이 되고
근심 재완 아니든 줌은
들언 노난 날 샐 줄 몰라라[29]

[6]의 "아니 먹을 사슴이러라"의 "사슴이"는 '사스미'를 오기한 것이다. "산짓물에 놀아난 숭어 / 심어 내연 등 줄란 보난 / 아니 먹을 사슴이러라/"를 표준어로 옮기면 '산지[제주시 건입동에 소재한 제주항]물에 놀던 숭어 잡아 내어 등을 잘라 보니 아니 먹을 생선회더라'이다. 따라서 제보자가 일본어로 '사시미(刺身/さしみ)'인 생선회의 의미로 '사스

---

27) 秦聖麒, 『오돌또기』(友生出版社, 단기4293). 『오돌또기』는 秦聖麒의 『濟州島民謠』 제1·2·3집(1958)에 수록된 자료들 중에서 400편을 가려 뽑아 수록한 자료집이다.
28) 秦聖麒, 『南國의 民謠』(正音社, 1977).
29) 秦聖麒, 『濟州島民謠』 제2집(중앙미술사프린트부, 1958), 58쪽.

미'라고 노래한 것을 '사슴이'로 오기한 것이다. '사스미'를 "사슴이"로 오기할 경우 자칫 생선회가 아닌 사슴[鹿]으로 곡해할 가능성이 있다. 제주도 민요 사설에 간혹 일본어가 쓰인 것은 해방전후에 걸쳐 제주도민 총인구의 ⅓은 일본에 갔던 경력이 있으며 성년 계층은 대부분 일본어를 해득하고 있기[30) 때문이다.

[7]
요년들아　　지사나굴라
요해짜기　　부러나진들
고지낭이　　낭없을소냐
이허도사나　시−
철아철아　　시−[31)

[7]은 『朝鮮民謠集成』(正音社, 1948)에 수록된 사설인데, 方鐘鉉이 쓴 序에 "濟州島 民謠만은 그 全部 筆者가 採集한 것이다. 濟州島 民謠에 關해서는 十數年 前 朝天에서 그 當時 八十을 넘어선 一 老嫗로부터 採集한 것인데, …"[32)라고 채집경위를 밝혔다. 사설 중에 "지사나굴라"와 "요해짜기"는 "젓어나글라(저어 가자)"와 "요네착이(요 櫓짝이)"의 오기로 보인다. 또한 "철아철아"는 후렴구로서 "쳐라쳐라"의 오기로 보인다. 해녀들이 거센 바다를 노 저어갈 때 "저어라저어라"의 축약인 "저라져라"에 강세를 주어 "쳐라쳐라"로 부르는 것이 그것이다.

---

30) 愼勝行, 「濟州方言에서의 日本語系女 外來語 研究」, 『국어교육』 48(한국국어교육연구학회, 1984), 154쪽.
31) 金思燁・崔常壽・方鐘鉉, 앞의 책, 323쪽.
32) 金思燁・崔常壽・方鐘鉉, 앞의 책, 2쪽.

[8]

벳난 날에 어데 비오리

제주영산(濟州瀛山) ᄃ리오빗발

설은情女 눈물이러라

눈물 소(沼) 에배란세워

한숨으로 즈어가세33)

　

제주방언의 '에'는 고정된 공간적 처소나 시간적 위치를 나타내는 조
사이고,34) '란'은 받침 없는 체언이나 'ㄹ'받침의 체언에 붙어서, '는'의
뜻을 강조하여 나타내는 격조사이다.35) [8]의 "눈물 소(沼) 에배란세워"
는 띄어쓰기를 잘못한 예이다. '눈물 소(沼)에 배란 세워'로 기록해야
옳다. 즉 '눈물 소(沼)에 배는 세워'의 의미이다. 이처럼 제주민요 사설
에 드러나는 어휘가 일상에서 쓰인다 하더라도 조사자가 상당 수준 제
주어의 활용에 대한 식견이 없다면 얼른 그 뜻이 잡히지 않을 수도 있
기36) 때문이다.

　

[9]

가시울음　　　강당장집에

시클방에　　　새문어서라

정경구진　　　이내몸가난

요속꼴로　　　내마침서라37)

---

33) 미상, 「海女의 노래-濟州島民謠」, 『別乾坤』 第7卷第7號(제42호)(開闢社,
　　1931), 3쪽.

34) 濟州方言研究會, 앞의 책, 412쪽.

35) 같은 책, 188쪽.

36) 金榮墩, 「민요 요사 속에 담긴 유별난 제주 방언」, 『東岳語文論集』제29집(동
　　악어문학회, 1994), 56쪽.

[9]에서 사설의 어휘를 오기한 것으로 볼 수 있는 것은 "울음", "시클방에", "새문어서라"이다. 제주도에는 아주 자그마한 기생화산으로 360여 개가 산재해 있는데,[38] 이를 '오름'이라고 한다. 李元鎭, 『耽羅志』에는 '오름'을 '兀音'으로 기록돼 있다.[39] 제주도에 '가시오름'이란 지명은 두 개가 있다. 남제주군 대정읍 동일리 북쪽에 있는 산과 남제주군 표선면 가시리의 옛이름이 그것이다.[40] [9]의 사설에 "가시오름"은 남제주군 표선면 가시리의 옛이름이다. 왜냐하면 "가시울음"은 뒤에 이어진 사설 "강당장집에"와 관련이 있기 때문이다. 다시 말해서 南濟州郡 表善面 加時里의 康堂長傳說을 이해해야 하기 때문이다.[41] 따라서 수집자는 '가시오름'을 "가시울음"으로 오기한 것으로 보인다.

제주도 특유의 '남방에(나무방아)'를 찧음에 있어서 '콜'이란 방아 찧는 사람들의 절굿공이의 수효의 단위이다. 두 사람이 찧으면 '두콜방에', 세 사람이 찧으면 '싀콜방에' 또는 '세콜방에, 네 사람이 찧으면 '늬콜방에'라 한다. "시클방에"는 제보자가 '싀콜방에'라고 부른 것을 오기한 것이다. 또한 두 사람 이상이 절굿공이를 들고 '남방에'를 찧을 경우, 그 사이가 어긋나서 어울리지 못하고 있을 때, '새글럼서라'라고 한다. 따라서 수집자는 '새글럼서라'를 "새문어서라"로 오기했다고 본다.

---

37) 任東權, 『韓國民謠集IV』(集文堂, 1979), 191쪽.
38) 梁弘植・吳太用, 『濟州鄕土記』(프린트판, 단기4291), 13쪽에는 기생화산이 300여개가 있다고 했다.
39) 村民俚語難澁先高後低…州記語多殊音 … 以岳爲兀音…
40) 濟州方言研究會, 앞의 책, 16쪽.
41) 康堂長傳說은 다음과 같다. "康堂長은 소문난 부자였지만, 매몰찬 過慾이 화를 불러일으킨다. 탁발승을 홀대했다가 강당장을 패망시키려는 탁발승의 꾀에 발목이 잡혀 先墓를 옮긴다. 그랬더니 갖은 怪變이 일어나면서 강당장 집은 급작스레 망하고 만다."(金榮墩, 앞의 글, 60쪽 참조).

[10]
요 네 상착 부러진들
한라산이 곧은 닝기
엇일 말가 이여 사나
요 네 밴드래코 떨어진들
부산 항구 아산옥이
엇일 말가 이여 사나
요 내 홀목 부러진들
요 네 상착 부러지랴⁴²⁾

[11]
요네야상착   부러나진덜
부산항구   가시낭이
엇일말가   이여도사나
요벤드레   부러나진덜
부산항구   아사노가
엇일말가   이여도사나⁴³⁾

벤드레는 낚싯거루의 노를 저을 수 있도록 배 멍에와 노손을 묶어 놓은 밧줄을 말한다. [10]의 "밴드래"는 '벤드레'의 오기인데, [11]의 "벤드레"와 같이 써야 옳다. 제주어에서는 'ㅐ'와 'ㅔ'의 구분이 모호한데, 대체로 'ㅔ'가 우세하기⁴⁴⁾ 때문이다. 석주명은 "제주도방언의 특징 중의 하나로 'ㅔ'와 'ㅐ'의 구별이 殆無하다"⁴⁵⁾고 했다.

42) 秦聖麒, 『濟州島民謠』 제1집(희망프린트사, 1958), 138~139쪽.
43) 金榮墩, 『濟州의 民謠』(新亞文化社(民俗苑), 1993), 262쪽.
44) 金榮墩, 앞의 글, 61쪽.
45) 石宙明, 『濟州島方言集』(서울신문社出版部, 1947), 179쪽.

다음으로 구전되는 동안 사설의 어휘가 訛傳된 것으로 보이는 사례를 살펴보기로 한다.

[10]의 "아산옥"은 '아사노'의 訛傳이다. 아사노는 삼으로 꼬아 만든 밧줄을 말하는데, 일본어 'あさ[麻]'와 한자어 '노(櫓)'의 합성어이다. [10]의 제보자는 〈해녀노젓는소리〉를 배울 때, 선배 해녀들이 [11]과 같이 "아사노"로 부르는 어휘를 "아산옥"으로 잘못 청취했기 때문에 "아산옥"으로 가창했다고 본다. 따라서 "아사노"가 "아산옥"으로 와전된 것이라고 본다.

[12]

이여도사나	이여도사나
그만ᄒ민	요목저목
울탄목이	근당ᄒ다
져라져라	져라져라⁴⁶⁾

[13]

이목저목	지드리든
울단목이	당도ᄒ다
이여도사나	이여도사나⁴⁷⁾

[14]

요 목 조 목	울돌목이여
잘 올라간다	공갈대갈
잘 올라간다	져라져라

---

46) 金榮墩, 앞의 책, 307쪽.
47) 같은 책, 263~264쪽.

어기야져라	이여사나[48]

[15]

히야사	히야사
우리배는	잘도간다
울던목가	살던목가
허리알로	잘도간다
덕더리도	젓엄시민
넘어난다	이여도사나[49]

[12]의 "울탄목"과 [13]의 "울단목"은 '울돌목'의 訛傳이다. 울돌목[鳴梁海峽]은 전라남도 우수영반도와 진도 사이의 해협으로 조류가 빠른 곳으로 유명하다. [12]과 [13]의 제보자는 〈해녀노젓는소리〉를 배울 때, 선배 해녀들이 [14]과 같이 "울돌목"으로 부르는 어휘를 "울탄목"과 "울단목"으로 잘못 청취했기 때문에 "울탄목"과 "울단목"으로 와전된 것으로 본다. 이는 〈해녀노젓는소리〉 자료 중에 '울탄목', '울단목' 어휘보다 '울돌목' 어휘가 압도적이라는 데서도 입증된다.

한편 [15]의 "울던목"은 어휘가 와전되었다기보다는 제보자가 의도적으로 '울돌목'을 '울던목'로 부른 것이라고 본다. '울다[泣]와 '살다'[生]의 의미로 짝을 이루어 "울던목"은 뒤에 이어지는 "살던목"에 대응되도록 표현한 것으로 볼 수 있기 때문이다. 이는 일종의 언어유희 수법으로 수집자의 오기가 아닌 제보자가 운을 맞추기 위한 의도적 표현이라고

48) 이성훈, 「경남 통영시 해녀 〈노 젓는 노래〉 조사」, 『한국민요학』 제11집(한국민요학회, 2002), 249쪽.
49) 任東權, 앞의 책, 196쪽.

할 수 있다.

이상에서 살펴본 바와 같이 사설의 오기는 수집자가 노래를 잘못 청취하거나 구전되는 동안 사설의 어휘가 訛傳 경우와 민요자료집을 編著할 때 原著와는 다르게 수록한 경우가 있음을 확인했다. 따라서 민요 수집은 일회성 현지조사로 그칠 게 아니라 청취가 제대로 안 되거나 사설의 의미가 불분명한 경우에는 반드시 2차 내지는 3차에 걸쳐 현지조사를 실시해야 할 것이다.

 ## Ⅲ   〈해녀노젓는소리〉 어석의 오류

申斗憲은 "제주도민요는 방언 그대로의 표현이기 때문에 제주도민 외에는 이 민요를 註釋 없이는 해득하기 곤란하다. 철저한 주석을 위하여 古語學, 方言學, 漢文學 등 어학적인 관계를 맺어야 할 것이다."라고 지적하면서 "秦聖麒의 『제주도민요1・2・3집』(1958)과 金永三의 『제주민요집』(1958)을 샅샅이 살펴본 바 意味 未詳의 구절도 있거니와 編者의 註釋 중에 誤釋 내지 牽强附會한 점이 다소 있음을 발견하였다."라고 했다.[50]

〈해녀노젓는소리〉 사설에 드러나는 어휘가 일상생활에 쓰인다 하더라도 조사자가 상당 수준 제주어의 활용에 대한 식견이 없다면 그 뜻이 얼른 잡히지 않을 수도 있다. 제주 출신의 조사자라도 정확한 뜻이

---

50) 申斗憲, 「濟州島民謠의 硏究」(단국대학교 대학원 석사논문, 1961), 154~155쪽.

알쏭달쏭이다.[51] 본토 출신 조사자일 경우에는 더욱 그러하다. 사정이
이러하다보니 〈해녀노젓는소리〉 사설의 어석을 잘못 붙이기 일쑤이다
본징에서는 이러한 어석의 오류를 몇몇 어휘에 한정하여 살펴보기로
한다.

[16]
總角찾아 물에들제
양석싸라 섬에가게
명주바당에 쓸바름불나
모란탄전 배노아가게[52]

[16]의 "總角찾아 물에들제"의 "總角"은 어석의 오류이다. 앞장에서
언급한 바와 같이 '총각'은 물질하기에 편리하도록 예전에 해녀들이 머
리를 비녀 없이 쪽지고 〈이멍거리〉라는 띠로 이마에 두른 머리 모습을
의미하는 말이다. 그런데 수집자는 결혼하지 않은 성년 남자를 뜻하는
한자어인 이른바 '總角'으로 표기함으로써 어석의 오류를 범하고 있다.
이처럼 머리 모습을 의미하는 '총각'을 결혼하지 않은 남자의 의미인
'總角'으로, 수집자 자의로 해석하여 기록한 것으로는 高橋亨의 자료[53]
도 있다.

---

51) 金榮墩, 앞의 글, 56쪽.
52) 林和, 앞의 책, 239쪽.
53) 高橋亨, 앞의 책, 53쪽.

[17]

山아山아	寿永島山아	山よ山よ	寿永島の山よ
이여山아	이여山아	この山よ	この山よ
山도설고	물도선듸	山も悲しく	水も悲し
어듸라고	내여긔왔나	何処と思って	此処に来た
돈일러라	돈일러라	金の為だよ	金の為だよ
말모른개	돈일너라	ものも言はない	金の為だよ
돈의全体	곳아니면	金といふものゝ	為でなけりや
내가여긔	어이오리	妾しは此処へ	どうして来やう54)

　[17]의 "이여山아"는 '이여사나'의 語釋 誤謬이다. 〈해녀노젓는소리〉
의 후렴은 '이여도사나' 혹은 '이여사나' 등이 있다. [17]의 "이여山아"는
후렴구 '이여사나'인데, 첫행 "山아山아 寿永島山아"의 "山아"에서 유추
하여 후렴구 '이여사나'를 "이여山아"로 기록하여 어석의 오류를 범한
것으로 보인다.

　또한 "山도설고 / 물도선듸"는 "山も悲しく / 水も悲し"로 번역했는
데, "설고"와 "선듸"는 낯익지 못하여 서먹하거나 어색하다는 이른바
'설다'는 의미로 쓰인 말인데, 슬프다는 "悲"의 의미로 誤譯한 것이다.
또한 제주어에는 古語가 흔히 깔렸음은 우리의 상식이다. '전체'·'전체
굿'이란 어휘도 그 한 예인데, 훈민정음에 드러나는 '젼ᄎ'라는 어휘가
그것이다.55) 제주어에서 '전체굿', '전치'는 '까닭'의 의미로 쓰이는데,56)
"돈의全体 곳아니면"의 "全体 곳"은 제주어 '전체굿'의 어석 오류이다.

[18]

요년들아	저서나주라	此女達や	漕いでくれ
한문거리	지서나주라	一潮の間	漕いでくれ
요네착이	불어진들	お前の櫓が	折れよとも
서늘곳에	남업시랴	ソヌルの森に	木がなかろ57)

[19]

우리배는	身数가조완	妾等の船は	運がよくて
한물거레에	돈千両이며	一潮の間に	千両とれた
요네상착	부러지라	お前の櫓の柄が	折れやうとも
곳질남도	업슬손가	代りの木が	ないでやない
하이카라가	조타한들	ハイカラさんが	好いとはいへど
銀銭紙銭이	날살니지	銀貨と札が	妾しを活かす58)

[18]의 "서늘곳"은 '서늘곶'의 오기이다. 앞장에서 살펴보았듯이 '선흘'은 제주도 북제주군 조천읍 선흘리이다. 제주어의 '숲'이라는 의미인 '곶'은 '고지'라고도 한다. 수집자는 '서늘곶'을 "서늘곳"으로 오기했지만 일본어로는 옳게 번역했다. "ソヌルの森"이 그것이다. 수집자는 "서늘"이 地名이라는 사실을 인식하고, 외래어 표기나 지명, 인명 등을 표기할 때 쓰는 카타카나 표기로 "ソヌル"라고 옳게 번역했다. 또한 "곳"도 '숲'을 의미하는 제주어임을 알고 있었기에 "森"으로 옳게 번역했다.

그런데 [19]의 "곳질남도"는 사설의 오기뿐만 아니라 일본어로도 誤譯했다. '곶질남도'라고 표기해야 할 것을 "곳질남도"라고 오기했고, '숲의 나무도'라는 의미로 번역해야 할 것을 '대신할 나무가'의 의미인 "代

---

57) 高橋亨, 앞의 책, 157쪽.
58) 같은 책, 159쪽.

り の 木が"로 오역한 게 그것이다.

[20]

A	B
A : 요목조목	B : 요목조목
A : 울산목가	B : 이어싸
A : 젓고 가자	B : 이어도사나
A : 쳐라쳐라	B : 이어차
……	
A : 이어도사나 이목저목	B : 이어도사나
A : 이어도사나 이목저목	B : 이어사나
A : 울단목이	B : 어긔야디야
A : 다드렀구나	B : 산이로구나
……	
A : 저어라 쳐라 요목조목	B : 잘 넘어간다
A : 울단목이	B : 싼물고개
A : 다 들어간다	B : 젓고가자[59]

　[20]은 제주대학교 국어교육과 〈민요조사반〉 학생들이 1999년 7월 30일 북제주군 구좌읍 종달리 마을회관에서 채록한 자료이다. 제보자 A는 김복순 할머니이고, B는 김복녀 할머니이다. 제보자 A의 사설 중에 "울산목"은 '울단목'의 오기로 보인다. 왜냐하면 A는 "울산목"이하 부분에서는 두 번 "울단목"으로 불렀기 때문에 그렇다. 또한 〈민요조사반〉 학생들이 자료를 정리하면서 "울산목"이라는 어휘의 각주를 "훑던 목인가"로 달았는데, 이는 어석의 오류이다. '울돌목' 또는 '전라남도 우수영

59) 「北濟州郡 舊左邑 終達里 現地學術調査報告(1999. 7. 31~8. 3)」, 『白鹿語文』 제16집(백록어문학회, 2000), 306쪽.

반도와 진도 사이의 해협으로 조류가 빠르다.' 등으로 주석을 다는 게
옳다.

[21]
우리선황님　　　　壽德은좋와
한물지한죄긴　　　이만량버난
이물때이죄긴　　　봉기만꼽는다[60]

　[21]의 "壽德"은 '手德'의 어석 오류이다. [21]의 사설 내용으로 볼 때
그렇다. "우리 선황님 / 수덕은 좋와 // 한 물지 한죄긴 / 이만량 버난
//"을 표준어로 옮기면 '우리 서낭님 수덕은 좋아 한 무수기 한조금에
는 이만 냥 버니까'이다. 따라서 "수덕"은 '힘들이지 않아도 손대는 대
로 잘 맞아 나오는 재수'라는 이른바 '손속'의 의미인 '手德'으로 쓰인
것이다. 그런데 수집자는 "수덕"의 어석을 '手德'으로 달아야 할 것을
'堯舜의 壽德'의 의미인 '壽德'으로 잘못 달았다.
　이상에서 살펴본 바와 같이 어석의 오류는 자칫 〈해녀노젓는소리〉
의 사설이 지닌 본래적 의미와는 전혀 다른 의미로 해석될 수 있다는
사실을 확인했다. 따라서 어석은 수집자의 자의가 아닌 제보자의 설명
을 토대로 신중하면서도 정확하게 달아야 할 것이다.

IV   결 론

본고는 〈해녀노젓는소리〉 사설의 오기 및 어석의 오류 사례를 통해서, 그간 이루어진 수집된 자료의 표기와 주석에 대해 반성하는 한편, 앞으로 〈해녀노젓는소리〉를 포함한 구비문학 자료를 수집하고 정리함에 있어 정확한 표기와 어석을 달아야 한다는 점을 강조함과 아울러 경계의 의미를 부각하고자 하였다.

본고에서 논의한 〈해녀노젓는소리〉 사설의 오기 및 어석 오류는 몇몇 어휘만을 대상으로 하여 검토한 결과이다. 〈해녀노젓는소리〉 사설의 오기 및 어석의 오류가 발생한 근본적인 원인은 수집자가 녹취한 자료를 제대로 청취하지 못한 점, 제주방언을 잘 모른다는 점 때문이다. 그 결과 〈해녀노젓는소리〉 사설 중에 간혹 '청취불능'으로 기록된 자료집들이 더러 있다. 이는 현지조사에서 채록한 자기테이프에 의존하여 사설을 정리하다가 정확히 듣지 못할 경우 '청취불능'으로 기록한 것이다. 그것은 자료 수집이 일회성 현지조사로 그친 데 기인한다고 본다.

1차 현지조사에서 채록한 자료를 정리함에 있어, 청취가 제대로 안되는 사설이나 의미가 불분명한 어휘가 있을 경우에는 반드시 2차, 3차 현지조사를 실시해서 자료로서의 가치를 높여야 한다는 점이다. 또한 사설 어휘의 어석은 제보자의 설명을 토대로 신중하면서도 정확하게 달아야지 수집자 자의로 해석하여 단다면, 어석의 오류를 범할 수 있을 뿐만 아니라 사설 내용의 문학적 분석도 사설이 지닌 본래적 의미와는 전혀 다른 의미로 해석될 수 있다는 사실을 확인했다.

앞으로 제주민요의 모든 요종에 걸쳐 사설의 오기 및 어석의 오류를 검토할 필요성이 제기된다. 이는 제주방언에 익숙하지 못한 본토 출신 학자 뿐만 아니라 민요를 공부하려는 후학들을 위해서도 필요한 작업이다.

세주방언은 점차 사라지는 추세이고 보니 제주민요 사설의 정확한 어석 작업이 시급히 요구된다. 〈해녀노젓는소리〉의 가창기연은 사라진 지 오래되었고 제보자 또한 극소수에 불과하기에 자료를 수집하는 작업도 더 이상 미룰 수가 없다. 따라서 앞으로 수집하는 〈해녀노젓는소리〉의 사설 정리는 제주방언연구회가 1985년에 규정한 제주어표기법[61]을 기준으로 사설을 기록하되, 표준어로도 번역하여 부기해야 할 것이다. 아울러 난해한 어휘의 경우는 상세한 주석 작업도 해야 할 것이다. 이래야 제주어에 능하지 못한 이들도 사설 접근이 용이해질 수 있기 때문이다.

끝으로 제주도뿐만 아니라 본토에서 전승되는 〈해녀노젓는소리〉를 수집함에 있어서, 제주방언과 제주관습을 익히 알고 있으며, 특히 해녀 관련 어휘 및 입어 관행과 해녀집단의 풍속 등에 해박한 지식을 소유한 전문가나 학자를 조사자 범위에 반드시 참여시켜야 할 것이다. 이렇게 할 때 〈해녀노젓는소리〉 사설의 오기 및 어석의 오류를 줄일 수 있을 것이다.

61) 濟州方言硏究會, 「제주어표기법」, 『濟州語辭典』(濟州道, 1995), 605~616쪽.

● 참고문헌 ●

1. 자료

강원도 동해출장소, 『강원 어촌지역 전설 민속지』, 강원도, 1995.

高橋亨, 『濟州島の民謠』, 天理大學 東洋學研究所, 1968.

金枓白, 「女人國巡禮, 濟州島海女」, 『三千里』創刊號, 三千里社, 1929.

金思燁・崔常壽・方鐘鉉, 『朝鮮民謠集成』, 正音社, 1948.

金榮敦, 『濟州島民謠研究上』, 一潮閣, 1965.

_____, 『濟州의 民謠』, 新亞文化社(民俗苑), 1993.

金永三, 『濟州民謠集』, 中央文化社, 1958.

미 상, 「海女의 노래―濟州島民謠」, 『別乾坤』第7卷第7號(제42호), 開闢社,
        1931.

『白鹿語文』 제16집, 백록어문학회, 2000.

울산대학교 인문과학연구소, 『울산울주지방 민요자료집』, 울산대학교출판
        부, 1990.

李東喆, 『江原 民謠의 世界』, 국학자료원, 2001.

이성훈, 「경남 통영시 해녀 〈노 젓는 노래〉 조사」, 『한국민요학』 제11집,
        한국민요학회, 2002.

_____, 「강원도 속초시 해녀 〈노 젓는 노래〉와 생애력 조사」, 『숭실어문』
        제19집, 숭실어문학회, 2003.

李元鎭, 『耽羅志』.

任東權, 『韓國民謠集』, 東國文化社, 1961.

_____, 『韓國民謠集Ⅰ』, 集文堂, 1974.

_____, 『韓國民謠集Ⅱ』, 集文堂, 1974.

_____, 『韓國民謠集Ⅳ』, 集文堂, 1979.

_____, 『韓國民謠集Ⅴ』, 集文堂, 1980.

林 和, 『朝鮮民謠選』, 學藝社, 1939.

濟州方言研究會, 『濟州語辭典』, 濟州道, 1995.

秦聖麒, 『濟州島民謠』 세1집, 희망프린트사, 1958.

_____, 『濟州島民謠』 제2집, 중앙미술사프린트부, 1958.

_____, 『濟州島民謠』 제3집, 성문프린트사, 1958.

_____, 『오돌또기』, 友生出版社, 단기4293(1960).

_____, 『南國의 民謠』, 正音社, 1977.

2. 논저

강한호, 「해녀 민속 문화의 이동에 관한 연구－경남 사량도의 구비문학을 중심으로」, 부경대학교 교육대학원 석사논문, 1999.

金榮敦, 「濟州島民謠硏究－女性勞動謠를 中心으로」, 동국대학교 대학원 박사논문, 1983.

_____, 「민요 요사 속에 담긴 유별난 제주 방언」, 『東岳語文論集』 제29집, 동악어문학회, 1994.

_____, 『한국의 해녀』, 민속원, 1999.

문순덕, 「제주방언의 보존과 활용 방안」, 『영주어문』 제6집, 영주어문학회, 2003.

石宙明, 『濟州島方言集』, 서울신문社出版部, 1947.

申斗憲, 「濟州島民謠의 硏究」, 단국대학교 대학원 석사논문, 1961.

愼勝行, 「濟州方言에서의 日本語系女 外來語 硏究」, 『국어교육』 48, 한국국어교육연구학회, 1984.

梁弘植・吳太用, 『濟州鄕土記』, 프린트판, 단기4291(1958).

이기문, 「濟州方言과 國語史 硏究」, 『耽羅文化』 第13號, 제주대학교 탐라문화연구소, 1993.

濟州方言研究會, 「제주어표기법」, 『濟州語辭典』, 濟州道, 1995.

09

제주도 줌수[潛嫂]들의 생활과 민요

- 왜, 제주 여성인가?
- 제주 줌수(潛嫂)들의 생활과 민요
- 민요를 통해 본 제주 여성의 삶과 의식
- 결 론

| 한창훈 | 전북대학교

『탐라문화』 제20호, 1999.

왜, 제주 여성인가?

한반도 서남쪽 해양에 우뚝 솟아 있는 제주도는 일찍부터 돌, 바람, 여자가 많은 '三多의 섬'으로 알려져 왔다. 이는 제주 여성이 돌, 바람과 함께 제주도를 다른 지역과 구별시키는 특수한 존재로 여겨져 왔음을 이야기 한다. 특히 '해녀(海女)'라는 이름으로 널리 알려져 있는 '줌수(潛嫂)'[1]는 근면하고 강인한 제주 여성의 전형을 보여주는 것으로 인식된다. 그러나 이와 동시에 줌수(潛嫂)로 대표되는 제주 여성에 관한 이야기는 제주섬 전체의 정체성과 그 역사를 동시에 반영하고 있다는 사실에 주목할 필요가 있다. 수탈과 고통의 제주 줌수(潛嫂)들의 역사는, 곧바로 중앙에서 이탈된 존재로서의 제주도가 가졌던 설움의 역사와 동궤의 것이 된다는 것이다.

그런데 과거에는 사회적으로도 천대받던 줌수(潛嫂)들이[2], 그들의

---

1) 그 동안 많이 사용되어 온 '해녀(海女)'라는 용어는 일본인들이 일본어의 의미로 식민지 시대에 사용한 것을 그대로 답습하고 있다는 혐의가 있다. 제주에서 전통적으로 통용되고 있는 용어로는 '줌녀(潛女)'와 '줌수(潛嫂)'가 있는데, 전자를 한글로 발음할 경우에 발생하는 용어 혼동의 가능성(예를 들어, 雜女라는 단어와의 혼동)을 피하고, 1966년 이래 사용되고 있는 제주도의 행정 용어를 존중하여 여기서는 '줌수(潛嫂)'라는 용어로 통일하여 쓰기로 한다. 이를 포함하여 지역학으로서의 제주 연구에서 발생하는 학술용어의 문제는 전경수, 「학술용어의 탈식민화」, 『한국 문화론 : 전통편』(일지사, 1994)를 참고할 것.
2) 가령 17세기에 제주에서 유배 생활을 하였던 이건은 『제주풍토기』에서, 남녀유별을 강조하던 유교 사회에서 남녀가 같이 물질을 하는 것에 대한 놀라움과 '물소중이'라 불리는 잠수복만을 입고 물질을 하는 제주 줌수(潛嫂)를 '천한 것'으로 여기는 모습을 보여준다. 특히 과거 유배인들이 보여주는 제주에 대한 시각의 자세한 내용은 양순필, 『제주 유배문학 연구』(제주문화, 1992)를 참고할 수 있다.

근면하고 강인한 생활상을 중심으로 하여, 오늘날은 제주 여성의 전형으로 높이 평가되고 있는 것 같다. 물론 필자는 강인한 생활인이었던 제주 좀수(潛嫂)에 대한 부정적 시각에 찬동하지 않으며, 이러한 긍정적 요소의 이미지화가 제주 좀수(潛嫂)들에게 자부심을 심어주기도 하는 등의 작용을 하고 있음에 주목한다. 그러나 동시에 실질적 내용이 동반되지 않은 무조건적이고 절대적인 평가는 역으로 이들을 초과 노동으로 내모는 담론이 될 수도 있으며, 제주 좀수(潛嫂)가 제주 여성들의 전형으로 여겨지고 있다는 점에서 모든 여성들에게는 부지런하고 강인해야 한다는 억압적 이데올로기로 작용할 수 있다는 점도 주목해야 한다고 생각한다. 더구나 제주도가 유명 관광지가 되면서 형성된, 젊은 여성을 모델로 성적 매력이 더 강조되는 제주 좀수(潛嫂)의 상업주의적 이미지는, 현실적으로 그들에게 자기 비하와 소외의 감정을 느끼게 하기 충분하다.[3]

제주 좀수(潛嫂)에 대한 연세대학교 사회학과 조혜정 교수의 현지조사와 그 결과로 나온 논문들[4]은 아직 여성주의(=페미니즘)적 시각이 인지조차 되지 않았던 1970년대에, "여성의 경제적 자립은 여성의 사회정치적 자립을 보장해 줄 것"이라는 가설을 검증하려고 함으로써, 단순

3) 제주 좀수(潛嫂)들에 대한 내적·외적 이미지 형성과 정체성 문제에 대해서는 안미정, 「제주해녀에 대한 이미지와 사회적 정체성」, 『제주도 연구』 15집 (제주학회, 1998)을 참고할 수 있다.
4) 조혜정, 「제주 좀녀 사회의 성 체계화와 근대화」, 『한국 어촌의 저발전과 적응』 (집문당, 1992) : 「발전과 저발전 : 제주 해녀 사회의 성 체계화와 근대화」, 『한국의 여성과 남성』 (문학과 지성사, 1988) : 「근대화에 따른 성 역할 구조의 변화 : 제주도 해녀 마을을 중심으로」, 『여성 연구』 5집 (한국여성개발원, 1987) : 「제주도 해녀 사회 연구 : 성별 분업에 근거한 남녀 평등에 관하여」, 『한국인과 한국 문화』 (심설당, 1982)

한 인류학적인 연구를 넘어 제주 줌수(潛嫂)에 관한 연구를 여성학, 또는 여성주의와 접목시키는 혜안을 보여주었다. 이런 연구들에서, 성 평등의 문제와 관련하여 제주 줌수(潛嫂)가 세간의 주목받게 된 것은 그들의 이른바 '여성적 가치관' 때문인데, 그 가치관의 중심에는 '근면'과 '강인함'에 근거한 '경제적 자립'이 중요하게 자리잡고 있다. 그의 연구는 이처럼 제주 줌수(潛嫂)로부터 긍정적인 한국의 여성상을 발견함으로써, 오늘날까지 제주 여성 연구 뿐만 아니라 한국의 여성학 및 여성주의에도 새로운 관점과 방향을 제시한 것으로 생각된다.

그런데 문제는 조혜정 교수의 연구 성과가 이 후에 제주 줌수(潛嫂)를 연구한 여러 글들에서 수용되고 재생산되면서, '근면한 여성의 신화화'가 제주 줌수(潛嫂)들에게는 물론 제주 여성 나아가 한국의 여성들에게 억압적으로 작용할 수도 있다는 점에 있다. 이에 의하면, 제주 줌수(潛嫂)들은 물질, 밭일, 가사일 등을 거의 전담해야 하는, 권리와 자유보다는 의무와 책임에 눌려야 하는 상황에서 벗어나기 어렵고, 또한 현실이 그러하다. 젊은 세대의 남성들은 근면하고 강인한 제주 줌수(潛嫂)의 상을 여성들에게 강요할 수 있고, 여성들도 권리보다 의무가 더 강조되는 '신화'를 무의식적으로 받아들일 수도 있다. 결국 여성주의적 시각에서 연구된 결과가 무비판적으로 혹은 왜곡되게 재생산됨으로써, 오히려 남성 중심적인 가부장제 이데올로기에 결합되어 강화될 수 있다는 사실[5]은, 역설을 넘어서 당혹감과 함께 하나의 충격으로까

---

5) 권귀숙, 「제주 해녀의 신화와 실체 : 조혜정 교수의 해녀론을 중심으로」, 『한국 사회학』 30집 (한국사회학회, 1996. 봄) 이후에 『제주 사회론 2』 (한울, 1998)에 재수록 되었음. 필자는 이 논문을 처음 대하고 큰 충격을 받았는데, 이런 충격이 본 논문을 쓰게 하는 동기의 하나가 되었음을 밝혀 두며, 한번도 뵌 적이 없지만 날카로운 학문적 비판의 선례를 보여준 권귀숙 선생께 이 자

지 받아 들여질 수 있다.

강한 여성으로 자신을 보는 제주 여성들은 한편으로 자신의 실제의 삶과 비교하면서, 이러한 신화적 이미지와 갈등을 겪게 된다. 강한 여성의 이미지 뒤편에 존재하는 '고생하는 여성', '희생하는 여성'의 모습을 발견하기 때문이다. 따라서 자주 제주 여성들의 의식은 모순을 겪게 되는데, 제주 줌수(潛嫂)로 대표되는 여성들은 물질, 밭일, 가사일 등 현실적으로 '삼중고'에 시달리는 '속죄양의 얼굴'을 하고 있지만, 동시에 엄청난 저력을 가진 불굴의 정신적 소유자로 규정되고 있는 것이다. 이는 제주도가 역사적으로 타자와의 권력 관계에서 하위에 위치하고 있으면서 수탈에 대한 순응과 이에 대한 저항 정신 등의 정체성을 형성해 왔던 것과 같은 맥락으로 볼 수 있는데[6], 여성의 경우 보다 극단적인 형태로 변화되어 왔다고 할 수 있다.

때문에 본 논문은 제주 줌수(潛嫂) 즉 제주 여성을 다시 문제삼는 입장에서, 우선 그들의 생활과 밀접한 관련하에서 불려지는 민요에 나타난 의식에 주목하고자 한다. 기존에 자주 언급되던 문제를 다시 재론하고자 할 때에는, 그 접근 방법도 기존의 것들과는 변별되어야 하리라 생각한다. 기존의 연구들이 주로 인류학 혹은 사회학적 측면에서 '객관적 관찰'에 초점을 두었다면, 그들에 의해 향유되는 '문학의 분석'은 그들의 의식을 어느 정도 '직접' 드러내 보여줄 수 있다고 여긴다. 덧붙여 필자는 제주도 무가에 형상화된 여성(신)의 성격 고찰을 통해, 제주 여성들의 의식과 그 문화적 성격의 일단을 살펴본 적이 있는데[7],

리를 빌어 감사의 말을 드리고 싶다.

6) 최병길 외, 「제주섬 정체성 변화에 관한 비교 연구」, 『제주도 연구』 15집 (제주학회, 1998) 참조.

7) 자세한 내용은 한창훈, 「제주도 무가에 형상화된 여성(신)의 성격」, 『제주도

민요는 무가보다 더욱 화자들의 의식을 직접적으로 드러낼 수 있는 문학 갈래라는 점에서, 비교적 구체적인 모습이 드러날 수 있으리라는 기대를 가져 본다.

 제주 줌수(潛嫂)들의 생활과 민요

본 논문에서는 구체적인 사례 지역으로 제주도 북제주군 구좌읍 김녕리를 선택했다. 이 마을은『동국여지승람』등 옛 문헌에 이미 그 이름이 나오는 마을로 그 역사가 오래 되었다. 주민들이 아직도 농업과 어업에 종사하며, 특히 줌수(潛嫂)가 많은 마을이며, 농업과 어업에 관한 각종 민요가 많이 전승된다. 구비 문학을 중심으로 한 조사도 여러 차례 이루어졌고, 조사 보고서도 다른 지역에 비해 비교적 상세한 내용으로 출판되기도 했다.8)

연구』15집 (제주학회, 1998 : 본 책에도 수록되었음)을 참고할 것. 한편, 제주 설화에 형상화 된 여성(신)에 대해서는 허춘,「설화에 나타난 제주 여성고」,『탐라문화』16집 (제주대 탐라문화연구소, 1996)이 주목된다.

8) 현용준·김영돈,『한국 구비문학 대계』9-1 (한국정신문화연구원, 1980) : 제주대학교 국어교육과,「김녕리 학술조사보고」,『백록어문』6집 (제주대학교 국어교육연구회, 1989)이 대표적이며, 기타 마을에서 발간한 향토지들도 참고가 된다. 필자는 원래 고향이 북제주군 조천읍이고 성장은 제주시에서 했는데, 여러 계기로 하여 1987년부터 1991년에 걸쳐 제주도 구비 문학 조사를 다녔고, 김녕리에서는 세 차례에 걸친 조사를 했었다. 그러나 필자가 조사를 할 때만 해도, 제주 지역이 근대화 되어가는 과정에서 많은 구비 문학 자료들이 소실되어 내심 만족할 만한 조사를 행할 수가 없어, 10여 년이 지난 지금도 매우 아쉽게 생각하고 있다. 한편, 최근에는 이 지역을 중심으로 당신앙을 고찰한 석사 논문이 제출되기도 했다. 정루시아,『제주도 당신앙 연구 : 구좌읍

半農半漁의 성격이 강한 제주도 해안 마을에서 제주 줌수(潛嫂)는 물때에 맞추어 '물질'을 하며, 계절과 농번·농한기의 구분없이 어떤 다른 어싱들보다 더 많은 농입 노동을 하고 있다. 게다가 거친 파도와 깊은 바다 속에서 특별한 장비도 없이 각종 해산물을 채취하며, 특히 입덧과 출산 전후에도 물질을 하는 강인함은 높이 평가되어 왔다. 현재 이러한 줌수(潛嫂)가 존재하는 지역은 한국과 일본 뿐이다. 그런데, 일본의 경우는 줌수(潛嫂)들의 수가 감소하여 현재 수 천에 불과하고, 한국의 줌수(潛嫂)는 거의가 제주도에 집중되어 있기 때문에 줌수(潛嫂)라 하면 한결같이 제주도 줌수(潛嫂)에 초점을 두게 되는 것이다.

제주도에 줌수(潛嫂)가 등장하게 된 것은 오랜 연원[9]을 가지고 있지만, 제주 줌수(潛嫂)의 노동이 가정과 지역 경제에 미치는 비중이 커지기 시작한 것은 일본 식민 자본주의의 발전 과정과 밀접한 관련이 있다고 본다. 1900년대 초부터 많은 제주인들이 일본의 노동 시장에 저임금 노동자로 진출하기 시작했는데, 이는 일본 자본주의가 근대 공업의 발전 과정에서 필요한 노동력을 일본과 가까운 제주도에서 대량으로 이끌어내었기 때문으로 생각된다.[10] 이에 제주도에 남아 있는 여성 노동의 경제적 중요성은 증가하지 않을 수 없었으며, 특히 해안 마을의 줌수(潛嫂)들은 물질만이 아니라 살기 위해서 밭일도 전담하는 등 가정 경제를 책임지지 않을 수 없었다. 동시에 일본의 어류 수요 증가

김녕리를 중심으로』(중앙대 석사 논문, 1999.6)

9) 줌수(潛嫂)가 언제부터 어떻게 해서 존재하기 시작했는지 현재 정확하게 알 수는 없다. 그러나 고려 숙종 때(1105년) 남녀간의 나체 조업에 관한 금지령이 있었다는 점을 보아 고려 시대까지 그 시기를 소급해 볼 수 있다. 강대원, 『해녀 연구』(한진문화사, 1973) 참조.

10) 이영훈, 『일제하 제주도의 인구 변동에 관한 연구』(고려대 경제학과 석사 논문, 1989)

에 따른 수산물의 상품화는 가격 상승과 더불어 줌수(潛嫂)들의 수입
이 가정이나 지역 경제에서 차지하는 비중을 더욱 높였다.

　김녕리도 여기서 예외는 아니어서, 아직도 두 집에 한 집 꼴로 있을
만큼 재일교포가 많은 마을이다. 또한 지금 수집되고 있는 민요를 포
함한 구비 문학 자료도 이 때의 영향을 많이 받았을 것으로 생각된다.
원래 민중들의 생활 감정이 여과없이 스며들어 있는 민요의 성격을 고
려할 때, 처음 창작 당시의 원형을 오늘날까지 그대로 유지했다고 보
기는 어려우며, 제보자들의 나이를 고려[11]하면 더욱 그러하다. 이렇게
보면, 우리의 고찰 대상은 시기적으로 구체적 상한선을 일제 시대로
잡을 수 있다.[12]

　따라서 우리에게 일반적으로 알려져 있는 제주 줌수(潛嫂)의 역사적
기원은, 제주의 마을들이 자본주의 경제로 변화해가는 과정에서 찾아
보아야 할 것이다. 즉 제주 줌수(潛嫂)는 일본과 가장 가까운 변경에
위치했던 제주도가 근대화되는 과정에서 나타나는 새로운 집단으로 이
해되어야 한다. 이 집단은 조직의 경험과 임노동의 경험을 지닌 일종
의 직업 집단인 것이다. 그러므로 현재 일반적으로 제주 줌수(潛嫂)에
대해 일반화된 인식은 비시간적이거나 전통의 사물이기 보다는, 근대

---

11) 가령, 1988년 김녕리 조사 당시 제보자들의 나이가 60대가 대부분이었으며,
　　이를 현재를 기준으로 환산하면 70대가 된다. 이들은 10대를 전후해서 광복
　　을 맞이 하였으니, 이들이 전수한 민요에 일제 시대의 생활 경험이 강하게 작
　　용되고 있음은 오히려 당연하다.
12) 때문에, 제주도 민요에 대한 문헌으로서는 일제 시대의 조사 결과를 담고 있
　　는 다음의 자료들이 특히 중요한 의미를 띠게 된다. 高橋亨,『濟州道の 民謠』
　　(日本 : 天理大學, 1968) 좌혜경 역,『제주섬의 노래』(국학자료원, 1995) : 고
　　정옥,『조선 민요 연구』(수선사, 1949) : 김영돈,『제주도 민요 연구 上』(일
　　조각, 1965)

의 산물로 간주되어야 한다.[13)

제주도의 줌수(潛嫂)는 다른 지역의 여성들과는 다른 일상의 유형을 띠고 생활힌다. 줌수(潛嫂)들의 작업 즉 물질은 시간적으로 물때에 맞추어야만 가능하므로, 대부분의 줌수(潛嫂)들은 농사를 짓다가 간조가 되면 바닷가로 나가 해산물을 채취하고, 다시 만조가 되면 농사일 혹은 가사일을 한다. 시각에 따라 선후의 차이는 있을 수 있지만, "제주는 생태적으로 특히 토질과 강우량에 있어 여성 노동 중심의 밭농사 위주로 생업을 발전시켜 왔던 것이다. 여기에 해변 지역에서의 잠수업이 첨가되어 제주는 명실공히 여성 노동력 위주의 생산 체계를 이루어 왔다"[14)는 지적도 타당하고 적절하다. 줌수(潛嫂)라는 말에서 물질만 떠 올리는 것은 잘못된 것이라는 뜻이다. 이들의 일상 생활은 매우 바쁘게 이루어지므로 자녀 양육의 어려움도 따른다. 줌수(潛嫂)들은 아기를 돌보며 집에 있을 시간이 없기 때문에 아기 보는 것은 시어머니, 남편, 장녀 등으로부터 도움을 받는다. 줌수(潛嫂)들은 잠수 작업장이나 밭에서 돌아오는 즉시 다시 아기를 맡아보며 양육의 책임을 지고 있다. 또한 이들은 취미나 문화 생활을 누린다는 것은 생각도 못해 본다. 문화 시설도 부족할 뿐더러 우선적으로 시간적 여유가 없기 때문이다.[15)

해안가 소녀로서 헤엄을 배우면서 자맥질에 익숙해지는 것은 오히

---

13) 권귀숙, 앞의 논문, 앞의 책, p.342.

14) 조혜정, 「발전과 저발전 : 제주 해녀 사회의 성 체계화와 근대화」, 『한국의 여성과 남성』 (문학과 지성사, 1988) p.266.

15) 김은희, 『제주 줌수(潛嫂)의 생활사 : 사례 연구를 중심으로』 (고려대 교육대학원 석사 논문, 1993) 참조. 이 연구는 주로 우도를 대상으로 이루어졌는데, 전체적 생활 모습은 제주 지역 전체가 비슷하다고 할 수 있다. 단 어업을 중심으로 하는 지역과 半農半漁 지역의 차이는 조금 있을 수 있다.

려 당연한 결과라 할 수 있다. 10세 정도가 되면, 이들은 벗들과 함께 헤엄 경주를 하기도 한다. 이 과정을 거쳐 자신이 직접 해산물을 채취할 수 있는 정도가 되면, 제주 줌수(潛嫂)들은 스스로의 힘으로 학비와 용돈을 비축한다. 직업인으로서 제주 줌수(潛嫂)들이 단체로 물질을 하는 기간은 마을마다 조직되어 있는 '潛嫂會'와 '漁村契'의 합의에 따라 이루어진다. 마구잡이로 물질을 하게 되면 소중한 해산물이 곧 바닥을 드러내기 때문에, 작업은 일정한 기간을 정해서 하는 것이 보통이다. 제주 줌수(潛嫂)들은 혼자 물질 나가는 일이 없고 반드시 공동으로 움직이기 때문에, 자연스럽게 공동체 의식이 발달하였다. 한번 바다에서 물질을 하고 나면, '불턱'에 몰려와서 함께 불을 쬔다. 이렇게 줌수(潛嫂)들이 모이면, 자연히 대화가 만발하게 되고, 민요를 중심으로 한 노래의 잔치가 벌어지기도 한다.16)

이처럼 줌수(潛嫂)의 일은 혼자서는 하기 곤란한 힘겨운 노동이기 때문에, 자연히 동료들과의 공동체 의식이 매우 중요하게 부각된다. 민요도 이런 상황에서 불리어지는 것이기 때문에, 항상 그 구연 형태가 집단적이다. 물론 밭농사를 하면서 부르는 노동요의 경우에는, 상황이 이와는 구분되기 때문에 예외적으로 독창이 존재하기도 한다. 이처럼 우리의 선입관과는 달리 제주 줌수(潛嫂)들의 생활이 물질로만 이루어져 있지 않기 때문에, 그들의 삶의 모습을 민요를 통해 확인하고자 한

---

16) 김영돈, 「제주 해녀 조사 연구」, 『민족문화연구』 24집 (고려대 민족문화연구소, 1991) : 「제주 해녀의 민속학적 연구」, 『제주도연구』 3집 (제주도연구회, 1986) : 김영돈·김범국·서경림, 「해녀 조사 연구」, 『탐라문화』 5집 (제주대 탐라문화연구소, 1986) 참조. 한편, 앞의 논문들을 포함하여 제주 줌수(潛嫂)에 대한 김영돈 선생의 연구 업적은 『한국의 해녀』 (민속원, 1999)에 잘 정리되어 있어, 참고할 수 있다.

다면, 기존의 논의처럼 소위 '줌수(潛嫂) 노래'에만 관심을 쏟아서는 곤란하다. 밭일을 하면서 부르는 노동요를 포함해, '시집살이요'나 아기를 돌보며 부르는 '자장가'에서도 우리는 그들의 삶과 그 지향점을 읽어낼 수 있다는 말이다.

Ⅲ 민요를 통해 본 제주 여성의 삶과 의식

제주 줌수(潛嫂)들이 부르는 민요 중에서 가장 특징적인 것이 '줌수(潛嫂) 노래'와 '맷돌·방아 노래'다. 민요는 반드시 口演을 전제로 하는데, 오늘날 전해지는 민요는 오랜 세월 전통적인 가락에 맞추어 민중들의 여러 입을 거치면서 이룩된 것이다. 따라서 앞서 보았듯이, 현재 우리가 수집하고 정리하는 민요의 정확한 소종래는 알 수가 없으되, 사설에는 주로 일제 시대 이후 제주 줌수(潛嫂)들의 삶의 경험과 인식이 담겨 있다고 볼 수 있다.

문헌 기록으로 제주도 민요가 처음 나타나는 것은 고려 때 이제현의 『익제난고』인데, 「望北風船子」와 「수정사」 두 곡이 소개되어 있다. 그리고 조선에 들어 『동국여지승람』을 비롯한 여러 책에서 일반적으로 "방언이 어렵고 맷돌소리가 심히 괴롭다."라고 하고 있다. 특히 인조 때의 유배인 桐溪 鄭蘊은 섬의 여자가 지은 방아 노래를 듣고서, "밤부터 새벽까지 맷돌을 돌리거나 방아를 찧으면서 부르는 구슬픈 노래가 나그네를 슬프게 한다"라고 했다. 이러한 노래의 사설은 이제 정확히 알 수 없지만, 그 곡조의 언급을 고려하면 제주 민요에 담긴 내용은 슬픈 내용을 담고 있으리라 추측할 수 있다.[17]

제주 여성들은 너무도 많은 질곡과 고난 속을 살아 왔는데, 이것이 수많은 恨이 담긴 노래를 만들어 온 것이다. 일반적으로 말해, 제주도 민요는 제주 사람들의 삶을 반영한 한풀이(-삭임)라고 할 수 있는 것이다. 그래서 자칫 민요는 신세 타령에 불과한 것으로 인식되기도 한다. 하지만 사정이 그리 단순하지는 않다. 민요의 창자인 제주 여성들은 주어진 어려운 현실에서 느끼는 감정을 솔직하게 노래함으로 해서, 그 속에 깔린 자신들의 삶을 재확인하면서 어려움을 극복하려는 뜻이 그 바탕에 탄탄히 깔린다. 말하자면 적나라한 자신의 삶을 민요 사설로써 쏟으면서 자아 정체감을 당당하게 쌓아 나간다는 것이다.18)

1. 줌수(潛嫂) 노래

원래 '줌수(潛嫂) 노래'는 주로 줌수(潛嫂)들이 바다를 오고 가면서 타는 배의 노를 저으면서 부르는데, 현재 구체적인 사설이 전해지는 것은 제주도가 유일하다. 이 노래는 노를 젓는 동작과 밀착되어 구연됨으로써 노동 작업에 실질적으로 이바지하는 뚜렷한 기능요의 성격이 있다. 이런 점을 고려해, 김대행은 제주 민요에 대한 노래의 인식을 화

---

17) 좌혜경,「민요를 통해 본 제주민들의 세계 인식」,『백록어문』13집 (백록어문학회, 1997) p.35. : 한편 사설 분석에만 치우치지 않는 이런 방향의 연구는 민요가 단순히 문학 작품의 하나라는 인식을 뛰어 넘어서 종합적이고 체계적인 연구 수행에 도움이 되리라 생각한다. 그런 측면에서 제주도 민요 특히, 여성 노동요를 음악적 측면에서 체계적이고 깊이 있게 연구한 제주교육대학교 조영배 교수의 업적은 소중하고 주목되는 것이라 생각된다. 조영배,『제주도 노동요 연구』(예솔, 1992) 참조.

18) 김영돈,「민요 사설에 드러난 제주민의 삶」,『민요와 민중의 삶』(우석출판사, 1994) p.76. 참조.

자들의 의식을 통해서 추출한 바 있다. 곧 작업의 조율을 위한 기능으로서 '노동 촉진의 효과', '정신적 분발의 효과', '질서 부여의 효과'가 있으니, 심리 상태의 인이 진환의 효과로서는, '갈등의 표출', '대리 성취', '갈등의 억압과 은폐', '언어적 반응' 등으로 살폈다.[19]

그러나 실제 창자들은 대부분 자신들의 노래를 한풀이(=삭임)로 생각하는 경향이 강하다.[20] 이처럼 민요, 그 중에서도 기능요의 경우는 그 구체적인 구연의 상황, 리듬감 등 언어 음악적 효과를 무시할 수 없으나, 여기서는 주로 사설의 내용을 중심으로 특징을 추출해 보고자 한다.

요 넬 젓엉 어딜 가리
진도 바당 흔 골로 가면
흔착 손에 테왁을 쥐곡

---

19) 김대행, 「제주도 민요의 노래 인식」, 『제주도 언어 민속 논총』(제주문화, 1992). 한편, 이 외에도 「제주 노동요의 민요론적 가치」, 『제주문화 연구』(제주문화, 1993) : 「제주 민요의 차단 구조와 그 문화적 의미」, 『민요논집』 3집(민요학회, 1994)를 참고할 수 있다.

20) 이 논문의 초고가 발표된 민속학회 주최 제3회 민속학 국제학술회의(제주도, 1999.9.14-15)에서, 제주대학교 허남춘 선생님은 여타 다른 지적과 함께, 특히 필자가 사용한 恨·한풀이라는 용어 사용에 대해 그 적확성 여부, 특히 부정적 의미의 개념으로 사용한 것이 아닌가 하는 의문을 중심으로 질의해 주신 바 있다. 허남춘 선생님의 지적은 대체로 타당하다고 생각되며, 사실 필자의 생각도 허남춘 선생님과 크게 다르지 않다고 생각한다. 문제는 恨·한풀이라는 용어가 가지는 다의성 때문인 것 같다. 필자가 생각하는 용어의 개념은, 굳이 기존 논의를 참고하자면, 천이두 선생님의 논의와 비슷하다. 그에 의하면, 한국적 恨·한풀이는 '그 부정적 속성이 긍정적 속성으로 질적 변화를 이룩해가는 내재적 가치 생성의 기능'을 가지고 있다. 그리고 그에 있어 풀이는 '삭임'의 개념임을 첨부할 수 있다. 자세한 내용은 천이두, 『恨의 구조 연구』(문학과 지성사, 1993) : 『한국문학과 恨』(이우출판사, 1985)을 참고할 수 있다.

흔착 손에 빗창을 쥐곡
흔 질 두 질 들어간 보난
저승길이 분멩흐다[21]

화자는 지금 노를 저으며, 진도 앞바다로 간다. 한 손에는 해산물을 채취하는 데 쓰는 도구인 '빗창'을 쥐고, 또 다른 손에는 채취한 해산물을 보관하는 '테왁'을 쥐었다. 이들은 머나 먼 진도 바다까지 가서 물 속으로 들어가지만, 그 속은 일터라기 보다는 '저승길'로 표현되는 두렵고 가기 싫은 곳이다. 두렵고 가기 싫은 곳에 가야만 하는 운명, 이를 숙명이라 여긴다면 그들의 의식은 진취적이고 강인하기 보다는 체념적이고 순응적이라 할 수 있다. 이러한 체념과 순응은 "퇴영적·자폐적 허무주의에로 기울어질 개연성도 있으나, 오히려 체념의 철저화는 달관의 경지에로 나아가 자연과 인생의 근원적 무상성에 눈을 뜨는 계기로 될 수도 있다. 恨이 그 어느쪽으로 가느냐 하는 문제는 필경은 주체적 선택에 달려있는 것"[22]이라고 할 수 있다.

요 네 상착 끊어 질덜
가시 낭긔 엇일소냐
요네 벤드레 끊어 진덜

21) 여기 제시되는 작품 자료는 1988년 7월 29일 김녕리에서 조사한 것이다. 당시 제주대학교 음악과 학생들과 같이 조사한 기억이 난다. 음악과 학생들은 사설보다는 음악성을 더 중시하면서 녹음을 하였기 때문에, 이후 녹취 자료를 전사하는데 애를 먹었다. 따라서 자세히 알아 들을 수 없는 불명확한 부분들은 여기서 제시하지 않는다. 당시 제보자는 김경성(여·59세), 김순녀(여·63세) 할머니 두 분이었다. 이하 줌수(潛嫂) 노래는 동일한 과정을 거쳤다.
22) 천이두, 『恨의 구조 연구』(문학과 지성사, 1993) pp.23~24.

> 부산 항구 엇일손가
> 우리 어멍 날 날적에
> 가시 낭의 몽고지에
> 손에 켕이 박으랴고 날 낳던가

'상착'은 배를 저을 때 쓰는 노를 가리키고, '엇일소냐'는 없을소냐라는 뜻이다. 지금 배를 젓고 있는 노가 끊어지더라도 다시 가시 나무를 깎아서 노를 만들겠다는 것이다. '벤드레'는 배를 가리키니, 타고 있는 배가 끊어지더라도 부산 항구에 있는 배를 통해 다시 바다로 나오겠다는 의미가 이어진다. 어떤 어려움도 극복하겠다는 의지로 읽힐 만 하다. 그러나 이어지는 부분에서는, 여성으로서 감당하기 어려운 노동의 고통에 대해서 어려움을 한탄한다. 즉, 자신을 낳아준 어머니에 대한 원망으로 이어지는 것이다. '몽고지'는 노의 손잡이를 가리키고, 이처럼 노를 많이 저어 손에 굳은 못이 박힐 정도로 힘겨운 노동에 휘말리는 자신의 운명을 한탄하는 모습이다. 그러면 이들은 누구를 위해서 이런 힘겨운 작업을 하는가?

> 버나 굶으나 이 물질을 호양
> 정든 님 주젠 엿 사다 놓니
> 동풍에 다 녹아 간다
> 님은 가고 봄은 오니
> 몸만 희여 인생은 간다

줌수(潛嫂) 노래는 제주도 거의 전 지역에 걸쳐 전승되고 있다. 각 지역의 전승 형태는 당연하게도 조금씩 다른 모습을 보여 주지만[23], 어떤 지역의 민요 사설에서도 제주 여성들이 자기 자신을 위해 노동한다는 언급은 없다. 주로 가족을 위한 이야기가 많이 나오게 되는데, 여기서처럼 그 대상이 님으로 표상된다 하더라도, 자신을 위한 삶이 아니라는 점은 공통적인 생각이다. 그리고 그나마 님도 자기 곁에 오래 있지 못하니, 외로움 속에서 시간만 흘러 가는 것이다.

앞서 지적했듯이, 다중의 피해자였던 제주 줌수(潛嫂)들은 일제 시대를 거치며 그 고통이 증가하게 된다. 이미 밭농사 중심의 농업에서도 남성 못지않게 여성이 차지하는 노동력의 영역이 큰 데다가, 일제 시대 젊은 남자들의 도일로, 이어 광복후 4·3의 영향으로 가정의 생계를 거의 전담해야 하는 상황이 된 것이다. 아무 것도 가진 것 없이 부양의 책임을 진 여성들이 죽도록 일하지 않으면 살 수 없는 상황 속에서, 그나마 환금성 높은 해산물 채취를 위해 '저승길' 같던 물속으로 뛰어 들었다. 이들이 제주 줌수(潛嫂)이며, 그 들 삶의 모습을 노래한 것이 민요인 줌수(潛嫂) 노래다.

2. 맷돌·방아 노래

아직까지 제주도 민요의 정확한 숫자가 파악되어 있지 않은 상태이나, 제주도에는 민요의 보고라고 불릴 만큼 많은 민요가 존재한다. 그 중에서 노동요는 질과 양 양면에서 단연 압권이라 할 수 있으며, 그 중에서 특히 '맷돌·방아 노래'가 주목된다. 이처럼 제주 줌수(潛嫂)들의 노동요 풍요는 자연스러운 일이다. 물질이 없을 때, 이들은 쉬지 못하고 밭일에 시달리기 마련이었는데, 노동요를 통해 노동의 고역과 단조로움을 작으나마 피하고 노동의 능률을 올릴 수 있었기 때문이다. 그

---

23) 변성구, 「해녀 노래의 사설 유형 분석」, 『제주문화 연구』 (제주문화, 1993) 참조.

들은 맨손으로 척박한 자연 환경을 이겨내야 했고, 힘든 노동을 하지
않고서는 하루도 살 수 없는 억척스런 삶을 살면서, 역설적으로 인생
의 의미와 가치를 깨달았고 그 깨달음을 노동요로 표현했다.

　노동요의 사설은 대체로 두 가지로 나누어지는데, 첫째는 노동과 관
련된 사설이고, 또 하나는 노동과는 관계없이 노래하는 이의 심정을
드러내는 사설이다. 가령, '타작 노래'처럼 일이 거칠고 여러 사람의 행
동 통일이 필요한 작업을 하며 부르는 사설은 노동과 밀착되어 주로
노동하는 실태를 노래한다. 맷돌·방아 노래처럼 일이 거칠지 않고 한
둘만이 단조롭게 일함으로써 행동 통일이 필요치 않은 작업에 따르는
민요의 사설은, 노동과 밀착되지 않은 채로 거의가 노래하는 이의 심
정을 표현한다. 그래서 이 노래는 '口演 분위기의 안정성', '獨謠', '충분
한 구연기록' 등의 특징을 가지고 있다. 때문에 이처럼 노래하는 이의
심정을 드러내는 사설이 오히려 가다듬어지고 빼어나다는 것[24]은 쉽
게 짐작할 수 있는 일이다.

　　　이여 ᄀ레 고들배 ᄀ랑
　　　ᄌ녁이나 붉은제 ᄒ라
　　　ᄀ레도사 지남석 ᄀ레
　　　ᄀ아 가도 지남석이여
　　　ᄒ를 ᄎ녁 밀 닷말 ᄀ안
　　　시아바지 둘 드리고
　　　시어머니 둘 드리고
　　　임광 나는 ᄒ 착 씩이여

24) 김영돈, 『제주도 민요 연구 : 여성 노동요를 중심으로』(동국대 박사 논문,
　　1982)

질굿집의 도실 낭 싱건
혼 일이나 도엘인 웃다
노픈 낭게 에여쁜 열매
본디 아니 열지도 말라[25]

'ㄱ레'는 맷돌을 말한다. '지남석'은 자석이니, 맷돌이 자석처럼 딱 붙어 있어서 그만큼 노동이 힘들다는 내용이다. 그러나 맷돌을 갈아야 곡식을 찧어, 불 밝을 때에 저녁을 지어 가족들이 식사를 할 수 있다. 그나마 다섯을 지어 시아버지께 둘, 시어머니께 둘 드리고 나면, 남편과 자기는 하나를 둘로 나누어 먹어야 한다. '도실 낭'은 복숭아 나무를 말하는데, 길가 집 나무에 복숭아가 열려도, 자신을 위해 먹어 보라고 하거나 도와 주는 이들은 하나도 없다고 한다. 그래서 어차피 먹지 못하는 열매니 차라리 열리지 말라는 말을 덧붙이고 있는 데서도 알 수 있듯이, 가족을 위해 헌신하면서 항상 외로움을 느끼는 화자의 모습을 느낄 수 있는 노래다.

이여 방이 고들 배 지영
ᄌ낙이나 붉은 때 ᄒ라
가시 오름 강당장 집의
싀콜 방이 새글러 서라
전성 궂인 요 내 몸 가난
요 숫콜로도 새맞아 서라[26]

25) 맷돌 노래 자료는 1979년 4월 8일 김녕리에서 조사한 것이다. 조사자는 김영
   돈·현용준이며, 제보자는 양승옥(여·61세), 허군이(여·75) 할머니 두 분이
   었다. 『한국 구비문학 대계』 9-1 (한국정신문화연구원, 1980) pp.213-246.
26) 방아 노래 자료는 1979년 4월 8일 김녕리에서 조사한 것이다. 조사자는 김영

방아 노래는 맷돌 노래와 더불어서 제주도 노동요의 대표적인 것이라 할 수 있다. 방아 노래와 맷돌 노래는 그 사설이 서로 넘나 드는 특성이 있나. 하시만 ㄱ 가락은 날라서 방아 노래의 속도가 더 빠르다. 방아로 곡식을 찧어 불 밝을 때 저녁을 지어야 한다는 것은 맷돌 노래와 공통된 내용이다. '강당장'은 제주도 구석구석까지 알려질 만큼 이름난 부자였다고 한다. 그는 욕심이 너무 많아서, 결국 중의 꾀임에 빠져 망하게 되었다. '새글러'나 '새맞아'라는 말은, 확실하지는 않지만 일이 조화롭지 않게 되고 어긋난다는 뜻으로 생각된다. 따라서 여기서 화자가 말하고자 하는 바는, 부자였던 강당장이 결국 망해 갔듯이 前生이 궂은 자신의 가난한 인생도 어긋났으면 하는 바램, 즉 가난으로 표상되는 자신의 인생이 바뀌었으면 하는 소망을 드러내는 것으로 볼 수 있겠다.

이처럼 제주 줌수(潛嫂) 다시 말해서, 제주 여성들의 가슴에는 생활의 힘겨움으로 인한 恨이 매우 골깊게 묻혀 있다. 따라서 이들의 인생관이 밝을 리가 없으며, 그들의 삶의 모습인 민요 역시 한탄, 자조, 체념 등 어둡고 구슬픈 성격을 띠고 있다. 이들의 진취적이고 강인한 정신은 이런 현실을 극복하기 위한 방편의 하나로 기능하는 것이다. 물론 이런 체념적이고 한탄적 노래에 역설적으로 그런 것들을 초월하려는 의지가 있다는 설명도 가능하다. "사회, 경제, 가정적인 어려운 생활 여건으로 인한 恨이 노래를 통하여 淨化되고 또한 노동고를 잊게 해주며, 그러한 과정에서 서로간의 감정이 동화되어 사회 집단의 통합을 강화하는 기능을 이 민요들은 강하게 하고 있다"[27]는 일반화 된 설명

돈·현용준이며, 제보자는 양승옥(여·61세), 허군이(여·75) 할머니 두 분이었다. 『한국 구비문학 대계』 9-1 (한국정신문화연구원, 1980) pp.213-246.

도 이런 생각이 기저에 자리잡고 있는 것으로 보인다.

　그러나 진취적이고 강인한 그들의 내면에 자리하고 있는 설움과 힘 겨움을 고려하지 못하고, 드러난 모습만을 '신화화'한다면 그 역시 현실과 무관하게 하나의 이데올로기로서만 작용하게 된다. 그리고 그러한 이데올로기의 작용은 진정한 의미에서의 여성주의에 도움이 되지 못할뿐더러, 거꾸로 남성 중심의 가부장제 이데올로기에 이용당할 수 있다. 정대현에 의하면, "민중의 恨은 어떤 불의에서 연유한 것이며, 그 불의는 인위적 구조물에 의해서만 가능한 것"이므로, "그 恨의 주체자로 하여금 자기에게 恨을 유발시킨 그 불의의 체계적 구조를 인식하게 하는 것이 지식인의 역할"[28]이라고 하였다.

Ⅳ 　결 론

　여기서 서둘러 결론을 맺기에는 여러 가지로 부족한 점이 많음을 자인하지 않을 수 없다. 짧고 제약된 논문에서 모든 이야기를 할 수 없기 때문이기도 하지만, 필자의 부족한 지식과 고찰로 온전히 설명해 내기에는, 제주 줌수(潛嫂) 그리고 제주 여성 나아가 한국 여성의 문제가 너무 커다란 문제이기 때문이기도 할 것이다. 더구나 제주도 무가의 대표적인 여성(신)인 '자청비'나 '가믄장 아기'의 성격 고찰을 통해 단편적이

---

27) 조영배, 앞의 책, p.304. 참조.
28) 정대현, 「恨의 개념적 구조」, 『한국어와 철학적 분석』 (이화여대 출판부, 1985) 참조.

나마 진취적이고 강인한 제주 여성의 모습을 찾아내고, 이를 강조했던 필자로서[29], 민요에 나타나는 제주 줌수(潛嫂)들의 현실적 삶의 모습을 강조하는 나소 이율배반적인 논의 과정에 어색함이 느껴지기도 한다.

물론 민요에 나타나는 제주 줌수(潛嫂)들의 모습이 진취적이고 강인하지 않다는 말은 아니다. 그러나 우리는 그들의 강인함 이면에 존재하는 힘겨운 삶과 시대의 무게를 먼저 읽어내야 한다고 본다. 무가보다는 민요가 더 실제 생활과 밀착되어 있으며, 이 점이 곧 두 문학 갈래 사이의 차이이기도 하다. 민요를 통해서 본 제주 줌수(潛嫂)의 삶은, 우리가 관념적으로 상상하듯이 그렇게 '낭만적'이지 않다. 이들은 물에서 '놀이를 즐기는 것'이 아니고, 생계를 위해 험한 바다에 몸을 던지는 직업인의 모습으로 우리에게 드러난다. 무가에 형상화되어 있는 여성(신)은 이상적인 성격이 강하다. 그러나 민요를 통해 드러나는 여성들의 삶은 구체적이고 현실적이다. 따라서 이들에 형상화되는 제주 줌수(潛嫂)의 모습이 근면하고 진취적이고 강인하다 하더라도, 그 의미의 실질은 구분되면서 고찰되어야 할 것이다.

제주 여성들의 가슴에는 한이 매우 골깊게 묻혀 있으므로, 그들의 민요 역시 어둡고 구슬픈 성격을 띠고 있다. 일반적으로 알려진 이들의 진취적이고 강인한 정신은, 이런 현실을 극복하기 위한 방편의 하나로 기능하는 것이다. 때문에 진취적이고 강인한 그들의 내면에 자리하고 있는 설움과 힘겨움을 고려하지 못한다면, 그 역시 현실과 무관하게 하나의 이데올로기로서만 작용하게 된다.

---

29) 한창훈, 앞의 논문과 고은지, 「〈세경 본풀이〉 여성 인물의 형상화 방향과 내용 구성의 특질」, 『한국 민속학』 31집 (민속학회, 1999) : 좌혜경, 「즈청비, 문화적 여성영웅에 대한 이미지」, 『한국 민속학』 30집 (민속학회, 1998)을 참고할 것.

10

<해녀노젓는소리> 창자 이기순 연구

- 서 론
- 창자 생애의 전기적 고찰
- 창자의 성격과 노래 인식
- 결 론

| 이성훈 | 숭실대학교

『한국언어문화』 제29집, 2006.

I 서 론

텍스트로서의 민요의 실상을 정확히 진단하지 않고서는 민요 연구의 현재는 물론 그 미래를 예측할 수 없다. 그러므로 현 시점에서 민요는 어떠한 배경 속에서 누가 어떻게 전승하고 있으며, 그것은 앞으로 어떻게 변이되어갈 것인가를 살펴볼 필요가 있다. 그러나 이 작업은 그리 간단한 문제가 아니다. 우선 전승 지역이 너무 넓다. 전승자의 수도 막대하다. 전승 장르도 매우 다양하다. 그러므로 이를 현 시점에서 모두 한꺼번에 조사하여 그 실상을 파악하고 미래를 예단하는 것은 불가능한 일이다.[1] 이는 민요가 판소리와는 달리 특정인에 의해 전수 받고 전승되는 일이 거의 없을 뿐만 아니라 전수 현황을 구체적으로 알 수 없다는 데 연유한다. 그렇다고 해서 민요의 전승과정과 창자에 대한 연구를 미루어 둘 수 없다.

민요 창자는 생활의 담당자이면서 구연의 주체이다. 그런 만큼 창자 개인의 삶의 궤적이 구연한 민요의 사설 속에 부분적으로나마 반영되는 것은 당연한 일이다. 그러므로 창자가 구연한 민요 사설의 이해를 위해서도 창자의 생애 연구는 요청되는 것이다.[2] 창자에 대한 조사 연구의 토대 위에서 민요 사설에 대한 올바른 분석과 연구가 가능한 것이라면, 창자에 대한 독자적 연구는 지극히 당연한 일이다. 창자 연구는 기록문학의 작가 연구와도 같다. 민요 창자에 대한 그간의 연구는

---

1) 류종목, <사천시 민요의 전승 양상>, ≪韓國民謠學≫ 第7輯, 韓國民謠學會, 1999, p.122.
2) 이성훈, <서부 경남지역 <해녀노젓는소리>의 전승과 변이양상>, ≪한국언어문화≫제27집, 한국언어문화학회, 2005, p.487.

더러 있었지만3) 창자의 생애와 민요를 작가론적 측면에서 접근한 연
구는 거의 없다.

지금까지 <해녀노젓는소리>의 연구는 사설 분석이나 현장성을 연
구하는 것이 주였다. 필자는 창자인 해녀의 생애와 사설과의 관계를
고찰한 적이 있지만,4) 본격적인 작가론 연구로는 나아가지 못했다. 그
간 해녀의 생애력과 出稼물질 사례 조사는 많은 진척이 있었다.5) 그럼
에도 불구하고 작가론적 측면에서 해녀의 삶에 대한 본격적인 연구는
아직 이루어진 바가 없다.

본고는 기록문학에서 말하는 작가론의 관점에서 해녀의 생애와 민
요에 대해 접근을 시도하는 것이다. <해녀노젓는소리>만을 대상으
로 하여 창자인 해녀의 삶이 민요의 사설 속에 어떻게 반영되고 있는

---

3) 대표적인 연구 성과를 들어보면 다음과 같다.
　　강진옥, <여성 민요 창자 정영엽 연구>, ≪口碑文學硏究學≫ 第7輯, 韓國口
　　碑文學會, 1998, pp.187-223 ; 나승만, <민요 소리꾼의 생애담 조사와 사례
　　분석-서남해 도서지역 민요 소리꾼 생애담 조사를 중심으로->, ≪口碑文學
　　硏究學≫ 第7輯, 韓國口碑文學會, 1998, pp.165-186 ; 나승만, <삶의 처지와
　　노래 생산 양식의 상관성-村婦, 무당, 그리고 기독교인으로 살아온 김안례의
　　사례를 중심으로->, ≪島嶼文化≫ 第16輯, 목포대학교 도서문화연구소, 1998,
　　pp.181-197 ; 홍미희, <민요 소리꾼 이남조 연구>, ≪韓國民謠學≫ 第9輯,
　　韓國民謠學會, 2001, pp.339-363 ; 좌혜경, <제주 민요 歌唱者論>, ≪民謠論
　　集≫ 第7輯, 民謠學會編, 민속원, 2003, pp.331-355.
4) 이성훈, <民謠 提報者의 生涯와 辭說>, ≪白鹿語文≫ 제2집, 제주대학교 국
　　어교육과 국어교육연구회, 1987.
5) 金榮敦・金範國・徐庚林, <海女調査硏究>, ≪耽羅文化≫ 제5호, 제주대학
　　교 탐라문화연구소, 1986 ; 한림화, ≪제주바다 潛嫂의 四季≫, 한길사, 1987
　　; 김영돈, ≪한국의 해녀≫, 민속원, 1999 ; 이성훈, <강원도 속초시 해녀
　　<노 젓는 노래>와 생애력 조사>, ≪崇實語文≫ 第19輯, 崇實語文學會,
　　2003 ; 김영・양징자, 정광중・좌혜경 譯, ≪바다를 건넌 조선의 해녀들≫, 도
　　서출판 각, 2004. ; 제주도여성특별위원회, ≪구술(口述)로 만나는 제주여성의
　　삶 그리고 역사≫, 제주도, 2004.

지를 살펴보는 게 본고 논의의 출발점이다. <해녀노젓는소리>는 해
녀들이 뱃물질 나갈 때 돛배의 노를 저으며 부르던 노래이니 만큼 해
녀들의 삶의 궤적이 <해녀노젓는소리> 사설 속에 어떻게든 반영되
었을 것이기 때문이다.

따라서 본고의 목적은 강원도 속초시에 정착한 제주도 출신 해녀인
李基順과 인터뷰한 생애담을 텍스트로 다음 두 가지 측면을 고찰하는
데 있다. 하나는 창자 생애를 전기적 측면에서 고찰하고, 다른 하나는
창자의 성격과 <해녀노젓는소리>를 어떻게 인식하고 있는지 살펴보
기로 한다.

한편 본고에 활용된 자료는 졸저 ≪해녀의 삶과 그 노래≫(민속원,
2005, pp. 189-234)에 수록된 <강원도 속초시 <해녀노젓는소리>와
생애력 조사>이다.

Ⅱ 창자 생애의 전기적 고찰

속초에 정착한 제주 출신 해녀 이기순에 대한 조사는 2001년 12월
23일 오후 2시경에 이기순의 집에서 이루어졌다. 총1시간 28분 27초 동
안 창자의 생애담과 구연한 민요를 다인정보통신(주)의 보이스레코더
DN-232U 제품으로 녹음했다.[6] 이기순이 구연한 민요는 <해녀노젓는

---

6) 이 때 수집한 이기순의 생애력과 민요는 졸고, <강원도 속초시 해녀 <노 젓
   는 노래>와 생애력 조사>, ≪崇實語文≫ 第19輯, 崇實語文學會, 2003, pp.
   359-507에 발표했고, 후에 졸저, ≪해녀의 삶과 그 노래≫, 민속원, 2005, pp.
   189-234에 재수록했다.

소리>, <자장가>, <밭 밟는 노래> 등이다.

이기순은 제주도 북제주군 조천면 북촌리에서 출생하여 15살 무렵에 물질을 배웠고, 27실에 경상남도 서세토로 出稼물질을 나왔다. 이기순이 구술한 생애담의 중심축은 세 가지로 압축된다. 본토 출가의 원인이 된 죽은 딸에 대한 그리움, 결혼과 생활고, 본토인과의 갈등이 그것이다.

먼저 이기순이 본토로 출가한 원인부터 살펴보기로 한다. 제주도 해녀들이 본토로 출가한 원인은 잠수 기술 발전과 인원이 증가[7] 때문이라기보다는 어장의 황폐화가 해녀의 출가를 촉진하는 원인이 되었다.[8] 이처럼 제주도 해녀들이 본토로 출가물질을 나오게 된 것은 보다 나은 수익을 얻기 위해서였다. 하지만 이기순의 경우는 달랐다. 4. 3 사건 이후에 남편이 죽고, 딸마저 교통사고로 잃게 된 것이 본토 出稼의 결정적 원인이었다.

(조) : 물질은 제주도서 배우고?

(제) : 제주도서 물질이야, 우리 모을에는 머 전부 옛날이사 무신 흔 집에 물질 뭐 너다섯 썩은 다 메누리고 뜰이고 손지고 다헐 때니까 뭐. 계속 잘 허긴 잘햇지. 그 시국 일어나 갖고 수삼 사건에 몬 그러고, 어떠하다 본께는 뭐 신랑도 죽고, 뭐 애기도 아홉 설 먹은 거 차로 글련 죽엇어, 북촌 흑교 앞에서. 차로 글련 죽여두고는 그만 미첫지. 아홉 설 멕여가 차로 글련, 나 스무 설에 난 거 차로 글려 죽이니까 머. 반 미쳐가꼬 신랑도 죽어

7) 康大元, ≪海女研究≫, 韓進文化社, 1973, p. 43.
8) 후지나가 다케시, <1932년 제주도 해녀의 투쟁>, ≪제주도의 옛기록≫, 제주시 우당도서관, 1997, p. 93.

불고, 아홉 설 멕여서 차로 그거 굴려 죽여 불고 허니까, 미쳐
서. 그런디 스물일곱 설에 저 부산 나온 거라. 그 때 시절엔 이
렇게 살아질 생각은 안 허고. 어디 가다가 객선에라도 타며는
물에 빠져 죽을 거. …<중략>… 북촌만 살다가 애긴 떡허게
차로 굴련 죽이고 나니까, 미쳐서 제주도는 다돌아뎅겨서 내
가. 어디 저 남원으로 어딜로 미쳐서 돌아뎅기다가, 에고, 이젠
제주도선 죽지도 못헐 꺼고, 나 육지 나가민, 육지 간다허곡,
객선에 가서 타며는 물에 빠정 죽을 수가 잇겟다해서, 섣둘(선
달, 十二月)에 저 몸빼 ᄒ나 입고 왹양목(玉洋木) 적삼 ᄒ나 입
고 떠나 온 게 죽지도 못허고,(pp. 195-196)[9]

인용문에서 보듯이 이기순은 교통 사고로 잃은 딸로 인해 실의에 빠
져 제주도의 여러 지역을 유랑하다가 바다에 빠져 죽으려고 부산행 여
객선을 타게 된다. 그렇지만 생을 포기하고 죽음을 택하기란 쉽지 않
은 일이다. 이기순이 죽음을 택하지 않은 것은 제주도민의 삶에 대한
강한 의식과 무관하지 않다고 본다. 김영돈은 제주도는 時空 양면에서
모진 여건으로 뒤덮인 이른바 '土瘠民貧' '環海天險'의 섬인데다가 눈물
의 역사가 흘러갔으며, 도민들의 삶은 오직 생존을 위한 몸부림이었기
에 제주도민의 의식을 忍苦, 不屈하면서 自彊, 力行한다는 명제로 압축
한 바 있다.[10]

이기순이 <해녀노젓는소리>를 처음 접하게 된 것은 제주도 북제

9) 앞으로의 지문 인용은 졸저, <강원도 속초시 <해녀노젓는소리>와 생애력
조사>, 《해녀의 삶과 그 노래》, 민속원, 2005를 따르며 인용문 끝에 이 글
의 페이지만 표기하기로 한다.
10) 金榮敦, <濟州島民謠研究—女性勞動謠를 中心으로>, 동국대 박사학위 논문,
1983, p. 126.

주군 조천읍 북촌리에 거주할 때였다고 한다.

> (조) : 경허믄, 해녀노래를 배운 새 북촌에서 배운 서좌!
> (제) : 북촌에서. 거기서는 서로 이제 하노 젓이라, 젓걸이 젓이라, 막
>   하잖아.
> (조) : 하노는 뭐좌?
> (제) : 하노는 큰네, 배 운용허는 거, 그거는 잘 못 젓어. 경헌디 젓걸
>   이엔 헌건 옆이 돌아정 젓는 거. 그런 거 허며는 서로덜 질라
>   고 날리여, 바다에 물에 들어 갈라꼬, 뭐.
> (조) : 멧 명이 져수꽈?
> (제) : 보통 뭐 젓걸이 저을라믄, 네 세 척 논 배도 잇고, 다슷 척 논
>   배도 잇고, 빨리 갈라고. 젓걸이 두 개 허고, 하노 ᄒ나 허고.
>   어, 그러니까 우리 고향은 이제 그 때 시절에도 순경이 잇더라
>   고. 낼 메역 조문헌다 허믄 오널 큰축항에, 또 저 동축항 서축
>   항에서 줄을 메여, 줄을 메여가꼬, 이제 배가 다 거기 가 모여
>   실 꺼 아냐. 모여시며는 총을 팡 허며는 서로 앞의 갈라꼬 허
>   다가 옷도 안 입고 물에 빠진 사름 잇고, 수경도 안 씌고 물에
>   빠진 사름 잇고 그렇게 해.(pp. 214-215)
> (조) : 제주도 북촌서 네 저어 그네, 메역허레 갈 때 불러시쿠다, 주
>   로?
> (제) : 주로 메역만 햇주, 그 때는.
> (조) : 메역허레 갈 때까지 노 젓는 시간은 얼마나 걸련 가수꽈?
> (제) : 멧 분 안 걸려. 빨르믄 얼른얼른 가지, 얼릉 가도 뭐 서로 돌아
>   정 네 젓엉, 네 젓고 올라오고 막허고.(p. 216)

인용문에서 살필 수 있듯이, 창자가 <해녀노젓는소리>를 처음 접
한 것은 고향인 북촌리에서 미역을 채취하러 갈 때였다. 하지만 돛배

의 노를 저어 보지는 못했다고 한다. 물질작업장까지의 거리가 몇 분
이 채 걸리지 않는 가까운 거리였을 뿐만 아니라 나이가 어렸기 때문
이다. 이를 통해 제주도 북제주군 조천읍 북촌리의 경우 1940년대까지
도 돛배를 이용하여 물질작업을 갔다는 사실을 알 수 있다. 이기순이
물질을 배우기 시작한 것은 15살 되던 해인 1939년이기 때문에 그렇다.
그리고 그 당시 물질을 다닐 때 탔던 돛배의 노의 종류와 기능 및 돛배
의 규모도 알 수 있다. 하노는 배를 운용할 때 방향을 잡아주는 키의
역할을 하는데 크기가 커서 아무나 저을 수 없고 사공이 주로 젓는다
는 점, 젓걸이노는 돛배의 양 옆에서 젓고 해녀들이 젓는다는 점, 노가
3개이거나 5개인 돛배는 배의 뒤쪽 부분인 고물에서 젓는 노인 하노가
1개인데 단지 젓걸이노의 개수만이 다르다는 점이 그것이다.

또한 해녀들은 주로 미역만을 채취했다는 사실도 드러난다. 당시만
하더라도 전복, 소라, 해삼, 성게 등을 채취하는 작업인 이른바 헛물에
드는 일보다는 미역을 채취하는 게 더 나은 수익을 얻을 수 있었다. 金
枓白은 ≪三千里≫에 해녀들이 물질하는 모습을 소개하면서 해녀들은
마치 생복이나 고동만을 채취하는 것으로 소개한 적도 있다.[11] 일반적
으로 해녀들은 전복이나 소라만을 주로 채취하는 것으로 알려져 있지
만 사실은 그렇지 않다. 전복이나 소라 등을 주로 채취하기 시작한 것
은 근래의 일이고, 조선시대부터 1970년대까지만 해도 주로 미역을 채
취했었다. 조선시대에 전복을 채취한 것은 어디까지나 진상하기 위해
서였다. 이러한 사실은 李益泰의 ≪知瀛錄≫에도 기록되었는데, "進上
하는 말린 전복인 搥引鰒을 전복 잡는 잠녀는 90명에게 전적으로 책임

---

11) 金枓白, <女人國巡禮, 濟州島海女>, ≪三千里≫ 創刊號, 三千里社, 1929,
    pp. 22-23 참조.

을 지웠는데, 늙고 병들어 거의가 담당할 수 없게 되었다. 미역을 캐는 잠녀는 800명에 이르는데, 물속에 헤엄쳐 들어가 깊은 데서 미역을 캐는 것은 전복 캐는 잠녀와 다름이 없다. 하지만 익숙하지 못하다고 핑계를 대어 위험한 것을 고루 피하려고만 한다. 이 잠녀들의 괴로움의 차이는 현격하게 다르다. 따라서 장래에 전복잡는 사람이 없게 될 것을 걱정하고 또 均役을 시키고 전복잡이를 익히도록 권장하여 미역 캐는 잠녀에게 추인복을 나누어 정하였다."[12]고 했다. 여러 제보자들에 의하면 미역 채취 기간이 끝나면 헛물에 들기도 했지만 큰 수익을 가져다주지는 못했다고 한다.

이처럼 이기순은 어릴 적에 북촌리에서 <해녀노젓는소리>의 선율을 익히고, 사설 또한 배웠다. 필자가 이기순에게 제주도 북촌 해녀들이 불렀다는 노래는 다시 한 번 더 해달라고 부탁하자 다음의 노래를 불렀다.

> (조) : 제주도 북촌 해녀들 했다는 신세 한탄하는 노래들. 해녀노래 한 번 더 해줍써. 노래를?
> (제) : 어, 한 번 더 하라고.
>   ···<중략>···
> (조) : 할머니가 허는 거 흔 번 해봅써.
> (제) : 우리는 뭐,

---

12) 李益泰, 金益洙 譯, ≪知瀛錄≫, 濟州文化院, 1997, p. 85. 進上挹引鰒專責於採鰒潛女九十名而老病居多不能支堪. 採藿潛女多至八百遊潛水中深入採藿無異採鰒女. 而稱以不習抵死謀避均. 是潛女苦歇懸. 殊爲慮將來採鰒無人. 且欲均役而勸習採鰒分定挹引鰒於藿潛.(李益泰, ≪知瀛錄≫, 增減十事. 肅宗22 [1696년])

5.

물로 뱅뱅	돌아진 섬에
삽시 굶엉	무레진 헤영 허
한푼 두푼	번 금전
정든 님 술값에	다들어 간다 하
이여사나 하	이여도사 하

6.

요 네를 지고	어데를 가나
진도나 바다	한 골로 가자 하
이여사 하	이여도사나 하
이여디여 허	쳐라쳐라 하

7.

놈의 고데	애기랑 베영
허리지당	베지당 마라 하
꽁꽁 지영	어서나 지고
집으로 가자 하	이여사 하
이여사나 하(pp. 217-219)	

　인용문의 5. 6. 7.은 이기순이 제주도 북촌리 해녀들에게 배웠다고 하는 <해녀노젓는소리>의 사설이다. 이 사설은 이기순의 개인적인 삶을 노래한 것이라기보다는 해녀사회에서 전승되고 있던 유형화된 고정적 사설이다. 인용문 5.와 6.의 "물로 뱅뱅 / 돌아진 섬에", "진도나 바다 / 한 골로 가자"라는 사설은 본토에 출가물질을 나왔던 체험을 노래한 사설이다. 이는 <해녀노젓는소리>가 제주도 고유의 노동요임에는 틀림없지만, 제주도보다는 본토 남해안의 다도해 지역에서 주로

가창되었던 노래라는 사실을 보여준다. 제주도보다는 경상남도와 전라남도의 다도해 지역에서 뱃물질을 많이 나갔기 때문에 그렇다. 예컨대 세주노의 부속노서는 40여개에 지나지 않는데 반하여 전라남도 진도의 부속도서는 250개로 이루어져 있다. 또한 대다수의 해녀들이 다도해 지역으로 출가물질을 나갔다는 사실은 석주명이 밝힌 1910년대의 出稼 해녀 수에서도 드러난다. 곧 1915년경의 출가해녀의 수는 약 2,500명인데 出稼地別로는 경상남도에 1,700, 전라남도 다도해 방면에 300, 기타 500이고, 그 출신지로는 우도의 약 400명을 필두로 종달리, 행원리, 법환리, 위미리 등의 약 100명씩과 기타이다[13]라고 기록했다. 이 기록을 보더라도 제주도 해녀들은 주로 다도해 지역으로 출가물질을 나갔기 때문에 "물로 뱅뱅 / 돌아진 섬에", "진도나 바다 / 한 골로 가자"라는 사설을 불렀다고 본다.

"삼시 굶엉 / 무레질 헤영 허 // 한푼 두푼 / 번 금전 // 정든 님 술값에 / 다들어 간다 하"나 "놈의 고데 / 애기랑 베영 // 허리지당 / 베지당 마라 하 // 꽁꽁 지영 / 어서나 지고 // 집으로 가자 하 / 이여사 하"는 사설은 자신이 겪었던 일이라기보다는 본토로 출가물질 나온 해녀들이 겪었던 딱한 처지를 보거나 들은 이야기를 자신의 처지에 동일시하여 내면화한 사설이라고 본다. 이러한 사설은 <해녀노젓는소리>에 흔히 나타나는 관용적 표현의 사설이다. 본토로 출가물질을 나오는 것은 가난 때문이었다. 그러기에 임신을 하거나 출산을 하고서도 물질을 하는 경우가 종종 있었다.[14] 이처럼 딱한 처지에 놓인 해녀의 모습을 보거나 들었던 이기순은 자신의 처지와 동일시하는 공감대가 형성되어

---

13) 石宙明, ≪濟州島隨筆≫, 寶晋齋, 1968, p. 202.
14) 이성훈, ≪해녀의 삶과 그 노래≫, 민속원, 2005, p. 217.

인용문 5., 7.과 같은 사설의 노래를 불렀다고 본다. 표면적으로는 자신의 딱한 처지와 신세를 한탄한다. 하지만 그 이면에는 물질작업의 노고를 잊게 하고 감정을 카타르시스 하는 기능을 했다고 본다. 따라서 본토로 출가물질을 나온 해녀들은 <해녀노젓는소리>를 부르며 제주도 사람이라는 공동체 의식을 확인하게 한다. 또한 역경을 이겨내며 공동체적 삶을 영위하게 하는 기제로 작용한다.

주지하듯이 민요의 사설은 서민공동의 참여로써 이루어진다. 서민들은 노래하는 사이에 자신의 삶을 새로이 확인하고 서로 고무하면서 일상적 희비와 생활 의욕을 거듭 환기한다.[15] 이기순은 거제도에서 뱃물질을 다니며, 교통사고로 죽은 딸을 회상하는 사설을 지어 부른다.

> (제) : … 거제도 오라서 내가, 내가 지어서 노래를 허니 해녀덜 흔
> 우남은이 다 울엇다고.
> (조) : 흔 번 해봅써.
> (제) 8.
>
> | 엄마 엄마 | 허는 아기 |
> | 저 산천에 | 묻혀나 놓고 허 |
> | 한라산을 | 등에다 지고 |
> | 연락선을 | 질을 삼아 하 |
> | 거제도를 | 멀 허레 오란 |
> | 받는 것은 | 구숙이고 |
> | 지는 것은 | 눈물이로다 |
> | 이여사 하 | |

15) 金榮敦, <濟州島民謠研究-女性勞動謠를 中心으로>, 동국대 박사학위 논문, 1983, p. 3.

9.

요 금전을	벌어다
우는 애기	밥을 주나 하
병든 낭군	약을 주나 하
혼차 벌엉	혼차 먹엉
요 금전이	웬말이더냐 하
이여싸 하	이여싸

(제) : 내가 애기 죽어돈 오라서 그 노래를 해서, 거제도 사름이 다
   울엇다고.(pp. 219-220)

인용문에서 보듯이 이기순은 자신의 딸을 잃은 슬픔을 8.과 같이 엄
마를 부르던 아기를 묻어 놓고 한라산 같이 크나큰 비애를 등에 지고
거제도를 뭣하러 와서 받는 것은 남이 괄세하는 구속이고 떨어지는 것
은 눈물뿐이라고 노래한다. 딸을 잃었고 남편과 사별했기 때문에 9.와
같이 물질을 해서 돈을 벌어도 우는 아기를 위해 밥을 줄 일도 없고,
병이 든 남편에게 약을 줄 일도 없다. 오직 자신의 목숨을 부지하지 위
한 수단으로 물질을 해서 번 돈이 어찌된 말이더냐고 자탄한다. 8과 9.
는 <해녀노젓는소리> 사설에 나타나는 관용적 표현의 고정적 사설
이 아니다. 창자의 체험을 <해녀노젓는소리> 사설로 형상화하여 개
인적 서정을 노래한 것이다. 따라서 구연자는 제 뜻에 따라 재창조할
수도 있으며, 자신이 구연하는 잠간 동안은 바로 詩人인 것이다.16) 이
처럼 이기순은 사설 창작 능력이 남다른 점이 있다. 인용문에서 보듯

---

16) In the end, it is the performer who is the poet—for the brief moment that he
   performs.(Paredes, *Some aspects of Folk Poetry*, Texas Studies in Literature
   and Language, 6. 1964, p. 225) 金榮敦, 「濟州島民謠研究—女性勞動謠를 中心
   으로—」, 동국대 박사논문, 1982, pp. 3-4에서 재인용.

이 이기순이 본토로 출가하게 된 원인은 사별한 자식 때문이다. 대개 해녀들의 본토 출가 원인은 보다 나은 소득을 얻기 위해서였지만, 이 기순의 경우는 달랐다. 나은 수익을 얻기 위해서가 아니라 사별한 자식을 잊기 위해서가 그것이다. 그래서 인용문 8.과 같은 화소의 사설이 기왕에 간행된 자료집에는 보이지 않는다. 이는 비록 이기순이 거제도에서 물질할 당시에는 해녀들 사이에 측은한 마음을 불러 일으켜서 울음을 울게 했지만 해녀들의 일반적인 삶의 실상과는 거리가 있는 개인적 삶이었기에 널리 전승되지 않았다고 본다. 한 개인의 취향에 따라 그 사설을 창작해 끼워 넣는 경우가 있더라도 그게 공감대를 이룩하지 못한다면 널리 번져 전해지지 못하고 이내 사라져 버리기 때문이다.[17]

다음으로 결혼과 生活苦에 대해 살펴보기로 한다. 이기순은 4. 3 사건에 남편이 죽고 교통사고로 딸마저 죽자, 제주도에서 여객선을 타고 부산에 잠시 기착한 다음에 거제도로 가서 물질을 하게 된다. 이 때 巨濟市 長木面 柳湖里가 고향인 남편을 만나 결혼을 하게 된다.

> (제): 부산 오랏다가 또 거제도 가서 한 삼 년 살다가, 거제도서 또 흔차 젊은 여저니까 못 살더라고. 영감 ㅎ나 만나가꼬 헌 게, 강안도(江原道) 맹테바를(明太잡이를) 간데, 맹테바르 온다고 주문진을 따라 오니까. 파도에 또 배는 뿌수와(부수어) 불고, 또 곤쳐 놓으민 또 뿌수와 불곡, 배를 세 척을 뿌수와 불곡. 제우(겨우) 고쳐가꼬 시니까(있으니까) 빚지와서 살 수가 없어. 이러니까, 영감 보고 '우리 도망을 가자. 이 빚지와가꼬 이렇게 살 수 없다.' 그러니까 ㅎ 서른 두어서넛 뗏는가 바, 나는 기억

---

17) 김영돈, ≪한국의 해녀≫, 민속원, 1999, p. 167.

도 안나, 기억조차 안나. 그래서 밥을 사을나을 굶고 입을 것도 엇고(없고) 옷도 다 팔아 먹고 엇으니까. '이제 어듸레(어디로) 두망을 가ᄂ냐?' 허니까. ᄉ문에 들은 게 우리 영갑 큰누닙이 속초 산다 말만 듣고, 나 생각 ᄀ뜨믄 북촌서 ᄀ뜨믄 조천 감마니(가는 것만큼), 주문진서 조천 감마니 헐껀가. 동네 뱃 깃밀(바껕外에를) 안 커보곡, 부산꺼지 오라서 이 강안도꺼지 오니까. 주문진이믄, 속초며는 우리 ᄆ을 ᄀ뜨민 조천만이 허믄 걸엉 가게 돼서. 정월 초사은날, 초이튼날허고 초사은날 밤의 애기 하나 업고 나서니까. 오다봐도 수천 리라. 피란 오는 사름딜은 그리 고생 안 햇데. …<중략>… 제우 오다가 나가 '돈이 백팔십 원 잇다.'고, 영감 보고 찰 타자고. 그래서 걸어오다 걸어오다 버치니까. "돈이 어디 있냐?" 그래서, 나 어제 배에 줄 걸린 거 끌러가꼬 돈 백팔십 원이 있는데. 그런데 섣딜 초이튼날, 섣딜 구믐날쯤 물엔 들어간 거 같애. 그래서 돈 백팔십 원을 놓고 차를, 그 땐 완행이여, 남저딜 조수라고 탕 뎅기는 거. 그건 손을 들르니까. '백이십 원을 달라.'허데. 그래 백이십 원 주고 찰 타서 속초 오니까. 집은 십 리 ᄒ나 썩이고 씨누이가 어디 사는 줄도 몰르고. 그래도 첨 '죽을 남(나무) 밋 듸(밑에) 살 나무 잇다.'고, 어디서 "웨삼춘(외삼촌)" 허는 소리가 나더라고. 그래 보니 씨누이 아딜이라. 그래서 따라 가니까. 씨누이 식술(식솔)도 ᄋ슷 식술 떼(밥) 굶엄고. 그래서 인제 바닷가일 춫앗져. 바닷가일 춫으믄 내가 해녀 할 줄 아니까, 먹고 살께라 그래서. 그 때 시절에 뭐 고무옷이 잇엇나. 뭐 잇나, 뭐 사루마다(さる-また[猿股], 남자용 팬티) 하나 입고 맨몸에 들어갈 때. 춫으니까, 그럭저럭 허다보니까, 이월 딜쯤 돼서. 이월 딜 돼니까. 뭐 해녀 무렌 허겠다고, '흔 번 나 가본다꼬' 허니까. 해녀들 만나믄 '조합 잇언 못 들어가게 헌 다.'고, 바렌 첵도 안허더라고. …<중략>… 해녀딜은 많에도

누게 하나 말헐 사름이 엇어. 조합에설 오던가. 뭐 어디 수산
과에설 오던가. 말하나? '해녀 모임 잇다고 저 시청으로 오라.'
해서 가며는, 저 부얼리 해녀하고, 여깃 해녀 허고, 흔 오십 명
뒈더라고. 흐나 말헐 사름이 엇어서, 내가 나서서 말을 허니
까. 할머니 해녀회장을 허렌. 해녀회장 해야 뭐 이름 성명 둔
것도 아니고, 그자 해녀 지호(지휘)만 헤렌. 그래서 멧 년 동안
햇져.(pp. 196-199)

인용문에서 보듯이 이기순은 제주도를 떠나 부산에 도착한 후에 거
제도로 가서 약 3년간 물질을 하다가 새 남편을 만났다고 한다. 강원도
로 명태잡이 가는 남편을 따라 주문진으로 이주했다고 한다. 그러나
명태잡이 어선 세 척이 파도에 파손되어 많은 빚을 지게 되었다고 한
다. 빚을 탕감할 길이 없자 32세 무렵에 이기순은 시누이가 사는 속초
로 무작정 이주하여 현재까지 살고 있다고 했다. 속초로 이주할 당시
의 江原道 束草市 朝陽洞 扶月里는 지금의 靑湖洞인데, 靑湖洞과 束明
洞의 해녀수는 50명 정도였다고 한다. 그렇지만 이미 속초에서 거주하
고 있던 해녀들 중에 어업조합이나 시청에 해녀들의 권익에 대해 의견
을 내세우는 사람이 없었다고 한다. 그래서 이기순은 해녀의 권익을
주장하기 위해 해녀회장을 몇 년 동안 맡았다고 한다. 이기순의 제보
에 의하면 강원도 속초에서는 자신이 채취한 해산물은 전부 자신의 소
득이 되었다고 한다. 하지만 아래 인용문에서 보는 것처럼 경남 거제
도에서는 미역을 채취하면 어장 주인은 6할, 자신은 4할을 받았다고
한다. 본토에 출가한 해녀들이 본토인에게 권익을 수탈당한 사례는 수
없이 많다. 대표적인 지역이 경상북도 지역인데, 조선일보 1959년 6월
22일자 "피땀 흘려 남 좋은 일 : 海女集團告訴事件"[18] 기사만 보더라도
그렇다. 그리하여 1967년 2월에는 경상북도 감포·양포·구룡포 어업

조합장 명의로 제주도 해녀 1,070명에 대한 '입어관행권 소멸확인청구소송'을 제기하기에 이르렀다.19)

> (조) : 할머니가 가본 디가 부산에 조금 잇다가, 거제도 잇다가, 주문진 잇다가, 여기 세 군데만 있엇구나. 다른 덴 안 가나수꽈?
>
> (제) : 주문진은 오라서 해년 줄도 몰르고, 배 임제 각시라고, 그자 배만 부리다가 오라부니 몰르고. 여기 오라서 밥을 굶게 뒈니까, 뭐 물에 가며는 뭐 돈으로만 베엇지. 무슨 이녁 고셍허는 건 모르지. 그러니까 여기 와서 동네 사름덜이 그랫어, "아이고", 우리 영감이 송가거든 "송씨네 할머니, 쒜꼽은 달아져도 송씨네 할머니 뻬는 안 달아질거다." 그랫는디.(p. 230)
>
> (조) : 그 거제도에 있을 때는 삼 년 동안 있을 때 할머니가 그때는 주로 뭐를 해수꽈? 미역?
>
> (제) : 미역.
>
> (조) : 미역허고 또?
>
> (제) : 미역 해가, 반 갈라. 바다 임제(임자, 주인)는 십 분지 육을 먹고, 사 분만 이녁이(자기가) 먹은 거야.
>
> (조) : 경허니까, 잡은 거는 뭐 잡아수꽈?
>
> (제) : 미역밖에 엇지, 미역. 경헌디 여긴 오니까, 주문진은 오라서 배 가지고 오니까. 무레질 허는 줄 몰르고. 그래서 여긜 오니까. 여기 할머니 혼 분이 "느 제줏아 아닌디야?" 그러더라고. "제주도노라."고. 아까도 말햇지마는 그래서 무레질은 시작햇는디, 벡 명이 가도 일등이고 나가 잘햇어.

---

18) 출가 해녀들은 漁場賣買 등 收奪이 심해지자, 당시 慶北浦項地方海務廳 관내의 九龍浦·良浦·甘浦·大甫 등의 各漁業組合을 상대로 大邱地方檢察廳에 고소를 제기하기에 이르렀다는 기사다.

19) 김영돈, ≪한국의 해녀≫, 민속원, 1999, p. 375.

(조) : 상군이었구나, 대상군.
(제) : 어엉, 상군도 그런 상군이 엇지. 여기도 와서 그런디, 뭐 벨양 (별명)이 머구리 상군이라.(pp. 207-208)

인용문에서 보듯이 이기순이 주문진으로 이주했을 때는 남편이 명태잡이 어선 선주였기 때문에 물질은 하지 않았다고 한다. 하지만 속초로 이주해서는 남편의 수입으로는 생활이 어려웠다고 한다. 생활고로 인해 다시 물질작업을 했다고 한다. 당시에는 별명이 남자 전문 잠수부를 일컫는 이른바 머구리로 불릴 정도로 물질 기량이 아주 뛰어난 대상군이었다고 한다.

끝으로 본토인과의 葛藤에 대해 살펴보기로 한다. 최근까지만 해도 본토 사람들의 제주도 출신 해녀에 대한 인식은 상당히 부정적인 면이 많았다. 이는 다음에 제시한 이기순의 구술자료를 통해서도 알 수 있다.

(조) : 할머니 이름이 이자 기자 순자. 멧 년도에 태어나수꽈. 올해 연세가?
(제) : 칠십읏돕. 여기 내가 올 적의는 흔 십 리라도 집 흐나 이시나 마나 햇다고 그랫는데, 내가 오니까 집을 첨 믄저 아까 들린 집 앞에다가 집을 그땐 우리집이 새집이라. 그래서 그 때 십수만 원 줘네, 집을 흔 채 사서 살앗는디. …<중략>… 그 때 시절에 뭐 어촌계도 몰르고, 뭐 해녀라꼬 흐믄 뭐 여기 오니까, 뭐 거지 밥 얻어 먹으러 뎅기는 거나 취급허더마는 이젠 멧 년도인지 몰르지. 해녀 어촌계에 싸악 들여놓고, 어촌계로 허니까 해녀를 좀 크게 생각허더라고. 아, 이거 해녀 제주도 해녀가 높은 사름이구나. 그 다음에 또 저번 때 이디 해녀 오라도 그 말허곡. 한 번은 물에 들어신디, 할머니 빨리 나오라꼬 하니까.

나오니까, 해녀들 요기 앉아서 물건을 풀아. 요기 회 파는 앞에
다가 조개도 파다 놓고, 섭도 해다 놓고, 뭐 벨 거 다 해다 파
는 디. 거긴 못 앉게 해서, 해녀를 다 물레레 해녀 물건을 다
물에 들이칠라꼬, 들이쳐 부는 거라. 그래서 내가 "이 개새끼
야, 제주도선 해녀 양성시길라고 애를 씨는디, 느그들은 웨 해
녀를 덜 보느냐." 하니, 그놈이 나신데레 허는 말이 "이 개ㄱ뜬
년아 제주도 살지 웨 오랏느냐." 해서, 내가 그 놈 허릿딜 꽉
거머줴고, 물레레 들어갈라꼬 허니까. 우리 이웃엣 아가 "할머
니, 할머니 참아, 할머니 참아." 해서 그란해도 그래가꼬 막 웃
어사, 짐녕 사름은 젊은 사름이고, 난 ㅎ쓸 늙은 사름인디 나신
디렌 그놈이 와서 커피 ㅎ 잔 사주고 "잘못했습니다." 사괄 허
는디. "짐녕 여자한티 욕을 너무 들어서 안 헌텐, 사과를 안하
겟다." 해서 이젠도 봐지면 인사를 허고 뎅기긴 뎅기는디. 그
때꺼지만 해도 그렇게 해녈 나쁘게 생각허더라고. 그렌는디.

(조) : 그 때가 멧 년도쯤 되어신디 마씀.

(제) : ㅎ 오륙 년 되엇지.(pp. 193-195)

인용문에서 보듯이 이기순이 속초시 동명동 영금정 부근으로 이주
해올 1956년 무렵만 하더라도 이 일대는 10리에 집 한 채가 있을까말
까 했다고 한다. 강원도 속초에서 물질작업을 해서 얻은 소득은 어촌
계비만 내면 전부 자신의 소득이 됐지만 제주해녀에 대한 부정적인 인
식이나 박해까지 없었던 것은 아니었다. 그 당시만 하더라도 본토인들
이 제주 해녀에 대한 인식은 구걸하는 거지로 취급할 정도였다고 한
다. 해녀들이 속초시 동명항 방파제 입구에 좌판을 벌여 놓고 채취한
해산물을 장사하던 것을 못하게 가로막는 일도 있었다고 한다. 이러한
본토인과 제주해녀 사이에 발생한 갈등은 해녀들이 적극적으로 나서서
부당함을 항의하고 권리를 되찾게 되면서 갈등 해소의 실마리를 찾게

된다. 또한 매년 시월 초사흗날에 열리는 속초시 설악제에 해녀들을 무대에도 올리는 것도 본토인과 융화하게 되는 계기가 되었다. 마라톤 영웅 황영조가 해녀의 아들이라는 사실이 알려진 것도 제주해녀로서의 자긍심을 갖게 했다고 한다. 그러면서도 텔레비전에서 '물로 뱅뱅 돌아진 섬의 점심 굶엉 무레질 해영'과 같은 사설의 <해녀노젓는소리>를 방영하면, 속초에 정착한 해녀들은 해녀들 판명 낸다고 이기순에게 <해녀노젓는소리>를 부르지 못하게 말렸다고 한다. 이는 해녀 직업에 대해 자긍심을 갖고 있으면서도 내면에는 해녀 직업에 대한 부정적인 의식이 자리하고 있다는 사실을 말해준다.

부산 용호어촌계 해녀를 조사 연구한 최성애의 견해와 같이 "물질작업과 해녀에 대해서는 천한 중노동으로서 부정적인 의식구조를 가지고 있으나 한편에서는 물질을 즐기고 있었다. 현재 무엇보다도 해녀의 아이덴티티를 가장 잘 나타내고 있는 것은 고소득이며 이 고소득이야말로 해녀로서 현존케하는 가장 강력한 요인으로 작용하고 있다."[20]고 본다. 현지 본토인들이 해녀에 대해 부정적인 시각을 갖고 있음에도 불구하고 해녀로서의 자긍심을 갖게 하는 것은 이러한 해녀들의 고소득이 있었기 때문이다.

---

20) 최성애, <해녀의 이주 생활사-부산 용호어촌계 해녀에 관한 사례 연구->, ≪水産業史研究≫, 水産業史研究所, 1995, p. 84.

Ⅲ 창자의 성격과 노래 인식

먼저 이기순과 인터뷰한 생애담을 바탕으로 이기순은 어떠한 성격
의 소유자인지부터 살펴보기로 한다.

(제): 한 번은 물에 들어신디, 할머니 빨리 나오라꼬 하니까. 나오니
까, 해녀들 요기 앉아서 물건을 풀아. 요기 회 파는 앞에다가
조개도 파다 놓고, 섭도 해다 놓고, 머 벨 거 다 해다 파는 디,
거길 못 앉게 해서, 해녀를 다 물레레 해녀 물건을 다 물에 들
이칠라꼬, 들이쳐 부는 거라. 그래서 내가 "이 개새끼야, 제주
도선 해녀 양성시길라고 애를 씨는디, 느그들은 웨 해녀를 딜
보느냐." 하니, 그놈이 나신데레 허는 말이 "이 개ᄀ뜬 년아 제
주도 살지 웨 오랏느냐." 해서, 내가 그 놈 허릿딜 꽉 거머쥐고,
물레레 들어갈라꼬 허니까. 우리 이웃엣 아가 "할머니, 할머니
참아, 할머니 참아." 해서 그란해도 그래가꼬 막 웃어사, 짐녕
사름은 젊은 사름이고, 난 ᄒ쏠 늙은 사름인디 나신디렌 그놈
이 와서 커피 ᄒ 잔 사주고 "잘못했습니다." 사괄 허는디. "짐녕
여자한티 욕을 너무 들어서 안 헌덴, 사과를 안하겟다." 해서
이젠도 봐지면 인사를 허고 뎅기긴 뎅기는디. 그 때꺼지만 해
도 그렇게 해녈 나쁘게 생각허더라고. 그렌는디.(p. 195)

(제): 막 옛날은 그러니까 육지 오라서도 누가 건드리기만 건드리민,
두렁박을 ᄒ 놈이 이제 뜬 ᄆ을 가 물레허니까 바가지를 깨부
러서. 우리도 막 시우허고 막 난리가 낫어. 바가지엔 헌 거 생
명줄인디. 우리는 고발허겟다. 그러니 막 어촌계장이 막 빌고
그렇게 다 해보고. 해녀딜, 그때 시절엔 뭐 해녀 사름으로도 안
알아도. 이제는 봐, 육지 사름딜 해녀딜이엔 허믄 막 잘 셍각허

고. 여기서 웨 황영주라고 허나?

(조) : 예, 황영조.

(제) : 아, 그거 해녀 아덜이라고. 이제는 여기 저녁 때 돼며는, 지금
가며는 해녀딜 물건 풀거여. 요 앞의 다라에 놓아서. 그런디
그때 시절의 한 오 년 전의 저기 다라이 못 놓게 햇어. 그러니
좋다. 우리는 여기 질을 막겟다, 해녀는. 여기 질을 막고, 느그
들 해보자고. 우리 물건 못 풀게 허믄 해보자. 우리 저것도 싸
와가꼬 해녀딜 거기 앉게 허고. 해녀딜 또 그 우에다가 물 받
아가꼬 물건 살루는 것도 해주고. 해녀도 권리를 춫아서 여기
서도. 경헌디 저 청호동 해녀딜은 그런게 엇어. 해도 시장 가
풀지 여기서 푸는 것도 엇고. 그러니 청호동 해녀딜은 살기는
막 힘들어. 경헌디 여깃 해녀딜은 잘 벌어, 잘 벌고. 해녀 권리
를 막 여기서 춫아서.(pp. 204-205)

　인용문은 강원도 속초시 토착민들의 제주 출신 해녀에 대한 인식의
단면을 볼 수 있다. 본토인들은 제주 해녀들이 채취한 해산물을 속초
시 동명동 영금정 부둣가에서 좌판을 차려 놓고 파는 것을 막는 일도
있었다고 한다. 심지어 해녀의 물질작업 도구인 두렁박을 부수는 일까
지 있을 정도로 본토인의 해녀에 대한 천대는 심했다고 한다. 이런 상
황에서도 제주 해녀들은 본토인의 부당한 학대에 굴하지 않고 맞서서
자신들의 권리를 쟁취하기 위해 본토인에게 적극적으로 대항하는 모습
이 인용문 속에 잘 드러나 있다. 하지만 본토인이 자신들의 행위를 뉘
우치고 용서를 구하자, 이기순은 그들의 무례한 행동을 용서하고 본토
주민들과 화해를 한다. 위 인용문에서 보듯이 이기순은 해녀들의 권리
가 침해당하는 것을 묵과하지 않고 권리를 찾기 위해 적극적으로 투쟁
한다. 이는 이기순이 속초시 동명동에서 해녀회장을 했던 사실과도 무

관하지 않다. 이처럼 이기순이 불의부정한 것에 침묵하지 않고 저항하는 의식은 아래 제시한 인용문에서 보듯이 어린 시절 들었던 해녀들의 항일 시위 이야기가 이기순의 의식 속에 사리삽고 있었던 것도 하나의 이유가 되었다고 본다.

> (제) : 해녀노래가 많지, 이게 팔저 흔탄. 해녀는 다른 걸로 허는 게
> 아니고, 팔저 흔탄을 허는디, 옛날 우리가 크니까. 해녀가 제주
> 도서 막 일제시대에, 막 그냥 싸움을 낫는데, 해녀가 일본놈딜
> 총살이 무서와도, 해녀가 막 우리 신랑을 달라, 우리 신랑을 몬
> 딱 군인을 보내불고, 여저딜이 살 수가 어시난. 관덕청 마당을
> 두렁박 들고, 빗창 들고 막 시우(시위). 지금 ㄱ트면 막 시우허
> 는 거지. 옛날 우리 크기 전에 막 들어갓다그래. 그러기 따믄
> 에 해녀는 두렁박 하나 들러서, 여기 쏙옷만 입고서 뎅겨도 거
> 침이 없다 그래. 죽고 살고 몰라가 그 때 막 일본놈 허고 막 대
> 치햇데. 이제 우리도 밥을 주고 쓸을 달라 신랑은 웨 다 군인
> 다 보내두고, 우리를 이제 못 살게 구느냐. 일본놈 허고 대치해
> 가꼬 제주서는 까구리라고 여기서는 굴갱이(호미, 鋤) 닮은 거
> 갖고 뎅기지 마는 제주서는 빗창 그거 들르고 쏙옷바랑(속옷
> [內衣] 바람)에 관덕청 마당에 가서 막 일본놈허고 붙엇데, 옛
> 날 시절에.
> (조) : 음. 할머니가 멧 살 때쯤이디. 그 때가?
> (제) : 어엉, 우리는 낳지도 안 햇지. 안 낫을 때 우리가 크니까 그 말
> 을 허더라고.(pp. 203-204)

이처럼 이기순는 불의에 저항하는 적극적 성격의 소유자일 뿐만 아니라 자신보다도 남을 위하는 이른바 이타행을 실천하는 인물이다. 또한 이기순은 인정이 많은 사람이기도 하다. 자신보다 못한 사람에게는

무한한 인심을 베푼다. 이러한 사례는 다음의 인용문에서도 드러난다.

> (제) : 또 물때가 엇다고, 여기는. 아침의 밥 먹고, 가고 싶으면 가고,
> 저녁의 밥 먹고, 가고 싶으면 가고, 물때가 엇는 거여. 제주도
> 나 전라도 ᄀᆞ찌 물때가 어시니까. 그자 그냥 이녁 마음대로 강
> 벌어오곡. 그러니까 돈을 몰라가꼬, 나신디 거렝이도 오믄 붙
> 어 줘불곡. 팔 엇는 사름이고, 손 엇는 사름이고, 질레서 이래
> 밀엉 뎅기는 사름 보믄 못 넘어가. 주머니 털어불어야 뒈 이런
> 디. 자아, 이딧 군인, 이제는 저 해양경찰대 순경덜이 사는데,
> 그땐 군인 초솟막이여. 군인을 흔 백 명을 내가 접관해서 보냇
> 어. 경헌디 제주돗 아으가 ᄒᆞ나 왓더라고. 한림 아은디? 소섬
> 아은디? 나한터 왓는디. 그게 상뱅인디 그렇게 아으덜을 잘 때
> 려. 그래서 나 그건 상대 안 해봐서, 사름 때린다고. 그랫는데
> 이제 무신 작년꺼지도 촛아오는 아으덜이 잇어. 다 장개가고
> 살렴살고 그래도, 돈도 지금도 그때 뀌준 돈덜 못 받안 놔도,
> 저 전라도 아으덜도 다 뀐간. 돈 벌믄 아무나 줘 불곡. 지금도
> 못 받은 게, 흔 이천만 원 뒈연. 그래도 머 이젠 돈벌 셍각도
> 엇고, 그자 이렇게 사는 거라.(p. 213)

인용문에서 보듯이 이기순은 물질하여 번 돈을 자신보다 딱한 처지에 있는 자에게 아무런 조건 없이 베푸는 인정이 많은 사람이다. 거지, 신체불구자, 군인이 그들이다. 제주도가 고향인 군인이더라도 남을 해치는 자에게는 도움을 주지 않았다. 그리고 지역 감정도 갖고 있지 않았다. 고향이 전라도이건 제주도이건 간에 지연을 따지지 않고 사랑을 베푸는 사람이기에 그렇다.

> (조) : 할머니가 가본 디가 부산에 조금 잇다가, 거제도 잇다가, 주문

진 잇다가, 여기 세 군데만 있엇구나. 다른 덴 안 가나수꽈?

(제) : 주문진은 오라서 해년 줄도 몰르고, 배 임제 각시라고, 그자 배
　　　만 부리다가 오라부니 몰르고, 여기 오라서 밥을 굶게 뒈니까,
　　　뭐 물에 가며는 뭐 돈으로만 베엇지. 무슨 이녁 고셍허는 건
　　　모르지. 그러니까 여기 와서 동네 사름덜이 그랫어, "아이고",
　　　우리 영감이 송가거든 "송씨네 할머니, 쐬꼽은 달아져도 송씨
　　　네 할머니 뻬는 안 달아질거다." 그랫는디.(p. 230)

　　또한 이기순은 근면하고 자립성이 강한 제주여성의 기질을 소유한
인물이다. "쐬꼽('쇠붙이'의 강원도 사투리)은 달아도 송씨네 할머니 뻬
('뼈'의 강원도 사투리)는 안 달아질거다."라고 동네 사람들에게 인식될
정도로 이기순은 근면한 여성이다. 가난한 삶에 좌절하지 않고 현실을
극복하려는 남다른 의지의 소유자이기도 하다.

　　끝으로 이기순이 <해녀노젓는소리>에 대한 인식은 어떠한지 살펴
보기로 한다. 해녀들은 <해녀노젓는소리>를 부르는 것을 못마땅하
게 여기는 일이 흔하다. 하지만 이기순은 <해녀노젓는소리>에 대해
남다른 인식과 태도를 보여준다.

(제) : 뭐 해녀노래 제주서 허는 건. 그 때 나 흔 번 국악인 허는 걸
　　　보니까, 우리 허듯 안허데. 국악인 아으덜 베와 주는 거 내가
　　　봣거든. 그럿는디, 우리 허듯 안허드라고.(p. 200)

(제) : 저저, 그거 흔 번 거 국악인 허는 거 보니까, "하루 종일 굶어
　　　서, 어, 아침 굶어 무레질 헤영 한 푼 두 푼 모여낸 돈이 정든
　　　님 용돈에 모지레 간다." 그러더라고 국악인허는 거 내가 즈쪗
　　　이(자세히) 들엇거든. 그래서 내가 아, 요 해녀노래도 또 똔나

게, 애기덜을 フ리차(가르쳐) 주더라고. 국악인 여저가 나와서
그 여저가 김 머시라 허던데, 그 여저가 테레비 나와서 국악인
フ리치는 거 보니 그러더라고.(p. 218)

인용문에서 보듯이 이기순은 전문적인 소리꾼이 부르는 노래는 자신
이 부르는 노래와는 다르다고 했다. 사실 현장에서 부르는 <해녀노젓
는소리>는 역동적인 가락으로 불려진다. 전문적인 소리꾼이 부르는
<해녀노젓는소리>는 가창 위주로 불려지기 때문에 해녀들이 부르는
노래와는 가락이 사뭇 다르다. 이는 표준악보로 불려지는 <해녀노젓
는소리>가 그만큼 많이 변형되어 전승되고 있기 때문이다. 편곡된
<해녀노젓는소리>는 학생들 사이에도 꽤 번져 떼지어 놀 때에도 가
다가 유쾌하게 합창하기도 한다. 1960년대 초 제주도의 대표적인 창민
요인 <오돌또기>·<이야홍>과 함께 이 <해녀노젓는소리>가 편
곡되어 전파매체를 타고 널리 보급되는 한편, 각종 문화제전 때의 합창
에 따라 번져나갔다.21) 그것은 <해녀노젓는소리>의 가창기연인 노
젓는 노동이 사라진 데 그 원인이 있다고 본다.

(제): 이건 나 강안도 오라서, 팔저 흔탄을 허는 노래를 자꾸 무레를
가면 나 혼자 불러. 이러는디. 뭐 제주도 노래도 많애. 소섬 사
름은 또 뜬나게 허더라고. 소섬 사름덜은 우리 フ찌 안해. 우
리덜은 이 북촌이옌 헌딘 전부 해녀 배가 그때는 터우옌 헌 거,
배옌 헌 거, 흔 집의 두세 척썩은 꽉 찿주.(pp. 201-202)

21) 金榮敦, <濟州島民謠研究—女性勞動謠를 中心으로>, 동국대 박사학위 논문,
1983, p. 75.

인용문에서 보듯이 이기순은 자신의 고향인 북제주군 조천읍 북촌리에서 부르는 <해녀노젓는소리>와 북제주군 우도면(소섬)에서 부르는 <해녀노젓는소리>는 다르다고 했다. <해녀노젓는소리>는 창자의 가창능력과 지역에 따라 사설과 가락이 조금씩 다른 것은 사실이다. 하지만 고정적 사설은 공통적인 경우가 대부분이다.

> (제): 엉, 난 여기서 관광계 들엉 관광을 잘가. 관광을 가민 이제 목소리가 없어. 목청이 없어. 경허믄 이제 나무 하나 심어가꼬 '이여싸 이여싸' 산에도 가민 막 해노민 여저털 노래 보겟다고, 관광왓던 사름이 다 덥쳐, 나 노래 보겟다고. 나가 막 수건 머리에 둘르곡 허며는 목소리가 없으니 다른 노래는 못허잖아. 그러며는 '에이, 이놈의 것, 나 뱃노래나 헌다.' 작대기 흐나 심고는 막 해노민, 관광 온 사름털 그거 구경온다고 막 난리가 낫어.(p. 221)

<해녀노젓는소리>를 채록하기 위해 현지조사를 나갔을 때 부닥치는 어려움은 두 가지다. 하나는 제보자가 비협조적인 경우이고, 다른 하나는 노래를 부르는 것을 부끄럽게 여기거나 못마땅하게 생각하는 경우이다. <해녀노젓는소리> 제보자인 해녀들이 채록자와 일면식도 없는 경우에는 더욱 그러하다. 이처럼 현지 채록 갔을 때 적극적인 협력자를 만난다는 것은 쉬운 일이 아니다. 적극적으로 협조해주는 경우에도 조금만 부르다가 그만두기 일쑤이다. 똑같은 노래를 왜 또다시 부르라고 하느냐고 말하는 게 그것이다. 그런데 이기순은 관광계를 들어 관광을 갔을 때도 관광을 온 사름들 앞에서 <해녀노젓는소리>를 부를 만큼 적극적인 제보자 중의 하나다. 그만큼 이기순은 상당히 적극적 성격의 소유자임을 알 수 있다.

(조) : 검질 메는 노래 알아지쿠과.

(제) : 검질 메는 노래도 몰라.

(조) : 밭 볼리는 노래?

(제) : 밭 볼리는 노래. "어어어어어 어얼러러러러러"허는 거지 뭐. 밧 볼리는 노래, 무신 노래 헐꺼라.

(조) : 그건 흔 번 해봅써.

(제) : 그건 나 해보진 안 햇지. 듣기만 햇지.

       … < 중략 > …

(조) : 예.

(제) : 밧 볼리는 노래도 그래 들어 봣지. 다른 거는 나 안 들어 봣지, 뭐.

(조) : 비 올 때 부르는 노래?

(제) : 엉, 비올 때.

(조) : 비야 비야.

(제) : 그런 거 몰라.

(조) : 어린 아이, 머리 빡빡 깎은 중머리 헌 아이 놀리는 노래 중 중?

(제) : 그런 것도 저런 것도, 뭐 나 제주도서 오래 살지도 안허곡 말 허단 보난 동네 배깃딜 나가야 베웁지, 뭐.(pp. 222-223)

　인용문에서 보듯이 필자가 이기순에게 <검질 메는 노래(김매는 소리)>를 아느냐고 물었을 때 모른다고 대답했다. 또한 밭 볼리는 노래는 듣기만 했고, 노래를 해보지는 않았다고 한다. 그래서 밭을 밟게 하기 위해 조랑말을 몰 때 부르는 "어어어어어어어어 어얼러러러러러"라는 소리만 안다고 했다. 이를 통해서 이기순은 노래를 어떻게 인식하고 있는지 알 수 있다. 이기순은 가락만 있고 특정한 내용의 사설이 없거나 의성어만을 부르는 것은 노래로 인식하지 않는다. 또한 밭 볼리는 노래(밭 밟는 소리)는 들어 보기는 했지만 불러 보지 않았다는 것은 조랑말을 이용하여 밭 밟는 일을 해보지 않았다는 말이다. 이는 실제 노동을 하면서 불러 본 적이 없는 노래는 부를 수 없다는 것이다. 이기순은 노동요는 작업을 하면서 불러 보아야 배울 수 있고 또한 세내로 부를 수 있다는 인식을 갖고 있다. 이는 노동요의 전승에 결정적 영향을 미치는 것은 작업이라는 점이다. 주지하듯이 작업과 민요가 분리되지 않아야 민요의 전승이 이루어질 수 있다는 사실을 확인한 셈이다. 이기순은 또한 자신이 불러보거나 들어본 적이 없는 노래는 모른다고 했다. 동요인 비올 때 부르는 노래, 아이 놀리는 노래 등이 그것이다. 어린 시절 집 밖에 나가 놀아본 경험이 없기 때문에 그렇다는 것이다.

> (조) : 경허고 그 언제 들어보니까, '군대환은 왓다갓다.' 그런 노래도 잇지 아니허우꽈. 군대환, 옛날에 일본배.
> (제) : 어엉, 허허허허허. 군대환은 우리 커올 때 제주도 왓다갓다 햇어.
> (조) : 경허난 노래에도 보난 '군대환은 왓다갓다, 보인다.' 그런 노래도 잇지 안허여 마씀.
> (제) : 뭐, '연락선은 집을 삼고, 군대환은 집을 삼고, 이제 저 어디고 오사까, 시모노세끼 그런디 간다.'고 노래는 들엇나도, 거 나 몰라.
> (조) : 한 번 아는 대로만 해봅써.
> (제) : 못 허여 그거는, 뭐.(p. 230)

제주도에는 1920년대부터 제주~일본 대판간 직항로가 개설되어 '君代丸' 등의 정기 여객선이 운항되었다. 그래서 <해녀노젓는소리> 사설 중에 '君代丸'이라는 소재가 등장한다. 필자는 이기순에게 "군대환은 왓다갓다."라는 사설의 <해녀노젓는소리>를 아느냐고 묻자. 이기순은 "연락선은 집을 삼고, 군대환은 집을 삼고, 이제 저 어디고 오사

까, 시모노세끼 그런디 간다."고 하는 노래는 들어보았지만 모른다고
했다. 이는 실제로 불러 본 사설은 기억할 수 있고 가창할 수 있지만,
불러 보지 않고 듣기만 한 사설은 기억은 할 수 있어도 가창은 할 수
없다는 점을 보여준다. 따라서 민요의 사설을 실제로 가창해 보았거나
자신의 체험과 관련이 있는 사설은 기억하지만, 그렇지 않은 경우는
전승이 안 된다는 사실이다. 또한 전술한 바 있듯이 이기순은 딸의 죽
음을 슬퍼하는 내용의 사설은 스스로 창작하여 불렀지만, 남이 부른
사설은 기억은 하지만 부를 수 없다는 것은 사설 창작 능력과 가창 능
력과는 상관관계가 없음을 보여준다.

> (조) : 해녀노래를 한 곡지만 더 해줍써.
> (제) : 엉, 네나 그거지 뭐.
> (조) : 흔 번 더 해봅써.
> (제) : 그거 무시거 자꾸 불렁 뭐 헐라고.
> (조) : 말이, 가사가 몰르는 말이 이시니까.
> (제) : 불러 봐야 그 노래, 불러봐야 그 노래. 무레 가민 안 불러난 노
>   래도 자꾸 불러지는디, 집의나 앉이니까 또 안 나오네. 하하하
>   하하.(p. 224)

　　<해녀노젓는소리>의 구연 장소는 바다 위를 달리는 돛배이다. 간
혹 물질작업장까지 헤엄쳐 가면서 부르기도 한다. 필자는 이기순이 지
금까지 불렀던 <해녀노젓는소리> 사설 말고 또다른 사설을 알고 있
는지 조사하기 위해, 이기순에게 모르는 사설이 있으니 한 번 더 불러
달라는 유도 질문을 했다. 그러자 이기순은 물질을 가면 안 부르던
<해녀노젓는소리>도 자꾸 불러지는데, 집에 앉아 있으니까 잘 안 나
온다고 대답했다. 이는 <해녀노젓는소리>가 가창 기연인 노 젓는 일

과 단절된 지 오래되었고, 가창해 본 지도 오래되어서 사설을 망각했다는 것이다. 하지만 <해녀노젓는소리>의 구연 장소인 바다에 가면 노래를 자연스레 부를 수 있다는 것은 인위적인 공간인 집에서보다는 자연적인 공간인 바다에서라야 사설이 잘 연상된다는 말이다. 따라서 민요를 본원적 가락과 사설로 가창하려면 실제로 가창했던 현장의 상황과 유사한 공간적, 환경적 조건이 충족될 때 비로소 가능하다는 사실이다.

그러면 이기순이 <해녀노젓는소리>를 현재까지 전승할 수 있었던 요인은 무엇인지 살펴보기로 한다.

(조) : 여기 그러면 해녀노래 부르는 게 제주도 북촌허고, 거제도 거기서 많이 불렀고, 여기서는 안 불러 봐수꽈?

(제) : 여기서는 안 불러 봤지. 여기선 불를 일도 엇고.

(조) : 아니 그냥.

(제) : 아니, 영 히영갈 때 혼자서.

(조) : 히여갈 때 불러 봅써.

(제) : 네나 그 노래라.(p. 228)

(제) : 그거지 뭐. 고향 갈라고 고향 셍각나믄 그자 집의 앉어서 또 밤의도 요샌 누엇다가 심심허믄 이 노래 불러저, 혼자서.(p. 229)

(조) : 설룬 노래 할머니가 지은 건 어수꽈.

(제) : 그자, 그거 허다가 말아. 경헌디 또 저저 '물로 뱅뱅 돌아진 섬의 점심 굶엉 무레질 해영' 헌 것도 이제 테레비에나 나오믄 해녀들 욕해, 그렇게 제주사름 판명 내왐젠.

(조) : 으응, 그게 아닌디.

(제) : 경허난 불르지 말라 그래. 그래도 난 심심허민 불러.(p. 232)

인용문에서 보듯이 강원도는 거제도나 제주도와는 달리 헤엄쳐 가서 하는 물질인 이른바 '갯물질'을 주로 한다. 강원도에서는 돛배를 타고 연안의 섬으로 물질을 나가지 않으므로 노를 저을 일이 거의 없다. 그렇기 때문에 <해녀노젓는소리>를 불러 본 일이 없다고 했다. 다만 물질작업장으로 헤엄치고 갈 때, 집에서 고향이 생각나거나 무료할 때면 가끔씩 혼자 부른다고 했다. 또한 텔레비전에서 <해녀노젓는소리>를 부르는 장면을 방영하면, 본토에 정착한 해녀들은 제주도 사람을 판명 낸다고 욕하며 부르지 못하게 하는 경우도 있다고 했다. 그럼에도 불구하고 이기순은 <해녀노젓는소리>를 심심하면 부른다고 한다. 이러한 사실들은 <해녀노젓는소리>의 가창 기연이 사라진 지 오래됐음에도 불구하고, 이기순이 지금까지도 <해녀노젓는소리>를 구연하게 된 원인이면서 계기이기도 하다.

> (제) : 해녀노래는 그자 팔자 흔탄 해영, 그자 갖다가 붙이면 다 뒈는 거야. 다 붙이는 거야. 다른 건 없어.
> (조) : 예.
> (제) : 다른 거 뭐 유행가처름 이레 붙이고 저레 붙이는 게 아니고, 그자 팔저 흔탄을 허믄, 물에도 가믄, 그자 설룬 노래만 나오곡.(p. 232)

<해녀노젓는소리>는 자탄가의 성격이 강한 것 또한 사실이다. 인용문에서 보듯이 이기순은 <해녀노젓는소리> 사설의 성격을 자신의 팔자 한탄하는 것이라고 규정하고 있다. 또한 사설은 유행가처럼 정해진 게 아니고 어떠한 사설이라도 갖다 붙이면 된다고 말한다. 이는 <해녀노젓는소리>는 사설 내용과 무관하게 <해녀노젓는소리>의

가락으로 부르면 모두 <해녀노젓는소리>라는 것이다. 이는 <해녀노젓는소리>의 사설 가운데 해녀 작업과 관련된 고정적 사설뿐만 아니라 불싯삭업과는 아무런 관계가 없는 서성석 성격의 뮤농적 사설이 많은 사실과 무관하지 않다. 따라서 <해녀노젓는소리>의 사설이 다른 요종의 사설과 교섭하는 양상을 많이 보이는 이유도 이 때문이다.

Ⅳ 결 론

본고는 <해녀노젓는소리> 연구에서 사설 분석이나 현장성을 중심으로 한 연구 경향에 반성의 계기를 마련하는 한편, 그간 소홀히 다루었던 민요 창자의 생애를 부각하고자 하였다. 창자의 생애와 당대의 사건들을 사설의 내용과 연관시켜 작가론적 관점에서 논의해 보았다.

민요 창자의 생애를 전기적으로 고찰하려면, 창자의 삶의 양상이 긍정적이거나 부정적이더라도 제보자가 구술한 그대로의 사실만을 기술해야 한다. 다만 창자가 구술한 생애담을 기술하면 채록할 당시에 제보자가 지녔던 목소리의 억양까지 포착할 수는 없다. 제보자의 목소리가 문자로 정착하는 순간 화석화되기 때문이다. 하지만 채록자는 채록할 당시의 억양을 기억하고 있다. 이는 제보자를 생애를 다룰 때 왜 심리학적 통찰이 필요한지에 대한 이유가 된다.

해녀들이 본토로 출가물질을 나오는 이유는 더 나은 수익을 얻기 위해서이다. 하지만 이기순의 경우는 딸자식을 잃은 아픔을 잊기 위해서였다. 그렇다고 본토에서의 생활이 순탄한 것도 아니었다. 이기순이 겪었던 강원도 주민들과의 분쟁은 원주민과 이주민 사이의 갈등을 부각시키기 위한 것이 아니다. 이주민들이 겪었던 정착의 어려움을 이야기함으로써 일종의 교훈적인 경계의 의미를 주고자 함이다.

창자의 삶의 체험은 의식적이든 무의식적이든 구연한 생애와 민요 사설에 반영되기 마련인데, 이기순은 자신의 체험을 사설로 형상화하여 노래했다. 사별한 자식에 대한 그리움과 객지 생활의 어려움을 토로하고 자신의 신세를 한탄하는 것이 그것이다.

해녀 물질작업과 직접적 관련이 없는 <해녀노젓는소리>의 유동적 사설은 자탄가 성격이 짙다. 이는 고향을 떠나 객지에서 생활하며 받는 설움과 물질작업의 어려움이 그 직접적인 동기이다. 이러한 사설은 겉으로는 현실적인 삶의 고통을 노래하면서도 그 이면에는 고통스런 현실에서 벗어나고 싶은 욕구를 표출하고 있다고 본다.

인위적인 조건에 따라 제보자의 생애담과 <해녀노젓는소리>를 조사할 경우, 구연 현장은 채록자에 의해 설정된 것이며, 구연 상황과 조건도 채록자에 의해 계획된 것이다. 채록자는 의도적으로 당대의 구연 현장을 설정하기도 하고, 때로는 구연 현장 내에서 담화의 방향을 설정해주기도 한다. 또한 채록자는 제보자의 생애와 민요의 사설에 대해서 제보자와 자유롭게 토론할 수도 있다. 채록자가 제보자와 전기적 생애에 관해 이야기를 나눌 때 질문 내용은 제보자의 특징이 언급되어져야 한다고 본다. 그것은 그러한 특색들이 제보자의 성격을 명시해주기 때문이다. 이러한 사실을 기반으로 이기순의 민요에 대한 인식과 태도도 규명해 보았다.

● 참고문헌 ●

康大元, ≪海女研究≫, 韓進文化社, 1973.

강진옥, <여성 민요 창자 정영엽 연구>, ≪口碑文學研究學≫ 第7輯, 韓
      國口碑文學會, 1998.

金科白, <女人國巡禮, 濟州島海女>, ≪三千里≫ 創刊號, 三千里社, 1929.

김영・양징자, 정광중・좌혜경 譯, ≪바다를 건넌 조선의 해녀들≫, 도서
      출판 각, 2004.

金榮敦, ≪濟州島民謠研究上≫, 一潮閣, 1965.

김영돈, <제주도민요연구―여성노동요를 중심으로>, 동국대 박사학위 논
      문, 1983.

金榮敦・金範國・徐庚林, <海女調查研究>, ≪耽羅文化≫ 제5호, 제주
      대학교 탐라문화연구소, 1986.

김영돈 ≪한국의 해녀≫, 민속원, 1999.

나승만, <민요 소리꾼의 생애담 조사와 사례 분석―서남해 도서지역 민요
      소리꾼 생애담 조사를 중심으로―>, ≪口碑文學研究學≫ 第7輯,
      韓國口碑文學會, 1998.

나승만, <삶의 처지와 노래 생산 양식의 상관성―村婦, 무당, 그리고 기독
      교인으로 살아온 김안례의 사례를 중심으로―>, ≪島嶼文化≫ 第
      16輯, 목포대학교 도서문화연구소, 1998.

류종목, <사천시 민요의 전승 양상>, ≪韓國民謠學≫ 第7輯, 韓國民謠
      學會, 1999.

石宙明, ≪濟州島隨筆≫, 寶晋齋, 1968.

이성훈, <民謠 提報者의 生涯와 辭說>, ≪白鹿語文≫ 제2집, 제주대학
      교 국어교육과 국어교육연구회, 1987.

이성훈, <강원도 속초시 해녀 <노 젓는 노래>와 생애력 조사>, ≪崇

實語文≫ 第19輯, 崇實語文學會, 2003.

이성훈, <서부 경남지역 <해녀노젓는소리>의 전승과 변이양상>,
≪한국언어문화≫ 제27집, 한국언어문화학회, 2005.

이성훈, ≪해녀의 삶과 그 노래≫, 민속원, 2005.

李益泰·金益洙 譯, ≪知瀛錄≫, 濟州文化院, 1997.

제주도여성특별위원회, ≪구술(口述)로 만나는 제주여성의 삶 그리고 역
사≫, 제주도, 2004.

조규익·이성훈·강명혜·문숙희, ≪제주도 해녀노젓는소리의 본토 전승
양상에 관한 조사·연구≫, 민속원, 2005.

좌혜경, <제주 민요 歌唱者論>, ≪民謠論集≫ 第7輯, 民謠學會編, 민속
원, 2003.

최성애, <해녀의 이주 생활사-부산 용호어촌계 해녀에 관한 사례 연구->,
≪水産業史研究≫, 水産業史研究所, 1995.

한림화, ≪제주바다 潛嫂의 四季≫, 한길사, 1987.

홍미희, <민요 소리꾼 이남조 연구>, ≪韓國民謠學≫ 第9輯, 韓國民謠
學會, 2001.

후지나가 다케시, <1932년 제주도 해녀의 투쟁>, ≪제주도의 옛기록≫,
제주시 우당도서관, 1997.

11

민요 가창자의 시간과 공간 의식

- 서 론
- 민요 가창자의 시간의식
- 민요 가창자의 공간의식
- 결 론

| 이성훈 | 숭실대학교

『온지논총』 제17집, 2007.

I 서 론

우리의 삶은 시간 속에서 영위되고 존속되며, 시간과 공간의 제약에서 완전히 벗어날 수 없다. 개인의 역사, 개인이 속해 있는 사회적·시대적 상황이란 고립되고 단절된 것이 아니라 과거에서 미래로 지향해 나가는 辨證法的 시간의 일부에 지나지 않는다.[1] 이처럼 시간과 공간은 民謠 歌唱者의 삶의 과정 속에서 體驗한 역사적 상황이나 문화적 조건에 따라 다르게 내재화될 수 있다. 공동체가 아닌 개인적인 체험을 민요 사설로 형상화 할 때는 더욱 그러하다.

본토 出稼 海女들은 共同體를 이루어 생활한다. 海女들이 漁場에 물질 작업을 나갈 때도 10 여명이 동아리를 이루어 나간다. 이처럼 가창자 개인의 삶은 다를 수 있어도 이주 정착한 지역에서의 주민들과의 관계나 물질 작업을 하면서 겪었던 체험은 동일할 수밖에 없다.

제주도 해녀들은 본토에 출가 물질 나와서 '뱃물질'하러 오갈 때 돛배의 노를 저으며 〈해녀노젓는소리〉를 불렀다. 서부경남지역 중에 거제시와 사천시의 경우, 〈해녀노젓는소리〉의 가창기연인 돛배의 노 젓는 노동은 1960년대 말까지 이어졌고, 그 후는 동력선의 등장으로 소멸되었다.[2]

그렇다면 〈해녀노젓는소리〉 가창자들은 演行 現場에서 어떠한 시간 의식과 공간 의식을 갖고 〈해녀노젓는소리〉를 구연하였을까? 이것이

---

1) 김은철, 「백석 시 연구─과거지향의 시간의식을 중심으로─」, 『한국문예비평연구』제15집, 한국현대문예비평학회, 2004, 86면.
2) 이성훈, 「서부 경남지역 〈해녀노젓는소리〉의 전승과 변이양상」, 『한국언어문화』제27집, 한국언어문화학회, 2005, 493면.

본 논의의 출발점이다. 가창자의 생애와 시대상은 의식적이든 무의식적이든 민요 사설 속에 반영될 수 있기 때문에 그렇다.

따라서 이 논문에서는 〈해녀노젓는소리〉 가창자인 해녀들의 生涯歷을 바탕으로 그들이 체험한 삶의 軌跡이 민요 사설로 어떻게 形象化되고 있는지를 시간의식과 공간의식을 중심으로 살펴보기로 한다.

한편 이 논문에 활용된 자료는 강원도 속초시 이기순, 경상남도 통영시 현영자, 경상남도 거제시 윤미자, 제주도 북제주군 성산읍 양송백이 구연한 〈해녀노젓는소리〉 사설과 생애력이다.

Ⅱ   민요 가창자의 시간의식

시간 의식이라 함은 시간에 대하여 인간이 의식하는 방식 및 그에 대한 태도를 가리킨다. 시간이라는 것은 인간의 힘으로는 어찌할 수 없는 것이고 다만 인간이 그것을 어떻게 인식하느냐 하는 인식의 문제만이 중요한 것이다. 현상이나 실재는 어찌할 수 없는 것이므로 어떻게 인식하는가 하는 방법이나 태도의 문제는 매우 중요하며 그것이 곧 시간의 실체인 것으로 나타나기도 한다. 사실, 시간이라는 것은 그 자체로 경계나 구분도 없으며 단위도 없는 것이고 다만 인간이 측정을 위해 설정한 단위가 있을 뿐이다.[3]

인간의 삶은 기본적으로 시간과 공간에 내재하며, 시간의 흐름은 의식의 흐름과 일치한다. 그리고 시간에 대한 의식은 자신의 고유한 활

---

3) 김대행, 『시조유형론』, 이화여자대학교 출판부, 1994, 187면.

동이나 경험적 자각에 따라 자신만의 내밀한 시간을 형성한다. 즉 객관적이고 형식적인 시간 속에서 자신만의 내·외적 경험을 통해 심적으로 다양한 質的 變容을 이룩하는 것이다. 이러한 시간의 질적 변용은 인간에게 變化와 生成의 힘을 부여하며 나아가서는 存在의 의미를 부여한다.[4]

〈해녀노젓는소리〉는 해녀들이 '뱃물질' 하러 오갈 때 돛배의 '젓걸이 노'를 저으며 주로 부른다. 간혹 'ㄱ물질' 나갈 때 테왁 짚고 헤엄치면서 〈해녀노젓는소리〉를 부르기도 하는데, 사설이 같고 가락이 조금 빠른 편이다. 또한 해녀들이 '불턱'[5]에 모여 앉아 휴식을 취하면서도 〈해녀노젓는소리〉를 불렀다.

> "일흔 봄으로부터 느진 가을까지에 풍랑이 나고 요한 날이면 언제든지 바다 한가운데서 이상한 노래를 부르며 잠박곡질하는 해녀를 볼 수 잇스니 散髮한 얼골만이 白鳩와 벗이 되어 蒼浪에 뜨다가는 휘-하는 소리와 한가지로 물속에 사라지고 죽지나 안앗는가 의심하는 동안에 어느 듯 생복을 손에 쥐고 젓가슴까지 물박그로 내어 놋는 그들의 작업광경은 보는 사람으로 人魚나 아닌가 의심케 한다. 이러한 노동을 사오십분 계속한 후에는 부근 섬이나 바위에 나와 불을 피우고 물 속에 얼엇든 몸을 말리면서 그들의 독특한 음조로 노래를 부른다.

---

4) 조연숙, 「향가의 시간의식 연구」, 『고시가연구』 제13집, 한국고시가문학회, 2004, 249면.

5) 해녀들이 무자맥질해서 작업하다가 언 몸을 따뜻이 하기 위하여 마련해 간 땔감으로 불을 지펴서 쬐는, 바닷가 바위 위 바람막이에 돌담을 둥그스름하게 에워싼 곳. 바닷가 바위의 자연적 됨됨이를 활용하여 꾸며지기도 하여, 해녀들의 탈의장으로도 이용됨.(제주방언연구회, 『제주어사전』, 제주도, 1995, 281면.)

'총각 싸라 섬에나 들게
량식 싸라 섬에나 가게
정심 싸라 그지나? 가게
날죽건 꼿바테 무더
궁녀 신녀 물주람 말가.'[6]

그렇다면 〈해녀노젓는소리〉 歌唱者들은 演行 現場에서 어떠한 시간의식을 갖고 〈해녀노젓는소리〉를 구연하는지 살펴보기로 한다. 〈해녀노젓는소리〉 사설에 있어서 과거는 기억이나 체험을 회상하는 형태를 띠는 경우가 많다. 과거는 해녀들이 濟州島에서나 本土로 出稼 물질 나와서 겪었던 체험의 공간이기 때문이다.

江原道 束草市에 거주하는 제주 출신 해녀 이기순은 집에 혼자 있을 때, 고향 생각이 나거나 심심하면 〈해녀노젓는소리〉를 부른다고 하였다.

"고향 갈라고 고향 생각나믄 그자 집의 앉어서 또 밤의도 요샌 누엇다가 심심허믄 이 노래 불러져, 혼자서."[7]

위 인용문에서 보듯이, 속초시에 거주하는 가창자 이기순은 고향인 제주도에서 거주했던 과거 시간은 긍정적인 시간으로 인식하고 있는 반면에, 현재 거주하고 있는 속초에서의 현재 시간은 부정적인 시간으로 인식한다. 타향살이로 인한 客愁感이 鄕愁에 젖어들게 하는 하나의 원인이다.

---

6) 김두백, 「여인국순례, 제주도해녀」, 『삼천리』 제1호, 1925, 23면.
7) 이성훈, 「강원도 속초시 해녀 〈노 젓는 노래〉와 생애력 조사」, 『숭실어문』 제19집, 숭실어문학회, 2003, 499면.

하지만 〈해녀노젓는소리〉를 口演하기 시작하면서 제주도에서 겪었
던 일들을 회상한다. 그 결과 제주도 거주하던 과거 시간은 부정적인
시간으로 인식하게 된다. 이는 가창자 이기순이 자신의 生涯談을 口述
하면서 자신이 몸소 겪었던 바를 〈해녀노젓는소리〉 사설에 投影시킴
으로써 민요 사설이 가창자의 생애력과 무관하지 않고 聯關性이 있다
는 사실을 보여준다.

(제) : 이제 남의 때문에 그래가 그러는데, 거제도 오라서 내가, 내가
　　　지어서 노래를 허니 해녀덜 흔 으남은이 다 울엇다고.

(조) : 흔 번 해봅써.
(제)　8.
　　　엄마 엄마　　　허는 아기
　　　저 산천에　　　묻혀나 놓고 허
　　　한라산을　　　등에다 지고
　　　연락선을　　　질을 삼아 하
　　　거제도를　　　멀 허레 오란
　　　받는 것은　　　구숙이고
　　　지는 것은　　　눈물이로다
　　　이여사 하

　　　9.
　　　요 금전을　　　벌어다
　　　우는 애기　　　밥을 주나 하
　　　병든 낭군　　　약을 주나 하
　　　혼차 벌엉　　　혼차 먹엉
　　　요 금전이　　　웬말이더냐 하

이여싸 하   이여싸

(제)·내가 애기 죽어돈 오라서 그 노래를 해서, 거제도 사름이 다
    울엇다고.[8]

위 인용문에서 보듯이, 가창자 이기순은 〈해녀노젓는소리〉를 가창
하면서 제주도를 떠나 巨濟島로 移住할 수밖에 없었던 緣由를 노래하
면서 과거의 시간 속으로 들어간다.

위에 인용한 〈해녀노젓는소리〉 사설이 돋보이는 것은 가창자 이기
순이 제주도에서 겪었던 일들을 거제도에서 거주하며 물질할 때 화자
의 시점으로 노래하고 있다는 사실이다.

"엄마 엄마 / 허는 아기 // 저 산천에 / 묻혀나 놓고 허"라고 노래하
는 사설은 이기순이 釜山을 거쳐 거제도로 이주하게 된 원인을 밝힌
것이다. 거제도로 이주하게 된 근본적인 원인은 남편이 죽은 후 자식
마저 교통사고로 죽었기 때문이다. 이러한 비극적 현실로부터 도피하
기 위한 방편으로 거제도로 출가물질을 나온다. 하지만 "연락선을 길
을 삼아서 거제도를 무엇하러 와서 받는 것은 흉이고 떨어지는 것은
눈물이다(연락선을 / 질을 삼아 하 // 거제도를 / 멀 허레 오란 // 받는
것은 / 구숙이고 // 지는 것은 / 눈물이로다)"고 자탄한다. 또한 자식과
남편을 잃었기 때문에 힘들게 물질하여 "돈을 벌어다 우는 아기에게
밥을 줄 수가 있나, 그렇다고 병든 낭군에게 약을 줄 수 있나(요 금전
을 / 벌어다 // 우는 애기 / 밥을 주나 하 // 병든 낭군 / 약을 주나 하)"
라고 자문하며 자탄한다. 자식과 남편이 부재하기에 "혼자 벌어서 혼

---

8) 이성훈, 앞의 글, 488~489면.

자 먹어서 요 금전이 웬 말이더냐(혼차 벌엉 / 혼차 먹엉 // 요 금전이 / 웬말이더냐 하)"고 자신의 처지를 한탄한다. 존재의 의미를 상실한 상태에 놓인 자신의 처지를 노래하고 있다. 이는 과거의 일들이지만 과거시제가 아니라 현재시제의 관점에서 노래하고 있음을 알 수 있다. 표면적으로는 현재 시제의 관점에서 노래하고 있지만 사실은 과거 회상의 沒入이며 과거 지향적 태도를 堅持하는 가창자의 內面 意識을 엿볼 수 있다.

　이러한 과거 회상의 몰입과 과거지향적 태도는 그녀의 생애력을 구술하면서 상승작용을 일으킨다. 이는 아래 인용문에서 확인할 수 있다.

　　(제) : 제주도서 물질이야, 우리 무을에는 머 전부 옛날이사 무신 흔 집에 물질 뭐 너다섯 썩은 다 메누리고 뚤이고 손지고 다헐 때니까 머. 계속 잘 허긴 잘했지. 그 시국 일어나 갖고 수삼 사건에 몬 그러고, 어떠하다 본께는 머 신랑도 죽고, 머 애기도 아홉 설 먹은 거 차로 글련 죽엇어, 북촌 흑교 앞에서. 차로 글련 죽여두고는 그만 미첫지. 아홉 설 멕여가 차로 글련, 나 스무 설에 난 거 차로 글려 죽이니까 머. 반 미쳐가꼬 신랑도 죽어 불고, 아홉 설 멕여서 차로 그거 글려 죽여 불고 허니까, 미쳐서. 그런디 스물일곱 설에 저 부산 나온 거라. 그 때 시절엔 이렇게 살아질 생각은 안 허고. 어디 가다가 객선에라도 타며는 물에 빠져 죽을 거. …중략… 북촌만 살다가 애긴 떡허게 차로 글련 죽이고 나니까, 미쳐서 제주도는 다돌아뎅겨서 내가. 어디 저 남원으로 어딜로 미쳐서 돌아뎅기다가, 에고, 이젠 제주도선 죽지도 못헐 꺼고, 나 육지 나가민, 육지 간다허곡, 객선에 가서 타며는 물에 빠정 죽을 수가 잇겟다해서, 섣둘에 저 몸빼 흐나 입고 외양목 적삼 흐나 입고 떠나 온 게 죽지도 못허고, 부산 오랏다가 또 거제도 가서 한 삼 년 살다가, 거제도서 또 흔차 젊은 여저니까 못 살더라고.[9]

제주도에서의 남편과 자식을 잃었던 과거는 부정적인 시간으로 인식하고 있다. 그러면서도 속초에서 타향살이를 하는 현재의 처지에서는 세주노에서 있었던 과거의 무성석인 시간 의식이 고향에 대한 그리움으로 인해 긍정적인 시간으로 인식하고 있다. 부정적인 시간으로 인식하였던 제주도에서의 과거는 긍정적으로 인식하게 되는 것은 타향살이 하는 현재의 자신의 처지는 부정적인 시간으로 인식하기 때문이다.

이처럼 가창자 이기순은 고향이 제주도라는 사실을 회상하며, 과거와 현재의 正體性 사이에서 혼란스러워하고 있다.

본토에 이주하여 定着한 가창자들은 〈해녀노젓는소리〉를 가창하면서 고향에 대한 그리움을 표출한다. 타향살이를 하는 가창자의 시간은 현재이지만, 고향을 그리워하며 〈해녀노젓는소리〉를 가창하는 시간은 과거 시간이다.

〈해녀노젓는소리〉는 'ᄀᆞ물질' 나갈 때 헤엄치며 부르거나 해녀 동아리가 모여서 놀 때도 부른다. 이것은 어디까지나 무료함을 달래거나 흥을 돋우기 위해서 부르는 것이다. 이 때 해녀들은 제주도 사람으로서의 정체성을 확인하고 同質性을 느끼는 계기가 되기도 한다.

가창자들은 〈해녀노젓는소리〉를 구연하는 동안은 현재에서 과거로 回歸한다. 당대의 힘들고 고통스럽던 상황을 회상하며, 가창자들은 눈물을 글썽이기도 한다.

---

9) 이성훈, 앞의 글, 465~466면.

[1]

A : 이여사나　　　　　　　이여사

B :　　　　이여사나　　　　　　　이여사

A : 우리나　　　　　고향은

B :　　　　이여사나　　　　　　　이여사나

A : 전라남도　　　　　제준데

B :　　　　이여사나　　　　　　　이여도사나

A : 임시야　　　　　　사는 데는

B :　　　　이여사나　　　　　　　이여도사나

A : 거제야　　　　　　산천이요

B :　　　　이여사나　　　　　　　이여사나

A : 이여도사나　　　　　이여도사나

B :　　　　이여도사나　　　　　　이여도사나

A : 산도 설고　　　　　무슨 곧에

B :　　　　이여사나　　　　　　　이여사나

A : 누구를　　　　　　찾아 와서

B :　　　　이여사나　　　　　　　이여사나

A : 타관은　　　　　　고향 되고

B :　　　　　　　　　　　　　　이여사나

A : 고향은　　　　　　타관이 되고

B :　　　　　　　　　　　　　　이여사나

A : 이여도사나　　　　　이여사나

B :　　　　이여도사나　　　　　　이여도사나10)

---

10) 이성훈, 「서부경남지역 〈해녀노젓는소리〉 조사」, 『숭실어문』 제21집, 숭실어
　　문학회, 2005, 393~394면.

위에 인용한 자료 [1]은 필자가 2004년 11월 13일 慶尙南道 巨濟市 南部面 楮仇里 大浦마을에서 채록한 〈해녀노젓는소리〉 사설이다. A 가창사인 윤미사는 1934년 濟州道 牛島面에서 출생하였다. 아버지가 일찍 세상을 떠나시는 바람에 6살에 어머니와 함께 경남 거제시 남부면 저구리로 이주해 와서 현재까지 살고 있다. 윤미자의 출생지는 제주도이지만, 사실상 고향은 거제도라고 할 수 있다.

가창자 윤미자는 유아기 시절만 제주에서 살았을 뿐이고, 이후는 대부분을 거제도에서 살았다. 그럼에도 윤미자는 제주도를 고향으로 인식하고 있다. "우리나 / 고향은 // 전라남도 / 제준데 // 임시야 / 사는데는 // 거제야 / 산천이요"라고 노래하는 것이 그것이다. 양친이 제주도 출신이라는 사실은 윤미자로 하여금 제주도가 자신의 정체성을 확립하게 해주는 하나의 機制로 작용하기 때문이다.

그러면 윤미자는 고향을 '제주도'라고 하지 않고 '全羅南道 濟州'라고 하였을까. 그것은 윤미자가 〈해녀노젓는소리〉를 배우고 부르던 시기가 濟州島가 전라남도에 속해 있던 시대였다는 사실을 보여준다. 현재 濟州島는 행정상으로는 독립된 행정단위로 濟州道이지만, 濟州島가 全羅南道 관할에서 분리되어 道名을 濟州道라 稱하는 슈은 1946년 7월 30일 24시에 효력을 발생한다고 在朝鮮美國陸軍司令部軍政廳 法令第九十四號 濟州道의 設置 법령으로 1946년 7월 2일 朝鮮軍政長官 美國陸軍少將 러치(Archer L. Lerch)의 명의로 공포되었다. 다시 말해서 윤미자가 고향을 濟州道라고 하지 않고 '전라남도 제주'라고 노래한 것은 濟州島가 1946년 8월 道로 승격되기 이전인 전라남도에 속해 있던 시기에 〈해녀노젓는소리〉를 배우고 불렀다는 점과 當代의 時間 指標로 작용한다는 점이다. 윤미자는 〈해녀노젓는소리〉를 부르는 순간만큼은 현재가 아닌 과거의 시간 속으로 들어간다. 과거 시간은 거제도에 정착해서 살고 있는 현재 시간보다 고통스럽고 힘든 시절이었지만, 한편으로는 과거 시간이 본토에서 물질을 하다가 제주도로 歸鄕할 수도 있었던 시절이었기에 그리움의 시간으로 여기고 있다고 본다.

결국 윤미자는 고향이 전라남도 제주도라고 여겼던 과거의 시간을 긍정적인 시간으로 인식하고 있지만, 현재 정착해서 거주하고 있는 거제도를 임시 거처로 여기고 있는 현재의 시간은 부정적인 시간으로 인식하고 있다.

그러면서도 고향인 제주도는 돌아갈 수 없는 곳인 타향이 되고, 타향인 거제도에 고향이 되었다고 인식한다. "산도 설고 / 무슨 곳에 // 누구를 / 찾아 와서 // 타관은 / 고향 되고 // 고향은 / 타관이 되고"라고 노래한 것이 그것이다. 고향에 대한 그리움은 간절하지만, 고향인 제주도는 과거의 시간으로 부정적으로 인식하고 타향인 거제도는 현재의 시간으로 긍정적으로 인식하는 모습을 보여준다. 이는 고향에도 타향에도 안주할 수 없는 심리적 갈등 양상의 단면을 살필 수 있다.

과거에 대한 회상은 현재 시간 속에서의 삶의 지표를 喚起시키는 觸媒劑 역할을 한다. 미래에 대한 기대와 희망은 현재 시간 속에서 삶의 방향을 설정하는 기제가 된다.

[2]
A : 악마 ᄀ튼   요 금전을
A : 벌여서도
B :   이여사나
A : 논을 사나   밭을 사나
B :   이여사나
A : 얻은 자식   대학 출신
A : 사각모자   씌울라고

```
B :            이여사나                  이여싸
A : 나가 요리          한다 말고
R :                                 이어시니
A : 이여사나          이어사나11)
```

[2]의 A 가창자 윤미자는 온갖 고생을 하면서 번 금전으로 논을 사겠
냐, 밭을 사겠냐고 自問하면서, 자신의 富貴榮華가 아닌 자식의 立身揚
名을 위해 물질작업의 고생을 甘受한다는 것이다. 현재는 부정적인 시
간으로 인식하면서도 미래는 긍정적인 시간으로 인식을 하고 있기 때
문에 현재 시간도 긍정적으로 인식하려는 의지가 강하게 나타난다.

미래에 대한 강한 긍정적인 의식 때문에 부정적인 현재 시간도 긍정
적으로 인식하는 것은 자녀에 대한 교육열이 심리적인 基底를 이루기
때문이다. 자녀의 입신양명이라는 미래 시간에 대한 기대는 고생스럽
고 힘든 현재 시간에 대한 마음의 慰安을 얻는 동시에 현실을 극복해
나갈 수 있는 突破口를 마련하고 있다. 따라서 가난 때문에 현실을 諦
念하거나 逃避하기보다는 現實 克服의 意志를 보여주고 있는 것으로
解釋할 수 있다.

---

11) 위의 글, 394면.

Ⅲ 민요 가창자의 공간의식

고향은 마음의 安息處이다. 본토에 출가물질을 나왔다가 정착한 해녀들에게 제주도라는 공간은 憧憬의 대상이면서 자아의 정체성을 찾게되는 원형적 공간이기도 하다. 제주도라는 공간은 본토에 정착한 해녀들이 타향인 본토에서 겪게 되는 문화적 異質感과 문화 衝突이 빚는갈등을 극복할 수 있는 기제로서 작용한다. 제주도에서 살았던 원형성에 대한 동경은 본토에 살면서 원주민과 겪게 되는 갈등의 과정을 거친 후 자신은 제주도 사람이라는 자아의 정체성을 확립하게 된다.

본토라는 공간은 높은 소득을 올릴 수 있는 기회의 공간이면서 동시에 이방인으로서 겪게 되는 이질적 공간이고, 부정적 현실로부터 도피의 공간이면서 타향살이의 어려움을 극복하기 위한 방편으로 고향을동경하게 만드는 공간이 되기도 한다.

먼저 기회의 공간이면서 이질적 공간으로서의 본토에 대한 공간 의식부터 살펴보기로 한다. 양송백은 1905년 제주도 우도면에서 출생하여 1965년까지 60년간 이 섬에서 살다가 城山邑 溫平里으로 이주하여살고 있다. 1922년부터 1935년까지 巨濟島·九龍浦·釜山·豆滿江·馬養島·新浦 등지에 나가 물질을 했고, 1936년부터 1945년 해방되기이전까지는 日本의 下關·四國 등지에 두어 차례 물질을 나갔었다.[12]

　　　열 술 뒈난 물질을 베완 벌어 먹엉 살잰 베와시녜. 물바우에 강 우리
　　언닌 흐끔 크난에 오물락오물락 숨비곡 난 못흐믄 우리 언닌 열다숫

---

12) 이성훈, 『해녀의 삶과 그 노래』, 민속원, 2005, 153~154면.

때난 물질해라게. 무수왕 아이고 어떵 들어가코 시퍼렁ᄒᆞ디 눈도 안
씨곡 ᄒᆞ영, 영 사민 물데레 자락자락 들이밀명 물질 안 ᄒᆞ민 어떵ᄒᆞ영
살티, 굶엉 죽을디 ᄒᆞ믄 ᄉᆞᆯ기 위핸 물질 베와시네. 열ᄋᆞᆲ술 나난 육질
가지 안 헤시냐. 어떵ᄒᆞ연 가게 뒈신고 ᄒᆞ믄 우리 아바지가 벵을 난 죽
게 뒈고 돈이 서새있어야 약을 상 먹을 거난. 놈신디 돈을 꾼거 아니.
밧문세나 집문셀 줘사 돈을 꿔 졍. 돈은 누게 벌 사름 웃이난 웃고. 겐
나가 열ᄋᆞᆲ술에 육지간 벌언 오란 집이영 밧이영 문세 다 ᄎᆞ산 안네
영 시집을 가서.13)

  위 인용문에서 보듯이, 가창자 이기순은 10살 때 먹고 살기 위해 물
질을 배우게 된다. 가창자의 아버지가 병을 얻어 죽게 되자 집문서와
밭문서를 擔保로 돈을 차용한다. 이기순은 빚을 갚기 위해 18살에 본
토로 출가물질을 나오게 된다. 이때 번 돈으로 집문서와 밭문서를 찾
게 된다.
  이처럼 본토는 높은 소득을 올릴 수 있는 기회의 공간이지만, 한편
으로는 본토인으로부터 賤待와 驅迫 받는 공간이기도 하다.

  어디 강 물질을 ᄒᆞᆯ 꺼고 ᄒᆞ난 두만강서 ᄒᆞ랜 ᄒᆞᄂᆞᆫ 거라. 물에 들엉보
난 강 ᄒᆞ나만 넘으민 로서아(러시아)이 경ᄒᆞ난 눈물이 나더라. 아이고
우리가 해녀질 베왕 돈을 똘랑 오는디 이거 어디엔 우리가 오라 저신
고. 이제랑 부모딜안티 펜지나 ᄒᆞ잰. 또시 우린 글이나 아느냐. 소섬에
도 글 베운 사름 ᄒᆞᄂᆞ도 웃엇져. 경해도 난 우리 아덜, 손지도 이제ᄁᆞ
정 공부시켯져. 우리 강 물질을 ᄒᆞᄂᆞᆫ 포구엔 그딧 사름덜이 낳인 제뱁
우리광 벗을 ᄒᆞ더라. 밤은 뒈믄 돌머드름돌팔매질이 다 나오곡 아주
백핸 못 살겟더라. ᄒᆞ 스무날 물질해보단 안 뒈거든. 나오질 안 헤시

---

13) 위의 책, 154~155면.

냐. 다시 청진을 나오라네 돌아상 오는디, 어디 오랑 물질을 해신고 ᄒᆞ 믄 마령도(馬養島)·신포(新浦) 오라네 물질을 시작해신디 유월 초나 흘부터 팔월 열나흘까지 물질을 햇어 그딘 경 ᄆᆞ음이 좋더라, 막 음식 도 ᄀᆞ찌 노낭 먹곡 우리가 살아ᄀᆞᆺ듯 살아가지더라. 물건을 얼마나 잡 아신고 ᄒᆞ믄 ᄒᆞᆫ 둘 동안 물질ᄒᆞᆫ 거 앗앙 오랑 밧을 삿거든. 경ᄒᆞ잰 ᄒᆞ 난 팔도강산 구경 안 ᄒᆞᆫ디가 읏다.14)

위 인용문에서 보듯이, 양송백은 러시아 접경인 豆滿江 유역으로 출 가물질을 나갔지만 현지인들의 심한 薄待와 구박을 견디지 못하고 淸 津을 경유하여 馬養島, 新浦 등지에서 물질하고 번 돈으로 귀향하여 밧을 산다. 두만강 유역의 현지인들의 박대는 본토를 부정적인 공간으 로 인식하게 하지만, 마양도와 신포의 현지인들의 厚待는 본토를 긍정 적인 공간으로 인식하게 한다.

그럼에도 불구하고 본토로 출가 물질을 나온 해녀들에게 있어서 본 토라는 공간은 높은 소득을 얻기 위한 공간으로 인식한다.

[3]

돈아 돈아	말 모른 돈아
돈의 전체굿	아니민
노곡 두만강	어디라니
부량 청진	어디라니
부량 청진	오란 보난
「이 나그네	늘래 들어옵지기
제주 안간	늘래 들어옵지기」15)

---

14) 위의 책, 173~174면.
15) 김영돈, 『제주도민요연구상』, 일조각, 1965, 246면.

[4]

우리나	고향은
제주야	셩신폰디
잠깐	몸 지체
오사까	동성국
십 이 번지에	사는고나16)

[5]

산도 설고	물도 선 듸
어디란	일로 와시니
돈일러라	돈일러라
말 모른	돈일러라
돈의 전체굿	아니민
내가 요디	무사 오리17)

[3]은 러시아 두만강 하구와 함경도 富寧, 淸津으로 출가물질 나온 연유와 현지인들의 응대를 노래한 사설이다. 돈 때문에 러시아 두만강, 富寧, 淸津으로 와사 보니까("돈의 전체굿 / 아니민 // 노곡 두만강 / 어디라니 // 부량 청진 / 어디라니 // 부량 청진 / 오란 보난") 현지인 부녀자들은 제주도 해녀들에게 어서 들어오라고("「이 나그네 / 늘래 들어옵지기 // 제주 안간 / 늘래 들어옵지기」")라고 인사하며 반갑게 맞이한다는 사설이다. 이는 위에서 양송백이 함경도 馬養島, 新浦 등지의 현지인들부터 후대를 받았다고 구술한 자료와도 같다.

---

16) 위의 책, 246~247면.
17) 위의 책, 243~244면.

[4]는 고향은 제주도 城山浦인데 돈을 벌기 위해 日本 오사카에 잠시 머물러 살고 있다고 노래한 사설이다. 돈을 벌기 위해 일본으로 출가 물질을 나온 해녀들도 일본이라는 공간은 높은 소득을 얻기 위한 공간 으로만 인식하고 있음을 알 수 있다.

[5]는 본토나 해외 공간은 단지 높은 소득을 얻기 위한 공간으로만 인식하고 있음을 단적으로 노래한 사설이다. 물도 낯설고 산도 낯선 타향으로 출가 물질을 나온 까닭은 모두 돈 때문이라는 것이다.

결국 본토라는 공간은 표면적으로는 높은 소득을 올릴 수 있는 기회 의 공간으로 긍정적인 인식하고 있지만, 이면적으로는 가난 때문에 어 쩔 수 없이 출가 물질을 나올 수밖에 없는 부정적인 공간으로 인식하 고 있다. 이러한 사실은 제주도라는 공간을 窮乏한 생활에 찌든 부정 적인 공간으로 인식하고 있다는 사실을 전제로 하고 있다는 점이다.

다음으로 부정적 현실로부터 도피의 공간이면서 타향살이의 어려움 을 극복하기 위한 방편으로 고향을 동경하게 만드는 공간으로서의 본 토에 대한 공간 의식을 살펴보기로 한다.

[6]

엄마 엄마	허는 아기
저 산천에	묻혀나 놓고 허
한라산을	등에다 지고
연락선을	질을 삼아 하
거제도를	멀 허레 오란
받는 것은	구숙이고
지는 것은	눈물이로다
이여사 하	

[6]은 가창자 이기순이 자신이 처한 부정적 현실의 공간인 제주도로부터 脫出하려는 의지에서 거제도로 출가물질을 오게 된 상황을 노래한 사실이나. 가상사는 20살에 낳은 아기를 交通事故로 잃고 남편도 死別하자 미쳐서 제주도를 전 지역을 돌아다니다가 27살에 旅客船을 타고 부산으로 가다가 바다에 투신하려고 했지만 그러지도 못하고 부산을 경유하여 거제도로 이주하여 3년을 살게 된다. 이러한 생애력을 가창자가 구술한 대로 인용하면 아래와 같다.

> 나 스무 설에 난 거 차로 굴려 죽이니까 머. 반 미쳐가꼬 신랑도 죽어 불고, 아홉 설 멕여서 차로 그거 굴려 죽여 불고 허니까, 미쳐서. 그런디 스물일곱 설에 저 부산 나온 거라. … 중략 … 미쳐서 제주도는 다 돌아뎅겨서 내가. 어디 저 남원으로 어딜로 미쳐서 돌아뎅기다가, 에고, 이젠 제주도선 죽지도 못헐 꺼고, 나 육지 나가민, 육지 간다허곡, 객선에 가서 타며는 물에 빠정 죽을 수가 잇겟다해서, 섣둘에 저 몸뻬 ᄒᆞ나 입고 왹양목 적삼 ᄒᆞ나 입고 떠나 온 게 죽지도 못허고, 부산 오랏다가 또 거제도 가서 한 삼 년 살다가, 거제도서 또 혼차 젊은 여저니까 못 살더라고.[18]

이처럼 [6]은 가창자 이기순이 아이를 잃은 슬픔을 극복하고 정신적인 위안을 찾기 위해 제주도에서 본토로 도피할 수밖에 없었던 가창자의 내면 의식을 잘 보여준다. 하지만 본토의 거제도라는 공간은 부정적 현실로부터 탈출하여 정신적 慰安과 安息의 공간이 되지 못한다. 이방인으로서 겪게 되는 이질적 공간이고 구박과 설움을 받게 되는 부

---

18) 이성훈, 「강원도 속초시 해녀 〈노 젓는 노래〉와 생애력 조사」, 『숭실어문』 제 19집, 숭실어문학회, 2003, 465~466면.

정적인 공간으로 자리한다. 가창자 이기순에게 거제도라는 공간은 정
신적 안주의 공간이 되지 못하고 새로운 이질적 문화에 適應하기 위한
공간으로 자리를 잡는다.

　또한 본토에 출가물질을 나왔다가 정착한 해녀들에게 본토라는 공
간은 타향이면서도 고향으로 인식할 수밖에 없는 부적응의 공간으로
놓이게 된다.

　　[7]
　　우리나 고향　　　　　언제나 가나
　　고향은　　　　　　　타향이 되고
　　타향은　　　　　　　고향이 되고
　　저 산천에　　　　　　언제나 나면
　　고향 찾아　　　　　　가고 올까
　　이여도사나　　　　　이여도사나
　　이여사나[19]

　[7]은 고향인 제주에 대한 그리움을 노래하고 있다. 이 자료는 필자
가 2001년 12월 20일 慶尚南道 統營市 統營濟州裸潛婦女會館에서 채록
한 자료이다. 가창자 현영자는 1945년 제주도 성산읍 온평리에서 출생
하였고, 현재 경상남도 통영시 美修洞에 거주하고 있다. 가창자 현영자
가 거주하고 있는 공간인 경상남도 통영시는 타향이고 제주도는 고향
이다. 고향인 제주도는 돌아갈 수 없는 공간이기에 고향은 타향으로
인식한다. 그래서 "고향은 / 타향이 되고"로 노래한다. 그리고 타향인

---

19) 이성훈, 「〈해녀노젓는소리〉 사설」, 조규익·이성훈·강명혜·문숙희, 『제주도
　　해녀노젓는소리의 본토 전승양상에 관한 조사·연구』, 민속원, 2005, 266면.

통영시는 현재 정착하여 살고 있는 공간이기에 고향으로 인식한다. 그래서 "타향은 / 고향이 되고"라고 타향살이하는 자신의 처지를 노래한다. 그러면서도 통영시를 제2의 고향으로 인식한다. "저 산천에 / 언제나 나면 // 고향 찾아 / 가고 올까"라고 노래하고 있기 때문이다. 이처럼 제주도는 관념적인 고향으로만 존재하는 공간이고, 통영시는 현실적인 고향으로 존재하고 있는 공간이다. 고향인 제주도는 방문할 수는 있어도 정착할 수는 없는 공간이 되었고, 타향인 통영시는 비록 고향은 아니지만 자신이 정착하여 생활하는 공간이기 때문에 돌아올 수밖에 없는 공간이 되었기 때문이다. 가창자인 현영자가 "언제나 나면 고향 찾아 가고 올까"라고 자탄하는 이유다. 따라서 가창자는 제주도로 완전한 귀향을 원하는 게 아니다. 타향살이의 어려움을 극복하기 위한 방편으로 고향인 제주도라는 공간을 동경하고 있을 뿐이다.

Ⅳ　결 론

이상에서 〈해녀노젓는소리〉 가창자인 해녀들의 生涯歷을 바탕으로 그들이 체험한 삶의 軌跡이 민요 사설로 어떻게 形象化되고 있는지를 시간과 공간 의식을 중심으로 살펴보았다.

본토에 이주 장착한 제주도 출신 해녀들은 과거에 거주하였던 故鄕에도, 현재 거주하는 他鄕에도 定着하지 못하는 浮萍草 같은 신세로 전락한 자신들의 처지로 인하여 정체성의 混亂을 겪고 있음을 확인할 수 있었다.

〈해녀노젓는소리〉 사설에 나타난 시간 의식은 본토에 이주 정착하

기 전의 제주의 風物이나 記憶을 현재라는 시간 속에서 과거를 회상함
으로써 본토 이주 정착민으로서의 삶의 지표와 방향을 찾아 자아 정체
성을 확립하려는 努力과 意志로 볼 수 있다. 본토 移住民으로서 고향
인 제주도로 귀향할 수 없다면 고향에 대한 인식은 타향에서의 느끼는
異邦人으로서의 설움과 본토 주민과의 葛藤을 극복하고 새로운 삶의
土臺를 마련하고 미래의 삶을 설계하는 羅針盤 구실을 한다고 할 수
있다.

　본토에 出稼 물질을 나왔다가 정착한 해녀들에게 濟州島라는 공간
은 제주도에서 살았던 原型性에 대한 憧憬의 대상이면서, 본토 원주민
과 갈등을 통해 제주민으로서의 자아 正體性을 찾게 되는 원형적 공간
으로 작용하고 있음을 확인할 수 있었다. 또한 제주도라는 원형적 공
간은 본토에서 겪는 문화적 異質感과 文化 衝突이 빚는 갈등을 극복할
수 있는 기제로서 작용하고 있었다. 한편 본토라는 공간은 높은 소득
을 올릴 수 있는 기회의 공간이면서 동시에 본토 원주민들로부터 賤待
와 驅迫 받는 이질적 공간으로 인식하고 있었다. 그러면서도 본토라는
공간은 새로운 이질적 문화에 적응하기 위한 공간으로 인식하고 있었
다. 따라서 본토에 정착한 해녀들은 제주도로 완전한 귀향을 원하는
게 아니다. 다만 타향살이의 어려움을 극복하기 위한 하나의 방편으로
제주도라는 공간을 동경하고 있을 뿐이다. 또한 본토라는 공간은 타향
이면서도 고향으로 인식할 수밖에 없는 부적응의 공간으로 놓여 있다
는 사실도 알 수 있었다.

• 참고문헌 •

김두백, 「여인국순례, 제주도해녀」, 『삼천리』 제1호, 1925.

김영돈, 『제주도민요연구상』, 일조각, 1965.

이성훈, 「강원도 속초시 해녀 〈노 젓는 노래〉와 생애력 조사」, 『숭실어문』 제19집, 숭실어문학회, 2003.

이성훈, 「서부경남지역 〈해녀노젓는소리〉 조사」, 『숭실어문』 제21집, 숭실어문학회, 2005.

이성훈, 「〈해녀노젓는소리〉 사설」, 조규익·이성훈·강명혜·문숙희, 『제주도 해녀노젓는소리의 본토 전승양상에 관한 조사·연구』, 민속원, 2005.

제주방언연구회, 『제주어사전』, 제주도, 1995.

김대행, 『시조유형론』, 이화여자대학교 출판부, 1994.

김은철, 「백석 시 연구-과거지향의 시간의식을 중심으로-」, 『한국문예비평연구』제15집, 한국현대문예비평학회, 2004.

이성훈, 『해녀의 삶과 그 노래』, 민속원, 2005.

이성훈, 「서부 경남지역 〈해녀노젓는소리〉의 전승과 변이양상」, 『한국언어문화』제27집, 한국언어문화학회, 2005.

조연숙, 「향가의 시간의식 연구」, 『고시가연구』 제13집, 한국고시가문학회, 2004.

12

현대소설에 나타난 제주해녀

- 서 론
- 현대소설에 형상화된 제주해녀의 양상
- 결 론

| 김동윤 | 제주대학교

『제주도연구』 제22집, 2002.

I 서 론

본격적인 논의에 들어가기에 앞서 우선 용어를 정리할 필요가 있다. 바닷속에 들어가 해산물을 채취하는 아낙네를 어떻게 부를 것인가 하는 문제다. 이에 관해서는 강대원, 김영돈, 전경수, 한창훈 등에 의해 많은 논의가 있어왔다. 저마다 여러 논거를 동원하여 '잠수(潛嫂)' 또는 '좀수', '해녀(海女)', '잠녀(潛女)' 또는 '좀녀' 등으로 불러야 한다고 주장하였다. 해녀라는 호칭은 일본인의 식민지 정책상 천시해서 그런 것이므로 잠수라고 불러야 한다거나,[1] 해녀는 원래 일본 용어라는 점 때문에 잠녀 또는 잠수라는 용어의 회복과 정착이 바로 탈식민화의 과정이라는 주장[2]이 있다. 그러나 잠녀라는 용어가 제주도만이 아닌 일본에서도 오래 전부터 사용되었던 것이고, 해녀라는 용어는 원래 일본에서 온 말이지만 '물질'(해녀가 바닷속에 들어가서 해산물을 채취하는 일을 일컫는 제주방언. 이하 방언형 그대로 사용함.)하는 여인을 비하할 의도가 있는 것도 아니기 때문에,[3] 굳이 해녀를 버리고 잠녀를 고집할 필요는 없다고 본다. 잠녀는 그 발음이 '雜女'와 혼동될 가능성이 있음도 고려되어야 한다.[4] 잠수라는 용어도 '潛水'와 혼동될 우려가 있다는 점에서 문제가 있다.

* 이 논문은 2001년도 한국학술진흥재단의 지원에 의하여 연구되었음. (KRF-2001-045-B20003)
1) 강대원, 「서문」, 『해녀 연구』(한진문화사, 1973), 22쪽.
2) 전경수, 「제주연구와 용어의 탈식민화」, 『제주언어민속논총』(제주문화, 1992), 487~493쪽.
3) 김영돈, 「해녀의 명칭」, 『제주의 해녀』(제주도, 1996), 42~50쪽.
4) 전경수, 앞의 글, 492쪽; 한창훈, 「제주도 좀수들의 생활과 민요」, 『시가와 시가교육의 탐구』(2000, 월인), 333쪽.

작가들도 여러 용어를 두루 사용하였다. 특히 현기영은 이 문제에 적극적인 관심을 가진 바 있다. 장편소설 『바람 타는 섬』(1989)에서 그는 다음과 같이 기술한 바 있다.

> "애당초 '해녀조합'이란 말부터가 글러먹은 거라. 왜 우리가 '해녀'여? '잠녀'지. '해녀'는 왜말이라. 물질하는 일본년들이 '해녀'라구. 그러니까 '해녀조합'이 아니라 '잠녀조합'이라 해야 옳은 거라. 이렇게 우리 이름 까지 빼앗겼는데 다른 건 왜 안 뺏기겠어?"5)

작중인물의 입에서 나온 말이지만 이는 작가의 단호한 생각이었던 것으로 비추어졌다.6) 현기영이 이 작품에서 줄곧 '잠녀'라는 표현을 고집하고 있음은 물론이다. 그런데 작품을 자세히 들여다보면 "마을 해녀들은 낮에는 물에 들고 밤에는 두 명씩 짝을 지어 미역밭에 야경을 돌았다."7)에서 보듯이, 같은 소설에서 '해녀'라는 말도 찾을 수 있다. 이는 무의식적으로 쓴 것이겠지만, 그만큼 '해녀'라는 용어가 보편화되었음을 입증하는 사례라고 할 수 있다. 현기영의 다른 저작들에서도 '해녀'라는 용어를 사용한 경우가 적지 않다.8)

---

5) 현기영, 『바람 타는 섬』(창작과비평사, 1989), 70쪽.
6) 물론 그 이전에도 '해녀'라는 용어의 문제점이 몇 차례 지적된 적이 있었지만, 『바람 타는 섬』에서의 이러한 언급이 나오면서부터 해녀라는 용어가 일제잔재이므로 잠녀로 써야 한다는 인식이 크게 확산된 것으로 보인다.
7) 현기영, 앞의 책, 10쪽.
8) 현기영의 창작집 『순이 삼촌』(창작과비평사, 1979)에서는 "상군해녀이던 당신이 갑자기 물이 무서워져서"(48쪽), "해녀들의 물질마저 허락되지 않았다. 해녀들의 궁둥짝같이 넓적둥글한 태왁"(103쪽) 등의 표현이 보인다. 산문집 『젊은 대지를 위하여』(청사, 1989)에서는 "해녀들은 물 속의 미역밭에 자맥질해 들어가"(89쪽), "해녀들은 물과 가까운 데서"(90쪽), "해녀의 「노동요」"(92쪽),

이런 점들을 볼 때 어느 용어나 모두 나름대로 문제를 지니고 있음을 알 수 있다. 따라서 이 글에서는, 인용문을 제외하고는, 가장 일반적으로 통용되는 '해녀'라는 용어를 사용하고자 한다.

지금까지 제주해녀에 관한 연구는 민속학·인류학·여성학·의학(생리학)·법사회학·경제학 등 다양한 분야에서 논의된 바 있다. 문학 분야에서도 민요를 비롯해서 설화·속담 등과 관련하여 해녀에 대한 연구성과들이 나오고 있다.9) 그러나 아직까지 구비문학이 아닌 개인 창작 문학작품을 중심으로 제주해녀에 관해 본격적으로 논의해 본바는 없는 것 같다.10) 필자는 이런 점을 감안하여, 제주해녀를 다룬 소설들에 주목해 보았다.

소설 작품 가운데 제주해녀와 관련된 이야기를 다룬 것들이 꽤 있다. 고소설에서도 「배비장전(裵裨將傳)」의 후반부에 제주해녀가 등장한다.11) 현대소설의 경우 1940~1960년대에는 외지인 작가들에 의해 제

"해녀봉기사건"(96쪽), "해녀들의 항일투쟁"(103쪽), "공동해녀 어로장"(165쪽) 등 여러 차례 해녀라는 표현을 쓰고 있다. 또한 이 책에서는 「우리들의 어머니, 잠수 고씨」(191~197쪽)라는 글이 실려 있는데 여기서는 줄곧 '잠수'라는 용어를 사용했다. 최근의 산문집 『바다와 술잔』(화남, 2002)에는 「탈중심의 변방 정신」(2002)과 「웅혼한 4·3서사극—화가 강요배」(1992)에서 '해녀'로 지칭하고 있음을 볼 수 있다. 전자에서는 "70여 년 전의 해녀항일투쟁"(65쪽), "해녀항일투쟁을 소재로 쓰여진 나의 장편소설"(66쪽), "연인원 1만 7천여 명이 동원된 해녀항일투쟁"(67쪽) 등의 표현들이 있고, 후자에서는 "제주해녀들의 반일투쟁 이야기를 다룬 장편"(227쪽)이라고 언급되어 있다.

9) 제주해녀에 관한 그 동안의 연구 성과들에 대해서는 김영돈의 「해녀의 특이성과 연구방법」(『제주의 해녀』 제1장)과 해양수산부가 펴낸 『한국의 해양문화—제주해역』(2002) 594~595쪽 논저목록을 참조할 것.

10) 김영화, 「제주 바다와 문학」, 『영주어문』 제4집(영주어문학회, 2002)에서 제주해녀에 관해서 부분적으로 논의되었다.

11) 권순긍, 「배비장전'의 풍자와 제주도」, 『반교어문연구』 제14집(반교어문학회, 2002)에 이에 관해 논의되어 있다.

주해녀가 그려졌다. 제주 출신 작가들에 의해서 본격적으로 해녀들의
세계가 소설화하기 시작한 것은 1980년대부터였다 이러한 일련의 작
품틀은 그 예술적 가치와 더불어 제주해녀를 이해하는 자료로서도 충
분한 의미를 갖는다. 소설은 사회와 현실의 반영이면서 문화연구의 요
긴한 자료가 되기도 하기 때문이다.

따라서 이 글은 우리나라 현대소설에서 제주해녀를 형상화한 작품
들을 정리하면서 그러한 소설들에서 제주해녀가 어떻게 재현되었는지
를 고찰하는 데 목적을 두고 씌어졌다. 작가들의 눈에 해녀들이 어떻
게 인식되고 있는지, 그 인식의 차이가 작품 속에 어떤 방식으로 반영
되고 있는지, 인식의 차이가 나타나는 이유는 무엇인지 등에 유념하면
서 경향별로 유형화하고 그것을 분석하는 것이 이 연구의 초점이다.
그리고 그러한 사항들이 제주문학의 차원만이 아니라, 제주학의 영역
은 물론 한국문학 전반에서 각각 시사하는 바가 무엇인지를 탐색하는
데에도 관심을 가져 보았다.

Ⅱ   현대소설에 형상화된 제주해녀의 양상

필자는 제주해녀를 형상화한 현대소설 작품들을 통독해 보고 대체
로 그 경향을 세 가지로 나눠 볼 수 있다고 판단하였다. 첫째로는 이국
적·성적 이미지로서의 제주해녀, 둘째로는 생활인·직업인으로서의
제주해녀, 셋째로는 역사적 격변 속의 제주해녀 등이 그것이다.

1. 이국적·성적 이미지로서의 제주해녀[12]

현대소설에서 제주해녀를 그린 작품으로는 김정한의 「월광한(月光恨)」(1940)을 가장 먼저 꼽을 수 있다. 김정한(1908~1996)은 경상남도 동래군 출신으로서, 1933년부터 1940년까지 남해도(南海島)에서 보통학교 교원으로 근무하면서 작품을 집필했던 적이 있다. 「월광한」은 그때 썼던 단편소설이다. 이 작품은 그 공간적 배경이 제주도로 설정되어 있지는 않지만 제주해녀가 주요 인물로 등장한다.

이 소설은 화자(話者) '나'가 여름철에 S포구로 출장 나갔다가 자맥질하던 해녀들을 보게 되면서 이야기가 시작된다. 그 해녀들은 일정 기간 제주도를 떠나 '바깥물질'을 하는 '출가(出稼)해녀'의 무리였다. '은순이'는 그 무리의 일원인 '젊은 아주망'이다. '나'는 친구에게 부탁하여 그녀를 만나게 되는데, 며칠 뒤 그것을 계기로 '이여도'에 함께 가자는 데 서로 의기투합하여 둘만 배를 타고 바다로 나가게 된다는 것이 대체적인 작품의 내용이다.

(…) 제법 위즈워스의 '헤브라이 먼 섬에서 들리는 버꾸기 소리―' 따위의 시구(詩句)를 웅얼거리면서 포구를 향해 터덕터덕 맴심 풀린 걸음을 걸었다.
그러자 마침, 가던 날이 장날이란 격으로, 적은듯 하여 나는, 오리떼같이 한창 자맥질에 바쁜 해녀(海女)의 한 무리를 발견하였다.
해녀들의 생활에 대해서 일찍부터 흥미를 가지고 궁금이 여겨 오던

12) 이 부분의 일부 내용은 필자가 「현대소설에 나타난 제주여성―외지인 작가의 작품을 중심으로」, 『영주어문』 제1집(영주어문연구회, 1999)에서 논의한 사항과 중복되어 있음을 밝혀둔다.

나는, 갑자기 힘을 얻어서 그들의 일터로부터 가장 가까운 곳으로 달뜬 마음으로써, 그러나 겉으로는 짐짓 예사롭게 자갈을 차며 갔다.

까이지른 듯한 낭떨어지 밑이었다. 갯바람에 축축한 너럭바위가 있고, 조금 떨어져서 아이들의 주먹만큼씩 한 미끄러운 청조약돌 밭에 그들의 옷과 구덕(바구니)이 올망졸망 놓여 있었다.

나는 나른한 다리를 너럭바위 위에 내뻗고서, 그들이 일하는 바다로 눈을 돌렸다.

하나, 둘, 셋, 넷…….

나는 무턱대고 세기부터 했다. 그러나 쏘대는 병아리를 세면 셌지 세어질지 만무한 일. 요리조리 날렵하게 빠져나가길 잘할 뿐더러 여태껏 망태와 킥을 밀며 물위에 떠다니던 놈이 불각시 허리를 꼽치고서 휘뚝휘뚝 뒤넘기를 치고 나면 이따라 동글한 엉덩이와 앙바틈한 다리마저 가뭇없이 물속으로 살아져 버렸다가 이놈인지 저놈인지 분간을 못하게 여기저기 푸뚝푸뚝 솟굴아 올랐다. 모두 다 수건으로 머리를 둥친 게며, 얼굴을 거의 반이나 덮은 수경 모양이며, 획—획 하는 그들 특유의 한숨소리들이 아무리 꼭 다시 노려 봐도 열놈이면 열놈이 죄다 마찬가지만 같다. 물론 어느 게 아주망이며 어느게 비발(처녀)인지도 알 수 없다.[13]

여기에서는 해녀에 대한 낭만적 인식이 표출되고 있음을 엿볼 수 있다. 화자는 대표적인 낭만주의 시인인 워즈워드의 시를 읊조리면서 바닷가를 걸어가던 도중에 작업중인 해녀의 무리를 목격하는 것으로 되어 있다. 한가롭고 낭만적인 분위기 속에서 이국적인 정취를 풍기고자 하는 작가의 의도를 어렵지 않게 읽을 수 있다. 특히 '동글한 엉덩이와 앙바틈한 다리'라는 표현에서 나타나듯이 화자는 해녀의 여성적인 매력에

13) 김정한, 「월광한」, 『문장』 1940년 1월호, 58~59쪽.

주목하고 있다. 다음에 이어지는 부분은 그런 면이 더욱 구체화된다.

> 결코 처음부터 무슨 데된 꿍꿍이셈이 있어서가 아니다. 다만 입때껏 궁금하게 여겨오던 그들의 생활과 풍속에 대한 가벼운 호기심에 끌려서, 나는 그들이 어서 물 밖으로 나오기를 기다렸다.
>
> 이윽고 그들은 이쪽을 향해서 악어떼처럼 헤엄질을 치기 시작했다. 순간 나는 어떤 불안에 가까운 것을 느꼈다. 수경을 건 얼굴들이 모다 사내들에게 지지 않게 억세었을 뿐더러, 마치 내가 무슨 큰 값진 고기덩이나 되는 듯이 앞을 다투어가며 몰려 왔기 때문에.
>
> 그러나 수경을 벗고 뭍에 나선 그들은 결코 무서운 악어도 아니고, 우악스런 난봉꾼도 아니었다. 말소리들이 다소 높기는 하고 물론 한 마디도 알아들을 수 없었으되 어딘지 역시 여자다운 구비가 있을 뿐 아니라, 더욱이 그들의 사팍진 아랫동이에는 단단한 가운데도 부드러운 선이 숨쉬고 있었다.[14]

화자는 '해녀들의 생활에 대해서 일찍부터 흥미를 가지고 궁금이 여겨 오던' 사람이었기에, '입때껏 궁금하게 여겨오던 그들의 생활과 풍속'을 확인하고 싶어서 해녀들의 작업을 유심히 지켜보고 있다. 그런데 화자는 그러한 지적 탐구에 그치고 있는 것이 아니라, 거기서 여성적인 매력에 더욱 주목하고 있다. '어딘지 역시 여자다운 구비가 있을 뿐 아니라, 더욱이 그들의 사팍진 아랫동이에는 단단한 가운데도 부드러운 선이 숨쉬고 있었다'는 표현에서도 그것이 확인된다. '꿍꿍이셈'은 다른 데에 있었던 것이다. 화자는 해녀의 무리 중에서도 특히 은순이에게 관심을 가진다. 은순이는 남편이 있는 젊은 해녀다. 화자는 "옥으

---

14) 위의 책, 59쪽.

로 깎은 듯이 푼더분한 얼굴에는 붉은 빛이 저절로 더해 오고, 매무시 좋은 흰 저고리 밑의 동그란 허구리며, 아기자기한 몸짓이 (…) 흥겹고 노 예쁘다"15)며 은순이의 여성적 매력을 흠뻑 느끼게 되었다. 이렇게 볼 때 "은순이는 해녀라는 직업을 가진 여성으로서가 아니라 '나'를 사로잡은 성적 매력이 있는 여성으로 대상화된"16) 것이다.

이처럼 「월광한」은 1930년대 후반 바깥물질을 하는 제주해녀들의 생활상이 어느 정도 반영된 작품이라는 데 의미가 있지만, 그것의 구체적인 양상에 대한 관심의 반영이라기보다는 다분히 호기심으로 접근한 결과임을 간과해서는 안 된다. 제주해녀가 이국적인 분위기 속에서 성적 대상으로 그려지고 있음을 주목해야 한다는 것이다. 1930년대 후반이라면 해녀항일투쟁의 여진이 남아있는 상황이었을진대, 해녀들의 고통스런 삶에 관해서는 작가의 눈길이 거의 미치지 않고 있음을 알 수 있다.

허윤석의 「해녀」(1950)에도 제주해녀가 그려진다. 허윤석(1915~1995)은 경기도 김포 출신의 작가로, 그가 언제 제주도를 방문했는지 제주도와 어떤 인연이 있었는지는 잘 알려져 있지 않다. 허윤석의 「해녀(海女)」는 1948년 4・3 당시 토벌군으로 제주도에 상륙한 '김 중령'의 해골부대가 작전 수행 중에 겪는 일련의 사건을 소설화한 것이다.

이 소설에는 두 명의 '해녀'가 등장한다. '분이'와 '유모'가 그들이다. 이 해녀들을 통해 우선 느끼게 되는 인상은 원시성(原始性)을 지닌 이국적 여성의 이미지다.

15) 위의 책, 72쪽.
16) 송명희, 「해녀의 체험공간으로서의 바다」, 『현대소설연구』8호(현대소설학회, 1998), 431쪽.

　　최 상사는 느티나무를 돌아서 귤밭 머리로 젊은 해녀 한 사람을 데
　리고 왔다. 해녀는 옷이라고는 치마를 걸친 것뿐으로 붉은 팔을 그대
　로 늘이웠다. 해녀치고는 얼굴이 화안할 뿐만 아니라 산짐승이 사향냄
　새를 지니듯 젊은 살 냄새를 풍겨주는 것이 더더욱 좋았다.[17]

　　재산무장대(在山武裝隊)의 아내인 '유모'는 옷을 제대로 걸치지 않은
상태로 나온다. 치마만 입고 윗도리를 걸치지 않은 상태다. 아무리 4·
3의 와중이어서 경황이 없는 상황이라고 하지만, 젊은 여성이 윗도리
를 입지 않고 다닌다는 것은 선뜻 이해하기 어려운 부분이다. 시간적
배경이 10월말이나 11월[18]인 점을 감안하면 더욱 그렇다. 이런 점은
다분히 등장인물이 원시성을 지닌 이국적인 여성임을 부각하기 위한
작가의 의도가 드러난 것임을 짐작할 수 있다.
　　'분이'의 성적(性的)인 면과 관련된 일련의 행위를 보면 작가가 제주
해녀에게 부여한 그러한 측면은 더욱 두드러지게 나타난다.

　　흥분한 손길에 등을 집히운 분이는 일언반구가 없이 고두령이 하자
　는 대로 몸을 치레했던 귤가지를 벗어 젖히고 대밭을 향해 앞을 섰다.
　이런 밤이면 분이는 으레껏 사내들을 위하여 살을 내어맡겨야 할 때가
　왔다고만 알았다. 네 사내가 분이를 따라 대밭으로 들어서자 산허리를
　스쳐가는 운무가 때 맞춰 달을 묻어 주었다.(중략) 분이는 즐겁지도 않
　은, 슬프지도 않은 밤이었다. 다만 고두령 외에 세 사내의 각각 색다른
　피부의 비밀을 다시금 느끼면서 몸을 겨우 가누었을 때는, 벌써 달빛
　은 곰바위 뒤까지 비치었고 동해안쪽으로 들어오는 탐조등의 강한 광

---

17) 허윤석, 「해녀」, 『문예』 1950년 2월호, 24쪽.
18) 소설에 '여수순천사건 직후'라는 표현이 있다. 여순사건이 1948년 10월 20일
　　발발했으니, 「해녀」의 시간적 배경은 그 이후라는 것이다.

선이 산허리를 걸쳐 무지개발 드리우듯 했다.[19]

　어시서 '분이'는 위안부(慰安婦)와 다름없는 역할을 맡고 있는데, 그 것은 거기에 어떤 강제가 주어졌기 때문은 아니다. 따라서 단순히 성 적으로 개방적인 정도의 차원을 넘어서 그녀에게 성적인 도덕률은 거 의 무의미한 것으로 보인다. 분이는 고 두령을 비롯한 네 사내와 관계 를 맺는 것을 당연하게 생각하고 있다. 그것이 즐겁지도 않지만 슬프 지도 않다고 여긴다. 더욱이 그녀는 '고 두령 외에 세 사내의 각각 색 다른 피부의 비밀을 다시금 느끼'기까지 한다. 그것을 은근히 즐기는 측면이 있다는 것이다. 그만큼 상식적으로는 비정상적인 남녀간 육체 관계가 여기서는 어느 정도 자연스러운 결합이라는 얘기다. 아무리 혼 란의 와중이라고 하더라도 이렇게 원시적 상태의 성관계를 연상케 하 는 서술은 용인하기 어렵다.

　이와 관련하여 「해녀」에는 분이가 귤나무 가지를 꺾어 춤추며 노래 부르는 장면도 나오는데, 이는 마치 미개인들의 민속춤을 떠올리게 한 다. 그뿐만 아니라 이 작품에서는 분이나 빨치산들이 토벌군의 눈에 띄지 않게 하기 위해 몸을 위장할 때도 귤나무 가지를 이용하는 것으 로 나타난다. 그러나 귤 가지로 위장을 하고 귤 가지를 꺾어서 그것을 흔들면서 춤을 추는 것은 실상과 거리가 먼 개연성이 없는 상황 묘사 다. 귤이 제주도 특산물이긴 하지만 1940년대 후반의 상황에서 지천에 깔리지도 않았을 뿐만 아니라, 제주사람들이 귤나무를 꺾어 춤추는 도 구로 삼는 경우도 없다. 그런데도 이 소설에서 마치 온 천지가 귤나무 로 뒤덮여 있으며, 제주사람들의 모든 행위가 그것과 연관되는 것으로

19) 위의 책, 15~16쪽.

묘사되고 있는 것은 비사실적인 것이다.

그렇다면 왜 이러한 왜곡된 서술이 나오는 것일까. 그것은 다분히 작가가 제주도의 이국적인 면에 초점을 맞추고 그것을 부각시키기 위해서 애쓰고 있기 때문에 초래된 결과라고 보아야 한다. 그런 이국적인 면을 드러내되, 그의 판단으로 제주도가 뭔가 원시적이라는 느낌을 강조하려 했을 것이며, 그것이 왜곡된 상황으로 표출되고 있는 것이다.

평안남도 대동군 출신의 작가인 황순원(1915~2001)은 1952년 8월에 제주도에 다녀간 적이 있다.[20] 「비바리」(1956)는 그때의 제주체험과 무관하지 않으리라고 본다. 「비바리」는 제주도 해녀 '비바리'와 1・4후퇴 때 제주도에 피난온 육지청년 '준'의 사랑이야기를 담은 단편소설이다. 이 소설에서 보목마을 해녀 '비바리'는 피난차 서귀포에 와서 살고 있는 육지청년 '준'에게 접근한다. 이 둘은 모두 스물을 갓 넘긴 나이다.

> 고개를 돌렸더니 웬 잠녀 하나가 따라오고 있는 것이었다. 금방 물에서 나온 물기가 가시지 않은 어깨에 감물 들인 헝겊조각을 하나 걸치고는 한 손에다 전복과 소라가 들어있는 망태기를 들고 있었다. 그 전복이나 소라를 팔아달라는 것이었다.[21]

처음으로 '비바리'가 '준'에게 접근하는 장면이다. 의도적으로 접근한 비바리는 '첫만남'이면서도 전혀 수줍어하거나 부끄러운 기색이 없다. 더구나 그녀는 옷을 갖춰 입은 상황도 아니다. 이 인용문에 나타난 해

---

20) 1952년 9월에 제주도에서 발간된 『신문화』 제2호 「문화다방」에는 "바루 전 달에는 시인 조병화 씨, 황순원 씨가 다녀가셨는데"(29쪽)라는 언급이 있다. 이에 관한 자세한 내용은 「한국전쟁기의 제주 문단과 문학」을 참조할 것.
21) 황순원, 「비바리」, 『문학예술』 1956년 10월호, 16~17쪽.

녀의 의상은 '어깨에 감물 들인 헝겊조각을 하나 걸치고' 있는 것으로 묘사되었다. 이런 표현에서 조심성 없는 비바리의 성격도 파악되거니와, 한편에서 보면 이는 제주해녀에 대한 다소 비하적인 표현으로 볼수 있다. 해녀복이 물론 일상복보다는 노출이 많긴 하지만 그렇다고 그것을 '헝겊조각'이라고까지 표현하는 것은 제주해녀들을 미개하고 원시적이라고 인식한 결과가 아니냐는 것이다.

'비바리'는 도무지 부끄러움이 없는 여성이다. 그녀는 준이 혼자 멱을 감고 있는 곳에 거리낌없이 뛰어들어간다. 그래서 준이 놀라 몸을 가리며 도망치게 만든다. 더욱이 그녀는 아래와 젖만 가린 반라(半裸)의 몸을 그대로 남자에게 노출시킨다. 여자는 '야생의 처녀'이고 남자는 '문명의 총각'이라는 시각이 엿보인다. 이런 시각에서는 대개 문명의 사람들이 야생의 사람들을 문명으로 교화해야 한다는 입장에 서게되기 쉽다. 한반도 사람의 우월감이 은근히 드러나고 있는 것으로 볼수 있다.

  이 날도 섶섬으로 건너가 물리지 않은 낚시를 드리워 놓고 있노라니까, 오래간만에 찌가 물 속으로 들어가는 것이었다. 준이가 한눈 파느라고 미처 보지 못한 것을 주인 집 영감이 보고 알려 주었다. 낚싯대를 잡는 순간 벌써 엔간히 큰 것이 물렸다는 걸 알 수 있었다. 낚싯대가 마구 휘었다. 주인 집 영감이 달려 와 맞잡아 주었다. 둘이서 조심조심 끌어올렸다. 그런데 낚시에 물린 것이 얼핏 물 밖으로 나타나는 것을 본 준이는 그만 낚싯대를 내던지며 뒤로 털썩 주저앉아 버리고 말았다. 사람의 머리인 것이다. 그러나 자세히 보니 그것은 죽은 사람의 머리통이 아니요, 산 사람의 것이었다. 머리 다음에 동체가 드러나고 그 다음에 둑으로 올라서기까지 하는 것이었다. 잠녀였다. 잠녀 중에도 다른 사람이 아닌 비바리인 것이다. 입에 낚시를 물고 있었다. 입술 새

로 피가 번져 나왔다. 비바리는 옆에 누가 있다는 것은 아랑곳 않는 듯
이 준이만을 바라보았다. 검은 속눈썹 속의 역시 검은 눈이 흐리지도
빛나지도 않고 있었다. 이윽고 비바리는 제 손으로 낚시를 뽑더니 그
피묻은 입술에 뜻 않았던 미소 같은 것을 띄우고는 그대로 몸을 돌려
바다로 뛰어 들었다. 그리고는 맵시 있는 선돛대를 보이면서 물 속으
로 사라져 버렸다.22)

해녀 '비바리'가 마치 인어와 다름없이 묘사되고 있다. 실소를 자아
낼 정도로 리얼리티에 문제가 있는 부분이다.23) 해녀가 제아무리 수영
에 능수능란하고 바다를 삶터로 살아간다 하더라도 낚싯바늘을 일부러
입에 문다는 것은 상상하기 어렵다. 더구나 20대 초반의 처녀가 남자
에게 관심을 끌기 위해 그런 행동을 한다는 것은 도무지 현실감이 없
는 일이 아닐 수 없다. 소설 속의 제주해녀 '비바리'는 이처럼 정신적으
로 미숙한 야생의 처녀로 황순원에 의해 그려지고 있다.

정한숙(1922~1997)은 평안북도 영변 출신이다. 그는 몇 차례 제주도
를 찾았으며, 제주의 지식인들과 교류하면서 이들을 통해 제주의 역사
와 문화를 접하고 설화·민요 등을 전해 들었던 것24)으로 알려져 있다.

「해녀」(1964)는 해녀들의 절실한 삶과 운명이 비교적 잘 그려진 소
설이다. 해녀가 제주도에만 있는 것은 아니기에 이 작품이 반드시 제
주도를 배경으로 삼은 소설이라고 단정할 수는 없다. 그러나 그가 여
러 차례 제주를 방문했고 「석비(石碑)」(1959)·「이여도(IYEU島)」(1960)

---

22) 위의 책, 21~22쪽.
23) 김영화, 「제주 소재 외지인의 문학」, 『변방인의 세계』(제주대학교출판부,
    1998), 159쪽.
24) 위의 책, 163~164쪽.

·「귤밭 언덕에서」(1968)와 같은 제주도를 소재로 한 작품을 여러 편 발표했다는 점 등을 감안하면 「해녀」 역시 제주도 관련 자품으로 여겨진다. 열아홉 살의 '효순'이 이 작품에 나오는 해녀다. 효순은 아버지와 오빠 그리고 형부를 모두 바다에서 잃었다. 그러기에 그녀를 비롯한 그 마을 해녀들이 모두 뱃사람과 결혼하는 것을 상당히 꺼리는 상황이 설정되어 있다. 효순은 뱃사람인 '성균'과 관계를 맺으면서도 배를 그만 탈 것을 조건으로 내세워 몸을 허락한다. 결국 배를 타고 나간 성균을 기다리면서도 다시 물질에 나서는 장면으로 이 소설이 끝난다. 운명적 삶이라는 인식이다.

그런데 여기에도 제주해녀에 대한 다소 과장된 표현이 엿보인다. 물론 문학작품에 사용된 비유적인 표현임을 감안해야 하지만, 그 뉘앙스를 음미해 볼 필요가 있다.

> 어머니의 탯줄에서 떨어진 우리들은 바닷물에서 배꼽이 야물었고 가시 같던 잔뼈는 바닷물 속에서 산호가지모양 살쪄 올라 피부는 이젠 고기비늘모양 탄력이 생겼다.[25]
>
> 너울거리는 해초 밑엔 고기떼가 뿜어 놓고 간 머울거리는 알 속에서 헤아릴 수 없는 잔고기들이 꼬리를 흔들며 물구비를 타고 떠 흐른다. 그 뒤에는 언니도 귀네도 옥순이 어머니도 그리고 마을 아낙네들이 수경을 쓰고 헤엄치며 지나갔다. 바다 물속에선 그녀들의 살결도 유난히 희어 보인다.
>
> 수경은 어안(魚眼), 팔과 다리는 지느러미…….
>
> 틀림 없이 그것은 바다고기 못지 않는 고기떼였다.[26]

---

25) 정한숙, 「해녀」, 『문학예술』 1964년 5월호, 16쪽.
26) 위의 책, 39쪽.

피부가 '고기비늘모양 탄력이 생겼다'고 하는가 하면, '수경은 어안 (魚眼)'이고 '팔과 다리는 지느러미'와 같아서 '바다고기 못지 않는 고기' 라고 해녀들을 묘사하고 있다. 절반은 물고기와 다름없다는 인식이다. 이 점은, 다음에 제시한 같은 작가의 소설 「귤밭 언덕에서」의 예에서 보듯, 제주해녀가 '인어'와 비슷하다는 인식과 일맥상통하는 부분이다.

> 섬마을의 처녀들도 청년들에 못지 않게 모험심이 강했다. 어렸을 때 부터 전설과 설화를 믿고 자랐기 때문인 것 같다. 그녀들이 몸에 지니 고 있는 유일한 무기란 해녀(海女)라는 이름뿐이다.
> 섬 처녀들은 수많은 나날을 물 속에서 살아야만들 했다. 그러는 동 안에 그녀들의 흰 팔은 물고기의 지느러미를 닮았고 그녀들의 긴 다리 는 해심을 잴 줄 아는 꼬리를 본받아 이제는 해풍도 파도도 겁날 것이 없었다. 그녀들은 지칠 줄 모르는 인어(人魚)가 되었다.[27]

황순원의 「비바리」와는 달리 상징적인 표현이지만 '인어'라는 표현 을 하고 있는 점은 주목할 필요가 있다. 이것은 물론 거친 바다를 헤치 며 당차게 살아가는 제주해녀의 강인성을 드러낸 것으로도 해석된다. 하지만 여기서도 그 뉘앙스를 보면 뭔가 다른 세계의 사람으로 비춰지 고 있는 것만은 틀림없는 것 같다.

이렇게 볼 때, 일제강점기부터 1960년대까지 나온 제주해녀에 관한 현대소설들은 김정한·허윤석·황순원·정한숙 등 모두 외지인 작가 에 의해 씌어졌음을 알 수 있다. 그런데 그 작가들은 대체로 제주해녀 를 낭만적인 입장에서 인식하였다. 따라서 해녀들의 구체적인 삶의 양 상에는 별다른 관심을 두지 않았다. 제주해녀의 실제적인 삶에 대한

---

27) 정한숙, 「귤밭 언덕에서」, 『제주도』 36호(제주도, 1968), 264쪽.

형상화보다는 그들을 이국적 이미지나 성적인 대상으로 보는 경향이 많았다는 것이다. 제주도 사회 전반이나 해녀에 관한 이해가 충분하게 이루어지지 않은 상황에서 특이하게 보이는 존재를 작품 속에 담아내려다 보니 제주해녀가 낭만적이고 피상적으로 형상화되는 경향이 불가피했던 것으로 보인다.

특히 여기서 살펴본 소설들은 한국문학사에서 상당한 비중을 지니는 작가들의 작품임을 유의할 필요가 있다. 제주도를 제대로 체험하지 못한 많은 독자들은 이런 작품들을 통해 제주해녀에 관한 정보를 입수했을 것이다. 그것이 일반 독자들에게 인식되는 제주해녀의 모습이었고, 상당수의 사람들의 의식이 그렇게 굳어졌을 가능성이 충분히 있다고 본다. 제주해녀는 근면하고 강인한 여성으로 상징되고 있기도 하지만, 관광산업이 발달하면서 실제와는 달리 새로운 이미지로 재생산되고 있는 점[28]도 외지인들에게 어느 정도 고정화되어 있는 해녀에 대한 낭만적이고 피상적인 인식과 무관하지 않을 것이다.

2. 생활인·직업인으로서의 제주해녀

1980년대 이후에는 주로 외지인 작가들이 아닌 제주 출신 작가들에 의해 제주해녀가 형상화된다. 이는 물론 제주 출신 소설가의 등단이 1970년대 이전에는 드물었던 점과 관련이 있다.[29] 제주 출신 작가들의

---

28) 안미정, 「제주해녀에 대한 이미지와 사회적 정체성」, 『제주도연구』 제15집(제주학회, 1998), 153~193쪽 참조.
29) 1970년대 이전에 제주 출신으로서 등단한 소설가는 1940년대에 활동했던 이영복(1942년 등단)·오본독언(1943)·이시형(1944)과 1960년대 이후의 강금종(1963)·오성찬(1969)·현기영(1975) 정도다. 김영화, 『변방인의 세계-제주문

경우 지역사회에 관한 이해도가 부족한 데서 오는 문제점을 안고 있던 외지 출신 작가들과는 구별되는 입장을 취하는 것은 당연한 결과였다.

고시홍(1948~)의 단편소설「표류하는 이어도」(1980)는 남편을 바다에서 잃고 농사와 물질작업을 하면서 살아가는 제주해녀가 주인공이다. 바다와 더불어 살아가는 30대 중반인 과부 해녀의 힘든 생활이 그려진 작품이다.

'억순'과 '빌례'는 친구 사이로, 둘 다 과부 해녀였다. 그런데 빌례는 첩이 되어 조금 편히 사는 반면, 억순은 스물두 살부터 과부가 된 이후 줄곧 두 아이들 키우며 혼자 살아가고 있다. 따라서 억순이의 삶은 빌례보다 훨씬 고달플 수밖에 없었다.

해산물을 따내기에 안성맞춤인 너댓 물찌 때부터 계속 높새바람이 불어닥쳤던 것이다. 연일 휘몰아치는 높새바람이 억순이의 애간장에 불을 질러 놓았다.

남편 제사가 내일인데 아직 모두 터에 놓았다. 여차 하면 숭늉만 떠 놓고 제사를 지내게 됐다. 달포 안으로 다가선 시아버지의 담제일이며 비료값, 을선이 남매의 사친회비. 금년엔 해묵은 초가지붕도 갈아덮어야 한다. (…) 지난번 태풍 때 무너진 돌담도 여태 그냥 있다. 돈 들어가야 할 곳이 돌담구멍만큼이나 많았다. 말 모른 돈이 발뻗고 앉아 숨돌릴 여유를 주지 않았다. 돈 나올 구멍이라곤 이승과 저승의 문턱, 바다 밑의 설드락밖에 없다. 믿고 의지할 곳이라고는, 숨통을 뒤웅박 하나에 저당잡혀 놓고 해물을 건져낼 수 있는 바다 속의 토지뿐이다. 겨울이 지날 때마다 초가지붕을 덮씌우는 은빛 모래가 사금파리였으면 했다. 바다를 잠재우는 수면제만 되었어도 좋겠다. 뒤웅박을 여 삼아

학론』(제주대학교출판부, 1998) 참조.

바닷속을 들락날락 할 수 있게만 해 줬어도 여한이 없겠다. 바다만 숨
기척을 하지 않는다면 돈은 등짐으로 지어나를 수 있은 것 같았다. 우
뭇기사리, 미역, 소라, 전복…… 이 모두가 억순이에게 있어선 금은보
화였다. 열 개의 발가락으로 하늘을 걷어차며 물 속으로 곤두박질 칠
때마다 숨통이 부어오르는 고통이 따를망정, 바다에서 거둬들이는 것
들은 김을 매지 않아도 되고 비료값 걱정을 할 필요도 없기에 더욱 소
중한 보물이었다.[30]

인용문에서 보면, 생활인이자 직업인으로서의 제주해녀의 삶이 잘
드러나고 있다. 해녀에게는 바다가 바로 생명이다. 억순에게는 남편
제사 비용, 시아버지 담제 비용, 자녀 사친회비, 비료값, 일꾼 품삯 등
'돈 들어가야 할 곳이 돌담구멍만큼이나 많았'다. 그것들은 '바다 속 토
지'를 통해서 해결해야 한다. 그러니 우뭇가사리, 미역, 소라, 전복 등
해산물이 모두 해녀 억순이에게 있어서는 '금은보화'요 '소중한 보물'일
수밖에 없다. 물론 그녀에게 물질작업은 '열 개의 발가락으로 하늘을
걷어차며 물속으로 곤두박질 칠 때마다 숨통이 부어오르는 고통이 따'
르는 버거운 일이었다. 더구나 최근 얼마 동안 높새바람 때문에 물살
이 거세어 물질하러 못 들어갈 형편이었으니, 억순은 걱정이 이만저만
이 아니다. 며칠 후 날씨가 좋아지자 그녀는 비로소 물질작업에 나설
수 있었다.

억순이는 동료들의 허우젯소리를 뒤로 하고 한참 난바다 쪽으로 나
간 후에야 작업을 시작했다.
호오잇!

---

30) 고시홍, 「표류하는 이어도」, 『대통령의 손수건』(전예원, 1987), 132~133쪽.

수면 위로 몸을 끌어올린 억순이는 휘파람을 불 듯 틀어막았던 숨통
을 터뜨렸다. 하얀 포말이 수면 위로 흩어졌다. 다시 하늘을 향해 발길
질을 했다. 물구나무를 서듯 하고 물 속으로 들어갔다. 들녘길을 줄달
음치듯 바다 밑바닥을 더듬어 나갔다. 숨통이 저려오기 시작했다. 용
왕님은 바다 속 어딘가에 산다 했으니, 물 속에도 숨돌릴 곳이 있을 법
한데 해초의 숲과 물고기뿐이었다.

　─생복도 큼도 크다. 암천복인지 수천복인진 모르주마는…

껍질이 넓둥글진 걸로 봐서 암컷인 듯 했다. 수천복은 껍질이 움패
어져 있다. 억순이는 전복 하나를 따내기 위해 거듭해서 수면 위와 바
다 밑을 오르내렸다. 거친 숨을 몰아쉬며 곤두박질쳐댔다. 설드럭 틈
에 박혀 있어서 힘이 들었다.

비창을 거머쥐고 대엿 차례 자맥질을 하고 나서야 전복 하나를 따냈
다.[31]

억순이의 물질작업이 구체적으로 묘사되어 있다. 물 속 깊이 잠수하
여 전복을 발견하였지만 당장 그것을 딸 수는 없다. 숨통이 저려왔기
때문이다. 따라서 그녀는 그것을 채취하기 위해 거친 숨을 몰아쉬며
여러 차례 수면 위와 바다 밑을 오르내려야 했다. 마침내 전복을 딴 억
순이는 그만 목숨이 위태롭게 되고 말았다. 헤엄쳐 나오려는데 뒤웅박
(테왁)의 작은 구멍에 물이 스며들기 시작하여 점점 가라앉고 있음을
알게 되었던 것이다. 그녀는 혼자 떨어진 채 작업하고 있었다. 때문에
그녀의 살려달라는 외침이 일행에게 전달될 수 없었다. 전복, 소라 등
이 담긴 망사리가 점점 가라앉아 갔지만 식구의 생계를 책임질 그것을
버릴 수도 없었다. 억순이는 혼백상자와도 같은 뒤웅박을 껴안은 채

---

31) 위의 책, 150쪽.

쉬지 않고 다리를 놀려댄다. 「표류하는 이어도」는 이렇게 제주해녀의 물질작업이 고통을 수반함은 물론 목숨까지 걸어야 하는 행위임을 잘 드러내고 있는 작품이다.

현기영(1941~)의 『바람 타는 섬』(1989)은 1932년에 일어난 해녀항일투쟁이 중심사건이지만, 해녀들의 생활상이 잘 재현되어 있는 작품이라는 데에도 의미가 있다. 제주해녀들의 삶이 총체적으로 형상화된 작품이라고 할 수 있다는 것이다.

이 장편에는 출가해녀들의 삶의 양상도 잘 나타나고 있다. 바깥물질에 나선 '여옥' 등은 울산 부근의 목섬 주위에서 작업을 하였다. 섬 주위에 스무 척 가량 떠 있는 해녀배마다 여남은 명의 해녀들이 딸려 물질작업을 하는 장면이 그려진다.

> 잠녀들은 질펀하게 밀려오는 밀물을 타고 점점 얕은 데로 이동하며 작업했다. (…) 목섬 근처를 일터로 삼은 잠녀들이 거진 250명 가량 되는데, 그들은 해안가를 따라 띄엄띄엄 자리잡은 처용, 성외, 해창 같은 조그만 포구에 방을 빌어 살면서 날마다 물때 맞춰 이 근처로 물질 나오곤 했다.
>
> 목섬의 밑뿌리가 잠뽁 물에 잠기자 작업 끝 호루라기 소리가 울리고 넓게 흩어졌던 잠녀들이 자기네 배를 향하여 모여들기 시작했다. (…) 여옥네 동아리가 먼저 배에 닿았다. 화덕에 장작을 피우던 무생이 얼른 뱃전에 작은 사닥다리를 내리고 채취물이 가득 든 태왁 망사리를 끌어올려 주었다.(…)
>
> 이씨와 무생이의 도움을 받으며 잠녀들이 잇따라 배 위로 올라왔다. 모두 한결같이 푸르뎅뎅 몸이 언 그들은 기갈든 사람처럼 정신없이 화덕불에 덤벼들었다. (…) 장작불에서 연방 불똥이 탁탁 튀어올라 벗은 살에 떨어지건만 감각이 마비되어 뜨거운 줄 몰랐다.[32]

초여름인데도 수온이 차가운지라 해녀들이 무척 추위를 느끼고 있다. 그래서 제주바다에서는 1시간씩 하루 4~5차례 물질하던 제주해녀들이 울산바다에서는 30분씩 8차례 작업을 하게 된다. 몸이 언 해녀들은 작업이 끝나자마자 허겁지겁 정신없이 화덕불이 있는 곳으로 덤벼들지 않을 수 없다. 이런 고통스런 바깥물질에 출산을 앞둔 임산부까지 나서고 있다.

  그녀(덕순이: 인용자)는 태왁덩이처럼 팽팽하게 부른 만삭의 배를 안고 간신히 배에 올랐는데, 미처 화덕불 앞에 닿기도 전에 썩은 짚덩이처럼 무릎 꿇고 쓰러지며 눈을 하얗게 뒤집는 것이었다. 모두들 기겁하여 덕순에게로 달려들었다. 더운물을 전신에 끼얹고 팔다리를 주무르면서, 꽉 닫힌 어금니를 숟갈로 떼어 더운물을 먹이자, 오디 먹은 입처럼 새까맣게 질려 있던 입술에 차츰 생기가 돌아왔다. 모두들 안도의 숨을 내쉬었다.
  "에이그, 그 조캐, 몸도 무거운데 쉬지 않구서! 태왁같이 물에 동동 뜨는 그 배로 벌면 얼마나 벌겠다구, 쯧쯧."
  하고 이씨가 곰방대에 담배를 피워 물며 혀를 찼다.[33]

만삭의 임산부가 바깥물질에 참여하여 생명을 걸다시피 하면서 작업하고 있는 것이다. '덕순이'는 점심때 첫 진통이 왔는데도 물질을 계속했다고 털어놓는다. 결국 동무들의 부축을 받으며 귀가하던 덕순이는 비명을 지르며 땅바닥에 주저앉고 만다. 미처 집으로 옮길 겨를도 없었다. 대바구니에 미리 준비해 두었던 보릿짚을 길바닥에 깔고 동료

32) 현기영, 『바람 타는 섬』, 187~188쪽.
33) 위의 책, 188쪽.

들의 도움으로 아이를 낳기에 이른다. 탯줄은 물질작업도구인 미역낫으로 끊었다. 길에서 낳은 여자아이니까 '길녀'라고 부르자고 했다. 그렇게 길에서 딸을 낳은 덕순이는 몸조리도 제대로 하지 못한다. 그녀는 일주일 만에 갓난아이를 데리고 물질작업을 재개한다. 보릿짚을 깐 작은 대바구니를 아기구덕으로 대신 사용했는데, 그녀가 물질하는 동안에는 남자 사공이 배 위에서 아기를 돌봤다.

> 시린 몸을 녹이려고 물에 나온 잠녀들이 벌떼같이 불턱에 덤벼들 때, 제일 경황없이 허둥대기는 역시 아기 딸린 덕순이었다. 자기 몸도 녹여야지, 아기한테 얼어붙은 젖꼭지를 물릴 수 없어 끓는 물에 쌀가루를 풀어 미음을 만들어 먹여야지, 불턱에서 탁탁 튀는 불똥이 발에 떨어져도 모를 지경이었다. 그녀의 발등과 발목에는 화상 입은 거뭇거뭇한 상처들이 늘어가고 있었다.
> 한번은 동해안을 따라 오르고 내리는 큰 연락선인 경신환이 바로 옆을 지나치면서 큰 파도를 일으키는 바람에 여옥네 배가 크게 흔들렸는데, 그 서슬에 대바구니에 들어 있던 아기가 그만 물로 굴러떨어진 적이 있었다. 아기가 떨어지는 순간, 옆에 있던 순주가 뛰어들어 아기를 번쩍 쳐들어올렸으니망정이지 하마터면 큰일날 뻔했던 것이다. 길에서 낳은 아기라 역시 목숨이 모질었던 모양이다.[34]

갓난아이를 데리고 물질작업을 하면서 벌어지는 기막힌 상황들이 서술되고 있다. 아이에게도 산모에게도 그것은 큰 고통이었다. 그렇게 하지 않으면 살아갈 수 없었던 것이 당시 제주해녀의 보편적인 실정이었음을 이 작품에서는 말하고 있다.

---

34) 위의 책, 264~265쪽.

해녀들이 바깥물질에서 아기를 낳고 어렵게 키워나가는 경우도 있지만, 어린아이를 데리고 바깥물질을 가는 경우는 훨씬 더 많았다. 『바람 타는 섬』에서도 아기 업개 소녀를 고용하여 물질을 간다. 그렇게 데리고 간 어린아이가 여남은 명이 되었으니, 어떤 때는 아기를 잃어버려 소동이 발생하는 일도 있었다. '행원댁'의 네 살 난 아기는 다른 아기들과 함께 놀다가 사라져버려 모두를 대경실색하게 하기도 했다. 아기는 엄마를 마중한답시고 포구까지 나갔다가 울다 지쳐서 물가 옆 바위틈에 끼여 앉은 채 졸고 있었던 것이다.

해녀들은 모진 바람과 싸워야 하는 경우가 비일비재했다. 작업을 하다가도 강풍이 몰아칠 기운이 느껴지면 지체없이 철수해야 했다. 해녀들은 서둘러 함께 노를 저어야 살아날 수 있었다.

> 잇따라 밀어닥치는 파도는 흰 갈기를 날리며 달려오는 성난 말떼 같기도 하고 흰 이빨을 드러낸 상어떼 같기도 했다. 배가 좌우로 위태롭게 기울어질 때마다 뱃전에 부딪친 파도는 더러 배 안으로 넘어들어오기도 하고 허옇게 비말을 날려 소낙비처럼 사람들 머리에 쏟아붓기도 했다. 빈 돛대에 바람이 찢기는 날카로운 소리, 여기저기서 느슨해진 거멀못이 삐걱거리는 소리…… 배가 뒤집어질지 모른다는 생생한 공포감, 그러나 공포를 느끼는 것도 잠깐일 뿐, 잠녀들은 심한 멀미 기운에 휘둘려 정신을 가눌 수가 없었다.
>
> 앙다물었던 입에서 괴로운 신음이 새어나오더니, 드디어 속에 넣은 것이 넘어올라왔다. 누군가 먼저 울컥 하니까 기다렸다는 듯이 너도나도 무섭게 토악질을 해대는 것이었다. 쓸개물까지 젖 먹은 밸까지 다 뒤집혀 올라오는 듯이 괴로운 토악질이었다.[35]

---

35) 위의 책, 285쪽.

공포를 뛰어넘는 극한의 상황을 극복해 나가면서 물질작업을 하지 않으면 안 되었다. 그만큼 제주해녀들의 물질은 목숨을 걸고 해야 하는 작업이고, 바깥물질을 나갈 경우에는 그 고통이 더욱 극심했음을 알 수 있다. 그것은 쉬어 갈 수 있는 일도 아니었고 거부할 수 있는 일도 아니었다. 제주해녀들에게 그것은 숙명이었다.

오성찬(1940~2012)의 「보제기들은 밤에 떠난다」(2000)는 제주도의 어촌사람들이 바다를 터전으로 운명적인 삶을 살아가는 모습들이 전반적으로 그려진 중편소설이다. 여기에는 어촌사람들 생활의 한 영역으로 제주해녀들의 생활이 형상화되어 있다.

이 작품에 나오는 '우식 할머니'는 뛰어난 해녀였다. 열두 살 때 애기 상군이 되고, 열일곱 살에 처음 바깥물질을 시작했던 할머니는 여든이 넘도록 물질을 한다. 할머니는 이른바 '되짐배기'로 불렸다. 되짐배기란 상군 중의 상군해녀로, 다른 사람은 한 짐 몫을 캘 때, 도루 가서 져올 만큼 갑절의 역량이 있는 해녀를 말하는 것이다. 할머니의 전언을 통해서 제주해녀가 러시아 블라디보스토크까지 바깥물질 다녀온 일화 등이 소개된다.

할머니의 말에 따르면 영등달 보름이 지나서부터 이른 무리가 떠나기 시작해서 늦어도 3월 보름 전까지는 모두들 떠났기 때문에 이때는 섬이 거의 비다시피 했다고 한다. 그 당시 육지 물질에 타고 가는 배는 모두가 풍선. 이런 배에 열여섯, 열일곱, 큰배에는 스물까지도 잠수들이 담뿍 탔다. 풍선은 하늬바람이나 갈바람이 솔솔 불어주면 이틀 사흘 만에 육지에 닿을 수 있었으나 샛바람이나 거세게 불면 섬마다 포구에 대면서 쉬엄쉬엄 갔기 때문에 어떤 때는 보름도, 스무날도 걸렸다. 외사촌 오빠는 새로 지은 배를 연락선 고물에 밧줄로 매달고 청진까지 끌고 가서 거기서부터는 노를 저어 두만강을 건넜다. 청진에서 두만강을 건너 블라디보스토크까지 꼬박 사흘 길. 배에 탄 아무도 가 보지 않고 소문으로만 듣던 미답의 땅으로 가는 길이라 기대 반, 두려 움 반, 시종 가슴이 두근거렸다. 일행은 선발된 상군들로 모두 열 명 한 동아리였다.36)

　제주해녀들은 풍선(風船)을 타고 짧게는 2일, 길게는 20일 걸려 육지 에 도달하고 있다. 바깥물질 자체는 물론이거니와 거기를 오가는 행로 마저도 험난했던 것이다. 11명의 상군해녀들로 구성된 바깥물질 동아 리는 기대와 두려움 속에 미답의 땅에 당도했다. 블라디보스토크에서 할머니의 일행은 주로 다시마를 채취하는 일을 했다. 오성찬은 제주해 녀들이 그곳에서 이른바 '기릿물질'을 한 것으로 서술하고 있다.

　　(…) 기리물질이란 3관 5백 매 무게의 무거운 납을 추 삼아 손에 잡 고 쏜살같이 물 속으로 들어가서는 어쨌거나 시간을 절약하여 다시마 를 따내는 작업수단이었다. 손에 잡고 들어간 연철추는 바닥에 닿는 대로 놔버리면 배 위의 사람이 줄을 당겨 끌어올려 버린다. 물 속의 사 람은 작업을 하다가 숨이 막힐 지경이 되어서야 미리 배에서 내려뜨려 놓은 장대를 쭝긋쭝긋 당겨 신호를 하고, 그러면 다시 배 위에서 장대 를 끌어당겨 사람을 건져내었다. 낯선 이방에서의 이렇듯 위험하고 무 모한 작업, 이거야말로 순 우격다짐, 바다와의 싸움이었다.
　　―그런디 끌어올릴 때 배 위의 사름이 약간만 굼뜨게 행동해 버리면 물 속 사름은 숨이 차서 복을 먹게 되고, 물위에 올라온 다음에도 물도 벌겅, 산도 벌겅, 그날은 아무 일도 못해시녜……37)

---

36) 오성찬, 「보제기들은 밤에 떠난다」, 『보제기들은 밤에 떠난다』(푸른사상, 2001), 253쪽.
37) 위의 책, 254~255쪽.

그런데 이 '기릿물질(ギリガツキ)'은 원래 일본 해녀들이 행하는 물
질 방식이다. 일본 해녀들은 부부가 배 한 척을 타고 나가서 아내는 잠
수하여 해산물을 채취하고 남편은 배 위에서 장대를 잡아당기는 기릿
물질을 치른다.[38] 물론 일본 해녀들의 물질 방식을 제주해녀들도 따라
했을 수는 있다. 하지만 별다른 배경설명을 하지 않은 채 제주해녀의
'기릿물질' 장면을 서술하는 것은 문제가 있다고 본다. 그것이 제주해
녀들 사이에서 일반적으로 행해졌다는 오해를 불러일으킬 수도 있기
때문이다.

일본 구주에 물질 갔다가 빠져죽은 할머니의 동갑내기 육촌 '춘자'에
관한 사연도 이 작품에 소개된다. 그녀는 열여덟 살에 울산으로 첫 바
깥물질을 나간 이후 국내외 여러 곳에 바깥물질을 다녔다. 그러다가
일본 와카야마에 물질을 갔을 때 그곳 중개상(아이가 셋이나 달린 유
부남)과 눈이 맞아 거기에 눌러앉게 되었다. 그러나 일본 생활은 순탄
치 않았다. 딸 하나 낳고 살던 중 남자가 본처에게 가버리고 말았던 것
이다. 그 이후 딸 하나를 키우면서 물질작업으로 연명하던 그녀는 결
국 바닷속 귀신이 되었다고 한다.

이 소설에는 "할머니나 어머니처럼 해녀가 되기는 죽어도 싫다고 가
방 하나 달랑 들고 새벽참에 무작정 대처로 달아나버린 해순이"[39]와
"어머니 따라 잠수가 되기 싫다고 대처로 나가서 술집작부가 되었다는
벼랑가 '벌래낭개집' 봉순이"[40]에 관한 언급이 잠깐 나온다. 해순이와
봉순이처럼 젊은 여성들의 해녀 기피 현상은 실제로 제주도의 각처에

---

38) 김영돈, 『제주의 해녀』(제주도, 1996), 480쪽.
39) 오성찬, 203쪽.
40) 위의 책, 295쪽.

서 두루 두드러지게 나타나는 상황이다. 해녀의 생활이 무척 고달프다
는 것과 함께 해녀의 수가 급격히 줄어들고 있는 현실 상황을 소설을
통해 파악할 수 있다.

　이렇게 볼 때 생활인·직업인으로서의 제주해녀는 온갖 고통을 감
내하며 생명을 걸고서 숙명처럼 살아가고 있는 것으로 현대소설에서
형상화되고 있다. 생활인·직업인으로서의 제주해녀의 양상이 낭만적
인식에 따른 이국적·성적 이미지와 병행하여 나타나는 경우는 거의
없다. 특히 1980년대 이후 제주 출신 작가들에 의해 생활인·직업인으
로서의 제주해녀는 구체적으로 조명되었다. 고시홍의「표류하는 이어
도」에서는 연안바다에서 물질하며 생계를 꾸려나가는 해녀의 고달픈
삶이 그려져 있고, 현기영의『바람 타는 섬』과 오성찬의「보제기들은
밤에 떠난다」에서는 연안바다에서의 물질과 바깥물질이 두루 묘사되
고 있다. 특히『바람 타는 섬』은 제주해녀들의 삶이 총체적으로 형상
화된 작품이라는 데 의미가 있다.

　제주사회에 대한 이해도가 낮은 외지인 작가들과는 달리 제주 출신
작가들은 기본적인 조건에서부터 낭만적 인식이 이루어지기는 어려웠
다. 제주 출신 작가들의 경우 자신의 가족과 이웃사람이 바로 생활현
장의 해녀였기 때문이다. 그런 그들에게 해녀가 생활인이요 직업인으
로 비춰지는 것은 당연한 현상이었다.

3. 역사적 격변 속의 제주해녀

　문학의 사회적 참여에 대한 기대가 높아지면서 제주해녀의 생활에
대해서도 역사적 시각을 토대로 접근하기 시작하였다. 역사적 격변 속
의 제주해녀는 1980년대 후반 이후의 작품에서 두드러지게 나타난다.

현길언의 「껍질과 속살」(1986)과 오경훈의 「세월은 가고」(1989), 현기영의 「거룩한 생애」(1991)는 1930년대 해녀항쟁과 해방 직후 4·3을 겪는 제주해녀들이 그려진다는 점에서 볼 때 유사성을 보이는 작품이다. 하지만 그 시각은 각기 다르게 나타난다.

현길언(1940~)의 단편소설 「껍질과 속살」은 역사에 희생된 개인의 삶에 초점을 맞춘 작품이다. 1930년대 제주 바다에서 일본 잠수기선들이 해산물을 남획하자 이에 분노한 해녀들이 잠수기선을 불태우는 등 시위를 벌였는데, 그 때문에 일경에 체포되어 징역형을 받았던 '송순녀' 여인이 해방 후 4·3 때에도 다시 그것으로 인해 고통을 받았다는 이야기가 형상화된다. 이 작품은 특히 1930년대에 있었던 해녀 시위가 항일 운동의 일환이 아니라, 생존을 위한 몸부림이었다는 시각을 표출하고 있다.

> "(…) 해녀들의 생존을 위한 순수한 행동을 왜 공산주의 이념의 껍질로 씌워놓았느냐 말입니다. 더구나 어떤 의도를 충족시키기 위해 그렇게 해석되었다면 더욱 안 되지요. 그 해촌에서 미역이나 뜯고 소라나 잡는 여자들에게 무슨 거창한 구호나 이념이 필요했겠습니까?"[41]

해녀들의 투쟁이 '순수한' 것이었음이 강조되고 있다. 미역이나 뜯고 소라나 잡는 해녀들에게 무슨 거창한 구호나 이념이 있었겠느냐는 것이다. '껍질'은 이념으로 씌워져 있지만, '속살'을 들여다보면 개인의 고통이 담겨있다는 논리다. 이른바 남도리 해녀사건의 주동자로 알려진 송 여인의 삶을 추적하는 '성 기자'는 개인이 맞닥뜨리는 고통스런 상

---

41) 현길언, 「껍질과 속살」, 『닳아지는 세월』(문학과지성사, 1987), 198쪽.

황은 무시한 채 거기에 지나치게 역사적인 의미를 부여하는 것이 문제임을 지적하고 있다.

> "……결론적으로 말씀드린다면, 해녀 사건은 민족 이념에 투철한 여인들의 항일운동도 아니었고, 우국 청년들에게 영향 받은 반일 저항운동도 아니었습니다. 더구나 여성해방운동이나, 가진 자에 대한 못 가진 자들의 싸움은 더욱 아니었습니다. 단지 그것은 생존을 지탱하려는 구체적인 삶의 현장에서 일어날 수 있는 원초적인 싸움이었을 뿐입니다. 그렇기 때문에 이 사건은, 해녀가 되어 바다 깊숙이 들어가 작업을 해 본 체험이나, 해녀로서 자신의 채취물을 제 값을 못 받고 팔아야 하는 분함이나, 자신의 어장을 잠수기선에 빼앗기는 그 절박함을 체험해 본 사람이 아니면 이해할 수 없습니다. 우리는 이념을 위하여 사실을 미화시킬 수 있고, 또한 어떤 사실에 의미를 부여할 수도 있습니다만, 결과적으로 그것은 사실을 왜곡시키는 허위가 될 수도 있다는 점에 유의할 필요가 있습니다.(…)"[42]

이념을 위하여 사실을 미화시키지 말아야 한다는 말이다. 당사자의 입장에서는 해녀사건 때문에 감당하기 힘든 엄청난 피해를 입었다는 것이다. 그래서 그는 "그래, 여러분들이 바로 송여인이 되어 보세요. 역사적 발전보다 더 소중한 것은 개인의 삶입니다. 역사를 이념화할 때 개인의 진실은 은폐되기 쉽고, 더하면 개인의 삶 자체를 말살할 수도 있습니다. 이념은 시간이 지나면 퇴색되어 그 허구성이 드러나지만, 개인의 진실은 영원히 진실입니다."[43]라고 엄숙히 선언한다. 개인의

---

42) 위의 책, 200~201쪽.
43) 위의 책, 202쪽.

진실이 존중되지 않는 역사적 접근이 도대체 무슨 의미가 있겠느냐는 항변을 진지하게 제기한 것이다. 역사기록의 이면에 존재하는 개인의 신실을 추직해 보있다는 면에서 이 작품은 그 의미가 부가된다.

그러나 이 작품에서 작가는 비극의 원인이 어디에 있는지에 대해서 좀 더 근원적으로 살피지 않은 것으로 여겨진다. 이념을 위해 사실을 미화하는 것도 물론 문제가 되지만, 그것보다는 4·3의 비극성에 더 근원적인 문제가 있다는 사실을 간과하고 있지 않느냐는 것이다. 과연 개인의 행동에 지나친 의미를 부여함으로써 개인에게 상처를 준 것이 더 큰 문제였는지, 사실을 확인하지도 않고 빨갱이로 몰아 무조건 족치려던 4·3의 광포성(狂暴性)이 더욱 문제였는지 면밀히 따져보아야 할 필요가 있지 않을까 한다.

오경훈(1944~)의 중편소설 「세월은 가고」는 1930년대의 해녀항쟁과 1948년의 4·3이라는 역사적 사건과 관련하여 제주해녀를 형상화하고 있는 작품이다. 시대적 배경 면에서도 그렇고 여주인공의 삶에서도 현길언의 「껍질과 속살」과 비슷한 점이 많은 작품이다.

열여덟 살에 야학소를 졸업한 해녀 '해선'은 일제를 배후에 둔 해녀 어업조합의 부당한 착취에 맞서 해녀항쟁에 참여한다. 그때 그녀는 '도식'이란 청년을 좋아했는데, 도식이 시키는 대로 시위에 앞장섰다가 경찰에 붙잡혀 간다. 주동자를 대라고 추궁당하며 고문을 받으면서도 해선은 끝내 도식의 이름을 입 밖에 내지 않는다. 결국 재판 결과 그녀는 징역 1년 집행유예 2년을 선고받는다. 반면 고문 받은 해선과는 달리 도식은 행방을 감춘다. 시위사건 직후 사라진 도식을 4년 동안 기다리다가 부모 강요에 못이겨 결혼하였다. 몸을 숨겼던 도식은 사건이 마무리되어 세상이 가라앉자 모습을 드러내었다.

세월은 흘러 해방이 되었다. 그런데 해방된 조국에서도 해녀들에 대한 수탈이 재현된다. 도식은 해녀의 권익을 위해 나서자고 외친다. 그는 격문도 쓰고 회의도 열면서 사람들을 선동한다. 하지만 그는 여전히 미더운 모습을 보여주지 못한다. 도지사 면담에서 오히려 법적 절차 무시한 데 따른 추궁만 당하고, 어업조합 사무실에서는 함부로 서류함을 부수는 등 돌출행동을 한다. 곧 새 세상 된다며 그는 날뛴다. 도식은 투쟁 과정에서 이러저러한 부탁을 해선에게 하지만 그에게 도무지 신뢰감을 가질 수 없는 해선은 협조하지 않는다. 그런 와중에 4·3이 일어난다. 마을이 온통 불바다가 되고 경찰은 빨갱이를 색출한다고 야단이다. 해선은 남편이 귀가하지 않아 걱정하던 차에 연행된다. 그녀는 옛날 갇혔던 구치소에서 또 고문을 당한다. 폭도 남편이 있는 곳을 대라는 것이다. 서북 출신 경찰은 살려주는 조건으로 해선에게 동거를 요구한다. 서북 사나이와 동거하던 해선은 그가 외출한 틈을 타 거기서 빠져나와 고향집으로 간다. 이웃 할머니가 입산을 거부하는 남편을 도식 내외가 죽였다는 말을 그녀에게 전해주는데, 아들 종식은 폭도 잡는다며 총놀이를 한다.

이렇게 해선은 「껍질과 속살」의 송순녀 여인과 비슷한 고통을 겪는다. 모두 일제 때 수탈에 대한 투쟁과 관련하여 옥고를 치렀고 4·3의 와중에서도 경찰에 붙잡혔는데 일제 때의 투옥 경력 때문에 고통을 당한다. 그러다가 서북청년단 간부의 마음에 들어 잠자리를 같이하는 조건으로 석방되는 상황도 두 작품에서 공히 나타난다. 그런데 「세월은 가고」의 경우에는 해방 직후의 바깥물질의 정황에 대한 기술에 주목할 필요가 있다.

"제주에서 물일하기는 엿죽이라마씀. 육지는 뻘바당이라 뱃물질하기 막 궂읍니다. 그 날은 어찌하다 그리됐는지 감감 바당에 배가 닻을 내리게 된 겁주. 물은 깊어 숨은 짧은디 무엇이 보입니까. 닻을 걷어 배를 옮겨줬으면 좋으련만 선주는 무슨 셈을 치는 건지 덕판 위에 누워 하늘만 보고 있는 거라마씀. 화가 안 날 수 있수꽈. 내가 선주한테 가서 대들었십주. 이리 내려와 봅서, 호미질하다 사람 손목 베어질 판인디 물일 할 수 있수꽈, 못하쿠다, 하고 배로 올라가려니 선주가 태왁을 뺏아휙 던져버리면서 밀쳐내지 않읍니까. 너 같은 년은 아니해도 좋아, 물일할 사람 쌨어, 하고 다른 잠수들만 싣고 돌아와버리는 거라마씀."[44]

해방 직후에 있었던 바깥물질에서의 수탈 양상에 관한 언급이다. 바깥물질하는 해녀에 대한 수탈은 일제강점기만이 아니라 해방 이후에도 계속되었던 것이다. 선주의 횡포가 구체적으로 나타나고 있다. 제주해녀들의 힘겨운 삶이 해방된 조국에서도 별로 나아지지 않았음을 이 소설을 통해 파악할 수 있다. 제주해녀들에 대한 수탈과 4·3이 무관하지 않다는 사실, 그리고 4·3의 와중에서 해녀들의 희생이 컸다는 사실 등을 이 작품에서는 말하고 있다.

현기영의 단편 「거룩한 생애」의 주인공 '간난이(양유아)'도 제주해녀다. 그녀는 해녀의 딸로 태어나 열 살에 아버지를 잃고, 밭과 바다로 번갈아 드나들며 일하는 어머니를 대신해서 일곱 살 아래 어린 동생을 업고 키웠다. 열세 살부터 물질을 배우기 시작한 그녀는 열일곱 나이에 상군해녀가 되었다. 간난이는 대마도와 주문진 등으로 바깥물질을 다녀오는 등 억척같이 일한 끝에 부친이 잃어버렸던 밭을 되사기까지 한다. 스무 살이 되어 여섯 살 연하의 김직원 장손과 혼사를 치른 그녀는 모진 시집살이 끝에 물질 나간 일이 계기가 되어 두 달 만에 봇짐 싸고 친정으로 돌아오고 말았다. 시집에서는 해녀의 물질을 천하게 여

---

44) 오경훈, 「세월은 가고」, 『유배지』(신아문화사, 1993), 12쪽.

겨 하지 못하도록 막았던 것이다. 얼마 후 시어머니와 남편의 다짐을 단단히 받고 시집에 들어갔으나 곧 시아버지가 죽고 시어머니 병구완을 하는 어려운 처지에 놓인다. 그 와중에 물질하여 번 돈으로 남편을 읍내 농업학교까지 졸업시켰지만 남편은 왜놈의 앞잡이가 되기 싫다며 마을에서 야학당 선생 자리를 맡는다. 그녀는 다른 해녀들과 함께 야학공부를 하며 조합의 부당한 수탈을 감시하는데, 창씨개명과 조선어 말살정책 등이 시행되면서 힘든 세월을 보내게 된다. 그러던 차에 사건이 터진다.

> 왜놈들은 그 무렵 화약 연료인 감태라는 해초를 잠녀들로부터 강제로 공출받아왔는데 지정된 수량에서 조금만 모자라도 이백여 잠녀들을 꿇어놓고 단체기합을 주기 일쑤였다. 허벅지를 벌겋게 드러낸 물옷 바람의 여자 몸으로 자갈밭에 무릎 꿇는 벌을 받아야 했으니, 그런 수모가 어디 있을까. 그날은 물결이 높아 채취물이 적을 수밖에 없었는데도 벌을 주려고 하자, 여자들이 아우성치며 달려든 것이다. 조합서기들 중에 한 놈은 꽁지 빠지게 줄행랑을 놓고 한 놈은 붙잡혀 뭇매를 맞았다. 주동자가 따로 없는 우발적인 사건인데도 간난이는 다른 세 여자와 함께 주동자로 몰려 이십일 구류를 살았다. 네 여자 모두 물건 계량할 때 입회자로 나섰다고 해서 보복을 당한 셈이었다.[45]

조합의 비인간적이고 부당한 처사에 본능적인 저항을 한 것뿐인데, 그로 인해 구류를 살게 되었던 것이다. 그 후 태평양전쟁이 터지고 해녀들은 허기진 몸으로 감태 채취에 강제 동원되었다. 간난이는 못 먹은 채 힘든 노동을 하며 출산을 했으나 약하게 태어난 아이들 둘은 곧

---

45) 현기영, 「거룩한 생애」, 『마지막 테우리』(창작과비평사, 1994), 42쪽.

죽고 만다. 이듬해 다시 출산하자 무당집에 호적을 올리며 목숨을 보전케 한 뒤, 징용대상인 남편을 인솔자로 하여 아홉 명이 해녀외 힘께 금강산 위의 장전에 바깥물질을 간다. 그러던 차에 종전이 되었고 간신히 삼팔선을 넘어 고향으로 돌아온다. 호열자가 창궐하여 삼백 명 목숨을 앗아가고 민심이 흉흉하던 차에 1947년 삼일운동 기념대회에서 경찰의 발포사건으로 여섯 명이 사망하자 온 섬이 총파업에 돌입한다. 육지부에서 응원경찰대, 서북청년단이 대거 미군함정을 타고 들어오면서 대대적인 검거를 시작했다. 간난이네도 시숙부가 붙잡혀 간 데 이어 남편도 끌려갔다. 남편은 석달 만에 만신창이인 채로 풀려났으나 병마와 싸우는 몸이 되어버리는 와중에 4·3봉기가 있게 된다. 병중의 남편은 경찰이 찾아오자 스스로 동맥을 끊는다. 겨울이 되자 이번엔 간난이를 붙잡아가려고 군화발자국이 찾아왔다. 어린 아들을 부둥켜안은 채 부들부들 떨고 있는 간난이 앞으로 시어머니가 막고 서서 미친 듯이 허우적거리면서 며느리의 무죄를 주장했으나 그녀는 불순분자의 명단에 올라 있었다.

　　기상천외하게도 그것은 왜정 때 만들어진 경찰기록이었다. 칠팔 년 전 왜놈 조합들과 맞서 싸우다가 이십일 구류 산 것이 기록에 올라 남편과 한통속의 사상불온자로 점찍혀 있었던 것이다. 그것이 그녀의 죄였다. 일제에 의해 불온분자라고 낙인찍힌 자는 해방된 땅에서도 여전히 불온분자였다. 정말 귀신이 곡할 노릇이었다. 왜놈들한테 대항한 것이 칭찬받을 일이지, 왜 죄가 되느냐고, 간난이는 가슴을 치며 통곡했다. 그러나 그들은 눈 하나 꿈쩍하지 않고 차디차게 비웃었다. 삼팔선이 그어질 때 우연히 이북에 놓여 스무날 가량 머물렀던 것을 놓고, 나쁜 사상을 가지지 않았다면 왜 그렇게 오래 이북에 머물렀느냐는 것이었다.[46]

해녀로서 부당한 일제의 착취에 맞선 것이 해방된 조국에서 죄가 되고 있다. 게다가 남편의 징용을 피할 겸 돈도 벌 겸 금강산 부근에 바깥물질 갔다가 해방을 맞아 돌아온 사실도 이북에 머물렀다는 이유 때문에 사상을 의심받고 있다. 결국 간난이는 그날 저녁 바닷가 모래밭에서 여덟 명의 마을 사람들과 함께 총살당한다. 한 제주해녀의 삶은 현대사의 격변 속에서 비참한 종말을 고하고 말았던 것이다. 생활인으로서 부끄럽지 않은 삶을 살았으면서도 역사에서 외면당하고 나아가 무참히 희생당해야 했던 민중의 실체로서의 제주해녀상을 「거룩한 생애」를 통해 파악할 수 있다.

한림화(1950~)의 단편소설 「불턱」(1987)은 제주도의 고통스런 역사 속에서 살아온 제주여인들의 억척스런 삶을 '순텍이 어멍'에게 말하는 형식으로 서술한 소설이다. 20세기초의 신축제주항쟁(이재수란), 1930년대 해녀항쟁, 해방 직후의 4·3 등을 겪어온 제주여성들의 삶이 해녀들의 탈의공간이자 몸을 녹이는 공간인 '불턱'에서 이야기된다.

그러니까 제주 잠수들은 일본이 이 땅을 삼키기 전에도, 삼킨 후에도 여전히 물질을 해오고 있는 터, 워낙 섬이 좁다 보니 삼월 초순경에 미역허채가 끝나면, 손바닥만한 척박하기 이를 데 없는 땅뙈기에 부친 농사에 매달리기엔 세월이 너무 길어 잠수들은 돈벌이를 하러 타지로 떠났다가 추석명절을 전후하여 귀향하는 게 관행이 됐지. 저 멀리 러시아 땅인 블라디보스톡으로, 동경열도로, 대마도는 물론이고, 오끼나와 그리고 대련으로, 가까이는 한반도 해안 어디에나 출가(出家)하여 물질을 하고 있네.

어디에나 사람 사는 곳에는 악덕한 인간이 있게 마련이어서 출가 잠

---

46) 위의 책, 55쪽.

수의 등을 쳐 먹고 사는 전주(錢主)가 득시글거려 문제가 심각했다네.
출가 잠수들은 저들도 모르는 사이에 인신매매를 당해서 돈값을 하느
리고 노예처럼 물실이며 궂은 일을 다 하며 겨우 목숨을 부지하는 경
우가 이즈음에 이르러서도 비일비재하다네. 어떤 잠수는 도망치려다가
들켜서 갯벌에 내던져져 죽을 뻔한 사고도 얼마 전에 발생했었다네.[47]

1932년에 벌어졌던 상황이다. 국내외에서 바깥물질하는 제주해녀에
대한 일반적인 수탈의 양상이 서술되고 있다. 해녀들의 공동체 질서가
형성되는 공간인 불턱의 의미를 확인시켜주는 작품이라고 할 수 있다.
사건을 중심으로 한 서사적 형상화라기보다는 제반 상황에 대한 소개
에 비중을 두는 경향이 강한 소설이어서 해녀들의 생활이 생동감 있게
그려지지는 않는다. 아울러 이 작품에서는 1930년대인 경우에는 제주
해녀로서 겪는 역사적 체험이 서술되고 있는 반면, 그 이외의 상황에
서는 해녀만이 아닌 제주여성 일반의 역사적 체험이 나타나고 있다.
앞에서도 검토하였던 현기영의 『바람타는 섬』은 해녀의 삶을 총체
적으로 형상화하는 가운데 특히 역사적 사건의 맥락에서 접근한 작품
이다. 바깥물질 나간 세화·하도 마을 해녀들은 갖은 수탈을 당한다.

(…) 세화·하도 잠녀들이 단체로 한 자리에 모이게 되자 자연히 전
주와 서기에 대한 푸념이 불쑥불쑥 튀어나오기 시작했다. 그러다가 어
느 날 고향에서 뜻밖의 소식이 전해졌다. 세화 잠녀반장인 이도아한테
온 그 편지는 청년회 명의로 된 것인데, 내용인즉 천초(우무풀) 국제
시세가 갑절 이상 뛰었다는 신문 보도가 나왔는데 값을 제대로 받고
있느냐는 것이었다. 그런 줄 까맣게 모르고 있던 잠녀들은 속았다는

47) 한림화, 「불턱」, 『꽃 한 송이 숨겨 놓고』(한길사, 1993), 184쪽.

생각에 치를 떨며 분개했다. 우무 한 근에 적어도 이십 전을 받아야 마땅한 것을 겨우 십 전밖에 못 받다니!

그러나 상전과 다름없는 것이 왜놈 전주라 정말 말 한 꼭지 붙이기도 두려운 존재였다. 경찰은 물론 현지 어업조합 임원들까지 그와 한통속이었다. (현지 어업조합도 봉이 김선달이 대동강물 팔아먹듯이 입어료라는 명목으로 잠녀들을 수탈하고 있었다.) 이마빡에 바늘을 찔러도 피는커녕 진물도 안 나오게 생긴 전주 구로다에게 천초 값 올려달라고 해봤자 공연히 미움만 살 뿐 공연히 들어줄 가망이 없었다. 그러나 속은 걸 알아버린 이상 유구무언으로 앉아 있을 수만은 없는 노릇이었다.[48]

뼈빠지게 노동을 하면서도 형편없는 대우를 받고 있는 제주해녀들의 비참한 상황이 드러나고 있다. 전주와 서기, 현지 어업조합 등이 모두 한통속이 되어 해녀들을 기만하고 있다. 물론 그것은 일본제국주의와 관련이 있다. 바깥물질 나갔던 해녀들은 고통 속에서 세월을 견딘 후 고향으로 돌아온다. 해녀들은 현실의 모순을 절감하고 그 대책을 논의하게 된다.

"우리 잠녀생활은 참말로 비참합네다. 소로 못 나면 여자로 나고 여자 중에 제일 불쌍한 것이 우리 잠녀들이우다. 썰물 나면 동해바다, 밀물 나면 서해바다, 정처없이 떠도는 신세, 겨우 소라 한두 개 잡으려고 요새 같은 겨울 찬물에도 들어사 하고, 어린것들은 어멍을 기다리며 울다 지쳐 갯가 이 돌 틈에 앉아 졸고 저 돌틈에 앉아 졸고……
우리가 그 힘든 물질 하려면 장정만큼 먹어사 기운을 쓰는데 점심마저 굶기 일쑤라마씀. 하도 배가 고파 물에 나오자마자 입에 거품 물고

48) 현기영, 『바람 타는 섬』, 269쪽.

나자빠지는 사람이 어디 한둘이우꽈. 톱밥같이 목에 칵칵 메는 밀기울 수제비 먹으려면 사발에 눈물이 뚝뚝 떨어집네다.(…)

새싱이 해도 해노 너무나 불공평합네다. 우리 불쌍한 잠녀를 보고 맷돌 지고 물에 들라, 짚을 지고 불에 들라 하니 어찌 삽니까. 개미같이 일하는 우리 잠녀, 아니 개미보다 더 불쌍한 것이 우리 잠녀들이우다. 개미 사회엔 착취가 없수다."[49]

'소로 못 나면 여자로 나고 여자 중에 제일 불쌍한 것이 우리 잠녀들'이라는 말에서 제주해녀들의 비참한 생활을 확실히 가늠할 수 있다. 그뿐만 아니라 개미보다 더 불쌍한 것이 해녀라고 자신들의 처지를 인식하고 있다. 원래 힘든 생활에 더하여 착취까지 자행되고 있기 때문에 제주해녀들의 고통은 배가될 수밖에 없었다.

"(…)단결만이 우리의 힘이우다. 우리 같은 약자들은 단결 안 하면 못살아마씸. 다들 들어서 알고 있을 테주만, 저번 우리가 울산에서 전주와 싸워 이긴 건 일심으로 단결한 때문이우다. 여러 말할 것 없수다. 우릴 제일 괴롭히는 것이 뭐우꽈? 우리 잠녀들을 이익되게 합네 하면서 도리어 우리를 억누르고 속이고 빼앗는 단체가 대관절 뭐우꽈?(…)"[50]

그래서 제주해녀들은 어용 해녀조합을 분쇄하기 위한 투쟁에 나서지 않으면 안 되었다. 살기 위해서는 그들이 어쩔 수 없이 단결하여 일어날 수밖에 없는 상황이었다. 착취의 배후에는 일제가 있으니 해녀들

49) 위의 책, 343~344쪽.
50) 위의 책, 344쪽.

의 생존권 투쟁은 곧 항일투쟁이기도 하다. 현기영의 『바람 타는 섬』
은 이처럼 투쟁하는 해녀상, 공동체로서의 해녀상이 구체적으로 그려
진 작품이다.

　현길언의 「껍질과 속살」, 현기영의 『바람 타는 섬』・「거룩한 생애」,
오경훈의 「세월은 가고」, 한림화의 「불턱」 등에서 보듯이 현대소설에
나타난 역사적 격변 속의 제주해녀는 20세기에 제주에서 벌어진 주요
사건들과 함께 다루어지고 있다. 그 가운데에서도 특히 1930년대 해녀
항쟁을 집중적으로 형상화하고 있으며, 4・3과 연관된 작품들도 적지
않다. 1930년대 해녀항쟁이 주된 시대적 배경이었던 것은 그 사건에
해녀들이 중심인물로 활동하였기 때문에 당연한 것이라고 할 수 있다.
그런데 그 사건은 해녀들만이 아닌 제주사람 전체가 맞닥뜨렸던 삶의
조건과 밀접한 관련성이 있다. 따라서 역사적 격변 속에 놓여진 제주
해녀의 삶은 광풍의 현대사를 힘겹게 헤쳐온 제주사람 전체의 그것과
일치하는 것이라고 할 수 있다.

Ⅲ　결 론

　지금까지 현대소설에 나타난 제주해녀의 형상화 양상을 이국적・성
적 이미지로서의 제주해녀, 생활인・직업인으로서의 제주해녀, 역사적
격변 속의 제주해녀 등 세 가지로 나누어 살펴보았다. 논의한 내용을
정리하면 다음과 같다.

　첫째, 1960년대까지의 제주해녀에 관한 작품들은 김정한의 「월광한」,
허윤석의 「해녀」, 황순원의 「비바리」, 정한숙의 「해녀」・「귤밭 언덕

에서」 등에서 보듯이 모두 외지인 작가에 의해 씌어졌다. 그런데 이들 작품에서는 대체로 제주해녀를 낭만적으로 인식하여 그 구체적인 삶의 양상에 별다른 관심을 두지 않았다. 제주해녀를 이국적 이미지나 성적인 대상으로 보는 경향이 많았다는 것이다. 특히 이 소설들은 우리 문학사에서 상당한 비중을 지니는 작가의 작품들이다. 따라서 제주도를 제대로 체험하지 못한 많은 독자들은 이런 작품을 통해 제주해녀에 관한 정보를 입수했을 것이고, 사람들의 의식을 그렇게 굳혀놓았을 가능성이 적지 않다.

둘째, 1980년대 이후에는 주로 오성찬·현기영·현길언·고시홍·오경훈·한림화 등 제주 출신 작가들에 의해 제주해녀가 본격적으로 형상화되었는데, 이들의 작품에서는 해녀들에 대한 낭만적 인식을 거의 찾을 수 없다. 고시홍의 「표류하는 이어도」, 현기영의 『바람 타는 섬』, 오성찬의 「보제기들은 밤에 떠난다」 등에서는 생활인·직업인으로서의 제주해녀의 양상이 구체적으로 형상화되어 있다. 이 작품들에서는 제주바다에서의 물질작업이든 타지에서 행하는 바깥물질이든 해녀들이 인고하며 맞닥뜨려야 할 생업으로 인식된다. 제주해녀들이 생명을 걸고서 자신들의 힘겨운 삶을 숙명으로 인식하며 살아가고 있는 것으로 형상화되고 있는 것이다.

셋째, 문학의 사회적 참여에 대한 기대가 높아지면서 제주해녀의 생활상도 역사적 시각을 토대로 접근하는 소설들이 나오기 시작하였다. 현기영의 『바람 타는 섬』·「거룩한 생애」, 현길언의 「껍질과 속살」, 오경훈의 「세월은 가고」, 한림화의 「불턱」 등의 소설에 나타난 역사적 격변 속의 제주해녀는 20세기에 제주에서 벌어진 주요 사건들 가운데 1930년대 해녀항쟁에 집중되어 형상화되는 경향이 강하고, 4·3과 연관된 작품들도 적지 않다. 1930년대 해녀항쟁이 주로 부각되는 것은 그 사건에 해녀들이 중심인물이었기 때문에 당연한 것이라고 할 수 있다. 그런데 그 사건 역시 해녀만이 아니라 제주사람 전체의 삶의 조건과 밀접한 관련성이 있다. 따라서 역사적 격변 속의 제주해녀의 삶의 양상은 처절한 현대사를 헤쳐온 제주사람 전체의 그것과 일치하는 것임은 물론이다.

이 연구는 제주해녀를 형상화한 현대소설을 통독하고 그것을 유형화하여 분석하는 데 역점을 두었다. 그러다 보니 전체적으로 볼 때 평면적인 기술로 흐른 경향이 있다는 점, 각 작품을 저마다의 전체적인 주제와 연관시키는 데 다소 소홀했다는 점 등이 문제로 지적될 수 있다고 본다. 추후 각 유형에 따라 좀더 구체적인 논의를 시도할 경우 이런 점들에 대해서는 보완할 필요가 있다. 다만, 산재한 관련 자료를 찾아 실증적으로 정리하고 그것들을 유형화했다는 면에서는 제주학뿐만 아니라 한국현대소설 연구의 차원에서도 나름대로 의미 있는 작업이 되었다고 생각한다.

우선, 제주학 연구와 관련해서는 현대문학 작품을 적극 활용할 필요가 충분함을 확인할 수 있었다. 제주도 문제를 학술적인 차원으로 접근하는 것은, 그것이 올바른 방향으로 진행되고 있느냐의 여부를 떠나서, 그 필요성만큼은 더 강조하지 않아도 될 정도로 진전을 보이고 있다고 할 수 있다. 문학 분야도 예외는 아니어서, 설화와 민요 등 구비문학을 중심으로 제주문학 연구가 활성화되고 있다. 하지만 현대문학의 경우 제주학의 차원에서 접근하는 일이 아직 드문 편이다. 물론 현대문학 작품의 경우 작가의 개성이 두드러지게 나타나게 마련이지만, 그것이 결코 지역과 무관할 수는 없다. 오히려 작품이 창작되고 발표되는 시점에서 지역의 현실 상황을 잘 반영하는 것이 문학작품임을 인식할 때, 제주도를 형상화한 작품들은 제주도 연구에서 의미 있는 자

료가 되는 것이다. 해녀의 경우, 앞에서 검토해 본 작가들 간의 인식
차이는 사회 전반의 그것을 그대로 표출하고 있는 것으로 보아도 큰
문제가 없지 않을까 한다. 게다가 소설 속에서 드러나는 디테일과 상
상력은 역사적 기록물에서 간과하고 마는 해녀들을 둘러싼 삶의 진실
을 찾는 데에도 유용하리라 믿는다.

다음으로, 한국 현대문학의 현실과 관련하여 지역현실과 문학의 관
계에 대한 정립의 필요성을 다시금 상정할 수 있다. 문학에서 개별성
을 존중하는 지역적 시각이 필요하다는 것이다. 지역의 현실과 역사를
문학화하면서도 그것에 대한 구체적인 탐색을 소홀히 하는 문학은 특
히 현지사람들에게는 받아들이기 곤란한 경우가 많다는 것이다. 이는
제주해녀를 다룬 문학에만 국한되는 사항이 물론 아니다. 다른 지역의
다른 부류의 삶을 다룬 경우 역시 마찬가지다. 그런데 여기서 지역적
시각이 필요하다는 것은 반드시 그 지역 출신 작가에 의해 창작되어야
한다는 것과는 별개의 말이다. 형상화 대상에 대해 작가가 애정을 갖
고 진지하고 치밀하게 접근했을 때라야만 비로소 문학적 리얼리티가
확보될 수 있다는 것이다. 따라서 여기서 한국현대문학 전반의 문제도
짚어볼 수 있다. 한국문학의 경우 서울을 중심으로 논의되고 있고 각
지역의 문학은 거의 인정하지 않거나 열등한 문학으로 취급하는 게 현
실이다. 지역마다의 개별적인 상황, 즉 특수성을 인정하지 않은 채 보
편성만을 강조해 왔다는 것이다. 이는 결국 문학의 다양성을 해치고
획일화를 가져옴으로써 한국문학의 폭과 깊이를 스스로 위축시키는 결
과를 초래하고 말 것이다. 해녀를 다룬 현대소설들의 분석을 통해서
우리는 그런 점에 대해 확인할 수 있었다. 해녀를 형상화한 작품의 경
우 지역성과 관련하여 고찰하느냐 그렇지 않느냐에 따라 그 평가는 전
혀 다른 방향으로 나올 수 있는 것이다.

13

이양지 〈해녀〉 연구

- 이양지 문학의 경계성
- 학살의 공포와 희생양 의식의 내면화
- 비체적 경험과 자기 부정의 논리
- '상상의 아버지'를 통한 구원의 모색
- 〈해녀〉의 문학적 의미망

| 윤송아 | 경희대학교

『국제한인문학연구』 제6호, 2009.

I   이양지 문학의 경계성

재일조선인 문학을 가늠하는 중요한 잣대 중 하나는 '정체성' 혹은 '경계성'의 문제일 것이다. 과거 식민지 시대, 강압적으로 이루어진 민족 정체성 박탈과 왜곡의 경험은 해방 이후 구종주국에 남겨진 재일조선인들의 삶 속에 암묵적으로 재생되어 왔다. 분단된 조국의 현실, 그리고 '조센진'에 대한 노골적인 차별과 타자화의 폭력적 시선은 재일조선인들로 하여금 자신의 역사적, 실존적 위치가 어디인가를 끊임없이 모색하게 했으며, 불확실성에 근거한 자아의 규명과 극복을 삶의 화두로 삼도록 종용했다. 일본 땅에 살면서 일본어를 모국어로 사용하고 일본의 문화와 자연에 길들여져 있는 재일조선인, 이러한 자기모순의 뼈아픈 자각과 그럼에도 불구하고 '재일'의 현실을 있는 그대로 받아들여야 하는 생존의 논리, 그리고 한국인으로서의 근원 탐색을 통해 자아 정체성을 회복하려는 의식적인 고투의 과정이 서로 맞부딪히고 혼합되면서 재일조선인의 자아 찾기는 다양한 스펙트럼을 형성한다. '나는 누구인가'라는 존재적 물음의 양태가 사회·역사적 맥락과 날카롭게 조우하면서 '재일적 자아'의 세대별 유형들이 출현하고, 그들은 '반쪽발이', '경계인', '디아스포라'라는 명칭을 스스로에게 부여한다.

재일조선인의 경계적 위치, 혹은 이중적 타자의 위치를 문학 작품을 통해 가장 적나라하게 묘파하고 있는 작가로 이양지를 들 수 있다. 한국 유학이라는 작가의 조국 체험을 기반으로 일본뿐 아니라 한국 안에서 재일조선인이 겪는 정체성의 혼란과 긴장관계를 가감 없이 작품 안에 드러내고 있는 이양지는, 이분법적이고 단일적인 민족 정체성 논리를 넘어 중층적이고 모순적이며, 경계에 직면한 자아의 복합적 내면을 폭로하는 예리한 관찰자이자 경험자로서의 시선을 보여준다. 〈나비타 령〉에서부터 〈각〉, 〈그림자 저쪽〉, 〈유희〉에 이르기까지, 이양지의 문학 작품에는 유학 생활에서 겪은 새로운 모국 체험의 의미, 문화적 충격과 정신적 방황, 이방인 의식 등이 언어, 생활, 문화, 인간관계에 이르는 폭넓은 갈등 구조 속에서 세밀하게 그려지고 있다.

이양지 문학에 대한 연구는 대체로 아쿠타가와상 수상작인 〈유희〉를 중요 기점으로 하여, 재일조선인의 한국 유학이라는 독특한 작가 체험이 어떻게 작품 안에 반영되며 어떠한 내·외면적 변모과정을 거쳐 '결산'에 이르는가에 집중되어왔다. 예컨대, 김환기는 "〈유희〉 이전 작품에서는 현세대가 일본과 조국 사이에서 재일의 주체성과 이방인 의식을 둘러싸고 방황과 고뇌로 점철하는 데 비해, 〈유희〉에서는 그와 같은 재일의 문제를 좀 더 본질적인 인간의 해방 차원에서 접근하고 있다"[1]고 보면서, 가야금, 대금, 살풀이춤 등의 한국 전통 '가락'에 대한 천착이 내면 성찰을 통한 존재성 탐구로 나아가고 있다고 언급한다[2]. 윤명현의 논문[3]은 이양지 문학 전체를 고찰하면서, 현재의 삶을 직시하고 긍정적으로 수용하며 뚜렷한 실존의식과 미래의 상을 가진 성숙한 하나의 개체로서의 '재일적 자아'의 확립 과정을 추적하고 있는데, 이는 이양지 문학이 "'재일'로서의 아이덴티티를 기성의 조국 관념과 민족 이념에 의해서가 아닌 개아 의식과 인간적 해방의 의사로 확립하

---

1) 김환기, 「이양지의 〈유희〉론」, 『일어일문학연구』 제41집-문학·일본학 편, 2002.5, 249-250면.
2) 김환기, 「민족적 아이덴티티와 전통의 문제 : 이양지론」, 김환기 편, 『재일 디아스포라 문학』, 새미, 2006.
3) 윤명현, 「이양지 문학 속의 '재일적 자아' 연구」, 동덕여대 일어일문학과 박사학위논문, 2007.

려는"4) 제 3세대 작가의 대열에 놓여 있음을 보여준다. 작품 전반에 나타난 언어와 정체성의 문제, 집단의 언어로서 모국어의 타자성과 작가의 심층적 언어의식에 주목한 논의들5) 역시 이양지 문학의 주요 모티브를 내밀하게 증명해낸 작업이라 하겠다.

본고에서는 이양지의 작품 중 〈해녀〉(1983)에 대해 고찰해 보고자 한다. 〈해녀〉는 이양지의 여타 작품들과는 달리 조국 체험이나 실존적 정체성 확립의 문제 등을 중점적으로 다루고 있지 않으며, 주인공이 파탄에 이르는 비극적 결말로 인해 "현세대가 '일본의 소리'를 분명한 민족의식이나 개인적 자아로 극복하지 못하고 환각 상태에서 자멸해 가는 재일의 '불우성'을 극명하게 보여주었다"6)는 평가를 받는 작품이다. 하지만 〈해녀〉는 재일조선인 사회에 무의식적으로 내재해 있는 불안의식과 강박적 공포, 희생양 의식 등을 다양한 비체적 이미지와 연결시켜 형상화함으로써 그러한 타자화된 존재 의식이 어디에서 기인하는가를 보여줌과 동시에 이러한 부정적 자기인식을 '상상의 아버지'라는 이상적 대상을 통해 상징적으로 해소함으로써, 표면적인 불우성을 뛰어넘는 복합적 의미망을 산출해내고 있다. 또한 〈해녀〉는 재생과 정화의 공간인 '물속'을 '제주도', '해녀'라는 민족적 이미지와 연결시킴으로써, 자신의 존재적 근원을 조국체험, 민족 정체성 탐구를 통해 고찰하고자 했던 이양지 초기 소설의 문제의식을 드러낸다. 더불어 '그녀'

4) 이소가이 지로, 「식민 제국과 재일 조선인 문학의 조망」, 김환기 편, 앞의 책, 63면.
5) 유숙자, 「이양지론 : 언어와 정체성의 상관관계를 중심으로」, 『한림일본학연구』 제6집, 2001, 12.
   이한정, 「이양지 문학과 모국어」, 『비평문학』 제28호, 2008.4.
6) 김환기, 「이양지의 「유희」론」, 앞의 책, 237면.

와 그녀의 일본인 의붓여동생 게이꼬가 번갈아 화자로 등장하며 전개되는 〈해녀〉의 서술방식은 이중, 삼중의 시선에 노출되면서 중층 결정된 재일조선인의 복합적이고 모순된 정체성의 단면을 보여준다.

Ⅱ 학살의 공포와 희생양 의식의 내면화

〈해녀〉는 재일조선인인 주인공 '그녀'(이하 그녀)가 학살당할지도 모른다는 공포감과 고문의 환각에 빠져 불안과 자학에 시달리다가 결국 자살의 형태로 삶을 마감하는 이야기를 그리고 있다. 재혼한 어머니를 따라 일본인 의붓아버지의 집에 살면서 일상적 가정 폭력과 근친에 의한 상습적 성폭행, 그리고 노골적인 멸시의 시선을 받아온 그녀는 어머니의 죽음 이후 가출하여 매춘 등으로 연명하다가 죽음에 이르게 된다. 의붓여동생 게이꼬에 의해 밝혀진 그녀의 기이한 행적과 그녀의 시점에서 전개되는 고통스러운 과거의 장면들이 번갈아 제시되면서, 그녀의 삶은 재구성되어 하나의 줄거리를 이룬다. 그녀의 삶을 옥죄는 고통의 원인은 무엇보다 자신이 재일조선인이라는 사실인데, 그녀가 재일조선인으로서 망상에 가까운 피해의식에 시달리며 스스로를 가학적인 파멸로 이끌 수밖에 없었던 심리적 불안과 압박감의 기저에는 과거 재일조선인에게 행해진 학살 사건의 추체험이 내재해 있다.

"또다시 간또오(關東) 대지진과 같은 큰 지진이 일어난다면, 한국인들은 학살당하게 될지 모르겠죠? 〈이찌엥 고짓셍(一圓五十錢)〉이라고

말해 보라면서, 마구 죽창으로 찔러댈까요? (중략) 아니에요. 이번엔
절대로 학살 같은 건 안 당할 거예요. 하지만 그래서는 곤란해요, 나를
죽여주지 않으면―. 나는 쫓기면서 이리저리 달아나는 거예요. 그 뒤를
광란한 일본인들이 죽창과 일본도를 가지고 쫓아와요. 나는 도망가다
가 결국 잡혀 등을 콱 찔리고, 가슴도 찔려 피투성이가 된 채 몸부림치
며 나뒹구는 거예요.(중략) 음, 여보, 나는 학살당할까요? 음, 어떻게 될
것 같아요? 만약 살해되지 않는다면, 나는 일본인인 셈인가요? 하지만
어떡하죠? 그건 끔찍하게 아프고, 피가 마구 쏟아지는데……"[7]

　재일조선인의 역사 속에서 관동대지진 사건[8]은 단순히 과거의 고통
스러운 기억에 그치지 않는다. 현재 재일조선인의 삶 속에서 지속되는

7) 이양지, 〈해녀〉,《유희》, 삼신각, 1989, 252~253면.(이하 작품 인용구는 본문
　에 면수만 표기)
8) 관동대지진은 1923년 9월 1일에 발생했다. 집이 무너지고 곳곳에서 화재가 일
　어나며 사람들이 죽어가 집과 가족을 잃은 사람들은 공황 상태에 있었다. 이
　때 "조선인이 폭동을 일으켰다. 방화를 했다. 우물에 독을 풀었다"는 유언비어
　가 난무하기 시작했다. 민간인뿐 아니라 일본정부도 나서서 이 유언비어를 확
　산시켰다. 그래서 각 지역단위의 민간인을 중심으로 자경단을 조직해서 조선
　인을 색출하기 시작했다. 그 색출과 학살은 지진 이후 15일 동안 계속되었는
　데, 그때 통계가 정확치는 않지만 대략 6천 명 이상의 조선인이 무참하게 살
　해되었다. 이때 조선인을 찾아내는 데는 인상과 풍채는 물론 언어와 풍속, 역
　사의 차이 등이 이용되었다고 한다. 통행인들에게는 그 유명한 "쥬고엔 고쥬
　고센(十五円 五十五錢)", "파피푸페포(パピプペポ)"를 발음하도록 시키고, "기
　미가요(きみがよ), 도도이쓰(とといつ), 이로하(いろは), 아이우에오(あいうえ
　お)"를 발음하도록 해서 발음이 이상한 사람은 체포했다. 이외에도 납작한 뒤
　통수, 외꺼풀의 눈, 큰 키, 긴 머리, 머리수건 등도 기준이 되었다. 이러한 조
　선인 식별법이 관에 의해서 유포되고 경찰과 자경단에 의해서 이루어졌다. 이
　때 자경단의 살인방식은 갈고리, 철사, 권총, 일본도, 죽창 같은 온갖 무기가
　사용되었고, 살인과정도 산 채로 톱질을 하는 등 잔인한 방법이 총동원되었다.
　강덕상 지음,『학살의 기억』, 김동수·박수철 역, 역사비평사, 2005, 214면 외
　참조(윤명현, 앞의 논문, 29~30면에서 재인용).

노골적인 혹은 '눈에 보이지 않는 차별'9)과 맞물려 상기되는 원초적 두려움의 기원이기 때문이다. 일종의 희생양 이데올로기10)가 피해자의 내면에 계속적으로 환기되고 확대 재생산되면서 자기처벌의 단계에까지 이르는 극단적 상황이 〈해녀〉의 그녀를 통해 형상화된다. 그녀의 내면에 무의식적으로 각인된 희생양 의식은 다양한 형태의 강박적 불안감을 조성하며 그녀의 삶을 교란시킨다. 사회과 교과서에 인쇄된 '조선'이라는 단어로 인해 자신의 은폐된 신분이 발각될지도 모른다는 불안감은 원인모를 고열과 혼수상태를 유발하고, 재일조선인을 교묘하게 살해하거나 자궁이나 난소를 떼어버림으로써 재일조선인의 생명을 통제한다는 두려움은 병원치료를 거부하게 만든다. 특히 관동대지진의 학살 장면을 스스로 재현하여 부엌칼로 가슴과 손목에 상처를 내고 쇠망치로 다리를 내리치거나 한겨울 날씨에 벌거벗고 스스로를 추위에 방치하는 등, 자신을 가해하고 처벌하는 모습은 가해자의 행동을 모방하고 재현함으로써 희생양으로서의 자신의 타자성을 내면화하고 강화시키는 악순환의 형태를 보여준다. 이는 희생양 의식에 잠식당한 한 개인의 피폐화된 내면을 극단적으로 재생한 하나의 실험 보고서라고

---

9) 이양지, 「나에게 있어서의 모국과 일본」, 《돌의 소리》, 삼신각, 1992, 214면.
10) 지라르가 주제화한 '희생양 이데올로기'는 한 사회가 어떻게 타자의 제의적 희생에 기반하여 통합되고 성장해 나가는가를 설명한다. 한 부족 안에서 한 사람이 이웃과 갈등하게 만드는 모든 호전성·죄악·폭력의 운반자로서의 혐의를 어떤 아웃사이더에게 투사하여 뒤집어씌우고 그를 희생자로 만들면, 희생양이 된 이방인의 희생은 '사람들(인종, 민족)' 사이에 연대의 의미를 발생시키는 데 봉사하게 된다. 공동체는 타인에 대한 박해를 공유함으로써 재통합되는 것이다. 희생양은 내부적으로 분열된 사회가 자신의 내적 투쟁을 일소하고 그 증오의 포커스를 사회 외부로 돌리게 하는 것을 용이하게 하는 작용을 한다.
리처드 커니, 『이방인, 신, 괴물』, 이지영 역, 개마고원, 2004, 69면 참조.

할 수 있다.

그녀의 희생양 의식은 재일조선인이라는 존재적 근거에, 불행한 가족사와 타자화된 여성의 문제가 복합적으로 얽혀 이중, 삼중의 폭력적 상황에 노출되면서 더욱 강화된다. 고향인 제주도로 돌아간 전남편과 헤어지고 일본인 남자와 재혼한 그녀의 어머니는 되풀이되는 남편의 폭력과 의붓자식들의 멸시 속에서도 가정부처럼 일하며 일본인으로 거듭나기 위해 노력한다. '한국사람이라면 지긋지긋'해 하고 '언제나 일본 옷만 입고 있는' 어머니, 자신의 친딸보다 일본인 의붓딸을 더 귀여워하며 적극적으로 일본사회에 동화되어가는 어머니를 통해서 그녀는 재일조선인으로서의 자기 존재에 대한 좌절과 거부감을 직접적으로 체험한다. 부재하는 아버지와 존재적 이질감을 유발하는 어머니, 그리고 다양한 폭력적 행위로 자신을 괴롭히는 의붓식구들 속에서 그녀는 자기 부정과 고립의 절망적 순간들을 반복적으로 경험하게 된다. 그러면서도 그녀는 이러한 가족 안에서 살아남기 위해 스스로를 '숨을 쉬는 소도구, 표정을 지닌 소도구, 아이다운 소도구'로 물화시킨다. 불화한 가족의 분위기를 의식하여 '협박을 받으면서 억지로 입 속에 우겨넣는 듯한 태도로' 폭식과 구토를 번갈아 하고, 아무런 항변 없이 부조리한 상황을 견뎌낸다.

그러나 그녀의 불행은 이것으로 그치지 않는다. 두 의붓오빠의 상습적인 성폭행은 고문의 환각과 더불어 자신의 존재를 부정하게 만드는 또 하나의 폭력적 기제로 작용한다. 이러한 자기 상실, 자기 환멸의 점층적 과정은 결국 여성으로서의 자기 존재성을 부정하려는 행동으로까지 나아가는데, 스무 살 때 병원에서 자궁과 난소를 떼어내려고 했던 사건이 바로 그것이다. 학살의 공포 때문에 병원 가기를 두려워했던 그녀가 스스로 자신의 자궁을 적출하려고 시도한 행위는 타자화되고 물화된 자기 존재의 근원을 스스로 훼손함으로써 존재 자체를 무화시키려는 기도(企圖)이다. 재일조선인으로서 자신의 혈통을 부정하고 그 혈연의 고리를 끊어버리려는 시도이면서 동시에 성폭력에 유린당한 자신의 여성성을 부정하고 제거하려는 이중적 의미를 담고 있다. 재일조선인, 의붓자식, 여성으로서 사회와 가족 안에서 중층적으로 소외되고 희생된 그녀의 형상은 비체적 경험으로서의 재일조선인, 여성의 존재와 연결된다.

 Ⅲ **비체11)적 경험과 자기 부정의 논리**

크리스테바는 아이가 어머니와 분리되는 과정에서 겪게 되는 모성적 육체에 대한 부정과 천시를 아브젝션이라는 개념으로 설명한다. 피,

---

11) 크리스테바의 개념인 the abject, abjection, abject(동사)의 번역은 역자에 따라 조금씩 차이를 보인다. 『공포의 권력』(줄리아 크리스테바, 서민원 역, 동문선, 2001)에서는 〈아브젝트〉, 〈아브젝시옹〉으로 번역했으며, 『크리스테바 읽기』(켈리 올리버, 박재열 역, 시와반시사, 1997)에서는 〈비천체(卑賤體)〉, 〈비천함〉으로 번역했다. 고갑희는 자신의 논문에서 the abject는 '비천체라는 의미를 갖는 비체(卑體)와 주체도 객체도 아니라는 의미에서 아닐 비의 비체(非體), 두 가지의 의미를 담고 있는 그러나 한자어로는 두 개를 다 포함하는 〈비체〉'로 abjection은 '밀려남과 밀어냄을 동시에 포함하는 단어이며 쪼개고 갈라지고 분열된다는 의미를 띠고 있기에 단순히 〈비천함〉으로 번역될 수만은 없어 아브젝션으로 그냥 두기로 한다'고 밝히고 있다. (고갑희, 「시적 언어의 혁명과 사랑의 정신분석─줄리아 크리스테바의 경계선의 철학」, 한국영미문학페미니즘학회, 『페미니즘 어제와 오늘』, 민음사, 2000, 203면.) 이 글에서는 고갑희의 번역을 따랐다.

토사물, 타액, 땀, 눈물, 고름, 체액, 시신 등은 내 안에 있지만 혐오스럽게 부정되며 배설의 욕망을 부추기는 비체들이다. 주체 밖으로 밀어내진 비체는 주체(의 신체)에서 과잉의 존재로 여겨진 거부된 타자성이다. 비체는 이전에 주체의 일부였지만 주체의 통일된 경계를 세우기 위해 거부될 수밖에 없는 존재이며, 주체 안에 존재하는 친숙한 것이지만 어느 순간 주체의 정체성에 위협을 가하는 이방인적인 존재다.[12] 아브젝션은 '경계와 위치, 규칙을 존중'하지 않으며 '정체성과 체계, 그리고 질서를 교란'하는 것이다.[13] 비체는 경계와 차별과 차이의 질서인 상징계를 위협하면서 경계 상에 있는 것, 경계를 존중하지 않는 것이며, 애매모호하고 어중간하며 복합적인, 역겨우면서도 매혹적인 존재이다.[14] 어머니, 여성, 주변인, 하층민, 이방인이라는 타자적 존재가 드러내는 위협과 매혹의 양가성은 비체의 본질과 맞닿아 있다.

〈해녀〉에서는 그녀의 존재를 부정하거나 천시하게 만들고 정체성의 갈등을 유발하는 비체와 아브젝션의 이미지가 곳곳에 등장한다. 재일조선인인 자신의 신분이 발각될지도 모른다는 불안감은 현기증과 열을 동반하며 그녀를 원인모를 혼수상태에 빠뜨린다. 은폐하고 싶지만 드러날 수밖에 없는 것, 부정하고 거부하고 싶은 내면의 억압된 존재가 치솟는 열의 형태로 발현되는 것, 이것은 재일조선인이라는 근원적 자기 존재를 외부로 밀어냄으로써 타자화하려는 절박한 행위의 소산이다. 눈에 보이지는 않으나 젖은 발밑에서 꽥꽥거리며 자신을 위협하는 '개구리'의 존재처럼, 끊임없이 자신을 규정하고 비체로 전락시키는 재

---

12) 고갑희, 앞의 글, 214면 참조.
13) 바바라 크리드, 『여성괴물』, 손희정 역, 여이연, 2008, 33~34면.
14) 켈리 올리버, 『크리스테바 읽기』, 박재열 역, 시와반시사, 1997, 91~92면 참조.

일조선인이라는 낙인은 정체성의 혼란을 야기하고 존재의 경계선을 와해시킨다.

재일조선인과 여성이라는 비체적 존재 이미지는 '더러움', '구토', '악취'의 형태로 발현된다.

언니가 열여덟 살 나던 해에 계모는 암으로 세상을 뜨고, 그 장례식 이튿날 언니는 아버지의 사무실에서 거액의 돈을 훔쳐 집을 나가버렸다. 야간고교에 다니면서, 낮에는 아버지 사무실의 사무를 돕고 있던 언니는 입원중인 계모 대신 부엌일까지 도맡아 했기 때문에 집안의 어디에 돈이 있는지를 환히 꿰뚫고 있었다. 아버지는 믿는 도끼에 발등을 찍혔다며 발을 동동 굴렀고, 오빠들은 **더러운 물건**에 관한 이야기라도 하는 것처럼 언니의 일을 헐뜯었다. 그날부터 소식이 끊긴 언니에 관해서 들려오는 소문들은 열이면 열 모두 차마 입에 담을 수 없는 것들뿐이었다. 언니의 이름을 입에 올리는 것조차 집안에서는 금기사항이 되었다. 그리고 식구들은 언니가 처음부터 아예 이 집안에 없었던 인간처럼 무시하게 되었고 결국 언니는 식구들의 기억에서 점차 사라져 갔다.(230-231, 이하 강조는 필자)

"뭐냐 말예요, 도대체, 뭣 땜에 그렇게 한국인 편을 드느냐 말예요, ……아버지, ……아버지, ……엄마가 죽는 것을 기다리기라도 했다는 듯이 이런 모녀를 데려다가 ……**더러워요!** 난, 이런 더러운 집, 나가버리고 말 거란 말예요……"(259)

부엌 앞의 마루 통로까지는 간신히 느린 걸음으로 걸어갈 수 있었지만, 거기서부터는 종종걸음으로 화장실에 뛰어들었다. 그녀는 변기를 향하여 먹은 것을 **토해 냈다.** 한동안 변기 옆에 쪼그리고 앉아 숨을 가다듬은 뒤 그녀는 다시 밥상 있는 데로 돌아왔다. 반찬에 젓가락을 뻗

처 닥치는 대로 입에 넣기 시작한다. 밥과 국을 몰아넣는다.(238)

　성기에서 **악취**를 내뿜기 시작한 엄마는 이미 때를 놓친 상태에서 병원으로 운반되었다. 병명은 자궁암이었다. 그녀는 커튼을 바라보면서 답답해지는 가슴을 억누르고 있었다. 병실의 냄새가 역해서 견딜 수가 없었다. 하지만 그녀는 엄마의 임종을 지켜보아야 한다는 일념으로 이를 악물며 **악취**를 견디고 있었다.(270)

　코를 찌르는 스스로의 인간의 **악취**.(275)

　재일조선인 의붓딸이라는 이유로 '한 마디 항변도 없이 애원하듯' 살아온 그녀는 허드렛일을 도맡아 하고 심지어 근친간 성폭력에 시달리면서도 '더러운 물건', '금기사항', '처음부터 아예 이 집안에 없었던 인간' 취급을 받는다. 그녀의 의붓가족은 피해자인 그녀에게 그 피해의 책임을 전가하면서 그녀를 자신들의 영역에서 밀어내려고 한다. 그녀는 '과잉의 존재'이며 '거부된 타자성'이다.

　이러한 재일조선인이면서 여성이라는 강제된 타자성과 이방인 의식은 비체적 이미지와 연결되면서 자기혐오와 배제의 형태로 나타난다. 암울한 식사 분위기를 완화하기 위해 끊임없이 음식을 입에 집어넣고 또 바로 토해버리는 행위, 그리고 상식적인 성행위와 쾌감을 엄격히 금지하면서 자학적인 매춘을 통해 '변기를 향하여 세 손가락으로 혀뿌리를 우벼 파고 있던 옛날의 자신'을 재현하는 것, 이는 비체적 자기 존재를 끊임없이 토해내려는 의지를 반영한다. 또한 자궁암으로 성기에서 악취를 내뿜기 시작한 어머니의 존재는 재일조선인의 피를 담지하며 성적으로 유린당한 그녀의 자궁과 연결되면서, 오염된 여성성을 부정하고 밀어내려는(자궁을 떼어내려는) 행위를 촉발한다. 초점이 흩어진 사팔뜨기 소년을 살해자로 의심했던 그녀는 이러한 무의식적 공포에 갇힌 비체적 자기 존재를 '코를 찌르는 인간의 악취'로 규정하면서 혐오한다. 이 밖에도 틱, 자해, 절도 행위 등은 그녀의 비체적 이미지를 강화하는 다양한 표본으로 제시되며, 그녀 주변의 인물들—절름발이면서 얼굴이 지워진 모리모또, 사또 선생, 오사나이 도시오-도 비체적 존재로 규정할 수 있다.

그 중에서도 중학교 2학년 때 수학 선생인 '사또 선생'에게 그녀가 느꼈던 감정과 표출 행위는 비체적 존재에 대한 동질감과 동시에 그에 대한 혐오를 양가적으로 보여주는 사건이라고 할 수 있다. 볼품없는 몰골과 말투로 아이들에게 무시당하고 놀림감이 되는 사또 선생을 '위로해 주고 싶다는 일념'으로 일부러 질문거리를 만들어 사또에게 다가갔던 그녀는 '사또의 지독한 구취'와 성희롱적 접근에 후회와 수치심을 느낀다. 또한 아이들에게 '알랑방구'라는 비난을 받게 된다. 멸시받고 무시당하는 자신의 처지를 투사하여 사또에게 동질감과 연민을 느꼈지만 결국 역겨움과 혐오스러운 감정에 휩싸이게 되고 그녀 또한 아이들에게 손가락질을 받는 처지에 직면함으로써 그 스스로 비체적 경험을 반복하게 된다.

이처럼 작품 안에 출몰하는 다양한 비체적 이미지들은 재일조선인 여성으로서 타자화된 그녀의 형상을 적나라하게 보여주는 상징적 기제로 작용한다. 그러나 역설적이게도 이러한 비체적 이미지는 그녀 자신이 스스로에게 부과한 존재 증명의 단서와도 같은 것이다. 즉 재일조선인 여성이면서도 자신의 존재적 근원을 부정하고 적극적으로 일본사회에 편입한 그녀의 어머니가 상징계적 질서 안에 자발적으로 포섭된 인물이라면, 그녀는 '위협과 매혹의 양가성'을 지닌 재일조선인의 비체적 속성을 스스로 드러내는 인물이라고 할 수 있다. "만약 살해되지 않는다면, 나는 일본인인 셈인가요?"(253)라는 그녀의 물음 안에는 자신은 결코 일본인일 수 없으므로 살해당할 수밖에 없다는 자발적 체념의 의미가 담겨 있다. 살해당하지 않는다면 자신이 재일조선인임을 증명할 수 없고, 자신이 재일조선인이 아니라면 자신의 존재 자체가 성립되지 않으므로 그녀는 어쩔 수 없이 비체적 이미지 안에 갇힐 수밖에 없는 것이다. 즉 현실과 환각의 경계, 주체와 타자의 경계 위에서 모호하고 복합적이며 삶을 교란시키는 비체적 경험을 내면화할 수밖에 없다.

그렇다면 이렇게 내면화된 비체적 경험들은 결국 그녀를 파멸로 이끌 수밖에 없는가? 작가는 결말에서 자살, 혹은 사고의 형태로 그녀의 죽음을 그린다. 그러나 이러한 표면적 죽음의 이면에는 존재 구원의 모색이라는 양가적 의미망이 도사리고 있다. 비체적 존재라는 부정적 자기인식을 긍정적으로 변모시키는 '상상의 아버지'의 등장은 이양지 소설이 추구하는 민족적 혹은 실존적 자아 정체성 탐구의 가능성을 암시한다.

 '상상의 아버지'를 통한 구원의 모색

유년 시절, 신열에 빠진 그녀는 무녀의 굿이 진행되는 동안 '들어가라, 물속으로 들어가라'는 '낮은 신음소리'에 이끌린다. 두려우면서 동시에 매혹적인 '물속으로 들어가라'는 메시지는 그녀의 존재적 근원을 환기시키고 분리 이전의 '어머니'의 흔적을 각인시키는 내면의 목소리이다. 자궁과 난소를 떼어내는 것으로 성인식을 치르려던 과정에서 죽음의 유혹에 시달리던 그녀는 '온갖 고난으로 이어진 칠전팔도(七顚八倒)의 내 삶조차도 속속들이 모두 꿰뚫어 보고 있는' '아주 터무니없이 커다란 존재'가 있음을 깨닫는다.

> 물속—바람도 없고, 소리도 빛깔도 아무 것도 없는, 마치 진공을 연상시키는 물속, 거기에 자신이 잠겨 있는 듯한 기분이 들었어요. 자기 자신과, 자신을 둘러싼 온갖 것들을 모조리 그저—그럼 그렇군, 하고 조용히 수긍할 수 있을 듯한, 같은 높이에서 가만히 바라볼 수 있을 듯한, 무엇에건 떠밀려서 비틀거리지 않고 겁낼 것도 없이, 아니, 여유있게 빙긋 웃고 있을 수 있을 듯한 기분조차 들어서……(268)
> "들어가라 물속으로 들어가라"
> 머리속 깊은 곳에서 나지막한 신음소리가 되살아났다. 그 소리에 쫓기듯 그녀는 욕조 속에 몸을 가라앉히고, 머리를 가라앉혔다.
> 그녀의 귓전으로 제주도의 바위 표면에 와 부딪는 파도 소리가 들려왔다. 그녀는 사납게 포효하는 파도 사이로 뛰어 들었다. 부서지는 해면(海面)의 소리가 멀어져 가고 자신의 몸뚱이를 물속에 풀어 놓았다. 두 손과 두 다리가 자유로이 물의 감촉을 만지작거리기 시작했다. 세상에 태어나서 한 번도 맛본 적이 없는 편안함이 온 몸 깊숙이 스며들고, 물속에서 그녀는 언제까지나 흔들거리고 있었다.(275)

'낮은 신음소리' 혹은 '커다란 존재'가 인도하는 '물속'은 그녀의 비체적 존재를 정화시켜주고 긍정의 기운을 발산하는 안식의 공간이다. '바람도 없고, 소리도 빛깔도 아무 것도 없는, 마치 진공을 연상시키는 물속'은 재일조선인 여성으로서 유린당하고 배척당한 비체적 자기 존재를 극복하고 '상상의 아버지(Imaginary Father)'[15)에 의해 인도된 새로운 정화와 재생의 공간이다. 그곳은 자신의 기원으로의 회귀가 이루어지는 공간이면서 동시에 외부세계와 단절된 죽음의 공간이다. 하지만 고통과 비체적 이미지로 가득 찬 현실 세계와 대비되는 역설적인 생명의 공간이기도 하다.

크리스테바에 의하면 아이가 아브젝션을 극복하도록 도와주는 자는 사랑하는 아버지이다.[16] '상상의 아버지'는 모성적/부성적 이원성을 붕괴하며, 라깡의 엄한 아버지의 법의 권위를 붕괴한다.[17] 아가페적 사랑으로 무장한 '상상의 아버지'는 권위적이고 위압적인 현실 세계의 법칙을 전복시키면서 풍요롭고 자애로운 어머니의 형상을 지닌 '어머니 아버지'로 기능한다. '상상의 아버지'는 사랑의 대화와 따뜻한 손길을 통해 아이가 비체적 경험에서 벗어나도록 돕는다. 그녀의 암울한 과거의 기억 속에서 유일하게 긍정적인 감정을 환기시키는 대상은 아버지이다. 폭력적이고 자신을 버린 아버지이지만 따뜻한 아버지의 가슴에 안겨 잠든 기억을 떠올리며 그녀는 친아버지를 그리워하고 그 사랑을 갈구한다. 의붓아버지의 무릎에 얼굴을 묻었을 때 '정체를 알 수 없는 달콤하면서도 새콤한' 감정에 휩싸이는 것 또한 친아버지에 대한 그리움의 연장선이라 볼 수 있다. 자신의 개인적인 행복을 위해서 철저히 일본인으로 변신하여 현실의 법칙에 순응하는 삶을 살았던 어머니에

---

15) 크리스테바는 한 인간이 어떻게 말하는 존재가 되는가를 설명하기 위해 상상의 아버지의 개념을 전개한다. 그녀는 거세 위협을 하는 엄한 외디푸스적 아버지는 모성적 육체라는 안전한 안식처로부터 아이를 끌어내는 데에 충분치 않다고 주장한다. 그녀는 나르시수스적 구조의 설명을 전개하는데, 이 구조 속에는 모성적 육체와 큰상징적 질서 사이를 아이가 무난히 통과할 수 있도록 만들어 주는 상상의 사랑의 대행자가 나타난다.
   켈리 올리버, 위의 책, 114면.
16) 위의 책, 100면.
17) 위의 책, 114면.

대한 이질감, 소외의 경험과는 반대로 그녀는 자신의 존재적 근원을 찾아 제주도로 돌아간 친아버지에게 강한 동질감과 애착을 느낀다. 그녀를 '물속'으로 인도하는 '낮은 신음소리' 혹은 '커다란 존재'는 '상상의 아버지'의 다른 이름이면서 동시에 그녀를 구원하는 사랑의 메시지이다. '상상의 아버지'와 대면하고 그 목소리에 귀기울이는 행위를 통해 그녀는 '세상에 태어나서 한 번도 맛본 적이 없는 편안함'을 온 몸 깊숙이 느끼며 자유롭게 유영한다. 오염되고 악취를 풍기는 비체적 자기 존재를 극복하고 '상상의 아버지'의 공간으로 이동함으로써 그녀는 '떼어내고 싶은 자궁'인 부정적 여성성을 회복하고 재일조선인이라는 비체적 이미지로부터 벗어나게 된다.

이러한 '물속'의 상징성은 '제주도의 바다'와 연결되면서 더욱 확대된 의미를 생산한다. 제주도는 친아버지가 돌아간 고향이면서 동시에 재일조선인인 그녀의 정체성의 근간이 되는 곳이다. 아버지에 대한 원초적 갈망은 비단 생물학적인 아버지에 대한 동경을 넘어서 조국에 대한 희구, 민족적 정체성 탐구에 대한 근본적 접근으로까지 나아간다. 결국 죽음이라는 통로를 거쳐 '제주도의 바다'에 도달한 그녀는 '두 손과 두 다리가 자유로이 물의 감촉을 만지작거리'는 해녀의 형상으로 탈바꿈한다. 아버지의 고향, 자신의 존재적 기원으로서의 제주도-조국-에 거주하면서 그 안에서 이방인이 아닌 공동체-가족, 사회-의 한 구성원으로 인정받을 수 있는 '해녀'라는 존재는 그녀가 가장 갈구하던 자신의 형상이다. 현실 세계 안에서 억눌리고 고통받는 재일조선인이라는 비체적 존재는 '제주도의 바다'에 이르러 가장 매혹적이고 자유로운 존재로 변모한다. 이처럼 현실 세계에서 부정되고 거부되었던 재일조선인, 여성이라는 그녀의 존재성은 '상상의 아버지'를 통해 '아버지(제주도)의 바다'인 '물속'으로 회귀하면서 정화되고 새로운 정체성을 모색하게 된다.

〈해녀〉의 문학적 의미망

　이양지 문학이 지닌 가치 중의 하나는 재일조선인이 일본과 한국에
서 겪는 이중적 소외의 현실을 세밀하게 그려내면서 동시에 그 경계의
갈등 지점을 정직하게 드러냈다는 점이다. 재일조선인으로서 식민의
흔적이 남아있는 일본에서 자기 존재를 긍정적으로 확립해 나간다는
것, 또한 '반쪽발이'를 바라보는 이질적 시선에 노출될 수밖에 없는 한
국에서 실존적 자아 정체성을 모색해 나간다는 것은 부단한 자기 성찰
과 냉철한 현실 판단이 전제되어야 하는 고투의 과정일 것이다. 그 고
투의 내밀한 결과물인 이양지 문학의 하나로서 〈해녀〉는 그 결말의 비
극성으로 인해 재일조선인의 '불우성'을 극단적으로 표현한 작품으로
평가되어 왔다. 그러나 작품에 나타난 주인공의 병적인 심리 상태와
표출 행위들은 역사적 추체험에 기인한 희생양 의식의 강제된 내면화
에서 비롯된 것이며, 다양한 비체적 이미지로 발현되는 부정적 세계와
자아의 첨예한 갈등 구조는 재일조선인 여성으로서의 그녀의 억압적
상황을 상징적으로 드러낸 것이라 할 수 있다. 이러한 주인공의 고통
과 좌절의 경험은 '물속'으로의 회귀를 통해 비로소 멈추게 된다. '상상
의 아버지'와 대면하고 그 목소리에 응답함으로써 그녀는 비체적 자기
존재를 극복하고 '상상의 아버지'의 공간으로 이동하게 되며 이를 통해
부정적 여성성을 회복하고 재일조선인이라는 비체적 이미지로부터 벗
어나게 된다. '제주도의 바다'로 형상화되는 '물속'은 재생과 정화의 공
간이면서 동시에 존재의 기원을 드러내는 원초적 고향이자 '아버지'의
공간이다. 작가는 죽음이라는 절박한 행위를 통해, 그녀가 재일조선인,
여성이라는 비체적 자기 존재를 극복하고 정체성 모색의 순간으로 나

아가는 한 지점을 완성한다.

그녀와 그녀의 일본인 의붓여동생 게이꼬가 번갈아 화자로 등장하며 전개되는 〈해녀〉의 서술방식은 다양한 인물들의 증언과 시선들이 첨가되고 교차되어 그녀라는 재일조선인 여성의 복합적이고 중층 결정된 형상이 주조되어 가는 과정을 예리하게 보여준다. 작가는 그녀의 과거를 복원하며 새로운 사실들을 드러내는 발견자로서 게이꼬를 등장시키는데, 이는 재일조선인을 바라보는 일본인들의 양가적이고 경계적인 시선을 그대로 재현하는 소설적 장치라 할 수 있다. 한편으로 작가는 게이꼬라는 제3자적 인물을 통해 그녀의 암울한 과거를 현재에 복원함과 동시에 그러한 대면의 순간들이 어떻게 게이꼬의 내면에 감정의 동요와 반성의 계기를 만들어 내는가에 주목함으로써, 그녀의 삶이 타자화된 한 개인의 고통과 좌절의 주관적 기록에 그치지 않고 하나의 객관적 실체로 존재하는 것을 가능하게 한다.

그러나 게이꼬는 재일조선인으로서 자신의 언니가 겪은 삶의 고통과 존재적 의미를 인식하지 못한 채 발견자이자 관찰자로서의 위치에만 머무르는데 이는 그녀와 게이꼬의 존재적 거리를 드러내는 것이라 할 수 있다. 게이꼬가 모리모또와 가요와의 만남을 통해서 발견한 언니의 형상은 강박적 살해공포와 피해망상에 시달리며 기이한 형태의 매춘으로 연명하다 사고로 죽은 이해할 수 없는 존재이다. 거기에는 그녀가 피해자의 입장에서 재일조선인으로, 혹은 여성으로 겪을 수밖에 없었던 고통과 좌절의 이유가 제시되지 않는다. 그저 드러난 현상과 결과만으로 그녀의 불행을 인지하고 공감할 수 있을 뿐이다. 따라서 게이꼬는 언니의 비체적 이미지와 강박적 행동을 이해하거나 받아들이기보다는 두려워한다. 자신이 건 전화벨 소리와 죽은 언니의 욕조에서 울려나오는 전화벨 소리가 오버랩되는 마지막 장면에서 게이꼬는

연결된 상대방의 전화를 엉겁결에 끊어버린다. 비체적 존재인 언니와
의 대면을 무의식중에 차단함으로써 언니에 대한 연민과 배제라는 양
가적 심리 상태를 표출한 것이다.

  이처럼 작가는 재일조선인인 그녀의 경험적 시선과 그녀를 둘러싼
인물들의 관찰자적 시선을 교차시키면서 모호하고 어긋난 시선의 경계
를 드러낸다. 이중, 삼중의 시선에 노출되면서 중층 결정된 재일조선인
의 복합적이고 모순된 자기 인식은 정체성의 혼란과 긴장관계를 유발
하면서 재일조선인의 삶 속에서 갈등 구조를 심화시킨다. 작가는 희생
양 의식과 비체적 이미지로 재일조선인의 극단적 실존 양상을 드러내
고 '상상의 아버지'를 통해 구원의 가능성을 제시하면서 한편으로는 일
본사회 안에서 왜곡되고 모호하게 규정되는 재일조선인의 정체성을 교
차적 서술방식을 통해 표면화시킨다.

  〈해녀〉는 소멸과 재생, 자기 부정과 정체성 탐구라는 모순된 가치들
을 정치하게 연관시키면서 재일조선인의 경계성과 중층적 갈등 구조를
날카롭게 드러낸다. 모어와 모국어로 대표되는 이상과 현실의 괴리 안
에서 고뇌하며, 일본과 한국, 재일조선인을 바라보는 양가적이고 복합
적인 작가적 시선—매혹적이면서 혐오스러운—을 예리하게 담금질했던
이양지는 자신의 문학 세계 안에 〈해녀〉를 위치시킴으로써 중요한 하
나의 주제적 맥락을 짚어내고 있다.

● 참고문헌 ●

이양지, 〈해녀〉, 《유희》, 삼신각, 1989.

이양지, 「나에게 있어서의 모국과 일본」, 《돌의 소리》, 삼신각, 1992.

김환기 편, 『재일 디아스포라 문학』, 새미, 2006.

리처드 커니, 『이방인, 신, 괴물』, 이지영 역, 개마고원, 2004.

바바라 크리드, 『여성괴물』, 손희정 역, 여이연, 2008.

줄리아 크리스테바, 『공포의 권력』, 서민원 역, 동문선, 2001.

켈리 올리버, 『크리스테바 읽기』, 박재열 역, 시와반시사, 1997.

고갑희, 「시적 언어의 혁명과 사랑의 정신분석—줄리아 크리스테바의 경계
　　　선의 철학」, 한국영미문학페미니즘학회, 『페미니즘 어제와 오늘』,
　　　민음사, 2000.

김환기, 「이양지의 〈유희〉론」, 『일어일문학연구』 제41집—문학・일본학
　　　편, 2002.5.

윤명현, 「이양지 문학 속의 '재일적 자아' 연구」, 동덕여대 일어일문학과
　　　박사학위논문, 2007.

유숙자, 「이양지론 : 언어와 정체성의 상관관계를 중심으로」, 『한림일본학
　　　연구』 제6집, 2001.12.

이한정, 「이양지 문학과 모국어」, 『비평문학』 제28호, 2008.4.

14

〈해녀노젓는소리〉 수록 자료집 개관 및 해제

- 서 론
- 〈해녀노젓는소리〉 자료 수집사 개관
- 〈해녀노젓는소리〉 수록 자료집 해제
- 결 론

14

〈해녀노젓는소리〉 수록 자료집 개관 및 해제

- 서 론
- 〈해녀노젓는소리〉 자료 수집사 개관
- 〈해녀노젓는소리〉 수록 자료집 해제
- 결 론

| 이성훈 | 숭실대학교

『영주어문』 제9집, 2005.

I 서 론

〈해녀노젓는소리〉는 제주도 출신 해녀들이 뱃사공과 함께 돛배를 타고 본토로 出稼하거나 해산물을 채취하기 위해 뱃물질하러 오갈 때, 좌현에서 젓걸이노를 젓는 해녀와 우현에서 젓걸이노를 젓는 해녀 또는 船尾에서 하노를 젓는 뱃사공과 좌・우현에서 젓걸이노를 젓는 해녀 등으로 짝을 나누어 되받아 부르기(同一先後唱)나 메기고받아 부르기(先後唱)의 방식으로 부르는 노래이다.[1] 필자가 조사한 바로는 1929년에 金枓白이 『三千里』創刊號[2]에 소개한 〈해녀노젓는소리〉가 최초의 자료이다. 이후 1931년에 수집자 미상의 7편의 자료[3]가 있다. 단행본으로 간행된 민요자료집에 수록된 자료로는 1939년 林和의 『朝鮮民謠選』[4]에 17편이 있다. 1950년대부터 본격적인 〈해녀노젓는소리〉가 수록된 자료집이 간행되었다. 한편 1945년 이전의 동아일보와 매일신보 기사 속에도 〈해녀노젓는소리〉 자료가 간혹 보인다.

제주도 민요 연구 자료의 해제 작업은 좌혜경과 변성구에 의해 이루어졌다. 1차적 서지 작업은 좌혜경에 의해 이루어졌다. 좌혜경은 제주도 민요 연구 자료들을 연대별로 구분하여 1920년대부터 1950년대까지, 1960년대, 1970년대, 1980년대, 1990년대로 시기를 구분하여 93년까

---

1) 이성훈, 「〈해녀 노 젓는 노래〉의 가창방식」, 『溫知論叢』제9집, 溫知學會, 2003, p.37.
2) 金枓白, 「女人國巡禮, 濟州島海女」, 『三千里』創刊號, 三千里社, 1929. 6. 12, p.23.
3) 미 상, 「海女의 노래－濟州島民謠－」, 『別乾坤』第6卷第7號(제42호), 開闢社, 1931.8.1, p.3.
4) 林 和, 『朝鮮民謠選』, 學藝社, 1939, pp.239~242.

지의 자료를 해제했다.[5] 2차적 서지 작업은 변성구에 의해 이루어졌다. 변성구는 1920년대부터 해방 이전까지, 해방 이후부터 1960년대 말까지, 1970년대부터 1980년대 말까지, 1990년대부터 2000년 초대까지로 시기를 4기로 구분하여 고찰했다.[6] 필자는 제주도 민요 중에서 〈해녀노젓는소리〉만을 대상으로 하여 채록자가 의도적으로 각편을 나누어 기록한 것과 제보자가 구연한 대로 기록한 것으로 나누어 자료와 자료집을 간략하게 해제한 바 있다.[7]

본고는 제주도 민요 중에서 〈해녀노젓는소리〉의 자료가 수록된 단행본과 개별 논저만을 대상으로, 〈해녀노젓는소리〉의 자료 수집 및 정리사를 개관함과 아울러 〈해녀노젓는소리〉가 수록된 문헌들을 해제하는 것이 목적이다.

---

5) 좌혜경, 「제주도 민요에 대한 문헌 해제」, 『민요론집』제3집, 민요학회, 1994, pp.261~325.

6) 변성구, 「濟州島 民謠 硏究의 成果와 課題」, 『민요론집』제7집, 민요학회, 2003, pp.133~176.

7) 이성훈, 「해녀 〈노 젓는 노래〉의 사설과 현장성」, 『溫知論叢』제8집, 온지학회, 2002, pp.181~210.

〈해녀노젓는소리〉 자료 수집사 개관

　〈해녀노젓는소리〉[8]를 수집한 자료와 자료집은 제보자·채록지역·
채록일시를 명시하지 않은 채 몇 편의 각편만을 단편적으로 소개한 자
료, 제주 방언의 가치를 살리기 위해 창자가 구연한 발음 그대로 사설을
수록하고 난해한 방언은 주석을 단 자료, 사설의 제재나 내용을 중심으
로 사설을 분류하여 수록하고 표준어로 어석을 달고 어휘의 주석까지
덧붙인 자료, 한국정신문화연구원의 구비문학 현지조사 방법[9]에 따라
제보자가 구연한 대로 사설을 수록하고 제보자의 간략한 생애력까지 기
술한 자료 등으로 나눌 수 있다. 이러한 〈해녀노젓는소리〉의 자료 수집
및 정리사를 다음과 같이 편의상 3개의 시기로 구분하고자 한다.

　① 제1기 : 단편적인 자료 수집 및 소개
　② 제2기 : 본격적인 자료 수집 및 정리
　③ 제3기 : 체계적인 자료 수집 및 정리

---

8) 제주도 노동요의 요종은 본토의 여느 민요와 같이 후렴구에 따라 확연히 구
　분된다. 제주도 〈노 젓는 노래〉의 특징은 '이어도사나' 또는 '이여싸' 등의 후
　렴이 붙는다. 제주도의 〈노 젓는 노래〉는 창자가 간혹 남성인 경우도 있지만
　주로 여성인 해녀들이 불렀다. 해녀나 뱃사공이 노 저으며 부르는 노래의 분
　류 명칭은 민요자료집마다 다른 분류 명칭을 사용하고 있다. 본고는 〈해녀
　노 젓는 노래〉가 수록된 자료집의 해제를 창자의 성이나 분류의 명칭에 구애
　받지 않고 후렴구와 사설 내용을 바탕으로 정리했다.
9) 조동일, 「구비문학 현지조사 방법」, 『구비문학의 세계』, 새문사, 1980,
　pp.48~98 ; 한국정신문화연구원 어문연구실 편, 『구비문학 조사 방법』, 1979.

단, 자료 수집 시기가 자료집 간행 시기보다 현격히 앞서는 경우는
자료 수집 시기를 기준으로 시기를 구분했다.

1. 제1기 : 단편적인 자료 수집 및 소개

金枓白(1929 : 1편)[10]을 필두로 시작되는 1920년대부터 1960년대 초
반까지가 이 시기에 속한다. 이 시기에 수집된 자료들은 대개 사설을
중심으로 수록하고 있다. 제보자나 수집지역이 밝혀져 있지 않고, 채보
된 악보도 수록되어 있지 않다. 필자미상(1931 : 7편[11]), 高橋亨(1968 :
14편[12]), 林和(1939 : 17편[13]), 金思燁・崔常壽・方鐘鉉(1948 : 7편[14]),
高晶玉(1949 : 6편[15]), 崔永日(1956 : 17편[16]), 姜時宅(1957 : 1편[17]), 金
永三(1958 : 24편[18]), 梁弘植・吳太用(1958 : 14편[19]), 秦聖麒(1958a : 32
편[20]/1958b : 36편[21]/1958c : 40편[22]/1960d : 36편[23]),   任東權(1961a : 7

10) 金枓白,「女人國巡禮, 濟州道海女」,『삼천리』제1호(1929년 6월 12일), 1929,
    pp.22~23.
11) 「海女의 노래, 濟州道民謠」,『별건곤』제42호(1931년 8월 1일).
12) 高橋亨,『濟州島の民謠』, 天理大學 東洋學硏究所, 1968.
13) 林和, 이재욱 해제,『朝鮮民謠選』, 學藝社, 1939. pp.239~242.
14) 金思燁・崔常壽・方鐘鉉,『朝鮮民謠集成』, 正音社, 1948.
15) 高晶玉,『朝鮮民謠硏究』, 首善社, 1948, pp.368~371.
16) 崔永日,「濟州島의 民謠」,『崇實大學報』제2호, 崇實大學學藝部, 단기4289
    (1956), pp.232~271.
17) 姜時宅,「濟州民謠의 特色」,『濟大學報』창간호, 濟州大學學徒護國團, 1957,
    p.121.
18) 金永三,『濟州島民謠集』, 中央文化社, 1958, pp.7~34.
19) 梁弘植・吳太用,『濟州鄕土記』, 1958, pp.107~116.
20) 秦聖麒,『濟州島民謠』제1집, 희망프린트사, 1958, pp.126~153.
21) 秦聖麒,『濟州島民謠』제2집, 중앙미술사프린트부, 1958, pp.51~74.
22) 秦聖麒,『濟州島民謠』제3집, 성문프린트사, 1958, pp.61~92.
23) 秦聖麒,『오돌또기』, 우생출판사, 1960(단기4293년), pp.121~141.

편24)), 金俊培(1962 : 1편25)) 등은 〈해녀노젓는소리〉의 사설을 소개하는 데 그치고 있다. 이 가운데 金枓白(1929 : 1편)은 〈해녀노젓는소리〉를 최초로 소개한 자료로 파악된다. 제주도 민요의 수집과 분류는 본격적으로 林和(1939 : 17편)에서 시작된다고 좌혜경은 지적한 바 있다.26) 林和(1939 : 17편)는 민요 채집에 있어서 제보자의 신원(성명, 연령, 직업 등)을 밝힘으로써 제대로 된 구비문학 조사·연구의 가능성을 보여주었다. 秦聖麒(1958a : 32편)에는 제보자와 수집 장소를 밝히지 않았는데, 秦聖麒(1958b : 36편/1958c : 40편)에는 수집 장소를 밝혔다. 그리고 秦聖麒(1960d : 36편)은 秦聖麒(1958a : 32편/1958b : 36편/1958c : 40편)에 수록된 108편 가운데 36편을 가려뽑은 개정판이다. 또한 秦聖麒(1960d : 36편)에는 김국배가 채보한 악보를 수록하고 있고 아울러 제주도민요분류일람표를 작성하여 목차 앞에 제시한 장점에도 불구하고, 秦聖麒(1958b : 36편/1958c : 40편)에서 밝혔던 수집 장소를 제시하지 않았으며 사설의 표기에 있어서는 '·'를 그에 가까운 음을 따서 현대어에 쓰는 철자 표기로 바꿔서 표기한 단점이 있다.

2. 제2기 : 본격적인 자료 수집 및 정리

金榮敦(1965a : 199편27))을 필두로 하여 1960년대 중반부터 1970년대 말까지가 이 시기에 속한다. 이 시기에 수집된 자료들은 대개 수집된

24) 2任東權, 『韓國民謠集』 I, 集文堂, 1961.

25) 金俊培, 「韓國 民謠의 韻律 硏究」, 동국대학교 대학원 석사학위논문, 1962, pp.55~56.

26) 좌혜경, 「제주도 민요에 대한 문헌 해제(I)」, 『民謠論集』제3호, 민요학회, 1994, p.266.

27) 김영돈, 『濟州島民謠硏究(上)』, 一潮閣, 1965, pp.210~265.

자료의 수집 시기, 수집 지역, 제보자의 이력 등을 밝히고 있을 뿐만
아니라 어휘의 주석 및 채보한 악보까지도 수록한 시기다. 또한 이 시
기는 제주 출신 연구자들이 본격적으로 자료를 수집하여 제주도 민요
만을 대상으로 하여 단행본으로 출간한 시기다. 秦聖麒(1968e : 36
편28)), 任東權(1974b : 6편29)/1975c : 6편30)/1979d : 15편31)/1980e : 4
편32)), 文化公報部 文化財管理局(1974 : 9편33)) 등이 있다.

이 가운데 金榮敦(1965a : 199편)은 高橋亨(1968 : 14편), 林和(1939 :
17편), 金思燁・崔常壽・方鐘鉉(1948 : 7편), 高晶玉(1949 : 6편), 崔永
日(1956 : 17편), 金永三(1958 : 24편), 梁弘植・吳太用(1958 : 14편) 秦
聖麒(1958a : 32편/1958b : 36편/1958c : 40편/1960d : 36편) 등에 수록된
자료들의 장단점을 보완하고 체계화하여 제보자의 성명과 성별 및 나
이, 수집 시기와 수집 지역, 채보한 표준 악보까지 수록하여 제주 민요
의 본격적인 자료집이다.

秦聖麒(1968e : 36편)는 앞서 발간한 秦聖麒(1960d : 36편)에 제주도
민요의 개관을 덧붙이고 서명을 달리해서 펴낸 자료집인데, 秦聖麒
(1960d : 36편)에 밝히지 않았던 제보자와 수집지역 및 일시를 밝히고
있는 것은 金榮敦(1965a : 199편)의 영향을 받은 듯하다.

任東權이 간행한 『韓國民謠集』 전 7권 가운데 〈해녀노젓는소리〉를

28) 秦聖麒, 『南國의 民謠』, 제주민속문화연구소, 1968(『南國의 民謠』, 正音社,
1977), pp.123~137.
29) 任東權, 『韓國民謠集』II, 集文堂, 1974.
30) 任東權, 『韓國民謠集』III, 集文堂, 1975.
31) 任東權, 『韓國民謠集』IV, 集文堂, 1979.
32) 任東權, 『韓國民謠集』V, 集文堂, 1980.
33) 文化公報部 文化財管理局, 『韓國民俗綜合調査報告書』(濟州道 篇), 1974.
pp.361~369.

수록한 것은 任東權(1961a : 7편)을 시발로 하여 任東權(1974b : 6편
/1975c : 6편/1979d : 15편/1980e : 4편)까지이다.[34] 여기에는 그가 직접
채록한 것도 더러 있지만 다른 민요 자료집에 수록된 것을 재수록하는
등 간접 수집한 것들이 많다. 그리고 〈해녀노젓는소리〉의 자료는 제1기
의 수집 정리 방법과 크게 다른 점이 없지만『韓國民謠集』전 7권은 한
국 민요 자료를 정리하여 집대성했다는 점에 의의를 찾을 수 있다.

3. 제3기 : 체계적인 자료 수집 및 정리

한국정신문화연구원의 구비문학 현지조사 방법론에 기초한 현장론
적 조사 방법에 따라 자료가 수집된 1980년대 이후의 시기를 지칭한다.
1999년부터는 본토에 정착한 제주 출신 해녀들의 자료들도 수집되기
시작하여 자료 수집 지역이 전국으로 확대되었다.

金榮敦・玄容駿(1980a : 1편[35]/1981b : 7편[36]/1983c : 3편[37])), 藝術研
究室(1984 : 15편[38]), 울산대학교 인문과학연구소(1990 : 1편[39]), 김영돈

---

34) 任東權의『韓國民謠集』Ⅰ~Ⅴ에 실린 전체 자료의 지역별 색인 작업을 좌혜
   경이 했다.(좌혜경, 「한국민요 지역별 자료 색인」,『민요론집』제2집, 민요학
   회, 1993, pp.429~613.
35) 金榮敦・玄容駿,『韓國口碑文學大系』9-1(북제주군 편), 한국정신문화연구원,
   1980.
36) 金榮敦・玄容駿,『韓國口碑文學大系』9-2(제주시 편), 한국정신문화연구원,
   1981.
37) 金榮敦・玄容駿,『韓國口碑文學大系』9-3(서귀포시・남제주군 편), 한국정신
   문화연구원, 1983.
38) 藝術硏究室,『韓國의 民俗音樂 : 濟州道民謠篇』, 韓國精神文化硏究院, 1984,
   pp.104~132.
39) 울산대학교 인문과학연구소,『울산울주지방 민요자료집』, 울산대학교출판부,
   1990.

(1993b : 21편[40])), 임석재(1997a : 2편[41])), 濟州市 編(2000 : 30편[42])), 강한호(1999 : 2편[43])), 부산남구민속회(2001 : 2편[44])), 李東喆(2001 ; 3편[45])), 이성훈(2002a : 103편[46]/2003b : 21편[47])), 임석재(2004b : 2편[48])) 등이 있다. 이외에도 제주대학교 국문과·국어교육과의『학술조사보고서』, 국어교육과·백록어문학회의 『백록어문』, 국문과의 『국문학보』에 수록된 65편[49] 등이 있다.

---

40) 金榮墩,『濟州의 民謠』, 新亞文化社(民俗苑), 1993.

41) 임석재, 『임석재채록 한국구연민요-자료편(해설·악보·가사)-』, 집문당, 1997, pp.168~175.

42) 제주시 편,『濟州의 鄕土民謠』, 제주시(도서출판 예술), 2000.

43) 강한호,「해녀 민속 문화의 이동에 관한 연구 -경남 사량도의 구비문학을 중심으로-」, 부경대학교 교육대학원 석사논문, 1999. 8, p.59.

44) 부산남구민속회, 『남구의 민속과 문화』, 부산남구민속회, 2001.10.8, pp.508~509, p.515.

45) 李東喆,『江原 民謠의 世界』, 국학자료원, 2001, p.166, pp.214~219.

46) 이성훈,「경남 통영시 해녀〈노 젓는 노래〉조사」,『한국민요학』제11집, 한국민요학회, 2002, pp.235~265.

47) 이성훈,「강원도 속초시 해녀〈노 젓는 노래〉와 생애력 조사」,『숭실어문』제19집, 숭실어문학회, 2003, pp.459~507.

48) 한국정신문화연구원,『임석재 채록 한국 구연민요 자료집』, 민속원, 2004, pp.640~642.

49) ①『학술조사보고서』(제주대 국문과·국어교육과) : 제8집(1984, 해녀노래 3편·뱃노래 1편).
②『백록어문』(창간호~제10집 : 제주대 국어교육과·제11집부터 : 백록어문학회) : 창간호(1986, 해녀노래 4편), 제2집(1987, 해녀노래 5편), 제5집(1988, 뱃노래 4편), 제6집(1989, 해녀노래 1편), 제7집(1990, 뱃노래 1편), 제9집(1992, 뱃노래 1편), 제11집(1995, 해녀노래 1편·물질하는 소리 1편), 제14집(1998, 해녀소리 1편, 노 젓는 소리 3편, 물질할 때 하는 소리 1편), 제15집(1999, 노 젓는 소리 5편), 제16집(2000, 노 젓는 소리 6편),
③『국문학보』(제주대 국문과) : 제8집(1986, 해녀노래 3편), 제9집(1989, 해녀노래 3편), 제10집(1990, 물질 소리 1편), 제12집(1994, 해녀노래 1편), 제13집(1995, 뱃노래 4편·노 젓는 소리 2편·물질허는 소리 3편), 제14집(1997, 노

〈해녀노젓는소리〉 수록 자료집 해제

　〈해녀노젓는소리〉가 수록된 자료집의 해제는 자료 수집 시기가 자료집 간행 시기보다 현격히 앞서는 경우라도 자료집 간행 연대를 순서로 하여 해제하기로 한다.

①　金科白(1929 : 1편) : 제보자와 수집지역이 밝혀져 있지 않다. 필자가 조사한 바로는 〈해녀노젓는소리〉 자료를 최초로 소개한 것으로 파악된다.

②　필자미상(1931 : 7편) : 채록자와 제보자가 밝혀져 있지 않다.

③　林　和(1939 : 17편) : 여기에는 〈海女歌〉란 명칭으로 17편이 수록되어 있다. 제보자가 서귀포 京化順 33세 海女라고 밝히고 있다. 민요 채집에 있어서 제보자의 신원(성명, 연령, 직업 등)을 밝힘으로써 제대로 된 구비문학 조사・연구의 가능성을 보여주었다.

④　金思燁・崔常壽・方鐘鉉(1948 : 7편) : 제보자가 밝혀져 있지 않다. 노래의 명칭을 붙이지 않고 여러 가지 제주도 민요를 수록하고 있는데, 이 중에 후렴 '이어도사나'가 있고 사설 내용이 〈해녀노젓는소리〉로 볼 수 있는 것은 7편이다.

⑤　高晶玉(1949 : 6편) : 여기에 수록된 7편(247~253번 자료)은 수집지역이 濟州島라고만 되어 있고, 제보자 이력이나 수집일자가 밝혀져 있지 않다. 著者는 "濟州島海女노래는, 그 經濟的自立性과 肉體的健康에 基처하는 것이겠지만, 婦謠의 모든 슬픔과 忍從을 차는 억센 노래들이다"라고 규정한 다음 〈海女노래〉라는 항목을

젓는 소리 3편), 제15집(2001, 물질허는 소리 3편, 해녀노래 4편).

설정하여 9편(245~253번 자료)를 수록하고 있다. 하지만 이 가운데 245번 자료는 "양태 맨들면서 부르는 노래다"라고 했고, 246번 자료는 "網巾짤 때 부르는 노래다"라고 설명을 달고 있다. 따라서 고정옥이 말한 〈海女노래〉라는 것은 〈해녀노젓는소리〉가 아니고, 제주도 민요 중에서 해녀들이 부르는 모든 노래를 포괄하는 개념으로 사용한 것이라 하겠다.

⑥ 崔永日(1956 : 17편) : 여기에 수록된 〈海女歌〉 17편은 "金台俊 蒐集 所藏이었던 濟州道 民謠로서 1939년 3월 學藝社刊行 朝鮮文庫本『朝鮮民謠選』에 記載되었던 部分을 참고 삼아 倂記한 것이다."라고 附記하고 있다. 또한 〈선가〉 15편도 수록되어 있는데, 사설 내용은 〈해녀노젓는소리〉들과 유사하나 후렴이 "아― 아―, 아 이여차"등으로 되어 있으므로 제외시켰다.

⑦ 姜時宅(1957 : 1편) : 여기에 수록된 1편은 제주민요의 내용을 고찰하면서 소항목의 노래명을 〈潛水歌〉라고 했지만, 내용 설명에서는 〈海女歌〉라고 했다. 이 논문의 緖言에서 "筆者는 여기에 自身이 蒐集한 몇 首와『朝鮮民謠集成』의 濟州편을 資料로 濟州民謠의 特色을 더듬어 보려한다"고 했는데, 다른 요종에서는 출처를 밝혔지만 〈맷돌노래〉와 〈潛水歌〉는 출처를 밝히지 않고 있다. 다만 〈맷돌노래〉 2首 중에 둘째 首는 金思燁 · 崔常壽 · 方鐘鉉 共編,『朝鮮民謠集成』(正音社, 1948) 292쪽에 수록된 자료와 사설이 같다. 하지만 〈맷돌노래〉 첫째 首와 〈潛水歌〉의 사설은『朝鮮民謠集成』에 수록되지 않은 자료인데, 필자 자신이 수집한 것으로 보인다.

⑧ 金永三(1958 : 24편) : 韓容柱가 수집한 것을 김영삼이 편집한 것이다. 海女노래篇에 17편과 뱃노래篇에 7편이 수록되어 있는데,

사설의 제재나 내용에 의거해서 각편마다 소제목을 붙이고 있다.
또한 凡例에 인쇄소에 고어 활자가 없는 것이 많아 표준말 활자
로 제주말에 가깝게 발음되도록 노력했고, 방언과 기타 어휘는
그 의미가 확실한 것만 주석을 달았다고 밝혔다.

⑨ 梁弘植・吳太用(1958 : 14편) : 〈海女歌〉9편, 〈漁船歌〉5편이 수
록되어 있는데, 제보자가 밝혀져 있지 않다. 제주 태생의 두 편
자는 序文에서 "本書는 鄕土濟州 全般에 關한 一般的인 案內版의
小冊子로서 將次 鄕土濟州에 關한 諸般事項의 硏究를 企圖하는
人士들의 便宜를 圖謀하고자 旣刊된 鄕土硏究의 諸文獻中에서
重要한 部分을 拔萃하여 그것을 根幹으로 삼고 새로이 調査蒐集
한 資料를 枝葉으로 벌려 槪括的이나마 編案한 것이다."라고 밝
히고 있다.

⑩ 秦聖麒(1958a : 32편) : 제보자와 수집 장소를 밝히지 않았다. 가
창자의 성명과 수집 장소를 밝히지 않았다. 제주도의 고유 발음
을 표기하려고 노력했다. 주석은 가창자의 설명을 중심 삼아 표
준어로 옮겨서 가급적 독단을 피했다.

⑪ 秦聖麒(1958b : 36편) : 수집 장소를 밝혔다. 제1집에 밝히지 않았
던 수집 장소를 밝히고 있다. 발음 표기와 주석은 제1집의 방식
과 같다.

⑫ 秦聖麒(1958c : 40편) : 수집 장소를 밝혔다. 제2집과 마찬가지로
수집 장소를 밝혔다. 발음 표기와 주석은 제1집의 방식과 같다.

⑬ 秦聖麒(1960d : 36편) : 이 자료집은 秦聖麒(1958a, 1958b, 1958c)에
서 수록했던 108편의 〈해녀노젓는소리〉 가운데 36편을 간추려 출
간한 자료집이다. 사설의 표기는 "민요 표기에 있어서는 사투리
그대로 적음을 원칙으로 했으나 현대어에 쓰고 있지 않은 「·」

는 그에 가까운 음을 따서 현대어에 쓰는 철자로 바꿔 넣어 일반
의 필요에 좇았읍니다"라고 일러두기에 밝히고 있다. 秦聖麒
(1958a : 32편/1958b : 36편/1958c : 40편)에 수록된 108편 가운데
36편을 가려뽑은 개정판이다. 또한 秦聖麒(1960d : 36편)에는 김
국배가 채보한 악보를 수록하고 있고 아울러 제주도민요분류일
람표를 작성하여 목차 앞에 제시한 장점에도 불구하고, 秦聖麒
(1958b : 36편/1958c : 40편)에서 밝혔던 수집 장소를 제시하지 않
았으며 사설의 표기에 있어서는 'ᆞ'를 그에 가까운 음을 따서
현대어에 쓰는 철자 표기로 바꿔서 표기한 단점이 있다.

⑭ 任東權(1961a : 7편) : 여기에 수록된 7편은 〈櫓 젓는 노래1・2・
3〉(281~287번 자료)라는 분류 명칭으로 남성 노동요로 분류되어
있는데 제보자와 채록 일시가 기록되어 있지 않다.

⑮ 金俊培(1962 : 1편) : 노래 명칭과 제보자는 제시되어 있지 않지
만 사설 내용이 〈해녀노젓는소리〉로 볼 수 있는 1편이 수록되어
있다.

⑯ 金榮敦(1965a : 199편) : 이 자료집은 제보자가 구연한 사설을 의
미 단락별로 나누고, 나눈 각편을 제재별로 분류하여 수록하고
있다. 또한 사설의 제재나 내용을 중심으로 각편을 분류하여 수
록했다. 이 가운데 金榮敦(1965a : 199편)은 高橋亨(1968 : 14편),
林和(1939 : 17편), 金思燁・崔常壽・方鐘鉉(1948 : 7편), 高晶玉
(1949 : 6편), 崔永日(1956 : 17편), 金永三(1958 : 24편), 梁弘植・
吳太用(1958 : 14편) 秦聖麒(1958a : 32편/1958b : 36편/1958c : 40
편/1960d : 36편) 등에 수록된 자료들의 장단점을 보완하고 체계
화하여 제보자의 성명과 성별 및 나이, 수집 시기와 수집 지역,
채보한 표준 악보까지 수록하여 제주 민요의 본격적인 자료집으

로 자리매김했다고 할 수 있다. 따라서 金榮敦(1965a ： 199편)은 〈해녀노젓는소리〉의 제보자와 수집지역 및 일시를 정확히 밝히고 있는 최초의 자료집이다. 그리고 金榮敦(1965a ： 199편)은 秦聖麒(1960d ： 36편)의 자료 수록 방식과 같다. 하지만 金榮敦(1965a ： 199편)은 이전의 여타 자료집과는 달리 각편마다 제주도 방언의 특수성에서 오는 이해의 난점과 불편을 줄이기 위해 직역을 원칙으로 표준어화한 譯歌를 原歌의 바로 밑에 수록하였다.[50] 특수한 어휘들에는 각주를 달았고 김국배가 채보한 악보까지 부록으로 수록하고 있다. 〈해녀노젓는소리〉를 가장 많이 수록한 자료집으로 제주도 민요의 실상을 여실히 보여주는 자료집이다. 또한 사설을 제재에 따라 의미 단락별로 나누어 수록함으로써 한 제보자가 구연한 사설이 여러 각편으로 나뉘어 제재별로 분산 정리되어 있다. 따라서 〈해녀노젓는소리〉의 실상과 내용을 파악하는 데에는 용이하다. 하지만 한 제보자가 구연한 사설의 현장론적 실체를 파악하기 위한 연구 자료로서의 가치는 떨어지는 단점이 있다.

⑰ 高橋亨(1968 ： 14편) ： 高橋亨은 1929년에 제주도에 와서 처음으로 제주 민요를 채록했는데, 여기에 실린 민요 자료는 1932년부터 1937년까지 수집한 것이다. 사설의 일본어 어석을 달고 있다.

⑱ 任東權(1974b ： 6편) ： 여기에는 남성 노동요 〈노 젓는 노래〉 1편(625번 자료)과 〈뱃노래〉 1편(660번 자료), 여성 노동요 《海女謠》 4편이 수록되어 있다. 이 중에 《海女謠1》(787번 자료)는 흑산도

---

50) 변성구, 「제주도 민요 연구의 성과와 과제」, 『민요론집』제7집, 민요학회, 2003, p.148. 이 논문은 『제주도연구』22집(제주학회, 2002)에도 실려 있다.

지방에서, 〈海女謠2·3〉(788·789번 자료)는 제주지방에서, 〈해
녀요4〉(790번 자료)는 秦聖麒 『오돌또기』에서라고 밝히고 있다.
하지만 789번 자료인 〈海女謠3〉은 임동권이 제주지방에서 채집
한 자료가 아니다. 이 789번 자료는 林和의 『朝鮮民謠選』(學藝
社, 1939) 239면~242면까지 수록된 자료를 인용한 것인데, 출전을
밝히지 않았기 때문에 자칫 임동권이 수집한 것으로 오인할 여
지가 다분히 있다. 하지만 이는 任東權이 『韓國民謠集』Ⅱ를 간
행하면서 출전을 누락한 것으로 보인다. 『韓國民謠集』Ⅱ 범례에
"文獻을 引用한 資料는 歌尾에 單行本에 限해서 出典을 밝혔으
며, 出典의 略符號는 다음과 같다. …民選   林 和 編 朝鮮民謠
選…"라고 명시했을 뿐만 아니라 『韓國民謠集Ⅱ』 72면~73면까지
수록된 "〈김매는 노래7〉"의 歌尾에 "(大邱地方) 民選89"라고 출전
을 밝혔기 때문이다.

⑲ 任東權(1975c : 6편) : 여기에 수록된 6편의 〈海女謠〉는 『韓國民
俗綜合調查報告書(濟州道篇)』(文化公報部 文化財管理局, 1974)에
수록된 자료이다.

⑳ 秦聖麒(1977e : 36편) : 이 자료집은 秦聖麒(1960d : 36편)에 수록
된 자료와 같으나 표기에 있어서 제주 방언을 살리려고 노력했
다. 일러두기에 "…생활상의 차이에서 오는 지역 고유의 사투리
를 비롯한 특유의 발음을 되도록 그대로 표기해서 제맛을 살리
려고 노력하였다. 제주도 방언에 있어서의 특이한 발음인 'ㅣ'와
'·'의 겹소리는 'ᆢ'로 표기했다."고 밝힌 것이 그것이다. 이후 이
자료집은 濟州民俗研究所 판으로 재간행되었다. 이 자료집은 秦
聖麒(1960d)에 제주도 민요의 개관을 덧붙이고 書名만을 다르게
하여 간행한 자료집이다. 그 후 1977·1979년에 초판과 재판을

正音社에서 내고, 다시 1991년에 제주민속문화연구소에서 간행
되었다. 秦聖麒(1960d)에서 밝히지 않았던 수집 시기, 수집 지역,
제보자의 이력 등을 밝히고 있는데, 著者(제주민속박물관장, 전
화 064-755-1976)에게 확인한 바에 따르면, 이는 秦聖麒(1958a,
1958b, 1958c)를 채록할 당시에 기록해 두었던 채록노트를 확인
하여 附記한 것이다. 주석은 제보자의 설명을 바탕으로 기록하
고 있으며, 수기로 작성한 악보까지 수록하여 본격적인 자료집
의 면모를 갖추고 있다. 사설의 표기는 秦聖麒(1960d)와는 달리
'ㆍ'를 사용하여 표기하고 있는데, 제주도 방언에 있어서의 특이
한 발음인 'ㅣ'와 'ㆍ'의 겹소리는 'ㆎ'로 표기했다. 秦聖麒(1977
e : 36편)는 앞서 발간한 秦聖麒(1960d : 36편)에 제주도 민요의
개관을 덧붙이고 서명을 달리해서 펴낸 자료집인데, 秦聖麒
(1960d : 36편)에 밝히지 않았던 제보자와 수집지역 및 일시를 밝
히고 있는 것은 金榮敦(1965a : 199편)의 영향을 받은 듯하다.

㉑ 任東權(1979d : 15편) : 여기에는 수록된 〈海女謠1·2·3·4·6
·7·8·11·14〉는 濟州地方에서, 〈海女謠5·9·10·12·13·
15〉는 北濟州地方에서 採集했음을 밝히고 있다.

㉒ 任東權(1980e : 4편) : 여기에는 남성 노동요 〈노 젓는 노래〉(濟
州地方) 1편과 여성 노동요 〈海女謠〉 3편이 수록되어 있다. 이
중에 〈海女謠1·3〉은 濟州地方에서 채집한 것이고, 〈海女謠2〉는
金永三 編·韓容柱 蒐集 『濟州島民謠』(中央文化社, 단기4291,
1958, pp.7~24.) '海女노래篇'에 17편으로 구분되어 수록된 것을
한 편으로 묶은 것이다.

㉓ 文化公報部 文化財管理局(1974 : 9편) : 제보자의 주소·성별·
연령을 기입하고 있다. 채록자는 김영돈은 "전승자의 주소는 현

거주지가 아니라도 전승자가 가장 오래 살았던 지역을 기입했고, 연령은 1971년을 기준으로 했다"고 밝히고 있다.

㉔ 金榮敦・玄容駿(1980a : 1편/1981b : 7편/1983c : 3편) : 여기에 수록된 자료는 한국정신문화연구원 어문연구실에서 간행한「口碑文學調査方法」에 의거하여 현장에서 직접 조사한 것으로, 제보자의 직업・성격・태도 등에 대해서도 약술하고 있다. 또한 실제 歌唱狀況에 역점을 두어 채록자가 의미 단락별로 각편을 나누지 않고 제보자가 구연한 대로 사설을 기록하고 있다.

㉕ 藝術硏究室(1984 : 15편) : 여기에 수록된 15편(92~106번의 자료)은 모두 채보한 악보를 수록하고 있다. 이 가운데 7편인 92・94・95・96・97・101번 자료는 『韓國口碑文學大系』9-2에, 98번 자료는 『韓國口碑文學大系』9-1에 수록된 사설을 악보로 채보한 것이다.

㉖ 울산대학교 인문과학연구소(1990 : 1편) : 제보자의 생애력, 제보자의 외양, 노래를 배우게 된 동기, 구연할 때의 상황 등을 간략히 소개했다.

㉗ 金榮墩(1993b : 21편) : 여기에 수록된 21편의 〈해녀노래〉는 현장론적 방법에 의해 金榮敦(1965a : 199편)과는 달리 각편의 의미 단락의 구분 없이 제보자가 구연한 실제적인 歌唱狀況에 역점을 두어 수록되어 있다.

㉘ 임석재(1997a : 2편) : 여기에 수록된 2편은 1962년에 채록한 것이라 밝히고 있다.

㉙ 강한호(1999 : 2편) : 여기에 실린 2편의 자료는 경남 사량도에서 채록한 것으로 제보자는 제주도 북제주군 구좌읍 종달리가 고향인 김순열(53세, 여)와 우이순(64세, 여)이다. 이 자료는 본토에

出稼하여 물질하다가 본토에 정착해서 살고 있는 제주도 출신 해녀의 〈해녀노젓는소리〉를 채록하여 소개한 최초의 자료로 보인다. 다만, 사설의 표기는 제주 방언의 표기법을 고려하지 않고 표준어로 되어 있고, 제보자의 생애력이나 채보한 악보도 수록하지 않은 단점이 있다.

㉚ 濟州市 編(2000 : 30편) : 여기에 수록된 30편의 〈해녀노젓는소리〉는 제주시청의 용역을 받아 제주교육대학교 조영배 교수가 제주시 지역에서 채록한 자료와 기존 자료 중에서 제주시 관내에 것만을 재정리하여 수합한 것이다. 수록된 자료 중에 1~13번까지는 조영배, 14・15・18・19・20・21・22・23번은 김영돈(『濟州島民謠硏究(上)』, 일조각, 1965), 16・17번은 화북동 운영위원회 편(『화북동 향토지』, 화북동 운영위원회, 1991), 24・25・26번은 김영돈(『韓國民俗綜合調査報告書』(濟州道 篇), 文化公報部 文化財管理局, 1974.), 27번은 현용준 외(제주시・제주대 탐라문화연구소 편, 『제주시의 향토 민속』, 제주시, 1992), 28번은 김영돈(제주도 편, 『제주의 민요』, 제주도, 1991 ; 김영돈, 『濟州의 民謠』, 新亞文化社(民俗苑), 1993), 29・30번은 김영돈(한국정신문화연구원 편, 『한국구비문학대계 9-2, 제주도 제주시편』, 1980)이 채록한 사설이다.

㉛ 부산남구민속회(2001 : 2편) : 부산 남구 용호동에 정착한 해녀들로부터 채록한 자료이다. 사설뿐만 아니라 해녀들의 정착과정과 활동 등에 대해서도 소개하고 있다.

㉜ 李東喆(2001 : 3편) : 여기에 수록된 자료는 강원도 동해출장소 편, 『강원 어촌지역 전설 민속지』(강원도, 1995, p.172, pp.225~231.)에 처음 수록되었던 자료를 재수록한 것이다. 166면과 214~

218면에 수록된 자료는 〈海女 뱃노래〉, 218~219면에 수록된 자료는 〈이어도 사나〉라는 명칭으로 수록되어 있다. 이 자료는 1995년 4월 30일 이동철 교수의 지도 아래 관동대학교 〈민요조사반〉에 의해 채록되었고, 정리는 국어교육과 2년 장중석이 맡았다고 밝혔다. 사설을 제주방언으로 표기하지 않고 표준어로 번역하여 재정리한 것으로 보인다.

㉝ 이성훈(2002a : 103편) : 이 자료는 본토에 出稼하여 물질하다가 본토에 정착해서 살고 있는 제주도 출신 해녀의 〈해녀노젓는소리〉를 집중적으로 조사 채록하여 보고한 최초의 자료이다. 이 자료는 2001년 12월 20일~21일 · 2002년 8월 18일 2차에 걸쳐 조사한 것이다. 제보자의 주소 · 성별 · 연령과 요약한 생애력 및 채보한 악보와 주석까지 달았다. 사설의 표기는 제주방언연구회의 제주어 표기법을 충실히 따르고 있다. 또한 사설의 정리는 가창 현장을 중시하여 제보자가 구연한 순서 그대로 수록했는데, 자료 이용자의 편의를 고려하여 편의상 의미단락 앞에 자료번호를 붙였다.

㉞ 이성훈(2003b : 21편) : 이 자료는 제보자가 초용으로 부산에 出稼하여 경남 거제도에서 3년간 물질하다가 강원도 속초시에서 정착해서 살고 있는 제주도 출신 해녀의 〈해녀노젓는소리〉와 생애력을 제보자가 구연한 순서대로 채록하여 보고한 최초의 자료이다. 이 자료는 2001년 12월 23일에 조사한 것이다. 제보자의 이력, 채보한 악보, 주석, 사설의 표기, 사설의 정리 등은 이성훈(2002a)의 수록 방식과 같으나 생애력은 제보자가 제보해 준 그대로 상세하게 수록했다.

㉟ 한국정신문화연구원(2004b : 2편) : 여기에 수록된 2편은 임석재

가 1962년~1972년에 제주도 일원에서 채록한 것으로 보이는데, 채록일시와 장소가 기록되어 있지 않다. 〈네 젓는 소리〉, 〈자진 네 젓는 소리〉라는 명칭으로 수록되어 있다. 이 중에 1편은 이정란이 채보한 악보가 수록되어 있다.

㊱ 제주대학교 국문과 · 국어교육과의 『학술조사보고서』, 국어교육과 · 백록어문학회의 『백록어문』, 국문과의 『국문학보』에 수록된 65편 : 여기에 수록된 〈해녀노젓는소리〉의 사설들은 각 권호마다 일정한 기준 없이 제각기 방식으로 수록되어 있다.

Ⅳ 결 론

이상에서 〈해녀노젓는소리〉의 자료 수집사를 개관하고 수록 자료집을 해제해 보았다. 지금까지 제주도 지역에서 채록된 〈해녀노젓는소리〉의 자료는 754편인데, 이중에서 여러 자료집에 중복 수록된 각편을 제외하면 680편이다. 이 680편 중에는 사설을 의미 단락별로 나누어 수록한 사설을 개별 각편의 수로 잡았고, 또한 의미 단락별로 나누지 않은 사설은 1편으로 본 수치이다. 本土로 出稼 물질을 나왔다가 본토에 정착한 해녀 제보자로부터 채록한 자료는 132편인데, 이 가운데 126편은 4명의 제보자가 구연한 사설을 의미 단락별로 나눈 각편의 수이다. 현재 본토에 정착한 제주 출신 해녀들 중에 노를 저어 본 경험이 있는 해녀들의 숫자는 점점 줄어드는 추세이다. 사정이 이러하다 보니, 이들로부터 〈해녀노젓는소리〉의 자료 수집은 시급히 해결해야 할 과제이다.

자료집에 수록된 〈해녀노젓는소리〉 각편들의 문제점을 간략히 들면,

제주 해녀나 뱃사공들이 노를 저으며 부르는 노래인 〈해녀노젓는소리〉나 〈뱃사공노젓는노래〉의 분류명이 여러 가지 명칭으로 기록되어 있다. 또한 각편의 구분도 자료집마다 공통된 기준 없이 다르게 나누어져 있다. 사설 내용이나 제재별로 각편이 나누어져 있는가 하면 현장론적 방법에 따라 제보자가 구연한 대로 의미단락의 구분 없이 수록된 자료들도 있다. 이제 민요 연구자들이 수집된 자료를 일정한 기준에 의해 재정리하고 또한 각편을 나누는 기준을 새롭게 정립할 필요가 있다. 그리고 〈해녀노젓는소리〉를 채록함에 있어 사설 중심의 채록만이 아닌 제보자의 상세한 생애력과 더불어 채취물의 종류와 수익 구조, 출가 지역별 해산물과 작업 도구의 명칭, 해산물 채취의 경험적 기술과 지식, 출가 지역의 고유한 토속지명, 신앙(속신)과 금기어, 해녀들의 은어와 직업어, 구연 현장의 상황, 출가 지역별 어장의 특성과 입어 관행, 본토 주민과의 교류, 해녀 동아리와 여가 활동, 출가 지역별 물질 작업 구역과 해로, 물질 작업 해역의 여(暗礁)의 명칭과 해도, 출가지에서의 의식주 문제, 바다의 조류와 기상 상태를 감지하는 방법, 물질 작업과 관련한 민간요법, 해난 사고에 대처하는 방법, 직업 의식과 자녀 교육 등을 아우르는 조사가 필요하다.

● 참고문헌 ●

「海女의 노래－濟州島民謠－」, 『別乾坤』第6卷第7號(제42호), 開闢社, 1931.

「海女의 노래, 濟州道民謠」, 『별건곤』제42호, 1931.

姜時宅, 「濟州民謠의　特色」, 『濟大學報』창간호, 濟州大學學徒護國團, 1957.

강원도 동해출장소, 『강원 어촌지역 전설 민속지』, 강원도, 1995.

강한호, 「해녀 민속 문화의 이동에 관한 연구 －경남 사량도의 구비문학을 중심으로－」, 부경대학교 교육대학원 석사논문, 1999.

高橋亨, 『濟州島の民謠』, 天理大學 東洋學硏究所, 1968.

高晶玉, 『朝鮮民謠硏究』, 首善社, 1948.

『국문학보』제8집, 제주대학교 국어국문학과, 1986.

『국문학보』제9집, 제주대학교 국어국문학과, 1989.

『국문학보』제10집, 제주대학교 국어국문학과, 1990.

『국문학보』제12집, 제주대학교 국어국문학과, 1994.

『국문학보』제13집, 제주대학교 국어국문학과, 1995.

『국문학보』제14집, 제주대학교 국어국문학과, 1997.

『국문학보』제15집, 제주대학교 국어국문학과, 2001.

金枓白, 「女人國巡禮, 濟州島海女」, 『三千里』創刊號, 三千里社, 1929.

金思燁・崔常壽・方鐘鉉, 『朝鮮民謠集成』, 正音社, 1948.

金榮敦, 『濟州島民謠硏究(上)』, 一潮閣, 1965.

金榮墩, 『濟州의 民謠』, 新亞文化社(民俗苑), 1993.

金榮敦・玄容駿, 『韓國口碑文學大系』9-1(북제주군 편), 한국정신문화연구원, 1980.

金榮敦・玄容駿, 『韓國口碑文學大系』9-2(제주시 편), 한국정신문화연구원, 1981.

金榮敦・玄容駿, 『韓國口碑文學大系』9-3(서귀포시・남제주군 편), 한국정
　　　신문화연구원, 1983.

金永三, 『濟州島民謠集』, 中央文化社, 1958.

金俊培, 「韓國 民謠의 韻律 研究」, 동국대학교 대학원 석사학위논문, 1962.

文化公報部 文化財管理局, 『韓國民俗綜合調査報告書』(濟州道 篇), 1974.

『백록어문』창간호, 제주대학교 국어교육과 국어교육연구회, 1986.

『백록어문』2, 제주대학교 국어교육과 국어교육연구회, 1987.

『백록어문』5, 제주대학교 국어교육과 국어교육연구회, 1988.

『백록어문』6, 제주대학교 국어교육과 국어교육연구회, 1989.

『백록어문』7, 제주대학교 국어교육과 국어교육연구회, 1990.

『백록어문』9, 제주대학교 국어교육과 국어교육연구회, 1992.

『백록어문』11, 백록어문학회, 1995.

『백록어문』14, 백록어문학회, 1998.

『백록어문』15, 백록어문학회, 1999.

『백록어문』16, 백록어문학회, 2000.

변성구, 「濟州島 民謠 研究의 成果와 課題」, 『민요론집』제7집, 민요학회,
　　　2003.

변성구, 「제주도 민요 연구의 성과와 과제」, 『제주도연구』22집, 제주학회,
　　　2002.

부산남구민속회, 『남구의 민속과 문화』, 부산남구민속회, 2001.

梁弘植・吳太用, 『濟州鄕土記』, 프린트판, 1958.

藝術研究室, 『韓國의 民俗音樂 : 濟州道民謠篇』, 韓國精神文化研究院,
　　　1984.

울산대학교 인문과학연구소, 『울산울주지방 민요자료집』, 울산대학교출판
　　　부, 1990.

李東喆, 『江原 民謠의 世界』, 국학자료원, 2001.

이성훈, 「경남 통영시 해녀 〈노 젓는 노래〉 조사」, 『한국민요학』제11집,

한국민요학회, 2002.

이성훈, 「해녀 〈노 젓는 노래〉의 사설과 현장성」, 『溫知論叢』제8집, 온지
　　학회, 2002.

이성훈, 「〈해녀 노 젓는 노래〉의 가창방식」, 『溫知論叢』제9집, 溫知學會,
　　2003.

이성훈, 「강원도 속초시 해녀 〈노 젓는 노래〉와 생애력 조사」, 『숭실어문』
　　제19집, 숭실어문학회, 2003.

林　和, 『朝鮮民謠選』, 學藝社, 1939.

任東權, 『韓國民謠集』Ⅰ, 集文堂, 1961.

任東權, 『韓國民謠集』Ⅱ, 集文堂, 1974.

任東權, 『韓國民謠集』Ⅲ, 集文堂, 1975.

任東權, 『韓國民謠集』Ⅳ, 集文堂, 1979.

任東權, 『韓國民謠集』Ⅴ, 集文堂, 1980.

임석재, 『임석재채록 한국구연민요-자료편(해설·악보·가사)-』, 집문당,
　　1997.

林和, 이재욱 해제, 『朝鮮民謠選』, 學藝社, 1939.

제주시 편, 『濟州의 鄕土民謠』, 제주시(도서출판 예솔), 2000.

조동일, 「구비문학 현지조사 방법」, 『구비문학의 세계』, 새문사, 1980.

좌혜경, 「제주도 민요에 대한 문헌 해제(Ⅰ)」, 『民謠論集』제3집, 민요학
　　회, 1994.

좌혜경, 「한국민요 지역별 자료 색인」, 『민요론집』제2집, 민요학회, 1993.

秦聖麒, 『濟州島民謠』제1집, 희망프린트사, 1958.

秦聖麒, 『濟州島民謠』제2집, 중앙미술사프린트부, 1958.

秦聖麒, 『濟州島民謠』제3집, 성문프린트사, 1958.

秦聖麒, 『오돌또기』, 우생출판사, 1960.

秦聖麒, 『南國의 民謠』, 제주민속문화연구소, 1968.

秦聖麒, 『南國의 民謠』, 正音社, 1977.

崔永日, 「濟州島의 民謠」, 『崇實大學報』제2호, 崇實大學學藝部, 1956.

『학술조사보고서』제8집, 제주대학교 국어국문학과·국어교육과, 1984.

한국정신문화연구원 어문연구실 편, 『구비문학 조사 방법』, 1979.

한국정신문화연구원, 『임석재 채록 한국 구연민요 자료집』, 민속원, 2004.

⟨색인⟩

색인   565

- ㅇ -

엮은이

이성훈(李性勳)

1961년 제주도 조천 출생. 문학박사. 숭실대 겸임교수, 중앙대 강사, 숭실대 한국문예연구소 연구원,
제주대 교육과학연구소 특별연구원, 온지학회 이사를 역임하였다. 한국민요학회 이사, 한국공연문화학회
이사, 백록어문학회 이사로 활동하고 있다.

『해녀의 삶과 그 노래』(민속원, 2005)
『제주도 해녀노젓는소리의 본토 전승양상에 관한 조사·연구』(민속원, 2005, 공저)
『연행록연구총서(전 10권)』(학고방, 2006, 공편저)
『수산노동요연구』(민속원, 2006, 공저)
『고창오씨 문중의 인물들과 정신세계』(학고방, 2009, 공저)
『해녀노젓는소리 연구』(학고방, 2010)
『제주여성사II』(제주발전연구원, 2011, 공저)
『한국민속문학사전』(국립민속박물관, 2013, 공저)

숭 실 대 학 교
한국문예연구소
학 술 총 서 ㉓

해녀연구총서 1
(문 학)

초판 인쇄   2014년 12월 15일
초판 발행   2014년 12월 30일

엮 은 이| 이성훈
펴 낸 이| 하운근
펴 낸 곳| 學古房

주   소| 서울시 은평구 대조동 213-5 우편번호 122-843
전   화| (02)353-9907   편집부(02)353-9908
팩   스| (02)386-8308
홈페이지| http://hakgobang.co.kr/
전자우편| hakgobang@naver.com,   hakgobang@chol.com
등록번호| 제311-1994-000001호

ISBN   978-89-6071-465-6 94810
        978-89-6071-160-0 (세트)

값 : 35,000원

이 도서의 국립중앙도서관 출판시도서목록(CIP)은 서지정보유통지원시스템 홈페이지
(http://seoji.nl.go.kr)와 국가자료공동목록시스템(http://www.nl.go.kr/kolisnet)에서 이용하
실 수 있습니다.(CIP제어번호: CIP2014037238)

■ 파본은 교환해 드립니다.